Best Time

白马时光

山月不知心底事

每个人心中都有一条塞纳河，它把我们的一颗心分作两边，左岸柔软，右岸冷硬；左岸感性，右岸理性。左岸住着我们的欲望、祈盼、挣扎和所有的爱恨嗔怒，右岸住着这个世界的规则在我们心里打下的烙印——左岸是梦境，右岸是生活。

骞泽长吸了口气，驻足不前，向远就拽着他的手说：“怕什么？这条路我闭着眼也能走到要去的地方。”绕过了前面的一个土坡，隐隐有两点火光在一团浓墨般的黑影下闪烁。不说话的时候，路就显得格外长。

等他们刚爬到山顶，乌沉沉的云层忽然裂开了一道缝隙，山月的清辉骤然洒遍四野，再也没有什么比深山的月光更纯净。

他背着她下山。光影就在他服帖的发梢斑驳地变幻。她生怕病中的自己记不牢这刻，还好，还好那一轮山月可以作证，隔了那几年，他们再一次如此贴近。

叶昀有些闷闷不乐地坐到她对面："吃过了就算了吧。""我骗你呢，傻瓜，别人说什么你都相信！"他这才笑了起来。两人对坐，吃着东西，窗外的雨声越来越大。

辛夷坞——著

山月不知心底事

—上—

插/图/纪/念/版

百花洲文艺出版社
BAIHUAZHOU LITERATURE AND ART PRESS

图书在版编目（CIP）数据

山月不知心底事：插图纪念版 / 辛夷坞著 . — 南昌：百花洲文艺出版社，2019.6
ISBN 978-7-5500-3208-8

Ⅰ . ①山… Ⅱ . ①辛… Ⅲ . ①长篇小说—中国—当代 Ⅳ . ① I247.5

中国版本图书馆 CIP 数据核字（2019）第 043173 号

山月不知心底事（插图纪念版）

SHANYUE BUZHI XINDI SHI CHATU JINIAN BAN

辛夷坞　著

出 版 人　章华荣
出 品 人　李国靖
特约监制　夏　童
责任编辑　叶　姗　王　月
特约策划　何亚娟
特约编辑　柚小皮
封面设计　小茜设计
版式设计　王雨晨
封面绘图　三　乖
内文绘图　邦乔彦
出版发行　百花洲文艺出版社
社　　址　南昌市红谷滩世贸路 898 号博能中心 Ⅰ 期 A 座 20 楼　邮编 330038
经　　销　全国新华书店
印　　刷　三河市兴博印务有限公司
开　　本　880mm × 1230mm　1/32
印　　张　19.75
字　　数　501 千字
版　　次　2019 年 6 月第 1 版第 1 次印刷
书　　号　ISBN 978-7-5500-3208-8
定　　价　69.80 元（全二册）

赣版权登字：05-2019-61

发行电话　0791-86895108　　网　址　http://www.bhzwy.com

目录

contents

目录

contents

第一章

左岸的等待

向远也承认自己的一颗心绝大多数属于右岸的领土。当然，不需要有人知道，在左岸的方寸之地里，她曾遗失了她最珍视的东西。

左岸在哪里？左岸为什么叫左岸？

章粤说，每个人心中都有一条塞纳河，它把我们的一颗心分作两边，左岸柔软，右岸冷硬；左岸感性，右岸理性。左岸住着我们的欲望、祈盼、挣扎和所有的爱恨嗔怒，右岸住着这个世界的规则在我们心里打下的烙印——左岸是梦境，右岸是生活。

她看着自己名下的娱乐城那闪烁的霓虹灯，然后对着向远笑：“我还是喜欢我的左岸，所以我总在这里，你就不一样了。”

向远笑着喝水，并没有辩解。章粤是她屈指可数的私交之一：即使算不上知心好友，可毕竟也是了解她的。

向远曾经对自己的员工说过一句话——我没有梦想，只有规划。结果这句话在业内被传得广为人知。大家都知道，江源的向远是再务实不过的一个人，她为人处世目的明确，方法直接。但是，不可否认，她的方法通常是最有效的，所以她才能以一介女流的身份带着江源走出低谷，打开了现在的新天地。如果一定要按照章粤的说法，泾渭分明地划分两岸，那向远也承认自己的一颗心绝大多数属于右岸的领土。当然，不需要有人知道，在左岸的方寸之地里，她曾遗失了她最珍视的东西。

看见向远面前的玻璃杯空了一半，身为老板娘的章粤亲自给她续杯。别人来到“左岸”，大多数是买醉，向远却每次都只喝水——确切地说，是加了糖的白开水，每500毫升的水加一匙糖是她最喜欢的喝法。章粤并不觉得这有什么奇怪，每个人喜欢一样东西或者厌恶一样东西通常都有自己的理由。她见过更奇怪的，有人相信喝自己的新鲜尿液可以永葆青春，有人到“左岸”指明要点画眉鸟的血……她只是不明白为什么向远日复一日喝着这样的糖水，却丝毫没有发胖的迹象，此时她白色丝质衬衣敞开的领口下，锁骨深刻。

“看着我干什么？”向远顺着章粤的视线低头看了看自己，笑了起来。她笑的时候，细长的单眼皮便有了弯月一样的弧度。

章粤说：“我看你这家伙，怎么这么瘦？”

向远抚着自己的锁骨，半认真半戏谑地说：“不都说努力工作才有资格吐血吗？瘦是勤奋的代价。”

“你也未免太过勤奋了，用得着把自己逼成这样吗？”章粤想到一些事，不由得叹了口气，“叶骞泽还是一点消息都没有吗？”

章粤是个聪明人，这话一说出口便有些后悔。虽说向远的丈夫，也就是江源的前任负责人叶骞泽失踪了四年多是G市人尽皆知的事情，可这毕竟是别人的私事，她不该揭开这个伤疤。

面对章粤略带歉意的表情，向远却显得坦然了不少，她平静地摇了摇头：“消息是不少，但一条有用的也没有。”

据说四年多前事发那天，叶骞泽乘船出海钓鱼，这是他多年以来的习惯，但是那次却一去不回。当晚，叶家曾经接到过绑匪打来的电话，诡异的是，尽管叶家一再表示愿意支付赎金，绑匪后来却再也没有跟他们联系过。警方介入调查后，多方搜索均一无所获。G市知名的建材生产企业——江源建筑材料有限责任公司的总经理叶骞泽就这样随着他的船和绑匪一同消失在茫茫大海上，至今下落不明。此事一度成为本省各大报刊媒体纷纷报道的一大新闻，沸沸扬扬了一阵之后，虽然不了了之，但是坊间仍有各种传闻，说什么的人都有，有人传言叶骞泽已被撕票；也有人说由于当时江源投资失误，叶骞泽实际上是不堪负债，投海自杀；有些好事之人捕风捉影地杜撰出了一些离奇的故事，说什么江源总经理为爱抛家弃业，远走高飞；更不堪的是，还有人议论叶家寒门出身的媳妇手腕太狠，不甘作为副手辅佐丈夫，因而制造了一起绑架案，杀夫夺权，为此警方甚至数次找到向远，要求她“协助调查”，结果当然毫无证据。

这个世界有人演戏，自然就有人看戏，演戏的人如痴如醉，看戏的人隔雾看花。但是不管别人怎么说，章粤认识向远多年，向远和叶骞泽的恩怨她看在眼里。她相信向远是一个咬起牙来什么事都做得出，什么事都做得到的人，可是就算她负了所有的人，唯独不会负了叶骞泽。

向远这样的女人，即使不嫁入叶家，也不愁没有一番作为，然而她多年来一直站在叶骞泽身后，跟他一起打拼。将江源从父辈手中一个国有改制的小股份公司一步一步发展成为G市知名的建材生产企业，外人看来这是叶骞泽的成功，而其中谁付出了多少，明眼人都心知肚明。

向远爱钱，谁都知道，可是在她心中，有一个人比钱更重要，谁又知道?

叶骞泽四年下落不明，生死未卜，叶家的人其实也慢慢相信他凶多吉少，只有向远从来没有放弃过找寻他的下落，不肯放过一丝线索。有些难过和伤心不示于人前，并不意味着它不存在，就算是女强人，也是一个“女”字在前，再“强”也是个“女”人。所以，当年在听说有人质疑叶骞泽的失踪与向远有关的时候，章粤就问过向远怎么想，向远只说了一句话：“拿得出证据我就坐牢，拿不出证据就别想在我面前逞威风。”

事实上，叶家这些年来主事的人都是向远，而没有她就没有江源的今天也是个不争的事实。时间一长，尽管叶骞泽的部分亲戚还在背后议论纷纷，但叶家人丁单薄，真正的叶家人如今还剩下几个？他们尚且沉默着，那些所谓的亲戚又有谁敢当面对向远指手画脚？

仿佛为了转移这个话题，过了一会儿，章粤指着PUB大厅角落的一桌人对向远笑道：“看见没有，那边有个孩子倒长得不错。”

向远兴致不高地看了过去：“谁又入你的法眼了？进了你这大门，长得稍微周正一点的孩子你就不肯放过。”

“别把我说得像淫媒似的，我就喜欢看长得好看的人，这也算是身为老板娘的福利吧。你还别说，那男孩还真有点眼熟，记不清在哪里见过，你看看有没有印象，说不定真是哪个熟人家里的孩子。”

向远眯着眼细看，章粤的眼光一向不差，她说的那个“长得不错的孩子”其实是个二十来岁的男孩，头发短短的，眉目俊秀，确实不错。只不过他坐在六七个大献殷勤的女孩子中间，却丝毫没有坐享齐人之福的春风得意，反倒双眉紧蹙，坐立不安，局促得如同落入狼群中的羔羊。

章粤被那边的场景逗乐了，唯恐天下不乱地招来旁边的服务生，叫他给那边的小帅哥送一杯酒，就说是“左岸”老板娘的特别优待。向远无心跟她玩下去，从手袋里抽出钱压在杯下，不多不少正好是一壶茶的钱。

“我明天还要早起，你慢慢欣赏。”

章粤知道她的性格，对她的付账也不客气，让服务生把钱拿走，还不忘对着她起身的背影问了一声：“哎，你还没告诉我你认没认出来。我记性一向好，这孩子我肯定见过。”

向远啧了一声：“你的熟人都是二世祖，能有这样的孩子吗？”

她朝门口走去的时候，借着摇曳的光线看了看表，不过是晚上十一点多，对于这个不夜的城市来说，许多精彩才刚刚开始，她却觉得累了。

“向远……向远？”

身后传来急促的呼唤声，她没有回头，径直朝前走，直到感觉有人从后面抓住了她的手臂，这才无奈地驻足转身。刚才被章粤青眼有加的小帅哥面带犹疑地站在她身后，看清楚她的样子之后，开心地露齿一笑：“向远，我就知道是你。”

向远却不应他，把玩着手里的车钥匙，脸上似笑非笑的。

“向远？”他见到她这个样子，有些束手无策，不由得又叫了一声她的名字。

向远的表情依然没有变化，他这才反应过来，低低地叫了一声：“大嫂。”

向远的面色这才缓和了一些，说：“玩得好好的，跟出来干什么？”

那男孩露出颇为苦恼的表情：“那几个都是队里的同事。今天是小李的生日，你记得小李吗？她跟我同一批分到我们大队的。我说了不来的，她们吵得厉害，差点没把我烦死……你也来这里玩？一个人？”

“嗯。”向远把他的手从自己手臂上拍了下来，“我先走了，你回去继续玩吧。”

“我都跟她们说了我要走了，怎么能再回去？反正你也是回家，能不能顺便送我一程？”他有些没把握，又偷偷看了她一眼，补充道，“我坐她们的车来的，这个时候回去的末班车都开走了，反正我们顺路，要不打车也是浪费钱。”

向远终于笑了，摇着头说：“走就走，别那么多废话。当心那几个女孩子再追上来，把你捉回盘丝洞。”

两人上了车，向远专注地开车，男孩也安静地坐在副驾驶座上，一路无话。

车停在城南分局刑警大队附近的一栋公寓楼下，向远熄了火：“到了。”

男孩点了点头：“那我先上去了，你回去的时候开车小心点。”

“好，再见。”她点了点头，言简意赅地说。

男孩的手已经推开了车门，实在忍不住，又关上门回到位置上，垂头看着自己放在腿上的手，低声说：“向远，我不知道这些年你为什么对我越来越冷淡，是不是我做了什么事让你不高兴？是的话你就说出来，如果是我的错，我会改正。我们以前不是这样的，自从大哥出事之后……”

“别说了！”向远厉声打断。她察觉到身边的人那微微受伤的神情，很快意识到自己有些过火，放低了声音重复着说，“别说了，别说了，叶昀。”

她当然知道身边的这个男孩什么都没有做错，所有的问题都出在她的身上，可她怎么能对叶昀说，只不过因为他有一张酷似叶骞泽的脸，让她每看到他一次，就更难过一点？她害怕看见他，就像害怕一次又一次在心里翻起了从前。

叶昀毕竟是懂事的，他停顿了一会儿，便说：“我让你伤心了吗？向远，大哥已经不在了……”

“谁说他不在了？”向远冷冷地说。

叶昀苦笑一声：“我也希望他还在，这样你也不用那么辛苦。可是快五年了，如果他还在世上，为什么还不回来？我不明白你为什么不肯相信，他不会回来了。你这样等，除了白白虚耗你自己，还有什么意义？他在的时候让你等得还不够吗？”

向远侧身为他推开车门：“叶昀，活要见人，死要见尸！”

回到叶家，向远自己掏出钥匙开了门。为叶家服务了十几年的老保姆杨阿姨因为儿子结婚，请了一个月的假。向远对她的存在一直抱着可有可无的态度，也就无所谓，由她去，爱去多久就去多久。

进了门，在开灯之前，两层的小楼黑得如同梦魇，但是向远不怕黑，她是山里面长大的孩子，小的时候，她不知摸黑走过多少夜路。那时候，骞泽习惯走在她的左侧，一路上总是喜欢不断地问："向远，我们要去的地方怎么还没到？"

骞泽比她大两个月，又是男孩子，谁知竟比她还怕黑。这也没有什么奇怪，整个李村的孩子，再也没有谁比向远更胆大包天，只有她敢陪着叶骞泽深夜翻过两座荒凉的山头，徒步到溪涧钓鱼。半夜时分，在山溪的下游，正是鳗鲡最容易上钩的时候，好几次，骞泽都钓到了两尺以上的溪鳗。

向远记得有一回，两人走着走着，火把的火头燃尽了，火苗挣扎着跳动了几下，就熄灭在微凉的山风中，四周笼罩着沉郁得仿佛永远不能穿透的黑。骞泽长吸了口气，驻足不前，向远就拽着他的手说："怕什么？这条路我闭着眼也能走到要去的地方。"她领着他越走越快，凌乱的脚步声掩盖了紧张的心跳。其实她也并不是那么镇定，深夜的山里，除了有不时蹿过矮树丛的花翎野鸡，还有一些凶猛的小兽。如果这还不算什么，那么村里的老人常挂在嘴里的山魈也足以让两个十来岁的孩子心惊肉跳。

绕过了前面的一个土坡，隐隐有两点火光在一团浓墨般的黑影下闪烁。在这样无人的荒野里，这微微的火光比全部的黑暗更显得诡异而阴森。骞泽的手有些凉，两只手交握的地方，湿而滑，不知道是谁渗出的冷汗。

"向远，那是什么？"他的声音如同耳语。

向远摇了摇头。

"那我们快走。"这一回换作骞泽用力拉着她往前走。向远挣开了骞泽。她跟他不一样，每次叶骞泽遇到无法面对的问题时，总喜欢绕着走，而向远偏喜欢迎上去看个究竟，尽管她也害怕，可是比起在不可知的恐惧中猜疑，她更渴望一个答案和结果。所以她不顾骞泽的阻挠，小心摸索着走了过去，往前几步之后，她听到骞泽跟上来的脚步声。

等到那两点火光到了眼前，两人把周围的一切看了个清楚：原来那不是什么鬼火，而是有人在一棵野生的大榕树下立了个神龛，供奉着观音塑像。那两点将灭未灭的火光不过是神龛前尚在燃烧的蜡烛的光。

山里人大多迷信，他们相信古老的榕树可以通灵，所以在树下供奉神龛的情形并不罕见，只不过赶夜路的人难免会吓一跳。

泥塑的观音像相当粗糙，模糊的五官在火光的衬映下让人觉察不到慈悲，倒有几分可怖，看的时间长了，心里就不由得有些发毛。骞泽两手合十，象征性地拜了一拜，向远却狠狠地用脚踩灭了那火光。他还来不及说不妥，那蜡烛已经被她踩到了树下的枯叶里，碾得支离破碎。“装神弄鬼地吓了我一大跳，我最恨这些怪力乱神的玩意儿。”她小心地用足尖按熄每一点火星，这才随着骞泽继续往前赶路。

接下来的一段路，骞泽都显得闷闷的，不像刚才一般说说笑笑，她问一句，他才答一句。向远知道，他是为刚才的事情不高兴了，叶骞泽的妈妈信佛，他也跟着对这些东西心生敬畏，可向远偏偏厌恶这些神秘莫测的东西。多数时候，向远都不愿意跟叶骞泽闹别扭，可是他们不一样的地方太多了，就像他钓了鱼之后总想又把它们放生，可她只想拿到镇上去卖个好价钱。

不说话的时候，路就显得格外长。刚爬到山顶，乌沉沉的云层忽然裂开了一道缝隙，山月的清辉骤然洒遍四野。

再也没有什么比深山的月光更纯净，所有丑陋的黑暗都在这清辉里变得圣洁，犹如获得了洗涤后的重生。

“向远，你看，月亮出来了。”骞泽拍着她的手，仰头看向天空。她就知道他不会生气太久，他总是这样，太容易记住好的东西，而忘记不愉快的事情，小小的一点喜悦就可以让他无比满足。对于向远而言，月亮总是在天上的，出来了又有什么稀奇？可是她看着骞泽安静柔和的侧脸，他跟这月光就像是融为一体的，她突然觉得，这月光确实太过美好……

第二章

一梦太长

失去得多了，就会习惯了，可向远忽然极度害怕这样的习惯，她害怕自己心里的那个空洞，要用什么才能填满它？

在这城市里，向远已经不知道自己有多久没有见过月光。即使有，它也早在霓虹灯下黯然失色。她扶着光滑而冰冷的楼梯扶手一步步往上走，不知道为什么，今天的她太容易陷入回忆，也许是这一天太多的人有意无意地让她翻起那些过往。

楼梯旁边的这面墙上，原本挂满了叶家的照片，有全家福，有青少年时代的叶骞泽，有他的父母，有叶灵，也有叶昀。前两年，向远让杨阿姨把这些照片通通摘了下来收到阁楼里。杨阿姨是叶家的老保姆，为这事嘟囔了好几天，可终究不敢在向远面前多说什么。向远何尝不知道她心里的那点念头？说自己寡情也好，狠心也好，人都散了，留着这些照片还有什么意义？

杨阿姨老了，她跟外面的人一样，老喜欢提叶家，仿佛叶家真的是多么繁盛的一个家族。其实真正的叶家不过几口人，死的死，病的病，走的走，失踪的失踪，最后剩下的不过是她这个外人。

楼梯尽头的长廊上，第一个房间就是叶骞泽的书房。以前向远走到这里，总可以看见虚掩的房门里透出来的灯光，他在这里的时间远比陪伴在她身边的时间要长。他的书房旁边紧挨着的就是叶灵的房间，叶灵早已死在了向远嫁入叶家后的第三年。从那以后，骞泽还在的那几年里，这个房间就成了禁地，房门总是紧闭的，现在，就连杨阿姨非到万不得已也不愿意进出这里。虽然是她一手把叶灵带大的，可是她说，每次走进这房间，就感觉到阴森森的。向远觉得可笑，她从来不信鬼神，可她记得叶灵最后那一身的血，淌了一地，也沾满了她的一双手，还带着温度和腥甜的味道，怎么洗也洗不掉。这样的记忆，任谁也不愿意一再想起，这也是她很少推开那扇门的原因。

骞泽的父母原本住在主卧里，儿子结婚后，他们就搬到了朝南的那间大房。原来的叶太太，也就是骞泽的继母，已经患肠癌离世了。在向远的印象里，那是个沉默的妇人，在大学里教美术。她不是骞泽的生母，但是她和叶家所有的人一样，身上仿佛都带着与生俱来的感性而温和的气息。

叶家这些年来最像向远家人的反倒是她公公叶秉林，可是老爷子身体不好，已经中风好几年，住进医院就一直没有出来。现在向远基本上每周到医院一次，一则探望老人家的身体，二来也把江源的事象征性地对他做汇报。叶家几口人都是温厚良善的性子，与人无争，乐善好施，可是谁也没落得一个好的收场，这让向远更鄙视所有的神佛，他们即使存在，也是毫无用处的。对了，还有叶昀，他身上也流着叶家的血。作为叶家的小儿子，他上大学之后就基本上搬出了这个家。或许在向远心里，又或许在他自己看来，都从来没有把他当作过这个家真正的一分子。

向远洗了澡，坐在梳妆台前，拿出手袋里的皮夹。她将里面的每一张纸钞都拿了出来，认真地点过一遍，小心抚平上面每一道细微的折痕，再整齐地放回皮夹里，然后才去洗手睡觉。

这是她从小的一个习惯，必须将当天身上所有的现金清点一遍，才能算将这一天的事情了结。今日的她再也不用像小时候一样抠着每一分钱过日子，可她是个固守习惯的人，又或者这已经成为她心目中的一种仪式，就像骞泽的生母每天务必清晨起床烧香敬佛一样重要，与拥有多少没有关系。

其实钱也是温暖的东西，向远总是这么想，有了它，她才觉得自己的心是坚实的。它比世界上大多数东西都可靠，一百就是一百，一千就是一千，不像那些虚无缥缈的东西难以衡量；它又比许多东西要公平，你付出多少，就可以换回多少。

钱有什么不好呢？最起码，有了钱才有资格视钱财如粪土。多少人蝇营狗苟，铤而走险，也无非为了这个。她想起白天在办公室接到的一个电话，秘书接的，不知道何许人也，因为对方提及叶骞泽的一些事情，所以秘书不敢不转给她。

那个声音沙哑的男人在电话那头说："叶太太，我们开门见山，想必你对叶先生的下落挂心已久了，不如我们做场交易。"

向远当时对着听筒就无声地笑了。骞泽失踪后，她已经不知道接过多少次这样的电话，有暗敲竹杠的，也有明着勒索的，都想要钱。她不介意给钱，但就是没有一个人给过她希望。

"跟我交易，要看你凭什么。"她这样对那个男人说。

"就凭叶先生最后给你的那通电话，他说过什么，你不会不记得吧？"

向远的笑慢慢褪去，她怎么会忘了那通电话？那个手机就放在她的床头，四年多了，通话记录上始终保持着那最后一个号码。四十九秒的通话时间，那是他对她说过的最后一句话，她到死也不会忘记。

她平淡如常地对那个男人说："你说的那通电话一文不值。如果真的有他的下落，你应该知道怎样才更能说服我相信你，我等你再联系我。"

向远说完就挂了电话。她深谙生意之道，知道卖家永远比买家心急。她不知道这个世界上是否真的还有人知道骞泽的下落，关心则乱，她必须沉住气。

入睡前，她对自己说，向远，不要做梦。

这一夜，向远没有如愿，她不但陷入了悠长的梦境，而且梦回到许多年前。梦里的每一张脸、每一个零星的片段，都鲜活得诡异。许多次，清醒着的她努力回想，都未必如这梦境般历历重现。

那年十月的第一天，刚兴起的黄金周长假让向远的家乡所在的小村庄前所未有的热闹，数不清的城里人纷至沓来，有来自省城的，有省外的，其中还夹杂着几个金发碧眼的老外。虽然早过了油菜花遍地开的阳春三月，这些游人还是纷纷拿着相机四处拍照，村口的老槐树、村民的旧瓦房，还有坐在屋前的老人，他们什么都觉得新鲜。这些人的脚步踏倒了小路上的野草，也把好几户人的菜地踩得不成样子。不过村里人已经不在乎这些，那几年，这个小村庄特有的风物景致渐渐名声在外。旅游业给原本闭塞的乡村带来了商机，不少精明的村民已经懂得从这些“城市乡巴佬”身上赚钞票，纷纷做起了半吊子导游，农家乐的小饭馆和小旅馆遍地开花。当然，最早动这方面脑筋的还是老向家头脑灵活的大女儿向远。早在她读初中的时候，来村里旅游的外地人就没有不认识这个口齿伶俐、笑容可掬的导游小姑娘的。直到现在，她的揽活儿本领依旧谁也比不上，她家的家庭旅馆生意也总是最火爆的。

这一天，向远早早起了床，收拾好一切准备出门的时候，太阳还在山的那边犹豫着，向遥还赖在床上。向远在门口叫了一声：“你该起床了，把饭做上，说不定过一阵就有游客住进来了。”

她说完，来不及看向遥的反应，就急匆匆地走了。过了一会儿，向遥嘟囔了一声，尽管睡意犹浓，还是不得不挣扎着爬了起来。她刚上小学六年级，今天是假期的第一天。跟所有这个年龄的女孩子一样，她讨厌早起，恨不得在床上睡到天荒地老，可是没办法，她不能不听向远的话。

向遥从小就怕向远。也许是因为她们的妈妈死得早，长姐为母，向远从小处事灵活果敢，早早地就是这个家里的顶梁柱。她们的父亲向云生早年是城里的知青，后来娶了村里的姑娘，生了孩子，也就甘心在这里落地生根。

向云生年轻时是个多才多艺的人，看过不少书，能写一手好字，还会拉二胡，加上长相端正，不知吸引了多少村里的姑娘。最后成为他妻子的人，也就是向远、向遥的妈妈，是远近乡邻中出了名的俊俏灵巧的女子。向云生和妻子婚后情投意合，在明知妻子不可能得到进城名额的情况下，他把自己回城的机会也放弃了，自愿做一辈子的泥腿子，这一度成为村里的一桩佳话。向遥也对自己父母的感情向往不已，也许对此不以为然的只有向远。

在向远看来，父亲向云生肩不能挑，手不能提，就连挑一担水也要一步三摇。妈妈还在的时候，这个家里里里外外都是女主人操持。因为家里劳动力少，地里能刨出的东西不多，向远小时候，她们一家始终是村里最穷的。她永远记得那个黄昏，刚产下一对双胞胎弟妹后不久的妈妈咬着牙，白着一张脸下地挑水，溅出来的水洒了一路，而向云生则坐在家门口的树下咿咿呀呀地拉二胡。他闭着眼沉醉其中的神态让小小的向远无比愤懑，她恨不能立即长大，全身都是力量，好接过妈妈肩上的担子，再扔掉那把惹人烦的二胡。

然而，妈妈即使再能干，看向门口那个男人时的眼神分明也是沉醉的。

向远理解不了那种沉醉。

她从小就觉得父亲是一个只会风花雪月的无用之人，在她十岁，向遥、向迤四岁的时候，妈妈一病不起，最后撒手而去，她的这种想法便更是根深蒂固。她坚信如果不是生活这么艰难，妈妈不会走得那么早。而妈妈在病中的时候，那个男人除了抓住妻子的手痛哭失声，什么都做不了。不过是感冒后并发的肺炎，因为没钱进医院，就这么在家拖着。这不大不小的病要了一个不到三十岁的女人的命，也让向家的三个孩子失去了妈妈。

妻子死后那几年，向云生一直没能从丧妻的悲痛中缓过来，他拉二胡的声音越来越悲切动人，酒也越喝越多。当时，村里的长辈也有给他说媒续弦的，他冷笑一声，毫不犹豫就拒绝了。人人都赞他是个痴心人，可家里的日子却更难过了。向云生总对儿女们说，书中自有黄金屋，书中自有颜如玉，可他从不考虑儿女上学的钱从哪里来，家里揭不开锅了又该怎么办。十来岁的向远只好经常带着弟弟向迤四处向相熟的邻居借钱借米。向遥从小面皮薄，她跟向云生一样，是不情愿做这种事的；只有向迤，他自幼跟在长姐身边，向远去哪儿，他就跟去哪儿。乡亲们见她们可怜，加上向远懂事机灵，向迤乖巧听话，都是惹人疼的孩子，所以尽管家中也不富裕，但总肯接济一些。

对他们一家最好的要数住在村尾的邹家婶婶。妈妈不在后，向远姐弟身上的衣服都是邹家婶婶在缝缝补补。向远也听过一些闲话，村里好事的人都说，邹家婶婶没有出嫁的时候就看中了向云生，只可惜落花有意，流水无情。向云生结婚后，她就嫁给了当时村里的另一个姓叶的知青。生了一个儿子之后，姓叶的知青返了城，临走前，对方吞吞吐吐地提出了离婚，她没有为难，一口答应了。没多久，她带着儿子改了嫁，后来的丈夫姓邹，两人也一起生了个儿子。又过了几年，城里的前夫带走了大儿子，她就守着后来的丈夫和小儿子继续过，对向远姐弟的关心却是一直没有改变。

那些流言的含义向远多少是懂的，可她不管这些。在她看来，那些捕风捉影的流言和感情一样，是虚幻的，但是邹家婶婶对他们的好却是实实在在的。她甚至愿意相信善良能干的邹家婶婶帮助他们一家，不是为了恋着她那无用的父亲，而是因为婶婶信佛。向远不信佛，可她对信佛的人都有种莫名的好感，为了什么，只有她自己知道。

就这样，靠着乡邻的接济，向远的孩童时代艰难度过，好在也上了学——村里很多女孩子都不上学。只有在这点上向远感激父亲，他虽没有钱，却也没有重男轻女的观念。

从能下地的年龄起，向远就是家里干农活的主力，可她毕竟年纪小，又是女孩子，能做的终归有限。好在城里人来这里的旅游风刮起之后，小村庄的外来人越来越多，于是她第一个打起了从游客身上赚钱的主意。初二的时候，她给城里人带路，到后山走了一圈，赚了有生以来第一个十块钱，半夜捏着都睡不着觉，从此便一发不可收拾。

开始村里人觉得稀奇，说这是不务正业，可眼见来的人多了，向远赚得也越来越多，村里人纷纷从羡慕到开始效仿，整个小村庄的“旅游业”这几年竟有愈演愈烈的势头。

在这个过程中，向云生一直持不赞同的态度，他不喜欢自己的女儿做那些“投机倒把”“蝇营狗苟”之事，更不喜欢为了几块钱对那些城里人点头哈腰。但他管不住这个女儿，且不说这个女儿自幼跟他不亲，从向远能够为这个家赚来收入的那一天起，实际上，她才是这个家的一家之主，是她让一家人再也不用靠接济过日子，是她艰难地让弟妹也上了学。正所谓“经济基础决定上层建筑”，在小小的农家也可以体现得淋漓尽致。

来去的游客让向远一家的日子过得越来越好，向远相信还会更好，至于能好到什么地步，她想象不出来。可是，正如她名字里的那个“远”字的含义一样，她的心也在远处，她这样一个人，怎么可能一辈子被拘束在这个小村庄？她会展翅高飞，飞出这个小村子，飞向更远更大的世界，飞到她想念的那个人身边。

然而，就在一切变得越来越好的时候，也就是向远十六岁那年，她失去了她最亲的弟弟向迤。

那是一天黄昏，向迤带着家里的老黄狗，去野鸭潭招呼在水潭边玩耍的双胞胎姐姐向遥回家吃饭，从此就再没回来。两天后，他的尸体在潭中央浮起，吸饱了水，涨得像吹了气的假人。

这是继丧母之后，向远第二次失去挚爱的人。从小最黏她的向迤，最最听话懂事的向迤，喜欢在叫"姐姐"的时候稚嫩地拉长尾音的向迤，就这么成了不会动的"假人"。

在潭边打捞向迤的时候，向云生捶胸痛哭，向遥在家一病不起，唯独向远不哭，当时十六岁的她有条不紊地在乡亲们的帮助下收殓了向迤。晚上，她不顾向云生的阻拦和向遥的哭泣，烧了向迤所有的衣服和为数不多的照片。人死了，还留着这些干什么？

晚上，她一个人爬到后山的山顶，站在山的最高处看着山的那一边，只看到黄澄澄的月亮。村外是乡，乡外是镇，镇子外的世界是什么样子的？月亮会不会也像山里的这轮一样大而孤独？向迤最大的心愿就是长大了去山外边看一看，他总缠着向远，要姐姐带他去，这是他唯一会对姐姐闹情绪的时候。其实那时的向远去得最远的地方也不过是十里之外的镇上，她甚至不知道坐车去山外要多少钱，所以她对向迤板起了脸，那个乖巧的孩子以为她生气了，就不再出声。

她以为她需要的不过是时间，等到她长出翅膀，就会带着她的亲人一起去看外面世界的精彩。然而为什么会变成这样？向远不明白。她只想着日子会越来越好的，她一定会有越来越多的钱，可是为什么她爱的人却一个一个地离开了？

那时的她还是不懂，即使她是向远，这个世界还是有太多事情由不得她掌握。

向遥死后，日子还是要过下去。向云生的酒越喝越多，醉得也越来越厉害，向遥却开始越来越怕向远——她心里明白，如果不是向迤跳进潭里去救小腿抽筋的她，那么回不来的那个人就应该是她自己。向远没有对这件事说过一句话，可从姐姐的眼神里，向遥猜想她什么都知道。向远那么疼向迤，远远胜过她这个和向迤孪生的妹妹。向迤下葬的那一天，她叫了向远一声“姐”，向远恍若未闻。从那一天起，向遥再也不敢叫向远姐姐，虽然这个姐姐还是一样无微不至地照料她的生活。

人们都说，福无双至，祸不单行，说得未必没有道理。十七岁，向远考上了镇上最好的高中，还来不及高兴，回家的路上就听说了父亲的死讯。向云生听说女儿考上了好学校，趁着高兴，攥着手里的那几个钱到乡里赶圩买酒喝，没想到返回途中，走过出村口必经的吊桥时，年久失修的吊桥从中间断作两截，他顺着老朽的断桥摔落崖底。人们找到他的尸骨时，旁边还有一具女尸，那是邹家婶婶。

没有人知道，他们同时出现在桥上是不是巧合。他们最后发生了什么，说了什么，也随着当事人的死亡而永远成了一个谜。邹家婶婶一辈子信佛，但是日夜烧香礼佛并没有让她躲过飞来横祸——或许，这样的了结是佛祖庇佑她的另一种方式。总之，死的人是安逸的，活着的人才躁动，所有的猜测都不再重要。

父亲下葬后，向远为自己处理这件事的驾轻就熟而打了个冷战。她看不起自己的父亲，他活着的很多时候，她觉得他是个废物，是个累赘，可得知他的死讯，她很久很久回不过神。血缘是个不可思议的东西，她问自己，真的这么厌恶这个给了她一半生命的人吗？向遥哭得像个泪人，向远想拍拍她的肩膀，手却怎么也伸不出来。向遥看她的眼神直勾勾的，好像在说：“你不是一直盼着他死吗？这下好了。”

是啊，这下好了，这下干净了。她觉得心里像有个洞，风贯穿而过，回声不绝……这个世界谁不会走？你爱着的，恨着的，包括你自己，都会走，没有什么可以恒久地留在身边。失去得多了，就会习惯了，可向远忽然极度害怕这样的习惯，她害怕自己心里的那个空洞，要用什么才能填满它？总要找点什么来填满它。思念？她唯一寄托在远方的思念都太缥缈，如果找不到别的，那么只有钱，很多很多的钱，是的，她一定要赚很多钱，钱才是可以捏在手里的东西。

不知道从什么时候起，向远养成了每天晚上点钱的习惯。她会把身上所有的余钱在睡前认认真真地数一遍，再一张一张码好，压平钞票上的每一张皱折，用牛皮纸包裹起来。在这个过程中，她始终带着一种宗教般的虔诚，也就是在这种时候，她听不到心里那个洞里的风呼啸而过的声音。

第三章

断颈观音

“……都说彩云易散，没了这个‘云’字，就只剩下一个孤零零的‘人’。富贵虽好，只怕你命中六亲零落，到头来伶仃一人。”

向远朝村口的老槐树走去的时候，天还没亮透，空气中弥漫着草地和露水的气味。途经邹家的门前，已去世的婶婶留下的小儿子邹昀已经背着一个背篓，准备上山摘野菜。他们家也开着农家乐小饭馆，各式各样的新鲜野菜是城里游客最喜欢点的桌上佳肴。

“起得挺早嘛，邹昀。”

向远走过时，给了他一个大大的笑脸。邹昀这一年也上小学六年级，跟向遥同班。一样年纪的孩子，他却比向遥要懂事得多。他妈妈意外坠桥身亡已经差不多一年了，不久前，他爸爸又找了个邻村的寡妇，寡妇带来了亡夫的一子一女，重新凑成一个家庭过日子。邹昀成了家里最大的孩子，邹家婶婶在世时捧在手心里的宝贝也不得不开始分担家里的重任。

向远感激邹家婶婶生前的照顾，和他们一家一直走得很近。婶婶不在以后，她心念邹昀也是个没妈的孩子，力所能及之处，对他也诸多关照：有时遇见节假日，来的游客多了，自己家住不下，她总是把那些人往邹昀家带；揽到了好的活儿，她也不忘分邹家一些。

邹昀跟向遥姐弟同岁。向迤活着的时候，他们俩是村里最好的小伙伴，从能走路开始，邹昀就和向迤一样，是向远身边著名的两个跟屁虫之一，跟着向远“姐姐，姐姐”地叫。向迤出事那天，还是邹昀一路跑来给向远报的信……想到早夭的弟弟，向远心里一酸，出门前打算趁这几天大赚一笔的喜悦也被冲淡了不少，以至于邹昀追在她身后喊了几声“向远姐，去不去山上看日出……向远姐……”，她也只是心不在焉地摆了摆手。

老槐树下一直是向远招揽游客的首选地点，是所有进出李村的人都必经的地方。向远在这里设了一个流动的摊位，卖一些村里的土特产和廉价的旅游纪念品。客人需要导游的时候，她把东西往包里一塞，立刻就动身出发，方便得很。

这棵槐树在李村存在了多久，没有人知道，在村里最年迈的老人的记忆里，它便一直这般沧桑。树其实是普通的树，年纪大了，好像就有了灵性。当然，时间和它所见证的人世变幻，也让这棵树在村里人的心中有了特殊的意义。很早就有村民在这棵树下烧香许愿，不时也有姑娘小伙儿在树下约会。知青下乡的那几年，这里更是那些城里青年风花雪月的最佳地点。

向远做土导游做久了，对那些城里游客的心思拿捏得很准。村子毕竟小，仅仅是四时风光未必足够吸引人，必须添些新奇奥妙的东西，才更能为那些人的旅程解乏增趣。所以每接到游客，她总喜欢带他们到这棵老槐树下，给他们讲讲“老槐树的故事”，题材无非是才子佳人树下相会，指天为盟私订终身，最后命运捉弄棒打鸳鸯。题材多烂俗都无所谓，那些城里人总能听得津津有味，村里人也乐得将这些胡编乱造的传说传得煞有介事。时间长了，老槐树渐渐声名在外，俨然成了坚贞不渝的爱情见证人。村里无形之中仿佛增添了一个人文的景观，就连城里跟来的专职导游也依葫芦画瓢地给游客讲起了这棵树的故事。

每当这个时候，向远心里就暗笑不已，她是这个动人故事的编造者，可她偏偏是最不相信这个故事的人。但这有什么要紧？村里的野鸭潭被她改称为“鸳鸯潭”之后，去的人不也更多了吗？向远在树下的旅游纪念品生意越来越好，她得到了钱，那些慕名而来的痴男怨女得到了心理慰藉，这不是两全其美的好事吗？

向远读高三了，开学快一个月了，可在镇上读高中的学费还没交齐。她给学校打了张欠条，就等着这七天的收入，不但可以解决学费问题，她和向遥往后几个月的生活也有了着落。

日近中午，向远粗略算了算，一共跑了两趟带路兼讲解的生意，加上卖出去的纪念品，总共将近百元的进账。这还只是长假第一天的上午所得，算得上差强人意。向远把钱小心收好之后，觉得有点渴，这才想起一个上午自己滴水未进。她喝了口随身带来的白开水，老槐树下卖凉粉的李家二姨婆让她喝碗凉粉解解暑，她笑嘻嘻地拒绝了，非到万不得已不占人便宜、也不欠人情是她向远的一贯原则。

午后的阳光透过树叶的间隙射下来，隐约从头顶传来秋蝉的哀鸣。这个时间段通常是人流量最少的时候，向远靠在树干上，不由得也有些昏昏欲睡。

一旁打盹打了好一阵的算命人老胡悠悠醒来，百无聊赖地吁了口气，看着向远道：“反正也没有客人，小姑娘，要不我给你算上一卦？”

向远笑着说：“你老人家不总说揣测天机是要折寿的吗？我不付钱，哪好白白让你短了寿命？”她嘴上是这么说，心里却对这些江湖术士的把戏很不以为然。这老胡是外乡人，以四处招摇撞骗为生，无意中到了李村。正好李村的老槐树被传得神乎其神，于是他在树下做起了算命的生意，倒也还算红火。来找他算命测字的清一色是游客，求的大多是姻缘。向远闲时冷眼旁观，看着老胡胡说八道，乱捏造一气，心里觉得好笑：也只有那些钱多得没地方花的城里人才相信这老家伙的浑话，他要真能测过去和未来，还用得着四海为家，吃这嘴皮子的饭？不过老胡凡是算命测字，大多是什么好就往什么地方说，偶有牛头不对马嘴之处，反正他收费不高，不过三块五块，别人也不跟他较真。但向远哪里会吃他这套？

老胡也是善于察言观色之人，看向远的神态，知她心中不屑，于是嘿嘿一笑，说：“信也罢，不信也罢，既然你也知道这些把戏当不得真，何不看成消遣？我老人家都不怕折寿，你还不能当个玩笑听听？说不定信者则灵呢。”

向远不想跟他耍嘴皮子，反正也是闲着，就顺手从老胡的测字摊子里拣出一张，丢到他的面前。老胡把纸打开，煞有介事地在向远眼前挥了挥，纸上是毛笔写着的一个“会”字。

“会……会……”他捏着皱巴巴的纸条喃喃自语。向远把双手抱在胸前，好整以暇地准备听他胡诌。“说吧，‘会’又怎么解释？”

“这个‘会’字嘛，上下单独拆开来看，分别是一个‘人’字和一个‘云’字。人在云上，必是人上之人，小姑娘以后富贵可期。”

向远大笑：“老胡啊老胡，你可真会见人说人话，见鬼说鬼话。我贪财爱富贵，你倒是一眼就看出来了。”

老胡也跟着笑了一阵，很快便收了笑容，正色道：“不过，话又说回来，都说彩云易散，没了这个‘云’字，就只剩下一个孤零零的‘人’。富贵虽好，只怕你命中六亲零落，到头来伶仃一人。”

向远的笑容短暂地僵在脸上，随即摆头笑骂：“少拿这套唬我，是不是又推销起了你的狗皮膏药？”

老胡狡黠地一笑，从口袋里掏出一大串乱七八糟的东西。向远看过去，都是些红线穿着的挂坠，有观音，有佛祖，有麒麟。

“戴上一个护身符，就可以消灾解难……”

老胡还没说完，向远就冷笑着从自己包里掏出更多的琳琅满目的小挂件：“说吧，你这些东西是不是在镇上的陈家批发的，大的一块五，小的八毛？我这里也有卖不掉的，你要的话，可以便宜点给你，成色还好过你手上那些次品。”

老胡讪笑着接过向远手中的物件看了看，成色确实优于他的。他立刻识趣地转移话题，挑出其中一个仿碧玉的观音，说：“这个做得不错，几乎可以乱真。只可惜这观音像背面脖子处有道裂纹，观音断颈，大凶之兆，成色再好也没用。”

向远脸色一变，将那些东西从老胡手里夺了回来：“你这老家伙要是再胡说，被客人听到了，小心我让你在这村里再也待不下去。”

老胡见她有了恼意，知道她不好得罪，忙换上一副讨好的神情：“姑奶奶，老人家跟你开个玩笑，当什么真啊？刚才那个‘会’字我还没有说完，正所谓‘有缘千里来相会’，这是离人得归之兆，说不定小姑娘你今天就要跟故人重逢了。”

向远哪里还肯听他的疯言疯语，说了句“信你才怪”，就再也不肯搭理他。她最不信这些神神怪怪的东西，自然是不会往心里去的，可是听那老不死的说到那些晦气的东西，尤其是什么“六亲零落，伶仃一人”，心里竟莫名地一紧。不过向远的不快没有维持多久，因为她很快迎来了下午的第一单生意。

那是一个年轻的女孩子，说不定年纪比向远还小上一些，一副城里人打扮。这样的女孩子通常结伴而来，单独一人倒是少见。向远见她在树下徘徊了许久，不像看风景的样子，却也不像迷路，于是主动迎上去问对方需不需要请个导游。

这趟生意谈得异乎寻常地顺利，那女孩子不但当即同意让向远带她逛逛，而且一出手就给了张粉红色的钞票。向远心中暗喜，拿人钱财，自然分外卖力，于是首先就第一千零一次地给那女孩讲起关于这老槐树的“凄美”传说。如果她猜得没错，像对方这个年纪的女孩子，对这种爱情传说总是最神往的。

向远猜得很对，她说得绘声绘色，对方听得如痴如醉。末了，当向远讲到传说中的古代女青年在树下看着自己爱的人迎娶了别家女子，伤心绝望之下，化作了树仙，正准备给这个故事做一个回味无穷的了结的时候，那女孩忽然打断了向远，看着那棵树，怔怔地问了一句：“她化作了树仙之后，还要站在村口天天看着她的爱人和别人幸福甜蜜，子孙绵长，这不是自己折磨自己？”

向远愣了一下，她的故事说了那么多遍，还是第一次有人提出这样的问题，不过她脑筋转得极快，马上接话道：“说不定她得不到幸福，就希望看着自己爱的人幸福呢？”

她听到那个女孩很突兀地笑了两声：“会吗？”

向远还来不及回答，那女孩又追问了一句：“你会吗？”

“这个嘛……”她正想含糊其辞地将这个问题蒙混过关，那女孩索性转过头来微笑着看着她，“如果是你爱的人爱上了别人，你会怎么办？”

向远觉得这个问题莫名其妙，不过顾客是上帝，她还是装作认真地答道：“那我就把我的爱转移到别的东西上。”

“别的东西，比如说呢？”对方若有所思地追问。

向远打了个哈哈：“比如说，钱啊。小说上不是说，没了爱情，至少我还有钱嘛。”

“如果你连钱都没有了呢？”

看来她碰上了个偏执而认真的女孩子。向远讶然之下，不由得留心打量眼前的人。那女孩说不上漂亮，当然也绝不丑，身形纤瘦，眉目清淡，嘴角天生微微上扬，不笑的时候也像微笑。只是脸色苍白，皮肤纸一般薄，隐隐可看到下面青色的细小血管。看着这个女孩子，向远莫名地想起村民从潭里打捞出来的瓷器碎片，清水淘过一般的、白得毫不张扬的、柔润的、破碎的……

向远继续开着玩笑：“谁让我没了这些东西，我就要让他不得好过。就像化作树仙的那个女人，如果那男人拿走了她的钱，再娶了别人，她落得人财两空，换作我是她，我宁可杀了那男人也不会傻到让自己变木头。”

那女孩皱着眉说：“可是杀自己爱过的人哪有那么容易？与其杀他，还不如杀自己容易些。”

她认真讲的冷笑话把向远逗笑了，那女孩见向远笑，也跟着笑得前仰后合。笑完了之后，她说：“刚才你说你叫向远是吧，向远，你真有意思，一到这里就遇见了你，真好。我叫叶灵，从 G 市来的。”

向远面上是友善的笑容，基本上她对每个能带给她收益的人都很友善。

那个自称叫叶灵的女孩子看着向远手里来不及放好的大小挂件，好奇地翻看着。

“喜欢吗？有看得上的，便宜点给你。”向远见又有了赚钱的机会，不由得精神一振，“这些都是很灵验的护身符，戴在身上，可以驱邪许愿的。”

“是吗？”叶灵感兴趣地挑选着，最后拿起了一个观音挂坠，“这个很好看，多少钱？”

向远定睛一看，不由得暗暗吃惊，叶灵手上拿着的挂坠不偏不倚，正是老胡那死老头说的“断颈观音”。这个东西向远本已不指望能卖出去，谁知道这城里来的女孩偏偏爱不释手。

要是在往常，说不定向远早就忙不迭地将这次品脱手，越快越好。可是现在对方是个跟她差不多年龄的女孩子，看上去天真无邪，更重要的是出手大方。她已经从叶灵身上赚了一百块，拿人的手软，她不能太黑心。所以，向远勉为其难地提醒了一句："这个啊，这个观音有瑕疵，换一个吧，还有更好的。"

"你是想说'观音断颈'吧。"叶灵笑笑，将那个挂坠放在手心把玩。

原来她也是知道的。向远也不再隐瞒，点了点头："虽然我不太相信这些乱七八糟的，不过你最好还是挑别的吧。"

"没事。"叶灵自顾自地将那断颈观音摘了下来，"这东西讲的是第一眼的眼缘，我就看上这个了。'由来好物不易坚'，有裂痕的说不定才是好东西。"

向远是生意人的头脑，既然买家都不计较，哪有卖家藏着不肯出手的道理。这观音本是假玉，值不了几个钱，叶灵早先出手大方，让她小赚了一笔，她也难得地大方一次，做了个人情，将那观音送给了叶灵。她想着，说不定这金主一高兴，在接下来的游程里出手就更大方了。

叶灵再三谢了她，向远都觉得有些不好意思，于是服务更加周到，看完了老槐树，就带着叶灵往以前的"野鸭潭"——现在的"鸳鸯潭"走去。

其实那个几百米见方的深潭是向远最不愿意去的地方之一，可是没有办法，这个季节，正是这水潭最清澈美丽的时候，碧盈盈的水映着潭边的野树，她这个并不容易迷恋风景的人也觉得心旷神怡。

叶灵绕着潭边走了一圈，显得心情很好的样子，跟向远说说笑笑的，苍白的脸上也有了淡淡的红晕。

"向远，那是什么花？"她忽然指着潭边小土坡半腰上的红花问向远。

向远侧身看去："哦，好像是野杜鹃。"

"真漂亮。"叶灵感叹了一声，然后有些不好意思地对向远说，"我爬山不太利索，能不能麻烦你给我摘一朵？"

向远答应了，那个高度对于走惯了山路的她来说完全没有问题。

“那你在这儿等我一会儿，我马上回来。”她对叶灵说完，几步跑到土丘下，还没往上爬，就听见了半山腰树叶的晃动声，有人的衣服露出了一角。

向远笑了：“邹昀，你摘野菜摘到这里来了？”

“向远姐，”上方的草丛里露出了邹昀稚嫩而清秀的一张脸，“你跑到这里来干什么？”

“摘花。”向远怕叶灵久等，言简意赅地指着那野杜鹃对邹昀说。她回头看了一眼，叶灵已经一个人慢慢地踱出了十几米外。

“你喜欢这个啊？”邹昀惊讶地看着向远，“别，别，这里草丛下挺陡的，你别上来，我给你摘。”他探身轻而易举地将花摘下，额头上的汗珠跟他的眼睛一样亮晶晶的。

向远伸手接住邹昀抛来的花枝，刚转身，正好看到一身白裙的叶灵静静地站在潭边，低头像在想着什么，然后没有任何预兆地纵身一跃，无声无息地没入潭水里。

只是一瞬间，叶灵便没于深潭之中。一切发生得如此突然，如果不是水面荡起的涟漪，向远几乎要以为这是她午后失神的一个错觉。瞬间的本能反应让向远飞奔到潭边，正待跳入潭里救人，眼前飞快地闪过一个画面：被水泡得发涨的向迤漂浮在水面，小小的一张脸肿得变了形，泛着毫无生气的灰紫色。

向远微不可察地一抖。这个世界为什么那么奇怪？有无数的人——像她妈妈，像向迤，像许多贫贱如蝼蚁的无名氏，分明那么艰难，仍然盼望挣扎着活下去，却不能够。但是这个叫作叶灵的女孩，年纪轻轻，服饰精致，显然生活优越，她比很多人活得要好，偏偏自愿求死。这真是种讽刺。

向远之前对叶灵那点萍水相逢的好感顿时荡然无存，她厌恶轻贱自己的生命，甚至是拿死当作筹码的人，这种人懦弱、卑怯、无能，毫不值得同情。她想，既然这个叫叶灵的女孩子那么想死，我何必阻挠？不如成全了她。她怔怔地看着水面的涟漪越来越淡，直到听见身后不远处的山坡上传来失足滚落的声音。很快，裤子被划破了好几道，小腿上全是被尖利树枝划出血痕的邹昀气喘吁吁地跑到她的身边。

“向远姐，刚才……刚才那个人……”邹昀显然是在半山坡也看到了叶灵落水的那一幕。他平时爬山爬树灵活得像只猴子，只有突然大惊之下才会失足滚落下来。他心急如焚地冲到向远身边，却被向远脸上一闪而过的狠劲儿和漠然吓了一跳。

邹昀救人心切，心急如焚之下也顾不上言语，眼看四周再无旁人，咬咬牙，拖着一条伤腿就扎入水中。刚游了几米，伤口的剧痛让邹昀再也使不上力。眼看那女孩白色的身影在不远处隐约晃过，他拼命想朝她靠近，自己却不经意呛了一大口水，头脑一阵空白，脚底像有一双无形的手将他往潭心拽。

这野鸭潭虽然不大，但惊人的深，即使是盛夏，潭水也是凉得沁人。据说潭心好几个地方，就连村里水性最好的成年人潜下去也探不着底。正是因为这样，当年向迤落水的时候，虽然许多乡亲都帮着寻找，但是就连尸体都没有办法及时打捞上来。这潭水每隔几年就会淹死人，小孩们都被家里的大人警告过不许在这里游泳……

这时候，水里的邹昀慌了，挣扎了一下，手脚却更不听使唤，尤其是受伤的那条腿仿佛失去了知觉，意识也在慢慢地模糊。绝望之间，忽然觉得有人推着他往岸上游。等他伏在地上咳了几口水，缓过劲来的时候，向远已经浑身湿漉漉地拖着那个女孩往岸边靠。他连忙爬起来在岸上帮了向远一把，两人合力才把那意识全无的女孩拖离了水潭。

向远累得够呛，她问了一声：“邹昀，你有没有事？”见他咳着摇头，才将注意力转移到平躺在地面的叶灵身上。叶灵的面庞毫无血色，胸口的起伏也若有若无。

“向远姐，怎么办？她不会死了吧？”邹昀毕竟还是个孩子，吓得声音都带了哭腔。

向远指着水潭斜上方农田的方向，急忙对邹昀道：“你快去，把李二叔的牛牵过来。”

邹昀当即会意，也无力理会腿上的伤，扭头就往向远指着的方向跑。

邹昀牵来李二叔的牛的同时，身后还跟着一大批闻声而来的村民和游客。其中有经验丰富的人将叶灵的身子扛上牛背，让她面朝下趴在牛背上，然后赶着牛往前跑。

向远走到人群外喘气。十月的天，风拂过湿透的身子，不可思议的凉。没过多久，她听到了乡亲们庆幸的欢呼声，知道叶灵吐出了腹内的水，想必已捡回了一条命。算她走运，向远撇了撇嘴，心里却是一轻，说不清是为了一个生命的获救，还是为了自己内心深处一闪而过的陌生念头所获得的救赎。

她拧了拧衣服上的水，谢天谢地，口袋里的钱虽然湿了，却依然还在。不回家换下这身衣服，还等什么？她朝自己家的方向走，远远地听到脚步声追了上来。

“向远姐……”

她知道是邹昀这小家伙，就回头指了指邹昀的腿：“快去村卫生所给你伤口消消毒，裤腿破成这样，你阿姨又要数落你了。”

第四章

故人归来

很多东西她都还记得，他却不小心忘记了。

向远回到家，向遥看到她这个样子，想问又不敢问，一声不吭地去烧水。等到向远洗了个热水澡，换了衣服出来，才发现乡亲们居然把仍然虚弱的叶灵抬到了她家。原来，叶灵获救后，围观的游客虽多，却没有一个认得这个莫名落水的女孩。不知道是受惊过度还是未曾恢复，叶灵清醒过来之后始终面无表情，一言不发。村民们没有办法，把她送去了卫生所，赤脚医生说没事之后，他们只得把她往向远家抬。一则向远是搭救她的人，二则向家有两个女孩子，照顾起她来也方便得多。

这一天向家的所有空房已经住进了游客，向远无奈，只得将自己的房间腾了出来，晚上跟向遥一起挤。向遥跟村里另外两个女人一道，给叶灵换上了向远的干净衣服，之后叶灵就一直处于半昏睡之中。

手忙脚乱了一下午，安顿好一切，已是日薄西山。向远把被水打湿的大小钞票小心地晾在厨房里，自己则靠着门框坐在家里的门槛上。从水里出来已经那么久了，她添了件衣服，还是觉得有点冷，头很沉，喉咙像被火燎过一般，想让向遥给倒杯水，那死丫头一时间又不知道跑到哪里去了。她早早已经习惯了自己照顾自己，现在这个样子，心知自己是受了凉。她身体一直很好，平时头痛发热的都很少见，今天不过是在水里泡了一阵，居然就成了这样，莫非是那个城里女孩将娇气沾染给了她？向远想到这里，自己就笑了，牵动嘴角的时候觉得头更痛了。她想，再靠一会儿，就回去睡一觉，明天还要早起。

这一次她没能如愿，意识刚开始混沌，就听见村长李二叔的声音在她耳边叫唤："向远，向远，那姑娘的家属来了，嘿，你猜猜是谁……"

李二叔后面的话向远没有听真切，她的视线越过李二叔，落在他身后一个模糊的身影上。

那个人跟他长得真像，但怎么会是他？然而那个声音分明又是熟悉的："向远，你怎么坐在这里？"

向远，你怎么坐在这里？

他以前每天早上起来上学，她总等在他家附近的谷垛上。他说这句话的时候都是笑盈盈的，向远在这里，当然是等他。

向远笑了，弯弯的眼睛又眯成了月牙：叶骞泽，你这家伙怎么又晚了，害我等那么久。

可他的表情不该是焦灼啊。

向远一个激灵，脑子顿时清明了不少，不知哪里来的气力，腾地站了起来，看清楚了眼前人，迷惑却更深。

"骞泽？怎么是你？"

他匆匆从她身边踏过门槛："向远，我们到后面再聊。"

向远心念一动，忙跟着叶骞泽走向内屋。

叶灵躺在床上，已经醒了过来。叶骞泽几步走到床前，一言不发，只是低头看她。

叶灵竟然笑了，那种单纯的快乐就像一个得到了糖的孩子。

是她先开的口，没有来由的突兀的一句话："你想要对我说什么？"

叶骞泽半晌不语，然后伸手替她掖了掖被子：“出来玩也要跟家里说一声，还有，水性不好就别玩水，爸妈会担心的。”

他淡淡地避开叶灵的视线，回头却迎上向远的一双眼睛。

“谢谢你！向远。”此刻他脸上才是真心的笑容，“谢谢你救了我妹妹。”

向远也笑，心里却是说不出的怅然。原来叶灵是他的妹妹，想来是叶叔叔回城后跟新妻子生的孩子。骞泽的感谢一点问题也没有，问题在于向远从没有想过，故人相逢，他面对她的第一个姿态竟然是感谢。

感谢是礼貌的、客套的，是对外的、疏离的，所以最亲的人不说感谢。叶骞泽的谢意来自她向远——这样一个外人，无意间搭救了他的亲人。亲疏立现！而向远记忆中的叶骞泽却是只与她相关的，密不可分。十四岁那年，他跟着父亲回城前的那天，向远站在村后山的坡顶上，看着村口的叶骞泽站在老槐树的附近，迟迟不肯动身。他的眼睛在送行的乡亲里苦苦搜寻，唯独不见两小无猜、朝夕相随的女孩。谁忘得了，曾经在山月的清辉下，年幼的他们并肩坐在溪涧的边缘，他说：“向远，我们永远不会分开。”向远当时没有说话，可心里却再笃定不过：他们是那么的好，谁能把他们分开？就算有一天他走了，假以时日她也一定会飞回他身边。她不送他，只是害怕离别的泪眼，走是必须的，相送又有何意义？叶骞泽一步三回头地消失在向远的视线中，一去就是四年，重遇这天，他为了他的亲人笑着说谢谢。

向远觉得头更痛了。想太多了吧，向远，平时你不是这样的。她的唇动了动，说出来的话却带着笑意：“谢我干什么？就当是所罗门王的宝瓶实现你第一个愿望。”

叶骞泽会心地一笑，只有他们自己才懂的暗示让四年光阴带来的霸道隔阂消弭了许多。向远仿佛这才看到一起长大的那个最亲密的伙伴。他环顾四周，想了想，说：“我想先去看看阿昀。”

“快去吧，你们都多久没见了？现在他应该在家，我就不陪你去了，有什么事回来找我。”向远一直站得很稳，就连向遥也没看出她在生病，她从来不喜欢别人看到软弱无力的自己。可这个时候，她忽然希望叶骞泽问一声：“向远，你是不是不舒服？”

她知道自己对他苛求，他快四年没有回来了，等着他的事情还有很多，他如何能面面俱到，明察秋毫？邹家婶婶，也就是他妈妈是个倔脾气，和叶叔叔离婚再改嫁之后，就断了跟那边的联系。叶叔叔把骞泽接走的时候她没有阻拦，但从此两边也疏于音讯。向远也是听人说，叶叔叔回城后另娶了妻子，叶家这几年日子过得不错，那边以骞泽的名义好几次给婶婶汇钱，她全都退了回去。骞泽说要回来看她，也被她拒绝了。她就像跟姓叶的断了一切联系，以至于她去年过世后，邹家竟不知道如何给她在那边的大儿子报信。等到那边辗转知道了消息，已是不久前的事情。所以向远已隐隐有预感他将要回来，只是没想到那么快，而且还是为了叶灵这一桩事。老胡那家伙早上才说有“离人得归”之兆，他说话一向没个谱，这次竟然歪打正着地一语言中。

“我先过去，叶灵……我妹妹就麻烦你多照看一下。”叶骞泽说。

向远想起叶灵在潭边的异样，叶骞泽同父异母的妹妹为什么独自一人回到他生长的地方？又为什么一声不吭地跳进了深潭？他们兄妹见面为何让人觉得说不出的异样？向远心存狐疑，不过转念一想，叶灵已经暂时没事了，邹昀也是叶骞泽的亲弟弟，有什么事，等到他见了邹昀之后再说也不晚。

叶骞泽去了很久。向远在向遥的床上睡了一觉，醒来的时候夜已经很深了。向遥被她支去守着叶灵，回房拿被单的时候，无意间说了一句：“你房里躺着的那个人，一点动静也没有，不知道为什么，枕头却湿了一大片。”

叶骞泽重回向远家已是次日清晨，同来的还有邹昀。当年叶骞泽走的时候，邹昀已经九岁，许多事都记得很清楚。叶骞泽是个好哥哥，过去他们兄弟感情一直不错，然而隔了这些年不见，邹昀在哥哥面前显然有些腼腆拘谨，原本就算不上外向的他跟在哥哥身后，即使是来到他一向熟悉的向家，还是显得非常的沉默。

叶骞泽去看了看叶灵，她还没醒，睡着的样子异乎寻常的安静。叶骞泽叹了口气，听到向遥在房门口叫了一声："叶哥哥，我姐叫你一起吃早餐。"

相比邹昀在亲哥哥面前的腼腆，向遥对于这个小时候常来往的叶哥哥则显得熟稔得多。她招呼了叶骞泽，就一个人朝厨房的方向走，平时向远的事情多，家里的一些琐碎家务事，大多是向遥动手。

向家的早餐很简单，无非一些清粥小菜，还有向遥在向远的交代下特意一早到村里的豆腐坊买来的新鲜豆浆。向遥将豆浆分到几个杯子里，习惯性地往里面添一小勺白糖，忽然走进厨房的向远打断了她。

"有一杯不要放糖，换成一小勺盐。叶骞泽喝这个从来就是喜欢咸的。"向远说。

向遥愣了一下，嘀咕了一句："叶哥哥的口味怎么那么奇怪。"话虽这样说，既然向远开口了，她还是依言照办。

四个人坐在向家有十几年历史的小圆餐桌旁，邹昀很自然地帮忙摆碗筷。

叶骞泽有些歉意地说："向远，我们这一次大概麻烦你太多。"

向远朝他摊开一只手："如果你觉得过意不去，大可以像来旅游的人一样付给我钱。"

叶骞泽知道她是借着玩笑话怪他客气，就笑笑，不再多说，低头抿了一口摆在他面前的豆浆。喝进口的那一瞬，他愣了一下，眉头随即微微皱起，不过他立刻掩饰住了异样的神情。

不过是极细微的举动，然而向远却立刻觉察到了："怎么了，不合你口味？”

叶骞泽很自然地咽了下去，笑着说：“没有的事。不过向远，我还以为喝咸的豆浆只是北方人的习惯。”

向远愣了一下：“你以前不是一直喜欢在豆浆里加盐吗？那时我还常笑你奇怪。”

“是吗？”叶骞泽凝神想了想，又笑了起来，“大概是小时候的奇思异想，难得你还记得。”他怕拂了向远的好意，特意又喝了一大口。

向远却立刻将杯子从他手中夺了下来，转头对向遥说：“把这杯倒了，换杯甜的吧。”

“不用，真的不用。”叶骞泽阻止着已经起身的向遥。

向远自我解嘲地笑了：“没事，都怪我，我记得的都是陈芝麻烂谷子的旧事了。都过了那么久，还以为你跟小时候一样呢。向遥，倒掉吧。”

一直没有说话的邹昀忽然说：“不用倒，我跟大哥换吧。我喜欢喝咸的。”

向远意外地挑高了眉：“咦，怎么你们兄弟俩小时候都有这个奇怪的爱好？”

向遥走也不是，不走也不是，杵在那里一会儿，又坐了下来，把那杯咸豆浆重重地放在邹昀的面前。

折腾了一番，杯子换了过来，四个人安静地吃着东西，一时无话。

向遥最早放下筷子，看了看邹昀，又看了看叶骞泽，忽然说了句：“叶哥哥，你比以前长高了好多，你们兄弟俩长得真像，不过你比邹昀好看多啦。”

她平时并不是个多话的人，这个时候一句无心之语，带着她这个年纪的小姑娘特有的天真，把叶骞泽逗笑了。向远也忍俊不禁，但更多的却是不以为然。事实上，叶骞泽和邹昀兄弟俩虽然不是同一个父亲，但是长得确实挺相像。不同的是，叶骞泽比较像他父亲，宽额深目，邹昀却随他们的生母，眉目俊秀，都是一样好看的男孩子。哥哥长大了，有了更多的书卷气，弟弟却还带着小男孩的稚嫩，尽管如此，实在也难分高低。

向远不知道向遥为什么忽然冒出这样一句话，不过并没有感到多大的意外。向遥跟邹昀不但同岁，从小学到初一，始终都是同班同学。按说两人年纪相近，两家又颇有渊源，但这并没能让他们成为好伙伴。邹昀那方面是没有什么的，倒是向遥处处看他不顺眼，两人凑在一起，向遥对他不是置之不理，就是横眉冷眼。上初中后，从村里走到乡上的中学有近十里山路，有时向远让向遥跟邹昀结伴同行，也好有个照应，向遥却偏偏不肯，不是早走半个小时，就是故意拖延时间，总之不愿跟邹昀走在一起。向远听说，即使在学校里，向遥也是不跟邹昀说话的。

向遥算不上是个脾气难相处的女孩子，在学校人缘不错，好像跟邹昀也并无多大过节。向远记得他们小时候也会在一起玩耍的，究竟是什么时候，因为什么变成了现在这个样子？向远问邹昀，邹昀莫名其妙，时间长了，她也懒得理会这些婆婆妈妈的事情。

邹昀听到向遥拿自己跟哥哥比较，还不忘故意贬低他，倒也没有生气，仍旧一口一口地喝他的咸豆浆。

吃过了早餐，按照之前的约定，向远要带住在她家的几个游客上山看风景。回房间准备东西的时候，她打开抽屉，不知是有心还是无意，叶骞泽走后不久的那些日子，给她写的厚厚一叠信从她放钱的小盒子下滑了出来。

向远拂了拂那叠信上看不见的灰尘。她很少翻看这些旧的信件，不过却记得清清楚楚，一共二十一封，另有好几张过节时候的明信片。骞泽刚回城的时候，写给她的信像雪片一样地飞来，那时他初到一个陌生的家庭、陌生的城市，还有许许多多不习惯的地方，向远是他唯一可以倾诉的人。起初他的信总是写满密密麻麻的好几页信纸，上面描绘着对大城市的新奇和他的彷徨，还有他对小山村和旧友的怀念。向远的回信总是简明扼要的一张信纸，她心里有很多话，下笔却觉得值得写的东西不多，无非是劝慰他，等到习惯之后，就会发现大城市必定有比小村庄好太多的东西。

从叶骞泽后来的信里也证明了向远所说是对的。他在时间里慢慢融入了新的生活，开始跟她说他的新家庭——他那多年未见、从大学里辞职下海的父亲，他温柔娴静的后母和一个比他小两岁多的妹妹。他说他们都待他很好，学校的生活也很顺利，他还认识了一些新朋友。听到这些，向远有一种带着怅然的欣慰。她每次寄信，都要走很远的路到乡上，所以大多数时候，她宁可自己只是一个倾听者。她偶尔会回一两封信，说说村里的新闻，你家隔壁的李二叔做了村长，我们同班的狗蛋去当了兵……他们各自说着各自的生活，越说越不一样，渐渐地，就说得越来越少。他的信从每周一封变成了每月一封，后来又成了不定期的偶尔一封，再变成节日的一张明信片……从什么时候开始，好像是他回城后的第三年，两人彻底断了音讯联络。

向远并不怪谁，她可以理解骞泽：他一直是个善良念旧的人，只不过他们分开得太久，生活的世界太不同。只靠鸿雁往来，再深的旧情也会淡薄，这是没有办法的事。不止是他，有时候就连她自己，无数次提起笔来，都不知道从何说起。她只盼望着有一天，她有足够的力量飞出这个坐井观天的小村庄，站在和他一样的土壤上，以和他并肩的高度一起看同样的世界，她坚信她办得到的！可是这一次他的归来，忽然让她开始感觉到慌张，头一回，向远在时间和距离面前察觉到个人的渺小和无力。

她听到很轻的敲门声。骞泽站在门口，来看依旧未醒的叶灵。她迅速将手上的信件塞回原处，再关上抽屉，转过身朝他微笑，低声说：

“我让向遥给她准备了一些粥，一直热在灶上。她什么时候醒了，让向遥端进来就行。我要出去了。”

叶骞泽走到向远身边，看着简陋的书桌旁挂着的一些旧照片。向远还是静静站在原地，没有说话，却也没有离开。

“向远，这次回来看到阿昀，看到你，忽然觉得以前的日子变得很遥远了，但又很值得回想。我们好久没见了，再见到老朋友的感觉真的很不一样。”

向远说：“既然这样，回来了就多留几天吧。你妹妹身体不是很好，多休养休养也是好的，你们学校不是也有假期吗？”

“我妹妹她……”叶骞泽迟疑了一下，“她是怎么掉进水里的？她之前有没有说过什么？”

向远看了不远处床上的叶灵一眼：“没说什么，不过我不觉得她是‘掉’进水里的。是什么原因我不清楚。不过骞泽，你这个妹妹，还是要看紧一点。”

叶骞泽并没有显出吃惊的神情，沉默着，似有心事，忧心忡忡，却什么也没说。向远看着他的侧面，他的眼神还是跟小时候一样，善良、柔软。他这样的一个好人，对一切都心存善意，总希望所有的一切如他想象中那么好，不知道在没有她参与的那几年他是否如愿。

仿佛想打破沉默，叶骞泽指着墙上镜框里向远的一张旧照片，随口说：“这是哪一年照的？背景是在我们钓鳗鱼的那条溪边吧。”

向远看了他一眼：“没错，你记性挺好。对了，骞泽，你陪着你妹妹，我跟几个游客上山。晚上我去找你。”

向远带着等了一会儿的几个游客，匆匆朝山上走去。她会说很多山里的典故和故事，性格又大方讨喜，一路上几个人说说笑笑，崎岖的山路也走得没有那么艰难。途经那条山溪的时候，她停下来让那些客人拍照。溪涧清澈，山色明媚，这是拍照的好地点。

向远耐心地在一旁等待，时间长了，不由得有些走神。那还是骞泽回城的前不久，她第一次做导游带着游客上山，骞泽跟她结伴同行。那时的游客也是在这个地点停下来拍照，骞泽向其中一个游客借了相机，亲自给她拍了一张照片。那个游客回家前，向远特意留下地址，请对方给她把照片寄了回来。

当时叶骞泽是第一次拍照，技术不是很好，相片不算很清晰，但向远还是把它小心地放在镜框里，挂在了墙上。

很多东西她都还记得，他却不小心忘记了。

第五章

旧时山月

苦苦寻觅的东西，从头到尾不知所终也就罢了，偏偏无意中看见了，伸出手去，却又眼睁睁地看着它从指缝间掉落……

向远陪着游客在山上待了一整天。旅游的人总是那么不知疲倦，身体不适的向远唯有强打精神奉陪到底。太阳即将落山的时候，一行人才开始往山下走。行至将近一半路程，一个女游客忽然惊叫一声，把神思恍惚的向远吓了一跳。原来，该女士的耳环不知什么时候丢失在游玩的途中，据说耳环是丈夫送她的生日礼物，虽不贵重，却极有意义。她次日一早就要返城，向远只得陪同他们一路回去寻找。然而在杂草丛生的蜿蜒山路上，要寻到一只小小的耳环谈何容易？眼看天色越来越暗，那女游客和她的朋友仍不死心。向远担心一旦天色全黑，这些走不惯山路的城里人要是一时失足，有个三长两短她担待不起，只得先将他们护送下山，然后独自一人返回原路寻找耳环。

她在山里没转多久，四周便全然被暮色笼罩，耳环仍然下落不明。其实向远心知要找回的希望是很渺茫的，但那位女士如此看重，她怎么也得拿出一些行动来。有些时候，尽了人事，才能听从天命，向远一向这么认为。

夜色中的山路向远不是没有走过，这一次上山早有准备，手持火把。路途倒也不算艰难，但病体未愈的向远体力透支得很快，汗水冰凉地将衣服都黏在了背上。和着山中秋虫的叫唤，她听到了自己越来越重的呼吸声。再一次经过那条山溪的时候，她停下来洗了把脸。耳环是找不到了，她也疲惫得直不起腰来，只好盘腿坐在溪边的岩石上发呆。

月亮在天上很圆，倒影在粼粼的溪水里成了破碎的残片。在这月光之下，不知坐了多久的向远就连火把的熄灭也没有察觉。等她听到了脚步声回过头去，已经看到近在眼前的火光。她看清楚来人，微微一笑，转回头来。没过多久，她身边多了并肩而坐的一个人。

“那么晚了，一个人在山上，一点都不害怕？”他问。

向远摇头：“你知道我不怕黑。”

他就笑了：“但是我也不知道究竟有什么是能让你害怕的。”

向远想了想：“这些年，我都不记得从什么时候开始，老做同一个梦，梦见一个看不见脸的女人，坐在一个四周都是白茫茫的地方，除了白，什么都没有。醒来的时候忽然就觉得有些胆战心惊……”她说着说着，自己也觉得有些好笑，就转而问道：“对了，你怎么上山来了？我还以为你在城市里住得久了，都走不惯山路了。”

叶骞泽说：“见你那么晚没有回家，有些放心不下。不过说实在的，如果不是一路跟着阿昀，我也不能那么顺利地翻过前面那座山。阿昀那小子跟你小时候一样，天不怕地不怕的。”

向远朝身后看了看：“你跟邹昀一起来的？那他人呢？”

“在前面的岔道跟他分头找，大概找不到人他也会回头的吧。溪边这条路我比较熟，想不到你真的在这里。”叶骞泽说，顿了一顿，继续道，“向远，我这次回来，总觉得你跟以前不太一样了。”

向远反诘：“你不也一样吗？”她立刻察觉到自己不恰当的情绪波动，缓和了一下语气，说了句：“我们都不再是小孩子，长大了，自然跟以前不一样。”

叶骞泽闻言有些怅然：“好朋友不是一辈子的吗？”

向远偏开脸，凝神去看水里的破碎月光。是啊，他们不就是好朋友吗？牵着手一起长大，以往是如此，一辈子也是如此？

“对了，你妹妹好点了没有？”她岔开话题。

“好得差不多了，就是还有些咳嗽。多亏你及时把她救上岸来，只不过她从小身体不好，所以才麻烦你们这么久。”

向远想说，你妹妹有问题的不止是身体吧，否则无缘无故怎么会投了河？可是再一想，他做哥哥的对发生了什么，未必是不知情的，既然他都只字未提，别人的家事，她何必多言。于是她只是说：“没什么麻烦的。不过，骞泽，你们兄妹的感情看来真不错。”

她说这句话，未尝没有羡慕的意味，叶骞泽却答得很快：“叶灵……叶灵她从小就比较敏感，我爸跟阿姨都忙，所以我难免要多照顾她一些。家里人都宠着她，她难免有些小脾气。你跟她接触过，要是她言语上有什么不妥的，你不要往心里去。”

向远有些意外：“不妥的地方倒没有。直到落水之前，她看上去都挺高兴的，也挺有礼貌。这大概就是别人说的‘亲者疏，疏者亲’，再有脾气的人，对无关紧要的人总是客气的，只有在最亲的人面前，才会无理取闹。”

“也对。其实她很善良的，在家的时候，看到什么流浪的野猫野狗总不忍心，老把它们往家里抱，时间长了，家里都是这些小动物。她整天跟小猫小狗玩在一起，跟同学朋友却接触得少了。对了，向远，以前我送你的那只黄狗还在吗？”

“死了。”向远说。

叶骞泽这次回来没有看见那只狗，多少也猜到是不在了，但是亲耳听到它的死讯，心里还是有些难过：“哦，死了，怎么死的？”

“我杀的。”

他被向远平淡的一句话吓了一跳：“你杀的？又开玩笑了吧。”

向远玩着石头缝隙里的草：“这有什么好开玩笑的。它老了，迟早是要死的。前年冬天下了很大的雪，它病得都不能动了，吊着一口气缩在门口不停地抖，叫都叫不出来。这样活着多一秒也是受罪，不如趁它没断气，杀了还可以吃一顿。向遥怎么也下不了手，那就只有我来了。”

叶骞泽说不出话来，目瞪口呆地看着向远，这是他的朋友向远吗？然而他的朋友向远不一直是这样一个人吗？他知道向远的意思，或许真如她所说，到了那个地步，早死对于那条狗来说真是一种解脱，但是没想到她竟然狠得下心亲手了结自己养了多年的狗，那血淋淋的画面让他心里一时间有些难以接受。

“走吧，我们回去吧，说不定半路还可以遇见邹昀。”向远拍了拍叶骞泽的肩膀，站了起来。她把手放在他肩上的时候，觉得那里好像微微一僵。

叶骞泽站起身来，忽然看见火把的映照下，紧靠溪水的岩石缝隙里闪过一点亮光。他把火把移过去：“向远，你看这是什么？不会就是你要找的耳环吧？”

“哪里？”向远立刻凑了过去，那卡在岩石之间的不正是那个游客丢失的耳环吗？“我找了半天，差点累死，原来它就藏在这里。”她俯身去拾，没料到叶骞泽想为她代劳，与她同时弯腰，两人撞在了一起。向远原本就全身无力，当下一个趔趄，叶骞泽赶忙扶了她一把。她晃了一晃，好不容易站稳，却将卡住耳环的那块小碎石踢到溪水里，那耳环则随着碎石落水。向远低声惊呼，探身去捞，哪里还来得及，本无多少重量的耳环几乎在顷刻之间就被湍急的溪流冲走了。他们顺着水流的方向追了几步，却再也没有刚才的幸运，耳环消失无踪。

两人无奈地对望。

“怎么办？”叶骞泽苦笑一声。

向远叹了口气，苦苦寻觅的东西，从头到尾不知所终也就罢了，偏偏无意中看见了，伸出手去，却又眼睁睁地看着它从指缝间掉落，直至再也找不回来，这让她如何能不懊恼？

“还能怎么办，打道回府吧，就说找了一晚上根本就没见着。”她走了两步，轻飘飘的。

“等等。”叶骞泽追上了她，伸手在她额头上探了探，“刚才我碰到你的手，就觉得有点不对劲，你身上怎么烫得那么厉害？”

“没事，昨天受了点凉，回去就好了。”

“你昨天已经知道自己身体不舒服，今天还一个人在山上一整天？”叶骞泽的声音里除了惊讶，还有些许薄责的意味。

向远在他不认同的目光里感到一丝暖意，可还是挥了挥手：“真的没事。”

“没事？你走路都不稳！”

“那能怎么样，难不成你背我下山？”

她当然只是戏谑而已，没想到叶骞泽一句话也不说，走到她跟前，半弯下腰。

“上来！”

向远愣了一下，她确实是累了，在他面前又何必逞强呢？于是便笑了一声，接过他手里的火把，毫不扭捏地伏在他的背上。

他背着她下山。向远半举着手里的火把，光影就在他服帖的发梢斑驳地变幻。她生怕病中的自己记不牢这刻，还好，还好那一轮山月可以作证，隔了那几年，他们再一次如此贴近。

向远强撑着一整天，这一刻仿佛已到了极限。叶骞泽背负着一个人的重量走山路，虽然向远身材瘦削，他也正当年轻，却也不是一件轻松的差事。一路上，他们都没有说话。

这一段路走了将近一个半小时，下到山脚，村口在望的时候，向远示意叶骞泽将她放下来。

“我休息了一阵，没有什么事了，你也累了，让我自己走吧。骞泽……骞泽？”

她喊了两声，没见他有反应，正觉得纳闷，这才发现他已经停下了脚步，静静地朝一个方向看。

向远晃了晃头，沿着他注视的方向看过去，只见夜色中的老槐树下，叶灵手执火把，定定地面朝他们的方向伫立。

虽然对叶灵这个时候等在树下感到费解，但向远不是一个多事的人，只不过她的直觉也在告诉她，有什么地方不对劲。于是她再一次拍了拍叶骞泽的肩膀。

“放我下来吧。”

叶骞泽却仿佛对她的话充耳不闻，丝毫没有放下她的意思。他背着向远走到叶灵身边，只说了句：“晚上这么凉，你出来吹风干什么？回去吧。”

向远从叶灵的眼里读出了疼痛的意味，这个认知让她心里暗暗一惊，一种不祥的预感如同毒蛇，透过叶骞泽护在她背上的手，慢慢地沿着她的脊柱蜿蜒。那种感觉冰凉、丑陋，带着剧毒。她原想自行从他背上跳下地来，然而这个时候，她本能地选择了沉默，任由叶骞泽背着她，一步一步地把老槐树抛在了身后。

叶灵有没有跟上来，向远顾不上理会，远远地她已经看到邹昀下山的火光。这里离向家不远，叶灵来得了，就回得去。她的全部注意力都在跟随着叶骞泽的脚步——也许是踏着地上的落叶，那脚步声沉而闷，一声一声，似在耳边，又似遥远。

在家门口附近的地方，向远挣扎着落了地，俯身揉了揉小腿后，直起腰来，双眼与叶骞泽平视，单刀直入地问了句：“你能告诉我你妹妹投河的原因吗？她看你的眼神让我觉得……”

叶骞泽的神色在背光处晦暗不明。

“别多心，向远。我承认叶灵对我特别地依赖，但我是她唯一的哥哥，大多数妹妹对哥哥都有种小女孩的独占欲。等她再长大一点，性格也会随着改变，到时一切都会好起来的。至于她落水，我更相信是个意外。”

“那你呢，你对她呢？”

“她是我妹妹，我对她的所有关心都是出于一个做哥哥的立场。向远，你应该是了解我的为人的。”他答得很快，向远甚至从他一贯平和的话语里听出了些许恼意。

她笑了一下，像是要缓解眼前有些僵的局面：“你妹妹现在看上去不太好，就算是为了她着想，你也应该尽量避免给她期待，避免她对你过分依赖。”她说完，又笑着补充了一句：“我是不是有点多管闲事？你说过的，我们是好朋友，就当是朋友间的一点小小建议。背我回来也累得够呛吧？谢字就不说了，我先回去休息。你要是放心不下，就回头去看看你妹妹，见到邹昀帮我跟他说声我没事。”

她转身推开门，听见叶骞泽喊住了她：“向远，等等，我这几天一直有件事想问问你。”

“怎么了？”向远回头。

他想了想，才低声说：“你还记不记得阿昀是什么时候出生的？”

这个问题问得有些突然，向远皱眉想了想：“他生日是哪天我倒忘了，他们家也没有给小孩子过生日的习惯。我只记得他出生的时候是个冬天，那时我们才五六岁。你爸爸回城没到一年，你跟着你妈，还有邹叔叔一起过。当时我总搞不明白为什么叶家婶婶会突然变成邹家婶婶，问我妈妈，她也不肯告诉我。好像那天还下了很大的雪，所以我记得特别清楚。我一大早去找你堆雪人，你说你妈妈病了，不能跟我去玩。我就问，你妈妈得了什么病。你告诉我，你妈妈肚子痛了很久，家里就多了个弟弟。我记错了吗？”

叶骞泽仿佛在犹豫该不该说，不过最后还是选择对向远开了口：“其实我记得的也是这样，但是后来我回城之后，有一次跟爸爸聊天时，无意间说起过我妈跟邹叔叔生的这个弟弟。我爸说，他听说阿昀是来年春天出生的，我就总疑心自己的记忆出了错。向远，你有没有觉得阿昀，他……他长得一点都不像邹叔叔，当时村里不是也有人说……”

向远一惊，赶紧留意了一下四周，压低了声音说：“这话你可别乱说，谁都知道邹昀是你妈妈嫁给邹叔叔以后生的孩子，要说是错，也应该是你爸记错了。邹家婶婶生邹昀的时候应该是早产了，你别信村里那些嚼舌根的人说的话。”

“不，不是的。”叶骞泽摇头，“向远，有些事情我说不清楚，但是血缘是种很奇妙的东西。小时候不觉得有什么不对，隔了几年我再见到阿昀，他虽然长得比较像我妈，但是那神态，尤其是那双眼睛……真的，我感觉他应该跟我一样，姓的是叶，而不是邹。”

“这怎么可能？”向远喃喃自语，她觉得这有些不可思议，但理性却让她觉得叶骞泽说的不无道理。听村里人说，邹家婶婶跟叶叔叔离婚后，面上跟没事人一样，不到两个月就跟了村里三十多岁、还打光棍的邹瘸子，当年冬天就生下了邹昀。邹家婶婶是个要强的女人，她的痛快离婚和火速改嫁未尝没有赌气的意味。这么说来，她几年后同意让前夫把大儿子接回城，却隐瞒了小儿子的身份也不是不可能的事。前些年村里的确是有一些流言，说邹昀长得跟邹瘸子半点也不像，不知道是谁的种。不过当时种种矛头都指向向远的父亲向云生，他们都说邹家婶婶对向云生始终不能忘情，说不定她恨不得跟姓叶的离婚，嫁给邹瘸子也只是个幌子，实际上是跟向云生有一腿。

别的事情向远不敢断言，但是有一点她是可以肯定的，那就是她的父亲向云生虽然没有什么优点，但对她妈妈却是一辈子死心塌地。要说他有可能跟别的女人扯上了什么不清不楚的关系，不管妈妈在不在世，向远都是不会相信的。

“当年回城提出离婚，是我爸对不住我妈。我长大了一点之后，他也反复对我说过他的内疚。当时他下到农村，以为再也没有返城的机会，才认命地在这里娶妻生子，但是谁知过了五六年，知青返城的文件又下来了。我妈没有名额，跟他回城也是没有户口的，况且她也不肯离开这里。我爸家里几代书香，他当时一心想着回城参加高考上大学，也只好提出离婚。叶灵的妈妈，我的继母是爸爸的高中同学，他们念书的时候就是有感情的，所以……唉，总之长辈的事情，不管对还是错，我们做儿女的都不好评判。这几年经济状况好了一点之后，爸爸知道我妈和阿昀他们日子不好过，总想为他们做点什么。你知道的，寄钱，她退回来。写信，她从来不回。我爸几次想带我回来看看，电话打到村公所，我妈总是说，他回来，她就走，连我都不想见。她就是这个脾气，我爸也不好强行打扰她现在的生活。谁知道，谁知道会发生那样的意外，我们竟然隔了大半年才知道消息。这次我回来是为了我妈的事，叶灵落水，是个意外。向远，你不知道我看到我妈的坟，心里是什么感觉，我走的时候她活得好好的，回来的时候她坟上都长满青草了。邹昀这几年还能在她身边，我呢，一样是她的儿子，却什么也没能为她做。有时我甚至觉得，她爱阿昀，但不爱我。”

他说着，话语间有些感伤。

向远安慰他：“她怎么会不爱你？你走的这些年，她每天早上都会为你烧炷香，让菩萨保佑你在外面平安，这些都是邹昀亲口告诉我的。他们那一辈的事情我们不理解，她让你回城，也是为了你好啊，留在这个小地方能有什么出息？不让你们回来，也许是怕见了更伤心啊。”

叶骞泽的眼睛有些潮湿了，他忍住了哽咽，再抬起头来的时候便有些毅然的神情：“不管怎么说，我妈不在了，对阿昀我一定要负起做哥哥的责任。我怎么对叶灵，就会怎么对阿昀，他们都是我的亲人。如果他身上流的是我们叶家的血，不管怎么样，我也要带他走。我来的时候，爸爸在国外，应该也就是这几天，就会赶过来。”

“可是你凭什么断定邹昀是你爸爸的儿子？无凭无据，这不是胡闹吗？他没了妈，但是爸爸还在，邹家怎么可能让你们把他带走？”

“所以我才跟你商量，向远，我想要你帮我。”叶骞泽看着向远说。

向远身上一阵冷一阵热的，她迟疑着，沉下心来考虑，不敢轻易点头，生怕自己一时糊涂，好心办坏事。向迤死了，她一直把邹昀看成自己的弟弟一样。邹家现在这个样子，日子并不好过，只要有希望，为什么不助他飞离农门呢？人往高处走，水往低处流，谁都应该尽可能地挑最平坦、最笔直的那一条路走。

“好，你要我怎么帮你？”向远说。

第六章

邹昀的秘密

邹昀忽然大喊出了回来之后的第一句话：“谁说我要走？我不走，要走你们自己走！”

长假的第六天，十二岁的邹昀第一次坐了一个半小时的汽车来到了县城，与他同行的有向远，还有他多年未见的哥哥。

汽车颠簸在起伏的山路上时，从未出过远门的他就反复地问向远：“我们去县城有什么事吗？”向远老是笑，她说什么事也没有，就是去玩，仅此而已。

什么都不干，只是去玩！邹昀按捺不住内心期待的同时，也感觉到一丝惶惑，这是他想也不敢想的事情。平时，就连家里的大人偶尔有事，一年也未必会到县城一次。向远平时这么忙碌，而他城里的哥哥几年才和他见一面，他们居然会特意带他去玩，这未免让他觉得有些奢侈。

出门的时候，邹昀在向远的家门口遇见向遥。他不是很明白为什么向遥对他那么敌视，他们是同班同学，又是小时候的玩伴，他不希望两人关系太僵。于是他在心情大好之下，不理会向遥对他故意的视而不见，主动打了声招呼：“向遥，我们什么时候出发？”

“谁跟你是‘我们’，出发去哪里？不知道你在说什么。”向遥脸上的莫名其妙让邹昀怀疑起“去县城玩”这件事的真实性，难道是他听错了？昨天晚上，明明是向远到他家打的招呼，听说哥哥也去，爸爸也答应了——他的父亲邹瘸子从叶骞泽那里得到了不少实惠，对这个曾经的“拖油瓶”还是相当客气的。

邹昀有些困惑，说话便有些吞吞吐吐：“不是……不是说好了今天要去县城玩的吗？”

向遥还来不及做出反应，向远已经闻声走了出来，对着邹昀笑：“你来了？准备出发吧。”仿佛刚意识到向遥站在一旁，向远对着妹妹也问了一句：“你去不去？”

向遥愣了一下，然后大声说：“有什么稀罕，我才不去。”说完转身就往屋里跑，末了，还不忘狠狠地瞪邹昀一眼。

邹昀来到县城，被人来人往的宽阔街道和各种有趣的事物吸引住了，两只眼睛都觉得不够用。他不明白为什么向遥会说不稀罕。他们三个人逛了许多马路，进了许多商店，连在县城里小小的人民公园都玩得不亦乐乎。经过县医院的时候，向远还提议进去抽血验个血型，她说现在城里人都喜欢这么做。邹昀听向远这么说，也跟着她和哥哥一起在化验室卷起了衣袖，抽了一大管血也不觉得疼。这一切对于邹昀来说都是那么新奇，他觉得自己长到那么大，从来没有玩得这样尽兴。他老问哥哥现在是几点，叶骞泽还以为他急着赶回去，其实他只是太害怕天黑，然后这一天就会结束。

可是不管他怎么不情愿，这一天迟早要结束。坐上返家的车子，邹昀看着窗外的风景，他来的时候有多欢喜，走的时候就有多失落。坐在他身边的叶骞泽拍着他的头，问他想什么这样出神。经过这一天的相处，邹昀和哥哥之间的生疏消弭了许多，可他依然回答不出哥哥的问题。他在想什么？他这一天明明是快乐的，可是眼看着天黑下来，为什么会觉得难过？他忽然后悔，一路上放太多心思去想现在究竟几点钟，以至于漏看了不少风景。

眼看车子离家越来越近，只有手上被针扎过的隐隐刺痛在提醒邹昀这一天的旅程。他忽然才想起，平白被抽了那么多血，竟然忘记问自己究竟是什么血型。他捂着手腕，扭过头去问坐在他后面的向远：“向远姐，刚才测出我是什么血型啊？”

向远笑眯眯地说：“别心急，哪有那么快知道结果。”

“我是B型，阿昀你也有可能跟我一样啊。”叶骞泽半随意地说。

“哥，你知道你是什么血型，今天为什么还要验血？”

叶骞泽望了向远一眼，向远还来不及作答，邹昀小朋友的思路已经从这个问题上转移：“向远姐，我会不会和你是一个血型？”

向远觉得有点好笑：“这个可说不准，你为什么要和我一个血型？”

“如果你需要我的血，我就可以给你啊。”邹昀认真地说，话音还没落，后脑勺就挨了向远一下。

“呸，童言无忌。”向远笑骂了一句，看着叶骞泽说，“你们家的人怎么都喜欢说傻话？”

叶骞泽也忍俊不禁：“看来阿昀对你比对我这个亲哥哥还好。”

向远暗笑自己傻气，自己竟然有点期盼叶骞泽会对此表现出一丁点的不满。然而没有，他的笑容那样真心而纯粹，完完全全是为了他生命中最重要的亲朋彼此融洽而流露出来的愉悦。

“他还是个孩子，孩子当然是认为谁在他身边的时间比较多，谁就比较亲。”她说。

叶骞泽听了向远的话，不由得有些感触，把手放在邹昀的肩膀上：“是我对你照顾得不够。阿昀，我问你，如果有机会天天跟哥哥生活在一起，你愿不愿意？”

“你要搬回村里吗？”邹昀显然有些困惑。

“不是，我说的是你跟我一起到城里。”

“这怎么可能？”邹昀想也不想就回答，“我又不是城里人。再说要是我走了，我爸怎么办？”

“邹……你爸对你很好吗？”叶骞泽问。

邹昀开始对他的问题感到奇怪：“他对我也不差啊。”乡下人忙于生活，很少有更细腻的情绪表达，在邹昀看来，父与子的关系本该如此。

“可是……”

“快到了，收拾一下东西吧。”向远适时打断了他们的对话。

叶骞泽陪同邹昀回到邹瘸子家，他并不住这里。邹家的屋子不大，挤了四口人，还要腾出房间做生意，所以叶骞泽都是住在附近他妈妈的一个表亲家。

邹昀跟爸爸还有继母一道挽留叶骞泽坐一坐再走，他说还要去向远家看叶灵，走得很匆忙。叶骞泽离开之后，邹昀草草吃过晚饭回房。玩了一天，他也有些疲惫，不知道是不是错觉，总觉得爸爸看他的眼神有些奇怪，就连忙关上了房门，却仿佛可以听见爸爸和继母压低了声音的交谈。

那一夜，邹昀做梦都还在县城的繁华中流连，外面的世界多精彩，他从未离家那么远过。只是他不知道，出自他身体里的一试管血液比他走得更远，它早在叶家相熟的医院人员的安排下，辗转去到千里之外。

接下来的几天，叶灵的身体已经恢复如常。长假已经过去，叶骞泽却始终没有回城的打算。邹昀觉得有些奇怪，他并非不喜欢跟哥哥待在一起，只不过他们小学都开始上课了，难道城里的学校还在放假？他问向远，向远每天忙着往返在学校和家里之间，好像无心理会他的问题。叶骞泽说，难得回家一趟，想把事情办好再走。究竟有什么事情？邹昀不喜欢叶灵看着他要笑不笑的样子，不喜欢他爸爸和继母背着他窃窃私语，总觉得有一件事情大家都知道，唯独他一个人被蒙在鼓里。

那天放学回家的路上，邹昀遇到同路的向遥。以往这个时候，向遥总是一声不吭地从他身边走过去，然而这一次，她却意外地走到他前面，转过身，用讥诮的语气说："邹昀，你命真好，终于用不着再走这条山路了。"

"你说什么呀？"邹昀莫名其妙。

"你真不知道还是装的？村里的人都在传，你不是你那瘸子爸生的。"向遥扯了扯书包的肩带，朝他半扬起脸。

"你胡说！"邹昀也恼了，涨红了脸瞪着向遥。要是别人说这样的话，他准扑上去狠揍那人一顿，可是她是向遥，他不想跟她交恶，于是只好苦苦压抑着心里的怒气，假装没听见她在说什么。

向遥见他没有什么反应，不由得有些失望，挤出一个笑容，大声说："真好，我终于不用跟你这讨厌鬼同路了。"说完撒腿就跑。

邹昀看着她的背影发呆，心里的不安和慌张越来越盛，就连远处渐渐暗下去的天空都有一种山雨欲来的味道。

所有不安的感觉在邹昀回到家，发现家门口被人和两辆小车包围得水泄不通的时候攀到了顶峰。他怔怔地看着那两辆车，多么的锃亮而气派。平时在村里，除了拖拉机和摩托车，最常见的就是隔天开到村口一次的残旧的中巴。邹昀跟其他同龄的男孩子一样，对汽车这一钢铁构造的速度机器有着莫名的热爱，可这毕竟是离他生活极其遥远的东西，他还来不及去想它们怎么会停在了自家门口，早有多事之人将他回来了的消息告诉了屋里的人。

邹昀看着一个身材高大的中年男人分开看热闹的乡亲，一步步地走近他。他下意识地往后退了退，那男人却屈膝半蹲在他的跟前，伸出手想要去触摸他的脸，手伸到一半，却带着悲喜交加的神情犹豫着。

"阿昀，你就是阿昀……长这么大了……是我的错，看你这眉毛，你这眼睛，但凡我当年多看一眼，怎么会相信你不是我的儿子？”

茫然无措的邹昀用手紧紧地揪住了自己的裤腿。他记起来了，四年前，就是这个城里来的“叔叔”从家里带走了大哥。那天晚上，妈妈搂着他，泪水止不住地流了一整夜。他在说什么？谁是谁的儿子？邹昀感觉仿佛有一双无形的手捏住他的喉咙，让他发不出一点声息，连呼吸都艰难。他多希望自己听不懂这些话，可与他平视的这张脸是多么的熟悉，这就是血脉相连的铁证？他想到“血”字，骤然一惊，好像明白了什么，下一刻，他的身子却被这个流着泪的男人用力抱在了怀里。

“我的儿子，你是我的儿子……”那男人抱得那样紧，做工精细的外套蹭在邹昀破旧的衣衫上，邹昀真担心自己沾了泥巴的裤腿弄脏了别人的衣服。他僵硬着身体，任由那男人抱着他孩子般哭泣，他的眼睛却从对方的肩膀上方去看那些围观的人。不少乡亲也跟着抹起了眼泪，其中甚至还有他叫了十二年的“爸爸”。叶骞泽的眼睛湿润了，不过脸上是带着笑容的，远远站在角落的向遥还是一脸看好戏的表情……邹昀的眼睛在他们中扫了一遍，真像一出戏，他第一次做了戏里的主角，可他觉得自己像是观众。

那男人的泪水顺着邹昀的脖子往下流，湿湿的，痒痒的。邹昀挣了一下，没有如愿。最后是他的继母走过来，边拭着眼角边说：“这孩子老实，没见过世面，见到亲人，话都不会说了。”

那男人这才松开了邹昀，用手摸着他的头：“没关系没关系，这样的反应是正常的，这些年我都没有尽到一个做父亲的责任。等到他跟我回去以后，日子久了，我们父子自然会亲密起来。”

“是啊，是啊，日子久了就好了。看这孩子就是个有福气的人，果然不假。”邹昀的继母附和着，邹瘸子竟也在一旁嘿嘿地笑。周围的乡亲们纷纷羡慕邹昀的命运将得以改变。

“秉林啊，这么久没回来，多住几天再走吧。”

“下次吧，我那边还有事情要忙，孩子们也要上学了，尤其是阿昀这边还赶着回去办手续，有时间再特意回来看乡亲们。”

“从小看着邹昀这孩子长大，忽然要走也挺舍不得的。”

“放心吧，他在这里长大，会记得这里的。以后一有时间，我就会让骞泽带着阿昀一起回来，毕竟……毕竟他们的妈妈还埋在这里。”

邹昀听着他们的讨论，仿佛他要走已经成为定局，然而自始至终没有人问过他的意思。

“那定了什么时候走没有？”

“收拾好，办好手续就走。”

这时，邹昀忽然大喊出了回来之后的第一句话：“谁说我要走？我不走，要走你们自己走！”

他拨开挡在面前看热闹的人，飞快地跑回他黑洞洞的小房间，用力关上房门，仍听见他“爸爸”和继母忙不迭地在门外说：“小孩子脾气，没事的，一阵就过了。孩子的东西我们会帮他收拾好，你放心。”

“没关系，事情确实太突然，让他静一静也好。”

邹昀没有开灯，坐在床沿打量着昏暗光线里房间的轮廓。在他和继母带来的弟弟共有的这个小小空间里，除了一张床、一张桌子、一把椅子、一盏灯，其余的什么都没有。在过去的日子里，他谈不上有多爱这个地方，就像他叫了十二年“爸爸”的那个浑浑噩噩的人，还有后来有些小心眼儿的继母，他们对他谈不上有多好。可是，他从来没有想过离开。

第七章

谁都没有选择

向遥低头喝粥，过了很久才说："你的心到底是什么做的？"

多年未见，向远几乎已经认不出眼前那个微微发福的中年男人就是她记忆中瘦而高的叶叔叔，要不是对方先她半惊半喜地叫了声"小向远，你是不是小向远"，她那句"叶叔叔"着实犹豫着不敢喊出口。

"哎呀，小向远都长这么大了。"叶秉林含笑转身，对着身边的叶骞泽说，"你们都长大了，也难怪我会变老。我的记忆还总停留在小向远一丁点高，来我们家找你去钓鱼那时。不过这双笑眯眯的眼睛倒没变，讨人喜欢，让我一眼就认出来了。"

向远自幼与叶骞泽一家上下熟悉，小时候经常在野鸭潭边遇见坐在石头上看书的叶叔叔，虽然本能地对这些戴眼镜的、百无一用的下乡知青没有什么好感，但是因为好伙伴叶骞泽的关系，她也愿意跟这个手上永远捧着书本的叶叔叔亲近。那时她喜欢听叶叔叔说书里的故事，《红楼梦》她听了觉得不耐烦，《西游记》又觉得假，唯有《三国演义》听得津津有味。叶秉林也喜爱她的机敏豁达，常对她父亲向云生夸这女孩日后必有出息，向云生总是一笑了之。

向远认真地看着久未回乡的叶秉林："叶叔叔，您到现在还是比叶骞泽帅。”说完跟着叶家父子一起笑了起来，然后视线与叶骞泽相对，不知道很多年之后，他的样子会不会变得像他父亲一样。

“你来了就好。”叶骞泽指了指邹昀那紧闭的房门。从下午到晚上，不管他们在外面怎么劝，怎么敲门，里面始终一声不吭。叶骞泽无奈，往向家跑了好几趟，可惜都没见着向远，最后只得交代向遥，让她姐姐一回来就赶紧到邹昀家来。

“向远啊，他们都说阿昀最听你的话。你劝劝那孩子，这些年他也吃了不少苦，我……我也不知道他心里怎么想的，是不是怨我。就当帮叶叔叔一个忙。”叶秉林脸上写满一个做父亲的恳求。

向远看了叶骞泽一眼，他脸上也是同样的神情，于是她低声说：“叶叔叔别客气，我也不知道能不能帮上忙，就试试吧。”

她轻轻叩了叩那扇薄薄的门板：“邹昀，开门，我有话跟你说。”

门的那边没有半点动静。向远把话再重复了一遍，还是没有反应，于是她略抬高了声音对叶骞泽说：“我说我来也没用吧，那我回去了，家里还有事呢。”

叶骞泽会意：“那也没办法了，晚上路黑，我陪你回去。”

叶秉林听了一阵着急，刚想说话，邹昀的房门吱呀一声开了条缝。

向远放轻脚步走了进去，顺手掩上了房门。房间里半点光线也没有，她皱着眉摸索到了拉灯的绳子，橘色的灯光随即亮了起来，她看到躺在床上的邹昀用手遮住了眼睛。

“年纪不大，脾气倒挺大的。”向远坐到床对面的椅子上说。

邹昀闻声，腾地坐了起来：“你和他们一起来骗我！”他稚气未脱的脸上写满了不忿，向远被逗笑了：“我骗你什么了？你不是你妈跟邹瘸子生的，外面那个才是你亲爸，这是事实。再说，什么是‘他们’？‘他们’是你的亲爸爸，是你同父同母的哥哥，你跟他们生活在一起是应该的。”

“应该？那一丁点破血能证明什么？四年前他把大哥带走的时候，就连看也没多看我一眼。我都在这里生活了这么多年，我妈死了他也没回来，现在才想起多了个儿子？”

向远把椅子朝邹昀的方向挪近了一些：“你就是为了这个不高兴？要我怎么说呢，不要对别人要求太高，任何感情都是自私的。叶叔叔过去不知道你是他儿子，你妈根本就没告诉他，他没有理由要对一个前妻的小孩好。现在不同了，你已经被证实是应该姓叶的，跟叶骞泽一样，远比叶灵对于他来说要亲，你跟他们走，会过得很好。”

“我不想走，为什么你们都盼着我走，就连我爸也不留住我？”邹昀难受得低下头，他是个好孩子，即使心里起伏难平，也不会用极端的方式宣泄，更不会伤害别人。向远注视着他服帖的发梢，忽然想起了向迤，每次被向遥抢去了喜欢的小玩意儿，就这么委屈地在大姐面前低着头，但任向远怎么问，他也不肯说出是受了向遥的欺负。

向远想伸手去摸摸邹昀的后脑勺，就像她以前对向迤那样，可是到最后还是硬着心肠，冷笑一声，说：“你爸？是说邹瘸子吧，他为什么要留住你？你又不是不知道，他是个糊涂的人，平白养了你那么多年都蒙在鼓里，这就罢了，你那个寡妇后妈可不傻，听说你不是他亲生的之后，他们两人问叶家要了多少抚养费你知道吗？平时就算卖给人贩子三个像你这样的孩子也换不回那笔钱，他们还能不欢天喜地地送你走吗？就算你不愿走，非赖在这里不可，也不想想，邹瘸子他一家日子也不好过，他一个人干活儿，四口人吃饭，你和你后妈带过来的弟弟还要上学，你不是他儿子，他们凭什么背上你这个包袱？”

向远还没说完，眼泪就已经在邹昀的眼睛里打转了，他抿着嘴，强忍着生怕它掉下来，可是半句话也说不出，整个身体都在微微地颤抖。向远推开椅子，站了起来：“你就这点出息？那我也不跟你耗时间了，要去要留你自己想清楚，最好跟着你那瘸子爸，一辈子像他一样窝囊。”

她还来不及走，袖子就被邹昀拖住了。他又急又慌，也顾不上什么“男儿有泪不轻弹”，死死抱着向远的手，哇的一声大哭起来。

门被推开了，叶骞泽显然是听到哭声放心不下，看到这一幕，又退了出去。

邹昀的眼泪弄湿了向远的衣袖。她既好气又好笑地坐在床沿，也不劝他，任他哭得彻底。他抽泣着，语不成声地说：“向远姐……你也不留住我吗？”

“我留你干什么？你动不动就哭，那么没用，又不能拿你去卖。”她见邹昀泪流得更凶了，叹了口气说，“你怎么那么傻？就算你不走了，难道我会一辈子留在这里？”

“你要去哪里？”

向远避开邹昀那双流泪的稍显秀气的眼睛，半开玩笑道：“以后会去哪里，谁知道……说不定，没过多久就会在城里遇到你了。到时候你是有钱人家的孩子了，要是还记得我的话，还有你帮忙的时候呢。”

“真的吗？向远姐，你是说真的吗？”

真的吗？

真的吗……向远像听不到男孩的声声追问。以后会怎么样不是她能够掌握的，自己都未知的事情，她如何能许诺？

邹昀走的那天，车子开出了村口，天都没有大亮。向远在家门口看到了车轮远远扬起的尘埃。前一天晚上，她已经跟叶骞泽说过，她不喜欢那种场面，送行的时候就不去了。叶骞泽当时就说：“向远，信我就不再写了，我们很快会再见的。”她只是笑，这一刻目送那些尘埃越来越淡，仍然是不自觉地扬起嘴角。

厨房里有了动静，向遥这天也起得很早。像往常一样吃早餐的时候，向远诧异地问：“好端端的，你眼睛为什么这么红？”

向遥低头喝粥，过了很久才说：“你的心到底是什么做的？”

生活并不会因为某些人的离开而发生天翻地覆的变化，向远还是往返于学校和家之间。县城的学校离村里并不近，她通常周末才会回来一次。高三越接近尾声，课程安排就越紧张，饶是在学习方面并不吃力的向远也要打起更多的精神，来应付一次又一次的模拟考试。

班上像她这样的农村女孩，已经有不少人打算在会考结束后收拾行囊，直接投入南下打工的热潮。向远也为这件事反复考虑了很久：她和向遥这样的孤女，平时自己找点活计，乡政府再补贴一些，糊口暂时是没有问题的，但要是她考上了大学就完全不一样了，摆在面前再明显不过的一个事实就是——她没有钱，她不是万能的。尽管比大多数人要精明能干，然而现在的她仍然只是个家在农村的在校女孩，她可以凭自己的努力让两姐妹不用为吃饭发愁，但却缴不起犹如天价的大学学费。她不止一次想过，领到高中毕业证就去打工，过了几年，未必不能混出个人样，可考上一个好大学，以此来改变命运的方式无疑对她更具诱惑性。她的成绩一直都很不错，如果不是太多事让她分心，她完全可以做得更好。

这些心思向远只能自己暗暗思量，她从没有一个可以商量的人。当然，这更多也是因为她习惯了凡事自己解决。她能指望谁？向遥？想到这里，自己都摇头笑了。

她们姐妹俩基本上每周只有两天在家里碰面。那天，向远踩着凳子去换堂屋的灯泡，椅子叠得太高，她嘱咐向遥在下面扶着点。向遥伸手去拿她换下来的灯泡时，失魂落魄，手忙脚乱的，不但没接着灯泡，还让它在地上摔了个粉碎。在挽救灯泡的过程中，向遥一不小心将凳子上的向远撞了下来，要不是向远反应快，摔得伤筋动骨也不是没有可能。

向远摇摇晃晃，一落地就发了火，劈头盖脸地对向遥说：“你梦游还是怎么的？到底有什么事是你可以做得好的？”

向遥没有顶撞她，急急忙忙地去收拾地上的碎玻璃。向远看着这个妹妹瘦巴巴的脊背，满腔的怒意忽然就变成了无奈，这无奈让她不想发作，也懒得发作。她不得不承认自己不了解向遥，虽然她们是彼此在世界上唯一的血肉至亲，可是相连的血脉并不能让她们的心离得更近一些。她怎么也搞不明白，向遥也是马上要上中学的人了，为什么半点长进都没有，这段时间以来，更是怅然若失的，好像丢了魂一样。

向远站在一边，用看陌生人一样的眼光来打量自己的亲妹妹，其实心里何尝不知道，和向遥之间的隔阂她也难辞其咎。家里人一个一个地死去后，她自己在县城上学，向遥一个人守着这屋子，应该也是孤独的。她不能责怪向遥心里有事不肯说出来，因为她根本就没有想过要去了解。也许做姐妹也是要点缘分的，否则明明相依为命的两人为什么如此疏远？亲妹妹还不如非亲非故的邹昀贴心。向远不是没有想过多给向遥一些关心，可她不是圣人，扮不来衣食父母再扮知心姐姐。面对向遥与她们的父亲向云生如出一辙的感情用事和敏感多愁，她本能地感觉到疲惫和厌弃，更何况，她忘不了向迤那泡在水里的身影。尽管知道没有意义，向远还是不止一次在心里想：如果不是向遥，她又怎会失去向迤——她最疼爱的弟弟？

“向遥，你究竟是怎么回事？”向远忍住落地时脚踝的疼痛，问了一句。

她等了一分钟，没有等到预期的回答，摇摇头走开了。

“我……”等到向遥鼓起勇气，从灯泡的碎片中抬起头，只看见空荡荡的堂屋。

邹昀离开后的来年四月，油菜花刚谢，村委会就敲锣打鼓地迎来了几个城里人，又有几辆车停在了村里最大的晒谷场上。听说叶秉林回城后，决定出资在村里建一所希望小学，为此，乡政府派来了干部，专门负责接待来人。

向远随着看热闹的乡亲朝人最多的地方张望，然后不由自主地感到失望：来的人里没有叶骞泽，甚至也没有邹昀——对了，他现在应该叫叶昀。就连叶秉林也没有出现在村委会的办公室里，村长李二叔和乡上来的干部簇拥着的，是一个三十多岁的陌生男人。

意兴阑珊的向远转头就走，却被眼尖的李二叔远远地叫住了："向远，哎，向远，别走啊，正找你呢。"

李二叔小跑着追出来，抓着向远的胳膊就往村委会里拽，脸上还堆满了笑："向远啊，好事到了！"

向远狐疑地被兴高采烈的李二叔按在村委会办公室那半旧的木凳子上，丈二和尚摸不着头脑。

"干吗啊？二叔，说什么好事到了？"

"贵人到了，好事不就自然来了？"李二叔朝向远对面的男人一指。向远近距离地注视着这个她从没有见过的叶家人：眼前这个男人瘦且高，身上有一种经过锻炼的力量感。面目英俊，头发乌黑，这让他看起来比实际年龄更显得年轻一些。她从那张脸的五官上认出了叶骞泽的痕迹，可这并没有让她感觉到亲切——这个男人，即使这一刻是微笑的，可眼神里依然有种莫名的倨傲。

向远感到这个"贵人"同样也在审视着她，这审视让她不自觉地戒备。

李二叔适时地插了句话："向远啊，你叶叔叔打电话来说，他除了要在村里建一所希望小学，还指明要资助你念书，直到你不想念了为止。你这孩子不是要上大学了吗？这是天大的好事啊。你叶叔叔还说，他太忙，走不开，孩子们又要上学，所以就让他弟弟来办这件事，喏，就是这位小叶先生了。"

向远还在消化李二叔的话，那男人开了口："你就是向远？"

向远微笑："你好，小叶叔叔。"

他站起来，懒懒地朝她伸出一只手：“我叫叶秉文。”

向远第一次跟人握手，她觉得礼貌的握手不该如此用力，可不知道是有意还是无意，这个叫叶秉文的男人在双手交握的时候让她感觉到生疼。她不着痕迹地及时挣开，那双手的触感让她难以适应——冰凉而生硬，跟他脸上的笑容形成了极大的反差。她忽然怀念叶骞泽很久以前留在她手心里的温度。

叶秉文提出要去向远家看看，向远似乎没有理由拒绝。李二叔主动带路，看热闹的人也跟着尾随到了向家。

一大群人让刚回家的向遥手足无措。叶秉文在向家转了一圈之后，就安心地坐在桌子边喝茶，向远也不怎么搭腔。渐渐地，乡亲们都自觉无趣地各自散去。李二叔毕竟比别人多见过一些世面，打了几个哈哈，就借故回了村委会，临走前不忘提醒叶秉文，乡里给他准备了接风洗尘的筵席。

人都散去了，叶秉文还在转动着向家并不精致的茶杯。向远注意到他尽管手不离杯，却从头到尾都没有喝过一口。

“叶……叶先生，骞泽跟叶叔叔他们都还好吧？”向远打破了沉默的僵局。

“好，挺好的。”叶秉文说话的时候习惯性地挑了挑眉。

“那你是不是有话要跟我说呢？”向远没有绕弯子，她一向觉得对付难缠的人最好的办法就是直截了当。

叶秉文终于放下了杯子：“我不知道我大哥为什么非要资助你上学，不过既然他决定了，我也不便说什么。你上学用不了多少钱，问题在于现在忘恩负义的年轻人太多，我想知道的是，叶家帮了你，你能帮叶家做什么？”

“那要看叶叔叔需要我为他做什么，是不是我能力范围内的。”向远的回答很自然地将帮她的人定位在叶秉林身上，而不是范围无限广大的“叶家”。

叶秉文笑了起来，更加专注地凝视着向远：“对了，我刚才听到你说，你们家只剩两姐妹。你妹妹也准备上中学了吧？你走了，留下你妹妹也怪可怜的。这么说吧，我们只能帮助你和你妹妹其中一个，要不圆你的大学梦，要不就送你妹妹到市里最好的中学读书，直到她大学毕业。你怎么选？”

向远慢慢僵直了腰，她注意到向遥脸上一闪而过的恐慌：“这个选择根本就是没有意义的。我上了大学，我妹妹将来一定也可以顺利完成学业。你代我谢谢叶叔叔的帮助，我相信这是你跟我开的一个小玩笑，而不是叶叔叔的本意。”

叶秉文耸耸肩，居然也没在这个问题上继续刁难：“就当是这样吧，希望你理解我的幽默感。”

“跟你说话挺有意思。”向远说。

“好了。”叶秉文伸了个懒腰站了起来，“我还要去乡里应付那些无聊的小官僚。接下来的事情，等到你的录取通知书下来了，我会再给你安排的。”

向远送他到门口，踏出门槛的时候，叶秉文低声说：“如果一定要你选，你还是会选你自己是不是？我喜欢这样的女孩。”

向远不说话，送走他之后回到家里。向遥说：“准备吃饭了。”

她认真摆着碗筷，向远却看到有水滴打在饭桌的边缘。

“你又怎么了？”

向遥用衣袖用力一拭泪水：“其实你刚才说选你自己的话也没什么。”

向远叹了口气：“别胡思乱想，别给我添乱。”

九月初，向远一个人背着再简单不过的行囊，转了两次汽车，终于听到了南下火车的汽笛声。她要去的地点跟原本计划去打工的目的地一样，区别只在于行李里多了张薄薄的G大录取通知书。

向远是李村第一个考上外省重点大学的孩子，通知书是送达村委会的。李二叔乐颠颠地跑到向家报喜，乡亲们都说他们这山沟里总算飞出了金凤凰。当时县里还来了扛着笨重摄影机的地方电视台记者，说什么向远身为孤儿，独立扛起家庭重担，照顾妹妹，努力学习，克服逆境，还考上了好的大学，是值得在全县重点宣传的青少年先进榜样。向远拒绝了，她对那个名为“感谢苦难让我成长”的宣传主题嗤之以鼻。什么“苦难让我成长”，向远觉得这些都是吃饱了撑着，没吃过苦的人才会意淫出来的玩意儿。她一点也不感激苦难，如果可以，谁愿意没爹没妈，一无所有？谁不盼着有个护荫，衣食无忧？如果她可以选择，摒弃苦难，成长得不比现在更好？

向远离家的时候，向遥已经是乡中学初二的学生。中学开学较早，向远把向遥的各种事情安顿好，让她住了校，又托了李二叔、李二婶多多照应，这才放心出发。

叶家那边得知向远的录取结果之后，一连打了好几个电话，先是叶秉林，再是叶骞泽，他们都为她感到由衷的高兴。倒是叶昀那边没听到消息，不过没有关系，他们很快就会见面。向远即将就读的学校在G市，当然，她承认自己选择这个城市是有意为之，那里有她爱着的人，然而那里也有着南方最好的理工科大学和最具活力的开放口岸。叶秉林一再表示要专门派人到婺源来接向远，向远再三推辞了。她不是那种特别需要照顾的人，虽然从来没有一个人出过那么远的门，但她相信自己还是应付得来的，更何况，要是来的是叶秉文那样的人，她宁可忍受一个人初次出行可能出现的一点小麻烦。

漫长的路途中，向远坐在靠窗的位置漫无目的地向外张望，长蛇般的火车沿着蜿蜒的山川和农田行驶，仿佛永无尽头。她从不害怕前方的路有多长多艰难，只害怕面前根本无路可走。火车驶入夜色中的时候，向远忽然想起了向遥和叶秉文的话，如果那个选择确实是存在的，她会怎么选？她是否真的会选择自己？然而为什么不呢？孔融让梨式的故事从小就教会我们忍让和牺牲，可是为什么我们遇事要第一个委屈自己？为什么要牺牲？爱好了自己，才能爱别人，就像她向远，她能把希望寄托在向遥身上？不不，即使她选择了自己，那也是为了和向遥一起有个更好的出路。她这样想着，呼吸就在越来越静谧的空气中变得平和了。

第八章

初进叶家

是不是除了叶昀之外，这个屋子里的每一个人都无法入睡？

火车到达 G 市是中午，这个陌生的城市烈日炎炎。向远走出车站，用手半遮住刺眼的光线，仍忍不住屏着呼吸张望：她从未在书本和电视外看到这么高的楼房，这么多的车辆。这些高楼和车流，比家乡的山脉和河流更看不到边际。她站在这里，如同无数初来乍到的异乡人，眼前再多的繁华，自己终究是局外人。她一无所有，但终有一天会拥有，她相信自己终有一天会分享这城市繁华的一部分，需要的只是时间。

向远被向前的人潮拥着，不由自主地走了几步。她用眼睛四处搜寻着有可能是叶家派来接她的人。攒动的人头和喧哗的声浪让她有短暂的难以适应感，刚站定，就听到熟悉的声音："向远……"

她心里没来由地一阵欢喜，仿佛这陌生的车站也变得亲切了不少。随着那声呼唤，有一个身影拨开众人，快步走到她面前，瘦瘦的，比她还矮了一点点，原来是叶昀。

"向远姐，总算接到你了。"

在有些雀跃的叶昀面前，向远把自己那点小小的失望隐藏得很好。她暗笑自己没见过世面，在这乱哄哄的地方，竟然连声音都会听错。

“邹……不对，叶昀，怎么是你？”她笑着说，还是不太习惯对他改姓后的称呼。

叶昀对她的口误全然不在意，松了口气似的说：“我真担心接不到你。”

将近一年未见，向远眼里的叶昀长高了一些，脸颊显得丰润了不少。大概是少了过去的日晒雨淋，原本就比村里其他男孩子肤色浅的他显得更白皙了，加上跟过去不可同日而语的整齐衣着，让他看上去像男版的洋娃娃一般俊秀可爱，让向远都有了在他脸上捏一把的冲动。她想，果然是好苗子也要栽到肥沃的田地里才行。要是向遥看到现在的叶昀，还会不会违心地说他长得丑？即使向远私底下向着叶骞泽，也不得不承认这得天独厚的兄弟俩，弟弟长得比哥哥更好看一些。

叶昀说话的时候有些气喘，向远注意到他的额头上都是细密的汗珠，想来是刚才在人群中费心找了她一阵。她很自然地伸手戳了戳他的头：“担心什么？我虽然没到过大城市，但也不至于笨到迷路，让你来找的地步。”

叶昀有些窘，红着脸去接向远的行李，“怎么这么轻？”他边说边指着停车场的方向，“我爸公司的司机把车停在了那边。”

“没什么可带的。”向远说。看他的样子，仿佛对新的环境适应得很不错，她感到有些宽慰，至少证明当初她决定帮助叶骞泽的决定不是错误的。他毕竟是小孩子，离开的时候纵有千般不舍，到了更精彩的地方，适应得还是会比想象中的要快。

仿佛为了证实这一点，眼看离叶昀指给她看的车越来越近，向远短暂地停住了脚步，问了一句：“叶昀，这些日子他们对你都还好吧？”

叶昀看着她的眼神有些困惑，迟疑了一会儿，点了点头：“好，都挺好的，他们一家都是好人。”

“什么‘他们一家’？应该是你们一家。”向远及时纠正他，还想说些什么，只见车门打开了，一个身材敦实的中年男人迎了上来。向远便把没说出口的话咽了回去，含笑看着这大概就是司机的男人。

“向远姐，这是我爸公司开车的陈叔叔。”叶昀在城里倒没学会少爷的做派，很是乖巧地为他们介绍。

那姓陈的司机看上去是个老实人，礼貌地笑着对向远问了句好，便从叶昀手中拿过向远的行李，领着他们往车子的方向走。

向远道了句谢，坐进陈司机给她打开了门的车后座。倒是叶昀，不知道为什么愣了一会儿，才慢腾腾地打开了副驾驶座的车门，却不坐进去，别扭了一下，还是钻到后座，规规矩矩地坐在向远的身边。在这个过程中，头还不小心被车门碰了一下，疼得一张脸通红。

向远好笑地看着他，不知道这孩子现在心里在想什么。此时离向远开学还有好几天，听叶昀说，叶秉林坚持让她到叶家住上几天，车子这时正朝叶家的方向开。一路上，叶昀不怎么多话，向远的注意力也渐渐地被窗外不断后退的景致吸引。大概是知道她第一次到这个城市来，陈司机不失时机地给她介绍沿途路过的标志性建筑，她听得很专注，叶昀也和她一样看着窗外。直到陈司机的介绍结束了一阵，向远才随口问了叶昀一句：“你哥哥今天很忙是吗？”

叶昀咦了一声，说：“向远姐，你怎么知道？”他放低了声音，偷偷说：“我哥最近跟我爸爸闹得很僵，好像爸爸想让他报的专业他不喜欢，他喜欢的专业爸爸又不同意。前天晚上我还听见他们吵了一架，爸爸一气之下说，要把他送到国外去上学。”

向远的心骤然一沉，难道她来了，他却要走吗？心急之下连忙追问：“那现在怎么样？”

叶昀说：“我也不知道，不过家里面阿姨好像也挺支持大哥到国外去的。”

“那你大哥怎么说？”

“我……我不知道。”

“你怎么会不知道？”

叶昀好像被向远的焦虑吓了一跳：“我真的不知道，大哥他什么也没说。”

怎么会这样？向远只觉得心乱如麻，原本以为相见在即，没想到会生如此变故，莫非任凭她怎么努力，注定有距离横在他们中间？不，不会的，事情不是还没定下来吗？说不定骞泽自己都还没做决定，她何苦自乱阵脚？

向远很快让自己情急之下发热的头脑冷却了下来，意识到刚才兴许有些失态，叶昀还是个孩子，他说不知道是很正常的，她怎么能将自己的不顺心迁怒到他的身上？她笑了笑，转头看了一眼窗外，感觉到自己的呼吸已经平稳下来，然后才用尽量轻松的口气对叶昀说：“你哥要出国，还真挺意外的。不过你们兄弟俩，我还以为他有什么心里话会找你说……不好意思啊，叶昀，你不会生我的气吧？”

叶昀连连摇头：“不是的，我哥的事情可能叶灵知道得会清楚一些。向远姐，我是真的不知道，要是知道，我一定会告诉你的。”

向远顺着他的话转移话题：“对了，你跟叶灵相处得怎么样？”

叶昀想了想，似乎一时间找不到合适的语言来表达：“叶灵她……她脾气是有点怪，但是相处久了就习惯了。她跟我话不多……其实除了大哥之外，她和谁的话都不多，连跟阿姨——就是她妈妈在一起时都一样。”他看着向远忽然流露出来的若有所思的表情，以为自己说错了什么话，连忙补充了一句：“但是叶灵她不是坏人，真的。”

向远很久都没有接他的话。过了许久，叶昀几乎忘了自己说过什么，才听见她说：“是啊，她不是坏人，我知道，我知道。”

叶家给向远最初的印象，是一幢爬满了不知名的寄生藤的独栋小楼，不算残旧，但看上去也有一些历史，在这个高楼林立的城市里，完全称不上气派。村里的乡亲们都说，叶秉林回城后挣了大钱，可年轻的向远走下车，站在同样遍布植物的小院子里，心想，这样的草，这样的树，在山里要多少有多少，所谓有钱人也不过如此。

后来，已经完全拥有了脚下这一切的向远想起自己当初的念头，就禁不住自我调侃地发笑：自己说到底还是个市侩的人，所以叶家的好处她始终不懂得欣赏，就像当年跟着小小的叶昀一步步走进这所房子的时候，丝毫意识不到这所房子对于自己来说意味着什么。后来她已经习惯这个住了许多年的地方，却自始至终也没有办法爱上它。

叶家当时的女主人是一个温婉而娴静的妇人，面容与叶灵颇有几分相似，但看得出年轻的时候她比女儿更为娟秀。向远也跟着叶昀叫她阿姨。

向远和叶昀回来的时候，叶秉林不在家，叶太太客气而礼貌地接待了向远，让一个姓杨的阿姨给两个孩子都倒了茶，并再三感激向远在李村救了落水的叶灵。她给人的整个感觉就是柔柔淡淡的样子，没有刻意的热情，但那种自然而然的和气更让向远感觉到舒服。向远相信这样一个女主人必定也是会善待叶昀的。

寒暄了一阵，叶太太开始摆弄起茶几上的花材，又拿出把长柄的剪刀修修剪剪，许多花都是向远叫不出名字的。一会儿，叶太太打发杨阿姨去做饭，然后边把修剪好的花枝往一个白瓷瓶里插，边随口跟向远闲话家常。没说几句，叶骞泽就从楼上匆匆地走了下来，边看着向远笑，边佯怒道：“怎么来了也不叫我？”

叶太太掸了掸花枝上的露水，笑道：“这不是茶都还没喝一口，你自己就下来了吗？”

叶骞泽坐到向远的对面：“一路都还顺利吧？我本来说好要去接你的……”

“没事的，叶昀跟我说了你很忙。”向远打断了他。

“是吗？”叶骞泽有些惊讶，继而失笑，“阿昀这小子！他非跟我说他一个人去接就好……”

向远瞥了叶昀一眼，只见他整张脸红得仿佛要滴出血来，便知叶骞泽所说不假。

“我，是，是……不是……”叶昀张口结舌地辩解，却一时口拙，什么也说不上来，只得低着个头，眼睛看着地板。

叶骞泽给他解围，拍着他的肩膀说：“这孩子，有什么难为情的？向远以前待你像亲弟弟一样好，你去接她，不是很应该的事吗？”

“那我待你不好吗？”

叶骞泽愣了一下，这才发现向远说话的时候眼睛看着的是他。她脸上笑盈盈的，猜不出心里在想什么。

“那是当然的，向远，我还能到哪里去找像你这样和我从小一起长大的好朋友？”他顿了顿，转而去看叶太太快插完的一瓶花。

“骞泽，你觉得我今天这个作品怎么样？”叶太太温和地问道。

叶骞泽看了许久：“阿姨的水准越来越高了，不过好看是好看，我总觉得还有哪里不对。”

“哪里不对？”叶太太托着下巴左右端详着眼前的半成品，然后摘下一枝，又添上几枝，却始终不得要领，“向远，你觉得呢？”

向远见叶太太问到自己，不由得暗自苦笑，觉得插在瓶里的花都大同小异，怎么也比不上漫山遍野疯长的时候好看，然而当然也不能拂了主人家的意，只得说：“阿姨，我对这个不太懂，不过从外行的眼光来看倒是很漂亮。”

几个人又看着叶太太将那些花翻来覆去地摆弄了一阵，杨阿姨已经把饭菜摆上了桌。

“算了，就让它这样吧。我们先吃饭。”叶太太拍了拍手站了起来，微笑道，“向远，你叶叔叔今天在外地出差，特意打了电话回来让我好好招待你。开学还早，你放心在这儿住几天，让骞泽和阿昀带你到处看看，熟悉熟悉环境。我不太会做饭，你今天就尝尝杨阿姨的手艺，她在我们家做了好些年了。”

向远连连点头。几个人上了饭桌，正准备动筷子，叶昀有些奇怪地问了句：“阿姨，今天怎么不见叶灵？”

叶太太说：“她今天去参加学校的合唱团排练，大概会回得晚一些，我让杨阿姨留了饭菜，不用等她。”她继而又对向远解释，“我这个女儿你是见过的，性格太过孤僻，所以我和你叶叔叔都主张让她多参加一些学校的活动，多跟同学接触，这样对她也好。”

向远想起叶灵那张略带苍白的脸，不由得暗暗赞同叶太太的话。她自己也不知道为什么，不由自主地看了叶骞泽一眼，他低头喝汤，神态如常。

一顿饭吃得差不多之后，叶灵才从大门口走了进来，依旧穿着简简单单的一条裙子。向远跟她打了个照面，觉得她似乎比上次见面时更单薄了，整个人纸片似的。她也看到了向远，态度还是相当友善，点头打了个招呼：“向远，你来了，好久不见。”

“是啊，叶灵，好久不见。”向远看着她跟叶太太说了声晚一点再吃饭，便径直朝楼上走去。经过沙发旁的茶几，叶灵停了下来打量她妈妈插在瓶里的花，皱着眉说了句：“怎么看上去怪怪的。”她说着，自然而然地伸出手去，将其中的一枝鸢尾拔高了一些，再抽出一枝大丽菊，自言自语道：“这样不就好多了吗？”

做完了这些，叶灵回过头向餐桌的方向看了一眼。隔了那么远，向远仍然知道她是在朝谁张望，她那眼神分明是在等待着另一个人的认同。而叶骞泽没有作声，只是在放下筷子的时候嘴角忽然微微地上扬，叶灵顿时绽开了一个灿烂的笑容。那一刻，向远恍然觉得她身后的花也黯了颜色。

那天晚上，向远在叶家的客房里翻来覆去地难以入眠。她不是个认床的人，然而每当她的意识开始混沌，白天客厅里的那一瓶花的影像便和两个模糊的笑脸不断变幻重叠，逼迫着她原本疲惫的神志变得无比清明。她是不会看错的，但她宁愿自己看错、猜错、想错，那不是兄妹间的默契和亲昵，那是两心相印才有的、无须言语的交流，那是只属于“他们两个人之间”的会心微笑。

她从床上弹坐起来，背上被汗打湿了一片。她伸手揪住了身下的被单，那上好的缎面布料握在手里，滑而冰凉。她使了些力，仍然像什么也抓不住，抓住的也握不牢。

自己真蠢，叶灵姓叶，她的妈妈嫁给了他的爸爸，他们现在是兄妹，然而，如果他们愿意，也可以不是！五年了，向远想起自己和骞泽已经在两个不一样的世界生活了五年，最懂他的人已经不再是她。她向远从来没有向任何人认输，只是没有想到，最后会败给距离和时间。

向远从来没有这样冲动过，几乎是立刻掀开被子下了床，打开房门走了出去。第一次忘了问自己想要干什么，忘了问自己这样做有何意义。她只想站在他的身边，也许她会求证叶灵对于他而言到底意味着什么，也许她会说服他放弃出国留在她的身边，也许她什么也不说，只想看着他，踏踏实实地看着他。

客房在一楼，她扶着温润暗沉的乌木扶手拾阶而上，叶太太送的软缎拖鞋踩在地板上，悄然无声。二楼的第一间房，门缝里还透着一线光，向远静静地靠在门的旁边，听着和灯光一样无意流泻出来的话语声。她想说的话，她想要问的问题，原来已经有人比她更急切地想要找一个答案——

“她是谁？我又是谁？”

“别走，别走好不好！”

“我不想和你分开。”

……

多爱了一点点，就是如此卑微。向远想，现在的自己和门的另一边那个苍白的女孩有何不同？夜里有些凉，这样也好，此前的冲动和盲目也随着手脚慢慢地冷却了下来。她拢紧了衣服，一步步走下楼梯，转身的时候，依稀听到了门背后几声细碎的哭泣。

其实，她和叶灵还是不同，至少，她不需要这样的哭泣。

向远回到房间，熄灭了床头的一盏小灯，周遭的一切立刻向黑暗里陷。她回想起叶灵那一声哭泣后，自己仿佛依稀看到十来米开外的走廊尽头，叶叔叔和叶太太的房间也打开了一条缝，很快又悄无声息地合拢。

是不是除了叶昀之外，这个屋子里的每一个人都无法入睡？向远闭上眼睛，睡不习惯的软床，好像下面有双手把她往看不见的深处拽。从来没有人告诉过她，城里的夜晚比山间行走的夜路更黑。她记起倒映在溪涧里的月亮，还有那个跟她促膝看月的少年。他那时说："我们永远不会分开。"可是永远是什么？活着的人谁有资格说永远？无论想还是不想，没有人能承诺"永远"不分开。

第九章

重逢即是离别

如果脚下是泥潭，那么她宁愿他走，就像风筝，只要线在她手上，不管飞得多高，去得多远，总有回来的一天……

次日中午，叶秉林特意提前从外地赶了回来。中午吃饭的时候，叶家总算全家到齐。叶秉林一贯喜爱向远，见了面免不了聊得兴致勃勃，听完了最近村里的一些新鲜事，忽然想起了什么似的问起向远的专业。

“会计系。”向远回答。

叶秉林笑道：“G 大最好的专业其实是建筑和机械，不过会计系这几年也不错。我之所以过去极力向你推荐 G 大，不仅因为我也是从这所学校毕业，而且毕业后留校任教过一段时间，和许多教职员工都熟识，你们会计系的主任也是我过去的朋友。这个社会就是熟人多了才好办事，你在那里念书，也会有个照应。”他说到一半，又叹了口气，“我是学机械的，现在出来自己打拼，做的也是老本行。原本总盼望着孩子长大了可以子承父业，可骞泽这小子偏偏不争气，高中不肯选理科也就罢了，大学好歹也选个管理类的，出来也可以帮帮我这老子，哪知道他居然报了个哲学系，这不是想活生生气死我吗？”

他说着还不解气，狠狠地瞪了坐在他身边的叶骞泽一眼：“你就不能跟向远一样，做人务实一点？”叶骞泽触到向远有些尴尬的眼神，不由得苦笑一声，继续保持沉默，低头吃饭。

说到这里，叶秉林自然又想起了另一个话题：“对了，骞泽，我之前跟你说的事你考虑得怎么样了？你要念那个什么哲学系我是不会同意的，既然说国内没有什么好的学管理的学校，那就到国外去。你不要忘记你是哥哥，阿灵是女孩子，阿昀年纪又还小。我迟早是要老的，辛辛苦苦半辈子积攒下来的事业不交给你还能给谁？”

叶骞泽继续沉默不语，叶秉林不禁有些恼了：“你这脾气到底是像谁？去还是不去，就不能给个明白话？”

叶灵慢慢地放下了筷子，插了一句：“爸，您说让哥哥考虑，意思就是说让他自己做决定。可您现在这个样子，究竟是问他的意见还是在逼他非去不可？”

“我怎么逼他了……”叶秉林还没说完，叶太太就打了个圆场，“阿灵，怎么说话呢？不管怎么样，你爸爸肯定是为你哥哥好，就算是逼他出去，也是希望他将来会有出息。”她转而看向叶骞泽，柔声道：“骞泽，阿姨也赞成男孩子趁年轻出去闯一闯，多历练历练，眼界就会宽阔很多，看问题的方式和角度也会变得不一样。”

“妈，您也想让他走吗？”叶灵的泪水在眼眶里打转，费解地看着自己的母亲。

叶灵不明白，向远却是懂的。她和叶骞泽举手投足，眉梢眼底涌动的莫名情愫是如此明显，只有他们自己天真地以为把全世界都蒙在鼓里。叶叔叔是个男人，或许忙于工作，无从察觉，叶昀还小，不谙世事，然而这些小儿女的情态如何能瞒过和他们朝夕相处、心思细腻的叶太太？昨天夜里，叶太太房间那扇开了又关的门让向远更加确信她对这一切是知情的。叶灵不是叶骞泽的亲妹妹，非要在一起，其实并非没有可能，但是不管是出于什么原因，叶太太在叶骞泽出国这件事上的立场已经无形地证明了她对女儿和继子之间的感情纠葛持不赞同的态度。

“不行，我不同意哥哥到国外去，国内那么多好大学，为什么要往外走？哥，叶骞泽！你听爸爸的话，在国内念管理不行吗？最好是在本市，G 大你不喜欢，政法大学也可以啊……”

向远心里冷笑，她同情叶灵，因为这个傻女孩根本就对周围的一切看不明白，当事人尚且一声不吭，她却声嘶力竭地据理力争。也许叶骞泽对她并不是没有感情的，但他的顾忌远比这个孤僻而单纯的妹妹要多，所以他忍不住朝她微笑，却始终不敢踏错一步。叶灵以为他不敢违抗父命，殊不知叶骞泽心里其实也在摇摆。他从小就是这样一个人，善良、多情、软弱。叶灵怎么赢得了他，就将怎么失去他。

“向远，说句话啊，你也不希望他走对不对？”叶灵得不到想要的回应，绝望之下竟将救命的稻草寄托在向远身上。看起来，这个为了让心上人挂心，不惜纵身往深潭里跳的女孩还没有想象中那么笨，至少她隐约也看得出向远的心思，女孩在这方面的第六感总是敏锐得惊人。

对，我比谁都害怕他离开，我和他已经分开得太久了。向远有些黯然地对自己说，然而她仍在叶灵的苦苦追问中保持缄默。

叶秉林叹了口气：“向远，你从小就是个懂事聪明的孩子，跟骞泽又是好朋友，你怎么看？”

“我？”向远笑笑，“我不能代他做决定。”她垂下眼帘，似乎在最后一次说服自己，然后看着叶骞泽，照旧笑得眉眼弯弯，“其实你已经想好了对吧，那就按你想的去做。”

几个月后，作为 G 大会计系一年级新生的向远在机场含笑送别了她的“好朋友”叶骞泽。他离开的时候，相对于叶秉林夫妇和叶昀的依依不舍，叶灵反倒平静了许多。叶骞泽出关之前最后一个抱了抱她，站在不远处的向远听到叶灵木然地问了他一句："你有没有什么话要对我说？"多熟悉的一个问句，向远记得很清楚，叶灵落水清醒之后见到叶骞泽，说的第一句话也正是这个。

叶骞泽僵了一下，缓缓松开了怀抱叶灵的手。他说："我不在的时候多多保重。"

叶灵合上双眼，眼泪就掉了下来。

回去的路上，叶昀跟着他爸爸公司的车送向远返回学校，路途中，他递给向远一张纸巾："你要吗？"

向远笑着推开它。

"我给了叶灵一张，你确定你不要吗？"叶昀故作老成地说，"我知道你也舍不得我哥。"

向远从后视镜中看着一小片天空。舍得又如何，舍不得又如何？如果脚下是泥潭，那么她宁愿他走，就像风筝，只要线在她手上，不管飞得多高，去得多远，总有回来的一天；即使风刮断了线，那么至少它会坠落在她看不到的地方。

如果说一定要用两个字来概括向远的大学生活，那就是：忙碌。她给了自己一个星期的时间去适应一个完全陌生的环境。这对于她来说不是问题，她本来就是山中野草一样的人，飘到哪里都能以不可思议的速度落地生根，迎风抽枝，甚至有一天会将原本长在那片土地上的一切花草覆盖。

虽说叶秉林包揽了向远所有的学杂费用和日常生活所需，但是，向远说到底还是习惯不了饭来张口的生活。她做过学校勤工俭学部的廉价劳动力，发现投入的时间和收益不成正比，还做过家教、卖过电话卡、替人捉刀写论文，大学校园里有限的挣钱模式她基本上都尝试过一轮。除了上课和考试前的准备时间之外，她都像个陀螺一样旋转于各种生计之间。

向远常说：胡思乱想是需要条件的。毫无疑问她不具备这种条件。她觉得自己每一分钟都有事可做，又拿什么时间来嗟叹？她在学校同龄的同学中就像一个异类，却并不惹人讨厌。她不像别的贫困生那样敏感自卑，人前人后从不掩饰自己一穷二白的出身，也毫不讳言自己对于钱的渴望。在她看来，没有钱就是一个客观的事实，不值得遮遮掩掩，也不是自艾自怜的理由。她不嫉妒那些生来就富足平顺的同学，别人有，那是别人的福气，她没有，才要争取。略微熟悉向远的人都知道，她喜欢把所有的事情理得清清楚楚，不亏不欠：帮了她的忙的，她会还那个人情；有什么需要她代劳的，她也会事前把条件开得清清楚楚，得到了应得的，事情自然会做得妥妥帖帖。

跟在婺源李村一样，向远不管去到哪里，生意总是红火的。同是做家教，她每小时的报酬总能比旁人高一些，家长却偏偏是满意的；代写论文，“向远出品”就是速度与质量兼具的代名词，忙于恋爱和游戏的同学付出点代价，也总觉得物有所值。

但向远远不满足于这些，不管她的时间安排得怎样紧凑，即使二十四小时不合眼，一天能做的事情毕竟是有限的。所以到了后来，向远对于在天桥下摆摊儿揽来的家教生意，已不再亲自隔三岔五地背着书包到学生家去授课，而是在学校食堂附近人流量最多的信息栏开辟了一个角落，专门出售她联系得来的家教机会，按每小时的单价一次性抽取报酬。由于价格合理，也免去了其他人联系的奔波之苦，所以她的中介生意两头都是供不应求。至于代写论文、校园快递之类零星的活儿，她也通通揽下之后转手给他人，自己赚取部分佣金，积少成多，也远比自己一个人疲于奔命要划算。

到了大二以后，向远所在的宿舍俨然成了 G 大一个不挂牌的商业中心。除了上述一些兼职的中介服务外，她还提供影碟出租、电话卡和游戏充值卡销售。后来，没人知道她从哪儿弄来了一个二手的旧冰箱，连冷饮都开始供应。向远招牌式的两眼弯弯的笑颜成了“童叟无欺”“物美价廉”的代名词，她那小店的“积分卡”和“优惠券”发得遍布校园。大家都知道她从中赚了不少，可与她打交道委实方便放心，服务也的确周到，提供的又往往是大家最需要的东西，光顾的人自然不少。

向远虽然没有什么深交的朋友，人际关系却并不差，也许有人觉得她市侩，但也不得不承认她市侩得让人无法厌恶。精明而不油滑、爱财而不猥琐也许是对向远最恰当的概括。她在宿舍里的根据地生意兴隆，人来人往是免不了的，电话也是一天到晚响个不停，要说一点也不影响舍友的生活那是假的。在这点上向远从不含糊，该给别人的好处一点也没少。那个时候，大多数大学生的生活费都是紧巴巴的，荷包里充实了，嘴自然也闭拢了。个别家境实在好的，不把那点好处看在眼里，也碍不过向远的笑脸怀柔政策：她从不轻易与人交恶，又总是眼尖手快地在别人最需要的时候送出最合适的东西，这样的人，谁又会跟她过不去？时间长了，宿舍里有一半以上的人都成了向远的兼职店小二，课余时间，为她跑跑腿、送个货什么的，一个月下来，也能挣个零花钱。就连本该坚守宿舍管理制度、严令禁止这种买卖行为的舍监阿姨，也在向远三天两头无声无息地给她塞饮料、免费提供最新最热门的电视剧集的攻势下，对其所作所为睁一只眼，闭一只眼。向远的八面玲珑让她和院里系里的大部分老师、学生会的一班人混得都很熟，平时有些什么小活动，她也该出钱的出钱，该出力的出力。长达四年的大学生涯里，她的小店有惊无险，从未面临取缔的命运。其间有人羡慕她做得风生水起，也设法效仿，但不知什么原因，到了最后大多惨淡收场。

大三下学期，向远热衷于炒股。她在叶秉林的指导下入了行，将她做小生意的赢利在股市里滚了一滚，当然有赚有赔，但她天生精明，头脑活泛，胆大心细，眼光也精准，总的来说赚多赔少。到了最后，她哪里还是什么贫困生？简直就是G大一个隐形的小财主。对于这些，叶秉林当然也有所耳闻。在向远的建议之下，他不再每月给她提供生活费，但学杂费还是坚持当初的承诺给足她四年所需。叶秉林向来喜爱向远，对她的所作所为更是大加赞赏，并不遗余力地给予指点和帮助。他常人前人后夸奖这个小女孩过家家一样的游戏玩得有头脑、有意思，恨不得她是自己的亲生女儿。

叶骞泽说，这一点也不奇怪，向远本来就是一个漂流到无人荒岛也能向当地土著人出售当地特产的人。那时，叶骞泽已经远在大洋彼岸那个潮湿多雾的城市，不知道为什么，他的人离得远了，心却跟向远贴得近了。他的信又开始雪花一样地飞到她的身边，越洋电话虽不算密集，但一周一次也总不会忘记。他诉说在异国的新奇和孤独，说那个整日不见阳光的城市里穿格子大衣的女郎，说他刁钻古怪的教授和整日喝酒的房东。这一切让向远觉得仿佛又回到了多年以前，他刚刚离开家乡，迫不及待地跟他最亲密的伙伴分享着他所经历的一切。这中间隔着的一个又一个四年都化为乌有，他们不提以后，不提叶灵，就像是昨天刚刚在山月下挥手告别。

向远后来用赚来的钱买了一台旧电脑，结束了一天的忙碌，坐在电脑前与晨昏相隔的叶骞泽聊上几句是她一天里最浪费时间的行径，也是她最大的期盼。

叶家她免不了是要常去的，除了叶秉林和叶昀，她和叶太太也熟稔得不行。叶太太是个温厚的女人，通常不说什么热切的话，但是待向远就像待叶昀一样视如己出。叶秉林常催向远回来吃饭，自己却总忙得难在家里露面。向远吃过了饭，就在客厅里一边看叶太太插花，一边跟她闲聊。这个时候叶昀总不肯在书房写作业，非挤在沙发上，恨不得每一道题都问向远一遍。

在叶家出入的次数多了，向远也跟叶叔叔的弟弟，也就是在李村见过一次的叶秉文打过一次照面，那好像还是叶灵十八岁生日的时候。叶灵不爱热闹，叶秉林也不主张大张旗鼓地庆祝，于是一家人和几个亲戚，再叫上向远吃了顿饭。那天叶太太碰巧生病起不了床，有些事情难免托向远多照应点。杨阿姨手脚不麻利，向远里里外外地忙碌，叶昀跟在她屁股后面打杂。叶家亲戚不多，叶秉林的父母都已不在，就一个亲弟弟即叶秉文，另有几个堂兄妹，不是在学校里教书，就是跟叶秉文一样在叶秉林的公司里任职。

叶秉文还是像向远第一次见到时那样英俊，衣着考究，仪表堂堂，举止有礼，但眉宇间总有一种说不出的倨傲。看得出他和叶家其他人的关系都不算太亲密，除了叶秉林在饭桌上数落了他几句，三十好几了心还不定，怎么就不能好好地找个女人结婚生孩子之外，就是不怎么搭理别人的叶灵跟他聊了几句。

从头到尾，叶秉文对向远都相当冷淡。他和在座的每个人都喝了一杯，唯独跳过了向远。向远知道，他在暗示她是个不折不扣的外人，不过她表现得满不在乎，叶秉文还不足以影响她的情绪。吃完饭后不久，叶秉文就告辞了。他走出了大门，向远才发现他的车钥匙遗留在沙发边缘，叶秉林直说这个弟弟丢三落四。向远看了一下，杨阿姨在厨房洗碗，叶昀上楼给生病的叶太太端饭去了，犹豫了一下，抓着钥匙追了出去。

叶秉文站在车边，看着向远走过来，接过钥匙，淡淡地道了声谢。

"不客气。"向远说。

叶秉文把钥匙在手指上绕了一周，笑着打量向远，说："不错嘛，我大哥一家所有的男人，无论老少都被你哄得晕头转向。你到底要什么？我大哥，哈哈，还是骞泽、叶昀？又或者你什么都想要？"

向远笑而不语，她知道这个时候她承认或者辩驳都不能让眼前这个人满意。

叶秉文见她不出声，倚着车，轻佻地用钥匙的尖端蹭过向远的脸：“长得倒不难看，不过我不喜欢。你要知道，过于精明的女人，就不是女人。”

他的车扬长而去，向远的脸颊有微微的刺痛。她默默地转身往回走，叶昀站在车库出口不远处看着她。

“我不喜欢他。”这孩子没来由的一句话，把向远逗笑了。她的笑让叶昀有些恼火，于是他又扬声重复了一遍：“我不喜欢他！”

向远用手指在他脑门上戳了一下：“你这傻孩子。”

回到屋里，向远和叶昀一起到叶太太房间里探视。叶太太背靠着床坐着，头发披散下来，保养得宜的娟秀面庞上带着病态的疲倦。她的肠胃不好，十几年来深受其苦，刚喝过一点粥，睡不着，向远就陪着她说话。

叶太太问，今天都来了什么人。向远一一说给她听，末了，她笑了一下：“要是骞泽在，一家人就到齐了。有一阵没打电话回来了，也不知道他一个人在那边好不好。”

向远拍着她的手：“阿姨您放心，他现在应该在忙着准备考试。他也不是不会照顾自己的人，听他说，吃腻了西餐，自己会动手煮一些饭菜，跟他同租一套房子的韩国人都夸他做的菜好吃。”

叶太太扑哧一笑：“骞泽这孩子，倒是去哪儿都会照顾人，他还跟你说了什么？”

向远便将叶骞泽对她说的一些有趣的见闻娓娓道来。讲到一半，听见身后有动静，回过头去，只见叶灵怔怔地站在她妈妈的房间门口，一个人出神，也不知听了多久。

她见向远停了下来，这才说：“向远，这些都是他告诉你的？”

向远笑道：“是啊，他就当我是个垃圾桶一样，什么鸡毛蒜皮的事情都说。”

叶灵扯了扯嘴角，勉强笑了笑：“这不好吗？最起码，他没有跟我说。”

她回了房，向远忽然也没了说下去的兴致，继续跟叶太太聊了几句，就告辞回了学校。

那天晚上，叶灵挂在胸前的那个碧绿的观音坠子在她梦里反复出现。向远记得这个坠子，无须细看，也知道那观音的背面必然有一道深深的裂痕，那裂痕里不知为什么变幻出叶骞泽的脸。

第十章

成长心事

“那我以后再也不哭了行吗？永永远远，再也不了。”

叶灵的生日过去还不到一个月，那一天，电话响起的时候，向远还在图书馆里争分夺秒地查资料写报告——说到底她还是个好学生，不管平时杂事怎么多，做学生的本分还是从来没有忘。她自己也知道，世上没有那么多所谓的天才，无论是谁，想得到什么都必须付出代价，好成绩和奖学金也一样需要用时间来交换。

她接了电话，一时间不太适应新手机的按键。向远原来有一个小灵通，前几天，叶昀非要用他爸爸给他买的新手机来跟她换。他说自己很少打电话，也不愿意老师和同学们觉得他奢侈。向远也是在这方面无所谓的人，在她看来，通信工具只要能够通话良好就足够了，不过叶昀非吵着要换，她也就随着他去。

电话是叶昀的班主任打来的，说叶昀打架了，希望向远到他学校去一趟。向远有些惊讶，叶昀这样的孩子跟别人打架的可能性基本上和六月飞雪的概率差不多，但老师不会打电话来开玩笑，电话里又说不清楚，那头只是一个劲儿地催促她赶紧过去。向远有些担心，但还是对老师说明了自己并非叶昀的直系亲属，而且也是一个学生，这种事情是否直接联系他的家长会比较好。老师为难地说，他们何尝不知道是这样，但电话打到叶昀的爸爸的办公室，秘书说他现在人在外省出差；想要打到家里，叶昀又死活不让，说妈妈病得厉害，不但来不了，听到这个事病情非得加重不可。好说歹说半天，他才给了老师这个电话号码。

向远有些无奈，叶叔叔确实出差了，叶太太这段时间以来也真的是身体微恙，但她那是肠胃方面的毛病，调理了一段时间，现在基本也没什么大碍，何来病情加重之说？她估计叶昀是存心不愿意家里的大人知道他闯了什么祸，他大哥在国外，总不能让叶灵、杨阿姨去做挡箭牌吧，不找向远找谁？

向远最终还是放下书，赶去了叶昀所在的初中，在教师办公室见到了眼角和腮边红肿一片的他。其他打架的孩子已经被各自的家长领走，只剩下叶昀规规矩矩地坐在凳子上跟老师大眼瞪小眼。

叶昀的班主任一见向远，不由分说就大吐苦水。按她的说法也是强调叶昀平时绝对不是争勇好胜，会跟同学动粗的孩子，可这次却有不少“目击证人”指出的确是他主动挑起事端，一个人跟另外三个男同学扭成一团不说，被老师强行拉开之后，那三个被打得哇哇大哭的同学都不知道叶昀为什么突然跟他们翻脸动起手来。老师把打架的孩子通通带到办公室，叶昀也承认自己打架不对，就是死活不肯向那几个跟他打架的同学（老师的说法更倾向于“被他打”的同学）道歉，也怎么都不肯说打架的原因。

向远一走进办公室，叶昀就立刻从凳子上站了起来，被向远要笑不笑地横了一眼，头低得下巴都快贴在前胸的衣服上了。向远没跟叶昀多说，只是满脸诚恳地代他向老师承认错误，并且表明态度，无论这孩子是为什么打架，回去之后一定会转告他的家长好好管教，另外，那几个同学的医药费叶家一定会负起责任。就这样赔了好一会儿的笑脸，又再三保证，才将闷嘴葫芦一样的叶昀领出了办公室。

两人一前一后地沿着学校的绿茵路往外走，直到把教学楼远远地抛在了身后，向远才在无人处伸手按了按叶昀肿胀的嘴角："行啊，你出息了，不但会打架了，还以一敌三，够英勇的啊。"

她下手不轻，叶昀皱着眉咝了一声，但似乎自知理亏，在她不冷不热的话语中露出讪讪的神情。

向远看到他的样子，问了句："痛不痛？"

他犹自嘴硬，很快摇了摇头："不痛。"

向远笑出声来："我算是知道什么叫'打肿脸充胖子'了。好，好，不痛就好，我猜你也不打算告诉我为什么今天表现得如此神勇了，那就走吧，二少。"

她走得很快，大概叶昀腿上也有伤，微跛着追了几步，有些吃力，见她丝毫没有等他的意思，干脆原地不动地喊了一声："你要骂就骂吧。"

向远回头啧了一声："没工夫跟你耗，我骂你干吗呀？不就打架嘛，你又不痛，你爸也不缺那点赔人家的医药费。"

"他们说我像女孩，说我穿裙子比李莉莉要好看！"

"什么？"向远微张着嘴，不知是没听清还是没消化叶昀这大声喊出的话里的意思。她往回走了几步站在他身边，"你刚才说什么女孩？谁是李莉莉？"

"李莉莉是我们班的文娱委员，是个女的！"他的语气仍是恨恨的，清秀的一张脸上义愤填膺。

向远愣了几秒，这才露出恍然大悟的表情，想来是几个小男生在一起玩，其他三个大概说了些叶昀长得像漂亮女孩之类的话，结果糊里糊涂挨了顿揍都不知道是为什么。虽说是三个对一个，可那几个从小在城市里娇生惯养的孩子怎么敌得过看似文弱，实则被家乡的大山锻炼得身手灵活、体格强健的叶昀？

叶昀看着强忍住笑的向远，心里的委屈和身上的疼痛让他再咬牙也控制不了地红了眼圈，赌气道："你笑吧，反正我的死活也没人管。我最恨别人说我像女孩，再让我听见我还得揍他们。"

向远知道叶昀从小就不喜欢别人说他好看什么的，还在李村的时候，有乡亲夸他文静漂亮得像女孩似的，他听了总是闷闷不乐，但也仅止于心中不快而已。没想到现在长大了几岁，反倒对这个更介意了，莫非十四五岁真是到了男孩子最敏感的年龄？

她摇了摇头，用指尖蹭蹭他发红的眼眶："至于吗？"

他别开脸："反正我不后悔。"

"后不后悔是一回事，我是说犯得着动手吗？你拳头是铁做的？打在别人身上，你自己不受罪？"

叶昀一个没忍住，眼泪就落下来了。向远无奈地环视四周，已经有人好奇地看了过来。她低声训斥道："哭什么哭，还说不像女孩子，男孩子有你这样的吗？"她说着，揪着他往人少的树荫间走，然后叹了口气，和他并肩坐在草坪里的一块大石头上。

叶昀哭着，偷偷瞄了一眼寒着脸的向远："你烦我了吧？向远姐。"

"你再这么没用我真要烦你了，男子汉大丈夫流血不流泪，哭能解决什么问题？"

"那我以后再也不哭了行吗？永永远远，再也不了。"

向远苦笑："别说以后，现在先把眼泪停了再说。是你把人家给打了，你哭个什么劲儿？"

叶昀迟疑着抽了抽鼻子，低声说："真的很痛！"他一只手捂住脸上的伤处，另一只手把裤腿给卷了起来，小腿上瘀青一片。

"你现在知道痛了，刚才不是金刚不坏吗？你这个样子，就算我能把你从老师那儿领出来，回家怎么交代？你爸还有你阿姨还不是得骂你？”向远恨其不争地埋怨道。

这时叶昀才渐渐止住了泪水，咸涩的液体淌过面颊上的伤口，钝痛中交织着刺痛。

他说：“我爸爸和阿姨是不会骂我的。”

“那你还让我到学校领你，见我闲得慌是不是？”向远想着自己写到一半的报告，气就不打一处来。

“我，我不想麻烦他们。”也许是说话的声音牵动了嘴角的伤口，叶昀的话越来越含糊。

向远愣了一会儿，收起了脸上的不耐烦，柔声问：“叶昀，说实话，叶家的人对你好吗？”

“好，很好。”他立刻说，似乎害怕向远不相信，又补充道，“真的，他们对我很好的。我爸那么忙，可他恨不得把什么好的东西都给我，只要我开口。阿姨也是，她身体不好，但还是很关照我。大哥就更不用说了。他们一家都是好人。”

“‘他们’一家？”向远若有所思地复述了一遍。

叶昀有些黯然：“向远姐，我已经尽力了，做个好孩子，不给任何人添麻烦，他们都已经够烦了。虽然我知道，即使我闯了祸，我爸也不会像教训大哥那样指着鼻子骂我。他总觉得对不起我，一看到我就想起了我妈，恨不得能找到补偿我的机会，唯恐我跟着他生活以后有什么不习惯的地方。可我宁愿他骂我，像他对大哥一样。你知道吗？在这个家里，只有我像个局外人。”

向远说：“别胡思乱想。”可她也找不出更有力的安慰他的理由。叶昀这孩子，别看平时嘴上不说什么，可是他眼睛比谁都亮，心里比谁都明白。

“叶灵呢？那叶灵对你怎么样？”向远没有办法，只能转移话题。

“叶灵？她还是不怎么跟我说话。但我觉得不是因为她讨厌我，我也说不出来为什么，反正她这人就这样。”叶昀用脚尖拨了拨地上松散的泥土，“向远姐，我问你个事。你讨厌叶灵是不是？”

他问完就一直看着向远。在这双眼睛下，本想断然否认的向远竟然说不出违心的话来，她好像在寻找合适的词语：“这么说吧，叶昀，我跟她没有什么过节，可是一个人并不是一定要喜欢另一个人，你觉得呢？”

叶昀笑笑，疼得咧了咧嘴，依旧玩着脚下的泥土：“是因为我大哥吧。”

向远想笑着说“你懂什么”，可话到了嘴边，那个她最擅长的笑容却怎么也出不来，是的，谁都明白，就连这个半大的孩子也看出来了，唯独他，唯独他还在装糊涂。

“你生气了？”叶昀扯了扯她的衣袖，有些不安，“我随便乱说的。”

“别说我，说说你自己。叶昀，你喜欢叶灵吗？”

“我……我只是觉得她挺可怜的。”

“可怜？锦衣玉食的可怜？”

“向远姐，我觉得她这两年越来越不对劲了，到底怎么了我说不出来，像是……像是病了，我不是说身体上……”

向远明白叶昀的意思，如果说过去叶灵给人的印象只是一个过于敏感纤细的女孩子，可现在据叶太太说，她对外的交际越来越少，基本上接近于零。对任何事情好像都没有兴趣，整天觉得困倦和疲惫，可晚上老是睡不着。吃什么都觉得淡然无味，课都不想去上了。叶秉林夫妇带着她看过很多医生，身体上除了贫血，基本没有什么别的疾病，人却是一天一天地瘦下去。向远觉得如果说叶灵有病的话，那病的根源绝对不在身体上，而是在心里，甚至，可以说在脑子里。可她不能说，也许叶秉林夫妇比谁都知道女儿的问题，他们只是不愿意接受，也不想承认。这几年，叶秉林的生意越来越成功，叶家放在哪里都是有头有脸的，他们可以有个身体生病的女儿，却不能有个“那方面”有问题的病人。

有时向远问自己，是不是盼望着叶灵这个人干脆消失，或者从来没有存在过。可是这个人存在于她和叶骞泽中间，是不可回避的事实。再说，她和叶骞泽之间真正的问题，最大的障碍真的是叶灵吗？她不愿意深想。

向远问叶昀：“对了，你听说过关于叶灵生父的事情吗？”她跟很多人一样，都知道叶灵是叶太太和叶秉林结婚前生的，可是跟谁生的，叶灵的生父又去了哪里，就像一串谜，很少有人知道真相，就连叶氏夫妇也绝口不提。向远不是管闲事的人，即使她和叶家关系这样亲厚，也从来没有想过打探当中的因由，可她现在越来越觉得，这个答案也许跟叶灵的问题有很大关系，甚至对于她向远来说，也远比想象中的要重要。

“叶灵的生父……”叶昀仿佛想起了什么，却仍是摇头，“向远姐，我也不知道。”

向远不是没有看到他欲言又止的样子，然而她明白叶昀性子的执拗，他不想说，追问只能适得其反，于是她摆了摆手：“算了，不知道就不知道吧，我也是随口一问。”

叶昀听她这样说，心中更觉矛盾，他不是个嘴碎的孩子，也本能地觉得有些事情不该乱说，可坐在他面前的又不是别人，是向远。他从来没有想过拒绝她的要求，即使她从不勉强。

“向远姐，其实我也是有一次不小心偷听到姑姑她们说的。”他口中的姑姑即是叶秉林的几个堂妹，“有一次她们来吃饭，私下好像提过一次这件事。她们说得很小声，我也没听太仔细，就记得她们说，阿姨她是被人……被人……”他带着瘀伤的脸上有明显的泛红，怎么也不好意思说出那个字眼，便含糊地带过，越说越小声，“是被人那个什么之后，才生的叶灵。我，我是听说的，也不知道是真是假，本来是打算对谁也不说的，可是你问我……向远姐，你知道我说什么吗？”他担心自己说得不明不白，可又不知道如何详解。还好向远没有再提出疑问，她的眼睛看着别处，没有出声，不知道在想什么。

过了一会儿，她才叫了他一声：“叶昀。”

“嗯？”

“你听来的这些都是没有凭证的闲话，忘了就好，别再跟人提起了行吗？”

“我知道的，我不会跟任何人说，除了你之外。”

向远打量他的眼神温和了很多：“你啊，别再让我大老远地跑到学校来领你了，也别动不动就较真。长得怎么样是爹妈给的，当你真正像个男子汉那样来想事情了，也就不用担心谁说你像女孩。还有，叶家是你家，不是‘他们’家，你身上流着的是跟你大哥一样的血，没有人能说你不是叶家的人。”

叶昀点头。向远会责备他，会教训他，她算不上一个温柔体贴的大姐姐，可妈妈不在了之后，他只有在她身上，才找得到一种叫作“亲昵”的感觉。要是在过去，他恨不能投进向远的怀里流眼泪，可是他知道以后不能再这样了，他答应过她要做个真正的男子汉，一个可以为她流血，却不会在她面前哭泣的男子汉。他不想永远做她眼里那个怯懦的孩子，一遇事就软弱地寻找她的怀抱，而是想长出一个可以让她依靠的坚实肩膀。她不一定需要，也不一定稀罕，可至少她会知道，叶昀也是好样的，不比任何一个人差。

向远未必知道叶昀心中壮志汹涌，虽然在后面的日子里，她隐约察觉得到这孩子的一些细微变化，可这变化更多的是令她感到又惊讶又好笑。那天她领他回到叶家，他满脸的伤把在家的叶太太惊得手忙脚乱。尽管在学校医务室已经对伤口做过简单的处理，可出差在外的叶秉林还是打电话让妻子把叶昀送到医院做了一次全面系统的检查，确认只是皮外伤，才松了口气。这孩子跟在学校一样，打死也不说为什么打架，不管用酒精消毒还是换药，牙都咬紧了还说不痛，当天晚上睡觉的时候说了一晚的胡话，据守了他大半夜的杨阿姨说，反反复复就听见他嘟囔着：我没哭，我没哭。

伤愈之后，叶昀令人费解地开始对运动着迷，尤其是篮球，还专门喜欢挑太阳最大的时候在球场上折腾。只可惜他天生皮肤白皙，好不容易晒黑了一些，转瞬又白了回来。他在房间里做了个标尺，早晚都测身高，恨不能一夜之间揠苗助长。

准备上高中前的那个暑假，叶昀到G大去给向远送东西，一路畅通无阻地上了女生宿舍楼，却在走道尽头的洗漱间附近撞见好几个仅着贴身衣物的大学女生。那些女生吓了一跳，叶昀更是面红耳赤，恨不能挖个地洞钻进去，好不容易找到向远，一见面就抱怨为什么这栋楼里的人光着身子走来走去。向远憋着笑解释，这里一向禁止男生出入，所以她们都没料到会闯进这么一个不速之客。叶昀不服气，说要是这里不让男生出入，看守宿舍的阿姨怎么会把他给放了进来。向远当时边点钱边漫不经心地回答他：“大概阿姨觉得你还小吧，小男生不在禁入范围之内。”叶昀连声抗议：“怎么还小？我都快上高中了。”向远不作声，把钱又仔细点了一遍，才站起来伸手在他头顶比画了一会儿：“你看，你比我还要矮半个头，不是小男生是什么？”

叶昀因此大受刺激，向远在南方女孩子中算是比较高挑的，一米六六的个头。女孩子若是瘦的话，容易显得比实际海拔更高。叶昀挺直了腰站在她的面前，头顶也只是与她的眉毛齐平。这个认知犹如一个惊雷，劈得他晕头转向，甚至忘记是怎么告别向远回到家里的。后来很长一段日子，晚上想着这件事情，他都不安得难以入睡。好几次做噩梦，梦见自己不但长不高，反而成了侏儒，然后惊恐地被吓醒，一身冷汗——他想象不出一个侏儒怎么能成为向远的依靠。

就连叶秉林夫妇也发觉了他的焦虑：他每天测身高的次数比吃饭的次数更多；以往从不主动提要求要买东西的孩子，转弯抹角地缠着爸爸和阿姨给他买各种促进骨骼生长的营养素；打篮球更是像疯了一样。就连远在异国的叶骞泽也接到这个弟弟的电话，他偷偷摸摸地问哥哥十六岁的时候有多高，还问什么同是一只长颈鹿生的两只小鹿有没有可能一只高一只矮。叶骞泽莫名其妙地把这件事告诉了向远，向远才发觉自己无心的话让这心事重的孩子都有了心魔。尽管不知道叶昀为什么如此在意这个问题，向远还是想出办法来开解他，她对叶昀说："你爸是高个子，你妈妈也不矮，看你大哥就知道你以后绝对矮不到哪里去。你这孩子，怎么没事尽操这些闲心？"可是叶昀哪里听得进这些？那次到 G 大去给向远送东西以后，他再跟向远同行，都不愿意跟她肩并着肩。向远后来想，要不是高一那年，这孩子开始像春天的小树一样迅速抽枝，大半年时间从教室的第二排被调到了倒数第三排，不知他还会不会为这件事一直郁郁寡欢下去。

第十一章

欢乐易碎

那个背影，伴她走过最长的夜路，也在最危难的那刻转向了另一个人。其实她有的一直只是背影。

向远大四的时候，学校要求他们自找单位实习，她学的是财会，叶秉林顺理成章地安排她进入江源的财务部。江源的财务总监不是别人，正是和向远颇不对盘的叶秉文。也许是碍于哥哥叶秉林的面子，作为向远名义上的长辈，叶秉文并没有太多地为难向远，但是在江源财务部的两个月里，向远被安排的工作始终远离实质性的财务内容，她大多数的时间都用在打字、倒茶送水、为本部门的人跑腿上，就连资料归档和碎纸这样的活计也很少得以经她的手。

向远觉得其实叶秉文完全没有必要对她如此戒备，且不说她只是大学没有毕业的一介菜鸟，就算真有什么问题让她发现了，正所谓不在其位，不谋其政。叶叔叔是个聪明人，他都睁一只眼闭一只眼的事情，她向远又何必强出这个头？叶秉文执掌的江源财务究竟有没有什么问题她不敢说，但仅凭局外人的立场来看，包括财务部主任在内的一干财务人员均由叶秉文提拔，这已是一个极大的问题。

这个问题还不是她需要费脑筋的，平时倒茶送水倒也无所谓，不该问的一字不问，不该说的绝口不提。实习结束之后，顺利收拾包袱走人，实习鉴定上也是斗大一个“优”字。

她对江源没有感情，但是叶秉林却待她不薄。让她难过的是，这几年，叶叔叔的身体每况愈下。本来正值壮年，雄心勃勃的他被糖尿病和早年插队留下的风湿折磨得心有余而力不足，开始的时候他还强撑着，一次长达半月的住院治疗之后，他终于说：“也许骞泽该回来了。”

叶骞泽要回来了。

其实在国外这几年，以他的家境，回国往返几次根本不成问题，然而每次到了假期，总有事情将他绊住。对此，叶秉林的看法是，男孩子在外面自力更生、多历练是好事，并不强迫他有事没事回家看看。可话虽如此，借着出差、考察的机会，几年来他“正好途经”大儿子上学的城市，却不下五回。

骞泽回国那天，临近毕业的向远在学校已经没有什么课，因此叶秉林提出让她一块去机场迎接，她没有拒绝。那一天，叶家几口人全体出动，向远站在人来人往的接站口。他搭乘的航班刚刚降落，一别四年的人，重新站在这片土地上。她深深地吸了口气，似乎想从空气中辨析出与往常不一样的气息，然而一切如常。向远想，也许是因为这已经不是他们分开的第一个四年，她已习惯离别。

她貌似漫不经心地看了叶灵一眼，叶灵还是个纸片似的人，站在叶太太身边，面孔沉静，可面上不自然的潮红和下意识捏紧的双手却出卖了她。向远记起，这一次她有多久没有见到叶骞泽，叶灵也就有多久。显然这娇柔的温室兰草过去从未尝试过这样的离别和相逢，可是站在时间和空间所划下的鸿沟前，每个人都是平等的，这鸿沟能让叶骞泽忘记了他曾经喜爱过的一杯咸豆浆，也能让他心里的一枝花变淡。

叶昀先是在向远身后走来走去，过了一会儿，又转而在她面前晃悠。高一的他在一阵猛长之后，已经如愿地可以小小俯视一下向远，这个改变让他终于不再介意跟她并肩而行。

向远被他晃得眼花，啧了一声："你瞎转悠什么！"

叶昀还来不及说话，就听见前方有人笑着喊了一声："向远！"

向远的眼睛越过叶昀。骞泽人已经在眼前，离她是这么的近，近到她可以用嗅觉感受到他的存在。这是叶骞泽身上独有的气息，这气息就像很久以前，向远和他坐在晒干的谷垛上，阳光混合着禾苗的气息，温暖而干燥。

"向远，你没怎么变……不对，是比以前漂亮了。"他拉开一些距离打量着她。

向远笑："你倒是比以前会夸奖人了啊。"

他的肩膀似乎变得比四年前宽厚了一些，眉目间也添了稳重，笑容和煦，风仪静好。跟他比起来，自认为长大了的叶昀还是像一个乳臭未干的小子。

这个小子此时却忍不住插嘴，带着男孩变声期的怪腔调："哥，我呢，我哪里变了吗？"

叶骞泽转而去揉叶昀的头发："都快比我高了，你说有没有变？这回不担心了吧。"

叶昀的笑容里有极力隐藏的得意和淡淡的羞涩。叶骞泽搂住他的肩膀，看着离他最远的叶灵，笑了笑才说："阿灵，就你不会照顾自己，太瘦了！"

叶灵不开腔，回以他微笑，面上的潮红却更甚了。她似乎还在等待叶骞泽再说些什么，他却朝着一旁的父亲和继母走了过去，伸手把眼眶潮湿的叶太太抱在怀里，叶秉林一个劲儿地拍着儿子的肩膀，话不多，眉宇里却全是笑意。

后来，向远不止一次回忆分崩离析前的叶家，这是定格在她记忆里最后一个和乐融融的画面。或许这样的场景后来也曾出现，可她总记得这一刻，记得每一个人脸上的笑靥。

其实这样的和乐在回家之后的晚餐时就已被打碎。开始的时候一切如常，叶骞泽跟向远有说有笑的，叶秉林兴致也很高，让杨阿姨找出了藏了十多年的好酒，就连叶昀面前也倒了一小盅。向远不喝酒，叶灵却主动要了一点，坐在离叶骞泽最远的地方，两人除了初见时的问候，再无其他单独的对话。向远不动声色地冷眼旁观，她看得出叶骞泽对叶灵着意的冷处理，不管他心里怎么想，就算是装的也好，她不介意陪他演下去。他有心演，就证明他有心挥别过去那些纠缠。

酒过三巡，叶秉林就说到了自己近年来身体的力不从心，他说："骞泽，阿昀还小，你爸爸半辈子闯下的一番事业肯定是要你来继承的。你回来了，我就可以喘口气了，说吧，要休息多久才能去江源上班？"

他等着儿子给他一个期限，也许一个月，也许半年，他都不意外。可是万万没想到，叶骞泽放下筷子，犹豫了一下，还是不疾不徐地对他说："爸，可能江源的事情我做不来，我想去学校教书。"

"你胡说八道什么？"叶秉林满脸惊讶，笑容却开始褪去，"你是我儿子，怎么能说江源的事情做不来？况且，你在国外学了几年的企业管理，难道就白学了？"

"对啊，骞泽，工作上的事情不熟悉不要紧，慢慢来。江源迟早是你们兄弟俩的，怎么能随便说做不来？"叶太太也劝他。

叶骞泽开口有些艰难："对不起，爸，阿姨。"

"趁我这把老骨头没散，你要学什么我都可以从头教起，一家人说什么对不起？"叶秉林不快地说。

"可是我对从商真的没兴趣，在学校，我……我自己申请改了专业，我拿的是文学学位。"

餐桌前的空气仿佛顿时凝固了，叶秉林瞪大眼睛看着自己的儿子，半晌无语，其他人面面相觑，也低头不敢出声。

“你再说一次。”叶秉林拉长了音调一字一句地说。

“对不起，爸爸。”

叶骞泽话音未落，叶秉林已经顺手抓起面前的筷子劈头盖脸地朝他打来：“你嫌我死得不够快，想要气死我才甘心是不是！”

叶骞泽不躲不闪，任凭筷子打在身上。叶秉林盛怒之下出手不轻，第一次落下，叶骞泽从耳际到脸颊顿时出现了一条鲜红的痕迹。可老父亲仍不解气，再一次高扬起手。向远心里一惊，来不及做出反应，原本坐在叶骞泽对面的叶灵已经不由分说地扑过来。叶秉林发现不对，躲闪不及，筷子狠狠地抽在她护着叶骞泽的脊背上。

“你们一个个的都想干什么？阿灵，你走开。”叶秉林想拽开女儿，无奈她却不呼痛，铁了心一般护在叶骞泽身前。

“阿灵，回你位子上。爸，如果打了我您觉得解气，那就多打几下。”

“你们……你们……”叶秉林更是气不打一处来。

“叶叔叔，别这样。事情都这样了，您打他，除了让他身上痛、您心里痛之外，还有别的用处吗？”向远起身相劝，趁叶秉林一声叹息，悄悄地夺下他手中的筷子。叶昀眼明手快地接过，然后把视线所及的所有筷子通通抓在手里，藏在身后。

向远和叶太太一起搀着叶秉林坐下：“您有话慢慢说，事情也许没有您想象的那么糟。”

“我还能说什么？还有什么会比现在更糟？我的儿子，就是这么不争气。向远啊向远，你为什么不是我的女儿？”

“叶叔叔，做您女儿是要福分的，我上辈子还没修够。”向远笑着说。眼看叶秉林苦笑一声，火气似乎已经散了一些，刚松了口气，却听到叶灵的冷笑。

叶灵站在叶骞泽的身边，低头看了看他脸上的伤，抬头直视着叶秉林道：“爸，您凭什么打他？他做错了什么？他首先是一个有自主权的人，然后才是您儿子。”

叶秉林刚缓过来的一口气又憋在胸口，整张脸涨得通红。向远轻声说了句：“叶灵，现在少说两句吧。”

叶灵再次冷笑：“你是谁？这是我们叶家的事，轮得到你说话吗？”

“阿灵！”

“你闭嘴！”

“阿灵，你说的这是什么话？”

叶骞泽和叶秉林夫妇三人几乎同时开口制止，叶灵恍若未闻，只是挑衅地看着向远，仿佛她才是眼前唯一的敌人。

就连叶昀也瞪了叶灵一眼，低声说：“向远姐，你别理她。”

向远倒是满不在乎，一笑了之，就连叶秉林责令叶灵道歉，她也扑哧一笑，说不用了。叶灵身边的叶骞泽一脸抱歉，但向远想的是——她真护着他，明明离叶骞泽最近的那个人不是叶灵，可是当叶秉林扬起筷子抽下去的那一瞬间，她却是第一个扑过来挡在他身前的。向远的心中于是有些怅然，为什么为叶骞泽挨上那一筷子的人不是她自己？她也一样愿意代他受过，代他经受疼痛，可是当时就坐在骞泽身边的她却慢了叶灵一步，为什么会这样？也许她的爱注定没有办法像叶灵一样不分青红皂白，不问对错。即使是刚才想尽办法平息叶叔叔的怒火，好为骞泽圆场的那个时候，她也不能否认，自己内心深处对于骞泽的所作所为始终持不认同的态度。她为自己那一秒钟的迟疑而深深遗憾。

“爸，您别生气了。”叶骞泽站了起来。

叶秉林用手一指门外：“要想让我多活两年，你现在就消失在我面前。多看你一眼，我都没办法消这口气。”

“那好。”叶骞泽自我解嘲地笑笑，转身就朝门口走。

“等等。”叶灵二话没说就追了上去。

叶太太急得六神无主：“骞泽，阿灵，你们这是要去哪里？”

一对儿女消失于门口之后，叶秉林仿佛瞬间老了好几岁，他拍了拍向远的手背："向远……"

"我明白，我去追他们。"

向远刚走了几步，发觉叶昀也跟了上来。

"你留下来陪你爸和你阿姨，我马上就回来。"

叶昀虽然一脸不情愿，但也只好看着向远跑了出去。

叶家在城市的老城区，出了门就是纵横交错的胡同。胡同边上以历史久远的大宅居多，白天的时候，沧桑而气派，可到了晚上，车少人稀，即使在路灯的映衬下，也还是有几分阴森可怖。

向远出了叶家，已经看不到叶骞泽兄妹的行踪。她在两条完全相悖的岔路前感到头疼，他会选择走哪一边，她一无所知，最后决定听从自己的直觉。很久以前，在山里迷了路，在没有任何参照物的情况下，她习惯往右走。

可是这一次，她的直觉没有给她带来帮助。追了好长一段路，她才确信自己的选择是错误的：他们出去的时候没有开车，排除打车的可能性，在步行的情况下，以叶灵的体质，自己这样的追赶速度没有理由错过他们。于是，向远毫不犹豫地回头朝另一边走，他们俩在夜色中同行的景象让她心里本能地抗拒。

左边这条路明显要比右边僻静，拐了好几个弯，向远终于确认这次自己没有错，因为她忽然听到了叶灵的一声惊呼。向远的心跳急剧加快，下意识地放轻放慢了脚步。走惯夜路的她在晚上视力极好，上前几步，已经可以远远地辨别出骞泽和叶灵在背光角落的轮廓——只不过，那里除了他们，还有另外的几个人。

向远倒吸了一口凉气，叶灵那声惊呼所带来的不祥预感似乎得到了证实。她很想飞身过去，问："骞泽，你怎么样？"可是只能无声无息地退了一步，摸索着口袋里的手机。

号码刚拨到一半，叶灵惊恐而带着哭腔的声音传来：“向远，是你吗？是不是你，向远？”

伴随着她的哭喊，还有一个陌生的声音：“谁？把手机扔掉，否则我捅了她。”

向远在心底用最恶毒的乡音咒骂了几句。这个时候她犹在心里飞快地计算着自己此时立即转身飞奔离开，还有几分逃脱的胜算。她听到叶骞泽急促地喊：“向远，快走！”

她是应该走，可在刀尖边缘的那个人是他，她怎么走？就算她顺利脱身，用最快的速度搬来救兵，如果他有个三长两短呢？如果！

向远很小心地把手机放在脚边。手机是叶昀给的，要是真扔坏了，他非有意见不可。她慢慢地朝他们的方向靠近：“你们要什么？别为难他们。”

走近了之后，她这才看清楚，除了叶骞泽兄妹外，还有四个陌生人，清一色强壮的年轻人，最小的一个，似乎才和叶昀一般年纪。

“要什么？哈，单眼皮妹妹，比刚才那个小妞有味道。”

“神经病！人渣！”叶灵缩在叶骞泽身边，看见其中一个人流气地用手蹭了向远的脸一把，愤恨地啐了一口。

那几个小混混都笑了起来：“看到了吧，这小妞脾气还挺烈，原本哥几个只是手头紧，问你们要几个钱花花，现在倒觉得越来越有意思了。你们都是冲着这男人来的？他有什么好？不如我们陪你们两个玩？”

叶骞泽又担忧又自责：“向远你也糊涂了？你来干什么？”

向远不理他，竭尽全力去忽视那双陌生的手留在自己脸颊上的触感，勉强笑道：“别做不划算的事。不管你们碰她，还是碰我，除非我死，否则只要有一口气，我也会找到你们算这笔账，说到做到！”她看看叶骞泽和叶灵，再看向那几个小混混，“要说杀三个人，也容易，可是犯得着吗？你们不过是想要钱，拿几个钱去花花和背上人命官司有多大区别不用我说吧？钱要多的没有，身上的你们全拿去，可以找好几个漂亮的女孩，今天晚上就当我们没有见过。”

她并非自己想象的那么镇定，一番话说下来，手心已被冷汗濡湿。那几个人不搭腔，她心里也没底，要是真遇上亡命之徒，说什么都是白费唇舌。

然而她还算是幸运的，看上去最老成的那个混混用力推搡了她一把：“啰唆什么，钱给我拿出来。”

向远将手伸进口袋里，捏了捏那不厚不薄的一叠钱，心里一痛，那是她打算明天早上寄给向遥的下两个月的生活费。她暗骂自己为什么今天晚上要把它揣在口袋里。

心痛归心痛，掏钱的时候她没有犹豫。她是真的爱钱，可是更爱命，没有必要跟这些人渣较真，光脚的不怕穿鞋的，这些耗子逼急了也会做狠事的。

一个混混用力抽走向远递上来的钱：“算你识相。”他转向衣着考究的叶骞泽，“你的呢？愣什么，要我请你才肯动手吗？最烦你这种公子哥模样的，不过艳福倒不浅。”

叶骞泽沉默着。

“给他吧，骞泽，给他！”向远低声哀求。

他还是朝向远点了点头，从上衣外套的口袋里掏出了钱夹，还没打开就被人夺了去。

“哎哟，看哪，还有外币哪，今天这趟手气不错。”几个混混交换着手中的战利品。

“钱拿去，钱夹还我。”叶骞泽寒着脸说。

“没门，谁知道有没有更值钱的卡什么的。”

向远插嘴道：“适可而止吧，能拿的现金、值钱的东西都给你们，这收获也不少了。至于卡什么的，别给自己添麻烦。”

叶骞泽徐徐褪下手腕上的表递了过去："这个也给你们，空的钱夹还我。"

"你疯了，那只手表是爸爸送给你的二十岁生日礼物，你要给这些人渣？"叶灵话没说完，就挨了离她最近的混混一个耳光。她从小到大没挨过耳光，这一下将她打得整个身体顺着力道的方向摔去。那个挂在胸口的碧绿观音也从衣领里掉了出来，晃在胸前，也晃在所有人的眼睛里。

"这个看上去成色不错。"立刻就有人伸手去拽她脖子上的那根红绳，叶灵痛得尖叫了一声。

向远大喊："放手，那个是假的，不值什么钱！"

混混犹豫了一下，说时迟那时快，叶灵不知道从哪里来的力气，一手护住那个假玉的断颈观音，一手硬生生地将她面前那人的脸上抓出四道血痕。受伤的混混当即红了眼，一脚将叶灵踹倒在地。叶骞泽毫不犹豫地给了那个混混一拳，场面顿时乱成一片。

四个年轻力壮的人围攻叶骞泽一人，他自然处于完全的劣势。向远情急之下也管不了那么多，冲上去护在他身前："别动手，别动手，有人来了。"

混乱之中，不知是谁用力推了向远一把，紧接着她的腰眼上就挨了一脚。这一脚着实不轻，向远痛得弯腰退了一步，又趔趄了一下，摇摇欲倒。

"向远你怎么样？"

叶骞泽奋力想要拉住她，另一头却传来了叶灵凄厉的喊叫。原来那四人中的一个腾出手来，又在拉扯她脖子上的玉，似乎铁了心不拿到手誓不罢休。叶灵疯了一样抵死反抗，好像整个人都不要了，只要那块玉，任那人怎么扳她扇她，就是捂住玉不松手。她的疯狂竟然让那人一时之间难以得手，心烦意乱下犯了狠，高高扬起拳头就要朝她砸去。

是叶骞泽为她挡了这一拳，他在那一瞬间不管不顾，只想让她不受伤害。向远站立不稳，终于摔倒，头重重地磕在青石的地面上。她眼前的天空在旋转，回忆也在旋转，就连最后看到叶骞泽挡在叶灵身前的背影也在旋转中模糊、扭曲。那个背影，伴她走过最长的夜路，也在最危难的那刻转向了另一个人。其实她有的一直只是背影。

耳边似幻似真地传来警笛声、凌乱的脚步声，可这些她都不在乎，她在乎的、坚守的、苦苦想要留住的东西在之前的一秒，水落石出，烟消云散。她长吁了口气，像是叹息。

第十二章

残忍还是天真

记忆里的山月只在她一个人的心里散放清辉，于他而言，只是遇风而碎的泡影……

向远其实很想睡，但有个声音在她耳边不停呼唤：“向远，向远，向远……”配合着声音，还有双烦人的手反复摇晃着她的肩膀。

她睁开眼睛第一件事就是破口大骂：“叶昀，我还没断气，要是脑震荡的话可能会被你摇死。”

叶昀喜形于色：“向远姐，你醒了！你怎么会死呢？医生说你的腰伤得不轻，后脑勺破了皮，虽然要好好休养一段时间，但是不会再有什么危险了。”

“明知道死不了你还吵什么？”向远动了动，腰部一阵钝痛，后脑勺也麻麻的。

叶昀有些不好意思：“我在旁边坐了很久，就是不见你醒。虽然医生说没事，心里还是有点怕。”

“我睡了一觉。”

向远倒不是骗叶昀，其实从晕晕沉沉地倒在地上开始，后面发生的事情她都模糊地记得，包括那伙人逃跑，警察赶来，救护车到，送她进急诊室……晕倒是需要天分的，她虽然没有这种天分，至少在很疲倦的时候可以让自己睡上一觉，什么也不想。

可是醒过来就不一样了，清醒的时候要做清醒的事，你今天忘了的那些烦恼，明天还是一样会出现，而且带着利息。这是向远的经验。

“人没抓到是吗？”她想坐起来，捂着腰低喘了口气。

叶昀忙按住她：“你别动啊。人一个也没抓到，不过你放心，我爸已经跟公安局的负责人说了，一定要让他们追查到底，找出那几个坏蛋。”

向远其实就随口一问，她对那几个人落网与否并不十分在意，就算抓到了又能怎么样？不过是几个垃圾，蹲上几年的监狱，出来又是一条好汉，对于她来说没有任何意义。

“那……你哥和叶灵怎么样？”

叶昀露出有些难过的神情：“我哥没什么事，也就皮外伤，可是叶灵……你知道的，她这里一直不怎么稳定。”他指了指头，“这一次不知道是受的惊吓太大，还是刺激过度，整个精神都垮了，爸爸和阿姨都守着她，可她好像连人都不怎么认识了，就知道一手抓着她脖子上的那个观音，一手抓住大哥的胳膊，一看不到大哥的人，就死命地号叫，你不知道，那声音可吓人了。大哥陪着她，动都不敢动。医生要把她转精神科，我爸没让，他说会私下请医生到家里来。”

向远没有想到是这样的结果，愣了愣，叶灵都糊涂成这样了，还是只记得她的观音和叶骞泽。观音对她来说意味着什么，向远猜不到，可是叶骞泽在她心目中的地位显而易见。大概叶灵即使在最清醒的时候在意的也只是这两样东西。现在她成了这个样子，从某种程度上来说，或许是成全了她，她终于能够无所顾忌地表达她的占有欲。向远自问做不到，此时竟然也有几分羡慕她。

叶昀见向远没有出声，憋了很久似的冒出了一句话：“向远姐，你喜欢我哥是吗？”

他用的其实是陈述的语气，向远有些惊讶地看着他，是啊，小叶昀也长大了，大到足够看明白一些事情，可是自己爱着叶骞泽，谁又不知道呢？

“你想说什么？”她挑高眉毛。

叶昀想过她否认或是承认，却没料到她会反问，顿时涨红了脸，说话也结结巴巴的：“我，我哥他……不是，我是说……如果是我，我拼了命也……也会保护你的。向远姐，你……你不相信，我说的是真的，真的！”

他急得把向远病床上的床单都揪紧了还不自知。

向远只说了两个字：“我信。”

她信，她真的信。一个人对另一个人怎么样，在最关键的那一刻最是纤毫毕现。那是一种本能的反应，没有对错，也掺不了假。就像她没有醒来的时候，所有的人都守在叶灵身边，叶昀却留了下来。这并不是说他一点也不关心叶灵，只不过人的心里有一杆秤，孰轻孰重一目了然，在这杆秤的衡量下，一切的选择都是自然而然的。向远清楚自己在叶昀心中的地位，这个可怜的孩子，对于他来说，向远是妈妈，是姐姐，是亲人，是伙伴，也许还是他青春期懵懂情感的寄托。她从不怀疑在危难发生时，叶昀会毫不犹豫地挡在她的面前，就像她相信，下一次危难来临，骞泽他还是一样会本能地挡在叶灵的面前。

想到这个，向远心里就有一种跌到谷底后的释然，他毕竟爱的还是叶灵。向远曾经以为把她和骞泽分开的是距离，是时间，是她无法控制的人生转折……她错了。在很多年前，即使她哭着留住了离乡返城的叶骞泽，也许总有一天，当他遇到叶灵，还是一样会爱上她，或许换种方式，或许换个身份和地点，终究是殊途同归。他们才是一类人，他们才是磁铁的阴极和阳极，相遇了，天生相互吸引。所以同样一别几年，尽管叶骞泽刻意地疏远叶灵，冷淡叶灵，可最危险的时候，他还是会舍身为她，就像叶灵在他受到父亲的责难时，想也不想地扑到他身边一样。

向远很清楚自己在这一天里两次输给了这对“兄妹”。她不是骞泽心里的那个人，也做不了叶灵，他不爱她。记忆里的山月只在她一个人的心里散放清辉，于他而言，只是遇风而碎的泡影。或许当初的月光下，骞泽还在她身边，但他们心里想着的也是不同的事情，那句“我们永远不会分开”，她当成不离不弃的承诺，他只是看作对朋友一时的感叹。

多年来，与骞泽重逢的期待和再次赢回他的信念是向远在最无望的时候心里的那点光，是她荒芜中的一点绿，可是现在她只觉得心里空落落的，连悲伤都盛不下。眼泪无处宣泄，只是空。之前的苦苦不肯相忘，不过是为了求证她的回忆不是虚幻的，不过是为了终有一天能重拾过去，但是如果回忆和过去都只是她一个人的，那执着又是何苦？

“向远姐，你现在是不是心里难过？”叶昀不依不饶。

向远摇头，她应该难过吗？她只是忽然醒悟自己失去了也许从来没有拥有过的东西。

“我以后想要做警察。”叶昀冷不丁地说。

“为什么？”

“做了警察就可以保护你不受坏人的伤害。”

向远没想到自己还能笑得出来，他还不懂，最容易伤人的有两种人，一种是自己，一种偏偏是善良人。

“今天你们家已经有一个要去做光荣的人民教师，你又说要做警察，非把你爸气死不可。”

“不会的，我爸不会打我，他会由着我去的。我不是大哥，他对我没期望。向远姐，你要是困的话就继续睡，我坐在这儿陪你。”

结果向远没有睡着，叶昀却趴在床沿昏昏入梦。她拨了拨他的头发，随着年岁的增长，这张脸跟他哥哥越来越神似，只是更漂亮，少了优柔，多了纯真。她还记得他小的时候，在冬天最冷的一个晚上染了风寒，一整晚都在“打摆子”，盖了三床被子还冷得直打抖，邹家婶婶急得差点掉泪。听说狗肉可以驱寒，向远忍痛杀了她家那条垂死的老黄狗，叶昀糊里糊涂地吃了，半夜发了汗，第二天清醒过来听说这件事，干呕不止，呕完了眼泪也没有断。

他一直是个重情的孩子，待她也是一心一意的好，可是，有些事情从来由不得她选择。向远有时甚至要反复提醒自己，别让叶昀对自己太依赖，别对他轻易许诺，因为很多话，只有听的人才会记得。

向远因为腰伤，在医院的病床上整整躺了四天。叶秉林对医生有交代，给她用最好的药，最好的照顾。可是，伤筋动骨一百天，她虽然在四天之后已经勉强可以下地行走，但是要彻底好转却不是件容易的事。向远是个闲不住的人，在病床上消磨四天对于她来说是一件很奢侈的事，虽然并没有什么火烧眉毛的事等着她去做，可她就是不习惯躺在床上等着人伺候。

叶昀陪了她两天，在她的劝说下回学校上课了，只有晚上放学后才会出现。向远明白他的好心，他怕她闷，不停地说一些新鲜有趣的事情逗她开心。看得出他的笑话都是白天看书，现学现卖的，有时候说了上半段就忘了下半段，但这并不妨碍向远笑得前仰后合。可是，当叶昀离开，她的身边恢复了冷清，她才感到彻底松了口气。她只想一个人待着，不想说话，也不想哭不想笑，不需要人安慰，不需要人同情，甚至不需要人陪伴——即使那个人是小叶昀。

第四天，向远终于扶着腰下了床，一个人沿着医院的长廊慢慢地走。她最讨厌白色，一片茫茫的白，好像看不到边际，这很容易让她想起一个惯常做的梦，全然的白色中一个女人孤零零的背影，不可怕，却总让她在梦中喘不过气来。

她推开一扇门，果然看见了闭目躺在床上的叶灵和床边低头不知在想什么的叶骞泽。叶叔叔还是没将叶灵转到精神科的病房。

叶灵陷在白色床单里的身子小小的，脸色白得和整个医院的背景浑然一体，即使陷入无意识中，她的手仍然牢牢抓紧叶骞泽放在床沿的手腕。

叶骞泽察觉到动静，微微抬起头来，看着向远，没有惊讶，也没有言语，只是静静地看着她一步步走近床前。几天没见，他的眼眶都陷进去不少，下巴上有了青青的胡楂。向远还注意到，他被叶灵抓住的手腕上全是斑驳的抓痕和指甲掐出的半月形瘀伤，可以想象守在这样一个疯魔的病人床前，是怎样的身心俱疲。可是这不是他自找的吗？大多数人的伤心和苦痛都是自找的，像她自己，像他，像叶灵，有什么值得同情的？向远站在叶骞泽的身旁，俯视他的伤口，下定决心让自己不再痛苦，可他要什么时候才能解脱？

沉默持续了很久，房间里只有叶灵悠长而有规律的呼吸声。她睡着了，而且是陷入了深深的睡眠，也许这是药物的功效。

“向远。”叶骞泽轻轻吐出这两个字，而向远几乎辨认不出这略带粗嘎的声音是出自他的嘴。他缓慢地垂下头去，向远与他离得很近，这一低头，他的额头几乎就蹭到了她的手臂。她的手缩了缩，但没有挪开，于是感觉到他的头慢慢地靠在了她的手上。

“向远，你那么聪明，你告诉我，我该怎么办？”

向远略张了张嘴，然后无声地笑了，他问她该怎么办？他竟然问她该怎么办！这个男人，他究竟是太过残忍，还是太过天真？然而她没有办法愤怒，因为她知道，他是真的把她当作一个知心好友，他累了，于是没有办法在这个好友面前掩饰他的彷徨。

向远不知道为什么叶骞泽明明不是对叶灵无心，却一再地抗拒，最后闹得这样的收场。她甚至不想知道那个答案，那是他们的事情。她可以用四天的时间说服自己，即使再爱叶骞泽，也不能继续在一段没有希望的感情上虚掷，却没有办法伟大到为他们的感情指点迷津。她心甘情愿放弃，是为了保全自己的一颗心，而不是为了成全。即使退一万步，真正站在一个好友的立场，她也坚定地认为叶灵并非良偶。

向远冷笑一声，说："你问我该怎么办？如果我说，让你别再陪她疯下去，你肯听吗？"

"她是我妹妹！"叶骞泽有些震惊地看着向远。

"你比我更清楚你们不是什么兄妹，少自欺欺人行吗？再这样下去，她迟早会拖死你！"

向远抬高了语调，看着叶骞泽担心地看了一眼床上的叶灵。他的注意力不在她身上，而是担心她的话惊醒了叶灵。

这个发现让向远忽然心灰意冷，觉得刚才自己的激动如此无谓。她想，她总在做无谓的事，就像叶灵当初在野鸭潭一心求死，她眼巴巴地去救她干什么？对于有心沉溺的人来说，你拉他一把，不见得是帮他。

她退后了一步，又一步："算了，当我什么都没说过，骞泽，好自为之。"

她打开房门，不期然看到叶秉林面无表情地站在门外，不知道已经来了多久。

"叶叔叔？"

叶秉林好像这才回过神来，流露出一脸的着急："向远，我正找你呢，是这样，老家那边你李二叔给你打了电话，在学校找不到人就打给我了，说是向遥在学校……有点事，让你尽量赶回去一趟。我跟他说了，你腰伤得不轻，现在回去是不可能的，最好你给李二叔打个电话，问问究竟是怎么回事。"

向远给李二叔打了电话，结果还是没能按叶叔叔说的沉住气，什么事都等腰好了再说。受伤后的第九天，当她终于可以大致行动自如之后，她没有听叶叔叔夫妇的劝阻，登上了返乡的火车。

叶昀吵着要跟她同去，被她狠狠斥责了一顿。她说："学生就应该以学业为重，你马上就要期末考试了，跟着我去干什么？"骞泽原本给她订了机票，她也让退了，只要没有大动作，她的腰就没有问题。

第十三章

感同身受

“……世界上没有什么感同身受。你觉得自己的心肝都被撕得血淋淋的，肠子都被铰断了，其实别人一丁点都体会不到……”

回到李村已经是第二天晚上，李二叔夫妇听说了向远腰不好，特意到村口去接她，向远谢了又谢。这些年，虽然在钱方面她没有少过向遥的，但也多亏了李二叔夫妇对向遥的照顾。

其实在过去几年，向远基本上每个寒暑假都回家陪向遥住一段时间，不过向遥对她千里迢迢地赶回来总是一副不以为然的样子，不是怪声怪气地说“大忙人回家看我，真是受宠若惊”，就是说“你是怕我趁你不在，把这老房子烧了还是卖了”。

向遥跟叶昀一样，十六岁，正值青春期。尽管向远自己好像没有经历过这一时期，但她可以理解向遥在这个时期的叛逆和别扭，所以通常不跟她计较。有时向遥过火了，她干脆就回去得少一些，眼不见心不烦，但向遥用的花的从来没有少过。不知道从什么时候开始，向遥打电话给她，除了要钱，就没有别的事情了。

一路上，李二叔和李二婶担忧地说了不少关于向遥的事情，向远越听，脸色就越往下沉。

回到家，门虚掩着，里面黑洞洞的，显然向遥不在家——正值周末，向遥晚上不住校，她明明知道向远这一天会回来。

“这个向遥，真是越来越不懂事了。”李二叔唠叨着，帮向远拉亮了灯，李二婶去给她整理被褥。向远舟车劳顿之下，即使一动不动，腰伤也是隐隐作痛。她挣扎着给两个老人家倒了水，还好水壶不是空的。坐了一会儿，还不见向遥回来，她便说服了二老先回家休息。二老离开之前，她悄悄地把一卷钱塞到李二叔手里，老人还想推辞，被向远制止了。这些年，她和向遥姐妹俩受李二叔一家照顾不少，她点滴都记得。

李二叔夫妇离开之后，向远就一直坐在堂屋的方桌前等着向遥回来。家里的老爷钟敲了十二下，她才听到了门口的动静。从脚步声可以听出，向遥不是一个人。她听着门口的男女笑闹着道别，然后有一个脚步声走远，她就连打开门去看个究竟的力气也没有。

向遥推门进来，看到坐在桌边的向远，笑容凝结在脸上，过了一会儿，才露出个小小的意外的表情：“啊，你回来了。对了，你说过的，我忘记了，怎么办？”

向远指了指自己身边的位子，示意她坐过来：“忘记了当然不要紧，你只要告诉我，这么晚了，你从哪里回来。”

“哦，跟几个朋友去村里的录像室看影碟。”向遥漫不经心地边说边倒水喝。

“朋友？除了村里那几个二流子，还有谁会在那种地方混到半夜？”

“随你怎么说。”

“别人我管不着，可你看看你像什么样子？你跟那些二流子有什么区别？”向远看着向遥那一身奇装异服，开始后悔自己管教这个妹妹太少。

“你在管我吗？你现在终于想到管我了？我跟你说，我不用你管。”向遥远远地、挑衅地看着向远。

向远并不生气：“不用我管？可以，从我不管你的下一分钟开始，你别再开口问我要一分钱，然后你再去试试，在你不偷不抢不卖的情况下，你能不能自食其力，又或者，你的‘朋友’会养活你。”

她见向遥不说话，便继续说：“我也不想管你，可是你得管管自己，别闹出那些破事，让人把电话打到我那儿，我都替你脸红。向遥，你过来……我让你过来听见了没有！”

她声音不算大，但向遥杯里的水溅出了几滴，迟疑了一下，还是老老实实坐到向远的对面。

“向遥，说实话，你是不是觉得我亏待了你？”向远看似心平气和地说。

向遥还是不吭气。

“你不说话？那我继续猜，你很缺钱用？”

向遥的脸顿时刷白，有些慌张地摇头。向远冷冷地说：“你就缺那十块二十块零花钱？缺到要在学校宿舍偷的地步？你没有的话可以说一声啊，我哪次没有给你，啊？”她从衣服口袋里掏出一把零钱，没头没脑地朝向遥脸上扔，“你说啊，你为什么要偷？你成绩不好，不爱念书，不思上进也就罢了，我没指望你什么，只求你踏踏实实做人。结果呢，你跟那些不三不四的人鬼混，在学校小偷小摸被老师告到我这里来，你究竟想干什么？你说啊，说话！”

向遥缩了一下，然后咬咬牙：“我就是爱钱怎么样，你不也一样！”

向远气得发抖：“至少我每一分钱都来得光明正大，你跟我比？”

“我比不了你，连做你妹妹都不配。你什么都比我强，你做什么都是对的，我做什么都是错的。你从来就不喜欢我。”

“你想知道我为什么不喜欢你？你太不争气！”

“在你心里面，除了你自己，还有谁是争气的？我、爸爸，我们在你眼里都是寄生虫，是多余的。对了，你最喜欢的是向遆，可是他死了，所以你更加恨我。你一定在想，那天死在潭里的那个人为什么不是我。”向遥忽然泪流满面。她是个漂亮的女孩，继承了父母五官的所有优点，向遆跟她长得很像，如果活到现在，应该也是个俊俏的小伙子。

她的话逼得向远不得不又想起了弟弟在水里漂浮的身影，惨白的，肿胀的——向遆，她最贴心的小弟弟。向远觉得自己痛得没有办法呼吸，腰部，还有腰部更往上的地方。如果向遆还活着，她就不用因为世界上只剩向遥这仅有的一个亲人而不得不对她好——没错，她也想过，为什么死的那个人不是向遥。

“你没资格跟我提向遆。”向远一字一顿地说。

“我也不想提他，可我天天一闭上眼就看得见他。那天我只是跟他开个玩笑，装成溺水的样子喊救命。我怎么想得到他会真的跳下来？怎么想得到他的脚会抽筋？我想去救他，可是水忽然变得很冷，我很害怕，就这么眼睁睁地看着他沉下去，连伸出来的手都不见了。我们都吓呆了，邹昀也吓呆了，这主意原本也有他一份，看着向遆跳下水的时候他还在背后偷笑，可最后只会哭……向远，你以为向遆死了我不难过吗？他跟我从存在的那一秒就在一起，我愿意代他去死。我死了，他活了，你就高兴了，可是现在我没办法，没办法，你知道吗？”

向远听得像出了神，向遥撕心裂肺的哭泣声仿佛跟她隔着一道看不见的墙，只有一些声音似远似近地透过来：“我心里也很痛，很痛，你知道吗？你知道痛吗……”

痛吗？痛吗！

她忽然起身给了向遥一个耳光，然后身边的一切才安静了下来。

“你说你痛，问我知不知道。我告诉你，我不知道！就像这一巴掌打在你身上，你很痛吧，啧啧，半边脸都红了，可是我一点感觉都没有，真的，痛的只有你一个人而已。我就是要让你知道，世界上没有什么感同身受。你觉得自己的心肝都被撕得血淋淋的，肠子都被铰断了，其实别人一丁点都体会不到。别人看你表情恐怖，同情一会儿，接着该舒服还得舒服，该高兴还得高兴，因为你是你，我是我，他是他，我们的心、我们的肉长在各人自己身上，酸甜苦辣，自己尝的味道只有自己明白。别把希望寄托在别人身上，别要求别人懂你的感受，叫得再大声也是白费工夫，不怪别人冷血，怪你自己没防备。”

向远说完，向遥打了个寒战。她夺过向遥手里的杯子，用力摔在地上，清脆的破裂声在夜晚令人闻之惊心，向远的声音却平静无澜：“你再这样下去，就像这杯子一样，摔烂了，扫扫就该扔了，别人却都还是好好的。你最好记住我的话。”

她朝房间走去，移动脚步的时候发现腰都直不起来。向遥动了动，像是想去扶她，却没敢走过去，只知道喃喃地问：“你腰怎么了？”

向远冷笑了一声：“看见了吧，腰疼的是我，你会有感觉吗？”

她走回自己的房间，这天晚上说了太多的话，有些话是早想说的，有些话是不该说的，可她都说了。说出来之后，她竟然感觉比之前任何一天都要轻松，那番话也许不止是对向遥一个人说的。

关上门之前，她叫了一声仍在发呆的向遥：“把地板扫扫，收拾好东西，做好转学的准备。”

叶骞泽教书育人的梦想最终也没能顺利实现，他拗不过父亲的固执，也拗不过自己身为长子的责任感，尽管对经商从无兴趣，但是等叶灵病情稳定一点之后，他还是回江源上了班，作为叶秉林的助理，开始学习打理父亲的生意。

向远毕业之后的第一件事就是为向遥转学。新的学校是 G 市的一所全日制寄宿中学，向遥没有城市户口，转学颇费了一些周章，向远大学几年的积蓄几乎耗尽，其中叶秉林也没少帮忙。

向远深知这几年得益于叶家之处甚多，没有叶秉林，这一路她必然不能走得如此顺利。临近毕业之际，她不是没有想过今后进入江源，为叶叔叔的事业出把力，叶秉林也不止一次提过让她离开学校后直接到江源财务部报到。可是随着毕业的时间越来越逼近，叶秉林的眉头越来越深锁，原本以为顺理成章的事情却一拖再拖，好几次他看着向远，似乎都是心里有事，难以诉诸于口。终于有一天，他把向远叫到家里吃饭，单独跟她谈了谈今后就业的问题。

他说："向远，叶叔叔一直看好你，你学的是财会，但是以你的机灵，何必去做一个小小的财务？要不这样，你把学校的手续办清楚了，直接到江源来，叶叔叔给你安排一个好岗位，正好人事部需要一个劳资统计，你先做着，慢慢熟悉一下企业的环境，以后一定会有发展的……要不，就到董事长办公室做我的助理，和骞泽一样帮帮我的忙？"

叶秉林的话说得很谨慎，向远心里顿时明镜似的，不用费心思去猜，一定是叶叔叔在把她往财务部安排的时候遇到了阻力，而这阻力来自什么，大家心知肚明。即使公司是属于叶秉林的，他在江源有完全的话语权，但很多时候，他不得不从全局出发去均衡考虑：不说别的，财务总监叶秉文是他的亲弟弟，而向远只是个值得欣赏的小朋友，再看重，也是外人，他即使不遗余力地为她考虑就业的安排，却不至于因为她而跟弟弟叶秉文过不去。

说实话，向远选择财会专业完全出于她对数字及账目天生的好感，至于毕业后是否一定要去做一名会计师，她并不执着，所以去哪个部门对于她来说都不是个大问题。然而，叶秉林此时的犹豫却提醒了她一件事：她原以为自己进入江源是报答叶家，可现在看来，她也许是在给别人添麻烦，叶叔叔越是想尽办法给她一个好的安置，她就越体会到这一点。做个劳资统计员，凭着叶家的关系进入江源，想必是轻松又顺利的一份工作，而做叶叔叔的助理，也许更是威风。不过江源虽不错，她向远要找到一份不错的工作也并不是一件难事。明知道江源有人不欢迎她，她又不是不能自食其力，何苦给别人添麻烦?

所以向远对叶秉林说：“对不起，叶叔叔，我打算在外边找工作。”

“胡闹。”叶秉林说，“放着现成的工作不干，你去外边找工作，是看不上江源还是跟叶叔叔见外？”

向远笑道：“说实话，有叶叔叔您在，我进江源后就是大树底下好乘凉，是求之不得的事情。不过我就是怕太安逸了，想趁年纪不大，在外面见见世面，今后要是碰壁了，说不定还得灰头土脸地求您给我安排个地方呢。”

叶秉林也不糊涂，知道向远的意思，她虽年轻，却是个再明白不过的人，既然说出了这番话，心里想必已有了决定，她这样的人，就算出去闯，又能吃亏到哪里去，他没有什么不放心的，只不过遗憾罢了。他叹了口气：“你说得也对，趁年轻多闯闯是好的，叶叔叔要是拦住你的话就是不近人情了，不过我老了，骞泽也不知道是不是块做生意的料……”

向远会意：“叶叔叔您年轻着呢，三个叶骞泽都比不上您，不过要是哪一天有用得上的地方，就算是给您擦桌子扫地，只要一句话，我没有不回来的道理。”

“你这孩子就是会说话。”叶秉林笑了起来，随即又和蔼地拍了拍向远的肩，“既然想好了，就去吧，需不需要我给你介绍几个老朋友的公司。”

“需要的时候我一定会向您开口的。”

向远从叶秉林的书房走出来的时候，叶昀就等在走道一旁，看见她就跟上去问：“向远姐，你什么时候搬过来？”

这还是向远从老家回来之后第一次单独跟叶昀打照面，她克制住翻涌而上的异样感觉，淡淡地说：“搬？谁说我要搬？”

“你到我爸公司上班，他不给你提供宿舍？阿姨都说你会搬过来。”

“你代我谢谢阿姨。”向远说，“我大概不会到江源上班。”

“为什么？”叶昀顿时又惊讶又失望。

向远朝楼下走：“没有为什么。”

她的转身很及时，所以叶昀没察觉到她眼里一闪而过的恨意。回来的路上，向远已经反复对自己说，叶昀是个好孩子，即使向遥那天说的话都是真的，当时他毕竟年纪太小。然而她无法说服自己，若不是他们的一场恶作剧，也许今天在她身边欢笑的应该是向迤——她的亲弟弟。

叶昀不依不饶地追着她下楼：“别以为我不知道，是因为我哥，你生他的气，所以连带着生我们全家的气。”

“没有的事。”她依旧头也不回。

“向远姐，你去哪儿？向远姐，你先别走啊……”

他叫得向远心烦意乱，不得不在最后一级阶梯上刹住了脚步：“烦不烦，啊？烦不烦！”

叶昀没料到她的忽然驻足，差点撞到她的身上，脸一阵红一阵白的，忽然听到向远低声说了句：“我不是你姐。”

他愣了愣，慌张地笑了一下，似乎想证明她是在像以前那样逗自己开心，然而连她的眼神都陌生了，他顿时不知道该说什么好，用一只手扶住墙，茫然地抠着墙纸的纹路，眼神如迷路的小花狗。

“又要掉眼泪了吧，哭吧哭吧，没出息的家伙，多大都不会长进。”向远避免跟他目光交流，嘲笑道。

没想到他偏是忍住了，梗着脖子：“谁说我会掉眼泪，我对你说过不会再哭的。”

“我对你说过的话有那么重要吗？叶昀，其实我不是你的什么人，你不用这么……”

“你不是别人。”

向远在他斩钉截铁的一句话中词穷，苦笑了一下。

叶昀不知怎么的，似乎又找到了说服自己的理由：“向远姐，我知道你心情不好，你冲我发火，发完了心里就舒服了，没有关系。”

她忽然有些害怕他那点小小的振奋，无意识间手抓住了扶梯尽头那光滑的大理石球，触感透心的沁凉。她想冲着这个男孩吼：“你为什么要这样在我面前委曲求全，不就是因为你的过失吗？不就是因为你和向遥一样，变相地害死了向遆吗？”

当然，她不会那么问，这里是叶家，她不想惊动任何人，也不愿意自己的情绪失控，更重要的是，就算她得到了一个答案，那有意义吗？即使他说“是”，她的心里就会好过一点？没有什么可以让向遆活过来了，没有。即使叶昀愿意拿命来抵，她的阿遆，已经死在几年前的那个秋天，尽管她多么不愿意承认，然而，一切都是命，是向遆的命，她和他姐弟的福分就只有那几年，现在活着的、贴心的人是叶昀。她何必去管他对她的好是出于赎罪还是习惯？也许他自己根本就没有答案，活得太明白并不会让日子变得更轻松。这些年，在对向遆溺水的细节并不知情的情况下，她和叶昀不是也有过亲姐弟一般的岁月吗？

向远匆匆离开叶家，甚至没有向叶秉林夫妇打声招呼，任凭叶昀追出去很远，她也没有搭理。也许下一次见面，也许下下次见面，她就会心无芥蒂地朝他微笑，然而现在还不可以，她需要时间，哪怕只是一点点时间。

第十四章

“左岸”老板娘

章粤说：“身为女人，我有权利放纵自己感情用事，远离理性，远离规则。”所以她把自己的店起名叫“左岸”。

从决定自谋出路那天开始，向远便正式开始了找工作的历程。她投简历的第一个地方是永凯集团——这个以竞争残酷而著名的地方。如果说江源是一个成功的地方企业，那么永凯就是一方巨擘，它的拥有者章氏数代豪商，在中华人民共和国成立之后与政府关系密切，十年浩劫中虽然蒙难不少，但二十世纪八十年代初以房地产重新起家。时至今日，企业已拓展成集房地产开发、生化、电子业于一体的上市集团公司、全省著名的纳税大户，永凯的现任掌门人章晋萌也同为全国人大代表和省商会执牛耳者。

永凯大厦第十七层的会客厅，错落有致地坐了好几十号人。在人口密度如此高，而又没有任何强制约束的情况下，这是向远印象中安静程度仅次于图书馆的地方。在来到永凯年度招聘会的第二次面试现场之前，向远经历了初试时年末抢购一般的拥挤，还有设在星级酒店的初试现场那人头攒动的场面，觉得自己今天得以坐在这里，不管最后被录取与否，都算长了见识。

会客厅里安静得诡异，唯有纸页翻动的细碎响声，还有人事部前台小姐甜美的嗓音：“下一位，×××。”那些进出小会客室的脚步或沉重或轻松，有些人三分钟不到就去而复返，有些人在里边一待就是一刻钟，出来的时候嘴角有隐约的得意之色。大概能够幸存到这一步的都是个或大或小的精英。向远想：莫非精英都是遗世独立的，否则她身边的这些衣冠楚楚的人为何一个个正襟危坐、眼神淡漠、面容矜持？明明等待的过程是如此枯燥而漫长，竟然没有人互相交谈讨论，个个不是专注地看着手里的材料，就是独自做思考状。向远自知走出校门时她虽算得上履历辉煌，但坐在这“海龟”扎堆、才俊云集的地方着实不起眼，但她不认为这个时候紧张对待会对面试有任何帮助，可又无其他事可干，只得随手翻开永凯的宣传内刊，直到感觉自己身边的空位被人填补了。

向远抬起头来看了一眼刚坐在她身边的人，眼睛来不及防备，被晃得一花。怪不得她少见多怪，在主色调非黑即白的面试现场，忽然多了这么一个人，就像肃杀的水墨画被泼上了一小片朱砂。

身边的这个女子一身鲜艳至极的橙色衣裙，乌眉红唇，面容明媚。向远不知道这个女子是什么时候进入会客厅的，至少起初她没有见到。这样醒目的长相和打扮，走在美女云集的商业购物区或者夜店，都应该是受人瞩目的，可是出现在这个地方，未免有几分奇怪。

“嘿。”橙色美女与向远视线相触，大大方方地打了个招呼。向远眼睛的余光已经看到周围不少人故作不经意地朝她们这边张望。

她确定了一下对方打招呼的对象是她自己而不是别人，这才笑了笑，不与陌生人交恶是她处世的准则之一。

对方也朝她露出一个灿烂的笑脸，展颜之下，更显明眸皓齿。要是这身橙色打扮出现在别人身上，向远大概会觉得像极了一瓶会走路的“鲜橙多”，可眼前这女子却让她感到无比妥帖，这也许是因为这身打扮的人皮肤白皙、眉目清朗的缘故，至少绝不招人讨厌。

“好安静啊，太静了，像追悼会。”美女压低了声音对向远说。

向远心有戚戚焉，笑着点头。

美女得到了响应，继而又朝她凑近了一些，认真地说：“你笑起来的样子有点像陆明君。”

向远其实并不知道陆明君是谁，也不知道对方这句话是褒是贬，于是顺口也给了对方一句：“多谢，你不笑的时候像英格丽·褒曼。”

“英格丽·褒曼？”美女顿时笑得花枝乱颤，“有意思有意思，我就知道这里的人里你最有意思，你穿得都比他们有个性得多。”

向远低头看了一眼自己万能的白衬衣，明智地选择对她的评价不做回答。那女子好像这才发现自己套近乎有些突兀，于是笑着自我介绍：“你好，我叫章粤。”

后来有一次，向远问章粤：“我第一次见到你的那天，你为什么穿一身那么奇怪的颜色？”

章粤回答：“我那天出现在永凯之前，已经有一个半月没有在白天外出行动，所以想挑个阳光一点的颜色。我还以为我穿得很好看。”

她也回问过向远：“那天面试的时候，四周静得要命，谁都不吭声，你为什么要跟我说话？”

向远说：“通常像你这种打扮出现在公司里的，不是老板的女儿就是领导的小蜜，这两种人我都不想得罪。”

当然，这些都是后话，当时相邻而坐的向远和章粤并不知道后来会成为朋友，她们打过招呼后，相互自我介绍，话题依旧少得可怜。

章粤百无聊赖，低声问向远：“这里坐着那么多男人，你觉得哪个最有型？”

向远环视会客厅一周，最后用手朝面前的宣传册首页一指，那里是永凯的大老板章晋萌在办公室内的工作照。其实当时向远并无百分百的把握确定章粤就是章晋萌的女儿，她指着章晋萌的照片回答章粤的问题没有讨好之意。本来，章晋萌年过半百，但面容、身材保养得当，看上去甚至要比跟他年纪相仿的叶秉林年轻十岁。他面目端正，眼神从容，想必年轻的时候迷倒过不少女子，即使作为知名的成功商人，眉宇神色间也并无锐气和疲于奔忙之色，浓重的书卷气使得他看上去更像一个文化人。当然，向远认为的“有型”更多的是出于对传说中章晋萌眼光精准、善于抓住政策契机、投资鲜少失利的推崇。

章粤当下拍了拍向远的腿：“眼光不错，你指的这个人到现在都还是个风流倜傥的老帅哥，不过他不算，我是问在场的男人。”

这个问题向远并不太感兴趣，不过枯坐着也是坐着，她配合地再次向四处看了看，然后虚指了一下小会客厅的落地玻璃窗那头，端坐在主面试官位置上的年轻男人。即使隔着这么远的距离看过去，用“谦谦君子，温润如玉”来形容他似乎也并不过分。

“谁？”章粤好奇地挑高了眉。

“那个艳尸。”

章粤扑哧一笑，是她对向远说这里像开追悼会，那么人人必须瞻仰的面试官自然就像是追悼会上那个唯一的主角——尸体。

不知道是心灵感应还是什么，“艳尸”似乎意识到外面有人对他不寻常的关注，透过玻璃朝她们的方向望了一眼，然后抿嘴一笑。

“他是对你笑吗？”向远问。

章粤说：“是啊，我就是那个来找‘艳尸’吃午餐的寡妇。我跟你真有共同语言，你觉得有型的两个人，一个是我老爸，一个是我老公。”

那一次面试，向远最终被“艳尸”——永凯的行政副总，也就是章粤的夫君、章晋萌的乘龙快婿沈居安录取。向远不知道是因为她表现过于优异，力挫群雄，还是章粤的枕边风最终起了作用，她成了永凯财务公司的一名成本核算会计，七个月后，调为沈副总的助理的助理，也就是副总身边的二级助理。

沈居安在永凯主管市场开发，他和他身边的工作人员构成了永凯最前线的参谋部。和他谦和儒雅的外表截然不同的是他雷厉风行的工作作风，用永凯总部的人的话说，十八楼章董身边的人个个戴眼镜，十七楼副总的小兵走路像是冲锋。

沈居安就是这样一个充满了矛盾的人，据说他出身贫寒，没有任何背景，仅靠一副好皮相娶得章家公主，一跃成为东床驸马。可这个靠女人起家的男人在非议中一路高升，背后闲言碎语的人不少，但当面能找到理由撼动他的人却一个也没有。永凯的男人，谁都在心里鄙薄过沈居安，可谁都想成为沈居安——当然，也没有人可以代替沈居安，他坐拥如花美眷，却平均每天工作十五个小时以上；他平时连对待大厦清洁工都彬彬有礼，笑容令人如沐春风，裁减冗员、打击商场竞争对手却出名的“心狠手辣”；他从不否认自己靠一场婚姻谋得了如今的名利，却能让永凯的投资增长额在短短三年内翻了一番……到了最后，所有的人能够挑剔他的最后武器也只剩下他“攀龙附凤”的婚姻，可他的婚姻偏偏是幸福的，在任何人眼里，他和章家大小姐都是神仙眷侣一般的恩爱夫妻。他身边的员工，往往是整个永凯最能干的、熬夜最多的、老得最快的、升得最早的。向远虽然只是二级助理中的一个，不过她欣赏沈居安的办事方式，也很适应这样紧锣密鼓的工作节奏，在永凯的日子后来竟成了她记忆中最惬意的工作生涯。

章粤和向远的友情莫名其妙地持续着。向远虽然人前都是一副笑脸，但其实并不是个容易与人相熟的人，何况是和跟她出身背景、性格爱好大相径庭的章粤？但是跟章粤打交道的时候，章粤很容易让人忘记她是永凯的千金、向远的老板的夫人。她就是她，“左岸”的老板娘，交际如云，可偏跟还是小兵一个的向远做了朋友。

向远跟章粤熟悉之后，不得不成为“左岸”的常客，按章粤的话说，她爸爸和丈夫的事业都比不上她的“左岸”有意义。

向远在“左岸”见过沈居安好几次，有时他是来接妻子，有时是带客户来捧场。他在这里见到向远，并不摆领导的架子，笑着跟她打招呼，完全就像她不是他的员工，而是他妻子的朋友，倒是向远自动跟他保持距离，甚少主动套近乎。回到公司，各司其职，绝口不谈私事。章粤从来不问，向远也不怎么提章粤的夫君工作中的细节，这大概也是厌恶拉扯裙带关系的沈居安并不排斥向远的原因。

沈居安在的时候，凤凰一般的章粤就像只小麻雀一样围绕在他身边，欢快地叽叽喳喳，他总是温柔宠溺地看着他的娇妻。画一般的一对璧人，天造地设，谁都称羡，可是，向远敢打赌沈居安不知道章粤酗酒，至少不知道她酗酒程度之严重。

向远去“左岸”，大多数时间是在章粤留给自己和熟人的贵宾包厢里。人少的时候，章粤就开始一杯杯地喝，五十多度的烈酒，饮凉白开一样。向远不喝酒，也不喝饮料，通常只是一杯水，跟章粤各喝各的，偶尔碰杯，互不妨碍。经常和章粤在一起的还有她的表弟程铮，不过按照章粤的说法，以前程铮没结婚的时候跟他喝酒才叫一个爽快，后来他家里有了人，收敛得像“居家妇男”一样，不到十点就频频看表，还不如跟向远用白开水碰杯有意思。

向远不是没有劝过章粤，喝酒伤身，少喝点。章粤总是笑着问：“不喝干什么？”就连程铮也对向远说：“能劝得住的话我早劝了，章粤不糊涂，她高兴，就由她去吧。”

有时章粤喝得烂醉，如果向远次日休假，章粤就会央求向远送她回去。向远在大学时考的驾照，如今才派上用场。章粤婚后单独和沈居安同住，自家的楼盘，当然挑最好的地段、最好的一栋。然而不管怎么醉，章粤都会挨到早晨才肯回家，沈居安很早就开车出门，他想必很少见到妻子的醉容。

章粤的酒醒得快，独自在家昏睡半日，清醒后又是一个玉人。她告诉向远，因为彼此的作息时间不同，害怕互相打扰，她和沈居安分别睡在不同的房间，彼此有时间、有兴致才“约”在一起。章粤自己打趣自己，说一辈子都在约会，到老都新鲜。

“人人都说我最幸福，向远，你为什么不问我幸不幸福？”章粤说。

向远冷眼看她：“好吧，你幸不幸福？”

章粤点头：“我很幸福。”

章粤说：“身为女人，我有权利放纵自己感情用事，远离理性，远离规则。”所以她把自己的店起名叫“左岸”。

向远嗤之以鼻：“你当然可以理所当然地住在‘左岸’，可普通人工作一天甚至几天，累得像条狗，挣来的钱未必买得了你这里的一杯酒，拿什么本钱感情用事？你放眼望过去，大多数人还是在你对岸忙活。”

她说的大多数人也包括自己，工作之后，她就像这个城市所有的上班族一样，早出晚归，为了三餐忙忙碌碌。幸而永凯待遇颇丰，向远除了供自己日常开支和向遥的学费和生活所需，还可以在公司附近租个小小的单间，房间如蜗牛壳一般，但尚可栖身。早年购买的几只股票到现在翻了几番，找个合适一点的时机抛出去，再奋斗一两年，买下这样的一个蜗居也不是什么遥不可及的梦想。向远没有什么不满意的，她知道自己一定能在这个城市找到一席之地，甚至比想象的更好。

她还是不时地给叶叔叔和叶太太打电话，相互慰问近况，可叶家还是踏足得少了，偶尔也去吃顿饭，叶太太还是那么深居简出，见了向远，却总说寂寞。叶骞泽进入江源后，叶秉林肩上的担子似乎并未减轻，忙碌依旧，可年纪毕竟摆在那里，同样的工作强度，他应付起来比以前要吃力得多。向远也见过叶骞泽一两次，简单地打声招呼，说些浮于表面的问候，她感觉得到骞泽微弱的失落。距离真是一种微妙的东西，他回国后，她和他人离得近了，心却远了。

其实向远对叶骞泽没有怨怼，他们的疏远也许并不是他的问题，他还是跟以前一样，真心地想把她当作朋友——也许一直以来都是如此，只是她自己醒了。每离他近一些，向远就会发现自己的克制力并没有想象中的可靠，她理解他，可是看见他，心里还是会难受，她不愿意自虐。

听叶昀说，叶灵的病情已经基本稳定下来，但是要像正常人那样上学、工作是不太可能了。大多数时候，她都在自己的房间里想着自己才懂的心事，即使不发病，也经常一整天一动不动。叶太太、杨阿姨和叶家请来的一个专职看护都日夜守着她，医生也定期到家里来给她做检查，她的病没有恶化，但也看不到痊愈的希望。

第十五章

田螺少男

向遥苦涩地笑了一声："是吗？可是你们看上去更像一家人。"

叶昀还是叶家和向远关系最密切的一个人，他放学后经常自己坐公交车到向远的住处来找她，每次都有充分的理由，有时是送来叶太太新烤出来的一盒饼干，有时是问一道简单的代数题，有时是和同学在附近的场地打完球顺便来看她。来了必定蹭顿饭，向远不煮，他就自己做。遇上向远临时有事出去，他也不急着走，继续在她房间里上网，回去的时候给她带上门。来的次数多了，房东也认识这个穿高中校服的男孩子是向远的弟弟，有时向远不在，房东也会主动给叶昀开门。最让向远惊讶的是有一次她加完班回家，竟然看到叶昀在她对门那个眼高于顶的外企熟女家里看电视。

自从向遥的那一番话之后，向远对叶昀其实一度心怀芥蒂，不是没有过恨意，可说到底，恨也无济于事，向迤死得太早，向远努力回想，一路走来，叶昀陪伴在身边的记忆已远多于她那早夭的弟弟。原来再至亲的人也是一样，人死如灯灭，活着的人都贪恋触手可及的亲切和温暖。也不是她忘了阿迤，而是比起阿迤留给她的惨痛，她更愿意记得叶昀笑起来的样子。有时向远这么对自己说，如果叶昀当年真的做错了事，那就把代替阿迤当作是对他的惩罚。

有一次，向远出门忘记带钥匙，恰逢房东外出旅游，大冷天的，她瑟缩在家门外，不得其入，最后只好请锁匠撬了门锁，这才解决了问题。她想起章粤的一句话："你知道单身女人最重要的东西是什么吗？NO，NO……不是男人，而是门钥匙。"于是重换新锁的时候，除了交还房东一把外，向远也给了叶昀一把，以备不时之需。

有了钥匙之后，叶昀犹如得到了许可证，来得更勤了。向远说过他不止一次："你放了学不回家，干吗老在我这儿晃？你爸和阿姨也不说说你。"叶昀就眨巴着眼睛说："阿姨和爸爸都让我常来看你。家里太静，心里憋得慌，还不如在你这儿写作业舒服。再说，我还可以给你干活儿。"

其实向远的住处并没有什么活儿可以让他干的，十五平米的单间配套，除了日常必需品外一无所有。向远不热衷打理家务，却绝对不是个丢三落四的人，她保持清洁的方式就是尽可能地减少物品，东西少了，自然整洁，所以叶昀常说她住的地方像军训时的学生宿舍。尽管如此，他还是尽可能地发挥自己的光和热，比如说帮她收收衣服、煮碗面条什么的。有一次甚至还给向远领回来一只流浪狗，最后被向远严词拒绝。叶昀沮丧无比地把狗带回家去，叶灵见了那只瘸头京巴居然爱不释手，抱着不肯放。叶秉林夫妇见她喜欢，意识到养个宠物也许对她的病情有好处，让杨阿姨把狗洗干净之后，也同意让它留了下来。

向远虽然对叶昀的所作所为颇不以为然，但见他做得有滋有味的样子，也不好太打击他的积极性，毕竟在不影响自己生活的前提下，她何必跟别人的一点小小乐趣过不去？有时下班之后打开住处的门，看到床边凳子上叠得整整齐齐的衣服，向远就将叶昀戏称为"田螺少男"，他老大不情愿，说宁可向远叫他雷锋。

这样的日子虽然相安无事，但也有尴尬的时候，比如说向远发现叶昀给她收衣服的时候，就连内衣内裤也为她叠得整整齐齐的，还有一次她下班后回家换衣服赶着出门，却恰好遇上叶昀开门进来。向远一直以来都觉得，随着叶昀年龄的增长，跟他太过于密切未必是件好事，于是，她找到机会尽可能委婉而明确地跟他谈了一次。不外乎是说，他也长大了，是个大男生，虽然他们感情像姐弟一样，但毕竟不是亲姐弟，不管是为了其他人的看法还是为了避免自己难堪，都应该保持恰当的距离。叶昀的年纪已经足够听明白她的话外之意，当下就面红耳赤，羞惭不已，最后向远跟他约法三章：第一，过来之前先打电话；第二，不要待得太晚；第三，私人物品最好不要触碰。这才避免了尴尬事的再次发生。

向远在心里感叹：同样年纪的孩子，叶昀和向遥就像走了两个极端，一个太让人省心，一个太让人闹心。向遥转学到 G 市的一所寄宿学校后，由于成绩跟不上，向远不得不按照向遥本人的要求，为她转学到职高。向远对向遥的立场一直是，不要求成才，只要求成“人”。向遥到了本身学习氛围就松散的职高之后，更是无心求学，整日跟着一帮臭味相投的同学混日子，小小年纪就把头发染得五颜六色，裙子却越穿越短。向远看在眼里，很多次都忍不住要数落她，后来想想，算了，也许人各有各的活法，不一定谁都以出人头地、奋发图强为乐，可能向遥也觉得她自己的生活是有意义的，只要她不捅出什么大娄子，就不要强行干涉她。毕竟向遥转学到城市之后，相对于过去的冷淡，她们姐妹俩关系改善了不少，虽然离亲密还有距离，但至少在姐姐面前，向遥不再像从前那么拘谨而反叛。

向遥倒不怎么到向远的住处来，一则是因为住校，二则她的生活远比向远丰富。一次两人一起吃饭，向遥有意无意地提起在学校附近好像见过叶昀。向远记起，叶昀所在的高中的确和向遥的职高离得不远，两人上学放学遇上了也不是稀奇事，不过她还是说了句：“你们也好几年没见了，还能认得出来吗？”

向遥低头吃饭，然后说：“怎么认不出来？不过他和以前大不一样了，全因为命好，忽然多了个城里的有钱老爸，一辈子都改变了。”她的口气里不无艳羡。

“你为什么不想，他本来一出生就应该跟他爸在城里过上好日子，可是平白在乡下跟邹瘸子过了十几年？这样还值得你羡慕吗？”向远说。

向遥没有反驳，脸上似有淡淡怅色：“不管怎么样，我认出了他，可他未必认得出我来。”

向远作惊讶状：“你过去不是挺讨厌他的，说他长得丑吗？”她问完这句话，很久没有听见向遥搭腔。过了好一会儿，向远吃完了，放下了筷子，才听到向遥冒出了一句：“他没以前那么丑了。”

从那一次开始，向遥嘴里提到叶昀的次数越来越多。

她说，不但是X中，就连她们职高的不少女孩都知道叶昀，她们都觉得他长得好看。

她说，有一次她们学校跟X中篮球比赛，她在赛场上看到了叶昀，想不到他看上去瘦瘦的，爆发力居然那么强。

她说，有一天在学校门口的小吃店吃东西，从外面经过的叶昀竟认出了她，他看上去挺高兴，和她说了好多话，还给她留了电话号码。身边的好几个女同学听说他和她从小就认识，都很羡慕。

她说，一帮同学怂恿着她去把叶昀约出来玩，他没去，但是对她说，女孩子晚上出去玩，穿得太少不安全，还问要不要把自己的外套借给她。

她说，她给叶昀打电话，两人说起小时候的事情，都觉得很好笑。

她说……

向远总是沉默地听着她说，从来不干涉，也不评价。既是姐妹，又同为女孩，她当然能从向遥看似漫不经心的语调中听出一些别样的味道，或喜悦，或惆怅，或迷茫。而叶昀对她提起过的只是有一天在学校门口遇见了向遥，挺意外的，仅此而已。向远并不是个会自寻烦恼的人，然而这一次，她心里有了种挥之不去的忧虑，不为叶昀，而是为向遥。

终于有一天，向遥顾左右而言他地支吾了很久，问了那么一句："向远，你觉得叶昀他会喜欢我吗？不……不，我不是说我喜欢他，我就随口问问。"

"那你干吗自己不去问他？"向远淡淡地说。

"他是不是还像小时候那样老来找你？从小他就跟你比较熟，不如，你帮我试探试探？"

"不可能。"向远二话没说，当下拒绝，甚至没给向遥任何讨价还价的机会。

"为什么不行？难道你习惯了他缠着你，就不希望他喜欢别人，也不希望别人喜欢他？你这叫自私！"向遥又窘又急。

"让我告诉你为什么不行。"向远远比她心平气和，"第一，你们还是学生，你心里怎么想我不管，但是摆到台面上来，还不是时候；第二，你和他感情上的事，别把第三个人扯进来；第三，也是最重要的一点，我不认为你们合适，所以更不会出面，就这么简单。"

说实话，无论是向遥还是叶昀，向远都希望他们终有一天找到自己的幸福，但是现在且不说他们还没成熟到可以说爱的时候，光说这两个人的脾气，一个感情用事易冲动，一个又那么心重，偏偏两人又一样执拗，凑在一起未必是件好事，更重要的是她没办法从叶昀身上看出对向遥一分一毫的热情。向遥是她在这个世界上唯一的血肉至亲，她不愿意她撞得头破血流，更不能在这件事情上亲手推她一把。她了解向遥，这孩子心气高，如果她直接说，叶昀对你没那个意思，向遥不但不会相信，而且会很受伤。至于叶昀那方面，向远也很清楚，要是由她出面来撮合他和向遥，不但达不到目的，很有可能适得其反，把事情变得更糟。她不愿意做一个好心办坏事的热心肠。

可向遥还是恼了，她说：“你不肯帮忙就拉倒，我也不一定什么事都非求着你不可。”

向远看着向遥不悦而去。有时候她觉得，向遥这脾气，就该多摔几个跟头，吃点亏，心里说不定就能明白一点，可是她又担心她摔得太痛。

那一次不欢而散之后，很长时间，向遥都没有主动联系向远，向远不知道她所谓的不求人，独自又能做出什么事来。正考虑要不要问问叶昀，才想起好像连续几个星期都没有看见他了。

一月底二月初的时候，是这个城市最冷的季节，若遇上点冷雨，满城的绿都变作寒翠色。向远在公司附近随便解决了晚饭，幸而赶在雨点变大之前回到了住处。打开门，扑面而来的就是热腾腾的雾气和浓重的火锅味道，她收了雨伞，看见叶昀站在生料堆得像小山一样的矮桌旁看着她笑。

“你又搞什么名堂？”她走了几步，凑上前去看。

叶昀搓了搓手，兴高采烈地说：“这种天气吃火锅最好了，我特意让杨阿姨买了菜给我带过来的。”

“菜也是杨阿姨洗的？”向远瞄了一眼他红得有些可疑的手，那些冻疮应该还是小时候在乡下落下的根，回城之后许久都没有再发作了，“何必呢，出去吃不是简单得多吗？再说，叫你来之前提前打个电话又忘了是吧，我都吃过晚饭了。”

“啊？”叶昀的失望之情溢于言表，“我以为可以给你一个生日惊喜。”

向远愣了一下，其实她自己是记得的，只不过没有过生日的习惯，也不放在心上。这天是她农历的生日，乡下人重视旧历，可自从妈妈死后，好像除了她自己就再没人知道这个日子了，就连一向重视人性化员工管理的永凯，也只是按她身份证上的出生日期给她订花和蛋糕。她有些意外叶昀从何得知她旧历的生日，印象中她从来没有跟任何人提过。

她吸了口气说："闻起来味道还不错。"然后脱下身上的大衣，坐在桌前拿起了筷子，"不吃也实在是浪费了。"叶昀有些闷闷不乐地坐到她对面，"吃过了就算了吧。"

"我骗你呢，傻瓜，别人说什么你都相信！"

他这才笑了起来。两人对坐，吃着东西，窗外的雨声越来越大。叶昀正是长身体的时候，男孩子平时运动量也大，所以吃起来战斗力不在话下，向远吃得很慢，但也一直没有放下筷子。

"这个你吃。"她把一些鱼片捞到叶昀的碗里，顺口问道，"对了，你从哪里知道今天是我生日？"

他嘴里还含着饭，愣了一下，慢腾腾地嚼着嘴里的东西，又用了很长的时间咽下去，然后才说："呃，我自己想起来的……其实，那个……是我哥告诉我的。"

向远拿着勺子的手就这么悬在半空，雾气太大了，很容易就迷了眼。这个没有印在身份证件和文字信息上的日子，她以为只有死了很多年的妈妈才会记得，为什么唯独忘了他？他们过去那么亲密地分享着对方一切的秘密和细节。叶昀这个傻到家的诚实孩子，连说个谎都学不会。

叶昀主动伸过碗去接她勺子里的东西："向远姐，你这些是给我吃的吗？鱼片冷了不好。"他接着低下头认真地吃东西，"我问我哥要不要来，他说，如果你没问起就算了，如果问起了，就帮他说句生日快乐。"

向远驱赶着蒸腾的雾气，笑着说：“回去替我谢谢他，说起来他比我大两个月，那个日子我倒是忘了……你吃啊，干吗停下来……”

叶昀忽然兴致勃勃地给她说起跟同学打球的时候遇到的糗事，向远在热锅沸腾的声音中被逗得连连发笑，敲门声响了好一阵才听见。

“这个时候会不会是房东阿姨，我去看看。”叶昀自告奋勇地跑去开门。

他没有想到是向遥站在门外。

向遥挟着屋外的寒气和湿意，有些困惑地看着屋内的热气翻涌。

“嘿，向遥，你来了，正好，我们吃饭呢，快进来啊。向远姐，是向遥……”叶昀笑着回头对着向远笑，话说到一半，却意识到门外的人已经扭头跑了。

“向遥，你怎么了？”他没反应过来，身后的向远二话没说，抓起伞就追了出去。

向远等不及电梯，从七楼的楼梯跑了下去，正好看到向遥小跑在雨里的背影。

“你站住。”

她打着伞跑上去，雨点打在伞沿，星星点点溅到脸上，冷而刺痛。

“大冷天的你淋雨，拿自己的身体开玩笑，是要跟谁过不去？”向远揪住向遥肩部的衣服，把她扳过来正对着自己，“你不小了，见风就是雨的脾气能不能改改？”

向遥抹了一把脸上的水珠：“我就是路过，来找你借把伞，没别的事，你们继续。”

“那你就给我把伞拿好。”向远把伞塞到向遥手里，只可惜一把伞遮不住两个人，雨太急，带着风斜斜地扫过来，两人的肩都湿了一片。

“向远，我是不是总做蠢事？”雨点也打进了向遥的眼底。

“你这是何苦？你和叶昀都是我的家人，尤其是你。”雨声太大，两人站得那样近，说这样的几句话仍然很费力。

然而向遥只是涩涩地笑了笑，接着用手背用力地蹭着眼角。

“是吗？可是你们看上去更像一家人。”

那天晚上，向远在雨里看着向遥的背影消失，没有再追，如果她说的话向遥都不肯相信，那么再说还有何意义？从那天起，刚刚解冻的姐妹关系又开始冰封，向遥从此再没到那间租住屋找过向远，也就此不提叶昀的事，姐妹俩即使有事不得不碰在一起，都是淡淡的。

还是那句话：姐妹之间跟情人一样，也是有缘分一说的，血缘由不得人选择，亲人天生彼此牵绊，但是感情却有浓淡之分。向远扭转不了向遥一意孤行的渐行渐远，知道自己也有责任，但她尽力了。或许当年老槐树下那个信口雌黄的江湖骗子至少有一点没有说错，她这个人，注定六亲缘薄，妈妈、爸爸、弟弟……没有一个亲人能够长久相伴，至于向遥，远了也好，各自好好地活着，这也就够了。

第十六章

平地起波澜

成年后的她和他总是这样捉着迷藏，当她努力朝他靠拢时，他却飘忽不定，而当她明哲保身地退了一步，他却惶惶然放不了手。

能给向远带来愉悦的反而是高强度的工作，大多数时候，事业比人可靠，你给它十分的努力，它至少会回报你三分。在永凯，尤其是在沈居安身边干活儿，整个人必须时刻像拧到尽头的发条，分分秒秒箭在弦上，才能跟得上他的步伐，就连呼吸都得抓紧时间，否则松了口气，就落在了所有人的后头。不过向远并不觉得这有多难，最能让她甘于追随沈居安的原因在于，沈居安是个极度务实的人，做他的下属，论辛苦是其他部门的数倍，但是收益也不低。向远爱钱，而努力工作可以让她得到更多的钱、经验和能力，经验和能力则会带来更多的工作机会，从而有更多的钱，这是个简单明了的公式，因此她爱她的工作。

沈居安曾对人说，大多数人都是一根绳子，有的人很短，成本低廉，打几个结，总有用得着的地方；有的人很长，可以用来做很多事情，但是很容易纠结成乱麻似的一团，需要的时候，必须费很大的力气去解开，而且多出来的长度，总觉得多余；当然，有更多人是一根不长不短的绳子，用在合适的地方当然再好不过，然而换个用途，它就成了废品。只有向远，这个人就像一根可以无限拉伸的橡皮绳，你想要多长，她就给你多长，而且永远恰到好处，不会觉得紧绷，当然也没有节余；而与她无关的时候，她会轻轻松松地缩成不起眼的一截，不会缠绕，不必费心，但是你永远不知道她可以伸展到什么程度。

向远间接地听说过这套“绳子理论”，当着沈居安的面，不经意提起时，她只是笑，说：“我权当沈总是夸我。”

沈居安亦是微笑：“怎么不是夸？我不过是想说，聪明的人难免失之奸猾，勤勉的人又最怕愚笨，又聪明又勤勉的人不是没有，可大多自命不凡，最难得的是机敏而克制，清醒却善决断。”

向远两手一摊：“我怎么觉得沈总说的这个人是您自己。”

“这也许是我看重你的原因，向远，可惜你是女人，同样的特质在女人身上却未必是好事。”沈居安意味深长。

向远说：“没错，女人感情用事。不过在感情的驱使下，她们却可以比男人走得更远。”

沈居安支着额笑了起来：“你跟章粤真是完全不同的两种人。同样的路，如果走到死胡同，她总有办法为自己找到另一个出口，而你会清空前路所有的障碍。”

向远忽然想起了大醉后的章粤，也许正是因为她看人的独具慧眼，所以不得不一再地为自己寻找出口。然而向远从不在别人夫妻的问题上多言，更重要的是，她听见沈居安说：“不过向远，你这样的人，大可不必让自己走进死胡同，摆在你面前的路有很多条，永凯不失为眼前最好的之一。你未必要在这条路上走到底，前方可以让你大展拳脚的机会还有很多。”

两个月后，也就是向远到永凯两年零三个月的时候，她正式摆脱助理的身份，擢升为市场开发部专员。永凯是个充满机会、等待能者居之的地方，向远的提拔算不上空前，也未必是绝后，但是，作为一个年轻的女孩，除了自己谁也不靠地迅速走到这一步，难免令人另眼相看。艳羡嫉妒的人不是没有，但真正背后非议的人并不多，其中原因，除了她的努力和成绩有目共睹之外，当然还有赖于她的好人缘，她不跟任何一个人特别亲密，也不与人交恶，那双细长的眼睛着实讨喜，笑起来就像一只无害的狐狸。

调令下达当天，一群新旧同事闹着让她请客，向远生性节俭，不喜张扬，想着法子推托，无奈身为半个永凯人的章粤消息灵通，很快就掺和进来，死乞白赖地非让她在“左岸”请大伙撮了一顿。用章粤的话说，看着向远埋单时心疼的表情，那种快感是任何美味佳肴都无法取代的。

向远之前一再强调的改天再聚，不只是缓兵之计，更重要的是那天恰逢叶秉林五十八岁生日。由于并非逢十大寿，叶秉林也没打算大事铺张，不过是邀了至亲好友，在家里聚聚。他让叶昀给向远打了电话，让她到时一定要来吃饭，向远两头为难，最后对叶秉林说明情况，尽可能早地结束了章粤这边的饭局，就直接往叶家赶。

十月的南国都市，天黑得很晚，向远被章粤灌了两杯，面红耳赤地辞别了一帮同事从“左岸”出来时，方才华灯初上。她坐在出租车上，看见手机上有五个未接电话，之前闹哄哄的都未察觉。来电的号码有两个是叶家的电话，两个是叶昀的手机，还有一个是叶骞泽的。叶昀催她是意料中的事，而骞泽和她，却是许久没有联络。向远并没有回电，对司机说了声：“麻烦快些。”然后便摇下了车窗，初凉的夜风扑打在微烫的脸上，有几分冷冽。

“左岸”距叶家的路程算不上太远，向远按门铃的时候，心想应该还赶得上在饭桌上向叶叔叔祝寿。门开得很快，站在门口的不是杨阿姨，而是脸色有些惶然的叶昀。

叶昀看见向远，眼里一喜，然后迅速在玄关处将她扯到一边。向远狐疑，还来不及问是不是出了什么事，屋里就传来碗筷落地的声音和叶秉林的怒声斥责。

“好端端的，这是怎么了？”向远低声问道。

叶昀附在她耳边说：“本来吃得好好的，我爸不知道接了谁的一个电话，就开始对二叔大发脾气，好像是说公司账上少了钱……”

向远知道他口里的二叔就是叶秉文，不知道为什么，知道闯祸的人是他，她竟然无端地松了口气。叶昀催着她进屋去，她却驻足不前。不管里面发生了什么，都是他们叶家的家事，她不确定自己这个时候出现是否恰当。然而屋里的人都察觉到了这边的动静，就连叶秉林的呵斥也静止了数秒，然后问了声：“是向远吗？”

“是我，叶叔叔，不好意思，来晚了。”向远唯有硬着头皮走进去，假装对一地的狼藉，还有在座几人的诡异表情视若无睹。她朝餐桌走去的时候，俯身为蹲在地上忙着收拾残局的杨阿姨捡起了几片玻璃杯残片。片刻停顿间，周围几张表情各异的面孔尽收眼底：叶秉林一脸的盛怒自然不在话下，惯来温柔沉默的叶太太坐在丈夫的身边，一反常态地失魂落魄。骞泽和叶昀的几个堂姑姑也在场，都不约而同地缄默，看见向远走了进来，其中两人低声交谈了两句。只有骞泽站了起来，朝她微微一笑，然而眉目间却也是心事重重。叶灵的病仿佛好了很多，脸颊也比原先丰润了一些，浑然无事地边喝果汁边不时地看着叶骞泽，仿佛周围的一切纷争都与她没有关系。处在风暴中心的叶秉文靠在椅背上玩着手里的车钥匙，依旧一脸的玩世不恭。

叶秉林看见她，长叹了口气，拍了拍身边的位子：“向远你坐下来，你也来看看，我们老叶家尽出些什么有出息的人。”

“哥！”叶秉文瞥了向远一眼，挑眉说，“就算有什么事，也没有必要当着外人的面说吧。”

向远没有出声，好像没有听到叶秉文的话，伸手接过骞泽递过来的一杯水，水是热的，骤然触碰到的指尖却很凉。

叶秉林冷笑了一声："亏你说得出口，她是外人，可你干的事又哪点像自家人的作为？一百四十三万，你说一句没了，就没了？如果你不是姓叶，你能这么胆大妄为？"

叶秉文把手置于桌沿："大哥，你从商那么多年，也该知道做生意有赚就有赔。没错，我用那九十三万跟对方做那笔油料生意之前，没想到那家伙仗着有个当官的老头子说赖就赖，一转眼人跑到国外就不认账了，但是我的初衷也是为了公司好，生意做成了，公司不也得利吗？"

叶秉林气不打一处来："好，你倒成了一心一意为公司谋发展了，那么拿着五十万去赌，输得精光，也是为公司好？你有脸就给我继续说下去。"

"谁都知道不该赌，可那也得看看跟我赌的都是什么人，那都是我们拓展业务招投标的关键人物，平时就算有心送钱，别人也未必愿意收。大哥，这个世道就是这样，输不起这些钱，就铺不开路子。"

"你还敢叫我'大哥'？在家里我是你大哥，在公司我才是负责人，你做这些之前就没有想过问问我的意见？"

"如果我问你，结果会怎么样，大家心知肚明。大哥，我承认江源是你一拳一脚闯下来的，可是现在时代不一样了，你那套经营的老办法现在还行得通吗？别告诉我你没有意识到我们江源能够承揽到的工程越来越少，何况现在原材料价格一天比一天飙升，那些建筑商、开发商哪一个不是心黑到极点？你老老实实做建材，就算一年忙到头，凭那点利润又能撑多久？公司里几百张嘴嗷嗷地等着饭吃。当初你让我负责广利投资公司这一块，不也是想着要另谋一条出路吗？"

"可是我指的另一条出路从来不包括那些歪门邪道！"叶秉林用力一拍桌子，各人面前的碗筷均是一晃，"秉文，我年纪大了，这几年也感到力不从心，但是这并不代表我糊涂，那九十三万是我给你们广利的流动资金，你空口无凭说赔了，我暂且不追究，但是赌输的那五十万却不折不扣是江源账上的钱。你主管财务部，但是我却从没有签字认可过那笔资金的划拨，你连我的私章都敢伪造，还有什么事是你不敢做的？”

叶秉文第一次面对兄长的指控默不作声。

叶秉林却没有打算就此放过，他缓缓地从外套口袋里掏出那枚田黄印章，轻轻地把它抛到餐桌上，2mm×2mm的规格，小而温润的石头，向远却可以感觉到它落在木质桌面的那一瞬，有人微不可察地战栗。

“还是，你盖的章并不是伪造的？”叶秉林努力克制着自己的语气，一双手却青筋浮动，“你应该知道按照江源的制度，财务账目管理者在未经许可的情况下严禁持有法人私章。这枚印章我始终随身携带，你能不能告诉我，你是怎么将它拿到手的？”

叶秉文脸色微变：“是我趁你没注意的时候拿的，又偷偷地放了回去，五十万而已，我以为那笔油料生意做成后能顺利把这笔钱填回去。”

“你自己拿的？”叶秉林笑了一声，眼睛里却寒霜一片，“你从哪里拿，又还到哪里去？你真当我是糊涂了？你们都当我糊涂了？”

这句话一出，四周仿佛连呼吸声都被屏住了，安静得让人心慌意乱。

“大哥，你知道，我们姐妹是真的不知情的。”叶骞泽的其中一个堂姑姑率先开腔，她们虽然都是姓叶，也深受叶秉林关照，往来密切，但并不在江源任职，而且毕竟是关系隔了一层，拿到私章的可能性微乎其微，自然是可以置身事外的。

叶秉林没有说话，谁也不知道他心里是否已经有了答案，也无从得知这个答案将会带来什么后果。

“没有人愿意告诉我是吗？”他一个一个地看着自己的家人，不敢置信、失望、痛心和愤恨同时在他眼里碰撞。没错，五十万，江源不差这五十万，他也不差这五十万，可他做了半辈子生意，从没有觉得像现在这般赔得惨痛，就连他最珍视的家人之间的信任都赔了进去。

五十八岁的生意人心里忽然一阵颓然，罢了，罢了，何必问个清楚呢？他这个弟弟确实需要一点教训，但是至于其他人，不管拿私章的是谁，为的是什么，结果都是拿刀在他自己心上剜。

他在一片死寂中将那个私章握回手心，然而就在这一刻，叶骞泽，他的大儿子悄无声息地站了起来："是我，爸，是我拿的。对不起。"

叶骞泽动身的那一瞬，向远骇然地在桌下扯住了身边的他。除了起初递水时短暂的接触，她已经许久没有触碰到他的手，此刻抓在手里，如冰凉的蛇，她知道，那濡湿的都是汗。

然而她终究没有办法阻止他，那双手如蛇般从她指尖滑脱。

"是我，爸，是我拿的。对不起。"

"你？"叶秉林很费力地笑了出来，脸色血一般的赤红，"你说是你拿的？"质问的人仿佛更无所适从，那是他的儿子，他最信赖的儿子。

叶骞泽低下了头，语气却平静："爸，其实二叔有些话说得对，江源这几年的日子越来越不好过了，光是省内，好几家生产同类产品的小厂发展得都比我们强，他们凭的是什么？不是质量，也不是信誉，是门路，门路是需要钱来铺的。只是我没想到会让您那么伤心，尤其是在今天这样的日子，都是我的错。爸，对不起。"

"你胡说，章是我拿的。"叶灵腾地站了起来。

叶骞泽按捺着焦虑，压低声音道："阿灵，你什么都不懂，这个时候胡闹什么？"

"你说是你拿的，我也可以说是我拿的。"

"你们这是干什么？"叶太太痛哭失声。

叶秉文的脸色更加阴鸷："就算是我的错，五十万我填就是，弄得天塌下来似的，犯得着吗？"

"秉文，你少说两句吧。"他的一个堂姐出声劝阻。

没有人注意到叶秉林的脸色是什么时候从血红褪成了铁青，然后是灰白。他定定地看着眼前这一幕，半句话都说不出来，然后整个人泥塑一般，径直从椅子上往地面栽去。

向远眼明手快，伸手去扶。失去意识的人本就沉重如石，何况是身材高大、中年发福的叶秉林？饶是她力气不小，竭力撑住那个落地的身体时，整个人也受到力的牵引，连带着往地面栽。幸而叶昀飞身上来帮了一把，垫在叶秉林身下的向远才不至于摔得太过狼狈。

叶秉文和叶骞泽叔侄俩也立刻反应过来。

"爸！"

"大哥！"

几双手总算扶住了双眼紧闭的人。叶太太捂住脸，发出一声似哭非哭的呜咽，叶灵像是吓了一跳，愣愣的，三个堂姑姑惊叫成一片。

"爸，爸……您怎么了？打电话，快打电话叫救护车啊！"叶骞泽蹲坐在父亲身边，又悔又急，声音都嘶哑了。

"哦。"叶昀如梦初醒，跌跌撞撞地去拿电话。

向远用一只手按在叶骞泽的肩头："我在打，我在打……不会有事的……"

她的手仿佛带有一种奇异的魔力，让此时失措如迷途羔羊般的叶骞泽找到了片刻的皈依，他与叶秉文一同小心翼翼地将叶秉林的身体放平，然后便一直握住父亲毫无知觉的手。良久，他在一片混乱中微微地侧过头，静静地将脸枕在她的手背上，向远感觉到了手背的濡湿。

此时，向远拨通了急救电话，报过地址，又赶紧让叶昀和杨阿姨到路口去引导救护车，尽可能不耽误时间。叶太太也在小姑的搀扶下，颤抖着守在丈夫的身边。向远觉得自己已经做了能做的一切，便轻轻地抽了抽手，却察觉到枕住她手的那人的疼痛。

成年后的她和他总是这样捉着迷藏，当她努力朝他靠拢时，他却飘忽不定，而当她明哲保身地退了一步，他却惶惶然放不了手。

第十七章

所罗门王的宝瓶

他注定在恰当的时候捡起那个不知是福是祸的瓶子，而她甘愿承诺实现他的三个愿望……

好在救护车来得很及时，除了叶灵和一个堂姑留在家中照顾几近崩溃的叶太太，其余的人都跟到了医院。经过一番急救，医生断定叶秉林是轻微脑出血导致的急性中风，幸而抢救及时，出血未导致脑梗死，这才捡回了一条命，但是肌体肢力障碍是免不了的，也就是说即使脱离危险，要恢复到生活能够完全自理，也需要相当长的一段时间。而且像他的这种状况，复发中风率很高。医生的建议是好好护理，今后再不可刺激他，也不可再让他劳累。

叶秉林的助理和司机都闻讯赶了过来，住院手续办得相当顺利。叶秉文陪着叶骞泽兄弟俩守候在急救室外很长时间，急救室的红灯熄灭之后，他却拍拍裤子站了起来。

“我……我看我还是先回去，这个时候他醒过来看见我，大概不是一个好主意。骞泽，不好意思，辛苦你了。”他轻拍叶骞泽的肩膀，拿着两杯热茶走过来的向远看到叶骞泽眼里克制的厌恶。

叶秉文从向远身边视若无睹地走过，不知想起了什么，又回过头，欠身在她耳边低语："心里高兴吧，这不就是你苦苦等待的机会吗？"

"托你的福。"

向远坐到叶骞泽和叶昀的中间，将手里的热茶分别递给他们两人。叶昀一声不吭地接过，用双手捂住一次性塑料杯的杯身，急不可待地汲取那热气腾腾的温暖。

叶骞泽说了句："谢谢你，向远。"

向远侧着头看他，热茶的烟雾让近在咫尺的那个人看起来如隔云端："谢我干什么，茶是李助理买的。他让我跟你说，他先回去处理一些事，你爸这一病，你们都有的忙了。"

叶骞泽置若罔闻："真的，向远，多亏有你在。不知道为什么，你总是出现在我最狼狈的时候。"他自嘲地笑笑。

"是吗？"向远重重地靠在椅背上，"你说这是我的幸运还是不幸呢？"

"至少有你这个朋友，是我修来的福分。不知道为什么，你来了，我的心安定了很多，这次我爸爸如果能够顺利渡过这一关，你说算不算所罗门王的宝瓶实现了我第二个愿望。"

向远看到叶昀有些费解的表情，笑了起来："骞泽，叶叔叔一定能够好起来的，他没事，那是因为他吉人自有天相，而不是因为我。别轻易挥霍你的愿望，它会有用完的那一天的，不过，这一次不算。"

叶骞泽会心地点头："你说得对。"

一直没有出声的叶昀忽然插进来一句话："向远姐，你给我们一人一杯茶，你的呢，你喝什么？"

"呃，我跟李助理说不用的，你们喝吧，我不渴。"

"李助理不知道你不喝茶，我去给你买水。"

"不用了，哪有那么讲究。叶昀，你坐下吧，你爸快从急救室出来了。"

“我马上就回来，你等一会儿。”叶昀抿着嘴认真地说。他长得快要高过哥哥了，可少年执拗的脾气却一点都没变。

“这孩子。”向远摇了摇头，看着急救室大门的方向。灯灭了，里面却一时还没有动静。

不知道为什么，叶昀在的时候，并不怎么作声，但向远和叶骞泽尚能对谈如流，然而当他走开，只剩下他们两人，忽然间气氛就沉寂了下来。他们多久没有单独这么近地坐在一起了？上一次，远得好像是在另一个时空。叶昀是覆在他们之间的一层无形的膜，撕掉了这一层膜，他们才闻到这历久的友情霉变的味道。

“向远，你在永凯，还好吗？”沉默的每一秒钟都显得漫长，他终于找到了一个万无一失的话头。

向远却答非所问：“看来你还是不准备告诉我，你要护着谁？”

骞泽讶然，然后轻轻蹙起眉尖：“没有的事。”

“哈。”向远揉着眼睛笑了一声，“我不知道你能不能说服你爸爸，但在我看来，你撒的谎很拙劣。章是你拿的，简直就是个笑话。如果我猜得不错，也不是叶灵吧，还有阿昀，更不可能……”

“别猜了！”空荡荡的走廊，微微扬起的语调便有了迂荡的尾音，他随即又放低声音，仿若恳求，“别猜了，向远。我比不上你聪明，瞒不过你，但是如果可以说，我怎么会不告诉你？家家有本难念的经，我有我的苦衷，你就当什么都看不见，就此放过吧。”

向远点头：“我是不该多管闲事。可你觉得你这个时候去堵枪眼是有意义的吗？你扛得了多久？”

他低垂着眼不语，再看着向远的时候已是一脸的坦然：“向远，我跟你不一样，你可以凡事先想有没有意义，我不可以。”

“理由。”向远从牙缝里吐出两个字。

“我不想伤害任何人。”

他说话的语气依旧淡淡的，就像他的人，很容易让向远想到洒在四野无人处的月光，微微的一点亮，徒劳的，却是善良而悲悯的。

“你知道我是怎么想的吗？”她拿过了他手里一直没有喝过的茶，放在两人中间的扶手上，“如果你只有这杯水，那么你就自己喝了吧；如果你有一桶，才不妨分给你认为最重要的人。当然，如果你有一整条江河，大可以惠济苍生。但是骞泽，你有办法兼顾到身边所有的人吗？我们大多数人都只有这一杯水而已，就算比一杯多一点，你一滴不喝，又能解多少人的渴？你阿姨……你爸爸、叶灵，甚至你那个叔叔，他们喝完了自己的，再分到你的那一点，最后该渴死的还得渴死。”

叶骞泽把那杯茶徐徐倾倒在地板上：“你要我在我爱着的人面前守着这杯水独善其身，我做不到，不如一起渴死。”

向远看着顷刻流泻一空的杯子：“原来我不懂爱。”

叶秉林的病床被医护人员推了出来。叶昀买水回来后，叶骞泽让他们回去休息，自己独自守着未醒的父亲。

司机已经在门外等候，叶昀看着向远一直拿着他新买的水没有开启，不由得问了一句：“怎么，向远姐，你不想喝？”

向远问他：“如果你只有这瓶水你会怎么办？”

叶昀被问得摸不着头脑：“什么怎么办，我当然是给你。”

他看见向远翻了个白眼，笑道：“怎么，新的心理测试？我以为只有我们班上的女生喜欢玩。”

“谁会跟你这死心眼的孩子玩？”

三天后，叶秉林自昏迷中苏醒，一周后方神志清明，但手脚依旧不能动弹。向远下班后去探望，他很艰难地才用视线寻找到她，费了九牛二虎之力，才说出了一句话：“向远，回来帮我。”

向远回永凯请辞，沈居安说：“有意思，我一周前升你的职，你一周后给我辞呈，也算开了个先例。算了，做不成同事，说不定还可以做对手。”

向远感激他没有为难自己，至于他的玩笑话，也是一笑了之，永凯是房地产起家的大公司，江源却是做建材的生产企业，风马牛不相及。

叶家就是一摊浑水，向远看出来了，可她欠着叶秉林的情，当初说过，只要他需要，一句话，她就会回来。这个情迟早要还，只是没想到这一天来得那样快。她并不欣赏救世主，所以劝骞泽凡事量力而行，把自己保护好，才有资格兼顾他人。可世事总爱捉弄人，像她这样清楚地独善其身，偏偏一再地救火，那么，说不愿意伤害任何人的他，是否真的能够如愿？她不知道。

有一段时间，叶昀想着法子锲而不舍地追问向远一个问题：什么是所罗门王的宝瓶。向远起初含糊其辞：“想知道吗？上图书馆看书去。嗯，公安大学的图书馆里应该也是有童话寓言书的吧。”

谁知道他却较上了真：“我看过书了，我问的是我哥跟你老说起这个的意思。”

向远烦不过他几次三番地在耳边嗡嗡嗡地吵，就说：“我未必非得每件事情都得告诉你吧。”

叶昀竟为了这句话生了很长时间的闷气。他顺利考上本省的公安大学后，就从家里搬去住校，学校实行军事化管理，严格得自由活动的时间比高中时候还少。他连续几周不和向远联系，却发现只有自己平添苦恼，因为她依旧忙忙碌碌地仿若浑然不觉。再见面的时候，他借故去江源的办公楼闲逛，“顺便”走到向远的办公室，看着埋首在笔记本电脑前的她，怏怏地说：“一个多月没见你，你手头的事怎么就没减一些？”

向远漫不经心地答道：“一个月？有那么久吗？”

叶昀只得放弃只有他一个人知道的非暴力不合作运动，在她办公桌对面不断转动着自己在转椅上的身体："是秘密吗，告诉我就那么难？"

向远消化了很久才意识到他话里所指，其实所谓"所罗门王的宝瓶"谈不上什么秘密，她之所以避而不谈，只是觉得这件事与其他人无关，可她没有想到叶昀会对这看似很小的一件事耿耿于怀。

"看过《伊索寓言》吧。"她耐着性子停下手里的工作回答他，"一个山里的孩子在水潭里捞到一个普通得不能再普通的白瓷瓶子，瓶口被紧紧封住了，他费了很大的气力也打不开。反正也只是一个其貌不扬的瓶子，没有什么值得探究的，他正打算把它扔回水底，想不到瓶子像有生命一样地震动起来，里面有一个声音在央求他：'求求你打开瓶子，放我出去。'"

向远看着听得聚精会神的叶昀，有些忍俊不禁：这孩子，别人说什么他都信。叶昀却催促她："后来呢，后来怎样了啊？他把瓶子打开了没有？"

向远托着腮："你为什么急着问他有没有打开瓶子，却不担心瓶子里的是不是怪物呢？那个孩子就觉得瓶子里急切想出来的不是个好东西，他害怕了，更不敢打开瓶子，恨不得将它沉到湖里更深的地方。瓶子着急了，便对他说：'我是一诞生就被封在这瓶子里的魂灵，已经睡在水底无数年，你是第一个捞到我的人，我答应你，只要你肯想办法让我去看看外面的世界是什么样子，我就会给你很多很多的宝贝和财富。'可那捡到瓶子的孩子是个纯朴的人，他说，他不需要宝贝和财富。'那你总有愿望吧？我可以实现你的三个愿望，在你最需要帮助的时候，帮你渡过难关。'"

"他答应了是吗？"叶昀问。

"是的，他心动了，他是个善良的孩子，心想，如果真的有三个愿望，不但可以帮助他自己，说不定还能帮助他身边的人。于是他对瓶子说：‘我现在过得很好，没有需要实现的愿望。这样吧，我把你带在身边，遇到困难的时候，你就来帮助我，只要三个愿望用完，我一定会想办法把你放出来的。’”

“瓶子答应了吗？”

“它没有选择。”

“那后来怎么样了？我是说三个愿望用完了之后。”

“我也不知道。好了，故事说完了，满意了吗？”

叶昀已经不是过去那个懵懂的小男孩，他思索着这个似是而非的故事，哪里是什么《伊索寓言》，倒是像他在书上看过的《农夫和魔鬼瓶的故事》和《阿拉丁神灯》的混合体。他努力想找到向远赋予这个故事的意义。

“想什么呢，这么出神？故事不好听？”向远笑着打趣他的一脸认真。

叶昀挠了挠头：“你知道的，很少有人给我讲故事。”

“去你哥办公室逛逛吧，他在五楼，早先时候还打电话过来，说中午带你去吃饭。现在也快下班了，你见到他帮我说一声，我还有些事没做完，已经订了盒饭。”该说的都说了，上班时间，向远开始逐客。

叶昀慢腾腾地站起来，双手支在向远的办公桌上，问道：“你就是那个故事里的那个瓶子，我哥是捡瓶子的人对不对？”

“说你傻你还真傻到底了，故事也能当真？去吧去吧。”向远匆匆地朝他挥了挥手。

“可为什么瓶子一定是我哥捡到的？”他被她用桌上的签字笔敲痛了手，依旧不依不饶。

向远半真半假地打发他：“因为我小的时候，十岁吧，有一次溺水，被你老哥捞了上来。”

“我不信！”叶昀断然拒绝接受这套说辞，“谁不知道你水性好得不得了？我哥是半个旱鸭子，你救他还差不多。”

“没听说过‘善泳者溺’？说实话，我就那一回抽过筋……怎么，还是不信？没办法，你那时候还被背在你妈背上，想让你做个见证也是不行的。”

刚说完，电话铃就响了，向远接起，笑着说了句：“还在呢。”然后又“嗯”了几声，放下电话，“你哥打电话找你来了，好不容易见你来公司一次，听说差不多大半个月没回家吃饭了啊，学校真这么好玩？”

“向远姐，说真的，那个故事……”

向远啧了一声：“还没完没了啦。”

他见她沉下脸来，也不敢再缠，只飞快地补了句：“我就是觉得吧，其实那瓶子里的东西很可怜的，它被封住沉在水里那么久，一定很想出来。可那捡瓶子的人光想着瓶子能帮助自己和身边的人实现愿望，却没打算立刻把它放出来，你说他是个善良的人，可他没想过瓶子的愿望，这不也是一种自私？”

叶昀说完，见向远面无表情，也不知道自己是不是说错了话。他一边朝门口走，一边讷讷地说：“我说的是捡瓶子的人，不是说我哥。我先上楼去了。”

向远听着他合上门，把手里的笔丢到一边，撑住了头。

他懂什么？他怎么会知道，当年那个十岁的女孩猛吸一口气，一个人在秋日的午后扎进冰冷的潭水里，憋到下一秒肺就要炸开。她看着头顶上漂浮的枯叶越来越远，新的一片叶子掉落在水面上，只有涟漪，没有声音，四周越来越安静……终于听不到哭泣，听不到让她痛恨的哀婉的二胡声。妈妈死了，她失去了生命中第一个至亲的人，然而那时还意识不到这只是个开始。她只想永远潜在水底，一片死寂中，妈妈的呼唤忽远忽近。她动了动，可有双无形的手把她往下拽，屏住的呼吸开始松懈，冰凉蔓延到五脏六腑。她以为自己再也看不见水面上的太阳……当她呛着水，忍受着肺里火辣辣的疼痛，被午后的阳光射得无法睁眼的时候，才听到了身边有个不属于自己的咳嗽声，是他——叶骞泽，一身是水地跌坐在她身边，全身尽湿，狼狈不堪。水从她的头发中串串滴落，她在满脸的水珠中无声地哭泣，他沉默地去擦她的眼泪。她只在他一个人面前哭泣过，虽然他说他拭的是她脸上的水。

叶昀问，那个人为什么是他。为什么？这个问题其实向远也问过自己，然而答案是：只有他。他注定在恰当的时候捡起那个不知是福是祸的瓶子，而她甘愿承诺实现他的三个愿望。或许现在她已经让自己相信，他命定的那个人不是她，然而她却没有办法在他无助的时候作壁上观。至于故事的结局——当所有的愿望耗尽，等待他们的将会是什么？没有人知道。

她看了看电脑右下方的时间，距离下班还有七分钟，要做的事情还有很多，叶昀的到来已经打乱了她预期的工作安排。正待收心，办公室的门再度被悄然推开，那个不速之客探进来半个身子，问道：“向远姐，你说过我考上公安大学就送我一样东西，我可不可以也不要东西，换一个愿望？我不贪心，只要一个……”

那剩下的半截话和探进来的身子在她扔出的文件夹飞至之前消失于门背后。去他的愿望！进入江源三个月，安静一会儿就是她最大的愿望。

第十八章

叶氏江源

这些年，他们想着不同的事，说着不同的话，心都在不同的两岸，只有记忆舍不得丢弃，仍在犹豫地遥遥相望。

下班时间刚过几分钟，敲门声传来，向远头也不抬地就是一句："叶昀，给我滚！"

她在办公室里很少关门，一旦关门则意味着"请勿打扰"，虽跟江源的人共事不久，但与大多数人还是能达成这个共识的，如此锲而不舍地不识趣，除了叶昀之外实在没有第三人。

"怎么了，火气那么大？"叶骞泽挽着外套笑吟吟地站在门外。

向远单手撑着头笑："我还以为是叶昀那烦人精，以后可不能再让他来了，当我的办公室是儿童游乐园似的，一早上什么事都没干成。"

叶骞泽虚指了下门外的过道："在外面等着呢，他倒是有自知之明了，让我来叫你。走吧，一起到楼下吃饭。"

"不了，过一段时间可能要出差，很多事情还没有理清，我的盒饭马上就到了。"

"饭总是要吃的……"

"你看我像是客气吗？我对吃不讲究，上楼下楼地耗工夫。"

叶骞泽无奈，正好叶昀走过来附在他耳边说："哥，我刚才在电梯间看到二叔，要不要叫他一起？"

"他很忙的，不用了。"叶骞泽对弟弟笑了笑，说。

"那向远姐……"叶昀难得来一趟，仍未放弃说服向远同去吃饭的想法。

向远做了个噤声的手势："帮我把门带上行吗？谢谢。"

她听着他们的脚步声渐远，却仍可以清晰地辨别出这兄弟俩的足音，轻捷的那个是叶昀，沉稳却显踌躇的是叶骞泽。她甚至能听出叶秉文走路的声音，跟他给人倨傲的感觉不同，他的脚步落地极轻，每一步都走得很小心，就像他大多数时候打量她的眼光，掂量的、戒备的，甚至还有一丝轻蔑。

向远发现自己在盒饭到达之前一直无意识地把玩着铭刻有"江源"logo的纸镇，简洁的圆饼状物体，没有选用青铜和水晶等常用的纸镇材质，而是用纯不锈钢铸造，上面铭刻着企业的六字方针"优质、诚信、责任"，下方是主要产品的简介。这些内容她看过不下十次，闭上眼也了然于心。

叶秉林给她在江源的第一个职位并不显赫，市场部西南区销售经理，说得明白点，其实就是个体面一些的区域业务员。向远明白叶叔叔的苦心，她年轻，初来乍到，起点不宜太高，低一些的台阶反而好起步。她的前任已于半年前跳槽，据说西南的市场前景并不被看好。

向远刚接过这个摊子，并没有急于大展拳脚，就连叶秉文也对她这个董事长请来的亲兵到来之后的沉寂和不作为而感到狐疑不已。事实上，她不妄言，不擅动，却用了很长的时间用眼睛去看、用心去记一些事情，包括翻阅了江源大量的档案记录、管理制度和市场资料。她记住了大部分办公楼和生产车间主要负责人的姓名、职务和大致的喜好，和前台的小妹妹还有微机室的帅哥都聊上了天，更重要的是，她花费了相当大的精力尽可能地去熟悉江源的产品特点、生产流程的工艺规程。虽说世间的事情，有心去做，万法同宗，可她毕竟从未涉足过建材类的制造业，疑以叩实，察而后动，方是她做事的原则。

江源的前身是 ×× 省标准件制造厂，为 G 大在二十世纪七十年代末兴建的一个集体所有制小加工厂，生产一些螺栓和简单金具。其存在的意义一半是为给 G 大机电学院的学生创造一个实践场所，一半是利用学校技术、设备、人员等先天资源承揽一些加工任务，为教职工谋些福利，也解决一些教工家属的就业问题。在这里挂职担任工厂负责人的一直都是学校的在职教授。

在叶秉林接手之前，这个小加工厂一直都徘徊在保本和赔钱的边缘，不过为了教学所用，一直都维系着它的存在。当时，作为机械系副主任的叶秉林在学校的委派下成了它的第三任兼职厂长。也许正是投入到这个名不副实的企业中去之后，叶秉林才发现自己的才能也许并不局限在学术和讲台，他尝试着改进了厂里设备的工艺构造，四处奔走承揽任务。在百废待兴的二十世纪八十年代中期，这简陋如儿戏般的小厂竟然在摇摇欲坠中屹立不倒，并且渐有发展壮大的趋势，别的不说，至少厂里上上下下一百多个工人的工资、奖金不再依靠学校拨款。叶秉林的心思也一天比一天远离课堂，终于，他向学校提出以个人名义承包，继而与学校协商以个人独资形式买下了这个加工厂，并向院里递交了辞呈。

当时学校给他开出的价码是四十五万，就为了这四十五万，叶秉林耗尽积蓄，还向银行抵押了全家唯一值钱的房子，借钱借遍了所有的亲戚朋友，连叶太太也拿出了娘家的所有嫁妆倾力支持他。除了自家人，没有谁看好这书呆子对一个破工厂的疯狂行动，可偏偏就是这一次的疯狂，让改名“江源”后的标准件厂在二十年里从年销售额五万二千元的小厂，一跃成为年产量近十五万吨、产值逼近五个亿，拥有一千五百多名员工的知名制造企业，下辖标准件制造、建材用钢构件制造这两个分公司，一个全资的金具销售公司和控股投资公司。

江源在最辉煌的时期曾垄断了整个华南地区的工业用标准件螺栓的制造和销售，是中国南部建材零配件最大的供货商之一，G 市数得上的纳税大户。在这点上，向远敬佩叶秉林，他是个读书人出身的好商人，江源可以说是他一个人在前方冲锋陷阵闯下来的江山。然而，她看过这几年的销售报表和市场对比情况分析，尽管她鄙薄叶秉文的为人，但却在某种程度上赞同叶秉文那天说的话。叶叔叔老了，时代不一样了，他依靠的原先那一套团结和绝对诚信的理念，依靠高强度、低利润的密集劳动方式，还有一成不变的市场运作模式，已经让江源在不知不觉间陷入了低谷。如今，原本不堪一提的家庭作坊式小厂遍地开花，有几家竟有和江源齐头并进，甚至超越江源的趋势。

向远曾静下心来想过江源的问题在哪里，光是成本一项就让她吓了一跳，以螺栓为例，每吨的售价中，成本竟然高出私营小厂四成不止，究其原因，一是原材料采购途径太过“正大光明”，二是人力成本居高不下。

江源以福利好著称，虽是私营厂家，竟有近两百人签订的是无固定期限合同。据说这帮工人是江源创业和兴起时期的元老，他们作为集体所有制时期的正式职工跟随江源直至现在，对企业发展功不可没，叶秉林承诺不会忘本，于是给了他们稳定的饭碗、高薪、住房。他们也许是为江源的发展立下过汗马功劳，但好待遇却养懒了人，这帮人大多数并无太高的专业素质，却基本上都不事生产，居于管理岗位，易上难下，在企业中所得到的与后来招聘的普通合同工有天壤之别。叶秉林后来也意识到这样的用人制度也许是有问题的，所以一直在分配上尽量协调，以消弭内部的不平衡，这样的结果是江源员工的收入在整个工业开发区屈指可数，这两年江源最大的流动资金开支竟然不是购买设备以用作扩大再生产，而是兴建了四栋员工合资建房。

都说经营之道，在于“开源节流”，江源之所以能存活至今，全赖近二十年的好信誉打下的良好市场基础。江源的产品，搁在哪里都是信得过的品牌。叶秉林为人爽朗，交际广泛，许多大的建筑企业老总都是他的朋友，可他太过耿直，始终难以接受信誉、质量和交情已经不是在大工程中中标的关键。江源的产品再好，好不过大型建筑企业自有建材供应系统的内部关系，好不过省内小厂的低价高回扣策略，更难以打通建材招标市场那看不见的条条门路。

向远参与的第一次江源管理人员例会上，叶秉文就当着众人的面毫不客气地说，现在的江源从内到外只能用四个字形容：一塌糊涂！

当时叶秉林重病在床，清醒时嘱令由生产厂长提拔上来的李助理分管生产安全和质量，叶秉文照例掌管财务大权，兼管市场，而叶骞泽则暂管理行政和人事。叶骞泽虽在从商方面一直心不在焉，但他也是个明白人，江源的现状他心里有数，然而明白是一回事，被自己的叔叔当着众人的面全盘否定了父亲的成绩又是另外一回事。向远坐在会议室很偏僻的角落，看着叶骞泽双唇紧闭，面容漠然地坐在位置上，手里把玩着一支黑色签字笔。她知道他心里必定起伏难静，他的心越乱，手中的笔转得就越快。叶秉文的话虽刻薄，然而句句不假，叶骞泽这个时候就算拍案而起，又有何意义？

叶秉文说到从财务报表上呈现出来的应收账款催收不力和销售额锐减，直指市场部销售人员全无头脑。向远的顶头上司，那个学校教马克思主义哲学出身的中年男人在一旁唯唯诺诺，汗流不止。会后他组织本部门各大区经理召开部门小会，苦苦商量对策以息上怒，要求总结不足，广泛借鉴。在座的区域经理各抒已见，泛泛而谈，轮到向远的时候，她只是说了句：“借鉴什么，借五十万去输牌？”

叶秉文除了作为江源的财务总监外，另一个身份是公司控股的旗下一个投资公司——广利的董事长，关于那五十万，在江源早已不是秘密，私下议论纷纷的人多的是，但初来乍到、一直谨言慎行的向远漫不经心的一句话，还是吓得她的顶头上司在隆冬之际汗流如注。他隐约知道向远和叶家关系匪浅，具体什么来路却不清楚，平时尚且客客气气，此时也不好作声，唯有瞪大了一双眼睛。

半日不到，向远被“召唤”到总监大人的办公室。隔着厚重的办公桌，叶秉文坐在背光的角落朝她冷笑。

“我以为你真的可以不动声色，原来不过如此。”

向远客气地回答：“哪里，我不过就事论事。”她想，江源的信息传播速度远比她想象中的快啊。

叶秉文的唇再度扬起一个弧度：“人最怕自视过高，你不认同我的作为，那你又能做什么？力挽狂澜？像女超人一样用正义的手段拯救江源于危难中？”

“不，我是站在晚辈和后进的立场真心想向叶总你学习。听说全国建筑企业交流年会这个月底在昆明召开，叶总手中不是有一张厂家入场券吗？这一次打算准备多少赌资？说不定可以赢回下半年的订单。”

叶秉文不笑了，褪去笑容的那张脸依旧阴沉，明明是长得好看的一个男人，可那神情，仿佛心中覆满喜阴厌光的青苔。生日那一夜的混乱在他眼里闪回，他克制着。

“那好，不如我把这张入场券给你，让我看看，你又能给我病床上那可怜的哥哥带回什么。”

向远欣然应允：“叶总既然这么安排，我就恭敬不如从命。”

叶秉文沉默地打量了她很久，然后慢条斯理地打开抽屉，拿出那张入场券，将它缓缓推到她面前。

“你究竟想干什么？”他第一次对这个年轻的女子露出了疑惑的表情。

向远小心地翻看着入场券，随口反问了一句：“叶总觉得呢？”

叶秉文目送她转身，不疾不徐地补充了一句：“去云南，可以。不过顺便提醒你一下，你的前任离职之前，西南区今年的业务招待费只剩下四千块了。祝你彩云之南旅途愉快。”

向远那天离开叶秉文的办公室后，直接到财务部将那可供她支配的四千块业务招待费预支得一分不剩。听说要出差，早已混熟的前台小妹问她需不需要预订飞机票，她有如听到了一个绝妙的冷笑话。最后票是订了，最便宜的普快列车，幸好还有硬座。

从 G 市到昆明，中午出发，次日就到，距离会议报到时间正好还有两天，不可去得太早，当然也不可太晚。向远晚上回到住处，行李简单明了得经不起收拾。她想起自己的前任，江源实行市场销售人员费用包干制度，西南区一年的业务招待费含差旅费总共是一万八，那个前任在她接手之前的前八个月就用去了一万四，而整个云南、贵州、川渝市场全年的回款额只有九千块，如果这是真的，那么这个素未谋面的前任西南区销售经理也算是“有才”。她在灯下一张张地看着下午才从财务手中接过的钞票，点钞机验过，然而经过了自己的手才是真的。

点到第三十七张，手机接到叶骞泽的来电。那天叶叔叔病房外关于那杯水的一席话，也许是话说得太明白，让认识了一辈子的两人为对方的选择悄然寒了心，所以直到向远答应叶秉林的要求进入江源，旧时的好友又成了同事，朝夕相见，面上却也并不太热络。想想也是，叶骞泽家里五口人，除了叶昀，剩下的病的病，弱的弱，公司一大摊子事，他就像被逼着挑上担子往一条不情愿的路上走，她则是初换环境，处处留心，每天有做不完的事，私下的联络越来越少似是免不了的。

而这天晚上他却在电话那头说：“我在你门外，向远。”

向远放下了钱去开门。他没想到她住的地方如此开门见山，除了一张凳子就是一张床，走进来的前一刻微微迟疑，向远明白他，笑道：“房东出国一段时间了，再说，现在很少人认为所有的孤男寡女都是干柴烈火。”

叶骞泽坦然一笑：“我是没有关系，你一个女孩子，在外多注意总是好的。”

向远明白他的好意，懒得争辩，转身去找水杯：“你随便坐，我给你倒杯水，叶昀常用的杯子没有关系吧。”

叶骞泽轻轻推开了向远手里的杯子：“不用了，向远。”

他把手里的一个牛皮纸信封递到她的手里：“拿着，出门在外有用得着钱的地方。”

向远低低地吹声口哨，将未拆的信封在手里掂了掂：“你把明年的招待费都带来了吧。”

他说：“去昆明的事我听说了，四千块办不成什么事，别让自己辛苦一场却白跑一趟。本来应该让我二叔给个说法，这样明摆着是刁难，只可惜这几天我爸状况不好，我不希望他为这些事烦心。你先拿去用，如果有需要就跟我说。”

向远笑嘻嘻地把钱塞到叶骞泽怀里：“用不着这样，一万两万的我自己也有，但公事是公事，私事是私事，出趟公差，没理由用自己口袋里的钱啊。再说，你给我这些，算是我欠你的，还是欠公司的？”

“你跟我需要算得那么明白吗？”叶骞泽叹了口气。

“亲兄弟尚且要明算账，何况是我们？”

“你这个人……唉，你啊！”

不知道为什么，叶骞泽无可奈何的责怪让向远心里没来由地划过一阵微薄的喜悦，更甚于她看到钱时的欢欣。

“你既然知道，就不用再多说了。骞泽，我感激你的好意。”

“我来不是要你感谢的，昆明这次会议的规格高，去的人级别都不低，那帮人的做派我知道，厂家想靠近不容易，没钱更是寸步难行。我是……担心你。”

向远低头喝了口水，继而笑了起来：“我怎么用这个杯子。”

“阿昀他现在还常来吗？”他说着又补充了一句，“他现在除了去医院看爸爸，家都回得少了，不过也是，这个家成了现在的样子，不想回来是正常的。”

“他小孩子一个，没你那么多顾忌。”

“小孩子吗？我们一年一岁地增加，他也长大了，跟我说话都是个大人的腔调……阿昀，他比我幸运，也比我更清楚自己。”

向远看了他一眼，笑着把他往外推：“回去吧，别提醒我在变老。”

他执意不让她送，两人在门口挥别，向远关上房门，静静地握着一杯水站在灯光下。过了几秒，她轻轻打开了门，仿佛是感应到她的动静，只走到长廊尽头的叶骞泽回望一眼，两人各据一头沉默相对，似乎都以为对方有话要说，自己却无言相对。

这些年，他们想着不同的事，说着不同的话，心都在不同的两岸，只有记忆舍不得丢弃，仍在犹豫地遥遥相望。

感应式的走道灯亮了又灭。

“晚安。”向远平静无澜的道别打破僵局。

叶骞泽点了点头：“晚安。”

第十九章

一着险棋

她需要一个机会，并且一定要好好抓住。

次日，向远独自登上开往昆明的列车。十一个小时的车程，恰好是春运前期的客流小高峰，车厢里挤满的大多是返乡的民工。旅途枯燥，邻座的几个人吵着要玩牌打发时间，向远连番赢牌，换回一个靠窗的位置，头抵在窗沿的车厢壁上得以小憩一阵，昆明眼看在望。

这次建筑企业年会由国家建设主管部门主办，云南当地一个大型建筑单位承办，会址选在了翠湖之畔的一间挂牌的五星级酒店。按照事先的安排，向远抵达的当日是报到，接下来一天半正式安排会议，从第四天开始，承办方组织会议代表“考察”，也就是尽地主之谊，款待来宾畅游云南。为显东道主财力雄厚和热情待客之道，受邀参会单位的人员是不需要缴纳会务费的，但像向远所在的江源这样的供应厂家，仅可列席，并不能作为参会代表，说白了，就是一切费用需要自掏腰包。

向远到酒店的第一件事，是用入场券在签到处换了列席证，就马上到前台咨询房价。听说最便宜的房间每日打折后 780 元，她二话没说便走出酒店大厅另找住处。她还要在昆明停留至少三天，四千块啊四千块，她越来越欣赏叶秉文的黑色幽默。

围绕酒店四周转了一圈，向远在百米开外的小宾馆找到了安身之所，很不起眼的一栋小楼，胜在离会场近，不过由于地处繁华地带，每晚也近 300 元。她简单收拾好东西，就回到会议所在的酒店大堂找了个视野颇佳的放在角落的沙发，点了瓶矿泉水，便一直静静地看着人来人往的签到桌。

正如叶骞泽所说，这次会议的规格颇高，来的看样子都是全国各大建筑企业的老总级人物，大概是因为会议日程安排比较从容，冬天又是昆明旅游的旺季，不少代表携偶而来。

能与这些平时一面难求的建筑商高层近距离接触，对哪个厂家来说都是求之不得的好机会。但现实总是残酷的，向远观察了大半个下午，那些领导到来，往往跟着随从人员和会务接待人员，浩浩荡荡，来去匆匆，纵使她插上翅膀，也难有近身的机会。接下来的会议过程中，就算她进得了会场，只怕也只能隔岸看花。而散会后代表各自回到房间，那就更是难上加难，且别说她不知道什么房间里住着何方神圣，就算朝着一个目标而去，那些平时居于高位的领导眼高于顶，怀揣金砖都未必叩得开一扇门，何况她只有笑掉大牙的三千来块钱。

等待的过程中，向远也跟其他几个厂家来的人打过照面，能接到入场券受邀列席的都是国内知名的大型建材供应企业，以江源这几年江河日下的局面，只怕拿到这张入场券，靠的都是病床上的叶秉林这二十几年的人脉。

都说同行相轻，几个厂家的人一筹莫展地在一隅观望良久，也不由生出几分同病相怜。向远是他们中唯一的女性，又是个年轻的女孩子，那些大厂的代表对她自然没有太多戒心，从他们的话里，向远得知本次会议期间，承办单位派来的会务组对所有会议代表的食宿行程统一安排，代表外出一概由会务组专人专车接送，并且为保证参会人员不受打扰，拒绝一切厂家或私人的馈赠。

其实所有厂家的人眼巴巴地来开这个与己无关的会议，最大的意图就是找机会跟东家们套套近乎，略表一下“心意”，与客户联络联络“感情”。正如坐在向远身边那个南京厂家的销售总监所说，要是像往年那样，年会来的都是各建筑企业的职能部门人员倒还好，级别不用太高，县官不如现管，机会也多；今年会议规格一高，老总云集，戒备森严，反倒断了献殷勤的念想，而且这些领导平时高高在上，天高皇帝远，也管不到材料采购这些鸡毛蒜皮的事。

向远在心里苦笑，这样一来也罢，至少有个好处——她不用再为除去吃住行开支后的四千块还能表达多少心意而头痛，更不用和那些腰包鼓鼓、有备而来的同行们在这条她已绝对输在起跑线上的跑道上争夺。

签到的人直到晚上九点之后才少了下来。中途，向远在附近潦草地解决了晚饭，再回来的时候那几个厂家的同行应该已经回房休息，他们都和会议代表一样住在这间酒店。

酒店已被本次会议包场，那些经过的来客中，有向远听说过的，有行业内刊上见过的，也有不认识的。她甚至从簇拥着的随行人员中认出了中建集团的总经理欧阳启明。

中建的总部就在G市，走到外省，听起来像一家人，实际上，同在一个城市的江源只在三年前承接过中建这一建筑行业巨头的一单零星生意，后来据说还因为交货期延迟而导致工地大为不满，从此再也没能搭上这艘顺风的大船。包括叶秉林在内的江源市场经营人员，在近年来竭力想要和中建搞好关系，它们工程任务量大，就算在其材料招投标中投中一个标，也足够让江源的生产更为饱满，若能建立长期关系，则更是叶秉林病倒前的最大心愿之一。无奈中建有它成熟的材料供应渠道，偏好使用江浙一带的私营大厂的产品，这些年听说还成立了自己下辖的三产钢构架生产基地，江源想要中标是难上加难。

叶秉林之前跟中建的前任总经理何绪山有些交情，往来几回，情面上的话都说通了，无奈老何又下了台。中建是国企，领导由国家任命，走马灯似的换，养不熟。欧阳启明上台后，把材料招投标这块看得尤其谨慎，公私分明，界限划得很清，人又不似他的前任随和，向远听说叶秉林几次亲自到他办公室登门造访，连前台那一关都过不了，后来才渐渐死了心。

向远坐在这里看了好几个小时，各大建筑企业老总，竟没有比欧阳启明排场更大的，虽然除了夫人陪同外，他只带了两个随行人员，但酒店门口夹道欢迎的十来号人应该是中建云南分公司的管理人员，就连酒店的大堂经理也在接待人员的授意下手持鲜花敬献。跟在欧阳身后挽住他脱下来的外套的，是中建的副总，拖着他的行李的年轻男人向远就认不出来了，不过前方引路的女子记得是东道主在会务方面的负责人。

如此声势，除了因为中建这几年如日中天外，向远总结出来的原因是——往往一个企业的领导人偏爱什么，他的下属才会响应什么。比方说喜爱低调的领导，下属自然不张扬，但像欧阳这样的，从刚才经过时的小细节来看，他应该是个权势欲望浓厚、重视威严、爱面子、在下属中有绝对权威的人。此外，向远还留心到，欧阳自己的外套由副手拎着，夫人脱下的大衣他却亲自挽在手里，走过大堂有装饰的阶梯处，他很自然地看夫人的脚下，如果没有猜错，他们夫妻感情相当好，并且非常重视自己的另一半。

向远的视线一路跟随欧阳一行，直到他们拐进电梯入口。她盼望得知他所在的楼层，无奈众目睽睽之下不能尾随过去看个究竟。夜深了，她回到下榻的小宾馆，躺在不太平整的弹簧床上，奔波了一天的她却异常地清醒：中建和欧阳是她此行的关键所在，她需要一个机会，并且一定要好好抓住。

第二日早上的会议，向远避开了代表进入会场的高峰期，在会议开始前十分钟步入会议室，坐在了后排靠走道的地方。此时，能容纳五百人的多功能厅已经黑压压地坐了不少人，正式的会议代表都坐在前排摆有姓名台卡处，列席的工作人员和厂家来的人没有固定位置，通通被安排在后排。向远的想法是，既然再怎么样都靠近不了目标，不如坐在行动方便的地方，有状况的时候，也好见机行事。

会议如想象中的漫长，一个个发言单位代表轮流讲话，大多数空洞而冗长，偶尔也能听到一些独特的见解，至少对于向远来说，她盼望着自己的嗅觉足够灵敏，可以透过这些领导们的泛泛而谈，捕捉到未来几年行业内大致的风向。听了大概一个多小时，会议中途休息时间刚过不久，向远身后不远处的门被无声地推开一条缝，一个会务组人员蹑手蹑脚地走到她前排坐着的一个工作人员身边，凑近了头，压低声音说："小张，接待组那边急着要五份签到记录，领导让你复印一份给他们赶紧送去。"

那个叫小张的戴眼镜的姑娘闻言瞪大了眼睛，干着急地抱怨道："干吗老让我跑腿？等一下资料组还等着我分发新的会议资料呢。要不这样，我把签到表给你，你代我到商务中心复印一份送给接待组行吗？"

"要是行的话我还来叫你干吗啊，我那儿还有一堆会议纪念品要马上装袋，这就得走。你也赶紧去吧。"

"接待组的会务房在十八楼，我可赶不及上下跑一趟了。你给我打个电话，我复印了之后把东西存在商务中心，让他们自己去取吧。"

"行，你快去吧，要不两头都得误事。"

向远看见那个小张姑娘嘴里不满地嘟囔着，然后从资料袋里抽出一份资料，心急火燎地朝会议室外走去。她心念一动，手脚也没停，过了几秒，抓起自己的公事包，若无其事地跟了出去。

走出会议室的向远不紧不慢地去了趟洗手间，出来的时候正好看见小张从四楼商务中心匆匆赶回会议室的身影。直到确认会议室厚重的大门重新合上，向远这才加快步子，一路小跑地来到商务中心，一进门张口就问："小姐，我们会务组小张复印的资料好了没有？"

商务中心的接待员不疑有他，从抽屉内拿出一叠纸质文件："已经为您装订好了。"

向远像模像样地数了数份数："不是让她印六份吗，她怎么只给我五份？小姐，我赶时间，先拿一份去救急。麻烦你再印一份，剩下的等一下我的同事会一起拿走的。"

她把其中一份塞进自己的公事包，抬腿就走，商务中心的接待员在后面追问了一句："小姐，复印费还是挂会务组的账上吗？"

向远步履如飞："老样子，老样子。"

她没再进会议室，径直出了酒店，回到自己在周边小宾馆订的房间，一关上房门，就赶紧抽出那份签到表细细看了起来，越看嘴角就越是上扬，她真想好好感谢那位忙碌而粗心的小张姑娘，这份完整翔实的与会人员签到表上，不但清清楚楚地记录着，中建集团欧阳启明，1918 号房，手机号码 136××××××××，而且全国各大建筑集团的到会领导联系方式也一应俱全。天助我也，她想，就算这一趟云南之行一无所获，有了这个好东西，她都算不虚此行，更何况从眼前来看，运气好的话，她还有一搏的机会。

心头的大石放下了一块，首战告捷的向远心情大好，拉开窗帘，觉得阳光明媚得不像话，她甚至难得有闲情逸致地到翠湖边上逛了一圈，途经湖畔的藏器精品店，还破例地自掏腰包给叶昀买了个银质的转经轮项坠，给向遥也挑了个镯子。印象中这还是她第一次给他们买礼物，她有种预感，说不定云南真的会成为她的福地。

原本也想过应该给骞泽带点什么回去，但挑来拣去，也不知道该给他买什么，既然难以决定，不如作罢。

晚上，建设部做东，正式宴请各单位领导。向远心知与己无关，也不去瞎凑那个热闹，索性窝在房间里吃泡面，她很久没有认真看过电视，连看广告都觉得津津有味。

第三日上午是小组讨论，会议结束得早，十一点不到已经小结完毕，午餐时间未到，于是散会后众人各自回房小憩。向远在十一点五十分准时来到了欧阳所在的1918号房间门口。欧阳和夫人同住在这间豪华套房，两个随行人员住在1917号，向远刚才来的时候正好看到中建的副总走出了房间，这样更好。她在上午的会议期间来过一趟，地形和路线都了然于心。

1918号的门上亮着“请勿打扰”，向远知道自己没有错过，如无意外，欧阳夫妇应该还在房内。整个会议期间只有这个午餐是较为随意的自助形式，无论是代表、随从，还是工作人员和厂家业务员，都可以在同一个餐厅用餐，而午餐结束后，该返程的人员就会离开，不急着返程的也会在会务组的安排下前往风景点旅游，所以，她只有一次机会和几分钟的时间，成败与否在此一举。

向远首先用手机拨通了欧阳的房间电话，之所以未选择签到表上的手机号码，是因为她估计大多数领导不会亲自签到，他们填写在签到表这样的公开信息栏里的手机号码通常是秘书、助理或随行人员的电话，而她的目标是欧阳，至于他的随行人员，能避则避。

当她在心里默默地从一数到七时，电话终于被接起。

“哪位？”欧阳启明是山东人，话语间还有着挥不去的乡音，他的声音跟向远想象中的一样，干脆而威严。

她微微捏紧了自己的手机，语调却礼貌而轻快：“欧阳总经理您好，我是小向啊，午餐时间到了，我在您房间外恭候您两位。”

电话那头有片刻的静默，他当然记不清这个所谓的“小向”是何方神圣。然而恰如向远所料，他这样的大领导习惯了随行如云，况且会务组人员众多，跟前跟后的殷勤服务他也未必会多看一眼，想必出现那么一个熟稔地自报家门，而他毫无印象的小兵也不算是件太奇怪的事。

向远让自己尽量缓慢地呼吸，害怕自己过于急促的心跳和不足的底气会提前暴露底牌。眼前的几秒钟有如地久天长，足够让人死去又活来好几回，欧阳的话才又在一门之隔的电话里传来。

“稍等。”然后他啪的一声挂了电话。

向远长吁一口气，赶紧理发丝，正衣冠。她今天特意穿的是江源的工作制服，它的优点在于跟全世界大多数企业和部门的工作服非常相近，深蓝色的西装外套，白衬衣，当然也包括承办本次会议的云南建筑集团公司。

门开的瞬间，向远已摆出她招牌式的微笑：“欧阳总经理，欧阳太太，我是小向，专程来引导二位前往一楼的西餐厅用餐，今天中午会务组安排的是自助餐，两位请跟我来。”

欧阳太太是个略显富态的中年妇女，下巴有三层，但皮肤保养得很好，看得出年轻的时候相当标致。胖人通常都显和气，至少欧阳太太站在她严肃的丈夫身边，让人心里松弛许多。

“你们真的越来越客气了，午餐而已，还特意专人领一趟，麻烦了。”欧阳太太笑着说。

“他们云建就喜欢搞这套排场。”欧阳启明不以为然地对妻子说，然后看着向远，依旧带有领导特有的淡漠的礼貌和矜持，“多谢，我们走吧。”

向远暗自庆幸，因为她有欧阳的准确房间号码，而且大大方方地拨通电话，欧阳又习惯了进出的迎送，所以理所当然地认为来人必是会务组的工作人员，甚至没有想过留意她的工作证件。反正对于他们而言，所有的工作人员都是制服下的一张模糊的面孔，换谁来都一样。

她欠身做了个手势，欧阳夫妇刚走了几步，1917 号房的门也开了，向远之前见过的那个年轻男人走了出来，想必是听到了这边的动静。

“你还在房间啊，我还以为你跟小徐一起先下楼了呢，正好一起去吃饭。”欧阳太太笑着对那个年轻人说。

“我在房间看了会儿资料。”那年轻人答道，然后眼睛在向远身上停顿了一会儿。

向远微笑问好。欧阳太太对那年轻人说：“这个姑娘是会务组的，姓什么来着……对，姓向，小向。”

向远意识到对方的视线依旧在沉默地审视她，这个男人有一双比常人显得更深黑的眼睛，在这双眼睛的注视下，她悄无声息地直起腰，不让自己显出任何的慌乱。

“哦，对了，我房间的灯有点问题，向小姐你帮我看一看，顺便打个电话给服务台好吗？总经理，阿姨，您两位等我一分钟。”他说。

向远心知有异，然而也不好拒绝，只得跟随那个年轻人走进 1917 号房：“请问是哪盏灯？”

“这边的落地灯。”他指了指墙角，然而在向远走过去之后，他迅速换上了冷冷的表情，压低语调厉声问道，“你是什么人？”

向远心里暗叫糟糕，面上仍强撑着毫不慌张，不疾不徐地说：“我是来引导欧阳先生和欧阳太太到餐厅用餐的。”

他冷笑：“你不是会务组的工作人员，所有云建的人领口上都有他们的司徽，更别说你‘忘记’工作证了，这两天我都没有在会务人员中见过你，你找我们总经理想玩什么把戏？”

向远在他的质问之下，脑子飞快地转，她眼前这个人明显地不好糊弄，事已至此，说服不了对方，再狡辩未免猥琐，不如开诚布公，说不定还有机会动之以情，晓之以理。

她示意他给自己一个说话的机会："您别急，我不是刺客。"对方毫无笑意，她叹了口气继续往下说："我是江源公司西南区的大区负责人，这次特意过来希望能拜会贵公司欧阳总经理。他贵人事多，我们求碗饭吃也不容易，请您行个方便。"

她说完，那人依旧毫无松懈。向远心中也有些泄气，没想到半路杀出个程咬金，令她功亏一篑，尤其遇上了个这么难缠的，她也无话可说，于是索性面无表情，等待着对方到欧阳面前揭穿她的伎俩，或者直接通报会务组将她驱逐。

她没想到对方沉默了许久，却忽然说了一句不着边际的话："你——你是江西人？"

向远愣了愣，她自认普通话讲得相当好，乡音基本无存，而眼前这个陌生人竟然能够一眼看穿她的籍贯，不能不说意外。可眼前的情况与她是不是江西人似乎全无关系，她甚至不知道对方的注意力为何转到这个问题上来。

她试着去探寻他的意图，却发现他原本戒备的神色已慢慢模糊，那双眼睛里取而代之的是说不清道不明的困惑。于是向远在心中大胆估量，他对她的江西人身份应该至少不是反感的，无端那么一问，如无敌意，必有渊源。她抓到机会就不会放过。

"系噢，婺源人。"她刻意地用字正腔圆的南昌话说了一句。

"婺源？"那人缓缓重复了一遍这两个字眼儿，甜蜜而凄凉，那种感觉，让向远想起自己难得做一次的好梦，却遗憾地发现即使在做梦的过程中也清楚这不是真的。

"你也是江西人。"

他摇头："可我听得出来。"

说这句话的时候他心里仿佛已经有了决断，他看了看门口的方向，急促地说了句："他们等着呢，你等一下不要乱来。"

第二十章

首战告捷

她怎么能告诉他，其实那一刻，她第一次在心里想，假如江源是她说了算，假如……

向远轻车熟路地引着欧阳夫妇和那不知姓名的年轻男子走至西餐厅。午餐时间刚到，偌大的厅里只稀稀落落地坐了十余人，穿梭的身影更多的是年轻挺拔的侍者。

欧阳启明一路走过，数张桌子上的客人都跟他打了声招呼，他均点头回应。向远察言观色，知他并无与他人同桌之意，便为他们三人挑选了一侧靠窗、视野绝佳却远离中心餐台的位置。

“欧阳总经理、欧阳太太，三位请坐。”向远先他们一步为欧阳太太拉好座椅。欧阳启明俯视落地窗外，翠湖风光尽在脚下，那张法令纹深刻的脸上也流露出几分心旷神怡之色。向远见他似乎对这个位置还算认可，于是趁热打铁，在他们三人入座之后，面不改色地问了一句：“欧阳总经理，请问您是否介意我坐在这里？”

欧阳侧身看了她一眼，像是很意外她在完成引领的任务之后还没有离去，不过他把惊讶的表情控制得很好，只是微蹙着眉，不置可否地看着她。

向远知道欧阳的身份和教养让他不可能对一个年轻女子出言驱赶，他在等待她识趣地知难而退，但她对眼前这无声的拒绝恍若未觉，依旧微笑着，保持一个征询的神情面对着中建集团的最高领导人。

欧阳启明的惊讶于是多了些许纳闷，他大概不明白这个工作人员为什么竟会提出这样的要求。他身边的年轻男子低头理着眼前餐巾的细微褶皱，并无反应，最后还是欧阳太太打了个圆场，说："小姑娘也没吃饭？反正今天中午都是自助，随便坐，快坐下吧。"

"谢谢欧阳太太。"向远顺势轻巧地坐在了她身边的座位上，然后立刻起身为他们夫妇俩整理餐具。

"这昆明的冬天倒也一点不像冬天的样子。"欧阳太太对丈夫说。

欧阳启明喝了口服务生刚上的茶水，说："四季还是分明的好。"

他们闲聊着，像完全忽略了向远的存在，那个年轻的男人看来也是个寡言的人，从头到尾话都很少。他起身去给领导拿吃的，向远独自坐在欧阳夫妇身边，看上去倒也安之若素。

这时步入餐厅的人陆续多了起来，云建集团的副总和其他几个大公司的领导一进来就看见了欧阳，笑着挥了挥手，径直朝他们这桌走来。

云建是东道主，同行的几个看上去也是颇有分量的人物，欧阳启明也不由笑脸相迎，几个人客气地相互让座。向远站着，一一点头打招呼，她看到别人眼里同样的疑惑，但是仿佛都不约而同地认为她是欧阳的随行或是客人。

那几人坐定之后，一张不大的小圆桌顿时满满当当，向远屏退沏了茶上来的服务员，自己亲自脱了外套为他们倒茶。

"大家喝茶，我们这儿的普洱还是不错的。"云建的副总以东道主的身份招呼大家。

向远也抿了一口，立刻笑道："何止是不错，竟然像是四十年以上的印级茶品，只怕这不是酒店能供应得上的吧。"

云建的副总不禁对她侧目，同时面上也有隐约的得意之色。他是特意为在座几个同行的高层准备的好茶，自己当然不便主动声张，却也不免担心被人误以为是酒店的免费茶水，明珠暗投。难得借这个不认识的小姑娘之口一语道破，当然是再好不过。

他微微一笑："这个女孩子小小年纪倒也挺有见识。"

向远其实并不嗜茶，不过叶秉林极爱普洱，这些年在叶家，她陪着也喝过不少好茶，但所谓的印级茶品她只听叶秉林提过，从未得见，也认不出来。她只是想云南是普洱的产地，这杯里的茶色如枣，陈味甘爽，必非普通货色，又见云建的副总始终对几人喝茶后的反应相当留意，因此才猜到必定是特意孝敬几个领导的好东西。这个时候她只管往自己知道的最好的茶来说，就算不中，亦不会有错，说不定正中献茶人的下怀。

"难道这真是'绿印'或者'黄印'？"她作惊喜状，"以前只是听说，想不到真能喝到，还真是托了几位老总的福。"

"这味道，该不会是'内飞'吧。老莫啊，你们云建可真是家底厚啊。"一个中年微秃的领导响应道。

"'内飞'不敢说，不过小姑娘猜得虽不中亦不远矣。这是第一批'红印'，不过招待几位，再好的茶都不为过。"姓莫的云建副总云淡风轻地说。

几个人由普洱开始说开了去。向远素来口齿伶俐，又善察言观色，年纪虽不大，也还算见闻广博，一时间连说带笑，竟与几个素未谋面的大领导聊得风生水起，欧阳太太也被她哄得合不拢嘴，就连最为严肃刻板的欧阳启明也渐渐加入到谈话中来。

她刚说完一个行业内的笑话，几人忍俊不禁，云建的莫总大笑着对欧阳说："欧阳总经理，你带来的这个小丫头有点意思。"

欧阳一愣，迟疑地看了眼向远："怎么，莫总，她不是你们云建的会务人员？"

"寒碜我们云建了吧，云建人多，可还真没有这样年纪就镇得住场面的女孩子……怎么……她，她不是你带来的？”

欧阳摇头，顿时举桌都静了下来，向远成了所有人视线的中心，那些视线里交织的都是困惑和忽然升起的戒心。

她捂着嘴轻咳了两声，起身从外套口袋里掏出了名片夹，一拍额头，笑道：“对不起，对不起，光顾着向领导讨教，都忘了自我介绍。”她边笑边从欧阳太太开始，恭恭敬敬地逐一递发名片，几个人沉默着，毕竟还是接过了。

“江源公司……向远？这个江源，是不是做建材零配件的那个厂家江源？”

“史总也知道江源？”向远已经从刚才的闲聊里大致知道了在座人等各自的身份，“江源现在已经不仅做标准件，金具和钢构架我们都是有生产资质的，只不过未蒙史总青眼，一直没有进入过西北的市场。”

她说话时没有忽略欧阳给了他随行的那个年轻男子一个薄责的眼神，想必是怪他把关不严，怎会让厂家的代表明目张胆地混到这个地方来。那男子低了低头，却依旧神情冷清。

“真是抱歉，本来也不敢打扰几位，几位都是国内建筑企业顶尖的人物，我年轻，见识少，托欧阳总经理的福，才能面对面地跟几位坐在一席，以往是想也不敢想的，一时高兴，就忘了形，我真是啊……”她赔着不是，无比恳切。

欧阳听她那么说着，他其实是个极要面子的人，一世聪明，哪肯当着众人的面承认被这丫头糊弄了一回，让她搭了趟顺风车？不过回头想想，她的确从未自称是云建的工作人员，自始至终都是她的大胆行径让他想当然地错以为是罢了。

话又说回来，他跟在座的几人一样，见向远一个妙龄女子，笑靥如花，难得一个人在毫不熟悉的几个领导面前落落大方，谈吐自如。伸手不打笑脸人，何况是个女人？他们即使心里有淡淡的恼意，也发作不出来，还有更多的想法都被惊异盖过。做甲方的一贯居高临下地看着供应厂家，他竟没想到这几年逐渐没落的江源会有这样一个人，如此胆识和心机，在男人堆里也堪当翘楚。

“坐下吧，饭都吃到一半了。”向远有些意外开口的会是欧阳。

“江源的老总好像是姓叶，几年前见过一面，看上去倒是不怎么起眼，可招来跑销售的倒有聪明相。”他淡淡地说。欧阳多年身居高位，久经历练，短暂惊讶后，那点气度和容忍之量还是有的，听他的口气，对叶秉林颇不以为然，对向远却像有几分爱才之心。

“我们叶董为人厚道，是真正的仁者，我不能跟他比。不过叶董对欧阳总经理您是相当敬佩的，要不是近年来身体欠佳，一直都想着去拜会您。江源虽不能跟中建并论，但也是老厂，二十多年的产品，也是经得起考验的。”

“吃菜吃菜。”欧阳太太夹了一块小碟里的鸡肉，然后叹了口气说，“这鸡肉还是不如白切的好。”

向远随即笑着说：“欧阳太太是岭南人吧，我倒是听说这附近有做得不错的粤菜。”她想，一晚上的当地电视台广告也不算是白看。

“是吗？”欧阳太太对向远的好感倒不掩饰，“那有没有好一些的美容会所，这里紫外线强度大……”

“有的有的，您要是不嫌弃，下午我陪您去吧。”虽然她也不知道好的美容会所在哪里，但还是赶紧打蛇随棍上。

“好啊。”欧阳太太欣然应允，转而对丈夫说，“丽江我倒不感兴趣，要不我让这小姑娘带着去逛逛，你们做自己的事去？”

欧阳说：“这向远也不是本地人啊，你想逛，我们就麻烦莫总派个车，让他的工作人员带你去附近走走。”

“不用不用。我们女人随便逛，你们别操心。”

就这样，向远一个下午陪同欧阳太太去做了个美容，她庆幸自己这两天用钱谨慎，钱就是应该花在刀刃上的。

从美容院出来，向远还在思量接下来的行程如何安排，就途经酒店不远处的一个名品商场。正好遇上年末的折扣活动，欧阳太太当下决定进去扫荡一轮，店内挤满了为折扣而疯狂的女人，收银台前排起了长龙。向远主动请缨，专门为欧阳太太排队，让她安心购物。欧阳太太逛了两个小时，大有斩获，乘兴而归，回去的路上已经亲切得紧挽着向远的手。

向远为她提着大小包装袋，心中却在想，还好欧阳太太主动埋单，否则以她消费的金额，只怕自己这趟云南之行有去无回。

向远知道欧阳太太对她印象不错，然而从头到尾，两人未提公事的只字片语。对方不轻易开口是想当然的事情，可她若一再说起那些生意上的事，未免太显功利。

一日后，欧阳返程，向远得到消息，特意到机场相送，欧阳太太给她留了电话，说好回 G 市再联络，但欧阳启明本人却始终不置一词。向远心中有所求，自然禁不住淡淡失望，虽说基础已打下，来日方长，但是欧阳太太的喜爱是否能真正助她一臂之力还不得而知，况且，她，还有江源眼前都太需要得到中建的回应。

眼看就要出关，欧阳一直走在前头，那个年轻而沉默寡言的男子（向远刚知道他竟是中建二分公司的经理）推着行李车走在欧阳的后头，对向远从头到尾视而不见，仿若那天因她是江西人的身份放她一马是完全不存在的事情。

飞机即将起飞的广播已经响过，纵然心有不甘，向远也只能挥别，目送欧阳一行从贵宾休息室走进候机厅。她想，她还是不能够看淡得失，就算一再用不可操之过急来安慰自己，也无法抑制懊恼暗生。

然而就在这时，走在最后、跟向远未正面打过交道的徐姓副总，在其他人的身影已消失在转角之后，才走到向远身边。

他说：“下个月清远立交桥钢构架招标，投标邀请函我会发到江源，但中不中标，要看你们自己。”

向远返程，买的依旧是硬座的火车票，一路沿着蜿蜒的铁轨慢慢摇回 G 市。与她几乎同时到达公司的，还有中建发出的清远立交桥钢构架招标邀请函。

中建的集中招标是华南地区最大规模的建材招标，并且以在投标过程中要求严苛闻名，但一旦投中，工程量大，利润也是相当可观。虽然以往中建也会在招投标网站上发布招标信息，但是真正中标的往往只出自收到正式招标邀请函的单位。江源虽然承揽过一次中建的零星加工任务，但是占据着同城之利，接到这个邀请函却是史无前例的第一回，因此向远的云南之行可以说是灰头土脸而去，风光无限而返。

江源的同事原本就为她的来路和身份众说纷纭，这一回，她一个年轻女人单枪匹马揣着四千块钱在昆明走了一遭，竟然就带回了叶秉林多年渴望而不可得的东西。回来后第一天上班，她走过公司的办公室长廊，听着同事嘴上的溢美之词，看着那些交换的暧昧眼神，她知道那无声的对白里说的都是什么。不过向远无所谓，亦不打算解释，对于她来说，声名是虚的，到手的利益才是实在的。

叶秉文也在会议上当着众人的面夸奖向远“身体力行”地给公司的市场销售人员上了一堂生动的课。她佯装不解，只是笑而不语。她这样既不居功自傲，也不谦虚却让，如此坦然处之，反让说闲话的人自觉没了意思。

公司里只有骞泽是真心为她高兴的，比起自家公司的利益，他更像是纯粹为向远的告捷归来而发自内心地欣悦，当他说着“我知道没有什么难得住你”时，那种小小的自豪，让向远有一瞬间恍然觉得站在自己面前的，还是多年前那个自己期末考试考砸了，但看着好友拿到全班最高分，比谁都兴奋的男孩。她摇着头，说：“邀请函而已，十多个厂家都收到了，离中标还远得很。”但微微扬起的嘴角却在不经意间泄露了之前压抑住的小小喜悦。

当月销售人员会议上，向远破天荒地拒绝了公司发给她的经营奖金，唯独要求全程跟进这个并不在她主管地域里的投标任务。负责华南区的是市场部经理本人，最后，叶骞泽请示了医院里的叶秉林，以向远跟中建打过交道、在投标过程中更有利于沟通为由，正式授权她负责本次投标，并从其他市场给她抽调了两名年轻的市场助理协助她工作。

亲自到中建买回标书之后，向远和那两个协助她的女孩就开始马不停蹄地着手准备投标文件。中建要求的投标文件内容虽然烦琐且严格，但向远在永凯跟随沈居安两年，对这个工作算是轻车熟路，唯一不能得心应手的是江源不具备永凯那样冲锋陷阵的团队，两个助手都是大学刚毕业一年左右，虽有干劲，但毫无经验，而且最容易犯年轻人粗心大意的毛病，而这正是投标准备工作的大忌。最让向远心惊胆寒的是，有一次，她在小姑娘即将封装的报价表上竟然发现未加盖公章，这稍一不留心就有可能意味着整个投标文件作废无效。无奈之下，稍微重要的事情她都不得不亲力亲为，手把手地教的同时，还必须一再检查。小姑娘惭愧不已地连连向她道歉，她叹口气，说：“没关系，你们不过是太年轻。”说这句话的时候，她才想起论年龄，自己其实比她们大不了多少岁，然而她为何从未经历过这样的毛躁和懵懂？莫非她从来就没有年轻过？她是个孩子的时候，就不得不让自己成长为一个大人。

她对骞泽为何把这两个毛丫头指派给自己表示过怀疑，然而一段时间之后，却开始明白他的良苦用心：整个江源就像一辆老爷车，架子不小，耗油量大，而且速度极慢。能干事的人不是没有，但多数职位不比她低，如何肯听她派遣？那些普通职员，下午三点半以后心思已经提前下班，至少这两个姑娘可以红着眼睛跟她连续一周加班到凌晨。有一次为了装订标书，她们千恳万求后勤部的大姐推迟两个小时回家煮饭，那大姐的脸色让向远觉得自己做了件足够损阴德的恶毒事情。

当然，这些都是可以忍受、可以忽略的，真正让向远火冒三丈，差点咬碎了牙根才克制下来的是：中建明确要求竞标单位必须具备建筑钢结构工程加工二级资质标准，事先向远已向江源企管部确认过公司具备该资质，但是到了标书制作的最后阶段，她向企管部讨要资质证书的复印件时，企管部主任才拍着头告诉她，江源是今年刚通过二级资质的认证，可半年过去了，还没收到认证中心送来的资质证书。

企管部主任一再强调公司确实是通过了认证的，只是暂时没有证书，向远当场气到无语，就算她相信，招标单位能相信？没有资质证明，一切都是白费。她没有发作，因为对着一个如此重要的认证通过了半年而不知道证书办理到了哪个阶段的部室主任来说，任何一点口水都是浪费，她宁愿把精力放在另想办法上。

她打电话给认证中心，那边答复说由于工作分批安排，江源的证书最快也要二十天之后才能发放，而此时距离开标日期只余十天不到，于是向远和叶骞泽就开始了为这张薄薄的纸而奔波的过程：找认证中心，请客、吃饭、送礼、求情，找上级主管部门，再请客、再吃饭、再送礼、再求情……最长的记录是，他们两人为了约到质协的一个处长，守株待兔地在其办公室等候了一个工作日，整整八个小时。最后，认证证书在耗费了无数人力、财力、精力、时间之后，总算赶在开标的前两天被向远拿在了手里，当时她捧着那张纸，百感交集。叶骞泽长吁了一口气问：“向远，你在想什么？”向远说：“我就两个字——激动。”她怎么能告诉他，其实那一刻，她第一次在心里想，假如江源是她说了算，假如……

开标前夜，向远放两个姑娘回家休息，自己留在办公室反复对资料进行核实和确认，她可以接受失败，但不能忍受疏忽。然而当想到“失败”两个字，明知投标落空是家常便饭，得失都该有所预期的她心里也不由得一沉。

第二十一章

失败的开解

她之所以不会停留，摔倒了之后也要爬起来继续往前走，不是因为豁达，也不是勇敢，而是因为害怕多看一眼绊倒她的那个地方。

第二日，向远和两个助手前往投标现场。卧病已久、行动不便的叶秉林挣扎着让骞泽用轮椅推着他，在中建总部附近的酒店订了一个房间特意等候。江源的钢结构厂房已经出现了设备和人员闲置，整个江源是久旱盼甘霖。

半日之后，投标结果出来，向远回到叶叔叔所在的房间，看着因期待而脸庞红润、眼睛发亮的老人，自认还算机变沉着的她竟因那简单的几句话而数次艰难地停顿。

老人眼里的光一点点褪去，失望的反差让他更显苍老。一共三个标包，十七个竞标厂家按综合分数排序，排在第一的毫无疑问是中建自己的三产建材生产企业，第二名是南京的一个大厂，第三个标包被本市一个刚成立数年的建材厂家拿走，向远手里还捏着那个厂家负责人的名片，张天然，她的校友，听说是欧阳太太娘家的亲戚。江源以一分之差排在第四，与这个能让整个明年上半年任务饱满的加工任务失之交臂，而事实上不由得向远不承认，即使张天然不是欧阳家的亲戚，她也未必赢得了他那个员工是江源的三分之一、产量却超过江源两倍的新厂。输了就是输了。

开标的时候，那两个小姑娘当场抱头痛哭，怪不得她们没出息，多少个日子的加班加点啊，凌晨两点踩在文件堆里撑着打架的眼皮，还要让自己心细如发，不就是为了这一天？只求过程不要结果是句废话。然而向远忙着劝慰那两个吸引了全场眼球的姑娘，竟然忘记了自己在结果公布的那一刹那，心里想的是什么。

她蹲在叶秉林的轮椅边，轻轻说对不起。叶秉林制止了她的道歉，拍了拍她放在轮椅扶手上的手背，叹了口气，说医院还等着给他做理疗。

向远和叶骞泽一起把老人送回医院，坐了会儿，就告别他们，回了公司。晚上八点已过，公司里灯光俱灭，向远蹲在办公室里，一张一张地捡着地板上的废纸，这还是跟沈居安做标书的时候学的，无用的东西即使来不及碎掉，也不能让它留在桌面上。可是现在成为废纸的不仅是脚下这些，还有一天之前她认为是希望的那些标书。

她把散落满地的A4纸在手里码得整整齐齐，之前没想到竟然那么多，一半还没整理好，过道的灯就亮了，她听到鞋子踏在纸面上的声音。

“向远，没事吧？”她知道是他。

向远保持着蹲的姿势，抬头看了一眼叶骞泽：“没事，没投中标又不是头一回，只是可惜了这些纸。”

叶骞泽在纸上走了几步，沙沙的声音让他觉得有些难以落足，于是也半蹲了下来，与向远的眼睛平视：“我和爸爸都知道你做了很多，没有中标不是你的问题。”他耸肩，“对于现在的江源来说，能在国内十七个大厂里分数排到第四，不容易。”

向远笑笑，说：“说实话，没有中标的话，第四名和最后一名没有区别。”

她的手仍不停，叶骞泽把那些码好的纸从她手里拿了过来：“蹲着真累。”他索性坐在了废纸上，然后拍了拍身边的位置。

向远直起身子，扭头看着别处，笑了起来。

“陪我坐坐吧。”他说。

“坐着腰疼。”

叶骞泽抓着她的手往下拉：“坐吧。”

“好好好。”她做了个投降的姿势，把手从他掌心里挣了出来，一个人倒霉的时候再有点窘，那滋味不算好受。

无奈地盘腿坐在了他身边，向远说：“可以开始了，神父，我们从哪里开始说起？人生观、价值观，还是谈如何更好地面对挫折？”

叶骞泽一本正经地说：“那我们来谈谈当自己不开心的时候会怎么样吧。”他自己说着，就笑了起来。

向远斜着眼睛看他：“你不开心的时候不就是去折腾李二叔家的南瓜吗？”

小时候，李二叔的二儿子老欺负他，把他推倒在地，他摔疼了还不敢当着妈妈的面哭。后来向远看见了，拉着他来到李二叔家的南瓜地，挑长到两个拳头大的南瓜切开一个口，里面挖个洞，把死老鼠塞在里面，再把盖小心地缝回去。幼南瓜生长力强，没过多久切口就能愈合，两人就又找到那个瓜把线拆了。几个月后，听到李二叔家切南瓜时的惊叫，什么不开心都被笑没了。

叶骞泽忍俊不禁：“那全是你的鬼主意，而且都是小时候的事，早过去了。”

向远笑着喃喃重复道：“是啊，早过去了。”

“读书后，我爸跟我说，遇到不开心的事，就应该想，‘天降大任于斯人也’。当时我觉得有道理，可是后来一想，如果天降给我的大任是倒霉到死的那一天呢？”

“胡说八道。”向远笑骂道，“你们兄弟俩怎么走两个极端，你弟弟叶昀说，他难过的时候，只要看到第二天的太阳，就觉得昨天的事是一场噩梦，日出就散了。”

“我那是跟你开玩笑呢，向远，你记得吧，王阳明不是有句话吗，‘你未看此花时，此花与汝心同归于寂，你来看此花时，则此花的颜色一时明白起来，便知此花不在你的心外。’其实有时我觉得，人的悲、喜、爱、憎都像这朵花一样，你睁开眼看它，它就存在，你闭上眼，也完全可以当它是虚无。这样想，就可以释然，太执着真的没有必要。”

向远嗤笑：“你那是成佛了。在我看来，那朵花如果是真的，你就算一世闭上眼，它该开还是开，该谢还得谢。”

“那至少它谢的时候我不会难过。”

“我没有你的境界。”

“那你要怎么样才能让自己释然？”

向远说：“释然？如果我不开心，就怎么都不会释然。过去是会过去，但不会忘记，一点一滴都记在心里，很多年回头看，都像是活的。”

“你不是这样的人。”叶骞泽摇头，“你是我见过的最聪明豁达的女孩子。”

“聪明豁达的女孩。”向远复述，脸上淡淡的讽刺不知是为着自己还是为他的一句话，“骞泽，你觉得你了解我吗？”

“至少我知道你不是会因为失意的事停留在原地的人，就像你的名字，向远，向着最远的地方，比我们走得都远。”

向远莫名地怅然，他不知道，她之所以不会停留，摔倒了之后也要爬起来继续往前走，不是因为豁达，也不是勇敢，而是因为害怕多看一眼绊倒她的那个地方。

“谢谢你的开解，骞泽。”她站了起来。

叶骞泽苦笑：“可这大概是一场失败的开解。”

向远拒绝了叶骞泽送她回家的好意，一个人挤着沙丁鱼罐头般的公交车返回住处，她想，她此时也许更需要这样的嘈杂和拥挤。

骞泽的关心向远怎会不知？然而，从落标已成定局的那一刻起，她心里就是空落而麻木的，反倒是他的开解点醒了她，才察觉到自己的失意是那么货真价实。他那番话也许是真心的，但对于她而言，就像一个溺水的人，听见岸边唯一的一个人说："别怕，水一点也不凉。"

向远真遗憾自己不是他说的那个"聪明而豁达"的女孩，究竟要有多豁达，方可悲喜无碍？又要有多聪明，才能太上忘情？她是做不到，然而他可以？她只错在记性太好，就像每跌倒一次，脚步虽不停，那阵痛却会记上很久。

用钥匙打开锁，门刚推开，一道刺眼的白光让向远大吃一惊，她飞快地退后一步，狼狈地侧头遮眼，然后才听见叶昀的笑声："哈哈，吓一跳吧，你干吗不尖叫？"

向远听到熟悉的声音，松了口气的同时也火从心头起。叶昀浑然不知，还拿着一个新的数码相机像玩具般摆弄着，用镜头对准了她。

"笑一下，向远姐。"他微屈下身子调焦。

"不想笑。"向远轻轻推开他，往屋里面走。

叶昀灵活地绕到她的前头，不依不饶地说："笑吧，笑吧，看这边。"

"别吵！"她背对着他脱去身上的大衣。

"你干吗脸色那么难看？就看在我等你半天的分儿上，笑一下就……"

"我说了不想笑，不想笑，你没听见吗！"向远厉声打断他。

叶昀吓了一大跳，表情有如川剧变脸，俏皮戏谑被抽走，震惊和不解取而代之。他从来没有听过向远这么大声地对自己说话。

向远转身把外套摔在床单上，人坐在床沿，朝叶昀伸出一只手，冷冷地说："把钥匙还给我。"

叶昀愣了一会儿才明白她话中所指，白着脸问："为什么啊？"

“我跟你说过多少次，来之前要打个电话。你不小了，做事怎么越来越没有分寸？算了，我也不想说那么多，把钥匙留下，你回学校吧。今天又不是周末，你跑出来干什么？”

“对不起啊，向远姐，我不知道你心情不好，就想开个玩笑而已。”叶昀急切地蹲在了她面前，“今天学校运动会结束得早，所以就来你这儿了。你说今天有重要的事，我也不敢打电话。在门外站的时间长了，挺冷的，我就……我什么都没干，就一直坐在这儿等……你不信啊，要不你摸摸那张凳子，我坐了几个小时，它还是热的。”

向远揉着自己的眼角，也觉得自己这阵火发得是莫名其妙，可是她现在真的没有办法笑出来。

叶昀见她不说话，扭头搬了她住处唯一的一张凳子，坐到她的身边：“还生气啊，罚我给你讲个笑话吧。我说了啊……有一个司机开夜车赶路，给养鸡场送鸡，途中遇到一个要求搭顺风车的女孩，他让女孩上了车。过了一会儿，司机发现那女孩长得不错，就起了色心，意图……呃，意图那个……不轨，女孩拼命反抗，司机恼羞成怒地说：‘不答应就给我滚。’然后就把她赶下了车。不久，他又遇到第二个搭顺风车的女孩，故技重施，那女孩也是不从，于是他把这个女孩也赶下了车。第二天早上，当他把车开到送货地点，发现原本载满了鸡的车厢空空如也，只有那只鹦鹉还抓着最后一只鸡的脖子，恶狠狠地说：不答应就给我滚。哈哈！”

他说完了，短促地笑了两声，然后便小心地看着向远的表情，可他失望地发现，向远把手肘支在床头柜上，眼睛看着别处，若有所思，貌似完全没有留心他滔滔不绝地究竟说了什么。

叶昀讨了个没趣，心情跌落到谷底，强笑了一下：“不好笑啊，我再换一个吧，有一个……”

“停停停。”向远打断了他，“你还没说清楚刚才那只鹦鹉是从哪里冒出来的，我都没弄明白，怎么笑？”

“啊？”叶昀一想，顿时面红耳赤，慌慌张张地说，“我，我前面没有说鹦鹉是怎么出现的吗？哦，我忘记了，那鹦鹉是司机养的，他怕打扰他的艳遇，所以放到车后，我的意思是……”

向远看着张口结舌的叶昀，扑哧一声就笑了出来，然后一发不可收拾。

叶昀不知道向远何以忽然之间笑得那么开心，傻傻地也跟着笑：“真那么好笑吗，向远姐？”

向远又好气又好笑地戳了戳他的头：“你这傻瓜。”

此时叶昀手上还拿着他的那个相机，向远顺手拎了过来：“一个破相机，乱摆弄什么？”

她翻看着里面存的照片，基本上都是叶昀在运动会上的画面，其中一张是他站在学校的领奖台上。向远眯着眼睛仔细看了看他手里拿着的荣誉证书——跳远比赛二等奖。

“哦——”她心神领会地拉长了声音，“我说呢，原来是运动会得奖了，来我这儿显摆呢。”

叶昀再次红了脸，被揭穿了，索性就逐一给她讲解：“这张是我跳远的时候同学拍的，二十多个人进决赛呢，拿第一的那个人过去是体工队的……看，这张，我还报了四百米，不过只得了第四，这是我同学，睡我上铺的，照片大多数是他拍的，这个……”

他忽然停了下来，屏幕上此时定格的画面里，他穿着比赛服站在终点附近往嘴里灌矿泉水，身边一个漂亮的女孩子微笑着踮起脚为他擦汗。这张似乎是偷拍的照片，神韵抓得很妙，叶昀满身洋溢着少年逼人的青春，那双眼睛比汗珠更闪亮，他身边那个女孩五官姣好，动作羞涩，眉梢眼角却全是欲说还休的恋慕。

“这是哪个浑蛋拍的，我怎么不知道。”他低声嘟囔着，手忙脚乱地去按删除键，“这照片也真能断章取义。”

“干吗啊？”向远把相机从他指尖抽了出来，“我还没看清楚呢。啧啧，这女孩挺水灵的啊，对你不错嘛，是警院的同学吗？警花啊，叶昀，你挺有艳福的，删什么，留着！拍得多好……哎，你抢什么？”

她拍落叶昀抢夺相机的手，他看样子像真急了，眼睛都是红的：“别闹了，向远姐，删掉删掉，那是我同学，啦啦队的而已。我都不记得这是什么时候的事，你把相机给我吧，给我！”

向远举着相机站了起来，从他伸过来的手臂下钻了出去，退后一步跟他保持着一定的距离，笑道：“删掉多可惜，特意去拍都摆不出这样的 POSE，害什么羞，人家女孩子都比你主动。”

“不是……唉，不信就算了。”叶昀有些恼羞成怒，“说了你也不听，相机还我。”

他欺身上来夺，向远再躲，笑着说要拷贝下来给他家里人看。两人都身手灵活矫健，在小小的一间屋子里飞快地追逐躲闪。

叶昀毕竟胜过她一筹，又是不把相机拿到手就誓不罢休的劲头，在向远侧身晃过的时候，他单手一捞，就从身后把她拦腰勾了回来。向远气喘吁吁地被截住，后背撞到他身上，两人都跌跌撞撞地退了一步，叶昀稳住了脚，她刚到他耳下，他在第一时间娴熟地缴下了她举着的相机。

相机脱手后，向远无奈地弯腰喘气，才发现他的手还横在她腰前：“你这孩子，还真用蛮力，我的老腰啊，差点没断。行了啊，证据都被你抢走了，放手，我要去喝口水。”

叶昀之前的举动纯粹是为了拿下相机，删了那张暧昧的照片。他是被逼急了，伸手的瞬间也没想那么多，只想不让她脱身。她滑得像泥鳅，他又乱了方寸，班里的擒拿尖子，差点拿她没办法。然而现在相机拿到了手里，她的腰在他手下，她的背用力地撞在他身前，她的头顶蹭过他微抬的下颌，他忽然觉得，那张相片算得了什么？

向远轻咳一声，笑道："干吗，玩狗皮膏药的游戏？松手啊，傻瓜……"她拍了拍他的手，微微扭动了一下腰，忽然尴尬起来，语调也再没那么轻松随意，"听见了没有？松手，干吗啊，再不听话我生气了！"

那只手动了动，却是朝相反的方向收紧，头顶上的下巴在轻而柔地蹭着她的发丝。向远全身顿时绷紧，忽然有一种错觉，她背抵着的那个看不见的坚实胸膛不是叶昀，而是属于一个陌生的男人，叶昀不会不听她的话，更不敢有这样的举动。这个念头让她前所未有地心惊，她稳住上半身不再挣扎，右脚高跟鞋毫无预兆地往他的胫骨一踢。

她没想到他竟能闪过。叶昀身体借力一带，她整个人被强扭了过来。终于面对面，她近距离地看到了他漂亮的一双眼睛，笼罩着一层迷蒙，干净俊秀的一张脸竟比紧张照片时更通红。

"我也会生气的。"他贴着她喃喃地说。

不能慌，这个时候她绝不能先乱了阵脚。"玩够了吧。"向远抿嘴笑着看他，双手不动声色地去扳他贴在她身上的手，一根手指，两根手指，三根手指……

叶昀在片刻前鬼迷心窍般地心驰神往，只有一个念头：一生一世都不要放手，绝不放手！然后当他直视她的眼睛，还有她平静无澜的微笑，多少翻腾滚烫的情潮被一个激灵生生逼退。她是他的向远姐，他怎么敢！

他被烫伤了似的将手弹开，背在身后，可是怎么办？他说不出对不起，也不想认错，只得慢慢退到椅背处。陪伴了他大半个下午的靠背椅给了他支撑，他心里忽然涌起一阵巨大的恐慌，他做了这样的事，她也许从今往后再也不会理他，这个念头让他的胃开始发疼。

向远扭动了一下刚才他逼她转身时被拧痛的胳膊，笑嘻嘻地说：

“以后不准你再这么没大没小的，我又不是那朵警花，老胳膊老腿的，可陪不了你玩。真是的，下手也没个分寸，还愣着干吗？抽屉里有跌打止痛的药酒。白天刚倒霉过一回，晚上又被你的分筋错骨手来那么一下，我明天还用不用上班？”

叶昀飞也似的去翻抽屉，找出那瓶药酒。向远撩起袖子，他激动时的那一下还真是不知道轻重，下手的地方整个地肿了起来。叶昀不知道向远为什么还能笑得出来。

他轻手轻脚地给她上药，越想越羞惭得无地自容。向远面上像没事人似的，心里却不知道想的是什么。

“向远姐，我这样……你会不会生气再也不理我了？”

向远凝视着叶昀，他长长的睫毛下覆着的是忏悔、负罪和说不清道不明的哀恳。他这样的男孩，就像一只雪白的鸽子，干净、善良、纯洁、光明，面对着他，哪个女人的心不会柔软，除非那个女人坚如磐石。

她知道叶昀的不安为的是什么，可她转向了自己的手臂，说：“这点伤，我还没有这么娇贵小气。”

见他依然不能释怀，向远叹了口气，柔声说：“你知道的，阿迤没了，我就只剩下一个弟弟。”

她伸出另一只手，像往常那样去揉他的头发。叶昀将头微微一偏，无声地躲开。

“向远姐，你能实现我一个愿望吗？不，我大哥才有愿望，那我的就算是请求吧。”叶昀抬眼看着向远，察觉到了她的犹豫。

向远从不轻易许诺，有些事她可以做，但是也有些事，也许她一辈子也做不来。

叶昀轻轻一笑：“别紧张，我的请求不难。你天天上班下班，有多久没运动了？找个时间跟我一起去爬山吧，我带你去看最好的日出。”

第二十二章

柳暗花明

爱是永世不可以忘记的，但却是可以放弃的。

叶昀走后，向远拖着一条酸痛的胳膊梳洗入睡。她化解得了脸面上的尴尬，却化解不了心中的异样。活到二十五岁，除了不记事时妈妈的怀抱，这竟是她所能体会到的第一个拥抱。没有人拥抱过她，爸爸、妹妹、骞泽，亲人、同学、朋友，在她高兴的时候，无措的时候，失望的时候，都没有。

究竟是从什么时候开始，她的小叶昀变成了一个臂膀有力、胸膛坚实的男人？她看着他成长，在他面前，她一直是无所不能的大姐，包容照顾着柔弱的小弟，这是她第一次在他面前落了下风。虽说女人在力量上的弱势是天性，可她心里仍然说不清是失落还是欣慰，当然，更多的是迷茫——叶昀对她的依赖从小到大都是如此明显。她曾经以为，随着年龄的增长，这种情感上的维系会自然地减弱，然而从之前那一幕看来，也许她错了，叶昀的孺慕之情似乎在朝着一条陌生的路上走，而这一切，难道与她一直以来无声的纵容没有关系？

如果换作别人，向远会漠然处之，人长大了，一个男人爱一个女人，一个女人爱一个男人，这都是常事，也是天性，就像动物到了一定的季节就会求偶，正好遇到了一个，也许就是它了，即使求之不得落了个空，也是自找的，与人无关，就像她对叶骞泽。可是叶昀不行，她不能眼睁睁看着他走一条注定不通的路，不能让他吃跟她一样的苦头。

所以，向远不顾叶昀的抗议和再三求情，不由分说地收回了他手上那把备用钥匙，除非有事，不让他再单独到她住的地方来。那个为他擦汗的女孩是那样年轻而美好，这样的男孩，何愁没有人爱，他应该有自己的生活。这些年，是她的无心，让他的世界单一地围绕着她旋转，以后，等他见过了更美的风景，就会发现，她只是在日出前就隐没在天际的星光。

可她毕竟不忍心让叶昀一时之间太过失望，所以还是答应了他的“日出之约”，两人说好，只要有空，就一起去爬山看日出。

向远也没有想到这个“有空的时候”会一推再推，因为清远立交钢构架招标结束后的一个星期，江源接到了立恒公司，也就是不久前以一分之差将江源踢落马下的张天然的公司打来的电话。立恒这次投中了清远立交桥近万吨的钢构架生产任务，由于中建要求的交货期跟他们原有的生产安排有冲突，所以他们提出跟江源合作，把8500吨的生产任务交给江源外协加工。也就是说，江源跟立恒签订合同，为他们生产钢构架，然后由立恒向中建交货，对外来说，这个工程是立恒的，但利润却是江源的。

江源上下对这个“山穷水复疑无路，柳暗花明又一村”的转折在惊愕之余，一时之间还有些不能置信，因为立恒和江源过去从无往来，而且这次要求外协，开出的条件相当优渥。

送上门来的机会当然是不能错失的，何况江源的生产车间由于任务不饱满，放假过多的工人已经怨声连连。市场部主任在叶秉林的亲自授意下，当天立即打电话跟立恒接洽，可是对方开门见山，说得相当清楚，要求跟向远直接联系。

向远连夜到医院跟叶秉林商量，次日，怀揣着叶秉林同意的一万块钱亲自邀请张天然用餐面谈。张天然倒没有什么架子，也不客气，欣然赴约。他对吃没有什么要求，在这点上跟向远不谋而合。两人在饭桌上用围棋对弈一局，向远落败，张天然当着双方陪同人员的面一扫棋子，称向远“女中丈夫”。就这样，向远花了 390 元埋单，然后从立恒拿回了 8500 吨的生产任务。她心知肚明，张天然跟她并无交情，他要的是这个工程的名义，钱可以给江源，但名声是立恒的。况且，张天然这几年似乎渐渐志不在建材生产市场，立恒的钢结构生产能力在有计划地缩减，这个工程的交货期又紧张，所以清远立交桥这杯羹他是必须要分出去的，之所以全给了江源，除了因为江源是省内的老厂，更多的恐怕还是出于欧阳的授意。

江源十二月份接下这个工程，交货期在次年的三月。拿到合同的时候欢天喜地，但是真正安排生产计划时却犯了愁：江源人虽多，产能却低，以往每月不过一千吨上下的产出，如何能在短短的三个月内交货？然而这一次，病床上的叶秉林在向远的再三说服下也发了狠，传话下去，没别的好说，就一个字：上！要求从一线员工到管理人员全线调动起来，以三班倒的方式日夜不停地立即投入生产。到交货期之前，人停机器设备不能停，如无特殊通知，节假日一律加班加点。管生产的李助理重任在肩，殚精竭虑地调整生产流程。叶骞泽管人事，也必须狠下心，重奖重罚，撑不住、做不来的人就要下。财务方面虽有微词，但所有的流动资金也必须为这个工程全线服务。一时间，整个江源办公区、生产区一片飘红，到处可见激励性质的标语和牌匾。8500 吨仿佛不再是江源的一个工程，而是一个坎，过不了就是继续沉寂，过得了就是打开了一片新天地。

向远也跟着生产忙碌得像个陀螺，张天然答应把工程给江源时虽轻松，但对质量和各项流程毫不含糊，立恒的质检员每三天到江源抽检一次，催问进度的电话更是时时不断。

江源这辆老爷车就像回光返照似的拼了命地向前冲。三个月后，机器和人都已经临近散架，总算如期交货，向远松了口气的同时，也觉得有几分惊险。立恒方面来做最后的验收，张天然面对激动不已的江源管理层，只朝着向远说了一句话：“辛苦了，不过要是给立恒这么多人和这么多设备，完成这些只要一个半月。”

江源的疲惫被上半年奖金条上的数字无声地安抚了，可向远承了欧阳家的一个情，却不能当作过眼云烟。六月，恰逢欧阳家嫁女，之前一次，欧阳太太曾让向远陪她喝茶，闲话间直抱怨女儿结婚自己却置身事外，身边的人又没有得力的。向远心领神会，帮着欧阳太太联系宴会场地，筹备各项婚宴事宜，被章粤说她比自己结婚还忙。

话是这么说，该帮忙的时候章粤也没有袖手旁观。欧阳家的婚宴订得仓促，要求又高，当时能入他家眼的全市各大酒店无一不是已有订席，难以接下这单生意，最后还是章粤见向远为难，出面斡旋，这才得以订到满意的场地。

向远向章粤道谢，她笑道：“你这样不求人的人找到我，我还能不赶紧让你欠着个人情吗？”

等到婚礼如期举行，向远负责的部分面面俱到，有条不紊。欧阳太太满意之余，说只恨少生了个儿子，否则媳妇非向远不要。欧阳启明一向不苟言笑，眼光挑剔，也让秘书去给向远道了声谢。

婚礼现场，应邀参加的向远才知道欧阳家的乘龙快婿原来是在昆明曾有一面之缘，并且放过她一马的年轻人。能娶到欧阳家的小姐，也难怪他年纪轻轻就在中建身居高位。

令人惊讶的是，新娘在迎宾前半个小时才驱车前来，匆匆化了妆，和新郎并肩站在酒店门口。她拿起给来宾点烟的打火机，自己给自己点着了一根，提着婚纱，面容闲适地吞云吐雾。早到的来宾和酒店工作人员无不侧目，欧阳启明看见后怒不可遏，可是被妻子抓住了胳膊，当着客人的面也只能隐忍，一言不发地走到女儿面前，将烟从她嘴上摘下，然后用脚碾灭。

面孔文秀的欧阳小姐也不生气，乖乖地任父亲拿走香烟，只做了个无奈耸肩的姿势，倒是欧阳启明返回宴会厅之后，她身边的新郎官笑了笑，给她重新抽出一根烟，亲手为她点上。

六月的艳阳天，向远看着那站得很近的微笑着的一对璧人，总觉得无比萧瑟。此后的一个多小时，新郎、新娘兢兢业业地迎宾待客，无可挑剔。有趣的是，向远发现每当一辆车停在附近，新郎官的眼神就开始朝那个方向游离，直到上面的人推门下车。他微弱的期望和失望就这么不停地周而复始。直到七点过后，欧阳的秘书走过来低声说："宾客来得差不多了，婚礼准备开始。"新郎最后一次朝空无一人的前方张望，那笑容里终于有了一种怅然的解脱。

敬酒完毕，新人退场换装准备敬茶之际，向远在欧阳太太的吩咐之下前往照看新娘换装的情况。结果，她没见到欧阳小姐，却在化妆间遇到了还是一身正装的新郎。黑色将他颜色略深的瞳孔衬得更耐人寻味。他算不上特别好看，论俊秀比不上叶昀，要说儒雅不如骞泽，可是面容清癯，气质清冷。直视他那双眼睛，很容易让人朝那深不见底的地方坠下去。向远想，不管怎么样，欧阳家择婿的眼光不俗。

向远环顾四周，并无别人，便询问道："欧阳太太让我来看看换装差不多了吧，怎么不见新娘和化妆师？"

新郎看了她一眼，答道："不知道躲到哪个角落化妆去了，马上就好。"

向远记起云南的一念之恩，没有他当时的放过，她就不可能接近欧阳夫妇，江源也不可能有后来的机遇，既然遇到了，她便真心实意地说了句："恭喜你啊，还没有为上次的事情谢谢你。"

他不置可否，仿佛不知道她的道谢所为何事。

向远自我解嘲道："我还以为我的普通话说得很好，没想到几句话就被你听出了乡音。"见他仍然一脸的漠然，她也不再自讨没趣，"我先出去，再次祝你新婚快乐！"

她转身要走，他却突然说了一句："其实你普通话说得很好，正宗的南昌口音我不熟悉，只不过对江西人说的字正腔圆的普通话里那点尾音我记得清楚罢了。"

"是吗？"向远笑了起来，"不管怎么样，还是谢谢你，如果以后有用得着的地方，不妨说一声。"

她不过是客气，中建财雄势大，他又少年得志，何事用得着求她？

可是话刚说完，沉默而清高的新郎忽然接着她的话说："有的，现在就有。"

向远顿住离开的脚步，给了他一个疑惑的眼神。

他犹疑了片刻，那双深黑的眼睛变得温柔而氤氲，手悄然地抵住了身后的化妆台。

他低声说："用你的声音，叫我一声阿正好吗？"

……

向远没有问为什么，他这样的风光无限，说到底也还是个可怜人。她的声音里于是便带有一丝悲悯："阿正……"

启唇的瞬间，新郎紧紧地闭上了眼睛。

向远叫完就离开了化妆间，无从得知那灿烂盛放的新郎胸花上是否有泪痕。她对那些千篇一律的故事没有兴趣，他和另一个不知名的女人，也许是男人，不管是谁失落了谁，结果都是一样。

爱是永世不可以忘记的，但却是可以放弃的。

这场婚礼过后，向远和欧阳家的关系就此更为亲厚，江源也通过立恒的那次外协，间接地叩开了中建的大门，后来，陆陆续续地在中建中了几个散标，在立恒退出建材生产的竞争市场后，成为中建华南区最大的钢构架供应单位。有了中建的青睐，光环效应之下，其他各种各样的订单也纷至沓来。也是在这一年，向远正式取代年过五旬的江源市场部主任，成为江源市场部的一把手。

随着向远的升迁，江源的管理层进行了一次新的调整。叶秉林久病未愈，作为他的长子，叶骞泽顺理成章地成为分管行政的副总经理；生产厂长出身的李助理这几年劳苦功高，对工厂管理颇有一套，并且在清远立交桥工程中立下了汗马功劳，自然是分管生产的副总的不二人选；叶秉文依旧以财务总监的身份掌握江源财政大权，同时兼任江源控股的广利投资公司总经理；销售总监的职位暂时空悬，新走马上任的市场部主任向远全面主持市场经营工作，拥有参与领导办公会资格。

这四人实际上构成了江源最高的权力中心，除大事需向病中的叶秉林请示外，各人分管工作范围之内的业务均可自行做主，涉及多部门的问题则由办公会协商解决。过去的李助理，现在的李副总和向远更是在叶秉林的吩咐下三天两头地在病床前向他汇报工作。

在这四人里，向远职务最低，年纪最轻，却最得叶秉林看重。江源市场部经她重新洗牌后，换上了一群相对年轻的销售人员。她把他们重新划分市场区域，经叶秉林同意，健全了一整套营销激励机制，将江源的市场经营策略定位为立足省内市场，牢牢抓住中建这一大客户，同时与张天然的立恒合作，垄断本省各大工程，尽可能不给其他小厂生存和发展的空间。在保证省内工程不大量流失的情况下，基本上江源的产量和收入可以得到保证，在这个基础上才逐步打开西南地区市场。云南、贵州、四川、重庆一带市场广阔，且缺少有竞争力的建材大厂，向远不惜成本地向这些省份派出了大量常驻的市场销售人员，要求他们胆要大、心要细、脑要灵、嘴要巧、手要勤、脸皮要厚，要想尽办法与西南的各大建筑集团建立长远的关系，并且带回的工程和催回的欠款可直接抽取可观额度的提成，当然，做不来的就得走人。对于长江流域一带和华北地区，一方面大厂云集，另一方面距离 G 市路途遥远，运输成本过高，所以向远的目标是一年至少中一个标，无须做太多，但必须保证江源在那些地区的知名度和影响力。

如此改头换面之后的市场部，虽不能说完全让人满意，但相对于过去那个一杯清茶，接接电话，加一次班要休整三天的部门来说，已经脱胎换骨。那帮销售人员原本在向远提倡的高强度、快节奏工作步调和频频出差、效益至上的工作态度之下叫苦不迭，不过习惯了之后，又尝到了甜头，几番优胜劣汰，市场部已然成为江源上下最具战斗力的部门，在向远的带领下几创佳绩，连连刷新江源在销售业绩上的历史。如此光环之下，不但本部门的人员与有荣焉，但凡江源内部有闯劲、想做一番事业的年轻人也无不以进入市场部为荣，又还有谁敢轻视向远这样一个年轻的女人？

向远在江源的市场开拓方面屡建奇功，在市场部是人心所向，又是叶秉林跟前的红人，风头正健。她说出来的话，不但在两个副总面前分量不轻，就连一向眼中无人的财务总监叶秉文也要让她三分。这时候，叶秉文审时度势，已放弃处处与向远为难的方式，反倒几次三番透露出拉拢之意，因为他知道，向远和李副总都是实干型的人，又同为在江源打工的外人，清远立交桥一役两人合作良好，交情不薄，而叶骞泽和向远的渊源更不在话下，无论向远过分偏向这两人中的哪一方，对他都是没有任何好处的。

然而在这种情况下，向远凡事更不轻易表态。她自己从不居功自傲，而且出乎所有人意料的是，工作中她始终谨慎地游走在两个副总和一个总监之间，绝不过分偏向任何一个人，甚至包括叶骞泽。不仅自己如此，在市场部之内，她也几次暗示，严禁本部门人员过分张扬，更不能在领导派系间表现出过分明显的倾向性，市场部是为江源服务的，而不是为了某一个人。

这一切，皆因向远心中了然，叶叔叔之所以如此看重她和李副总，赋予他们充分的职权，除了爱才，更重要的目的只怕是要均衡叶骞泽和叶秉文之间的力量。

江源上下没人说得出具体原因，但管理层中的明眼人都可以看出：叶骞泽和叶秉文，一个是老板的亲儿子，一个是老板的亲弟弟，这些年不但感情上越来越疏远，在工作上也渐呈对峙之势。他们各自的部属即使说不上势同水火，可也泾渭分明，自成派系，就连在重大事宜的决议上，这两人其中一人主张，另一个必反对无疑。

向远对其中的缘由也心存疑惑，尝试着去问过叶骞泽，他只是回答说，不过是各自做事的方式不同。向远知道他没有说实话。她从叶昀嘴里间接听说，叶灵现在的病情时好时坏，无人在旁时已没有办法出门。叶太太在一次叶秉文和叶骞泽的争执之后也一病不起。叶家看不见的地方长着一个毒瘤，叶骞泽曾经天真地想要去掩饰它，但终有一天它会溃烂至他自己也无法容忍的地步。向远心里想，他不肯说出来也罢，那她就等，等到这个瘤恶臭流脓到人尽皆知，看他要如何收场。

所以，当叶骞泽对她说："向远，你会站在我身边是吗？"她只是笑而不语。他是多么清楚她对他的感情啊，如果说她已坚硬如石，那他就是天长日久风化在心中的核，轻轻一戳，就会化成齑粉。可是他却不知道，感情并不一定是驱使向远去做某件事情的全部原因，尤其是一段不确定的感情。

第二十三章

你方唱罢我登场

向远在心里长叹一口气，对着并不存在的各路神仙说，其实我并不是个特别喜欢奇遇的人，尤其是一天晚上遭遇两次。

叶骞泽和叶秉文之间的矛盾，在江源标准件公司在建厂房处无意间发掘出地下温泉的事摆上议程后，终于尖锐化。新厂房的地点在市郊山清水秀之地，且距离市区路程不远，交通便利。该温泉经专业机构鉴定，矿物质含量和温度正适宜人体浸泡，说得上是得天独厚。因此，叶秉文在办公会上，以广利投资公司总经理的身份正式提交方案，主张放弃新厂房的建设，投资两千万，在原厂址兴建一所以天然温泉为主打招牌的度假山庄，作为江源的副业，对外开发的同时，也可满足企业自身接待所需。

方案提出后，叶骞泽话虽说得不温不火，可反对之意再坚决不过。他认为厂房的兴建对于江源的扩大再生产意义重大，且公司从未涉足酒店经营行业，对此一无所知，贸然投资两千万，极有可能血本无归。江源的当务之急应该是把全部注意力集中在好不容易重振起来的建材加工业务方面，而不是另辟蹊径。

两边的人各执一词，似乎都是为公司着想，都是理由充分，当场争得不可开交。叔侄俩碍于面子，虽沉默不语，但内里毫不相让。于是，所有的人都将目光集中在一直未表态的李副总和向远身上。

“李副总，你怎么说？”叶骞泽问道。

李副总的眼神短暂地从向远脸上掠过，只见她眼观鼻，鼻观心，仿佛置身事外。他未从她神情中寻觅到任何信息，只得开口：“依我看，这件事关系到公司的前景，非同小可，不如报请叶董裁定吧。”

叶骞泽一笑：“这件事就算推到了我爸那里，他久病不管事了，难道就不问你的意见？我只想知道你的想法。”

李副总斟酌之后才说：“我觉得吧，投资还是稳健为好，毕竟江源现在刚步入正轨。”

“稳健并不意味着保守，我的方案是经过详细论证的。如果我们放弃度假山庄的建设，某种程度上来说就是错失良机。”叶秉文对李副总的言外之意面有不豫。

叶骞泽并不直接答话，李副总的意见在他意料之中。他转而面向会议桌的另一头：“向远，你觉得呢？”

向远合上自己手中的方案：“我觉得我需要详细看过这份方案之后才更有资格阐述我的意见。”

这个答案是出乎叶骞泽意料之外的，原本打算力排众议的叶秉文也有几分惊愕，但这次讨论终于还是在意见难以统一的情况下不了了之。

散了会，叶骞泽直接来到向远的办公室。关上了门，他走到她的办公桌前，双手轻轻支在桌上，低声说：“向远，你就这样明哲保身？”

向远站起来，眼睛与他平视：“我没有明哲保身，不过李副总说得对，两千万不是件小事，我的确需要认真看过方案才能表态。而且，就算办公会讨论有了决定，如果是由广利出面的话，还是要交由股东会决定的。”

叶骞泽低头一笑："你也不是不清楚，广利是江源直接控股，真正有决定权的人还是我爸，可他现在最信任的人是你。"

"所以我更不能让他失望。"向远毫不犹豫地接过他的话往下说。

"那你就忍心让我失望？"叶骞泽微微蹙眉，向远下意识地避开他的眼睛。他继续说："我叔叔那个人你是知道的，对他没有好处的事他会那么热心？这些年他从公司捞了多少好处，我爸不过是碍于兄弟的情分睁一只眼闭一只眼罢了。这次建度假山庄的事，不管他把方案说得多无懈可击，说到底都打着他的小算盘。"

向远淡淡地说："骞泽，你二叔有他的小算盘，你难道就没有？你敢说你反对的是这个提议，而不是他这个人？叶秉文至少是为了钱，你又是为了什么？"

"向远，我越来越不懂你了，我一直以为我们是最好的朋友。"叶骞泽温文的神情里困惑益深。

向远坐回椅子，冷笑道："别在我面前拿出这套说辞。是，我们是最好的朋友，可你把我当作朋友推心置腹吗？连一句实话你都不肯对我说，就要求我无条件地支持你？抱歉，我做不到。其实，不是我让你看不懂，是你让自己一个人陷在雾里面，我根本不知道你想干什么。"

"我就是厌恶，厌恶，你懂吗？向远，我从来没有这么厌恶过一个人，厌恶他所做的所有的事，厌恶我跟他同姓叶！"叶骞泽依旧压低了声音，但置于向远办公桌上的手已捏握成拳。

向远在想，究竟是什么能让一个劝说她看淡悲喜、心外无物的人如此感情用事？原来想得通和放得下完全是两回事。

"你厌恶他，可当初在你爸的生日宴上，你不是口口声声承认跟他在同一条战线上，以至于偷了你爸的私章来帮他吗？"

叶骞泽的脸色顿时一变，向远就是故意激怒他，她要他再不能掩耳盗铃地捂住那毒瘤。然而他轻轻咬牙，还是一点一点地收敛了情绪。

“对不起，向远，我不该左右你做决定。”他试着对她微笑。

向远却不领情：“你左右不了我的决定。我只是想知道你这样到底累不累？”

他掩门而去，没有回答。

向远一字一句地看完了叶秉文兴建温泉度假山庄的方案，已经是下午下班一个多小时之后。助理给她订了盒饭，吃完之后，还未到八点。想起白天会议室的事情，她始终觉得挂心，于是趁着探视时间未过，便打算到医院跟叶秉林聊几句。

江源所在的位置是G市某大型工业园里占地近五百亩的一个厂区，包括几个生产车间和一栋办公大楼。由于工业区地处偏僻，公司的住宅区并不在附近，除了少数住单身宿舍的，大多数员工下班后都会回到市区。走出偶有灯火的办公区，厂区内道路上行人稀少，一派冷清。

步行经过公司大门时，向远惊讶地发现二十四小时值班的门卫哨岗内的灯光竟然是熄灭的。她好奇地走近几步，只见小小的一间房子里，仅点着一根蜡烛，两个人影挨着肩，蹲在地上比画着。火光映照着的墙上是双手投影的图案在不断变幻，细碎而欢快的笑语声声入耳。

“你比画的这个哪里像只猫，简直是狗熊！”一个男声说。

“我明明是跟着你的手势照做的啊。”接话的是个年轻女孩的声音。

敢情是有人把门卫哨岗当成免费的儿童游乐场了。

向远并不是个以抓到员工的过错为乐的主管，虽然保安在执勤时间里擅离工作岗位从事其他事情是严重违反公司规定的，但保卫处不归她管辖，这些事情自有他们的主管部门过问。然而，那个女孩的声音和背影太过熟悉，让她不由得心中一紧。

她轻轻用手叩了叩哨岗所在小房间的玻璃窗，里面的人回头看了一眼，笑声戛然而止，一阵手忙脚乱的声音过后，烛光熄灭，大灯亮起。一个保安打扮的年轻男孩迅速站得笔直，垂落在腿侧的手无意识地搓着制服的裤子，惶惶然地对向远打了声招呼："向主任。"

向远沉默不语地打量了他几眼，以前应该见过，只是没有特别深的印象。他算不上高大，但也是个长得相当精神的年轻小伙子，从他站立的姿势上来看，显然受过正规的军事训练，说话的时候有浓重的湖南口音——江源有大量的湖南籍务工人员，这点算不上稀奇。

"我打扰到你们了吗？"向远问道。

"没有，没有，向主任，我们……"

向远没有理会这个保安慌慌张张的辩解，她盯着那个始终背朝着她的女孩："向遥，你出来一下。"

向遥高中毕业后没有考上大学，向远为她找了个高职的卫生学校，让她学三年护理，出来的时候做个护士，好歹也能有个一技之长。谁知她在学校念了一年多，就一声不吭地自己退了学，理由是她从来没有喜欢过护士这个职业，更讨厌血淋淋的场面。向远当时气得不轻，直说从今往后再不管她，她饿死也跟自己无关，向遥却冷笑着说向远从来没有了解过她想要什么。

她确实不了解这个妹妹，向远想，即使是一母同胞，她们姐妹俩也像来自两个星球。如果可以，她恨不得世界上从来没有向遥这个人，可是她不能选择血缘，所以气恼归气恼，她还是私下跟叶骞泽打了声招呼，看能不能在江源给向遥安排个岗位，做什么都行，钱多钱少都不要紧，只要求让向遥有个地方待着，不用到处闲逛惹麻烦。

叶骞泽毫不犹豫就答应了。向遥只有高中学历，做管理岗位太过勉强，可又不能让她在工厂里干，他就把她安置在门口负责看磅秤，每天只需记录出入车辆的载重，工作简单且轻松，但领的薪水却不低。不但如此，叶骞泽还亲自交代人事部和向遥的主管部门领导，平时对向遥多多照应。向远一度埋怨他对向遥太过优待，反而宠坏了她。叶骞泽只说："你的妹妹，我怎么优待都不过分。"

向遥在江源上班后，虽谈不上什么业绩，但一直也相安无事。向远好不容易稍稍放下了一颗心，没想到这个时候下了班，却看到她和保安在一起胡闹。

向遥听见她的话，满不在乎地回头看了她一眼，但还是懒洋洋地起身，跟她往前几步走出门口。

姐妹俩站在公司门口一个背光的角落里，向远责备道："你今天不值晚班吧，下了班不回去在这里干什么？"

"没干什么，他说教我做手技，两只手叠在一起可以比画出一只猫的背影，用不用我现在学给你看？"向遥脸上的玩世不恭如此刻意。

"谢谢，不用。"向远发现自己的耐心每次都会在向遥面前受到挑战，她尽可能地让自己抛开对她的成见，心平气和地和向遥交流，"现在已经算是晚上了，又是在大门口，你们熄了灯在里面胡闹，别人看见了心里会怎么想？你一个女孩子，做事要有分寸。"

向遥嗤笑了一声："我又没做杀人放火的事情，管别人怎么想！"

"你可以超然，不管别人怎么想，爱干吗就干吗，但最起码的自爱要懂吧，跟个保安黑灯瞎火地猫在小房间里胡闹，像什么样子？"

向遥立刻被激怒了："保安怎么了，保安就不是人？我说嘛，你这个大忙人哪儿来的工夫管我们这些鸡毛蒜皮的小事，原来是受不了别人是个看大门的。向远，我讨厌你这样居高临下的语气，好像你自己是尊贵的，别人就低你一等！"

向远转头看着身边面目狰狞的石狮子，好不容易把那口气咽了下去："行啊，我势利眼，你倒是平等博爱。向遥，你有交朋友的权利，但人的感情是有限的，你把它用滥了，小心将来后悔，到时吃苦头的还是你自己。"

"我还就爱跟保安混在一起了，怎么样？我天生就是吃苦头的命，但我高兴，你管不着！"向遥抬起下巴，目光里全是挑衅。

“别人我管不着，唯独你，向遥，别再让我看到今天这种事情，至于狠话，我就不说了。”向远一字一句地把话说完，她还赶时间，无心继续纠缠，对待向遥，她不是没有尝试过讲道理，可道理讲不通，就只有用强压的手段。

走回哨岗的向遥看着向远的背影渐走渐远，表情复杂。刚才还活泼搞笑的小伙子紧张地扯了扯她的衣袖：“你姐对你说什么啦？她不会发脾气了吧？”

向遥讥诮地看着对方：“怎么，怕了？担心她让你没了工作？早干吗去了，这点胆子都没有，还缠着我干吗？”

她是个五官精致的女孩，即使是挂着一脸的冷笑和不屑，可依然是容光四射的。年轻的保安看得出了神，不由自主地说：“只要你高兴，我就什么都不怕。”

向遥进去拿起自己的包：“有什么可高兴的。我走了，你自己和自己玩吧。”

向远坐公交车到了医院，在入口处的露天停车场看到了两辆熟悉的车子。该来的人都来了，大概都为着同一件事吧。她沉吟片刻，考虑是否应该打道回府，择日再来，但转念一想，听听他们各自说些什么也好，顺便还可以看出叶叔叔的意思如何。

叶秉林所在的病房向远来过许多次，轻车熟路地乘电梯上到四楼。在走廊处拐了个弯，正好与纠缠在一起的一对男女不期而遇。

一向把仪表看得比什么都重要的叶秉文头发都凌乱了，他抓着一个女人的肩膀，神情激愤，而在他不自觉的摇晃下，面无表情到近乎空洞的却是向远久未得见的叶太太。

向远在心里长叹一口气，对着并不存在的各路神仙说，其实我并不是个特别喜欢奇遇的人，尤其是一天晚上遭遇两次。她觉得有点累。这时，手上拿着药从另一头拐过来的叶骞泽动作比她更迅速，三步并作两步地跑过来，不由分说，将叶太太从叶秉文的掌握中拖开。

“你走开。”叶秉文呼吸急促，还想摆出做叔叔的尊严。

叶骞泽挡在继母身前，用力将叶秉文往后推了一把：“滚！你究竟要怎么样才肯放过她？”

回答他的是重重一拳。叶骞泽避闪不及，一个趔趄，身子倒向一侧，等他反应过来之后，两人迅速扭打在一起。

他们都还穿着白天工作的正装，衣冠楚楚，几个小时之前还称得上风度翩翩，可是现在扭在一起却如同困兽，除了打倒对方，别的什么都不顾了。

向远甚至不愿意走上前去劝解，她一把搀起失去支撑后犹如破玩偶般仰倒的叶太太，对着那酣斗的两人怒声道：“打吧打吧，让整个医院的人都来看，最好到叶董病床前去表演，让他来说你们谁更厉害！”

扭打的动作渐渐地慢了下来，最后两人摇摇晃晃地分开，脸上都挂着彩，看来谁也没有占到便宜。

此时，向远已经几乎撑不住瘫倒的叶太太，两个男人仿佛才惊醒似的冲上来扶。之前在嫂子面前表情狰狞，犹如噬人般的叶秉文抢得先机，叶太太在他的臂弯里，双唇哆嗦着，似乎想表达些什么，却语不成声。

“你说什么，你想说什么？”叶秉文的倨傲和强悍荡然无存，如同一个软弱的孩子在聆听神迹。

叶太太用尽全身力气才吐出一个字，叶秉文屏住呼吸，却只听见她说：“滚。”

有片刻，谁都没有出声，叶太太临近涣散的眼神里全是无声的哀求。叶秉文反应过来，用力地搓了一把脸，向远发现他红了眼眶：“我滚，好，我滚。”

在医院召来救护车毕竟是容易的，叶秉文走后，向远和叶骞泽片刻不敢耽误地跟随到急诊室，然后便是漫长的各项检查。向远也不知道时间过去了多久，终于有个穿着白大褂的医生模样的人走到他们面前。

“哪位是病人家属？”

“我，我是她儿子。医生，我继母几天前已经来做过检查，今天就是特意来拿检查报告，顺便复诊的……”

“我知道，请你到我办公室来一下好吗？”

通常医生的欲言又止就是一种不祥的预兆，叶骞泽白了脸，跟着医生走了几步，又回过头来看了向远一眼。向远体会得到他的不安，见医生没有异议，也就跟进了办公室。

请他们二人坐定之后，医生找出了一个资料袋，从里面抽出检查报告推到他们面前：“我们证实你继母患的是晚期肠癌。”

这个结果坏得出乎了向远的意料，见叶骞泽毫无反应，明知残忍，她还是替他问了一句：“医生，还有什么办法可以救她？”

“通常这种情况我们建议患者化疗，但是肠癌的化疗过程会相当辛苦。”

“那能有几成把握？”

“在医学上，没有几成把握之说，我们觉得更科学的说法是化疗后的存活年限。”

“如果化疗结果理想，她还能有多长时间？”

“乐观地来看，多则五年，少则一年，视病人的身体情况而定。”

该说的话都已说完，向远身边一直低着头的叶骞泽已经满脸泪痕。

向远谢过医生，拿了叶太太的检查报告，走回叶骞泽身边，低声说：“骞泽，我们走。”

他坐在原处一动不动。向远摇了摇头，不由分说地执起他垂放在腿侧的手：“走！”

不知道从什么时候开始，她拽着他的手被他的手指紧扣住，一直到两人坐在候诊处的塑料座椅上，叶骞泽也没有松开向远的手。

第二十四章

看不见的泥潭

人活着就像在泥地上行走，太过云淡风轻，回过头就会遗憾什么都没留下……但是心里装的东西太重，一不小心就会陷进去，难以自拔。

“觉不觉得这一幕太熟悉，好像不久前刚发生过？”这熟悉的白，就像是叶家标志性的颜色，医院，医院，这个出来了，那个进去了，像是没有边际，没有尽头。想着叶叔叔和叶太太平时待自己的温厚，向远心中也恻然，他们都是好人，但上天给好人安排的结局却不都是如人所愿的。

向远原本来医院的目的是来看叶秉林，谁知道人算不如天算，叶太太这边的事情一番忙乱，已然是深夜，哪里还好打扰病者。

“骞泽，你爸爸那边，该怎么告诉他这件事情？”

叶骞泽从医生办公室出来就始终不发一言，向远知道劝也没有，该伤心的还是得伤心，比起安慰他，她想得更多的是接下来该怎么办。

叶骞泽把脸埋进了双手里，向远被他抓住的手也触到了他脸上冰凉的肌肤：“我不知道，向远，我不知道该怎么办，我觉得身边所有的东西都是颠倒的。”

“还不打算告诉我实情吗？”她察觉到叶骞泽的身子微微一抖，

但是他还是没有说话。

向远目视前方，仿佛自己与自己对话："当年强奸叶太太的就是他吧。"她甚至没有询问，而是以一种陈述的方式淡淡地说出他无法诉之于口的事实，这个"他"是谁，大家心知肚明。

他终于摆脱了她最看不起的鸵鸟姿势，稍抬起头，震惊地面对她。

"没什么好惊讶的，这不算是个特别难猜的谜语。是我自己说出来的，算不上你把家丑外扬，你放心。"

向远的平静让叶骞泽觉得自己苦苦坚守的秘密是那么千疮百孔。

"但她被……的事，你从哪里听说的？"

"什么是秘密？只要有一个人知道就不算秘密。窗只开了一条线，其实风已经填满整个房子。同样，你以为只有你知道，其实很多人都以为只有自己知道。我只是想不通，她怎么能面对这个变态那么多年而相安无事？"

叶骞泽虽然还是有些难以启齿，但已不打算再瞒着向远，他对向远说着自己所知道的，犹如回忆一个噩梦："其实，当初事情是怎么发生的，我也不太清楚，只知道是被几个人渣……那时我爸爸还在婺源，他跟我阿姨在高中的时候就情投意合，只不过他下了乡，阿姨没有。后来他娶了我妈，生了我和阿昀，这些你都是知道的。那时回城探亲已经放宽了限制，我爸就是探亲的时候知道这件事的，他觉得是因为自己不在身边，所以才让阿姨发生了这种事。回乡之后，就试着跟我妈说起要返城的事，他没想到我妈二话没说就答应了，还主动提出了离婚。就这样，我爸娶了阿姨，但是我猜想他并不知道叶秉文是那群人渣之一，我也是在叶秉文用我爸的私章转出了五十万那一次才明白……"

"你阿姨偷了叶叔叔的私章，是因为要堵叶秉文的嘴吗？"向远问。

叶骞泽摇头："我不知道，阿姨她没有说为什么，也没说叶秉文威胁过她。她告诉我，自从嫁给我爸后，只想过平静的生活，所以放弃了再追究叶秉文和另外几个人，但也要叶秉文发誓从此再也不提这件往事，就当所有的事情都没有发生过。”

“可能吗？”向远苦笑，然而自欺欺人也许真的会比较好过，“那叶秉文重提旧事是为了什么，钱还是人？”

叶骞泽再度摇头：“除了他自己，没有人知道。但他对我阿姨的说辞是因为不满意我爸一直把阿灵关在家里，隐瞒她的病情，他觉得阿灵应该得到正常的治疗。阿灵……阿灵她有可能是他的女儿。”再没有什么比叶骞泽此刻的神情更加无措了。

“有可能是他女儿？他的父爱来得真是时候。”向远讥讽道。

叶骞泽克制住自己声音里的轻抖：“因为那天的几个人，阿姨她甚至不知道叶灵是其中哪一个人的孩子，有可能是叶秉文的，也有可能不是。可是知不知道，有意义吗？”

“当然有，至少她可以名正言顺地爱你，你也可以没有顾忌了。骞泽，别说你对她没有感情，她的病，一半都是因你而起的。”向远一直知道自己是冷漠的，只是先前没有预料到，原来对自己也可以那么残忍。这样有理有据地在他面前娓娓道来，不是出于舍己为人的成全，也不是故作洒脱，而是阐述一个显而易见的事实。

他们是他们，她不在其中。她和叶骞泽的那几年回忆不是缘起，也不是终结，是故事里的一个番外。

“我不明白，你阿姨不愿要那个结果，是因为任何一个结果都是过去的罪孽，可你为什么不查个究竟呢？在不知道叶灵身上有可能真正流着叶家的血的那些年里，你又何必一再回避你们的感情？你阿姨的阻挠是理由吗？”向远喃喃自语。

“不，不是的，向远。”

叶骞泽说完了这句话，不知想到了什么，竟像是出了神，良久不语。

这个问题困扰了向远许久，所以她有足够的耐心去等待一个答案。

“向远，你很少会掉眼泪吧，可我见过太多的眼泪，太多了。小时候跟我妈一起生活，她是个再要强不过的女人，我爸当年要返城，她一句挽留的话也没有，就连离婚也是她提出来的，我爸走了，她就像没事人一样断了联络，连补偿的机会都没有留下。别人都说那是因为她不爱我爸，心里想的是另一个男人。”他看了向远一眼，向远也想起了自己的父亲向云生，莫名地冷笑一声。

他接着往下说：“在我爸把我接走之前，她很少在我面前提起我爸，连咒骂都没有过。那时我还小，晚上和阿昀都跟着她睡，第二天早上起来，她睡过的枕巾常是湿润的，起初我不明白是为什么，有一次半夜我醒了，看见她用牙紧紧咬着被子在流眼泪，哭得浑身都在抖，但是一点声音都没有。人人都说我爸走了她求之不得，这些眼泪除了她自己，还有谁知道。从那时起，我很怕在夜晚醒过来，很怕看到她痛哭的样子，可是闭上眼睛，感觉到处都是湿答答的，都是眼泪。后来，她让我爸接走了我，但却不肯承认阿昀是叶家的孩子，带着他嫁给了邹瘸子，直到她死，都没让我们回来看一眼。”

邹家婶婶是向远丧母之后对她照顾最多的一个女人，她在向远的记忆里一直是爽利、能干的。“那你后来有没有跟叶叔叔说起这些？”向远问。

叶骞泽苦笑：“如果我说起这些，除了让我爸心里更难受之外，还能怎么样呢？先别说可不可能，就算我爸愿意回头，难道一切就能重来？再说，我爸和阿姨再婚后，感情一直很好，我一度以为在我爸和我妈之间至少有一个人是幸福的。阿姨她对我很好，她对谁都好，但是自己却是不快乐的。小时候，阿灵很多病，吃了很多药，难受的时候就哇哇地哭。我爸那时事业刚起步，整天不在家，杨阿姨也还没来，阿姨她一个人照顾阿灵。我经常看见她呆呆地坐在阿灵的床沿，像看一个怪物，到时间该吃药了也不知道。十四岁那年，阿灵发高烧一直退不下来，整个人昏昏沉沉的，我不放心，放学回家就去看她，没想到正好看到阿姨拿着一个枕头慢慢地捂在阿灵的脸上……”

听到这里，向远也打了个寒战，但她仿佛可以体会那种绝望而可怜的恶毒，一个噩梦种下的孽种，连是谁的骨血都不知道，不敢也不愿追究，甚至不能触碰，偏偏还是自己的女儿。

“我吓坏了，什么都没想就把枕头扔开，可是阿姨她居然对我笑，说不用怕，如果她下得了手，叶灵早就死了无数回。然后她又求我不要告诉我爸，当时我什么都不懂，只觉得她竟然是个这么可怕的女人，所以我质问她：‘你害怕了？’她对我说，她现在已经什么都不怕了，只怕我爸爸伤心。那天她离开阿灵的房间，阿灵就醒了过来，一句话也不说，只揪着我的衣袖瑟瑟发抖，我猜她心里什么都知道。长大了几岁，从亲戚的闲言碎语里我才知道阿姨以前的事情，也开始慢慢去理解她，我可以想象，在没有人的时候她一定也流过很多眼泪，就像我妈妈一样……向远，一个人能有多少泪可以流？我怕了这些流泪的眼睛。太偏执的感情和太强烈的悲喜其实都是执念，正是因为放不下，才有了那么多苦痛。”

向远开始有些明白了：“所以，叶灵的感情也是执念？”

“从我看见阿姨对她做的那件事情开始，我就尽己所能地照顾她，总要有个人对她好，否则活着就太无望了。很长一段时间里，我们是对方生活的重心，人心都是肉长的，说没有感情那是骗人的话。我常常分不清，我究竟是可怜她，还是喜欢她，可是我的喜欢跟她的感情比起来又算得了什么？阿灵她太依赖我了，她觉得这世界上就只有我们两个人，她什么都可以为我做，什么都可以不管不顾，但是我做不到。这样的感情太绝对，也太过于疯狂，常常让我喘不过气来。我只是一个懦弱的男人，没有什么出息，太重了的感情我背不起，更怕辜负。”

向远说：“你说你害怕执念，所以希望看得开，可你真的看开了吗？如果你本来就是个放不下感情的人，刻意丢开执念这本身不就是一种执念？就像太固执于正确，本身就是一种错误。”

“有时我常觉得，人活着就像在泥地上行走，太过云淡风轻，回过头就会遗憾什么都没留下，连个脚印都没有，但是心里装的东西太重，一不小心就会陷进去，难以自拔。每当我靠近阿灵，就觉得她身上有双看不见的手在把我往深处拉，拉到一个四周都是阴湿的、没有光的地方。还有叶家现在这个样子，更像一个看不见底的泥潭，一点点没过我的头顶……他们都是我爱的人，我能怎么办？向远，拉我一把好吗？”

向远缓缓将手指从叶骞泽掌心抽出。

她说：“骞泽，我不是神。”

她害怕自己拉不住他，反让自己陷了进去。

原定于第二天继续讨论温泉度假山庄提案的会议没能如期召开，叶骞泽的秘书说他有事没到公司来。叶秉文也是上班时间过了一个多小时，才戴着墨镜，神色阴沉地走进办公室，就连他身边的人也不敢敲他的办公室门去触霉头。

向远倒是来得很早，保卫科的两个负责人刚给自己沏了清晨的第一杯茶，还在闲聊着昨日的见闻，就看见她出人意料地出现在他们的办公室门口。跟江源处在权力中心的其他管理者不一样，向远平时并不端架子，看上去不像叶秉文那么阴狠，也没有叶骞泽那么礼貌而矜持，甚至不像李副总那么严肃，大多数时候她都是笑脸待人的，比谁都讲道理。但是，江源了解她的人都不知不觉在心里畏她三分。越不轻易动怒、不怎么找麻烦的人，就越容易让人在她面前悠着点，尤其向远又是出了名的说一是一、说二是二的作风。

“早啊，杨科长，吴科长。”

在向远笑着敲了敲保卫科敞开着的门走进来的时候，杨、吴二人赶紧站了起来：“向主任。”

她平时从来没有来过保卫科，无事不登三宝殿，一正一副两个科长都有些惴惴不安。

“没什么事，我去人事部有点事，顺道经过你们这里，想看一下这几天门卫的值班安排表。”

“啊……没问题没问题。”吴副科长赶紧去找，杨科长则小心翼翼地问了句，“向主任，没出什么事吧？”他担心保安方面出了什么问题，自己还蒙在鼓里。

“哪有什么事，我就随便看看。”向远这时已经接过了吴科长递来的本月门卫值班安排表，看了几眼，貌似漫不经心地说了句，“昨天晚上值班的那个小伙子叫滕俊？”

“是，是滕俊。来我们门卫班一年多了，小伙子平时还算老实，他是不是闯了什么祸？”杨科长总算找到了向远来的目的。

向远笑了：“杨科长和吴科长平时管理得不错，哪里能闯什么祸。不过你们知道，最近公司下面几个车间的金属零件被盗现象越来越严重，多注意一点也是好的，除了巡夜之外，门口的关卡也要负起责任来。别的没什么事了，两位继续喝茶，这铁观音闻着味道不错。”

她既然点了滕俊的名，就已经打算好了要请他走人，保卫科的两个科长都是老油条，虽然她没说具体为了什么，但他们应该知道该怎么做。不过在看到那个名字的时候，向远心中就微微一怔，不会那么巧吧，她想。然而她毕竟是个谨慎的人，只要有一丝的疑惑，就不会放过，所以告别保卫科之后，向远特意去了一趟人事部。

人事部主任跟她比较熟悉，她轻易找到了那个叫滕俊的保安的资料，从资料上来看，他今年二十二岁，湖南衡阳人，在边境服过三年的兵役，退伍后就到江源做了保安。

他跟广利的滕云是什么关系？其实得知滕俊的籍贯之后，向远心中就已经有数了，滕姓在G市并不多见，何况是在江源这样一个两千多人的企业里面，还同是一个地方的人，说没有关系未免太过牵强。

叶秉林主管江源的时候，就提倡人性化管理，除了重要的岗位，员工聘用多是优先考虑内部人员的家属，这样做，对于用工队伍的稳定其实是有好处的，不过也造成了公司裙带关系复杂。

就像现在的江源，隐然已有三个比较大的派系——

一是本地人，强龙难压地头蛇，G市的本地员工自然是人数最多的一派，多数部门、分公司和车间的中层管理人员还是以本地人为主，但是也正因为占了“主场”的便利，他们有一种天生的优越感，但并不算团结。

第二是江西人，叶秉林早年在江西插队，更一度在那边结婚生了，所以说，江西就等于他的第二故乡。他事业成功后，安排了不少插队时的乡亲和他们的家属在自家的公司就业，包括向远，都算是江西一派的精英和骄傲。不过向远本人对拉帮结派不但没有兴趣，而且相当排斥，对那些同乡聚会之类的事情，能避则避。她这帮老乡，聪明手巧的人多，学技术快，很多都在基层的技术岗位干活，人数不算多，离乡背井，也算安分守己。

最后一个派系就是湖南帮，湖南离G市不算太远，一直是南下务工的主流。随着公司的不断壮大，湖南籍员工也不断增加，尤其以衡阳一带的农村出来的居多，他们能吃苦，能干活，也团结，在江源这样重工业的生产车间颇受欢迎。李副总就是湖南籍的大学生，十几年来从基层一路高升。除却李副总这样高层的管理人员，大多数湖南籍员工还是以一线的工人居多，他们基本上包揽了江源最苦最重工种的活儿，收入却不高，尤其跟一些签订了无固定期限合同的本地工人相比，他们干一样的活儿，却领截然不同的工资，加上部门里本地的固定工凭着优越感，一贯懒惰奸猾，仗着小工头的庇护，看不起和故意欺负那帮湖南人的事情向远也有所耳闻。湖南帮对本地帮的不满和矛盾长久以来一直存在，小摩擦不断，大问题虽隐而不发，但犹如埋着个地雷，这也是向远比较担忧的一件事情。

但是向远的职权只局限在市场经营方面，其他的不好过问。她间接地对叶骞泽谈过自己的想法：这样的招工手段不太理想，老乡找老乡，亲戚找亲戚，小团伙不利于企业的发展。既然不是国企，还存在所谓的固定工一说，同工不同酬，那么那些本地固定工如不压制，迟早要出问题。

叶骞泽也知道她说得有道理，但他说，冰冻三尺非一日之寒，尤其江源现在的用工制度长期沿袭，牵一发而动全身。那些固定工年轻的都四十多岁了，跟着他父亲叶秉林干了一辈子，没有功劳也有苦劳。他们习惯了公司的优待，如果一旦改变他们的待遇，不但伤了老员工的感情，而且他们出去之后也禁不起市场竞争的优胜劣汰，不如顺其自然，等他们一个个退休，什么都好办了。

向远对他的说法虽无语，但也不能再说下去，江源是他们叶家的，她知道叶骞泽的态度在某种程度上也代表了叶叔叔的想法，他们都是重感情的人，也抱着颗仁慈的心。即使向远认为企业不该是这样管理的，可她只能对自己说，江源并不是她的。

是啊，可惜不是她的。

之所以对这个“滕”姓如此在意，皆因另一个姓滕的人——滕云，广利投资公司的副总经理。这个滕云也是衡阳人，起初不过是个学会计的大专毕业生，被叶秉文亲自招聘到公司，在广利的财务部做一名小出纳，不过这人比较有上进心，工作之后自考了本科，继而在职研究生毕业，注册会计师证也拿到了手。由于表现出色，滕云很得叶秉文赏识，从出纳成为广利投资公司财务主管、投资主管、副总经理，现在是广利的第二把手，仅位居叶秉文之下。可以说，他是叶秉文一手提拔起来的得力干将。

向远听说过这个人，对他也下了功夫去留意，滕云这人沉默干练，是个人才，对叶秉文也一直很忠心，不过他是个很有想法的人，做事也相当有主见。不知道是因为什么原因，这一两年来他和对他有提拔之恩的叶秉文渐生嫌隙，叶秉文对他开始有些恼火，最近一次两人在工作中有分歧，叶秉文当着广利不少人的面指着滕云的鼻子说："我能够给你今天，也完全可以废了你。"滕云冷笑不语。

向远对这个段子相当玩味，她心里有数，叶秉文太过专横，喜欢听好话，而滕云却不是一个狗一样的下属。你赞赏一个人聪明有主见的同时必然不能要求他事事顺心听命，就像女人在选择一个优柔的男人时不能指望他遇事快刀斩乱麻。

"向主任你猜对了，这个滕俊是滕云的堂弟。当时保卫科不缺人，不过广利的滕副总都亲自找了我，还能不放行？"人事部主任说，"说起来滕云也算不错，我当时说过，做门卫辛苦，既然是他堂弟，可以安排个好一点的职位，但当时他说他堂弟就是当过兵，什么都不会，有份工作已经很感谢了。怎么了，这个滕俊是不是犯了什么事？"

"不，没有，小伙子挺不错的，觉得有点面熟才问问。"向远立刻笑着回答。

他竟然是滕云的堂弟。向远心中的懊恼一闪而过，她得留下他，磅秤室在门卫室对面，也许该调岗位的人是向遥。

第二十五章

封印的欲望

永恒不变的山月下，那一个人，他低头，他微笑，他转身的样子，和她心里某个角落寄存着的零碎而苍白的月光，无声地冷却着她的贪婪。

向远到生产部几个调度那里仔细看过了近期几个工程的生产安排和交货计划，确定合同交货期没有问题，才从楼梯步行上楼，她喜欢慢慢在阶梯上走，然后理清一些困扰她的事情。

现在的人都是能坐着绝不站着，能躺着绝不坐着，平时电梯只要没有故障，无特殊原因爬楼梯的人是少之又少。向远在五楼和六楼之间的楼梯拐角处与叶秉文狭路相逢，不能不说是意外。

他的墨镜还是没摘，向远当然清楚那是因为昨夜在医院的一番缠斗，他和叶骞泽两人脸上都挂了彩。叶骞泽索性没有出现在公司，他则试图用墨镜遮掩，现在走楼梯下楼，想必也是不愿意在电梯里招人侧目。

“叶总这个样子，颇有王家卫的风范啊，屈尊步行下楼，是躲避仰慕者吗？”向远抬头戏谑道。

公司里没人敢开叶秉文的玩笑，那些下面的人不用说，就连叶骞泽都因他是长辈，虽有不满，也不敢在口舌上拿他开涮。

可叶秉文居然没有动怒，至少在颜面上没有体现。他在楼梯走道的正中央站定，一时间堵住了向远往上的去路。

向远隔着两级台阶，静静地等待他的反应。

“你胆子倒是不小，我生气对你有什么好处？”

向远笑了起来：“我怕什么，怕叶总生气起来重施故技？叶总年纪大了，估计口味也没有年轻时那么重了。”

有一瞬间，向远几乎以为叶秉文要扑下来掐住她的脖子。她是不怕他的，在公事上，这个时候他聪明一点就不可能跟她过不去；在私事上，她又确实鄙薄他的为人。

叶秉文这天出人意料的隐忍颇让向远意外，他胸口急速起伏了一阵，扯了扯嘴唇，权当是笑容：“听说你对我们广利的滕云挺有兴趣的，我还以为你只对我们家大侄子情有独钟，不过嘛，滕云只怕不适合你……”他夸张地笑了两声。

“叶总真是耳聪目明，佩服佩服。”向远打了个哈哈，侧身要从他身边走过。

叶秉文在向远经过他身边的时候，不动声色地挡住了她。

“向远，你知道我原本并不喜欢你，也一直不赞成你进入江源吧。”

“我又不是钞票，当然不指望人人都喜欢我。”向远虽笑，却对他莫名的一句话警惕了起来。

叶秉文自动忽略她的回答，继续说：“我原先认为，你这个人太过精明，什么都算计得太过清楚，你在江源，迟早是心腹大患。”

向远笑道：“叶总真坦白，得您夸奖不容易。”

“确实是夸奖。”叶秉文笑了，他的笑容在这个时候说不出的突兀，但确实蛊惑人心，“我忽然觉得，我们为什么一定要做敌人呢？向远，骞泽是扶不起的阿斗，我不明白你这样一个女人为什么会在他身上耗心思。”

“那您说我的心思该耗在谁身上？”向远顺着他的话往下说。如果说男人不坏，女人不爱，那么叶秉文应该算是这类“坏男人”中的极品。他对女人来说，吸引力应该是强烈的，英俊、事业有成，还有那么一点阴郁，女人会自动理解为酷。这样的男人年轻时会对女人用强，她很难想象。至少现在他在她面前，笑容颇让人动心。

然而，向远却在他的手即将抚到她面颊的时候，准确无误地用手上文件夹的一端抵住了他的指尖，力道不大，却恰到好处地阻挡了他的来势。

叶秉文没有松手，指尖与她的文件夹轻轻相抵，这种暧昧让他觉得满意。他慢慢俯身，伏在向远的耳边：“向远，不如这样，你跟了我，你要的一切也都能得到。”

向远背靠着走道的墙壁，笑出声来：“女人总想表现她们在工作中的积极性，结果男人看不见积极，只看见了性。叶总也不能例外吗？我这样的女人，只怕难入您的眼，又何必屈就？”

“我倒不这么想。”隔着墨镜，看不清叶秉文的眼睛，只看得见他嘴角含着的笑意，“跟我匹配的女人不多。向远，我不是开玩笑，你可以考虑考虑。你和我在一起，然后入股广利，温泉度假山庄的开发是个好的契机。江源现在这个样子，只要你我合作，什么不是我们的？一个势均力敌的伴侣、名分、叶家的财富，我不信你没有野心！你难道就没有想过有一天不再为别人效力，成为江源的主人？”

“听起来不错。”向远的笑容益深，“不过，叶总，我有一个问题，您跟我匹配，我们势均力敌？您会不会太幽默了？”

他在她眼里不过是一个跛扈而有点野心的老公子哥。

叶秉文愣了一下，饶是他此时刻意拉拢向远，恨不能有一百二十分的诚心和耐心，在她一句笑语之下顿时也面上挂不住，当场就要翻脸。

向远的话及时堵住了他的怒意：“叶总的提议我明白，但是我不认为‘性’是我们合作愉快的唯一方式。还有一点我希望您清楚，就算我要入股广利，也不是我‘跟着’您，既然都说到了野心，谁主谁辅还难说。”

叶秉文冷笑：“我还小看了你，你要拿大头？好，这么说吧，只要你答应，我们以平等身份合作。”

向远定定地看了他几秒，徐徐收回了自己的文件夹：“容我考虑，借过。”

回到办公室，向远给自己倒了杯水，喝到嘴里才知道是那样的烫。刚沸腾过的热水，让舌尖生疼，她觉得自己其实并没有表面上那么平静无澜。

我不信你没有野心——叶秉文问对了。她难道真的没有野心？

这个时候的向远，其实早已经远离了过去的穷困。从在永凯开始，她就收入颇丰，后来进入江源，叶家更是给了她最优厚的待遇。之所以没有像别的都市新贵一样买房买车，是因为一直租住的小单间租金便宜、位置理想、交通方便，而且她也习惯了，觉得挺好，没有必要搬迁。至于车子，上下班坐公交车她并不觉得麻烦，工作时候外出江源都有司机，叶秉林父子都提出过给她配专车，她拒绝了，不是客气，是觉得不需要。她在外的一些私人投资回报可观，股票玩了多年且不说，近年来她先后买进了两间商铺，一间在城市中心商业区，一间在新开发城区的核心地段，随着地段的日益繁华，房价也水涨船高，相比她之前购进的价格，翻了两番有余。向远是个在日常用度上极其节省的人，每一分钱的开支都必须是用在刀刃上，物有所值，就算她现在没了工作，靠着两间商铺的租金和其他积累，也可保她和向遥衣食无忧。

然而，和所有的从贫瘠中走出来的聪明人一样，向远觉得驱赶着自己不断往上往前，一刻不能停歇的动力早已不是穷困，不是生活的压力，而是一种对再生和重整的渴望。沈居安说得更直接明了，他们现在需要得更多的是一种“得到”的感觉，仅此而已。

如果她注定要向着更远的远方去，那她想要知道，“更远”是多远。

她无法否认，进入江源后，每当在公司的种种沉疴旧患前面束手束脚，每当看着它负重缓行时，她多少次都在心里对自己说，可惜江源不是她的——为什么江源不能是她的？

如果她是江源的主人，她完全可以把这架老旧的机器重新擦拭得熠熠生辉，让它重拾昔日的辉煌，甚至远不局限于一个建材加工企业，而是像永凯那样，成为一方巨擘。

这一切都不是空想，在眼前，就在眼前，她已经嗅到了机会的味道。叶叔叔老了，骞泽从商根本就是勉为其难，他没有做企业的天分，叶昀一心一意做警察，从来就没有涉足家族企业的心思，至于叶秉文，他是一只纸老虎。如果她同意跟叶秉文合作，入股广利，借着温泉山庄开发的契机，再通过资本重组，她完全可以一步步地掌控江源，到时候，踹开叶秉文这个所谓的合作伙伴根本就不在话下。公司高层里，李副总是个能干的战将，但也是个懂得审时度势的人，他是个外人，给谁打工不是一样？至于下面的工人，对于他们来说，效益才是第一位的，只要收入有保障，有奶就是娘。

向远无意识地在办公室里徘徊，手里的水杯从热变凉也毫无察觉。她从不是个优柔的人，当断则断，机不可失，那此刻还等什么？是放不下叶家对她的恩情吗？叶家供她读书，给了她一条出路，但是这些年来她何尝不是在为他们辛苦卖命？他们一家人的性格本就不适合在尔虞我诈的商场里沉浮，如果迟早有一天会撑不下去，不如把它交到她的手里，即使有一天，江源易主，她也绝对不会薄待叶家的任何一个人，除了叶秉文。

她最后重重地坐在自己的位子上，手覆着电话的听筒，才知道上面全是冷汗，拿起电话吧，拿起电话，只需对叶秉文说一个字——好，一切都将会改变，她应该得到，也可以得到！她的野心和欲望就像坠入末日火山之前的魔戒，就像困在所罗门宝瓶里千年的魔鬼，诱惑地，蠢蠢欲动，呼之欲出。

然而，是什么让她停滞不前？那一股微弱而遥远的力量，竟然可以让她一贯灵敏而果断的手连区区一个电话都拿不起来？人事已非，记忆却还会为患，永恒不变的山月下，那一个人，他低头，他微笑，他转身的样子，和她心里某个角落寄存着的零碎而苍白的月光，无声地冷却着她的贪婪。她一天丢不掉记忆，就一天看不破这旧情。

可是，向远，向远，感情它多不可靠，说过的话，许过的诺言，有人转身就忘记，为什么是你偏偏固守在原地？她捏紧话筒，指尖发白，然而电话铃声这个时候骤然尖叫，向远浑身一震。

轻轻接起，原来是叶秉林，他说："向远啊，今天下了班到医院来一趟吧，很久没跟你聊聊了。"

她暗暗咬牙，这个电话来得真是时候。她心手分离地办公，下了班，第一时间就往医院赶。

叶秉林的病房门虚掩着，向远推门进去，叶昀竟也在，身边还有一个妙龄女孩。向远心中有事，也顾不上打量这个似曾相识的面孔，匆匆打了个招呼，就径直走到叶秉林的病床前。

"叶叔叔，我来了。"

"向远，你快坐下，脸色不怎么好，是不是工作太过辛苦？再努力，身体也是本钱，不要像我这样，人垮了，说什么都是白搭。"

向远赶紧打起笑脸："年轻人辛苦是应该的，叶叔叔您是到了该享福的时候了。"

"享福，哈哈。"叶秉林笑了起来，"两个儿子都还有得让我操心的。"

叶昀这个时候插话，固执地要给向远介绍："向远姐，这是我的同学苏敏。”

“哦。”向远只得再次与苏敏打招呼，虽然她觉得这女孩叫什么与她全无关系，“叶昀，怎么让你同学站着，给人家削个苹果吧。”

其实从那个说不清道不明的晚上之后，她一直都忙，不知道为什么，他的事竟然也不比她少，两人很久都没见了。

削苹果是叶昀的拿手好戏，一个苹果从头削到尾，皮不仅不断，还能好好地覆在果肉上，尤像完整无缺的带皮苹果。以前他老喜欢给她削，她不得不吃。

叶昀闷声不吭地从一旁的桌子上挑了一个最大最红的，低头就开始认真地削皮。

向远的注意力转回叶秉林身上，因为她听见他说：“向远，我久不管事了，不过最近听说在公司里，骞泽和秉文两人似乎有些小摩擦。”

向远在估量他究竟对自己的妻子和叶秉文的事情知道几分，如果他当真清楚当年伤害妻子的人里面，竟有他不争气的弟弟一份，会不会当场旧病复发。

她帮他调了调滴得过快的输液管：“叶叔叔，不用担心，再怎么样他们都是一家人。”

叶秉林叹了口气：“向远啊，他们两个的脾气我心里有数，只有你是明白人，你总该替我说说他们，不能让他们这样胡闹。”

“我？”向远面有为难之色，苦笑道，“于公，他们两人都是我的上司；于私，我毕竟不是叶家人，不好插手太多。”

“你说这样的话，不是存心生分了吗？向远，我当你是亲生女儿，再说，只要你愿意，你完全可以成为我们叶家名副其实的一分子，这也一直是我的心愿。”

向远听出了他再明显不过的言外之意。一旁专心削苹果的叶昀忽然停了下来，目不转睛地留意着向远的反应，一截长长的苹果皮从他的刀下坠落，一旁的女同学轻叫一声。

向远掩饰着自己的诧异和尴尬，抿嘴笑道：“叶叔叔又拿我开玩笑了吧。”

“我哪里会拿这种事开玩笑？向远，如果你嫁入我们叶家，不但是叶家的祖宗积福，也是江源的运气，只是不知道，我那傻儿子有没有这个福分……”

言罢，只听见病房门口一声轻咳，叶骞泽站在那里，不出一声，但脸上有明显不自然的痕迹，显然在这样直白的牵线下，他的难堪毫不亚于向远。

叶秉林看见他并不意外，看来他叫来向远的同时也叫来了叶骞泽。

“骞泽，你也过来，你们两人都在，正好。那些感情的事，我老了，不知道怎么说，那就说说正经的……阿昀，病房里空气不好，你带同学到院子里去走走。”

叶昀其实并不想听他们谈公事，但也不愿这个时候被支开，只不过心知同学在场，许多事不方便，只得愤愤起身，竟忘了苹果是为谁削的，自然无比地把它恨恨地塞到了向远手里。

待到叶昀和女同学走出去一会儿后，叶秉林才开口道：“我想知道对于温泉度假山庄的事情，你们怎么看。”

叶骞泽坐在叶昀刚才坐的位子上：“我已经说过我是不赞成的，这事如果由广利负责，那就等于给了他一个钻空子的机会。”

“骞泽，不要这么说，他毕竟还是你的长辈。”叶秉林咳了几声，“向远，其实我最想知道的还是你怎么看。”

向远沉吟了片刻，心里飞快地想着，叶叔叔这个时候找来她和叶骞泽当面说起这件事，难道只是巧合？

她斟酌再三，才开口道：“从公司现在的局面来看，建材的利润实在太薄，投标价格一次低过一次，揽到的任务虽多了起来，但照业内这种恶性竞争的趋势，一直走下去未必是长久之计。当然，建材是江源起家的根本，老本行不能丢，但我觉得也该尝试着多渠道地发展，小叶叔叔的提案从这点上来说，是有道理的。”

叶骞泽的眉心蹙成了一个“川”字，他带着朋友间熟悉的责怪神情扫了向远一眼，似乎埋怨她不该支持叶秉文的决定。

向远不看他。叶秉林若有所思：“那么说，向远，你是赞同广利开发温泉山庄一事的？”

“计划可行，可操作要慎重，广利毕竟是江源的孩子，投资的风险和得益最后都是要摊在股东身上的。如果当真要着手筹备这件事情，找对负责人是关键。”向远说。

叶秉林点头：“你说得对，但是秉文做事，我总觉得欠了点火候，平时瞎闹也由他去了，但这一回，首期投入就要两千万，接下来的资金需求就像一个无底洞。这样一件事情，交给他我是放心不下的，但公司内部既可靠，能力又堪当此大任的人不多，向远，我想把这件事交给你。”

向远的手在无人看见的地方悄悄掐紧一寸床单，她仿佛可以听到自己的心即将跃出胸膛的动静。

“不……不不，叶叔叔，您看重我，我知道，但我不是能接过这个担子的人，我在广利并没有股份，而且对它的运作方式也不熟悉，只怕工作难以开展。再说，江源总部市场这边的事情，也确实让我难以分身……”

在叶秉林做出反应之前，向远微微屈身向前，道：“但我认为有一个再合适不过的人选，可供叶叔叔您选择。”

“谁？”

“滕云。”

叶秉林看了向远一眼，露出个恍然会心的神情。滕云是广利的高层，也是叶秉文一手提拔起来的，说是他的人也毫不为过，但在他和叶秉文嫌隙渐生之际，把叶秉文渴望无比的一桩事放到他身上，对外，是给了叶秉文的面子，实际上，只会让他们之间矛盾激化。若是滕云接手，按照叶秉文的性子，只怕要与他闹翻，到时这件事就更不在叶秉文掌控之中。况且，滕云的精干确实有口皆碑，他这个人选，当真再合适不过了，就连对开发温泉山庄持反对态度的叶骞泽，也认为这不失为一个好办法。

“滕云，滕云……向远，你这一招棋下得妙啊。”叶秉林喃喃地说。

向远在说出那个名字后，心中却有一种惆怅和遗憾交织的释然，她轻咬了一口拿在手中许久的苹果，感觉微微的涩。

她还是亲手放走了良机，原来困住宝瓶里那欲望生灵的魔咒，不过是最脆弱庸俗的感情。

第二十六章

一根绳索

恩、义、情是绝望时的一根绳子，你把它系在腰间，它有一天也可能是最无奈的束缚，你明知道它的结在哪里，就是解不开。

向远味同嚼蜡地把偌大一个苹果吃完，她不喜欢浪费。然后再坐了一会儿，就告别了叶秉林，毕竟是病人，不好打扰太久。离开的时候，老人气色不错，想是向远推荐走的“滕云”那一步棋深得他心。他还不知道妻子患肠癌的事情，叶骞泽怕他病情加重，苦苦瞒住，自己一个人辗转在两个病房之间，其中的苦，自不必说。

“骞泽，你送送向远。”叶秉林说。

叶骞泽欣然起身。

两人走出病房，关紧了门，叶骞泽说：“向远，我送你回去。”

“不用了，外面搭公交车很方便，你照顾着两个病人，别为我耽搁时间。”向远说。

叶骞泽低声道：“可是我并不觉得是在耽搁时间啊，向远，我……”

“你爸爸输液的吊瓶已经快滴到头了，去叫一声护士吧，我走了。”

“我已经叫过护士了。”叶骞泽好脾气地说，“我只是……”

他的下半句话刚起了个头，再次被向远打断：“对了，刚才忘了说，今天没去看你阿姨，你帮我问候她一声。”

他扶着眼镜无奈地笑了起来，向远倔的时候，还真是拿她没有办法：“让我把话说完好吗？向远，我有话想跟你说。”

可向远根本从一开始就没打算给他这个机会，他所有能说的话她都可以想象得到，然而无论哪一种，都不是她现在期望听到的。

“对不起骞泽，我真有点事情，改天再说好吗……哎，叶昀……”

她朝远远出现在走廊尽头的叶昀打了声招呼，原本低头走路的叶昀听到她的召唤，快步跑了过来。

叶骞泽叹了口气，眼下大概真的不是说话的良机：“改天是什么时候？明天能有空吗？”他在叶昀走近之前说。

“明天我要去中建催一笔工程款，后天早上到厦门投标。”她其实想说，骞泽，有些话不必说。

然而他这一次似乎下定了决心：“周五的合同评审你总要赶回来吧，周六也行，向远，我等到你有时间。”

这时叶昀已经跑到他们身边，向远转而打量他额上细细的汗珠，笑道：“跑什么，你同学呢，怎么剩你一个？”

叶昀挠挠头，有些不自然地说：“回去了。”他想想，又画蛇添足地补充了一句：“我没让她来，她家就在附近，我来看我爸，医院门口正好遇上的。”

“那她也算是有心啊。”

“向远——”叶骞泽提醒着她故意忽略的事情。

向远侧头想了想：“周六我约了人，再说吧，骞泽，总会有时间的。”但绝对不是这个敏感的时候，她心里说。

“我真的要走了，回头见。”向远对他们兄弟二人挥挥手。叶昀追上去问：“向远姐，你去哪儿……我也正好要搭公交车回学校，你等我一会儿。”他本想回病房跟老父亲打声招呼，又唯恐向远不等他，匆匆对叶骞泽说了声，“哥，你帮我跟爸说一声，我先回学校了，过几天再来陪他。”

只有两个人的电梯里，叶昀的话却少了下来。算不上拥挤的空间，他一个人撑着扶手站在最里面。那一天发生在向远租住屋里的事情，让他懊恼，却又在心里想了一遍又一遍，他想问她的手好了没有，可怎么也开不了口。

向远探身上前，从他白色T恤的肩部位置拈下一根长长的头发，放在手心，似笑非笑地看他。

叶昀也凑上来看：“什么东西？怎么会有这么长的一根头发。”他紧张地审视着自己的衣服，抱怨道：“是从我身上找到的吗？女孩子的头发啊，就是飘啊飘的到处乱飞，烦得很。”他说到这里，忽然住了嘴。向远是齐肩的头发，整齐地扎着马尾，如果沾在他身上的是她的发丝，他还会舍得抱怨吗？

幸而向远并没有在这个问题上追问到底，她将手一松，发丝轻飘飘地坠地：“对了，星期六你学校没安排课吧？”

“星期六，没有，怎么了？”

“不是说好了有时间就一起爬山去看日出吗？”

叶昀一时间没有反应过来，傻傻地问：“你刚才不是说星期六约了人吗？”

电梯到了一楼，向远先一步走出去：“不就是约了你嘛。”

“啊？哦！”叶昀顿时笑了起来，干净无邪的笑脸如初秋最蓝最晴朗的天空，“我会带你去一个最最好的地方。”

向远如期到厦门出差，两天后，也就是周五中午才返回G市。下了飞机，手机的电话和短信就没有停过，找她的有叶秉林、叶骞泽，还有她的助理小吴，说的其实都是同一件事——滕云拒绝了温泉度假山庄项目经理一职的任命。

对于这个结果，向远算不上意外。滕云的正式任命并未下达，只是叶骞泽出面跟他谈过。从叶骞泽的描述来看，滕云虽是婉拒，口气缓和，但实则态度坚决。这恰恰证明了她对他的判定，一个聪明人，而且并不利欲熏心。他何尝不知道，这个项目的主持者位子油水虽足，但绝不轻松，说得明白一些，就是要在夹缝中讨饭吃。从叶秉文对他的提拔以及他往日的忠诚来看，两人虽有摩擦，但还并不至于让他辜负旧主。

向远想，她缺的不就是滕云这样的人吗？只可惜叶秉文误拾明珠，却并无慧眼。

她坐上江源司机停在机场门口的车，先回了住处一趟，放下行李，拿了需要的东西，打发司机回去，然后自己打车到广利附近的一间咖啡厅，把滕云约了出来。

滕云起初说自己办公室有客户来访，出来并不方便。向远回答说，自己正好在飞机上没吃什么，完全可以等他一下午，而他只要抽出半个小时。

她真的点了份简餐，拿了份报纸，扔开时政和财经版，专看娱乐新闻，结果滕云并没有让她等太久。一个天后的感情历程还没有看完，滕云就说声“抱歉，久等了”，欠身坐到向远对面。

向远收起报纸，笑容上脸，心里很满意。她绝对不会无缘无故找他谈一谈或是无谓地劝说，避而不见对他自己没有好处，如果他连这点都想不通，也就枉费了她的推崇。

“滕总请坐。”向远亦起身相迎，她和滕云在工作上有过几次接触，但算不上熟悉。她虽得叶秉林抬举，在江源地位不低，但是滕云在江源的子公司也位至副总，场面上两人职务相差不远，客气点是应该的。坐定了之后，向远招来服务员，撤走了自己的餐盘，给滕云上了一杯曼特宁咖啡，她照例是一杯水。

滕云这一年不过三十岁，相貌端正，中等身材，在人群中并不算起眼，但他静静地坐在那里，却和他身上浅蓝色细条纹衬衣、烟灰色针织V领背心一样耐人寻味。

向远开门见山，在这样的人面前无须废话："听说滕总推掉了温泉度假山庄项目经理一职。"

滕云微笑："向主任心里恐怕也清楚，对于这个职务，我能力有限，难当重任。"

"我今天来，没打算绕圈子，明人面前不说暗话，只怕你不是不能，而是不想吧。"

"叶董和向主任能够体谅那是最好。"

"叶秉文这样一个人，值得让你为他那么卖力？"向远作不解状。

滕云也不掩饰，不疾不徐道："叶秉文是什么人，我不好做评价，但是没有他，我未必有今天。知恩图报是做人的根本，我不敢自我标榜为正人君子，但忘恩负义的事情还是不屑为之的。"

向远点头："滕总的为人我很敬佩，但我认为就和这个世界上所有的东西一样，恩义也是有价的。是，滴水之恩当涌泉相报，可涌泉也不是用之不竭的，叶秉文对你有提拔之恩，你在广利这些年做牛做马已经足够偿还这'一滴水'了。"她这些话，仿佛是说给滕云听，又像说给自己听。恩、义、情是绝望时的一根绳子，你把它系在腰间，它有一天也可能是最无奈的束缚，你明知道它的结在哪里，就是解不开。

她见滕云不语，顿了一顿，才继续说："你和叶秉文不同，我看得出来，这些年你对他做事的方式实际上并不赞同。你真的一辈子甘为人下，而且是为一个你自己都不齿的人之下？况且，包括广利在内，你所有的平台实际上都是江源，也就是叶秉林叶董给的，叶秉文不过是借他人之慷慨，你现在为叶董效力，忘恩负义又是从何说起呢？"

"早听说向主任好口才，可是，你苦口婆心为江源做说客，为的又是什么？你也不过是每月领工资的人，这么拼命难道只是为了自己？

说到底不也是为报答叶董当年知遇之恩吗？如果我劝你这个时候背弃叶董，再给你几个你我心中都有数的理由，你做得到吗？如果做得到，只怕这个项目经理还轮不到我来坐。向主任，己所不欲，勿施于人。”滕云这样一个看上去凉白开一样的男人，犀利的时候却也当仁不让。

向远冷笑：“滕总这个比方打得不妥，我不负叶董，是因为叶董也未负我，他至少没有酩酊大醉之后当着人的面揭我的疮疤。”

此言一出，滕云脸上顿时变色：“你……”

服务员恰好在这个时候端上了他的咖啡，滕云一口气已冲到胸膛，却又生生消散，眼前这个人，可以如此轻描淡写地点一杯他最爱的曼特宁，当然也知道他最隐痛的地方所在。叶秉文那次酒后失言，确实是滕云的一件恨事，也可以说是他们之间矛盾的导火索，他一度以为听到叶秉文的话的不过是一些欢场女子和不相干的人，然而向远这个女人，她竟然知情。

向远从滕云眼里清晰地捕捉到了慌张和狼狈，人啊，不管多么坚不可摧，一个情字，始终是命门。滕云是同性恋，这是她开始留意这个人之后惊闻的最大秘密，而这个秘密的泄露，只因叶秉文和他一次陪客户到夜场买醉，两人因公事意见不合，叶秉文竟当着在场所有人的面，借着酒意大骂他是“GAY 佬”。事后，叶秉文虽然已打着圆场说不过是开玩笑，但覆水难收，天下没有不透风的墙。

向远俯身向前，面对他的破绽，声音犹如催眠：“你相信我，他有这一次醉后失言，就有下一次的口无遮拦，他不过是捏着你的秘密，像玩一个小白鼠一样地戏弄你。”

滕云慢慢靠在椅子上，面色铁青，但他竟然还能按捺得住自己，过了一会儿，才喃喃道：“我不过是没有像大多数男人那样爱上一个女人，这就是罪吗？我有我的伴侣，我们情投意合，互相以遇到对方为最大的荣幸，感情不输给任何一对男女，为什么这就成了见不得光的把柄？叶秉文凭着这个对我颐指气使，你也把这个当成说服我的武器，向远，你和他又有何不同？”

“你错了。”向远说，“我和叶秉文最大的不同在于我对你爱男人还是女人全无兴趣，这是你的事，我要的是一个结果。如果这还不够说服你，那好，你可以看看这个。”

她从自己的包里掏出两个一模一样的牛皮纸信封，滕云抽出其中一个看了一眼，立刻一言不发地闭上了眼睛。

“这些照片是我暗地里从收发室截下的。你应该庆幸你足够走运，或者说庆幸叶秉文的助理足够懒惰，他竟然把这个东西交给公司的前台小妹，让她拿到收发室去寄。你想过没有，你可以认为真爱无罪，但你的家人呢，他们也一样这么想吗？”

滕云深深呼吸：“我父母双亡，从小跟叔叔婶婶长大，他们老了，远在湖南老家，而且目不识丁，我不在乎。”

向远把那两个信封推向他：“那‘他’呢，‘他’也不在乎？‘他’没有这么巧也父母双亡吧，你不考虑自己，也要考虑另一个人。看清楚，这个信件一式两份，不同的两个地址。”

滕云侧头看着别处，向远冷冷地打量他颤抖的喉结和手上悄然突起的青筋：“你们最近一点分歧，稍不顺心，叶秉文就能下这样的狠手。你念着恩义，他当你是条狗！就算你推了眼前的差事，以他的为人，如果得知叶董一度选你而弃他，他还能容你？你忍得够久了，多少恩情都已经还完，与其在他手下如履薄冰，不如借此机会摆脱他，至少你身后有叶董，还有我。”

滕云此刻的无声已远不如起初坚定，向远趁热打铁，当着他的面将那些照片一张张撕得粉碎：“滕云，你不想这样的事情再发生吧。你我合作，我不敢说助你平步青云，但我必不会像叶秉文那样。”

良久，滕云长舒一口气：“是他逼我太甚……”

第二十七章

日月之约

所有的传说和寓言都已给了她足够的警示，回头会变成石柱，回头会被海浪吞没，回头会坠入永恒的黑暗……

向远结束与滕云的半小时之约时，已到下午上班时间，马上又回到公司上班。诚如她劝滕云的，滴水之恩，涌泉相报也就够了，不足以回报到让自己枯竭，那么，她的恩报完了吗？如果没有，又还剩多少？她还需要做什么？然而就算她从此再不欠叶家，她还是欠了自己半颗心，谁来还她？

两日不在办公室，回来之后又是例行的一通忙碌。直至下午五点多，向远坐在办公室里，听到外间的助理小吴的脚步声和着急的声音：“……真的，叶总，向主任她在忙，她说谁都不见，叶总，叶总……”

她一动不动地在心里盘算，如此来势汹汹，莫非叶秉文那么快就知道了她找滕云的事情？该来的总要来，她等着。

然而，当办公室的门被推开，严阵以待的向远却发现站在门口的不是叶秉文，而是公司有名的温和派叶骞泽。

叶骞泽关上门，把小吴哭丧的脸挡在外面，笑容柔缓，如同一路闲庭信步，悠游而至：“回来了？”他笑道，“我发现要等到你不忙的时候是很难的。”

向远对他的一反常态有些措手不及：“我约了张天然，等下马上要去他办公室见面，晚上顺便跟中建物资部的人吃饭，你有什么事？”

“当然是有事，向远，需不需要我把电话打到我爸那里，你才肯放自己半天假。”

“我不需要假期。骞泽，有什么事，都等我处理完手上的工作再说好吗？”

“你就这么连一个说话的机会也不肯给我？你笑话我是鸵鸟，现在你不是一样？向远，你跟我来。”他的耐心似乎已到极限，不由分说地拖起她的手，打开市场部主任办公室的门，就往外走。

向远此时穿着上班时的窄窄A形裙，八寸高跟鞋，被叶骞泽大步流星地拖着往外走，未免有几分狼狈，尤其是办公室门一开，无数道目光尾随而至。她平时最是谨言慎行，在一干同事中颇有威信，他又是地道的小开，脾气虽好，但总淡淡地让人看着如隔云端。两人一前一后，双手相连地穿过市场部的办公区，穿过人来人往的茶水间，穿过大办公室和走道，向远觉得自己的步伐从未如此失控。

他走得太快，片刻不肯停留，她微微抗拒着，但已顾不上看周围下巴落了一地，就这么被他拖着往前走。周围的人脸和背景在穿梭，在变幻，她如在回忆的时空通道，如在初冬冰封的湖面，如在稀薄的云端。他是疯了，别人看见了会怎么说？都会怎么想？而她又何尝正常？她如所有虚荣的女人一般，心里竟然有挣扎的喜悦。

他们就这么一路来到停车场，叶骞泽让向远坐在副驾驶座，自己驱车离开公司。他说有话要说，但上了车，只有两个人的空间，反倒谁都没有讲话。没开出市区，就赶上了这城市的下班高峰期，一路如蛇行蜿蜒，一路走走停停。向远感觉他车行的方向是往南，一直往南，直到终于出了外环，前方的路仍无尽头，如开向地老天荒。向远低头揉着眼角，她不想问，也懒得问，他能去哪里？地老天荒也有个尽头。

等到天色暗了下来，路灯如窥探的眼般一盏盏点亮，最后连路灯都遥远了，向远才意识到车子带着他和她已经远离市区，沿着一条不熟悉的山路盘旋而上。这路沿山腰而建，显然是个行人罕至的地方，最窄的地方只能容一辆车通过。向远想到如果山上有车从相反方向逆行而下的情况，不由得捏了一把冷汗。好在这种情况始终没有发生，周围逐渐向夜色里沉去，一片昏黑之中，只有他们的车灯照亮前面的方向。

向远是见多了山路的人，在心里嘀咕，按这条路的走法，只怕车开不到山顶。念头刚闪过不久，就感觉他的车速渐渐慢了下来，最后停在路边一个地势比较平缓开阔的地方。

"下车吧，向远。"他率先打开车门走了出去。

向远一动不动，借着车灯熄灭前的那点光线，她已经看到前路是仿佛无尽头一般的台阶。

叶骞泽说："怎么，你怕了？我记忆中的向远从来没有怕过山路和夜路。"

向远依旧没有下车："有什么话就在这里说吧，我的时间、体力都不想拿来做无用功。"

"来。"他笑着伸手进车门去拉了她一把，"我带你去看一样东西，到时你就不会觉得这是无用功了。"

夜里走山路，对过去的向远来说是件平常的事情，但是她那时未穿着高跟鞋。也许叶昀说得也对，她在城市太久，连脚都在退化。

天色变得漆黑之后，一路有惊无险全依赖叶骞泽车上的一个聚光电筒，还有向远在夜间的好视力和在旷野中的本能。可那台阶仿佛永无终点，向远先叶骞泽一步到达山顶，不顾荒地野草扎脚，脱了高跟鞋，弯下腰来喘气。

叶骞泽跌坐在她身边的草地上，静默之中只听见对方风箱一般的呼吸声，一时间谁都开不了口。

向远缓过来之后，第一句话就是："你带我来这种杀人弃尸的好地方干什么？这鬼地方，晚上除了我们两个神经病，还有什么？"

叶骞泽用手抚着胸口："当然有，除了我们，还有月亮……"他忽然惊喜地站了起来，"你看啊，向远，月亮爬上来了。"

向远自然而然地直起腰，终于知道叶骞泽为什么千辛万苦带她来到这个地方。逐渐清晰的月光下，不远处，一条小小的溪涧跳动着银光，想是刚才他们呼吸太过沉重，竟然连那泉水跃动的声音都盖过了。是的，无须描绘，这一切太过熟悉，熟悉到连心都扯得隐隐地疼。

他们面朝着溪涧的方向，谁也不忍先开口说话，但回忆却不安分，那些沉睡多年的旧事都醒了过来，耳边仿佛还可以听到两人的笑闹声。

"……怎么还没有一条鱼上钩？叶骞泽，我们今晚不会又空手而归吧？"

"那也没有办法啊，钓鱼重在过程的乐趣。"

"见鬼的乐趣，这里的溪鳗可以卖到十五块一斤……"

"嘘，别说话，有鱼上钩了。"

"喂喂，别溅我一身的水……喂。"

"哈哈，向远，你的头发……"

向远闭上眼睛，她不知道他是否也听到了，那一幕幕鲜活得好像就在眼前。她甚至记得他镀着月光的每一寸剪影，那样皎洁，隔着滴水的刘海儿，她才敢细看。

她没有任何一刻比现在更恨自己：为什么就算是做梦，她也总醒得比别人早？即使在最好的梦境里，她也不过快乐地沉迷片刻，就会有个声音说：可惜这不是真的，不是真的——就像现在，当她睁开了眼，心中如此清楚，纵使再相似的场景，这也不是家乡。就算故地重游，一样的月亮，想必也已经不认识如今的她和他。站在高处，当年她只看见暮色中比山更远的山，然而现在，城市的灯火尽可遥遥俯瞰。

叶骞泽和她并肩朝相同的方向眺望：“向远，你在想什么？”

向远说：“我在想，我们脚下这个地方依山临江，视野开阔，又靠近外环，假如用于房地产开发，总有一天是寸土寸金。”

他愣了一下，摇头笑了起来：“你啊，我都搞不懂你脑子里整天想着的是什么。”

“当然，因为你不是我。人和人是不同的，同一个角度，诗人看见秀丽河山，穷人只想着哪里去找一碗饭。就连感情也是有贵贱的，高高在上的悲伤，总比泥土里的挣扎要壮烈。”向远的笑容在夜色中弥漫，“其实你是想说我市侩是吧。”

“不是的，你总是比我聪明。但是，不知道为什么，我还是觉得人活一辈子，钱财、成就、虚名，这些都是身外之物，你有良宅百顷，夜里也只能栖身在一张床上，山珍海味，或者粗茶淡饭，饱的感觉都是一样的。”

“只有你这样的大少爷才会说这些话。”

“真的，向远，比起眼前我有的一切，我更羡慕你，不管什么时候都那么清醒笃定，不会迷路，也不会行差步错。”

向远看着远处的灯火，淡淡地自嘲：“是吗？可惜我们没法交换。”

叶骞泽良久不语，向远以为他们已经结束了这个话题，却听到他在身边说：“可以的，向远。”

她微微惊讶地侧身回头，不知道什么时候，他的手上多了个丝绒的盒子。他在她的视线中低头开启盒子，随即抓住她垂在身侧的手：“向远，不如我们结婚吧。我有的，江源有的，一切都可以交给你，我换一个一辈子的伴侣。”

向远用另一只手捏起盒子里的戒指，举高在眼前，月光下，切割完美的石头光芒流转，迷了人的眼。她吹了声口哨，赞道：“不下三克拉，骞泽，你出手还算大方。”

他不语，静静等待她给出答案。

然而向远欣赏过后，又小心地把戒指放回了他的手中，缓缓将他的手指合拢，包裹住掌心的盒子和钻戒。

“为什么，向远？”他困惑道。

“钻石美则美矣，不过我更爱现钱。”她笑着说。多谢钻石的华彩，可以盖过那一瞬间她眼里油然而生的失望和怅惘。

滕云说，向远，叶秉文抓着我的疮疤对我颐指气使，你也试图用这个说服我，你和他有何区别？当时她说服了滕云，这一刻却说服不了自己。眼前手执戒指，一心一意等待她说“我愿意”的叶骞泽，和走道上狭路相逢，大言不惭地说“不如你跟了我”的叶秉文又有什么两样？在他们眼里，她是一枚分量不轻的筹码，是两军交战的兵家必争之地，是泥足深陷前一双救难的手，是迷路时的导航灯，唯独忘了，她也只不过是个女人。她可以原谅叶秉文的自不量力，却无法释怀叶骞泽的“交换”。

“这戒指折成现金，至多不过几十万，叶骞泽，你用这个来换一个任劳任怨的‘伴侣’，算盘未免打得太精了，我不可能嫁给江源。”

叶骞泽扳过她的肩膀：“是，你对江源很重要，这点我不否认。但同样的，对于我这个人，不是江源的副总经理，也不是叶秉林的儿子，而是叶骞泽，你也一样重要。向远，你为什么不信我们在一起是可以幸福的？你明明爱我。”

向远扭过头，笑出声来：“是啊，你知道我爱你，谁不知道呢？除了爱你我还爱财，现在你把这两样都摆在我面前，我怎么能不心动？”她拉下叶骞泽置于她肩上的手，渐渐收敛了笑意，用前所未有的哀求的口吻低声说了句：“骞泽，你能不能抱我一下？”

他犹豫了片刻，然后用力地拥紧了她，如抱紧身边唯一真实的存在。向远把脸贴在他的胸口，一秒，两秒……她只给了自己十秒钟，然后就要放开。

“我不知道我爱的究竟是回忆里一起看月亮的男孩，还是你。骞泽，其实我更爱我自己。”

她在自己软弱下来之前挣开他的手臂，背朝他大步往前走。不要回头，不要回头！一个电话，叶昀就会以最快的速度来找她。所有的传说和寓言都已给了她足够的警示，回头会变成石柱，回头会被海浪吞没，回头会坠入永恒的黑暗……

然而她还是犯了和所有故事里可悲的主角同样的一个错误，错在脱身前回头贪看的那一眼，那一眼她看不清前尘后事，看不清对错是非，只看见了他，叶骞泽，还有他身后的似是而非的月光。

那天晚上，向远在叶骞泽的车上接到叶昀的电话，已是凌晨时分，他的声音依旧精神抖擞，还有抑制不住的喜悦：“向远姐，我们四点就要出发，否则就赶不上明天早晨的太阳。我开了爸爸的车，在你楼下等着，车上准备了干粮、水、手电筒，还有临时的帐篷。提前跟你说，太阳临出来之前的那一秒，你跟我一样，把眼睛闭上，然后再睁开，哇，霞光绽放……”

她静静地听他滔滔不绝地往下说，直到叶昀也察觉到异样。

“怎么了，为什么不说话啊？向远姐，你在听吗？”

“对不起，叶昀。”

向远终究没有看到叶昀描述的“霞光绽放”，事实上，当她和叶骞泽从山上下来后不久，浮云蔽月，眼看暴雨将至。然而这雨却连续几天都下不来，整个城市犹如真空，半丝风也没有，假如没有满街的车辆和行人的漫游，只看那树木和天空，就像一幅凝固的、色调暗沉的油画。街心公园的地方，到处可见低空盘旋的蜻蜓，搅得人心烦意乱。

空气稀薄而浓稠，每个人仿佛都在勉力地呼吸，那种憋闷的感觉挥之不去，仿佛看不见的地方有一张巨大而无形的嘴，同样在苟延残喘。

向远不喜欢这种山雨欲来的天气，然而她只能等待，等待乌云散去，或是一场暴雨的到来。

她听到的第一个消息，是叶昀跟他还在病床上的父亲大吵了一架。这个乖巧懂事、从小到大都没有要求过什么的孩子从未表现出那般的愤怒，他当着父亲的面将一张可怜的凳子踢得零散之后，绝望而去，很长一段时间，他没有再踏进家门。

有一度，向远宁愿叶昀的火气直接冲着她来。他可以指责她不守信用，可以用任何莫须有的理由发泄不满，可是他没有，他甚至未曾当着她的面抱怨，一句也没有。

那天夜里，她说："对不起，叶昀。"

他年轻的声音是强作镇定的不安："对不起什么啊，向远姐，你在说什么？"

"我想我明天没有办法跟你去看日出了……叶昀，你哥哥向我求婚，我答应了。"

她想不出什么委婉而无害的方式，那么就不如说得更简单直接一些。

叶昀回答得比她想象中的更快，他的沉默在她难以察觉的一声叹息后结束："你没有对不起我，听见了吗？起风了，明天早上不会有日出了。向远姐，没有关系，真的没有关系……"

向远收线匆忙，她宁愿他早一秒结束这太着痕迹的轻松。

第二十八章

大雨将至

“得到？过一百年，不，幸运的话只要几十年，或者更短，我们再说谁得到。”

继子的喜讯并没有让叶太太的病情出现转机，化疗使她的身体状况益发急转直下，一直强装笑脸粉饰太平的叶骞泽再也没法瞒过他的父亲。叶秉林得知妻子的病情后，一个人把自己关在病房里整整一天，不吃不喝不睡。医生、护士、亲人，好像所有的人对他来说都不存在了，然而他必须接受现实。

从起初的不愿接受和难以名状的沉痛中稍稍复苏后，叶秉林始终拒绝在这个时候去探望结婚二十载的妻子，对所有的家人也都只有一个要求——“别在她的病床前掉眼泪”。

对于垂死的人而言，眼泪是无用而残忍的。

饶是如此，叶秉林对于大儿子和向远的婚事依旧表现出莫大的欣慰。他没有同意叶骞泽因为继母病重婚期推后的提议，主张不但要越快越好，还要把这桩婚事办得风风光光的。他说，现在的叶家太需要这样的喜事了。

这桩婚事在江源上下很快传得沸沸扬扬，很多人都听说了，叶秉林送给未来儿媳妇的礼物，不是珠宝也不是现金，而是广利数目可观的股份。

向远和叶骞泽的婚姻虽来得突然，但意外之后，大多数江源的员工觉得在情理之中。他和她既是故交，又是事业上的良伴，天生一对，顺理成章，犹如写好的剧本，一切的情节发展只为了走到这一步。至于那些平淡章节后暗暗流动的波澜，在看客眼里都是无关紧要的。

颇值得玩味的是，对于他们的婚约，江源的员工却基本呈现出两种截然不同的看法：那些陪着叶秉林打天下的老员工都在说，向远福气好，做了叶家的媳妇，攀上了高枝；而大多数年轻一代却不以为然，在他们看来，以向远的品貌才干，允婚无疑是下嫁。

向远从滕云的玩笑话里听说了这些，也不禁莞尔。随着滕云正式接手温泉度假山庄的工作，他和叶秉文的决裂无可避免，昔日的伯乐和得力干将，如今成为陌路。向远一度担心盛怒之下的叶秉文会狗急跳墙，失去理智，下作地将滕云的私事传得人尽皆知，但从眼前来看，她还是低估了那个老公子哥，他虽狠，这一次也算看清了局势，赤手空拳的时候他都未必能从向远那里讨到便宜，何况如今他哥哥叶秉林对向远的倚重是如此明显：她嫁入叶家，入股广利，哪一样不是对他强有力的牵制？他在完全劣势的情况下动滕云，除了出一口恶气外，只能说是自找麻烦。

“我还是该说声恭喜吧，江源未来的老板娘。”滕云说。

说起来，这竟是向远听到的第一句心口如一的诚心祝贺。滕云是她在江源的最大惊喜，无论是为人还是做事。

她会心一笑：“多谢。度假山庄的审批差不多下来了，你的工作，只管放手去做。”

叶骞泽和向远的婚期最终定在半年之后，实际上，从婚期倒计时起，整个江源都开始围绕着少东家的这桩婚事而转。向远是个凡事计划周详、井井有条的人，自己的人生大事更不能例外，她要求高，许多事情不得不亲力亲为，公事私事都在肩上，整个人忙得陀螺似的。在她的操持之下，叶骞泽这个准新郎就松了口气，得以把更多的精力用于陪伴医院里的双亲。

闲暇的时候，向远也时常到医院去，看看叶秉林，或是叶太太。尤其对叶太太而言，大家心里都清楚，能够陪伴她的日子，是一天少过一天了。

奇怪的是，叶太太对自己病情的恶化情况接受得远比其他人要坦然。在向远的记忆里，她是一个有着惶惑眼神的温婉妇人，但在这个时候，她枯槁地躺在病床上，却让人感觉到由心而发的平静。

有几次，向远都在叶太太的病床前看到了叶昀，他对这个继母虽然没有办法像真正的母子那般亲密，但幼时她的关照却是无法忘记的。叶昀常做的一件事情就是坐在床边给叶太太读报纸，向远来了，就搬张凳子坐在他身边，听着他从娱乐版念到财经版。直到叶太太睡着了，他的眼睛里才会流露出些许的悲伤和怜悯，这样的神态，让向远忽然觉得他长大了许多。

当着向远的面，叶昀依然绝口不提她的婚事，甚至也不提他和他爸爸的一场争吵。反倒是叶骞泽有一次对向远说："阿昀他心里不好受。向远，你说我是不是特别自私？"

她低头一笑，轻轻回握他的手："谁又不自私呢？"

两个认识了二十几年的人即将成为夫妻，那种感觉是无法诉之于口的玄妙，就像两个无比熟悉的人，去走一段完全陌生的旅程，人还是那个人，路却不一样了，你不得不在新的风景里重新凝视一个旧人。

叶骞泽是个好的朋友，当然也是个温柔体贴的好情人，无可挑剔。然而向远一直在等，等待他亲口对她说起叶灵的事情。他和所有叶家的人一样，仿佛集体失忆一般，就像那个苍白羸弱的，把她的兄长看成整个世界的女孩从未存在过。

终于向远无法再忍受他的回避，主动问："叶灵知道你要结婚的事吗？"

叶骞泽沉默了一会儿，说："我不知道。但就如你所说，世界上有一个人知道的秘密就不是秘密。"

"可你们就没有一个人打算跟她说清楚？"

他蹙眉："不，我只是不知道该怎么跟她说。"

"好，那我来跟她说。"

向远在叶骞泽眼里看到了熟悉的迟疑，她想，他或许就是一个天真的理想主义者，每一个出发点都是善意的，但却无法控制结果。

"还是那句话，你不想伤害任何人是吗？不管你对叶灵怎么样，她爱你，这点是毫无疑问的，从你决定要结婚开始，就应该知道她注定要失望。她迟早会知道的，同一个屋檐下，你能瞒多久？哪里有你要的事事圆满？"

叶骞泽说："不知道为什么，我看着叶灵那双眼睛，就没有办法把话说出口。其实，我有什么好？"

"不是你好，是她没有办法。"向远说。

然而何止是叶灵，无所不能的向远不也一样没有办法？

叶秉林病后，向远已经有一段时间没有踏足叶家。深秋，屋子外面攀着的爬山虎枯萎了大半，叶子掉得差不多了，只余褐色的藤蔓，远远看去，如无数纵横的裂隙。

叶骞泽因为叶太太的一个紧急会诊而不得不留守在医院，电话是一早打回了家。自从知道向远和叶骞泽的婚事之后，老保姆杨阿姨对向远的态度客气了不少。原本在她看来，向远也许只是一个靠叶家吃饭的穷孩子，而现在，向远还没坐定，她已经端上了一杯热茶。

向远无心久坐，寒暄了几句就问道："叶灵这个时候在休息吗？"

杨阿姨说：“她要是大白天也能休息就好了，向远……向小姐，你要找她说什么？她现在糊涂着……”

“情绪不稳定吗？”说这话的时候，向远已经向着楼梯的方向走去。

杨阿姨跟上去几步：“那倒不会，她即使发病也很少吵嚷的，就像木头人一样，大半天可以连眼珠子都不动弹。”

“她应该多出去走走，见见太阳，对身体和病情都有好处。”向远扶着楼梯扶手，拾阶而上。原本明净的大理石扶手，如今竟有了尘埃。她缓了缓脚步，低头看着自己染尘的手，背对着杨阿姨，已是微微皱起眉头。叶家人都极爱整洁，尤其是叶太太，她在家的时候，偌大一幢老房子，到处都不染纤尘。如今，这好好的一家子，病的病，走的走，竟似一派将散的衰败气象，也难怪还拿着工钱的保姆都懒散了。

杨阿姨看不见向远的表情，亦步亦趋地跟在她身后，附和道：“是啊，我也是这么想，可是叶先生有过交代，尽量让她在房里待着，出去要是发病了，让人看见多不好。”

说话间，向远已经走到了叶灵的房前，轻轻推了推，门纹丝不动，竟是从外面锁住的。杨阿姨赶紧掏出钥匙，看见向远微露诧异，忙说：“我也是照叶先生说的去做。况且，这门是开是关，里面的人都无所谓的。”

向远知道她嘴里的叶先生指的是叶秉林。她知道叶叔叔对叶灵患病的事情一直讳莫如深，他是老派的思想，极爱面子，在他看来，宁可接受女儿的身体得了怪病，也不愿让别人知道叶家出了个精神病人，一个“疯子”。只是向远看到这把锁，无端地还是有些心惊。

门开了之后，房间里并没有向远想象中的那么幽暗，一扇落地的窗大开着，叶灵的大半个身体都陷在面窗的一张大靠背椅里，从门的方向看去，只看到她的半边肩膀和垂过了腰的头发。门的响动和两个人的脚步声并没有让她有丝毫的动静，她背朝着她们，睡着了一般。

向远一走进房间，就闻到了变质的饭菜味道。靠近门的一张矮几上，放着一碗一碟，极其简单的式样，好像动过一点，但明显冷去的时间不止一时半会儿。

向远若有所思地回头看了杨阿姨一眼，什么都没说。她不信这也是叶秉林的吩咐，杨阿姨过去照顾叶灵是何等殷勤，现在竟这般怠慢。老保姆脸上闪过一丝愧意和慌张，向远却适时地转过头去，人都说“久病床前无孝子”，何况现在一直照顾着病人的不过是个保姆，能指望她细致周到到什么程度呢？向远不过是感叹，昔日叶家表面上的小公主，在这种时候，谁还有心思顾及她？

“都凉成这样，也吃不了了，就麻烦你端下去吧。”向远支走杨阿姨，慢慢走向叶灵。她并不害怕，即使在发病最激烈的时候，叶灵也没有攻击性，她没有伤害过别人，除了自己。向远只是在她全然的死寂中感到些许异样。

叶灵并没有睡着，相反，她的眼睛睁得很大，好像正在聚精会神地看着远方的某个焦点。向远循着她视线的方向望去，这个落地窗的位置在叶家院子里的一个角落，除了树上的叶子，什么都看不见。窗帘和窗虽开着，防盗的铁窗却严严实实地封着。

向远见她没有任何反应，半蹲在她的靠椅旁：“叶灵，你在干什么？”

清醒的时候，叶灵并不喜欢向远，而向远对这个仿佛身在福中不知福的大小姐也没有什么好感。然而，也许是叶灵记得在李村落水时向远的相救及照顾之恩，也许叶灵眼里除了叶骞泽，别人都无关紧要，所以她连交恶都不屑，她们一直也没有什么冲突。

叶灵回答向远的时候，眼睛并没有看向她，更像是自说自话：“嘘……我在听远处的声音。”她的人要比过去稍胖了一些，不知道是由于身体的好转，还是用药后的虚浮。

“那你听到了什么？”向远低声问，仿佛小心翼翼，不去打扰她的专注。

叶灵忽然神秘一笑：“很多，我听到了很多。每一条虫爬过树叶，还有风，每一阵风的声音是不一样的，你想问我哪一种，我都能告诉你……”

她那么一本正经地说着漫无边际的话，向远听了一会儿，开始怀疑这个时候的叶灵是否能够辨认出她是谁，是否还具备与外界沟通的能力。她尝试着问：“除了风，你还能听到什么，你知道外面都发生了什么事吗？”

“除了风，除了风……还有什么？”她开始陷入困惑地喃喃自语。

就在向远暗暗叹了口气的时候，叶灵像忽然想起来似的说：“对了，还有人哭，很多人哭……”

向远慢慢地站了起来，叶灵依旧保持一开始的坐姿，凝望着并不存在的远方：“这屋子里一直有很多哭声……他们都在哭……他们为什么不来？向远。”

向远听到自己的名字从她嘴里吐出来，微微一怔：“他们？你等的是他们，还是他？”

叶灵像个天真的女孩一般微微地笑：“你知道我等他干什么吗？我等他来，他有话要对我说。”

向远想起，自己曾听见叶灵问过叶骞泽几次的一句话——“你有话要对我说吗？”

她记得，叶骞泽每次都是沉默。

“你怎么知道他有话要对你说？你又不是他。”

“他有的，就算他不知道，我也知道。他从来没有说过，只不过是忘记了，所以我一直在等，一直在等。”

“说不定等到的不是你想要的那个答案呢？”

叶灵终于把视线移向了向远。

“他要结婚了你知道吗？”

叶灵面无表情地注视向远许久，然后再度看着一片树荫的窗外：“他要娶你是吧。”

不知道为什么，向远对这个精神恍惚的女孩一语中的并不意外，他们说她病了，其实在她自己的那个世界里，她比谁都清醒。

“你恨我吗，叶灵？”

窗帘微微掀动，帘侧的叶灵脸上有了光影的浮动，她的话如同呓语：“他不可能娶我的，如果这样，娶谁又有什么关系？不是你，也会是别人。你跟别人有什么不同？”

向远有瞬间的失神，然而她仓促地笑了一声之后，说：“说不定我们都没有什么不同，区别只在于至少我得到了。”

叶灵咯咯地笑，全身在笑声中发抖：“得到？过一百年，不，幸运的话只要几十年，或者更短，我们再说谁得到。”

她的笑一发不可收拾，像开关失灵的玩具。向远静静地等待她终于累了，笑不动了，然后一切回到原点，她又成了开始那个眼神呆滞、凝神倾听的模样。

“真有这么好听吗？”向远问。她忽然困惑：究竟是谁病了？叶灵说：“很久以前他跟我说过，睡不着的时候，就去听远处的声音，听着听着，就困了。他不会骗我的……听，下雨了。”

向远看着窗外，依旧是沉闷的阴天。

她慢慢地走出房间，掩上门。杨阿姨在楼梯尽头等着她，像是在留她吃饭，向远朝她笑了笑，走出门口。

天空在很短的时间里忽然暗了下来，一阵狂风卷起，飞沙走石。向远抬手遮了遮眼，就在这时候，豆大的雨滴打了下来，她盼望了数天的大雨淋漓而至。

第二十九章

嫁给一个梦

千人的婚礼现场，听懂了这句话的不过三人。一个是动情，一个是会意，一个却是怅然。

二十七岁，向远嫁给了年少时一同在山月下走过的少年，嫁给了她心中仅有的一个梦。这些年，叶骞泽一次又一次地远离，一次又一次地重归，命运好像是一根无形的线，在暗自牵引。也许，兜兜转转地走到这一天，只因为他对她说过："向远，我们永远不会分开。"

这也是她进入江源的第三个春天，当时，雨季已过，万物初生。为了把这个满意的媳妇风风光光地迎进门，叶家挑过了 G 市最好的酒店，请过了最有口碑的婚庆服务机构，然而，最终向远却力排众议，令人大跌眼镜地把婚礼现场定在了刚刚结束"三通一平"的温泉度假山庄施工现场。

当天，那片平整过的土地中央铺上了连绵的红毯，早有婚礼筹备人员搭起了能容纳千人的喜棚，远远看过去，一片耀眼的红。棚内的临时宴会大厅布置得独具匠心，正前方赫然是山庄的实景效果模型，山林葱郁，泉水氤氲，溪涧淙淙，成了婚礼天然的背景。近百张宴会圆桌在帐内的红毯上一路摆开，叶家请来了本市最好的酒店大厨和最训练有素的餐饮服务人员。置身帐内，很少人敢相信这竟然是一个未成型的度假山庄工地现场。

下午，盛装的一对新人双双立于帐前迎客，周围人声喧天，除了江源自己的工作人员，陆续驱车前来的还有各路贵宾。叶家发出的喜帖遍及商场上的客户伙伴、同行对手，更有本地的达官显贵、各职能机构要员。这些人虽说不上每邀必到，但冲着喜事和江源这些年的声望，怀着对这别出心裁的婚礼的好奇，就连那些平时请也请不到的人竟也来了十之八九。叶家以往虽算得上富贵，但并不张扬，这一次的盛况，也算空前。

章粤对向远说："你这一招也实在是绝，我说依你平时的精打细算，居然肯下这么大手笔大肆操办。看这架势，多少媒体广告都换不来这样的宣传效果，敢情你从来不做亏本的买卖。"

向远只是笑："怎么也不能忘记章大小姐为我多方疏通啊，只凭叶家的面子，纵使有庙也请不到那么多神。'谢'字多说无益，赏脸的话今天就在这里多喝两杯。"

"你向远结婚，我还能说些什么？不过酒我是戒了。"章粤说。

向远挑眉哦了一声，看向不远处正与商场上的朋友寒暄的沈居安："为他？这是好事。"

沈居安注意到她们二人投过来的视线，含笑走近："在说我什么？"

章粤把手自然无比地伸入他的臂弯，巧笑倩兮："说今天除了新郎，就是你最帅。"

沈居安笑得无奈而纵容，他们夫妇来得早，对新人道过恭喜，章粤就和向远多聊了几句。

"我们还是进去坐吧，向远他们要招呼的人多。"沈居安拉着章粤往里走。章粤走了几步又回头："叶少，你是好福气。"

向远愣了愣，对着她的背影失笑："这个章粤……"转回身的时候，正好迎上叶骞泽带笑的眼睛。

他低头拉起向远的手，耳语般道："她说得很对。"

向远脸一热，半侧过脸去，耳际的坠子轻晃，旖旎而温存，还带着小小的不知所措。她平时一贯偏好简洁打扮，算不上十分漂亮，只是眉目顺眼而已，如今稍作一番修饰，身材匀称，风姿绰约，细长的弯月般的眼睛越发耐人寻味，站在丰神似玉的新郎身边，竟半点也不逊色。

六点左右，来的宾客益发多了起来，向远的待客手段向来八面玲珑，滴水不漏，此时人虽多而杂，她却不曾有丝毫的忙乱和怠慢，一概招呼得妥妥帖帖。叶骞泽不善交际，微笑在侧，谦谦风度也让人心生好感。

叶秉林特地为儿子的婚礼出了疗养院，由叶昀用轮椅推着自己到场，家里的喜事和出乎意料的盛况让他久病的脸上满面春风。

自从半年前大吵过那一回后，叶昀和父亲的关系一直淡淡的，倒是叶秉林早已不计较叶昀偶尔的一通脾气，他对叶昀并无对叶骞泽那般苛刻，也许是为了补偿多年前的亏欠，只求小儿子快乐自在。

叶昀也并非没有良心的人，即使负气而去，没过多久还是舍不下正在疗养期的老父亲，于是又回去探望。只是他心里那个结始终无法解开，他知道父亲愿意给他一切，可是他唯一盼望的东西却再也得不到了。叶昀不能怨恨向远的选择，看着她和哥哥相视而笑的眼神，连自己最后那一点点失意也不忍心流露。

叶昀推着叶秉林的轮椅，看到趁人不注意时，父亲抹去了眼角的眼泪。叶秉林说："阿昀，如果你妈妈在天上看到今天，也应该是高兴的。还有你阿姨，她非说要来，可现在是下不了床了，只剩我这双老眼在代她们看，只剩我了。"叶昀心中恻然，纵使还有怨气，面对风烛残年的老父亲，又怎么能发得出来？他也知道，自己的不甘和愤怒又何尝不是自私的？他父亲有什么错，不过是为了这个家，就算叶秉林撒手不管，难道他就可以躲开今天？

“一家人到得真齐，除了来不了的都来了啊，看来我是迟了一步。”叶秉文出现的时候，看上去兴致不错，他一眼看到了一旁轮椅上的叶秉林，笑道，“都说人逢喜事精神爽，大哥，你气色倒比叶昀还好。”

叶昀叫了一声：“二叔。”

叶秉文笑笑，拍了拍叶骞泽的肩膀：“骞泽，一声不吭地就给我们叶家娶进了这么个能干的媳妇，你爸爸的心也该放下了。你小子平时什么都不说，心里看来比谁都明白，是啊，谁又是省油的灯啊，不错，不错啊。”

叶骞泽也客气道：“谢谢二叔。”

叶秉文这时才面朝向远。

“抽烟吗？二叔。”向远浅笑，恰到好处地加重了那个称谓的语气，“前段时间都难得在公司见到您，听说是病了，正想着是不是该跟骞泽去问候问候，又怕打扰。今天您能来，看起来身体也没事了，那是再好不过。”

叶秉文饶有兴味地看着向远：“今天很漂亮，我喜欢看你这样的眼神，一切尽在掌握中。嫁入叶家，你想要的都得到了，不说恭喜，就太不识趣了。”

叶秉林适时打断：“秉文，一家人不用那么客气，客气就见外了。”

“哪里是客气，我是真心高兴，大哥，好日子还在后头呢。”

向遥来得很晚，而且不是一个人来的。她到的时候宴席已经将近开始。向远待她走近之后，才认出她牵着手带来的那个男孩，不是别人，正是江源的那个小保安。

向远的笑意还在脸上，眼神却顿时一寒。当初碍着滕云的面子，她没办法让那个保安走人，然而在向遥面前，她已再三警告，不要和保安整天厮混在一起，为此她还特意把向遥从临近门卫室的磅秤房调到车间办公室做统计员，不让他们有机会朝夕相处。没想到，向遥竟然会在她的婚礼上堂而皇之地和那个保安牵手出席，这不是对她的挑衅又是什么。

向遥假装看不见姐姐的眼神，笑着打招呼："恭喜啊，向远，还有叶哥哥，以后要叫姐夫了。对了，这是滕俊，你们都见过了吧。"她似乎拿准了这样的日子里向远不会也不能拿她怎么样。

那个叫滕俊的小伙子涨红了脸，拘谨地打着招呼："叶总，向主任，恭喜你们白头到老，永结同心。"

向远并不言语，那似笑非笑的神情让滕俊心里一阵发麻，还是叶骞泽打了个圆场："向遥，怎么来这么晚，快开席了，带你朋友去坐吧……阿昀，你带一下向遥他们去找位子。"

叶昀哦了一声，走了过来，说："向遥，我好久都不见你了，我们走吧。"他对滕俊也笑了笑，径自引着他们往入座的方向走。

叶昀不怎么到公司来，所以滕俊对于这个叶家的二少爷并不熟悉，只知道是叶家的亲戚，于是赶紧对这个与他年纪相仿的男孩回了个笑脸，却忽然在这时意识到自己的手心一阵生疼，不知道怎么的，向遥长长的指甲几乎要抠进他的肉里。

滕俊下意识地要抽手，但是向遥有些古怪的神情把他吓了一跳。公司少东大婚，原本是轮不到他这样一个门卫参加的，可向遥非要他一起来，他心里虽惴惴不安，也不愿意拂了心爱女孩的意，这便来了。他没见过这样的场面，到处都是衣冠楚楚的陌生人，还有向远沉默的审视，这都让他心慌想逃，只有向遥是熟悉的，可以抓紧的，然而就连她的手也捏得他疼。他不敢让她丢脸，疼也没有叫出声来，只是心里百思不得其解，刚才在向主任面前还镇定自若的向遥，为什么这个时候却方寸大乱。

叶昀刚把向遥和滕俊带到桌前，大厅的灯光就暗了下来，婚礼进行曲响起，一片掌声和欢呼中，新人在追光中走进会场。

滕俊在昏暗的光线中忽然窥见一张亲切无比的面容，心中一喜，不由自主地挥手叫了一声："哥，你也来了，我在这里。"

一直在为向远陪着山庄的几个重要客户的滕云其实早在向遥刚到的时候，就看到了和她一同前来的堂弟，当然，他没有遗漏向远瞬间冷下去的眼神。滕云自幼跟随叔叔婶婶长大，这个堂弟就跟亲弟弟无异，滕俊小小年纪就去当兵，没有读过多少书，是个实心眼儿的孩子。

滕云对滕俊笑了笑，说："先坐下吧，有话过后再说。"

滕俊点头，跟向遥一起坐了下来，看见哥哥也在，心里总算踏实了许多，至于滕云转身时脸上的忧虑，他无从知晓。

向遥他们和叶昀一样，坐在筵席的亲友主桌。向远家人寥寥，如今只剩了向遥一个。叶家人丁也不算兴旺，叶太太出不了医院，叶灵也没来，叶秉文和几个商场上的朋友坐在了一起，聊得兴高采烈，并不急着过来。偌大一张桌子只有叶昀的几个堂姑姑和特地从婺源老家赶来的李二叔夫妇坐在那里。

向遥之前没有听说李二叔夫妇会来，看见了熟悉的乡亲，又是曾经照顾过自己的人，惊喜之情溢于言表："二叔，二婶，你们怎么来了？"

李二叔脸上笑得开了朵花："昨天就过来了，你姐早几个星期就给我们打了电话，还把路费给寄了回去。我说啊，向远嫁人，我们再远也要来啊。你们两个爹妈都没了，我们不就是娘家人吗。"他扭头对老伴说："你看，小向遥长成大姑娘了，这眉目，就和她爹一样俊俏。"

向遥撇开有些坐立不安的滕俊，挪身到李二叔夫妇身边坐下："怎么不让我去接你们啊？"

"你姐让人来接了，还安排住下了。我们老两口活了大半辈子，还没住过这么好的酒店，真干净，真亮堂啊，听说一个晚上都要好几百块，哎呀，阿弥陀佛，可算见了世面。我也让向远给你打电话，这些年你们没回去，我们怪想念的，打了好几次，也没找着。”

向遥想起昨天晚上自己的电话确实响过一阵，不过当时她和朋友在外边玩，太吵了没听见，后来看到是向远的号码，心想她有事必定会再打来，所以也没急着回电话。

她当下心中有些汗颜，却又听到李二婶说：“你姐姐从小就有出息，我们都看出她不是个一般的女孩子，你看，果然是个有福气的，能嫁到秉林家里做儿媳妇。她跟骞泽两个人也是上辈子的缘分，两个人站在一起，就像从画里走出来的一样。向遥啊，你也要和你姐一样，出人头地，找个好人家。你跟叶昀，不也是打小一块长大的吗？”

李二婶笑眯眯的眼神让向遥面红耳赤，一阵慌乱，还来不及辩解，就听到叶昀笑着说：“二婶，您这是说什么呀？我跟向遥怎么可能，人家男朋友在旁边坐着呢。”

“看我，乱点鸳鸯了，差点忘了，向远和你哥是从小腻在一起，你跟向遥小时候可是冤家，我还以为不是冤家不聚头呢。”李二婶轻轻打了一下自己的嘴巴。

向遥原本也是要开口撇清的，然而，同样的话由叶昀嘴里抢先一步地说了出来，她心里就像打翻了调味罐，什么滋味都有，夹杂在一起就成了苦。

她装作去抓对面的喜糖，匆匆看了叶昀一眼。她不明白，自己小的时候怎么会说他丑？那么多次，他们一前一后地走过野花迎风摇曳的田埂小路，她为什么偏偏不肯回头？可是如果当时她回头，叶昀难道就会走到她身边，就像叶哥哥从小跟向远那样并肩而行？又或者她在等待着叶昀追赶上她，一如他追赶向远的脚步，气喘吁吁地说：“等等我，等等我。”

如果这个时候叶昀与她视线相遇，他会发现对面这个儿时有点不可理喻的小伙伴眼神前所未有的柔软，然而他早已扭过头去，一颗心也跟随着那迤逦过红毯的白色裙裾，游游荡荡，远离他的胸腔。

婚礼司仪在卖力地说着喜庆的开场白，李二叔抽空问一直含着一颗糖低着头的向遥："向遥啊，你怎么也不给二叔二婶介绍，你带来的这个小伙子叫什么。"

"我，我叫滕俊，大叔大婶好。"滕俊眼见这一对农村夫妇与向遥关系如此亲厚，赶紧自报家门。

"小伙子浓眉大眼，挺招人喜欢的，工作了吧，干哪一行？能让我们向遥瞧得上的，应该也是有本事的。"

李二叔原是无心的一句问话，滕俊却支支吾吾地窘在了那里，他偷偷看了一眼向遥，她美丽的脸上毫无表情。

在与向遥走得那么近之前，滕俊从来没有觉得过自己的职业是羞于启齿的，他靠自己的劳动谋得一份生计，堂堂正正！然而这个时候，当着热心的老人，还有这华丽而陌生的一切，不知道是为了什么，"保安"这个词，他忽然怎么也开不了口。

"还没工作啊，上学是吧？我看这孩子年纪怪小的，叶昀不也没毕业吗？"就连李二叔这个憨厚的老农也察觉到了对方的尴尬，自己打了个哈哈。

向遥瞥了滕俊一眼，什么时候开始，连他自己也看不起自己了呢？

"他没叶昀那么好命，当然也没我姐夫有出息，就在叶叔叔的公司里干活儿，是一个保安。"她仿佛怕老人一下子弄不明白，又补充了一句，"就是看大门的。"

说完，向遥自己就笑了起来，叶昀听到他们的对话，也朝滕俊的方向望了一眼，滕俊满脸通红。向遥的心里于是便充斥着一种坠落的快感，这种快乐是呛而辣的，如此刺激，终于驱走了糖也盖不住的苦涩味道。

他们尽管高高在上吧，无所谓，她就喜欢找个小保安，怎么样？

“看大门的？”李二叔喃喃重复，好像一时间脑子没有转过弯来。他自己也是泥腿子出身，也许此时的惊讶并无贬意，然而向遥的反应却出乎意料地激烈：“看大门的怎么了，看大门的就不是人？你们一个两个怎么都和向远一样势利，她削尖了脑袋往上爬，那是她的本事，可未必人人都要和她一样。”

“向遥，你怎么能这么说你姐姐？她为你操了不少心，你应该要多听她的话。”李二叔微微责怪地看着这个从小就是个拗脾气的女孩。

向遥不乐意了，先前与李二叔夫妇见面时的喜悦荡然无存。她冷笑一声，坐回滕俊身边，在桌下握住他有些发凉的手，再也没有跟桌上其他人搭腔。

台上，作为主婚人的叶秉林坐在轮椅上为儿子媳妇的婚礼致辞，他的欣慰是由衷的，说到动情处，眼角都有了湿意。待他礼貌地谢过所有到场亲友和嘉宾的光临，司仪将麦克风交到新郎手里，问一对新人在婚礼仪式正式开始前可有要说的感言。

叶骞泽接过麦克风，对着所有的人只说了一句话：“感谢我的所罗门宝瓶，实现了我的第二个愿望。”

千人的婚礼现场，听懂了这句话的不过三人。一个是动情，一个是会意，一个却是怅然。

按照G市婚宴的习俗，惯例是要从至亲的人开始敬酒。叶骞泽和向远携手敬过了叶秉林、三个堂姑姑、李二叔夫妇，还有叶秉文。然后向遥主动对他们举起了杯：“向远，姐夫，我敬你们。”

李二叔笑道：“这孩子，平时没大没小的，姐妹俩随便惯了，这个时候也不知道叫姐姐。”

向遥长长的睫毛颤动了一下，向远却已经轻轻和她碰杯，一饮而尽：“二叔，没有关系，叫什么都是可以的。”

叶骞泽也喝了小姨子敬的第一杯酒，听见父亲叶秉林对坐在位子上一动不动的叶昀说："阿昀，该你敬哥哥嫂嫂了。"

叶昀这才像是如梦初醒，学着向遥那样端起酒杯："大哥，向远姐，恭喜，恭喜你们。"

叶秉林也不禁对着李二叔笑了起来："这些孩子都怎么了，连叫人都不会了。"他转向叶昀，薄责道："傻孩子，还叫什么向远姐，以后她就是你大嫂，长嫂为母，今天这样的日子，不许没有规矩。"

叶昀没有说话，双唇紧抿，显得有些苍白，酒在举起的杯里微微地荡漾。

"叫啊，男孩子也这么害臊。"李二叔急得发笑。

叫啊，叫啊……叶昀心里也有个声音在喊：为什么不叫呢？只要一声大嫂，尘埃落定，从此自己也解脱了。

一桌人的笑意在叶昀始终举着的酒杯和持久的沉默中慢慢地僵了。叶昀不是察觉不到父亲轻扯他衣角的手，三个姑姑的窃窃私语，叶秉文的坐看好戏，李二叔夫妇的茫然不知所措，当然，还有向遥的幸灾乐祸。

他故意忽略了大哥的表情，一直固执地看着向远，一直看着，直到眼里渐渐地笼罩了一层雾气。他无比渴望向远能像对向遥那样宽容，说一句："没事的，叫什么都一样。"她放过了他，他才能放过自己，拒绝一颗心归位，留它继续在她身后游荡徘徊。

可是向远没有，她以同样的沉默和耐心静静地等待他的那一句称谓。从前无论多少个人说向远天生冷情，叶昀从来不信，她对别人怎么样他不管，可是向远对他，总是那么好。现在他才算是第一次见识到她冷静到残酷的意志，她明明是看得懂他无声的哀求，却还是微笑地，意味深长地等待。

叶昀最终还是输给了向远，他拗不过她，不为别的，仅仅是不愿意她失望。

“恭喜你们，大哥，大嫂。”他早该明白，不管他多委屈，她再不是只属于他的向远姐，连假想也不可以。

“好。”向远含笑点头，心里何尝不是如释重负。她伸出一只手，在叶昀脖子处为他扶正了微微倾斜的领带，低声说：“以后就是一家人了。”

叶骞泽的手恰是时机地抚上新婚妻子的肩头：“阿昀，向远，我们干一杯。”

“祝你们天长地久，永不分离。”叶昀说完，三杯相碰。不知道为了什么，透明玻璃的高脚小酒杯在碰撞的瞬间，伴随着一声清脆的裂响应声破碎了两个，溅出来的酒洒了一桌。

许多人听见动静都看了过来，向远脸上也稍稍变色，幸而李二婶及时喊了一声：“碎碎（岁岁）大吉，碎碎（岁岁）平安。”

向远第一个笑了起来：“没事，大家继续。”

第三十章

谁能抓住月光

世界那么大，芸芸众生，爱又是微妙难以捉摸的东西，你能遇到心动的人，已经很不容易，而他恰好又对你有意，这不比中彩票容易。

酒杯的碎裂让向远心中莫名地一沉，然而年轻时的她最不爱听那些神神鬼鬼的邪门事，她只相信事在人为。老天太忙，人还是得指望自己，她不就是靠着自己，一步一步地走出了那个封闭小村庄，和她所爱的人携手站在了更宽广的天空下吗？多年前，那个算命的神棍曾断言她注定六亲零落，伶仃终老，她偏要活得一生圆满，给老天看看。

所以，李二婶和叶骞泽的几个姑姑还在念叨着“大吉大利”的话，向远就不以为然地笑笑，掸了掸礼服上的酒渍，跟着化妆师到帐后特意隔出来的更衣室换了套衣服，然后很快就回到叶骞泽的身边，若无其事地与他继续往下敬酒。

此时的玻璃碎片早已被服务人员眼明手快地收拾干净，叶昀看见向远回来，低着头说了句：“对不起，怪我出手没轻没重。”

向远笑骂道：“真要是你碰碎的，罚你今天多喝几杯，家里的亲戚都交给你了，给我好好招呼。”

叶骞泽为向远小心地拈去发梢上的花瓣，带着点忧色和毫不掩饰的关切之情，低头问了句：“你确定手上没伤到吧？”

向远伸手在他面前晃了晃：“都说了没事。”

“没事就好，我刚才一直担心……”

“担心什么？”向远打断了他，然后用轻柔而毋庸置疑的声音对着他说，“不会有事，骞泽，我们会好好的，一直好下去，一定会！”

她捏了捏叶骞泽的掌心：“走，欧阳启明一家在那边，我们一起过去敬杯酒。这一两年，公司从他们那儿得到了不少工程，你也该过去好好打个招呼。”

看到向远夫妇双双走了过来，欧阳太太笑逐颜开地轻拍着向远的手臂：“向远啊，无论再能干的女孩子，最重要的事还是得嫁个好人家，找个好归宿，这才是有福气的。”

向远笑靥如花：“我若能有您十分之一的福气，这辈子也享之不尽了。欧阳总经理、欧阳太太，我和骞泽先敬两位一杯，承蒙关照，感激不尽。”

欧阳启明这时与向远也算熟悉，笑着和妻子一起喝下了向远夫妇敬来的酒，然后含笑对身边的张天然说：“不久前我们不还在感叹吗？说不知道什么样的男人才能娶到向远，让她心折的人可不好找。没想到啊，一转眼就接到喜帖。今天一看，叶少谦谦君子，跟向远一刚一柔，不是佳偶天成又是什么？我们总想着女人必定得嫁一个强势于她的男人，反倒是庸俗了。”

叶骞泽执杯浅笑：“欧阳总经理过奖了，不过今天能请到在座几位，确实是蓬荜生辉。”

“对了，怎么不见令千金和陈经理？”向远见欧阳夫妇身边只有外甥张天然，却不见时常在侧的东床快婿，不禁有些奇怪。

欧阳太太摆摆手：“他们啊，一个在国内待不到三个月，另一个你也知道的，是个闷葫芦，最近又特别忙。我怎么就不能有你这样省心的孩子？你看，身边这个，三十好几也没个着落，他爸妈都急坏了，连带着我也操心。”她指着一旁自饮自酌的张天然，叹了口气。

张天然见说到了自己，一脸无辜：“怎么又扯到我身上？我原本倒是打算死追向远的，可惜她又没看上我，至于别的女人，还是那句话，男人一旦见过了玫瑰，其余的都是野草。”

他的一席话让在座的人都笑了，向远忍俊不禁：“可别拿我做挡箭牌，你那朵玫瑰也许是有的，但肯定不是我。”

张天然哈哈一笑，跟向远和叶骞泽各自碰杯，新人只是作势抿了一口，他却将自己手上的一大杯一饮而尽，竟有不醉不归的架势。

向远借着敬酒，一一给叶骞泽介绍：“这位是章总……范经理……刘主任……这位是谢局长，骞泽，谢局长是钓鱼高手，有机会你可以向他请教啊……还有林检察长，对了，林检喜得贵子，我正打算特意给您道贺呢。”

那位姓林的检察长笑着说：“都是老熟人，何必客气。”他话虽淡淡的，但因着向远的一句话，眉宇间却满是喜意。

这一桌坐着的都非等闲之人，不是重要的客户，就是利害部门的高层，向远哪里敢怠慢，待叶骞泽和刚才几位打过了招呼，继续介绍：“骞泽，这位是莫董……”

叶骞泽没等向远介绍完，主动说：“这位我知道，鼎盛的莫总，莫叔叔，您好，很多年没去拜会您了，您还记得我吗？”

他与G市知名的房地产开发商，鼎盛集团的莫建国竟像是旧识，向远从未听他提起过，不由得有些意外。

莫建国似乎半开玩笑地回答：“怎么不记得，我倒是怕你们叶家不记得我这把老骨头了。唉，你爸爸以前的身子骨比谁都硬朗，你看现在，没有轮椅都动弹不得了，人的命啊……我上次见你，你还在念中学，一转眼就娶媳妇了……那个，怎么不见叶灵啊……你们兄妹感情好，你结婚，她没理由不见人影啊。”

叶骞泽迟疑了一下，有些心神不定，向远看了他一眼，正待替他接话，就听到有人说：“阿灵她前段时间生了场大病，现在还没完全恢复。哥哥结婚，她是想来的，我让她安心养病，身体要紧，自家人不拘这种俗礼。”

向远回头，只见叶秉林让叶昀推着，也到了他们这一桌。

叶秉林拍着轮椅扶手，笑着对莫建国说：“老莫啊，不，现在要叫莫总了，不是孩子结婚，都请不到你啊。”

“我是时常想着你，老朋友能有几个？可是这些年各忙各的事，都疏远了。你们家阿灵没什么大问题吧，那孩子，从小就身体弱，怪惹人疼的，要保重啊。”

眼看叶秉林和莫建国两人老友一般执手言欢，既欢喜又不胜唏嘘。反正已经敬完了这一桌，向远给了叶骞泽一个眼神，两人说着“招呼不周，请各位慢用”，便接着往别的桌敬酒。

一轮过后，趁着敬茶前的换装时间，向远见四下无人，便拉着叶骞泽问道：“你们家跟莫建国是怎么回事？”

她旁观刚才那一幕，总觉得叶家跟莫建国有故交是真，但看莫建国话里有话的口吻，再想到两家多年未往来，中间必是有什么周章。

既是一家人，叶骞泽也不瞒她，轻叹一声便说：“以前我爸爸和莫叔叔做过一段时间的生意伙伴。那时莫家就住在我们家隔壁那条巷子，两家往来得还是很密切的，至少我回城之后的那几年，莫叔叔都算是我爸爸最好的朋友。莫叔叔有一子一女，小儿子莫恒比叶灵大一岁，我们家院子大，他经常和她姐姐过来玩，我们几个都是很熟悉的。莫恒喜欢跟叶灵逗着玩，十几岁的男孩子，恶作剧也是没有恶意的，不过你知道阿灵那脾气，什么事都往心里去，大概是莫恒老在回家的路上吓她，抢她的书包，把她惹急了。后来有一次，莫叔叔在家里跟我爸爸谈事情，莫恒在院子里踩着梯子去摘树上的杧果，叶灵正好从外面回家，经过院子的时候，莫恒在树上开玩笑地用杧果扔阿灵。那时我还在学校，大人都在忙，杨阿姨也没有留意，阿灵估计是被砸疼了，恼得厉害，就在莫恒的梯子上推了一把……”

向远听到这里，心里已经明白了八九分：“莫恒，他摔下来……难道摔死了？”

叶骞泽想起过去，心有余悸：“人是摔下来了，而且是掉在水泥地上，当时我一回家，就看见一摊的血。我只知道大人一发现，马上送了医院，命是捡回来了，但是……一条腿算是落下了一辈子的毛病，还有脑袋，唉，虽不至于傻，但也比不上过去灵活了。”

“不用说，你爸的生意伙伴就这么没了。”向远想着他描述的那些往事，也不禁苦笑，也难怪莫建国那般表情言语，仅有的一个儿子，落得这样的下场，虽说小孩子不懂事，怪不得大人，但心里终究还是怨的。

“是啊，莫恒的治疗结果一出来，莫叔叔就抽走了合伙生意中自己那部分的所有资金，我爸爸百般道歉劝说也留不住，公司也一度遇到危机。最后虽然两家没有吵上法庭，也没有把事情弄得更糟，但是交情是完全没了。没过多久，莫家也搬走了。这几年，莫叔叔的鼎盛集团生意越做越大，江源却错过了良机。莫恒落下了一辈子的残疾，阿灵也成了那个样子，所以才说，世事难料。”

向远倒无心感叹，她在意的是更实际的事情：“那莫恒现在怎么样了？”

叶骞泽摇头：“我也不知道，只听说前几年莫家把他送出国去治疗，不过想要恢复成正常人，估计是难了。”

向远看着看上去相谈甚欢的叶秉林和莫建国，故人重逢，旧事再度被翻起，以鼎盛现在的财力，焉知是福是祸？

入夜，客人一一离去，新人送客时给每位到场的客人都送去了一份小礼物，其中除了糖果，还有一张脚下这尚未建成的度假山庄的贵宾金卡。一场喜事宾主尽欢，完美收场，永结同心的话说着说着，就在夜风中散了，天长地久却才拉开序幕，谁也不知道等待在后面的会是什么。

那场婚礼过后，沉寂了多年的叶家一夜之间知名度大增。当然，同时名声在外的还有正在紧锣密鼓建设中的温泉度假山庄，一旦建成，将成为G市第一个拥有天然温泉资源的大型商务休闲场所。

向远和叶骞泽并未安排蜜月旅行，只休了三天婚假，就各自回到岗位上班。正式嫁作叶家妇的向远毫无悬念地官升一级，填补了那个一直为她空悬着的销售总监一职。除分管江源所有对外经营工作以外，她还在叶秉林的授权下负责江源所有的副业管理，其中包含了一个电子配件经营部、一个金具销售公司，甚至还有两间干洗店。当然，也少不了原本在叶秉文旗下的广利投资公司和广利出资的温泉度假山庄。

对于广利，虽然名义上还在向远和叶秉文的共同管理之下，人事、经营、行政归向远，财务方面仍在叶秉文管辖之下，但大家心中都有数，没有了人事任免、经营决策以及日常事务管理权限，所谓的财政大权不过是一纸空文，再加上温泉度假山庄的项目管理者是滕云，滕云直接对向远负责，而向远直接对叶秉林负责，叶秉文实际上已被架空，保留原职也许只是叶秉林对自家兄弟面子的顾念罢了。

叶秉文当然心有不甘，然而向远是名正言顺的叶家媳妇，她身后俨然是安享天年但仍抓住江源命脉的叶秉林。而叶骞泽是她的枕边人，自不必说。叶昀虽也持有江源和广利的部分股份，但是先不论他年纪尚轻，从不管事，就算他插足公司的事务，难道叶秉文能指望叶昀的天平倾向自己的一方？

在公司里，叶秉文手下原本也有着一帮为他做事的人，但他平日为人刻薄，对待有如心腹的滕云尚且如此寡恩，何况他人。利益方面，即使平时有所得，蛋糕他自己吃了，其余人不过瓜分些碎屑。如今掌权的向远虽也不是观音菩萨，但是她的作风大家都很清楚，她就是一个极度重视实效的人，只要你能给出她要的那个结果，最起码，好处是实实在在的。因此，可以说，现在向远在公司里集天时地利人和于一身，跟她比起来，叶秉文不过是丧家之犬。不过向远倒没有痛打落水狗，平时无论公私场合遇见，对叶秉文俱是客客气气，一声“叶总”或“二叔”叫得毕恭毕敬，毫不含糊。用她的话说，别把狗逼急了，给它一口吃的，让它在墙根下转悠就行，它要真跳墙咬人，反倒不好收拾。

偶尔也有清高者不屑向远靠着婚姻，以裙带关系身居高位。这些传到向远耳里，她都付之一笑：“就连伟人也说过，关系是生产力。通往罗马的路不止一条，舍近取远就是迂腐得不可救药了。”

婚后没多久，为感谢章粤在各方面人脉关系上的疏通牵线，向远特意请他们夫妇在“左岸”吃饭。结果应邀而来的只有章粤一人。

“怎么，请不到你家沈总？”向远问。

章粤一笑，大大方方地说：“我都没告诉他。我们两个女人一起聚聚不是更好吗？我说向远啊，你好不容易请我吃顿饭，还偏偏定在我的地盘，叫我怎么说你好呢？”

向远拉她坐下：“这你还不明白？肥水不流外人田，有生意干吗让别人做。你放心，说了我请，就算在你的餐厅，该埋单的我一分不少。”

“啧啧。”章粤立马挥手召来了服务员，“你现在是人财两得，我再跟你客气就天理不容了。”

自家的菜单不需看，章粤就洋洋洒洒地点了长长一串，也不管两个人能不能吃完，痛宰向远这出了名的“铁公鸡”的心思昭然若揭。向远虽对她这种小女人心思不以为然，但是并不计较。

最后点到酒水的时候，章粤询问了她的意见。

向远说："老规矩，一杯水。"

"看你对自己那吝啬样儿，一年到头白开水就喝不腻？"

"这倒不是图省钱，我不太喜欢饮料，甜的酸的反而腻人，酒量又不行，还不如一杯水……哎，你不是才说戒酒了吗？怎么这就破戒了？"

章粤点了杯烈酒，打发走服务员，眨着一双善睐明眸对向远说："不是破戒，是为了庆祝我戒酒，最后喝一杯。"

向远嗤笑："得了吧，你不会是每天庆祝一回吧？"

"真的是最后一杯。"章粤一脸的认真，"再跟你喝一杯，以后就再不喝了。这酒啊，也不是好东西，喝多了，什么味道都淡了。你说这人吧，还是得甘苦自知，幸福的时候，喝什么都是甜的……笑什么，你现在不就是这样吗？心里苦的时候，白开水恨不得加三勺糖。"

"这可不像章大小姐说的话啊。你的风格不一贯是'人生得意须尽欢，莫使金樽空对月'吗？"

章粤哈哈大笑："我不过就那么一说。"说着，用手肘顶了顶向远，神态暧昧地问："怎么样，新婚燕尔的，生活还算'幸'福吧。"

她刻意强调的那个字眼儿，言外之意向远焉能不知？本想不予置评，然而当着难得的一个同性友人的面，她低头喝了一口水，还是忍不住抿嘴笑了起来。

她这一笑，章粤就来劲了，越发凑近了她，捂着嘴笑："叶少一看就是温柔多情的公子哥，绝对是善解人意，知情知趣，精耕细作……"

"够了啊，喝你的最后一杯吧。"向远轻描淡写地阻住了章粤的八卦，"说点情趣健康的吧，比如说你跟沈总最近如胶似漆的原因。"

"得了，少跟我假装正经，你的耳根都红了，联想的力量是很强大的，这个我了解，了解……"向远以刀枪不入著称，章粤好不容易抓到把柄，如何肯放过。

向远忍不住抚着额角笑：“我怕你了。”

章粤号称一双眼睛阅人无数，识人极准（当然，主要是指长得好的男人），自然不是浪得虚名的，这点向远甘拜下风。正如章粤所言，叶骞泽天生感性，是个善解人意的好情人，更是无微不至的好丈夫，他的感情并不浓烈，毫无侵略性，但那柔情蜜意却如随风入夜的细雨，润物无声。

向远是再聪明要强不过的一个女人，这些年职场拼杀，整个人更是如被岩石包裹，坚不可摧。然而叶骞泽不同，他是向远没有任何武装的时候就长在她心里的芽，如今他只需一个眼神，一次触摸，那嫩芽就长出了参天大树，自内而外地挣脱她的防备，她碎得只剩最柔软的内核，毫无屏障地在他面前。他覆盖她，充实她，向远一度有种错觉，只需有他在旁，她何用自我庇护？

那些夜晚，月光撩帘而入，流淌在床沿。向远在最快乐的一瞬总是徒劳地伸出手，想要抓紧那如水清辉，然而每当她合拢手指，手心就只余黑暗。它如约而至，却不能留在身旁。于是向远只得闭上眼睛，当她看不见光亮，可以捕捉的就只有身边温热的躯体，假如一切都是虚幻，至少当时的相依是真切的。

每当她紧闭双眼，叶骞泽就会在她耳边细细地追问：“向远，你不快乐吗？你难道不快乐？”他总是太小心，然而就连他也不明白，向远一如大多数女人，她心中的欲望远大于身体的欲望，所以，他赐予她战栗和最大的快感更多的是源自心灵而非感官。她爱上他，她爱上他的爱。

“回味完了吗？浮想联翩了吧，真是让我嫉妒啊。”此时章粤点的酒已经送了上来，她抿了一口，看着脸色泛红的向远咻咻地笑。

向远咳了一声，将一缕碎发撩到耳后，斜了章粤一眼：“嫉妒什么？

你千里挑一、非他不嫁的沈居安难道不如人意吗？”

章粤却托着腮说：“他当然是好的，完美无缺，无可挑剔。不过我更羡慕捂在手里暖的，有热度的。”她看了一眼向远怀疑的眼神，摆手笑了起来，“哎呀，跟你说这个，比分析股市行情还要难。别的我不如你，可唯独男人比你见得多。”

“说得像真的一样。”

章粤又喝了一大口，原本就妩媚的脸上越发艳丽不可方物：“骗你干吗？哎，我跟你说过吗，我结婚前的最后一个男朋友是法国人，我喜欢法国的男人，爱的时候热得浑身像要着火。”

向远不禁失笑：“小心引火烧身。不过反正离那么远，想想也无妨。”

“不，不远了。”

向远仍是打趣的眼神，却看到章粤的笑容里多了别的意味：“向远，我要回法国去了。”

她说的是“我”，而不是“我们”；是“回”法国，而不是“去”。

向远一愣，章粤是个小事装糊涂，大事却再清醒不过的人，章粤不像在开玩笑。

“你要走？沈居安呢？章粤，你要想清楚。”她不想问章粤夫妇之间究竟有没有问题，那么多次，她扶着烂醉的章粤回家，心中岂能没数。然而以章粤对沈居安的感情，她要走，何用留到现在。又何况，不久前他们夫妇俩双双出席向远的婚礼，那琴瑟和鸣、恩爱无比的模样难道也是假的？

章粤没有回答向远的问题，反问了一句：“向远，假如你爱的人不爱你，你会怎么办？”

向远莫名地觉得这个问题耳熟，她慢慢想起了当年还在婺源的时候，她第一次遇见叶灵，叶灵也问过她一个类似的问题。她叹了口气，无奈地说：“为什么你们不能问我，假如我爱的那个人很爱我，我会怎么办？”

章粤说：“因为你的那个假设太难了。世界那么大，芸芸众生，爱又是微妙难以捉摸的东西，你能遇到心动的人，已经很不容易，而他恰好又对你有意，这不比中彩票容易。大多数人不都是求之不得、辗转反侧吗？”

“你呢，你会怎么办？”

“我相信他爱我。”

“什么啊，我问的是假如，假如他不爱你，你怎么办？”

“我回答的就是假如，假如他不爱我，那我就说服我自己，相信他爱我。”

“这不是自欺欺人吗？”

“但这样会让我比较快乐。当然，人和人是不一样的，如果自己爱的那个人不爱自己，有的人会逃避，假装自己也不爱那个人；有的人会把这种感情转移，爱上另外的人；有的会死守原地，逼疯自己；有的会跟别的人结婚，一辈子想念；有的会阴魂不散，伤人伤己；还有的会干脆把自己变成另外一个人，变成他爱的人所爱的人……”

“怎么就像绕口令一样。”

“向远，你是我见过的最不糊涂的女人，你说，你是哪一种？”章粤问道。

向远迟疑了片刻：“我？我不知道。很多种情境之下会有很多种选择。不过只要不到绝境，我都认为应该留条出路，保全自己。”

“如果把你逼到绝境了呢？”章粤似乎得不到答案誓不罢休。

向远环握水杯的手无意识地一紧，然后又缓缓松开：“我不信会有绝境。”她笑笑，继而问章粤：“你说你选择相信，那为什么还要走？”

章粤将杯里最后一点酒饮尽：“因为离得远一点，我才能继续相信。”

由于向远悉心打点，上下疏通关节，温泉度假山庄的各项审批手续办得畅通无阻。在江源，向远虽力主开源节流，最大限度地降低成本，可她更知道，在如今的市场大环境下，要办成事，该花的钱一分也不能省。

叶秉林对度假山庄这个项目极其重视，每周都必定要亲自了解工程的进展情况，假如不是受病体所限，他恨不能日日亲临施工现场。这是当然的，江源在这个从未涉足过的副业上，几乎已经倾尽了所有的流动资金。厂房、办公楼、设备，一切的固定资产，除了江家的老房子，都用在了银行贷款的抵押上。可以说，经营度假山庄的成败直接关乎叶家和江源的兴衰。

向远能够嫁入叶家，是叶秉林下半辈子最为欣慰的事情之一，他的两个儿子，竟然没有一个对从商感兴趣，其中一个勉强为之，也是个撒手掌柜，凡事都不上心，幸而在选择伴侣时没有含糊。每当叶秉林在疗养院喝着上好的普洱，和病友悠然对弈之时，他心知，如果没有那个儿媳妇，他断然不会如此惬意。

这几年，在向远的推动下，已经日暮西山的江源正在逐步往一个良性循环的轨道上走。向远的主张是，发展副业，但主业不能丢。张天然逐渐淡出建材生产领域后，江源已经重新坐回省内行业龙头的位置，早先一度蓬勃发展的小型建材加工厂商在向远和张天然的联手打压之下，已经所剩无几，即使存活下来了，也成不了气候，无法对江源构成危险。在省内，江源已经是中建集团长期的固定供货商之一；在外省，尤其是西南云贵川一带，江源的名声也已经打了出去，近年来几个全国重点工程的招标，江源基本上没有空手而归的时候。

人人都说向远是聪明人恰好生而逢时，自然风生水起，无往不利。而向远却说，什么机遇、什么才华，都是空的，她得到的一切，无非是付出了时间。她每天用在公事上的时间从不低于十五个小时，一周工作七天。坐凌晨的飞机从投标的城市赶回来，第二日一早又赶去另一个城市的工地，做大客户的售后回访；怕资金链中断，连续几日亲自奔走，催收大额货款，晚上宴请度假山庄审批部门，喝得大吐不已，次日清晨的会议半分钟也不会迟到……这些都是家常便饭。那么多的时间和精力，假如一个学子用来苦读，何愁成不了鸿儒？而一个女人若能付出这些来经营她的爱和婚姻，也不怕收获不了一个圆满的家庭。所以，她用这些换得江源的如日中天，又有何稀奇？算什么幸运？

向远整日忙得如陀螺一般，工作永无休止。别说是叶骞泽，就连叶秉林这个做公公的都觉得过意不去，他能做的，唯有再三叮咛儿子要对向远好一点，千万不要辜负了向远。叶骞泽很少拂逆父亲，每次叶秉林叹息，生儿子有什么用，两个儿子都不如向远的一根手指头，他总是笑而不语。不过叶秉林可以看出来，受工作所误，向远和叶骞泽虽不能如其他夫妇那般日日腻在一起你侬我侬，但感情还是相当不错的。至少，向远这样再独善其身不过的一个女人，要想让她如此呕心沥血地为江源卖命，仅有利益，只怕是远远不够的。

向远自己也知道，仅凭她一个人，就算把一天二十四小时都用上，也未必能够事事兼顾，幸而公司里还有李副总和滕云值得托付。李副总是生产管理的一把好手，恰好弥补了向远对工艺制造不是很内行的缺陷，而假如没有滕云，向远这个温泉度假山庄的法人两头分心，只怕难有现在的事事畅通。叶秉林给了向远在江源最大限度的信任和权限，向远也同样把这些分给了这两个人。李副总和向远一贯在工作上惺惺相惜，为人又实在、可靠，跟随叶秉林多年，是难得的好助手，滕云却是向远从叶秉文手中斩获的一条臂膀。

滕云这个人，心里有十句话，只会说一句，他做一件事，顶得上一个庸人做十件。然而，这样一个人，更会因为一次知遇之恩而付出十倍的回报。他早前得叶秉文提携，因此，多年以来毫无怨言地为叶秉文做牛做马，即使对叶秉文的为人并不认同，仍然难以割舍恩义，最终反倒是叶秉文的狠毒成全了他，让他彻底地寒了心，恰好在这个时候遇到了向远。

向远和叶秉文不同，从不在滕云面前提及自己的恩惠。她截下了那盘让人难堪的录像带，并且赏识滕云，信任滕云，交付给他重任，末了，却对他说，这一切不过是互惠互利，她从不对不值得的人好。她和滕云各自从对方身上得到了利益，谁也不欠谁。然而，从那时开始，在公司里，滕云只为向远做事。

向远不止一次地说："滕云，你这样的性格会让你做人很累。"

滕云耸肩，觉得自己有自己处世的原则，这样没什么不好。所以，当向远接着又说："我总觉得，别人给你多少，你还多少，这就足够了，别豁出去地掏心掏肺，不值得的。"滕云便不软不硬地回了一句："那你觉得叶骞泽给了你多少？"

向远没想到自己被他将了一军，警告地用手指了他一下，最后还是笑了出来："你这个人啊。"

实际上，向远虽劝滕云凡事有所保留，但不知不觉间，滕云已经成为她心里最为可靠的人之一。滕云喜欢同性，但这并没有让他看上去阴阳怪气，他除了爱一个男人，别的和其他人并无区别，并且，不被主流接受的恋情反而让他的心思更为缜密和敏锐，向远就曾笑他是男人和女人优点的绝佳混合体。

由于工作关系，向远和滕云经常有大量的时间单独相处，滕云的性取向反倒让两人的交流和沟通更加自在无碍。没有旁人的时候，向远并不刻意对滕云的另一半讳莫如深，避而不谈，她偶尔会很轻快地问起他们两人的一场约会，或是干脆递给他客户送的情人电影套票。滕云在她面前提及自己的同性爱人时，也相当坦诚大方。向远隐约知道对方是政府的公务人员，受过良好教育，和滕云感情甚笃，关系稳定，不过她从来没有见过那个人，也没有这个打算，人和人之间，再投缘也要留个距离，彼此也好转身。

其实从婚礼结束之后不久，向远就意识到滕云几次在她面前欲言又止，她也不追问。滕云一向想得多说得少，说话做事极有分寸，他没办法开口，必然是件没有把握的棘手事，而向远其实已经猜到了几分。

终于有一天晚上，结束了一场应酬，滕云为向远挡了不少酒，向远遣走了司机，自己开着公司的车送滕云回家。

滕云有了几分醉意，神志还算清醒，不过他酒品甚好，除了略显疲倦外，很是安静，一路上更是半句话也无。向远听着车里的广播，午夜频道，多是些痴男怨女打进电台诉说伤心事，眼前正是主持人在开解一个因家庭条件差异而无法跟女友走到一起的困惑男青年。向远听得津津有味，几次忍不住笑出声来。

“向远，对不起。”一直静静的滕云忽然冒出这样一句话，让向远讶然地笑着望过来：“为什么这么说？”

“不是为我，是为滕俊，我弟弟。”

向远听他说完，忽然不笑了，转过头去专心注视着前方的路口，双唇紧抿。

“他是个孩子，喜欢了，就藏不住，别的什么都没考虑。他未必知道你并不赞成他和向遥的事，所以那天婚礼上……我就这么个堂弟……总之我会对他说，他和向遥不合适。”滕云说。

“不，不用。”向远摇头，“现在看，这件事错的人是我，一开始我就不应该当面阻止向遥和滕俊在一起。她一心跟我对着干，我越不让她干的事，她就偏要干给我看，我反对什么，她就喜欢什么。如果当初我放任不管，也许他们反而成不了。说实话，你弟弟未必是向遥喜欢的那种人，她新鲜感一过，这件事也就过了。现在到了这一步，反而像是我推了他们一把，你这个时候如果也插手，他们就更认为自己是罗密欧和朱丽叶了。”

滕云很少看见向远脸上有这样的懊恼之色，他苦笑道：“阿俊那孩子头脑简单，但是对向遥倒像是认真的。可他配不上向遥，我知道。”

向远看了滕云一眼，淡淡地说：“你何必说这些？我当然知道错不在他，更不在你……滕云，说实话，你心里也觉得我太过势利，不近人情是吧。随你们怎么想。”

“我怎么想重要吗？”

此时车子已经到了滕云的住处门口，向远熄了火，末了，在滕云下车前还是叹了口气：“你弟弟是个老实人，我看得出来。滕云，我并不是看不起他，可向遥这个人情绪化，头脑一发热，她自己都不知道自己要干什么！我始终不赞成她和滕俊走到一起，不是针对滕俊，而是我的一点私心，我就这么一个妹妹，我希望她今后的路能够走得安稳一点，生活得好一点，你明白吗？”

她说着，又自嘲地笑了一声：“现在说这个都没有意义了，我再做棒打鸳鸯的恶人，说不定她会明天结婚给我看。还是顺其自然吧，还真说不定，到头来，我们会成了亲家。”

第三十一章

罗密欧与朱丽叶

在长她六岁的姐姐面前，向遥稚嫩得如此可怜，以至于向远不费吹灰之力就把她那点欲说还休的心思看得一览无余。

那天，滕俊上早班。上班的时间过去了一会儿，公司大门进出的人渐渐稀少，他见无事，便拿着扫帚将附近的落叶扫作一堆。

门口一带是门卫的管辖范围，但公司是有专职的清洁工人的，和他同时值班的一个巡逻保卫从他身边走过，说了句："你没事扫它干吗？上头给你发双份工资了？"

滕俊答道："闲着也是闲着。"

他干得很认真，就连墙角的缝隙里也细细地扫过一轮，半片叶子也没有放过。其实做这些的时候滕俊心里没想那么多，从小他就是个勤劳的孩子，上头有几个姐姐，年纪比他大不少，早早就嫁了出去，跟着他父母一起生活的堂兄滕云又一直在外面读书，父母都老了，他是他们身边唯一的儿子，那么多农活，他不干谁干，都习惯了。

滕俊十八岁进了部队，他操练勤奋，干活跑腿都积极，加上模样端正，性格忠厚，几次救灾抢险都立了功，深得长官的喜欢。但是，因为他在军中没有任何关系，到了该退伍的时候，只得领了那一两万元的补贴，老老实实被发配原籍。他也没有什么怨言，自己本来就是个农村孩子，从哪里来，回哪里去，天经地义。他把在部队三年换来的钱全部交给了父母，自己只留下四百块，买了一张火车票，到G市投奔堂兄滕云。

滕俊崇拜滕云，他觉得滕云比自己有出息得多，有滕云在外面打拼，他们一家人的生活已经足够衣食无忧。滕俊之所以来到G市，除了兄弟俩在一起有个依靠，更重要的是想真正见识见识大城市的生活。在所谓的沿海窗口驻守了几年，实际上他走出军营的次数用一只手的手指头都数得完。

他自知没有什么文化，干不了轻松的活儿，所以，当滕云问他，愿不愿意到江源来做个保安，他就高高兴兴地答应了。在江源的日子，滕俊领着一千块上下的工资，每周上两天夜班、四天白班，住在单身宿舍，觉得无比满足。更重要的是，他在这里遇到了全世界最美丽的女孩，她笑的时候，滕俊觉得自己不善音律的心中有只小鸟在唱着歌。他从没有觉得这样的生活有什么不好，只要能让他一直这么快乐，一直留在那个女孩身边，用什么他都不换。

滕俊除了对向遥百依百顺，还善待身边的每一个人。他珍惜这份工作，所以就想做得更好，何况滕云也吩咐过他，要本分做人，勤奋做事。他经常一个人干两个人的活儿，别人让他帮什么忙，只要力所能及，他很少拒绝。遇到无赖的同事，见他好说话，屡屡把大夜班拿来跟他换，或者干脆让他无条件顶班，他也很少吭声。为此，向遥为他抱过很多次的不平，恨铁不成钢的时候，就会指着他的脑门骂他是猪。滕俊不但不气恼，反倒觉得向遥是在关心他，心里跟泡在蜜糖水里一般的甜。

其实，滕俊也注意到了，虽然向遥跟他一样，也是个小小员工，但她脾气火暴，她冲着那些欺负滕俊的人发火的时候，那些老油条竟然一个也出不了声。然而当向遥不在，一个班里的其他保卫对滕俊的敌意却变本加厉，也许滕俊的勤劳搅乱了其他人原本固有的工作模式。他只想好好做事，却从来没有意识到自己的苦干会让人觉得不自在，又或许，别的人因为向遥和他特别亲厚的关系而对他越发反感，花骨朵一般娇滴滴的女孩子，又是公司的皇亲贵戚，凭什么看上个一无所有的小保安？在这样的环境下，滕俊越出力越不讨好，他的认真肯干成了爱表现、爱出风头，就连无怨无悔为同事顶班、脏活累活自己抢着干也成了假惺惺。

滕俊老实，但他不傻，别人的复杂眼神他并非看不懂，尤其是他和向遥站在一起的时候，那些闲言碎语就像春天最惹人厌的毛毛雨，你搞不清楚它从哪个方向来的，但它无处不在，冷飕飕的，逼人而来，不知不觉就被它打湿了。也就是那个时候开始，滕俊才第一次清楚感觉到，人和人之间是分等级的，就像公司里的固定工和临时工、本地人和外地人、脑力活和体力活——就像向遥和他。并且，他惊讶而难过地发现，不管在哪一种关系中，他原来都处在最底层！而且，仿佛每一个人都在提醒着他，不同等级的人在一起是不合理的，不应该的。

向遥也是这么想的吗？滕俊不得而知，这个美丽的女孩就像他抬头仰望的一朵云，让他心而往之，却变幻无常。从一开始，滕俊就不知道向遥为什么会主动帮他说话，不知道她为什么忽然跟自己走得那么近，不知道她为什么可以很长一段时间不理会他，又突发奇想地牵着他的手一起出现在她姐姐的婚礼上，不知道为什么在他以为自己终于赢得了女孩的心而欣喜若狂之后，她却一再地若即若离。难道，这一切都只是因为她是向总的妹妹，而他只是个小小的门卫？

滕俊很少心事重重，这一天，他把面积不大的一块空地打扫得干干净净，用了比往常多两倍的时间，刚放下扫帚，就听到门卫班的班长远远地跑了过来，说：“滕俊，人事部让你去一下，有事！”

滕俊的心咯噔一下，如失控的电梯急速下跌。他来到江源两年多，只去过一次人事部的办公室，那还是报到的第一天，滕云带着他去办手续。不仅是他，所有的一线工人和他们这些小门卫，都很少有机会到那些办公室去，有什么事，上头一般会交代到班长那一层。他这样的小兵，无缘无故被请到人事部往往只有一个理由——被辞退了。

“快去啊，磨蹭什么？”班长在催促着。

滕俊心里又慌又懊恼，他记起来了，他唯一的一次上班时间违反规定，是因为向遥想看他比画手技。他以为那个时间没有什么人看见，又盼望着向遥能够高兴，也就没顾上自己还在执勤，结果向遥是笑了，可哪想得到偏偏让向远看见了。

滕俊怕向远，很怕。其实大多数员工对向远这个时常面带笑容、很少发脾气的女主管都心存敬畏。向远很容易给人一种感觉，她不轻易动怒，很少与人为难，不是因为不敢或者好欺负，而是因为她不想，人们心里仿佛都有一种共识：假如向远一旦发难，那后果绝对比被叶秉文大骂一场要严重得多。

向远含笑的嘴角和冷冷审视的神情，滕俊至今记忆犹新，每次想到都有种无处容身的慌张。一定是向远对他不满意，她不喜欢他和向遥在一起，所以要炒他的鱿鱼，一定是！

他不想离开这里。他习惯了这里的生活，害怕挪根，最重要的是，向遥虽然对他忽冷忽热，但是他守在门口，至少可以看见她，对她微笑。滕俊想冲回执勤的小房间给堂兄打电话，谁都知道滕云是向远的得力助手，堂兄会帮他说话的。

可是班长不耐烦了：“用不用我八抬大轿请你上去？你们这些外地佬，别给我添乱。”

班长是本地的老员工，同样也是门卫，只不过是个小小的头。他因为是固定工，享受着江源员工等级里最优厚的待遇，不用执勤，不用上夜班，甚至有时只在公司露一露脸，就大摇大摆回家睡大觉，只等着年龄一到就退休。班长的收入滕俊不知道，但是有一次和别的门卫聊起，他们让他猜，他底气不足地问："难道是我们的一倍？"结果在场的人都大笑他没见过世面。

同是外地人，向远和滕云这样的高层没有人敢稍有怠慢，但是小员工受气却是司空见惯的，滕俊对班长的颐指气使和有事没事的谩骂已经习以为常了。开始的时候，班长还因为他是滕云的弟弟而有所顾忌，后来大概是意识到，滕云本身就是个多一事不如少一事的人，滕俊又不善告状，于是越发变本加厉，有时竟然会说出一些关于滕云的不堪入耳的流言。滕俊心中愤怒，可不愿惹事，也害怕张扬出去对堂哥不好，只得忍气吞声。

这些"外地佬"之类的话，听多了，久而久之就会麻木，可不知为什么，滕俊这一次听到班长的话，心里前所未有的憋闷，他暗自握拳，又再放开，低头匆匆地走过班长身边。

人事部找滕俊的是个中年阿姨，人还算是和气。滕俊横下心等待着领遣散费走人，那个阿姨却打量了他几眼，然后把一张培训调配单推到他的面前。

"滕俊是吧？明天开始到劳动技能培训中心上课，时间、地点单子上都有，自己看清楚。"

滕俊愣了愣，懵懵懂懂地把那张单子拿在手里，上面确实白纸黑字地写着他的大名，还有鲜红的公章。

"阿姨，我培训？培……培什么？"

"电焊工！怎么，你不知道？小伙子，在江源时间不短了吧，这个培训可不是谁都能去的。"

不用那个阿姨说，滕俊自己也听说过，电焊工是江源等同类企业中最紧缺的技术工种，在所有工人的待遇中也是最高的。电焊工上岗前必须有证，企业花钱把员工送去培训之后，往往是员工拿到了证就被别的企业挖走了，原先的企业平白替他人做嫁衣。

过去叶骞泽分管人事，他为人仁厚，面对电焊工流失的现象，采取的是提高待遇、厚薪留人的方式，结果却导致那些持电焊工证的员工坐地起价，领着高工资，稍不满意就扬言走人，反正此地不留人，自有留人处。不到逼不得已，叶骞泽通常不愿意采取法律手段，毕竟主雇一场，他觉得留不住人是企业文化出了问题。

向远接手后，不声不响地让人事部暗自对外高薪招聘了一帮电焊工，当这批人到位，她就毫不手软地裁掉了所有漫天叫价的旧电焊工。用她的话说，她宁可用同样的钱来请外人，也不能姑息这样不知餍足的白眼狼。换血的同时，向远向省内外一些相熟的同行都打过招呼，声明这些人切不可用。她在同行中人脉甚广，既出此言，那些被江源的好待遇养肥了的电焊工要再找到好东家，就不是那么容易的事了。

这事一传开，不但是电焊工，基本上所有自抬身价的技术工都收敛了不少。向远对叶骞泽说的一句话也传了开来，她说，企业消化不良的时候，文化是厕所里的卫生纸，而不是止泻药，真正有效的秘方是利益，永远是利益。

此后向远吩咐人事部，如若再送员工去培训，必须签订严格的协议，一旦出现过河拆桥的人，必须让他付出不止一倍的代价，并且在选拔培训人选的时候，务必再三慎重。因此，后来能被选拔去参加公费电焊工培训的人只有两种：一种是表现特别优异的人，另一种则是来历不凡的人。滕俊莫名其妙，无法理解这样的事怎么会落到默默无闻的他身上，他显然两种人都不是。

“明天去培训？我明天还是白班，后天是夜班……还有这上面写着培训一个月，我们班长是不会同意我请这么长的假的。”他挠了挠头，一脸的苦恼。

人事部的阿姨顿时笑得不可收拾：“你这小伙子真有意思，你培训完，拿到证之后，还能让你去看大门？”

滕俊开始明白了，面对这样措手不及的变故，他的惊愕压倒了喜悦——他甚至不知道该不该喜悦，只知道他的生活从此不得不发生变化了。

一个月的培训结束，滕俊的勤奋努力得到了回报，不但如愿领回电焊工上岗证，还在培训班结束时举办的一次新人技能竞赛中得了第一名。培训的老师都夸他相当不错，天生就是干这行的，还说有机会遇到他们江源的负责人，一定要好好夸夸他。

滕俊当下红着脸请求老师千万不要跟领导提起。老师莫名其妙，他当然不明白这男孩的心思，滕俊只要一想到向远难以琢磨的笑容，就觉得心里一阵冰凉，虽然，他隐约可以猜到自己的幸运也许和向远有关系。

回到江源，滕俊顺理成章地被安排进了钢构架生产车间，正式作为一名电焊工，彻底摆脱了看大门的生活。在新的环境里，别的工友拍着他的肩膀，脸上总是一脸暧昧的笑容，那些潜台词殊途同归：你小子行啊，叶少的连襟，向总的妹夫，向遥这么标致的女孩都被你哄到手了。

滕俊总是红着脸，他不知道怎么解释，因为他自己也说不出原因。

向遥现在是他们车间的统计员，平时接触也比过去多了不少，对于他的机遇和改变，向遥狐疑了一阵，但还是由衷的高兴。两人一起出去玩耍，遇到需要介绍的场合，向遥总是开开心心地指着滕俊对别人说："这是我们公司的焊接高手哦。"可是以前，她只是含糊其词地说他是同事，只有被人提起他是门卫时，她才会反应激烈地强调：门卫怎么了，门卫不是人？有时滕俊想起这些，心里才恍然，也许曾经最不喜欢别人质疑他门卫身份的向遥，才是对他的身份最介意的一个人。

滕俊想，既然向遥喜欢自己的改变，那还有什么不好呢？连带着，他自己也对这个改变喜欢了起来，从此工作更加卖力。

背地里，滕俊跟堂哥说起过心中的困惑，滕云安慰他，别想那么多，做好自己的事，一切顺其自然。

想到自己对向远的误解，滕俊有几分愧疚，觉得自己以小人之心度君子之腹实在太过不该，他应该是要感激向远的。所以，有一次向远和李副总同行，下到他们车间了解生产进度，走过滕俊身边时，滕俊放下了手里的活儿，站了起来，拼命鼓起勇气，打算对向远说一声“谢谢”。然而向远对他的举动视而不见，只顾着跟李副总交谈，仿佛根本就不认识身边的这个年轻人，反倒是李副总，一边听向远说话，一边有意无意地看了滕俊一眼。

向远刚送走一个催收货款的客户，坐回自己的椅子，觉得太阳穴有一根筋绷得难受。这已经是本周第三次原材料厂家的代表找上门来了，话是说得好听，客户回访，顺便拜访一下她而已，然而实际上大家心中有数，临近年底，哪个厂家不盼着资金回笼，无非是催款罢了。

沈居安就常说，管市场的，催债和被人催债就是工作的主要内容。向远心有戚戚焉，每个企业都一样，恨不能有尽可能多的流动资金。她去催业主，原材料厂家来催她，如此循环，久而久之就麻木了。像沈居安，追款追款，都追到法国去了。

不过江源现在的确处于资金特别紧张的时期，今天早上滕云还给她拿来了财务报表，山庄的施工已经到了收尾阶段，许多款项都不得不支付，否则就只能在这个关键时刻被卡住，停滞不前。中建前一阵刚打过来的工程货款，甫一到账，就已经被用得没影。下面还有上千的工人眼巴巴地等着发工资，越是那些收入高的固定工叫得就越凶，仿佛拖欠了一天世界末日就会来临似的，向远也万般无奈。那几个原材料的厂家代表她是好言送走了，都是老客户，不至于逼得撕破了脸，但她也不知道下次还有没有这么好打发。

之前说得口干舌燥，好不容易只剩了自己一人，向远舒了口气，抿了口杯子里的水，觉得不对劲，又多看了一眼。杯里除了温热的白开水，还漂浮着少许枸杞、几颗红枣和莲子，红白交错在透明的水里，甚是好看。她独自抿着唇笑了起来，为她准备这个的人，除了叶骞泽，还会是谁？

在家里的时候，他就时常责怪她整天只知道忙碌，太不在意自己的身体健康。过于繁复的滋补方式她总觉得浪费时间，而枸杞清肝明目，红枣补气养血，莲子健心益肺，用温水泡服，是最简单又再好不过的保健方式。平时叶骞泽怕杨阿姨记性不好，又把握不了分量，总是每天自己亲自泡好放在床头，非得看着向远喝下去才肯罢休，这几天他到外省开会，向远也搞不清他是怎么神不知鬼不觉地把这些东西放到了她办公室的杯子里。

这个人啊，真如唐僧一般，日日念，时时念，一刻都不肯放过她。向远这么想着，虽没有他在旁监督，却也老老实实地喝了下去。她不知道究竟是哪一味药材的功效，让白开水变得回味甘甜。其实说起来，叶骞泽若是唐三藏，向远不是孙悟空又是什么？任她万般能耐，七十二变，又如何逃得过他用温情设下的紧箍咒？

向远自己也没有意识到，想起叶骞泽的时候，她的嘴角一直没有卸下浅浅的笑容。也许他说的是对的，那些枸杞莲子真的是好东西，至少现在她太阳穴的那个位置，不再一阵阵地抽痛。

向远犹在摆弄着骨瓷的水杯，难得地分神，忽然听到自己的办公室门被大力推开的声音。在江源，会这么绕过助理，直接闯进她办公室的只有三个人：一个是叶骞泽，一个是叶昀，还有一个则是向遥。她的助理虽然不敢拦住叶骞泽，但除了求婚的那一次，他从不贸然打扰她，就连在工作间隙偶尔来探望，也会礼貌地敲敲门，这是他一贯的风格。至于叶昀……向远婚后，他很少再找她，家里尚且难得一见，更不用说公司了。所以，无须抬头，向远也知道此刻冲进来的人会是谁。

向遥站在姐姐的办公桌前，身上还穿着车间的工作服，但这也无损她的天生丽质。推开门走进来的瞬间，向遥看到了向远脸上难得一见的温暖笑意，这让她稍稍一愣，不知道在她看来，一向城府极深的向远葫芦里卖的究竟是什么药。

对于这个不速之客，向远并没有流露出丝毫的惊讶，甚至连恼怒也没有，她只是收起了笑容，换上了一贯波澜不惊的神情，指了指办公桌对面的沙发。

“有什么事，坐下再说。”

这个反应让向遥有些失望，她坐了下去，但又飞快地站了起来，直截了当地问：“向远，你究竟想干什么？为什么提滕俊做焊接班的班长？”

向远微微挑高了眉：“是吗？他做班长了吗？这样挺好啊。不过班组长的选拔一向都是车间做主，我哪里管得了那么多？”

向遥从鼻子里“哼”了一声，完全不相信向远的这套说辞：“算了吧，别装了，有什么事能瞒过你啊，何必那么虚伪？”

“好吧。”向远拍了拍转椅的扶手，好整以暇地说，“就算像你说的那样，我知道滕俊做班长的事，那又怎么样呢？他凭他的本事得到提拔，你应该高兴才对。”

“他得到提拔我当然高兴，但是别以为我不知道，你不喜欢他，也不喜欢我和他在一起，我猜不透你究竟打的是什么算盘，但是你绝对没有那么好心。”向遥柳眉倒竖。

向远仿佛被逗乐了，短促地笑了一声，说：“人不知而不愠。你或许可以理解为，我在某种程度上认同了他，这不是你一直渴望的事吗？”

向遥依旧怀疑，然而在向远四两拨千斤的态度面前，原本一心一意要讨个明白的她更加糊涂和不知所措了。她忽然有些不自在，嘴硬地说：“我渴望？我为什么要渴望？他是他，我是我，不要混为一谈。

滕俊是个老实人，我只是不希望你拿他来做文章，仅此而已。”

“是吗？如果滕俊不喜欢做这个班长，他大可以向车间主任反映，我想没有人勉强得了他。既然他是他，你是你，他本人没有意见，你何苦为他出头？”

向遥闷闷地坐回沙发，出不了声，过了一会儿，自己也觉得不分青红皂白来指责向远有些冲动，这才生硬地换了个话题：“姐夫出差了？”

她从不开口叫姐姐，但对叶骞泽，“姐夫姐夫”的却一直叫得很顺口。

向远“嗯”了一声，算是回答。

向遥没了话，坐在那里，双手打结了很久，又问了一句：“对了，叶昀……他现在怎么样？”

“挺好的。”向远看了沙发上的人一眼，她猜得没错，现在她不再限制向遥和滕俊交往，向遥自己反倒犹豫了。

“他……那个……你结婚那天，他看到我跟滕俊在一起，有没有跟你说过什么？”说到后面，向遥的声音越来越小。

向远笑笑：“你希望他说什么？”

“我就随便问问，你不说就算了。”向遥犹自强撑着。可在长她六岁的姐姐面前，她稚嫩得如此可怜，以至于向远不费吹灰之力就把她那点欲说还休的心思看得一览无余。

“他什么都没说。”向远不想骗她，不想她沉浸在自己一个人编织的幻梦里。

这个回答让向遥很受伤，也许她自己早就想到了，但是从向远的嘴里淡淡地说出来，她更加难以接受：“你骗我！”

“就当我骗你，你为什么自己不去问他？你不也知道他的学校在哪里吗？不敢是吧，连这点胆量都没有，在我这里叫嚷什么呢？要是你希望从我这里听到满意的答案，这样好了，你透露一下口风，我可以按照你想听的来说。”

向远口气里的怜悯让向遥爆发了，她冲上前几步，指着向远说：“我根本就不该指望你，你才不会帮我，什么事情都只想着你自己，别的人在你眼里就只是个摆设而已。你说不让我跟滕俊在一起，就可以二话不说把我调岗，突发奇想，又跑去提拔他，逗他开心，把我跟他凑一对。还有，你已经如愿以偿地嫁给叶哥哥，想要的都得到了，却还不肯放过叶昀，你希望他一直像小时候那样，只做你的跟屁虫是吗？向远，不，我应该叫向总，最自私、最冷血的就是你，全世界的好处你都想占完，你成功，就要把所有人都当作你踩在脚下的石头！”

向远靠在椅背上静静听向遥声色俱厉地控诉，是啊，她最自私冷血，她做什么都只想着自己，难道给滕俊一个好出路，不让向遥在叶昀那里撞得头破血流也是为了自己？

等到向遥不再出声，她才接口：“我再不是个东西，也轮不到你站在这里指着我的鼻子。既然懂得叫一声向总，你就应该还没有忘记现在是在公司，是上班时间！我自私冷血，那么光凭你擅离岗位，没有规矩地闯进我的办公室，就足够让你回家喝西北风……怎么，豁出去了，想不干了？好啊，出了江源，离了我这个冷血的人，试试看你一个月薪水够不够买你脚上这双鞋！”

向遥胸口起伏，表情愤然，但再没有搭腔。向远对自己说，她跟向遥较什么劲啊，有什么意思？她已经很久没有发火了，今天这一次，不知道是因为向遥的出现搅碎了她难得的喜悦，还是因为向遥提到了叶昀。她纵使不是个热心良善的人，但是扪心自问，无论是向遥还是叶昀，世界上难道还有人比她更希望他们过得好？

“算了，出去吧。走的时候把门带上，别说爸妈死得早，我没有教过你最起码的礼貌。”向远神色如常，埋首卷宗里，再不看向遥一眼。

直到听到掩门的声音，脚步声渐远，她才叹了口气，拿起了办公台上的手机。多年前的旧款诺基亚，外壳已经磨损了，唯独通话质量还算正常，这还是当年叶昀送给她的东西，手机的原主人已经许久没有跟她联系了。有几次，来电显示里亮起那个熟悉的号码，只一声，还来不及接起，就挂断了。她和骞泽让他回家吃饭，他十次倒有九次有事。

向远想，找个时间，也许她该去看看叶昀，他还有半年就要毕业，她总要知道他以后想干什么。她看着叶昀长大，做了一家人，没想到竟然疏远了。

Best Time

白马时光

山月不知心底事

两人一站一坐地在鱼池边看着水里涌动的金鲤，向远心情渐渐好了起来，重新开了一袋鱼食往水里扔。

没有期待才是安全的，向远想，但是，没有期待该怎么活？

夜风拂过，向远激情中的手轻颤，原本紧握着的那颗纸牌“心”脱手而出，随风而去，轻飘飘地没有重量，飘落到很远之外。

“唉……”“怎么了？”他困惑于她的不安分。

“骞泽，你的那颗心飞走了。”

“可是我人不是还在吗？别管它，过后再去找回来吧。”

她想象着叶昀等到深夜，在他们终于熄灯之后独自在草丛中寻找，夜晚的露水打湿了他的衣服，向远干燥而坚硬的一颗心，终于也有了微微的潮湿。

终于，崖底在望，只要再等片刻，沉沉的一声闷响过后，迎接她的就是无止境的自在，她这半生从未体会过的自在。

辛夷坞——著

山月不知心底事

—下—

插/图/纪/念/版

百花洲文艺出版社
BAIHUAZHOU LITERATURE AND ART PRESS

目录

contents

目录
contents

第三十二章

竟然是他

向远笑道："我哪里是赵敏，咬你的人又不是我。真要让我恨得牙痒痒的时候，就不止是咬你一口那么简单了。"

向远回到叶家已经是晚上九点多。公司刚接了一个云南的紧急工程，利润很高，交货期也迫在眉睫，技术部门和生产部门都在加班加点，下面的生产车间更是机器日夜不停。她一贯如此，要求手下的人加班，自己也绝不懈怠。

车开到院子的铁门外，向远打了打灯，却迟迟不见杨阿姨走出来开门，只得自己下了车，找出包里的钥匙，插进略显锈蚀的铁门锁孔里。

倒车的时候，从后视镜中看，夜灯照亮的小楼更显斑驳。房子老了，就连保姆也是如此。向远不止一次建议过叶骞泽搬出去住，现在二老都长期不住在家里，叶昀暑假都以打工为由，和同学一起在外面租房子住，叶灵在向远和叶骞泽婚后不久，就被悄悄送到了另一个城市的一家私人疗养院，在那里，她远离了不想看到的人和事，得到了更周全的照顾，据说身体状况反而好了。这么一来，偌大的房子，其实就住了向远夫妇俩，再加上一个提前享受退休待遇的杨阿姨。

叶家在外面并非没有别的房产，向远也在婚后自己买进了中心商务区的一套四房的公寓，即使一家老小都聚在一起，也未必住不下。那些地方都远比叶家老房子所在的旧城区配套完善，交通便利，生活环境也更理想。不像这老宅子，偏于一隅，水电、天然气、下水管道，什么设施都是陈旧的，三天两头出现故障。不方便还是其次，维持整个房子的日常开销所用的成本远超过合理的范畴。还有杨阿姨，她现在过的日子比这家里任何一个人都要悠闲，而只需用她薪水的三分之一，就能找到一个好的钟点工，把这个家打理得井井有条。向远想，还不如给她一笔合理的费用，让她回家跟儿女安度晚年。

以上种种，叶骞泽心里也是有数的，可是他面对向远有理有据的分析和建议，通常是含糊地笑笑，他不愿意反驳妻子，但却用自己的方式在坚持着。有时向远恼了，他才抱着她低声劝道："老房子有老房子的好处，我们还在这里，这家里的人离开得久了，想回来的时候至少灯是亮的。"

向远摇头，却不再坚持已见让他为难。她其实知道，所有旧物的珍贵之处不是它本身，而是附在它上面的回忆的魂魄。她不爱这里，或者包括叶昀不爱这里，不正是因为这里没有他们希望的回忆吗？她念念不忘的，不也一样有朦胧的山月？只不过她习惯朝前看，骞泽却喜欢回头望。人太念旧终归是种坏习惯，但既然她珍惜自己的记忆，也该尊重他的。

向远穿过许久没有修剪的草坪，开门入内，杨阿姨果然在一楼津津有味地看着电视剧，见到向远的身影，勉强起身问了一声："回来了？吃过了吧？"

向远嫁入叶家后，杨阿姨对她称呼的改变颇有些为难，想叫叶太太吧，医院里还有个叶太太，叫少奶奶吧，又不是拍电视剧，况且现在这种称呼已经少了，令人听得心里别扭。有一段时间杨阿姨就叫"小叶太太"，没叫几声，便被向远制止了。"什么小叶太太，以后叶昀结婚了，你还得称呼一个小小叶太太？原本怎么叫，就还怎么叫，大家都听得舒畅。”

可是杨阿姨那声“向远”毕竟不敢叫出口，虽然她对叶骞泽、叶灵和叶昀兄妹几个都习惯了直呼其名，虽然向远很少使唤她做事，可杨阿姨心里就是怵她，所以大多数时候直接把称呼给省略了。

就连叶骞泽也私下和向远开玩笑：“这个家里，杨阿姨最怕你。有一次我见她在厨房吃饼干，正好你走过，她吓得想也不想，就把剩下的半片饼干往口袋里揣。我就问她，向远说过不能吃饼干吗？她说这倒没有，但一见你就发慌。你说，你啊你啊，让我怎么说呢？”向远就笑：“我当她菩萨一样供着，她怕我干什么？我怎么了，你难道也怕我？”他附在她耳边说：“我怕你不理我。”

此时向远“嗯”了一声，换鞋径直上楼，走到一半又停下来，对继续沉迷在电视剧情节里的老保姆说：“对了，杨阿姨，院子里的草长得实在太高，你剪不了，就打个电话叫人来吧，别让路过的人看了以为这里是文物遗址。”

她说完继续快步走上阶梯，懒得猜度楼下的人是否腹中暗诽。过去叶昀曾经因为无意间听到杨阿姨偷偷说向远是乡下人而老大不快，对此，向远就无所谓得多，她本来就是乡下人出身，这有什么？何必跟个糊涂人计较。

叶骞泽开会需要三天，这才是第二天。以往忙碌的人是向远，现在她回到家，房是空的，反倒有些不习惯。她洗过了澡，头发还没干透，就趴倒在床上再不想动弹，没过几分钟，意识渐渐模糊。不明白为什么有人会失眠，对向远而言，忙碌就是最有效的催眠药。

这个时候，向远仿佛感觉到床微微一颤，然后就察觉有一双手将她半干的头发拢到一边。她心中一惊，正待有所反应，那双小心拿开她头发的手就开始轻柔地按压着她的肩膀和脖子，这手的温度太过熟悉，以至于她不用回头，便已知道它属于谁。

“什么时候回来的，我怎么不知道？”向远闭上眼睛。

叶骞泽在身后说：“回来一阵了，刚才在书房，听到你车子的声音了，怎么，杨阿姨没告诉你？”

“她啊，她忙着看电视。”

他的力度总是恰到好处，如同她心中的渴望应运而生。向远绷紧的肩背逐渐放松，满足地舒了口气，她觉得这样真好，都忘记了先前那么累是为了什么。

“说是开会，怎么那么快就回来了，差点吓我一跳。”她抬手覆在叶骞泽游动着的手背上，他的轻按于是慢慢变成了温柔的摩挲。

“回来得早了不好吗？”叶骞泽说话间，慢慢侧躺到向远的身旁，呼吸暖着向远的脖子，向远于是动了动，以手支头看着他。他已经换上了家里的衣服，洗去了出差的舟车劳顿，神清气爽，只是眼下有淡淡的青色。向远伸出另一只手的食指抚摸他的眼下，这个她魂牵梦萦、不顾一切将身嫁与的男人，还是和从前一样善良温存，然而究竟从什么时候开始，他最柔软的眼神里也掩不住心事重重。

向远的指尖微凉，叶骞泽笑着避开，握住了她不安分的手，而向远却在这个时候发现，他手背靠近虎口的位置，赫然有一个月牙形的伤痕，一如人的牙印，颇有些可怖。

“这是怎么了？”向远露出惊愕的表情，翻身拿起他的手细细看个究竟。她的手指按压在伤口上，“疼吗？”

叶骞泽难以察觉地一抖，语气却无比平和：“没事，开会中场休息的时候，看到酒店里有一个小孩，长得怪可爱的，就逗了他一下，没想到那孩子凶得很，用力咬了我一口。伤口看起来可怕，其实没什么，在酒店里已经叫医生处理过了。”他说着，用另一只手抚摩向远的头发，似乎在感叹，“看来我和孩子暂时还没有缘分。”

叶骞泽爱孩子，向远一直都知道，可是江源现在正处于最关键的发展时期，她没时间也没有精力十月怀胎，去孕育一个新的生命，好在叶骞泽也体谅，从来没有为难过她，只是心中遗憾难免。

向远含笑看着他的眼睛，道："这孩子真可怕，你要是不说，我差点都以为是个疯子咬的了。"见他不说话，过了一会儿，她又扑哧一声笑了出来，"张无忌手上不也有这么一个牙印吗？"

"我是张无忌，那你不就成了赵敏？"叶骞泽也被她逗笑了。

"又错了。"向远作势将他带伤的手轻轻甩开，眼神似怒还笑，"我哪里是赵敏，咬你的人又不是我。真要让我恨得牙痒痒的时候，就不止是咬你一口那么简单了。"

叶骞泽闻言，微微一笑，说话的时候声音已模糊在她唇边："那你吃了我吧，芷若。"

向远闭上了眼睛，动情间，床头手机一阵蜂鸣，好不扫兴。叶骞泽和她额头相抵，喃喃道："要接吗？暂时听不见好吗？"

向远轻笑，眼波流转，然而那来电却不肯放过她，锲而不舍地振动着，仿佛有个惊恐的灵魂藏在手机里，着急着呼之欲出。

"去吧，那么晚了，看看有什么事。"叶骞泽苦笑，无奈地松开她。向远蜻蜓点水般在他唇际轻点了一下："等我，很快。"

她灵活地扭身抓住手机，脸上红晕未散，喂的一声，声音还带着笑意："李副总，怎么了？"

叶骞泽也撑起身子，专注地看着接电话的妻子。向远听着电话那头的声音，并不怎么搭腔，片刻之后，笑意散尽，脸色换上了少有的凝重。

"你稳住他们，别让任何人再横生枝节，也别让外人混进来，我马上赶去。"

她说完立刻跳下床，二话不说就开始换上外出的衣服。

"怎么了？"叶骞泽从她的神情里也看出必定是出事了。

向远边系扣子边道："李副总说，夜班的那帮工人打起来了，一边是你们江源那帮本地祖宗，一边是湖南人，都抄着家伙。上百个人在车间拼命，已经倒了好几个，劝都劝不住。"

"怎么会这样？"叶骞泽眉头紧皱，赶紧也起身换装，"我跟你一块去，李副总都劝不住，你一个女人，要是不小心伤了该怎么办？"

"不，骞泽，你赶紧去找找你在报社的那个同学，李副总说现场有拿相机的，这事要传出去可不好，我们分头行动。"

她说完，随手把头发一挽，抱了抱身体微凉的叶骞泽，迅速抓起手机和钥匙跑下楼。

向远赶到公司的时候，叶秉文的车已经停在了那里。向远心里暗叹，好事不要指望他，但遇到麻烦时，他比谁都快。她不敢奢求叶秉文救火，只盼他在这时候不要再火上浇油。

下车的时候，保卫科科长和办公室主任已经等候在那里。向远接过他们递来的安全帽，无心废话，即刻往事发现场走。

办公室主任是一个中年男人，亦步亦趋地跟在向远身后，汇报着这场意外的起因和到目前为止的情况。他们也一样接到了车间当班负责人打来的电话，只知道原先是一个固定工身份的机台长和一个湖南籍临时工不知何故起了口角，各自的熟人纷纷来劝，最后不知道为了什么，不但旁人的劝说没有起到作用，反倒两边各成一派，抄起家伙打成了一团。李副总赶到后，凭借着他在车间的威信，斗殴是暂时停止了，但两边的人依旧相互谩骂，互不相让，场面依旧在混乱中僵持着。

说话间，钢构架车间已经在前方。不用任何人指路，向远知道只需朝着人声沸腾的地方去，必然就是风暴的中心了。

随着她走近，那些围成一圈的人自动让出了一条仅容一人经过的小道。向远面无表情地走到圈子的中心，李副总、叶秉文，以及当晚值班的一些中层人员都在，地上或躺或坐着几个受伤的人，不是头破了，就是胳膊、大腿挂了彩，显然是从睡梦中赶来的厂医蹲在那里，忙得一头的汗水。

看见向远出现，李副总松了口气，但四周相持的两群人依旧怒目相视，甚至一度稍稍平静下来的气氛，随着当权者的到来而再度微妙地紧张了起来。

叶秉文拍拍衣袖上不知什么时候沾染的铁锈屑，环顾四周，指着向远对众人说："话事的人来了，你们打破了头也没用，谁是谁非，去问她讨个公道吧。"继而面朝向远，"把你盼来可不容易，我回公司来拿点东西，没料到赶上了这出热闹，虽说不在其位不谋其政，可是谁让我也姓叶呢？厂医我给你叫来了，地上的都是伤势比较严重的，还好没出人命。记者也让人看住了，要不，看这架势，明天江源大概有机会上晚报新闻了。"

向远看了一眼远处被保卫科副科长制住，一脸愤怒的眼镜男，对叶秉文说了句："辛苦了，不过这记者未免也来得太快。"

她说罢，招来办公室主任，伏在他耳边低语了几句，然后亲自走到那个记者身边，示意保卫科科长放手，责怪道："来者是客，这点规矩都不懂？平白让别人看笑话！"

说着，她从神情讪讪的保卫科科长手里取回了相机，认真检查了一会儿，才笑着转向那揉着胳膊的眼镜男："下面的人不懂事，您不要见怪，没伤着吧，真不好意思了。"她将一缕头发掠到耳后，把相机交还到对方手里的时候，顺便递了张名片。那眼镜男一脸怒色地查看着吃饭的家伙，看了看名片上的内容，有些讶然："你就是他们说的负责人向远，你……你居然是个女人。不过说实在的，你们江源的待客之道实在不敢恭维，要是相机有损伤，这件事可不能这么算了。"

向远笑容益深："他们处理的方式不当，您别见怪。不过公司有公司的制度，出于治安和人身安全的考虑，日常进出车间，尤其是零点班的时间，必须凭工作证，并且来访需要登记。其实像你们这些大记者，平时请都请不来，不过他们没见过世面，以为是不怀好意的闲杂人等，所以才过激了。而且，里面出了事，进出管理就不严格了，您没有佩戴任何安全防护用品进到车间，一不留神要是出了什么事，江源哪里赔得起。”

眼镜男哼笑一声：“我也是接到电话爆料，这么多人聚众斗殴，不是件小事，你们以为扣住了我的相机，就没事了吗？”

“这帮工人开玩笑过了火，确实不应该，不过您这么晚了还赶过来，也实在是辛苦，大家讨一口饭吃都不容易。现在照片也拍了，情况也稳定下来了，要不这样，天气冷，就让我们办公室张主任陪您到会客室坐坐，喝杯茶，顺便看看这相机在‘看不见’的地方有没有磕着碰着，该赔的我们一定赔。”

无须向远再打眼色，见惯世面的办公室主任立刻应景地走上前，好说歹说把那名记者请离了现场。向远待他走远，脸上那丝嫌恶的神情依然藏得很好。大家心知肚明，只要他肯妥协离开，何愁没有东西封住他的口。

处理完这边的事情，向远这才走回李副总身边，低声问道：“到底怎么回事？谁起的头？”

李副总皱眉，同样报以低语：“只知道一开始有人起了争执，但是后来一些今晚不上班的人都赶过来了，想必两边都有人在牵头，不过不管怎么问，都不肯说。”

向远半蹲下去，看了看被打破头的那人的伤口，和厂医交换了一下意见，然后说：“该送医院还得送医院，冯医生，让张主任给你派辆车，严重的这几个先送到医院检查检查。只要他们在医院别再捅娄子，别乱说话，该付的费用公司先付着，有什么事过后再说。这些伤可大可小，落了一辈子的残疾可不好。”她的声音不大不小，似乎在跟冯医生说，又似乎不是。

说完，她站了起来，面无表情地打量着剑拔弩张的两群人，站在前头的都是些熟悉面孔，有几个手上仍没有放下就地取材的武器——圆钢。

“你们想干什么？”向远不疾不徐地指着车间墙壁上的公司规程，“看来平时制度和规定都是白学了，这墙上挂着的都是装饰用品？要打架也可以，先脱了这身工作服，走出江源的大门，打得天昏地暗都没关系。不过江源没有这种持械斗殴的员工，再不放下家伙，通通给我走人。”

四周安静了一会儿，然后哐当一声，率先放下武器的是那几个带头的固定老员工，他们自知被辞退的可能远小于那些临时工，压力没那么大，自然也不愿继续扛着。为首的一个还嚷道：“向总，是他们先动手的，打伤了我们好几个人。”

叶秉文也适时道：“向远，我早想说你平时过于纵容这帮湖南佬，现在好了，动不动就抄家伙，简直太野蛮了，这车间还有没有规矩？”

向远还来不及开口，那帮湖南劳工已经群情激愤，好几个人都在嚷着“大不了不干了，也要讨个说法”。

向远上前几步，朝那些持钢条的伸出了手，平静地说：“把它给我……通通都给我！这些材料不用钱来买吗？堆在这里是给你们打破别人的头用的？你们把他们打死了，明天日子就会好过？谁没有父母妻儿，这一棍子打下去，被打的和打人的一家都得喝西北风去……听我的，先把东西放下。闹了一晚上，够了，就算你们有理在先，再不放手，也成了理亏。”

“向总小心。”李副总捏了把冷汗，向远却试探着轻轻夺下了前头一人手上的圆钢。他抓得比她意料中的更松，向远把它慢慢放到地上，冷眼看着其余几人戒备地把家伙放到了脚边。

“谁是谁非，公司会弄个清楚，不会冤枉了谁，也不会放过不该放过的，总之会给你们一个说法。今天晚上，零点班暂停，你们各自回去，不过带头闹事的得留下来。”

“没有谁带头，我们都是一起的。”湖南劳工这边有人喊了一声，几十个人俨然同仇敌忾的模样。向远微微一笑，看着另一边的本地人：“我猜你们也一定同样团结，对吗？”

她对李副总无奈地笑了笑，又转向所有的人：“江源的规矩，白纸黑字，大家都清楚，打架是严重违反公司规定的，这件事绝不能就这么算了。可是我知道，你们大多数人都没有错，谁会看着自己的老乡伙伴受欺负而无动于衷？一时冲动，跟着大家头脑发热，也是常有的事。像这种情况，我不怪你们，公司也可以体谅这一点。但凡事必有带头的、点火的人，这才是惹是生非的根源。你们犯得着要为这少数几个人，一起背黑锅走人吗？况且，你们不说，对方难道就不说？那么多双眼睛看着，还怕查不出来吗？别说我不给你们机会，找出那个带头闹事的，其他人就算了，否则，等到过后一个一个地算账，谁也占不着便宜。”

李副总对着窃窃私语的那帮本地人说：“别以为公司不敢拿你们怎么样，有重大违纪情况的，不管签了什么合同都得给我走人！”

那帮人沉默了一会儿，依旧没有人出声，但是各自的脚步都在悄悄地转变阵营，最后一个被孤立凸显在人群中的，俨然是一个年近五十、神情尴尬的中年男人。

向远做出一个恍然大悟的表情：“冯师傅，原来是您。”

那个被称作冯师傅的男人脸膛泛起异样的赤红，竟像是出工前喝了不少酒。他这个时候虽恼怒，倒也不胆怯，上前一步，声如洪钟：“我就是要教训一下这帮外地佬，怎么样！要不他们迟早骑到我们头上撒尿。他们算什么，我当年跟着叶董，十几个人三台机器创业的时候，他们还不知道在哪儿刨食！小李，你敢说你不是我手把手教出来的徒弟？”

李副总顿时一阵难堪。向远知道这个冯师傅说的想必不假，点了点头：“冯师傅这些年的确劳苦功高，但江源何尝亏待过您老人家？如果不是叶董念旧情，您哪能每天三杯两盏小酒下肚，抱着手看着这帮外地佬干得死去活来，自己就等着安享天年？李副总是您徒弟这点不假，不过还好冯师傅有所保留，这手打架的功夫没来得及传授给徒弟。”

她不想再去看那张变色的老脸，面对着那些工作服明显要比本地人破烂的湖南工人，叹了口气：“你们这边是谁，不肯说？出来谋生，找份工作不容易，真想一起收拾包袱回老家吗？”

谁都没有动，但是越来越多的人低下了头。

“你们中的谁，既然有胆量为同乡出头，何苦还让同伴给你背黑锅呢？”

她在一片寂静中等待了几秒钟，然后如愿地在人群里听到了一个年轻的声音。

“是我，是我带的头！”

向远目不转睛地看着人群中走出来的年轻人，眯了眯眼睛，心里一阵说不出的滋味：“居然是你，滕俊。”

第三十三章

残忍的机会

舍得弃子，才能活局。

“居然是你。”

向远把滕俊单独叫到了办公室，她靠在椅背上，看着站在办公桌不远处的滕俊，脸上看不出喜怒。

滕俊低着头，一下一下地扯着沾染了油污的工作服衣袖，沉默而无措，哪里还像个聚众斗殴的领头人。他既不申辩，也不求情，似乎在等待着向远的判定。

然而许久之后，向远才又问了一句：“滕俊，为什么是你？”

滕俊抬起头，有一瞬间，无法确定向远眼里一闪而过的异样表情是否是痛心。

向远暗里叹了口气，有一度，很努力地说服了自己：向遥虽糊涂，但至少没有跟下三烂的人混在一起，这个叫滕俊的男孩是个踏实而本分的人，他对向遥也确实是真心实意的好。

她过去并不看好滕俊和向遥这一对，因为觉得向遥未必真心想跟滕俊在一起，不过是孩子气的胡闹，想借滕俊来气气向远，还有叶昀。向远怕向遥拿自己的感情当儿戏，到头来，别人不在乎，吃亏受罪的是她自己。可是这一段时间的冷眼旁观，向远竟然越来越觉得，如果向遥真的选择了滕俊，倒也不是一件太糟糕的事，至少滕俊的温厚老实，恰恰可以包容向遥的敏感任性。

没错，滕俊那时只是个小小的门卫，毫无出息，就算在江源，也处在员工的最底层，向遥跟了他，势必过不上优越安逸的日子——向远苦过，曾经对自己发誓，绝不会让当年那些捉襟见肘的日子重复，当然也不能让自己在世上唯一的亲人受苦。向遥再怎么跟她斗气，跟她过不去，她都有责任安排好这个妹妹的生活，才能向地底下的父母交代。然而现在的向远，已经完全有能力改变滕俊的境遇。

所以，在培训名额已满的情况下，向远特意要求人事部安排滕俊参加电焊工培训，与其说她给了这个男孩一个机会，不如说她是给了自己一个安心的理由，也给了他一次小小的考验：如果通过为期一个月的培训，从未接触过电焊操作的滕俊通不过上岗考试，那就证明他是扶不上墙的烂泥，不值得为他花费心思。

好在滕俊的勤奋刻苦总算没有让向远失望。向远让他成为江源最炙手可热的电焊工，继而又让他做了班长，这在外地合同工里即使说不上是独一无二，也算是个特例。为此叶秉文之流明里暗里没少表达过不满，甚至背地里谩骂她为了自己的妹妹看上的一个小白脸而坏了江源的规矩。这些向远心中有数，可她都充耳不闻。她一贯识人极准，自认不会看错滕俊，滕俊或许没有办法如他堂兄一样聪明能干，成为向远的臂膀，但他的人品和做事的态度都让向远放心，只要他踏踏实实地干好自己分内的活儿，都算不枉费向远的一番心思。即使他和向遥成不了，给他一个好的前程，也可以看作是向远犒赏滕云的一种方式。

可以说，当向远质问是谁带头打架，滕俊应声从人堆里走出来的时候，向远的脸上无异于挨了一记不轻不重的耳光。

滕俊向来在向远面前有些胆怯，他避开向远的视线，说：“对不起向总，我……我给你添麻烦了，可是我实在受不了那些人了，大家都是人，都干一样的活儿，为什么他们得到的远比我们多，好像还高人一等？这……这实在太不公平！”

向远冷笑：“世上哪儿来绝对的公平？你来江源也不是一天两天，有些事情早在你出现之前就已经存在了，也不是一朝一夕可以改变的。那些人即使有不是，难道你跟他们打一架，就世界大同了吗？”

滕俊说：“以前我总以为，只要踏踏实实地干活，本本分分地做人，就能够活出个人样，现在才知道，根本就不是这样。向总你也是知道的吧，现在车间里，每一个班都有几个固定工，大多数都是本地人，名义上大家一起干活，完成的定额全班平分，但是哪个班里累死累活的不是那帮外地合同工？那些固定工呢，就知道在旁边摸鱼偷懒，还指手画脚。这有什么办法，我们不干活就得滚蛋，可他们不用担心，他们不靠定额也不会饿死。好，你说世界上没有绝对的公平，我们也一直都在忍，谁让咱不走运，没他们的机遇，千里迢迢到这里只要能讨口饭吃，多干少拿也就算了，可他们明明已经得了便宜，为什么还要欺负人？”

也许滕俊自己都没有意识到他说话的声音越来越大，原本的不自在和胆怯正在慢慢被他心中的义愤取代。向远知道，他不是个好斗的人，必是那帮不争气的元老做了什么出格的事，点燃了这帮外地劳工长期累积的不满。

“二班开吊车的陈柱，我的老乡，不知道你认不认识，他算是出了名的老实人。二班有两个吊车司机，可什么活儿不是他在干？有他在，另外一个本地司机压根儿就没上过晚班。陈柱也算在公司干了差不多十年，一个人养全家老小。今天晚上早些时候，他家里来人了，说他老娘在他租的棚屋里发了病，让他赶紧回去看看。陈柱当时从吊车上下来，赶紧跑去找他们班长，想请一个晚上的假，既然生产那么忙，他问班长能不能打电话让另外一个吊车司机顶顶他。结果呢，他们班冯班长在分工房里跟我们的一个电焊工在喝酒吃花生米，不肯批假，也不愿意打电话叫人来顶班也就算了，还把陈柱骂了个狗血淋头，说什么外地人就是奸猾，想着法子偷懒……谁没有爹娘老子，但凡是个有良心的人，谁愿意拿老娘的安危来说笑？陈柱当时急昏了头，就提高嗓门和他们班长理论了两句，就为了这两句，那个姓冯的劈头盖脸就骂个没完，从分工房一路骂到车间还不罢休。他是多喝了两杯，不过即使在清醒的时候，他拿我们当人看过吗？他们这些本地的大老爷从来就没有把我们当人看！”

“所以你就带头打了他？”

“我没打他！”滕俊捏紧了拳头，“他叫骂到车间里，还一直发着酒疯推搡陈柱，陈柱受气受惯了，就知道赔不是，连手都不敢还一下。我们在旁边的人都觉得看不下去，当时我离他们最近，见那姓冯的推陈柱的力气实在太狠，就帮陈柱挡了一下。我哪知道他叫得跟疯狗似的，实际上就是一只软脚虾，我都没想过伤他，他自己站不稳，绊到地上的钢筋摔了一跤，一站起来，什么话也不说，抡起根钢条就朝我和陈柱打。手指粗的一根圆钢啊，以他那玩命的力度，打到要害地方是能要人命的。我起初就知道躲，旁边的那些固定工都在看好戏，他们嘴上说什么你知道吗？他们对姓冯的喊：打死这帮外地佬！只要是个人，都不能任他这样欺负，难道要像条狗一样被他追着打？我才刚捡起一条角钢招架几下，他们那伙人就一起围了上来。”

滕俊说着，愤然在向远面前卷起了工作服的衣袖，手臂上的瘀青红痕触目惊心。

“你看到了吗？这就是他们打的。别以为我们平时忍气吞声惯了，就会任他们欺负。他们实在太过分了，那帮湖南老乡哪个不是气得眼睛发红？狗急了跳墙，耗子急了还咬人，真要拼命，那么那帮只知道喝酒的老东西打得过我们吗？打架是我挑起的，但我没有召集谁，那些老乡都是气不过才上来帮忙的，况且我们只是自卫还手。要说受伤，我们这边受伤的还少吗？只不过没有像他们一样装模作样哼哼唧唧罢了。”

“这么说还要多谢你手下留情？”

“反正我没错，我没故意招惹谁，也没有伤害谁，更没想到最后会那么多人打成一片。我知道你不一定会相信，那也不要紧，反正我要说的已经说完了。”

向远苦笑：“不，我信。”但是她一个人相信就足够了吗？“你说你没错？你的莽撞就是大错特错。事情本来就不是因你而起，你跑出来替人强出头，可是到了找人背黑锅的时候，别人都不出声，就连那个什么陈柱也不知道躲哪里去了，你充什么英雄？”

“可我也不能让别人给我背黑锅啊，那些老乡都是为了帮我。”滕俊发泄了一通，一番慷慨陈词在向远的一盆冷水下顿时没了气势，连说话的声音都低了下去，但坚持的东西依然没变。

“你以为你一个人委屈，可以挑动上百个人为你打架拼命？你以为你是谁？这帮本地人和你的一群老乡之间早有积怨，只不过平时没找到宣泄口，正好你这个傻瓜站出来，他们冲上去打破了头都事出有因了。他们心里都明白着呢，上百个人打群架，谁也搞不清谁打了谁，公司也不可能一概处分，这时候，谁强出头谁就是炮灰，好了，这下好了，你真给你哥哥长脸，真给……真给我长脸！”

“我不信……”

向远还来不及说话，向遥匆匆推门进来，一把抓住滕俊的手：“阿俊，你没伤着吧？”

滕俊被向遥的手按到伤处，咧了咧嘴，脸上却是开心的，他大概之前都没想到向遥会这么关心他。今晚向遥不当班，她是听到消息特地赶来公司的吗?

向远让转椅微微侧转，不愿意在这个时候欣赏他们的小儿女情态。

最后是向遥主动叫了她一声：“向远，我都听说了，你……你不会为难他的，是吗？”

向远已经很久没有听到这个妹妹用这么柔软的声音这么低的姿态对她说话，她何尝听不出向遥话里的意思，于是低头笑了一声，没有说话。她不为难滕俊就够了吗，究竟是谁在为难谁?

倒是滕俊对向遥说：“向总没有为难我。”他继而面对着向远，用年轻人特有的坦荡和困惑说：“向总，你真的觉得是我做错了？我会被开除吗？”他这个时候才记起自己在新的岗位上感受到的希望和乐趣，他觉得自己天生就应该是拿焊枪的。而此刻，丢掉工作和远离心爱的女孩的可能，让他渐渐生出不安。

向远一时间也给不出答案，朝那两人挥挥手：“闹了一晚上，先回去吧，让我安静一会儿，有什么事过后再说。”

向遥深深地看了姐姐一眼，然后拉着滕俊的手离开，这一次她关门的声音很轻很轻。他们走后，向远很长时间一直保持着低头思索的姿势。

向远想安静，可安静也不是件那么容易的事，办公室张主任那边刚打电话过来，说刚刚成功打发走那个多事的记者，派出所又来了人。向远不得不强打精神应付，好在她平日里各方面都有些关系，几个电话疏通打点，事情总还不算难办。上面打了招呼，派出所这边自然大事化小，小事化了，同意江源自行处理这起“少数员工之间的内部纠纷”。

等到事情都处理完毕，该送走的人都送走了，已是凌晨时分。向远索性打消了返家的打算，一个人在办公室里坐到天亮。叶骞泽放心不下，几次打电话过来，都让她放宽心。向远为他的关心而感到心头一暖，然而，他不知道，她现在的焦虑，却并非是出于担忧。

次日一大早，还没到上班时间，滕云就出现在向远的办公室。他敲开门，看到支额闭目的向远，第一句话就是："向远，这次是个机会。"

向远抬头看了他一眼，慢慢说："是的，我知道。"

向远回家洗澡，换了一套衣服，回到公司正好赶上由叶骞泽主持的关于昨夜恶性斗殴事件处理方案的讨论会。出席会议的除了几个主要负责人、车间主任，还有人事、行政以及保卫处的部门主管。

向远坐下的时候人早已到齐，似乎就只等着她的出现。负责会议室接待的小姑娘给每个参会人员倒了一杯热茶，向远稍稍打开杯盖，就闻到了莲子红枣特有的气息，不禁好气又好笑，怎么不管走到哪里，他都不肯放过她。她嘴边挂着一丝若有若无的笑意，看了叶骞泽一眼，他的视线似乎就在等待她。两人会心一笑，尽在不言中，然后叶骞泽略清了清嗓子，就开始了会议。

"昨天晚上车间发生的一起聚众斗殴事件，我想具体的经过大家都已经知道了，今天开这个会，主要就是想就这件事的处理方式征询一下在座各位的意见，毕竟这样的事件对于公司的内部稳定团结和外部形象都有很大损害。我希望能通过今天的讨论，得出一个最佳的处理方案。"

叶骞泽话音还没落，叶秉文就懒洋洋地接口："其实按我说，讨论根本就是没有必要的。我早说过，那帮外地人是养不熟的狗，迟早要被他们咬一口，平时就拉帮结派，给了他们饭碗，还要得寸进尺。既然娄子已经捅下了，也快到年底了，不如干脆把这帮闹事的湖南佬清退了，正好还可以省下一大笔费用，我们向总不也经常说，要节约人力成本吗？"

向远见他隐隐把矛头引向了自己，也不出声，如果不出所料，站在叶秉文立场的应该还有别的人。

果然，没过几秒钟，人事部的主任就接着叶秉文的话往下说："是啊，那帮人现在越来越难管，要求也越来越多。说实话，除了少数技术工种，那帮不安分的合同工就算在年前清退了，也随时可以在劳动力市场上找到新的工人填补进来。虽然适应岗位需要一定的时间，但这不算什么难事，而且新来的合同工在待遇方面要求也没有那么多。”

“可是两方打架，只惩治其中一方，这个会不会有些说不过去。依我看，是不是也应该给那些参与打架的固定工一点教训，这样大家才心服口服。”保卫科科长有些迟疑地说。

肇事车间的车间主任也开口了：“没错，要是把闹事的合同工都清退了，就算马上可以招到新工人，但是新人上岗毕竟有一段适应的过程，我们有几个工程的交货期都很紧张，只怕经不起耽搁。说句实在话，这次打架，那些固定工也不是一点过错都没有，假如我们太过偏袒，不但留下的合同工会有情绪，而且那些固定工没有得到教训，以后就更难管束了。”

其实只要对生产略为了解的人都知道，平时下面车间干活的主力都是那帮外地人，假如真正依靠那些早被养懒了的老员工，只怕江源撑不了几天。

叶秉文敲着会议桌朝车间主任笑：“我说钱主任啊钱主任，你就担心没人给你干活了是吧。不过你们话说得也对，太明显的偏袒也不好，不如这样吧，把带头闹事的那几个湖南人都辞了，其余的扣薪水，至于固定工这边，也扣点钱，通报批评批评，像老冯这样闹得凶的，班长就先不要做了。你们说呢？”

叶秉文是叶家人，董事长的亲弟弟，多年在公司身居高位，他说的话，除了少数几个人，谁敢有异议？一时间在座的中层都没人作声，眼睛不约而同地看向叶骞泽夫妇。叶骞泽眉心微蹙，向远却带着几分讥讽之色，自顾抿着杯里的水，依旧不言语。

李副总终于开口了：“我说说我的看法吧，叶总监刚才说的不是没有道理，但是我作为管生产的，昨天又是最早赶到打架的现场，对于这件事的处理，我觉得参与打架的都要给予处罚，但处罚的侧重点不应该是重惩合同工，对公司那帮元老却一笔带过。正所谓：不平则鸣。到我们公司干活的外地人，湖南籍的也好，其他省份的也好，都是抱着本分干活，挣口饭吃的目的，如果不是实在忍得太久，那些固定工又理亏在先，是绝对不会爆发到这种程度的。在这里我也要自我检讨，虽说分管生产，但是在定额的分配和人员调度方面有很多地方我做得不到位，车间里的不公平是绝对存在的。那帮合同工早有怨言，又找不到可以解决的途径，再给一根导火索，出了这样的事，也不能全怪他们。总之，我的意见是，假如要处罚，也理当从我们的固定工开始开刀，这件事确实他们理亏在先。”

李副总说完，好些人都开始交头接耳。向远想，李副总真算是个再灵透不过的人，他平时做事公正，很得人心，在公司里从不刻意倾向任何一个派系，但是他永远知道该在正确的场合说正确的话。向远不是没有想过要处罚那帮外地人的，尤其是滕俊，但滕俊是她亲手提拔的，众人又都知道带头打架的人是她妹妹的男友，这个时候她的立场其实是相当尴尬的，这也是她到目前为止始终保持缄默的原因。李副总是地道的本地人，又是生产的第一负责人，由他的嘴来说这番话，才是站得住脚的。

“李副总什么时候成了外地工人的代言人啦？”叶秉文嗤笑了一声，“别的人也就算了，焊接班的那个班长滕俊，身为班组管理人员，不但没起到作用，反而带头打人，这样的人怎么能继续留下来，这不是笑话吗？”

“如叶总监所说，滕俊如果要走，那么同为班长的老冯一样要走，大家犯了差不多的错误，没有理由因为身份问题厚此薄彼啊。虽说是固定工，但是违反公司规定，同样是可以按制度让他们走人。”李副总口气并不强硬，说出的话却让人很难反驳。

叶秉文两手一摊，看着叶骞泽说：“既然这样，我也不管了，你爸爸不在，你说了算，该怎么处理，你决定吧。”

叶骞泽依旧眉头深锁，他是为难的，挑起事端的两个带头人里，老冯跟随他父亲叶秉林多年，从江源创立之初就一直在车间干活，手把手地也带出了不少徒弟。当年江源还是个小厂，资金不足，几度陷入即将破产的边缘，很多老员工都纷纷另谋高就，那时老冯正当壮年，也是一把技术好手，别的同类企业想把他挖走，却被脾气暴烈的他痛骂了回去。他和其他一部分元老在叶秉林最困难的时候留了下来，陪江源一起度过了风雨飘摇的时期，这也是叶秉林当初坚持给予他们最优渥待遇的原因。在叶秉林看来，虽然这帮元老并没有江源的股份，但他们是公司必不可少的一分子，没有他们，就没有江源今天的发展壮大。

这几年，老冯和他同时期的不少固定工一样，活儿干得少了，日子轻松了，脾气也养刁了。叶秉林并非全不知情，不过是始终念着旧日情分，睁一只眼闭一只眼罢了。叶骞泽归国之后初入公司，也在车间待过一段时间，很多生产上的事情都是老冯手把手地教会他的，说起来，两人也有半个师徒之谊，让他做出辞退老冯的决定，委实是太难。

然而，在江源这几年，叶骞泽也深知公司的积弊，对那帮干活多，收入少，还要受固定工欺压的外地人，他也是心存怜悯的。尤其是滕俊那个年轻人，和向遥关系那么亲密，作为姐姐的向远虽然嘴上不说，实际上哪能不照应这两个人，叶骞泽当然要顾及妻子的感受。

他想了想，开口道：“事情已经发生了，肯定要处理，但是我认为处理的方式不一定非要两败俱伤，赶走几个人才罢休，惩罚毕竟是手段而不是目的。这件事两边都有错，我谁也不偏袒，但重点还是要放在矛盾的调和上，而不是激化矛盾。这样吧，两边带头打架的人都解除原有职务，暂时停工检讨半个月，记大过一次，扣除当月奖金，参与打架的主要成员都给予全公司通报批评，剩余人员也要利用专门的时间总结检讨这件事情，绝不能让类似的事件再发生。”

这样中正平和的处理方式是他一贯的风格，在这个时候也恰好安抚了各方面的情绪，所以就连叶秉文也不再有异议。在这件事情敲定之前，叶骞泽看了妻子一眼：“向远，你觉得呢？”

向远还没开口，叶秉文就笑了起来：“敢情最后拍板的还不是你啊。不过未来妹夫都暂时无忧了，向总还能有什么意见呢？”

向远亦嘴角含笑：“既然是讨论，意见当然是大家都可以提。昨天打架的那阵势在座各位不少都亲眼看到了吧，要我说，怎么善后，怎么处罚相关的人员，都是小问题，这件事算是这么过去了，可我们真能确保不让类似的事件再发生吗？抛开打架不谈，是什么让本地固定工和那帮外地合同工对抗情绪那么激烈？只怕大家都心知肚明，这次事情最根本的导火线不是老冯喝多了酒，也不是滕俊带头闹事，是我们的用工制度有问题。江源不是国企，本来就不应该有什么固定工一说，更不是福利院。你们可以看看国内几个建材大厂，哪个像江源背着这么重的担子，养着一群米虫？话又说回来，不怪那些固定工懒，谁面前有不劳而获的机会都会像他们一样。他们是江源的元老，这没错，但江源也从来没有亏待过他们，如果他们一直老老实实地做好自己分内的事，当然可以一直分享公司壮大后的果实，但他们现在在车间里，就像几颗老鼠屎，坏了一锅汤。换作你们中的任何一个，跟他们分到一个班，干比他们多三倍的活儿，领一半不到的薪水，只怕你们也要反！江源记得那些元老过去的功劳，那是叶董仁厚，可现在为公司加班加点的那些外地人就没有功劳？用工制度一天不改变，待遇差距一天不缩小，就算辞了目前所有的外地人，换上新的一批，这隐患就像地雷一样，谁敢保证这样的斗殴没有下次？”

“你倒说得冠冕堂皇，我大哥都不敢轻易动那帮老的，你能怎么样？把他们都踢出江源？笑话！”叶秉文听到向远的话，愣了一下，继而又表现出不以为然。

“没错，向远，那帮人几十岁了，他们在江源干了半辈子，再怎么样，爸爸也不可能同意辞退他们的。”叶骞泽也低声劝道，难得他在这件事上跟叶秉文保持了一致。

向远笑道：“我怎么敢说辞了他们？只要他们愿意，当然可以像叶董承诺过的那样让他们干到退休的那一天，但是有一个原则是不能改变的，那就是你出多少力，就该拿到多少回报，企业不能养闲人吃大锅饭。当然，为了以示区别，固定工的基础工资可以高于外地的临时工，但定额部分应该一视同仁。而且李副总，我认为车间定额应该细化到个人，完成多少，就拿多少钱，在这点上一视同仁，既能保证固定工的优势，也能缩小车间收入差距。”

“可是，按照这个定额算法，以那些固定工现在的能力，只怕一个月到头也完成不了基本的任务。”李副总不无担心。

“那就调换到他们能够胜任的岗位。江源永远有他们的一席之地，但必须是适合他们的，种花扫地，什么都可以。宁可多设几个岗位安置他们，也不能让无所事事的人留在班组里打击其他人的工作积极性。当然，不同的岗位有不同的待遇，种花就拿花匠的钱，扫地就跟清洁工收入一样，这很公平。”

“一派胡言，你这就是空想。”叶秉文冷笑。

向远也不生气：“空不空想，我们且等着瞧。”

末了，斗殴事件的处理方案并没能通过这次会议得出结果，大家各执己见，叶骞泽无奈，宣布散会。

向远走出会议室，滕云已经在她办公室等候。

“怎么样？”滕云问道。

向远耸肩：“跟我预想的差不多，不过是借着这个会议的名目把事情提出来罢了，急不来的。”

她回到自己的位子，滕云坐在他对面。

“为什么不问我你弟弟的事情怎么收场？”向远扬眉看着滕云。

滕云的笑容有些苦涩：“向远，你既然借着这次打架的契机来提出那件事，如果成不了就罢了，一旦真的对那帮遗老开刀，滕俊是势必不能留下来的。你必须权衡各方面的压力，这个你我心里其实都很清楚。”

向远叹了口气：“滕俊是个不错的孩子，今天骞泽已经给了我一个台阶，只要我不出声，他是可以留下来的。”

“他不走，那群老祖宗也不会走。算了，他做事还是太冲动，也该受到一点教训。况且，阿俊那么年轻，就算离开江源，以后的路也还长。”

“你倒来劝我了？滕云，人心都不是铁打的，我何尝不知道他是你的亲堂弟，你心里比我难受。我这边还有向遥，唉……”

向远从未觉得做出一个决定是这样的难。滕云不说话了，正如向远所说，谁的心是铁打的？滕俊好不容易在江源站稳了脚跟，而且他坚信自己是对的，如果因为这件事将他开除出江源，对他来说确实是残忍的，向遥只怕也不能够理解。

两人都无言，良久，滕云对向远说：“记得半个月前你跟张天然下的那局围棋吗？我就在旁边看。最后你在处于劣势的情况下赢了他，我问你诀窍，那时你只跟我说了一句话。”

向远焉能不领会，她长吁了口气：“是啊，舍得弃子，才能活局。”

第三十四章

不破不立

你怎么就能时刻算计得那么清楚？不破不立？对于滕俊，你也是这么看的？还是你对所有的人和事都能理智到冷血？

没过多久，在疗养院的病房里，向远和叶秉林有过一次长达四个小时的闭门谈话，没有人知道他们之间谈论的内容。但是，就在新年到来的前一周，江源上下都接到了关于那起斗殴事件的处理决定：双方打架的领头人——滕俊和老冯，均以严重违反公司纪律为由予以辞退处分，另外几个闹得比较凶的，或是通报批评，或是被扣罚了薪水，总之两边一视同仁，都没有讨到任何好处。

对于滕俊的下场，自然也有一些老乡暗自在心中为他叫屈，然而大家心里都明白，黑锅总得有个人背，而且这次公司在处罚滕俊之余，并没有像往常那样一味偏袒那些固定工，可不是吗，就连自诩能在江源端一辈子铁饭碗的老冯，还不是跟滕俊一样被公司炒了鱿鱼。这对习惯了在固定工面前低人一等的外地合同工来说，也算是出了口恶气，够本了！至于为人出头，结果却成了替罪羔羊的滕俊冤不冤，这都已经不是最重要的事了，自然不会有人再有异议。

老冯却是江源那帮元老里被辞退的第一人，也算开了个先例，这在与他同等身份的固定工里掀起了一阵不小的波澜。在此之前，他们从来没有想过，自己或许有一天会被这样一纸毫无回旋余地的冰冷文件驱逐出公司。然而人事部的有关人员解释得很清楚，公司这样做完全是有法可依，有据可循，无论在何等劳动仲裁机构面前，都是站得住脚的。习惯了安逸，打算高枕无忧地在江源混到职业生涯最后一天的老员工们第一次意识到，自己的位置其实并没有他们心里认为的那样稳固，这些年，他们之所以在江源安如泰山，不是江源不敢动他们，而是董事长还念着旧情，不想动他们。可这一次，文件的末页，白纸黑字的签名，不是叶秉林又是谁？

前所未有的不安和危机感让那帮固定工人心惶惶，他们中的一部分人不断怂恿着老冯去找叶秉林说说情，念及过去的情分，说不定董事长会改变主意。再不然，就在负责这件事的向远面前说句软话，好好检讨，事情或许还有回旋的余地。可是老冯这个人一辈子都是刚烈暴躁的脾气，虽清楚自己离了江源再难找到这样一个单位，但哪里拉得下脸，当着众人的面，他咬牙说了句：“老子就不信不靠这帮忘恩负义的王八羔子活不了。”

办理离职手续之时，老冯跟叶骞泽打了个照面，叶骞泽面对这个父辈年纪的老员工，颇有些不忍之色，老冯却毫不避讳地当即指着他的鼻子叫骂：“你老子糊涂了，你更糊涂！就是个被女人捏在手里的软柿子，我走了就走了，再过几年，你就等着看，江源到底是姓叶还是姓向。”

在大多数人还没有从这场风波中缓过来的时候，一枚更为重磅的炸弹落了下来，一次全公司中层以上管理人员会议上，叶骞泽代表父亲叶秉林宣布了公司一个新的改革方案：新年一过，所有的生产部门都采取承包的形式，车间主任即为承包人，只需要向公司缴纳一定额度的保证抵押金，完成指定的生产定额，超出部分即可作为承包收益。

公司对承包人只有一个要求，车间总定额必须细化到个人，并且无论员工什么身份，一律取消固定工资，所有的工人都按照本人完成定额的情况来发放工资，多劳多得，少劳少得。当然，为了表示对固定工的适当照顾，公司象征性地给予他们每月不到五百元的补贴。

这个方案一经公布，众皆哗然。那些外地合同工更多是持不敢置信的观望态度，可固定工方面却毫无意外地炸了锅。公司虽然一再重申，他们和普通合同工不一样，只要他们没有像老冯那样严重违纪，江源无论如何都会有他们的一席之地。但是他们心里很清楚，一旦取消了原有的固定工资，就意味着他们势必要跟那些外地人一样没日没夜地干活，去挣那点定额，否则仅凭那几百块的补贴，是绝对不可能维持生计的。

公司既然已经将工程分包到各车间，作为承包责任人的车间主任为了尽可能地拿到更多的超额收入，下放到每个人的定额必然不会太低，以这些固定工现在的能力和水平，他们要完成与合同工一样的定额难之又难。这是很简单的一道算术题，大家心里都有一个算盘，完成的工作量少，收入就低，即使加上那寥寥无几的补助，别说达到以往的收入水平，就是跟一个身强力壮的临时工比都未必能及。而且方案里说得很清楚，干不了，可以，那就去干得了的岗位，越是轻松，收入就越低。总之江源会履行董事长的承诺，绝不轻易辞退任何一个固定工，江源永远有他们的位置，永远给他们一碗饭吃。可是吃不吃得饱，就看他们自己了。

这么一来，享受了许多年优待的元老们哪里肯依，一时间，公司办公楼里几乎都是来申诉的固定工，有撒泼闹事的，有死乞白赖的，有破口大骂的，当然也有苦苦求情的。可是，他们寄望最高、始终站在他们这边的叶秉文这时一副事不关己的表情，说自己也没有办法，拍拍屁股就到国外“考察”去了。叶骞泽虽肯耐心听他们诉苦，好言相劝，但是说到要紧的地方，也只能无奈地说这是公司的规定。找向远的更是早早地被她的助理拦在了办公室外，即使见着了本人，她也是一句话推得干干净净。向远说自己只能管到车间主任一级，任务已经包到车间，至于车间内部如何分配，她管不着，有什么事就去找车间承包人，那是他们小集体内部的事情。

这才是向远的高明之处，即使再多的人知道那方案实际出自她之手，那又如何？直接面对这些纠纷的人不是她，而是从承包中得利的车间主任。正如她说服叶秉林时提到的，只要分给车间主任一点利益，管理人员的积极性也调动了，那么，坏人自然有人抢着做。风波是免不了的，但是，任何事情只要大多数人得益，就闹不了多久。合同工那边总算在一定程度上实现了和固定工的同工同酬，虽说收入未必明显见涨，但劳动积极性竟是高了许多。固定工们再横也没有法子，他们中的中坚力量，也就是车间主任一级的管理层已经是既得利益者，自然会维护改革。剩下的一部分，纵使有再多不满，也无可奈何，公司没有违背合同约定，只要他们愿意，还是可以一直在江源干下去，而且留下来虽不可再如往日风光，至少饿不死，要是出了江源，他们又能去哪里？

当然，也有例外的少数人，一直在标准件车间担任调度员的老员工陈有和就是其中一个。陈有和是不折不扣的元老，原本是G大机电系实验室的看管员，跟随叶秉林一起到了江源，可以说江源有多少岁，他就在这里干了多少年。难得的是陈有和并不像大多数固定工一样被纵容得懒惰而骄横，他为人尚算和善，工作也还认真，虽然做事比较慢，但人缘相当不错，和叶秉林也有几分交情。过去叶秉林身体还好的时候，逢年过节，陈有和都要到叶家去坐坐，对东家说几句吉利话，因此叶家上下对他都颇为熟悉，叶骞泽兄妹见到他时都称呼一句陈师傅。

标准件车间在承包之后，车间主任为了减少开支，把原本的车间管理岗位削减了不少，两个调度只留下了一个，陈有和便被下放到班组里专职负责数螺丝，这在他们车间主任看来，已经足够照顾他上了年纪干不了重活的情况。可是陈有和工作虽负责，但天生动作慢，他就算从早到晚埋头在那里数，都满足不了车间的生产要求，班组长对他颇有微词。而且，由于数螺丝的工作按件计算收入，以他的速度，拿到手里的钱少得可怜。他是个老实人，整日只知道唉声叹气，越数就越老眼昏花。

一次，由于陈有和清点的螺丝数量远低于车间所需，全班人的进度都受了影响，其他人心中不满，自然冷言冷语不断。老陈自知理亏，低头不敢吭声，手也不停，实在等不及的班长过来帮了一把，却无意中发现老陈之前清点的数目严重有误。班长是个血气方刚的年轻人，忍无可忍之下勃然大怒，连骂老陈简直一点用都没有，要不是因为占了是固定工的便宜，早不知道被踹到哪里去了。即使非赖在江源不可，也不应该再待在车间拖累人，趁早去扫厕所，慢腾腾地，爱扫多久扫多久。

老陈虽老实，但活到几十岁，何曾被人指着鼻子这样羞辱过，何况对方还是个合同工身份的班长。他又羞又气，当下找到车间主任说，如果实在嫌弃他没用，他也不是不要脸的人，不干了总可以吧。谁知车间主任也不留他，二话不说就把他带到了人事部办手续。

老陈原本说的是气话，还天真地指望有人挽留，走到这一步，自然后悔了，但也找不到可以下的台阶，只得硬着头皮说，辞职是非辞不可的，但必须得叶董亲手签字。他还当真打听了叶秉林所在的疗养院，几次三番地去找，但是每次都扑了个空，叶秉林不是去做一天的理疗，就是不知溜达到了哪个病友的房间下棋。

陈有和无比失望，后来经人点醒，现在江源最得叶秉林看重的人无非是叶秉林的儿媳妇向远。他于是辗转找到了向远，说明情况，嘴上仍说只要叶董签字，他立马走人，不再拖累江源，但是心里是存着希望的。他一方面希望通过向远能够让叶秉林知悉故人的遭遇，一方面也盼着向远为他排忧解难。

向远爽快地接过了陈有和的辞职信，两天以后，就把多了叶秉林签名的信交还到他手里，和信纸一起递过去的还有一小叠钞票。

当时向远是这么说的："陈师傅，我嫁到叶家的时间晚，所以跟您打交道的机会不多，但是听骞泽他们都提起过，跟公司二十几年一直走过来也不容易。您说要走，我挺惋惜的，但也总不能勉强您老人家。辞职信我公公也看了，他也是这个意思，如果在江源实在待得不开心了，我们强留也不好。这是我公公的一点心意，也有一点是我的，这笔钱跟公司无关，只是叶家给一个老朋友的。出去之后，您可以做点小生意，即使在儿女身边享清福，有点钱傍身也是好的。"

陈有和万万没有想到是这样的一个结果，他在江源半辈子，觉得自己就算要离开，也是功成身退的圆满退休。没想到自己的一番气话，就连叶秉林也乐得成全他，看来他在公司里当真已是个废物。他把辞职信和钱拿在手里，沉痛伤心，话也说不出来，老泪纵横。

就在那天下午，叶骞泽来到向远的办公室，欲言又止。

向远给他倒了杯水，坐到他身边，笑道："我最怕你这个样子，究竟有什么事？"

叶骞泽轻声问："我听说陈师傅要辞职，你让他走了是吗？"

"原来为这桩。"向远露出了然的神情，"你觉得我做错了？"

"我不是这个意思，向远，陈师傅说的是气话，你不会看不出来。"

"那你觉得我该怎么做呢？怪他的主任，还是怪他的班长？他们也没错啊。我答应过你，除了闹事的，绝不驱赶任何一个老员工。我也并没有食言，是他自己适应不了现在的形势，主动要求离开。"

"总不至于没有办法吧。他做不来车间的活儿，那就给他换个岗位，江源那么大，就没个安置他的地方？向远，让他回来吧，我去说，他会答应的。他这么大年纪了，小孩也不争气，没了工作，一点依靠也没了。”

“当然，江源安置一个陈有和不是问题，可他能做的岗位他愿意做吗？如果我为他破例，下一个陈有和出现又该怎么办呢？别人心里会怎么想？都安置好了，那改革还有什么意义？”

叶骞泽一时语塞，但仍未放弃为陈有和争取：“他是不一样的，陈师傅是我们家的老朋友了，我们不能这么对他。”

“你看你，就知道为别人操心，自己嘴唇说干了都不知道，喏，喝口水吧。”向远微嗔地把水推到叶骞泽面前，见他抿了一口，依旧心不在焉，只得继续说，“说到和陈有和的交情，骞泽，你爸爸难道不比你心里有数？辞职信是他亲手签的，你知道为什么吗？任何事情必须要有它的规则，而规则对每一个人都是平等的。出于朋友的道义，可以适当在规则外帮他，但是出于公司的立场，就让他走吧。公司现在在发展，每迈出一步，不可能没有代价。不破不立，这就是我没有挽留他的原因，如果你觉得我做错了，可以去把他请回来，但是，你觉得你做的就是对的吗？”

叶骞泽疑惑地看了向远很久：“我说不过你，但是，向远，你怎么就能时刻算计得那么清楚？不破不立？对于滕俊，你也是这么看的？还是你对所有的人和事都能理智到冷血？”

说到滕俊，向远眼里难以察觉地一黯，对于被开除的结局，一直坚信自己没错的滕俊很难接受。他在向远面前一句话也没说，但向远没有忘记这个朴实本分的小伙子当时眼里的失望、委屈和愤怒，当然，更忘不了向遥流着眼泪的指责。

向遥一直说她自己太傻，不该相信向远真的会为她着想，会帮滕俊，原来向远一手提拔滕俊，再让滕俊滚蛋，这一切都无非是个阴谋，是向远在证明自己可以把人高高捧起，也可以让人摔得更痛。

拉着滕俊离开的时候，向遥把自己的辞职信也扔到了向远的身上：“我不干了，你让他走也行，我跟定他了，他去哪里我就去哪里！”这是向遥走前的最后一句话。

向远把手覆在叶骞泽的手背上，叶骞泽的手比她的凉。

向远说：“不是所有的人和事都可以，骞泽，否则我今天就不会坐在这里。”

叶骞泽转过头去，深深吸了口气，过了一会儿，才慢慢地翻手回握住向远。当时他们都没有想到，陈有和离开公司后不到一星期，由于过马路的时候精神恍惚，在家门口不远处被一辆运砂车撞上，当场气绝身亡。

接到丧报，叶骞泽陷入了前所未有的沉默。向远独自代表叶家和江源前往灵堂拜祭，她目不斜视地走过家属身边，就像没有看见那些仇视和敌意的眼光，认认真真地给陈有和烧了三炷香。

陈有和的死让叶骞泽好几天都无法从一种难以名状的难过中抽身，向远下班回来，无论多晚，都看到他书房虚掩的门里有光线透出来，可是里边一点声音也没有。

叶骞泽一向喜爱独自静坐看书，但是婚后，他就把阅读的地点从书房换到了卧室，经常是一边倚在床头挑灯夜读，一边等待晚归的向远。向远知道叶骞泽微闭的房门是一个无声的信号，他始终难以解开心结，但她并不急着解释，又或者，她并不认为自己在这件事上需要解释。

一连几天，向远都是熄灯入睡了一阵，才察觉叶骞泽回到房间，躺到她的身边，两人均是无话。有时向远会在半梦半醒之间将脸轻轻偎在身边那个人的肩头，他总是背对着她，说一句：“睡吧，别着凉了。”

向远觉得，每个人都有让自己想通的方式，叶骞泽是个重情的人，他为了陈有和的事心情低落她并不意外，这个时候让他静一静，也许不是件坏事。

过了一周，向远听说叶骞泽要求行政部以因公身亡的待遇给陈有和的家属发放抚恤金，心里虽觉不妥，但转念一想，算了，说不定这样可以让他心里好过一点，于是也并不阻挠。然而，当行政部按叶骞泽的意思做的抚恤金发放表被向远拿在手中的时候，她只匆匆看了一眼，就毫不犹豫地将电话打到财务部和行政部，将这件事暂时压了下来。

不出向远所料，当天叶骞泽没能继续在书房“静读”，向远走过书房门口的时候，他站在门后。

“向远，有时间吗？我想和你谈谈。”

向远欣然点头：“好啊。”她微笑驻足，“对别人说没有时间，对你怎么能说这句话？”

“进来坐下说好吗？”叶骞泽侧身说。

向远走近他，一手扶着门框，笑道：“我现在就怕和人面对面地坐着谈话，大概是最近经常跟客户谈判留下的后遗症，只要一坐下就忍不住讨价还价，据理力争。我们两个人还那么讲究干什么？我就喜欢这样听你说话。好了，说吧，你可是闷了好几天了啊。”她见他不出声，半开玩笑似的说了句：“该不会是为了陈有和的事情吧？”

叶骞泽却笑不出来：“我听说你把给陈家遗属的抚恤金发放表扣了下来。”

向远像是有些失望，自我解嘲地笑道：“我还以为这是在办公室才谈的事情。”既然如此，她也换上了正色，“我并不是扣下发放表，而是让他们收回去重做。行政部的人都糊涂了，就算破例给陈有和因公身亡的待遇，可是抚恤金也不该是公司规定的三倍金额，这算什么？简直是胡来。”

“是我让他们这么做的。”

“为什么？”向远貌似震惊地挑眉。

叶骞泽说：“何苦呢，向远，不就是钱的事情吗？人已经死了，别说三倍的抚恤金，就算是三十倍、三百倍，能让死去的人活过来吗？对于陈师傅的遗属来说，我们现在能给的也只有钱了。”

向远抓起对面叶骞泽的手：“骞泽，我知道你心里不好受，但说实话，钱不是这样给的。我承认在钱上我看得比你重，可也不至于在一个死人身上节省。问题在于陈有和的死是个意外，这个本来是显而易见的事实，如果给了他的家属三倍的抚恤金，他们不但不会感念公司的好，也不会知道那是你的仁厚，还会想当然地认为江源和你我心中有愧，才会特事特办地给一个已经离职的员工发放三倍的因公身亡抚恤金。钱还是小事，我们不能授人以柄，把一个不属于我们的错误揽上身。”

“不属于我们的错误……你觉得我们没有错吗？”叶骞泽喃喃地说。

“是！”向远斩钉截铁，松开抓住叶骞泽的手，换而置于他的肩头，“那就是个意外，不是你的错，也不是我的！还需要我说得更清楚吗？陈有和跟班里的人有纠纷，主动要求辞职，离开公司以后，自己不小心发生车祸。这个事实你也是知道的。当然，陈师傅在江源干了这么多年，他死了，是个悲剧，我们很同情，但这件事与我们无关，我再说一遍，他的死跟我们毫无关系！”

向远看着叶骞泽若有所思的神情，又放柔了声音：“你啊，你啊，心就是太软，对谁都宽容，唯独对自己苛刻，这样不是很累吗？骞泽，为了陈有和的事情，你已经闷闷不乐一个多星期，他现在也已经入土为安了，让这件事就这么过去了好吗？我不想看到你不开心。陈有和那边，我们就按规定的抚恤金额度给他家里钱，把话说清楚，这是公司念在二十几年主雇一场，给他家的一点慰问金，不是义务和责任，是善举。至于你心里还念着旧情，我们完全可以通过其他方式帮他们家一把。”

“好，既然你也这么想，我打算让陈师傅的儿子进江源做事……就给他陈师傅生前的待遇吧。”

向远立刻听出了他话里的意思，顿时变色，想也不想就说：“这怎么行？你要帮他儿子进入公司也就算了，还要给他固定的待遇？这不行，绝对不行。现有那帮固定工已经是江源的一块心病，我听你的，也听爸爸的，不改变他们的合同方式，就让这些人自然淘汰吧，退休一个就少一个，可是怎么还能继续沿用这种荒谬的用工方式？总之我不同意。”

叶骞泽淡淡地说：“这不是帮助他家里最直接最实际的方式吗？陈师傅的爱人是个家庭妇女，两个孩子都没有固定工作，他的大儿子在建筑施工队干过，你也说江源将来要从生产向施工发展，缺的不就是这样的人？给他固定工的待遇，这也是他要求的，我答应了。”

他说得轻描淡写，向远的脸色却寒了下来：“原来你都已经承诺了别人，不过是礼貌上知会我一声。叶骞泽，善良也要有个限度，否则就成了滥好人。陈有和的儿子凭什么‘要求’你？他倒是算盘打得噼啪响，真当江源欠他了。你今天答应了他这个要求，明天就会有数不清的要求。这事没门！”

很少有人能激怒向远，自己却面不改色，然而很可悲，叶骞泽就是其中的一个——也许是唯一的一个。他轻笑了一声：“向远，江源我任你做主，可是你别忘了，我并不是没有权力做出这个决定。”

这话一出口，向远愣了一下，怒极反笑：“你跟我提这个？是啊，我怎么能忘了，你才姓叶，整个江源都是你的，你爱怎么样不行？”

叶骞泽在向远拂袖而去之前扣住她的手腕，低声道：“算了，我没有别的意思，我们别为了这件事吵架。”

向远长长地吸了口气：“好，我们不吵架。我累了，先去睡觉。”

第三十五章

一念天堂一念地狱

假如他们都坚守着自己的记忆，会不会到了最后才发觉，其实那是完全不一样的景象？

向远连为这件事气恼的时间也没有，因为温泉度假山庄开张试业的日子迫在眉睫，她和滕云两个主要负责人日日忙得不可开交，满脑子除了山庄开张前的准备事宜，其他的什么也容不下。

开张的前一晚，他们连夜做最后一次巡检。向远和滕云都是目标性强、做事力求尽善尽美的人，这个项目已经耗费了他们太多的资金和心血，如今箭在弦上，必须要让它按着设定的轨迹发射，正中红心，绝不能脱靶。

等到他们确认每一个环节的人员、物资都已到位，再无问题，只等着次日的开门大吉，已是将近凌晨时分。向远并不急着赶回去，而是不疾不徐地沿着岭南园林式的山庄小道缓行，滕云在一旁陪同。

“你也累了一天了，赶紧回去吧，明天的事情还多着呢。”向远笑着赶他。

滕云推了推鼻梁上的眼镜，说：“这句话对你不是同样适用吗？怎么，跟叶少闹的别扭还没完？我认识的向远可不是为小儿女琐事计较的人。”

向远笑道：“这么明显吗？我该说是我心事太浅，还是夸你观察入微？”

“我只是感叹，就算一个人的心再大，也总要被小事所累。”

“大事，小事？”向远自言自语，然后很突然地问了一句，“滕云，你相信江源会成为一个真正的大公司吗？像永凯、中建那样的大公司？”

“信啊。”滕云慢条斯理地说，“我信你罢了。”

向远苦笑：“我，我也不过是为他人做嫁衣裳。江源姓叶，我姓向，这不是很明显的吗？可笑我还以为自己当真就生是叶家人，死是叶家鬼了。直到不久前，才听君一席话，惊醒梦中人啊。”

滕云驻足，一如闲聊：“其实只要你想，姓叶姓向，不是一念之间吗？”

向远一惊，扭头看他，滕云却闭着眼睛，专注地听夜风吹动小径两畔竹叶的沙沙声。

是啊，都是一念之间。一念天堂，一念地狱。

向远心如野马，唯有自己紧紧揪住那根缰绳，紧紧揪住。

此时，白天穿梭在山庄内的工作人员大多已就位安寝，只等待着明日的忙碌，偌大的庄园被空明的寂静覆盖，只有风声和树叶的密语，忽高忽低，似远还近……良久，向远才觉得自己的心在这寂静里安分了下来，看着滕云说：“这不是我的初衷。”

滕云睁开眼，双手一摊，笑着没有说话。

向远跟他又往前走了几步，一弯新月挂在不远处亭子的飞檐上，疏淡冷清，如梦一场。

向远在恰当的时候转开话题：“看啊，月亮又出来了……我对你说过我家乡的月亮吗？我已经很多年没有回去了，想得最多的，还是山里的月亮，做梦时记得，清醒时也忘不掉……它太亮了，照得我无处藏身。可是想着想着，有时连我自己也搞不清楚，记忆里的山月和真实的月亮是一样的吗？为什么我只要记起骞泽和我在婺源时的日子，无论哪一个晚上，月亮都是圆满无缺的，而事实上它应该每天都在变。滕云，你说，圆满的会不会不是月亮，只是我的回忆而已？是我的回忆让它看起来更美。”

滕云笑了，跟向远一样，像个孩子那样长久地仰着头：“就算是同一个月亮，在不同人的心里也是不一样的。我还记得我跟他约在一起的第一次，是一个晚上，我们租了条船出海彻夜钓鱼，你知道，他在那样的要害部门，凡事都考虑着影响，对于和我的关系，之前一直是犹豫不定的……直到那天晚上，什么都改变了。”滕云说话时嘴角的笑意柔和而温暖，向远当然知道滕云口中的“他”，指的就是那个亲密无间的同性伴侣。

滕云接着说：“后来很久以后，我们谈起那个夜晚，我说，我明明记得当时天上是下弦月，星星若隐若现的，可是他非常肯定，那天根本没有月亮，海上下着小雨。我现在已经不知道，我和他之间到底谁的记忆是真实的。也许是我当时太过幸福，就连阴雨天也自动记成是明月清风，也可能是他那天心里有事，连带记忆也是湿的。当然，最有可能的是月亮是真的，雨也是真的，不过是天气变化了。我们的记忆就是这样，总是选择记住自己想记住的，什么是事实，反而被抛在脑后。”

向远听着滕云带笑的回忆，不由得说：“其实我反而应该羡慕你。”

滕云的爱情才是最纯粹的，无关名利，无关地位，甚至也无关结局。

她想，不知道在叶骞泽的记忆里，那些有自己同行的片段，是否也有一样的月光。假如他们都坚守着自己的记忆，会不会到了最后才发觉，其实那是完全不一样的景象？那样的话，倒还不如忘了。可她的记性一直都太好。

筹备了近两年之久的温泉度假山庄终于在初秋的一天开张试业，由于事前的工夫已经做足，当日一切事情都按部就班地进行。用向远的话说，这场耗费了江源无数人力财力的戏是否能够唱响，看的就是这第一次演出够不够漂亮，假如台上的两分钟出了差错，那背后的十年功都是浪费时间。之前，她已经让滕云把所有的工作安排细分到每个责任人，大到关键人物的陪同，小到一盆花的摆放，事无巨细，件件有人负责。这一天平稳度过，大家都有奖励，谁有了疏忽，严惩不贷。忙而不乱、紧张有序方才是她的预期。

直至后来很长一段时间，江源的温泉度假山庄开张时的盛况都为业内人士所津津乐道。且不去说那重金造就的场面是怎样繁花似锦，往来宾客是如何冠盖如云，单说剪彩时执剪的人中站着本省的纪检委书记和 G 市主管经济的副市长，就已足够让人玩味许久。受邀前来的记者长枪短炮地不断变换，贺喜的花篮如长龙一路蜿蜒，每个角落的红毯上都随处可见盛装的贵客，烈火烹油之势映照得叶家前所未有的风光灿烂。向远抛撒银子时心中割肉一般的疼，在此刻得到了些许慰藉，没有出哪有进？既然要玩，就要玩票大的。

亲自送大领导离去时，向远弯腰关上车门，笑着挥手看车开远，然后站在原地，朝山庄的大门回望一眼，只见秋天显得特别高的天空下，人头攒动，欢声喧天。

她记得很清楚，过了大门，再穿过偏厅，往回廊右转处的楹上题着古朴隽雅的几个篆体小字——旧时明月有无中。当时滕云提出过要换个更应景的，向远对他说：“算了，花那个钱干什么？这个就挺好。”可她很清楚，这样的热闹之下，纵使真有旧时明月，“无”的时候也胜过“有”了。

晚宴开始后，向远和叶骞泽分别周旋在客人中招呼应酬，这晚贵客来了不少，自家人却缺席甚多。在医院与死亡拉锯了许久的叶太太两个月前病逝了，按照叶秉林的嘱咐，后事办得低调而简单。叶秉林甚至没让儿女们按惯例守灵，而是自己坐在亡妻的骨灰旁静静地陪了一晚上，然后亲自将骨灰匣送到了六榕寺。

由于只有叶灵才是叶太太的骨肉，病中的她被父兄接了回来，为母亲戴孝。她的气色比之前好了很多，神志看起来也很清醒，看到叶骞泽夫妇的时候，竟然还对他们露齿微笑。那天，叶骞泽显然因为待他有如亲生的继母亡故而情绪低落，无心管事。向远看着叶灵抚了抚母亲的遗像，然后点了炷香，她没有点香的经验，呛出了眼泪也点不着，向远走过去帮了一把，叶灵说了声“谢谢”。

“客气什么，你看上去身体好了很多。”向远对叶灵说。

叶灵随手把香插在香炉内，抿嘴笑了笑：“好了也没用，到头来还是会病，谁都有这一天，迟早罢了。”

她指着的是叶太太遗像的方位，向远虽知道她说得不错，但心里仍然有一阵怪异的感觉，不禁开始疑惑，她究竟是病好了，还是更严重了。

始终站在一旁的叶秉林没有责怪，沉默了一会儿，点了点头：“先去的是有福的。”

那次丧礼之后，叶秉林的生活更加简单，每日不是在疗养院闭门谢客，独自看书，就是让人送他到六榕寺听僧侣讲经，棋也下得少了，公司的事更是全权交给了儿子、媳妇，绝少再过问。用他手书在疗养院床头的一幅字的意思来说，那就是“晚年唯好静，万事不关心”。就连这日山庄剪彩，他也没有出席，只交代向远：“你们办事我还有什么不放心的，见到几个老朋友，替我问候几句就行了。”

叶灵虽然看上去一切正常，也只是在晚宴开始的时候露了一下面，没过多久，叶骞泽怕她劳累之下情绪不稳，又知她不喜欢人多的场面，就差人把她送了回去。叶昀虽说早在兄嫂的叮嘱之下，答应一定会来，但他作为学员警，学校当天有安排，走不开也是无可奈何。

向远刚和张天然寒暄了一阵，转身就迎面对上了叶秉文。他依旧是衣着考究，风度不减，手上挽着的年轻女孩面容似曾相识，听张天然说，那还是个拍过一两次广告的小明星。

既然打了照面，向远就笑脸相迎："刚才我还跟骞泽说，怎么还不见二叔，原来是佳人在侧，故意避开我们。"

叶秉文笑了两声："我怎么会不来，这山庄还有我的股份呢。不错啊，侄媳妇，再一次佩服我那老哥哥的眼光，有了你，还要叶家的男人干什么？哈哈！"

他的笑语声音不低，旁边不少人都看了过来。向远并没有恼，视线扫过叶秉文的手腕，发现新大陆一般的惊讶："二叔什么时候也开始信佛了，难道是做过亏心事，害怕有报应？"她在叶秉文脸色沉下来之前笑出声来，"开个玩笑而已，二叔不会介意吧。不过话又说回来，你手上这串檀木珠我看着有几分眼熟，倒像是在哪里见过。"

其实何止是见过，这串紫檀腕珠是叶太太生前的随身之物，自从她重病入院之后，一直没有从腕上褪下来。向远听叶骞泽说过，这串檀木珠是他父亲叶秉林许多年前送给叶太太的，曾经在六榕寺请高僧开光，戴在身上，可以逢凶化吉，治病消灾，一定能保它的主人度过劫难。结果珠子和信仰都没能挽回叶太太的病势，癌细胞扩散之后，叶太太一度急速地消瘦，原本大小恰好合腕的珠子可以一路褪到手肘处。向远怕叶太太看见了心惊，曾经在她打了镇痛针沉沉睡去后，悄悄地将珠子摘下几颗，让它看上去还是保持着贴合手腕的模样，原本二十四颗均匀浑圆的木珠被减到了二十二颗，二十颗……最后叶太太弥留之际，只剩下了十六颗。镇痛针药效过去的时候，叶太太痛得实在不行，就用牙齿紧紧咬着手上的佛珠。以坚硬著称的紫檀上面，好几颗竟然硬生生地烙上了牙印，虽不算深，但看上去触目惊心。叶太太故去之后，是向远亲手给她换的衣服，当时向远把摘下来的六颗珠子重新串上，置于叶太太的贴身衣兜里，原本以为珠子已经伴随逝者化作飞灰，想不到竟然会在叶秉文的手中得见，不能不说是意外。

叶秉文下意识地抬起了手腕，转了转上面的木珠，似乎漫不经心地回答："你看错了吧，这不过是一串普通的珠子，相似的数也数不清，看着眼熟也没什么可奇怪的，戴着就图个新鲜好玩。"

向远心里冷笑，这串珠子经她的手不知多少回，上面第几颗有瑕疵，第几颗有牙印她一清二楚。可笑的是叶秉文还强自镇定地撒谎，骗得了别人，却哪里骗得过她？不过向远并不打算点破，她拍了拍自己的额头，略带无奈地说："估计是最近事情多，我都忙晕了，老是看错、听错、记错。说起来，我婆婆去世之前的那个晚上，半夜三点多了，我放心不下，去看了看，居然发现安全通道的门背后有人缩在那里哭。我头昏眼花的，差一点以为哭的那个人是二叔你呢。"

叶秉文不说话了，直勾勾地看着向远。向远嘴角含着的一丝嘲弄的笑意，让他觉得自己像只猴子，自以为七十二变，然而事实上根本就瞒不过她，她什么都知道，这个可怕的女人什么都知道。

他克制着，示意年轻的女伴先去拿杯饮料。那个漂亮的女孩离开后，他立刻沉下脸，咬牙狠狠地对向远说："我的事轮不到你管，你别以为叶家所有的人都被你捏在手心里。"

向远颇具兴味地继续把注意力停留在叶秉文腕间的佛珠上，不动声色地说："当然，我对那些不堪的陈年旧事没兴趣。不过看在已经是一家人的分儿上提醒二叔一句，这串珠子戴在你的手上，恐怕不是亡者的意愿，我婆婆生前都不愿多看你一眼，她死后你私自把遗物戴在身边，就不怕做噩梦？"

"你懂什么？"叶秉文似乎意识到自己的情绪在这个时候太过失

控不合适，于是强迫自己扭开头，过了几秒，压低声音，却依然无法控制脱缰的情绪，“你什么都不懂，我和她……”

“至少我懂什么事对于一个女人来说最像禽兽之举，最不可原谅。”

“我是做过，可我后悔了……我后悔了……”叶秉文的声音越来越低，低至喃喃自语，他像对自己说，也像对已经不存在的那个人说，“我求过她，到了后来，我愿意她告发我，愿意坐牢，愿意跟她结婚，愿意永远不去问孩子是不是我的，愿意做一个好男人去照顾她们母女一辈子……可是她没有给我机会，一次也没有。她宁可嫁给我哥哥，嫁给一个抛下她去和乡下女人结婚生孩子的男人，也不肯看我一眼，到死也不肯。如果不是我故意骗她，说要把以前的事情告诉我大哥，她连话都不肯跟我说。同样是错，她可以原谅我大哥，照顾他和别人生的儿子，也不肯原谅我。这公平吗？你说这公平吗？”

向远边喝着杯里的水边听叶秉文的低语，像是欣赏着他一字一句的自虐，就连回答的兴趣都没有，更别提与他辩驳。

叶秉文的意气风发和风流倜傥荡然无存，此刻在向远面前的，是个失败的男人，他说说停停，始终难以释怀，直到向远鄙夷的眼神像一盆冷水将他浇醒，这才意识到被这个女人激怒是多么不智。他在拿着饮料款款而来的女伴回到身边之前，收拾好了先前的狼狈，冷笑一声：“我忘了，你是再冷血不过的一个人，对你说这些你根本不会理解。”

向远点头赞同：“幸亏我不能理解。”

第三十六章

夜会

她微微抬头，看着那张沾染了迷茫的年轻面庞，只想用手去抚摸他柔软如孩童的发丝。

说话间，不远处传来了玻璃容器落地碎裂的声音，向远和叶秉文像很多人一样应声看过去，只见那边站着低头擦拭外套水渍的滕云和不断欠身道歉的服务生。

向远对着叶秉文和他去而复返的女伴说了句“两位慢聊”，就移步朝滕云的位置走过去。她听到叶秉文用不少人都听得见的音量对女伴说：“见过哈巴狗吗？那边就有一条，刚打碎东西的就是了。”

“怎么回事？”向远走至滕云的身边，低声问了一句。

面容稚嫩的服务生一脸的惊慌失措：“对不起，滕经理，对不起，向总，我不是故意的。”

滕云结束徒劳的擦拭，制止了那个服务生的道歉：“说了不关你的事，是我不小心。”

向远拍了拍服务生小伙子的肩膀：“没事了，你先做你的事。”继而示意滕云跟她一起走到略为角落的位置，“怎么回事？我看你一晚上心不在焉的。”

“没事，就是一时不小心。”滕云挤出个笑容。

向远尖锐地说：“一个平时再小心不过的人，忽然变得不再小心，这还叫没事？你瞒我干吗？”

滕云沉默了片刻，终于说：“他病了，高烧一直不退，你知道的，他家里人都不在本市，我，我有点担心。不过应该没事的，已经有朋友在照顾他。”

向远知道滕云口中的“他”除了他的同性爱人不会再有别人，想来也是了，除了“他”，谁还能让滕云方寸大乱呢？

向远皱眉思索：“真的没事吗？唉，偏偏是这个时候病了。”滕云和她都是山庄最直接的负责人、今天晚上的主角，很多重要的关系户和场面上的事情都在等着他们，这点想必滕云心里也清楚，走不了，又放心不下，他这才心中不安。

“算了算了，你去吧。”向远说。

“这怎么行，我怎么能现在走？”滕云显然压根儿就没动过这个念头。

向远有些不耐地朝他摆了摆手：“走吧，别啰唆，你怎么比我还像个女人？不过，走之前把该打招呼的人先过一轮，你以后还有求着他们的时候。还有，别声张，悄悄走了就算了，别让人觉得失礼了。”

“可是……”

“啧，可是什么，这地球没了你就不转了？”向远横了滕云一眼，忽然换上灿烂的笑脸，对着前方看过来的莫建国打了声招呼，“莫总好！稍等，等一下我好好敬您一杯。”她说完，再次压低声音赶着滕云，“这里还有我呢，去把你该做的事情做完，然后马上消失。给你两天时间，该干吗干吗，别在这儿像个离魂倩女似的，我都看不下去了。”

“谢谢你，向远。”

向远却不领情：“我说你这个人什么都好，怎么就是这么磨叽煽情呢？快去吧，再不去我手背上都起鸡皮疙瘩了。”

滕云笑了起来，立马执杯，跟几个重要客户寒暄了一阵，找了个空隙，匆匆朝门口走去。刚到停车场附近，就听到轻而快的脚步声尾随而至，他回过头，看见向远追了出来。

“向远，怎么了？”他疑惑地问。

向远从手袋里抽出一张薄薄的银行卡，塞到他手里：“滕云，趁这两天，你顺便帮我个忙好吗？这张卡，你就当作是你给滕俊的。”

滕云顿时明白了她的意思，轻轻把卡推了回去：“不用了，向远，该给的我已经给了他们，他们吃不了什么苦头的。”

向远笑道：“你给的是你的，滕俊是你弟弟，我难道就没有妹妹？他们傻乎乎地在外边闯，吃喝用度哪能不用钱？我们家的人不能老让你接济。”她说着，又自我解嘲地说了句：“你给的他们还会要，我的情他们就未必会领了，要不，怎么还用麻烦你呢？”

滕云听她这么说，也知道她在钱方面一是一，二是二，别人占不了她便宜，她也不占别人便宜的脾气，于是也不跟她客气，当下把卡收回口袋里：“好吧，钱我会给他们，就说是我给的。可是你真不用向遥知道你为她做的事情吗？阿俊重新找到工作，他们租到又便宜又好的房子，这两个人啊，都还以为自己的运气真有那么好，最多觉得是我暗中帮了一把……”

“我要他们记住我的好干什么？”向远淡淡地说，“我也不指望从他们那里得到收益。他们感激我或者恨我，也都不过如此。”

“你为什么不让向遥知道你是关心她的？毕竟姐妹一场不容易。”滕云扶着车门劝道。

向远把他推进驾驶座：“我关心她是义务和责任，是没有办法的事，不是因为姐妹情义有多深。好了，我要回去了。”

她送走了滕云，抄近道走回宴会厅现场。回廊外的天空，天幕深蓝，星月全无，此时所有的客人和大多数工作人员都集中在宴会大厅附近，其余的地方一片静寂，偶尔可见一两个服务生，都是有事在身，行色匆匆。

向远在迂回曲折的长廊走至过半的时候，忽然慢下了脚步。她是走惯了夜路的人，天生的敏锐感觉让她意识到，有人在不远处亦步亦趋地跟随着她，那故意放轻的脚步不是服务生的，也不是她熟悉的任何一个人的，更不是她走路的回声。

向远心中警铃大作，但没确定对方来意之前，不愿意大喊大叫惊动远处的欢声畅饮。可此时的深夜长廊上，除了她，再无其他熟悉的人。

她的脚步慢下来之后，身边的脚步显然也相应地放慢了。向远装作拂去肩上的发丝，不经意回头看了一眼，与她目的地的灯火辉煌相比，这里灯光太过阴暗，白天喜气的大红灯笼在此刻光线暧昧幽凉，她只看到回廊曲折处光线的死角和灯笼光影下自己拖在后面的暗黑扭曲的影子。

跟着她的那个人离她距离不算远，向远知道这个时候打电话求援是不明智的，如果对方持有恶意，她掏出手机只能刺激对方贸然行动，她在赌对方对眼前的时机没有信心。向远装作闲庭漫步地走了一小段，然后在没有任何预兆的情况下夺路疾奔，庆幸的是今天为了行动便利，穿的是裤装，也对自己的速度相当有自信，只要对方有几秒的反应间隙，她有八成的把握可以跑到长廊的尽头。

长廊的一端是个弧形的装饰门，向远闪身到门后，当即用脚勾过那扇木门，回身用手肘迅速将门顶上，另一只手应声扣上那个简易的门闩。刚才奔跑的时候，她确定身后那个人已经追了上来，脚程不慢，只输在起步慢的那几秒和拉开的十几米距离。这扇门纯属装饰，但如若那人要破门而入，她已经有足够的时机等到人来。

门扣上之后，向远片刻不敢停顿，俯身去搬旁边那株半人高的滴水观音盆栽，想暂时将门顶住。谁知那盆栽远比她想象中的沉重，向远双手齐用，竟然只能移动它些许。她当即放弃了这个打算，刚直起腰来，背就撞上了一个人的身体，大惊之下，向远险些惊叫出声，身后的人却绕过她，弯腰轻而易举地连盆提起了那株滴水观音。

“连棵树你都要自己搬，这不是天生找累的劳碌命吗？”

熟悉的声音让向远激烈跳动的一颗心顿时稳了下来，她陡然放松下来，长吁了口气，直起腰之前，看见眼前是一双算不上新，但打理得很干净的运动鞋。

那双鞋的主人既好奇又困惑：“谁把你给吓着了，难道是我？不会吧！”

向远一边拍着刚才搬花盆时蹭在手心的泥土屑，一边看了一眼身边这个青春明净的大男孩。无怪乎人们常说欢喜和恐惧总在一念之间，她鲜少像先前那般惊慌失措，然而这一刻，所有的黑暗仿佛被那扇脆弱无比的薄门挡在了另一边，她有心凝神去听，一门之隔的长廊外已丝毫没了动静。

“翅膀硬了啊，连我也敢涮了。”向远斜了叶昀一眼，话里是责怪，嘴角却是扬起的。

叶昀有些不服气：“那么多服务员都在闲着，用得着你自己跑出来搬它吗？”他说着还晃了晃仍提在手中的滴水观音。

向远说：“我跟滕云交代点事，回来的路上觉得它摆得不是地方，就顺手挪一挪。你还拎着它干吗啊，不沉吗？”

“那是因为你还没告诉我放哪儿啊。”叶昀嘴硬，可心里也觉得自己有些傻气，脸红了一下。他想，没有关系，反正光线暗，向远也看不见，于是按照她手指着的方向若无其事地把盆栽放了下来，还作轻松状地故意甩了甩手，“看，其实它一点也不重。你总得承认在有些事情上，男人的存在还是有必要的吧。”

向远被他自说自话的小小得意逗乐了，忍住笑意说：“那是当然，尤其是少了你这样神勇无敌的英雄，那该怎么办啊。”

叶昀知道又被她笑话了，不由得有几分讪讪的，嘴里轻轻嘟囔了一句，向远没听清，却也不追问。其实，在向远婚后，她和叶昀已经有好长一段时间没有单独在一起交谈。平时叶昀就很少回家，就算偶尔一家人团聚，也不过是说着嫂嫂和小叔子该说的话。这么个夜晚，惊魂未定之余两人忽然打了个照面，反倒一时忘记了慢慢砌起来的隔阂。

通透如向远，其实何尝不知道她仓促间决定嫁给叶骞泽，在某种程度上伤了叶昀的心。虽然他们谁都不愿意深究这样的伤心是出于怎样的一种复杂情感，但是，她欠叶昀一次日出之约，也许还欠他一句解释。然而她真的能够解释吗？她说什么能够挽回叶昀的失望呢？向远再清楚不过，在这件事情上她实在一点办法也没有，难道时光倒流，她就会有不一样的选择？事实上，即使错过了那天晚上的月亮，她也未必会等在那里看次日清晨的日光。既然已经这样了，那就让它这样吧，什么都别说，该过去的会过去的，即使过不去，也烂在心里，天长日久，自然风化。叶昀经历过失望，总有一天会懂得，希望是靠自己给的，而不是别人。

向远一直这么想，也说服了自己面对叶昀泰然处之，然而这刻凉风中，她微微抬头，看着那张沾染了迷茫的年轻面庞，只想用手去抚摸他柔软如孩童的发丝。

她伸出了手，却只是草草地掠了掠自己方才奔跑时散落的一缕发丝。

向远问：“我还以为你真不来了，好不容易赶过来，不在宴会厅和你大哥在一起，你跑这儿来干什么？”

叶昀回头看了一眼被灯火映得如同白昼的宴会厅方向：“我见到

大哥啦，陪他站了一会儿，那儿的人我大多数不认识，没什么意思。还有……”他扯了扯自己身上的运动服，有些惭意地说：“本来学校今天晚上是有集训的，正好结束得早，我回到宿舍，脱了制服才发现，急急忙忙地也没准备合适的衣服。到这里才知道人那么多，我这身打扮好像不怎么合适。反正没事干，不如出来呼吸一口新鲜空气。”他说这话的时候不敢看向远，怕她一眼识穿他撒了谎：他明明是在人群中找不到熟悉的那个人，这才没头苍蝇一般地到处转，没想到绕了一圈，还真被他撞上了。

说话间，向远再次不经意地查看了门后的动静，依然悄无声息，她拍了拍叶昀的手臂：“走吧，跟我回去。”

两人回到大厅，叶骞泽正在正中央的一处跟几人交谈。他说得少，听得多，单手插在一侧裤袋里，另一只手执杯浅酌，不时点头微笑，只有再熟悉不过的人才能看出那笑容里的心不在焉。向远和叶昀的再度出现让他明显地安下了心，他笑着朝两人的方向招了招手。

“你大哥叫你了，快过去吧。”向远对叶昀说。

叶昀有些奇怪：“你不一起过去吗？”

“我还有些别的事，等一下再过去。”

其实那次争吵之后，向远和叶骞泽一直没能将裂痕抹平，他们夫妇俩都不是性格激烈的人，说起来那还是他们婚后第一次撕破脸。都说夫妻间吵架是再寻常不过的小事，床头吵，床尾和，尤其少年伉俪，愈吵情愈浓，可向远分明感觉到那夜的一席话，令两颗心都悄悄地凉了下去。事后，他们谁都没有道歉，只不过叶骞泽有一次在睡前轻轻拥住了向远，低声说：“向远，我们别吵了好吗？”当时向远背对着他欣然应允：“好，我们不吵架。”就这样，他们放弃了继续争执，沉默地各自偃旗息鼓，可事实上，问题的关键仍然堵在那里，怎么也绕不过去。

“向远，你和我哥怎么了？”向远嫁入叶家时间已经不短，叶昀那句“大嫂”却始终叫不顺畅，最后连“向远姐”也不叫了，索性直呼其名。

“没怎么啊，又不是小孩子，非得天天黏在一起。”向远笑着说。

叶昀听后却没有打消脸上的狐疑：“开始我问大哥你去哪儿了，他说不知道的时候我就觉得怪怪的，真没事吗？”他是个本性再良善不过的孩子，即使心中藏着秘密，然而此时脸上心里，都是对哥哥和向远纯粹的忧心。

向远也不禁感叹，纵然叶昀在她心里怎么也长不大，他也再不是以前那个一两句话就可以搪塞过去的小孩子了。于是，她正色道：“别杞人忧天，过去帮我和你哥说一声，我先跟工作人员交代几句话，等一下我跟他一块去敬鼎盛集团的莫建国一杯。”

“莫建国。”叶昀喃喃地重复，一向对生意场上的事不留心的他也对这个名字感觉到些许熟悉，“啊，莫建国，莫叔叔，是被叶灵从树上推下来的那个人的爸……”

“叶昀！”向远皱眉制止了叶昀恍然大悟的自言自语。叶昀也心知有些事还是少说为妙，于是及时刹住了话头，乖乖地哦了一声，就朝叶骞泽的方向走去。

向远见他走开，赶紧差人找来了山庄保卫方面的负责人，在暗处细细交代了几句，看着保卫主管尽量把动静减到最小地召集了几个人走了出去，才稍稍放下了一直悬着的心。

刚做完这件事，向远转身，差点撞翻不知道什么时候站在身后的那个人手上的水杯，她定神一看，叶昀端着个杯子小心翼翼地跟着她。

向远无奈地说：“你大哥不是刚把你叫去吗？”那杯子还冒着热气，她又补充了一句：“没烫着吧。”

叶昀有些委屈地说：“就差一点，还好我闪得够快。是大哥让我过来把这杯东西给你的，服务员刚沏出来，他还让我对你说，一整晚都没见你吃东西，有什么事都先垫垫肚子再说。”

不用打开杯盖，向远也知道里面装着的是什么，她接了过来，自然而然地朝叶骞泽所在的位置看了一眼，他也正朝她这边看过来，两人视线相对，他微微笑了一下，温暖一如过往。向远摩挲了一下杯沿，在脸上回应了叶骞泽一个笑容。

叶昀看在眼里，正想说什么，却看到向远忽然让服务员先把她手上的东西搁在一边，然后对他说：“叶昀，你过来一下，我们一起去跟市公安局的谢局长打声招呼。”

叶昀迟疑地看了前方一眼，有些别扭地说：“为什么我要去啊？”

“傻瓜，没几个月你就要毕业了。你非要做警察，没人拦得住你，可就算要进公安系统也得有个好着落啊。”向远苦口婆心地说。

“我不去。”叶昀又拗了起来，倔强地扬着下巴，“不用求谁我也能做警察，反正到时分到哪儿就算哪儿，别人做得了的事我也做得了。”

“我知道你不比任何人差，但是做警察的话，有些部门风险太大你知道吗？我不能让你去冒这个险。”

叶昀这晚第一次开心地笑了起来：“向远你也开始婆婆妈妈了，不冒风险，我做警察干什么？”然而他心里有个声音在低低地欢呼，她果然还是关心他的，全世界最最关心他的。

“少说废话，跟我来。”

“说了不去。”

叶昀仍然试图顽抗，却忽然感觉到掌心一热，向远不由分说牵住了他的手，领着他朝目标走去。

她手心的触感叶昀很熟悉，那双手并不温软，即使它已经许多年没有干重活，依然无法如别的女人一样细腻滑润，但是它指节细长，掌心极薄。小时候叶昀听老人说过，长这样一双手的女人命硬福薄，叶昀觉得简直是胡说八道，向远走到今天，嫁给了他哥哥——她心中的人，这不是幸福的铁证吗？现在，这双手也轻而易举地燃起了叶昀心中摇曳的喜悦的火焰。他不是没有触碰过其他异性的手，礼貌性的双手交握，或者学校活动时拉女同学一把，那些手的触感无一不比向远温暖，然而那些感觉他转瞬就忘了。他只记得她的手，薄而瘦，他抓不住，也挣不开。

懵懵懂懂地，在叶昀反应过来之前，已经被向远带到了一个名为“谢局长”的男人面前。向远的手不知什么时候已经松开了，转而去握那个男人肥厚的掌心。

“向远啊，大忙人今晚还记得我，不容易啊。”

“哪里的话，刚才见您跟朋友聊得开心，不敢打扰罢了。对了，谢局长，我介绍一下，这是我的小叔子叶昀，今年警院毕业，平时难得见到您，今天借机陪他来见见警界的前辈。”

谢局长面露诧异之色：“这么说，小伙子不就是叶家二公子喽。我刚才还在心里想，向远不简单啊，你们家叶少还在，你就牵着个漂亮的小男朋友堂而皇之地走，这算哪一出。原来是这样，哈哈。”

向远也朗朗地笑了起来：“谢局长真会开玩笑。”

只有叶昀觉得一点都不好笑，他没有忽略，谈笑间，谢局长握住向远的手一直都没有松开。所以尽管不怎么情愿，叶昀还是主动朝对面的男人伸出了手：“您好，谢局长，我是叶昀。”

他暗里冷笑地看着谢局长和他的握手如蜻蜓点水般掠过，好在向远的手也得以解脱。

谢局长打量了一眼叶昀，笑着说：“我就说叶家风水不错啊，富贵不说，人也一个比一个长得好，叶少已经算一表人才了，这弟弟乍一看就跟电视里的青春偶像差不多。向远，说句实话可不准恼啊，别人都说郎才女貌，你进了叶家可算是女才男貌了啊。”

向远心知叶昀最不喜别人拿他的外表做文章，赶紧笑着岔开话题：“我权当谢局长是夸我。”

谢局长笑完之后正色道：“不容易啊，有钱人家的公子哥不享清福，偏想进我们这一行，说起来也是我们的光彩啊。这样的男孩子往我们公安局里一站，我们那儿的女同志可要高兴了。不过真有了案件要出勤，这要是个女贼还好说，果真遇上了亡命之徒，刀枪拳脚都是不长眼睛的啊，真要伤着了，我怎么向你们家交代啊？”

“谢局长可以看看我四年的成绩单，我并不是……”

“阿昀！”向远及时打断了叶昀有些愤然的辩解。的确，他最讨厌别人拿他当绣花枕头，他的文化课、专业课都相当优秀，擒拿和散打更是长项。可现在不是说这个的时候，谢局长说得没错，刀枪无眼，他真要伤着了该怎么办？

向远叹了口气：“这孩子一心要做警察，八匹马都拉不回来。四年警院毕业，不让他干这一行，只怕是他不答应，所以就要麻烦谢局长多多关照了。”

谢局长倒也爽快：“既然你向远都开了这个口，那还有什么问题。人只要一毕业，就到我这里来，交给我，就放一万个心吧。”

第三十七章

意外惊魂

一个悲剧总得要有个恶人来承担骂名，否则悲痛的人们情何以堪？向远不做这个罪魁祸首，又该让谁来做呢？

从谢局长身边走开，叶昀的不满仍未消退，悄悄朝向远埋怨道：“你呀，你就干脆把我弄去户籍科得了，天天坐办公室，养得白白胖胖你就高兴了。”

向远飞快地在他脑门上戳了一下：“你这傻孩子，要我说多少遍才明白，公安局有很多部门，你没必要往最苦最累的地方冲。就算要做英雄，也不一定非喊打喊杀的啊，我说过不能让你有事，绝对不能。”

叶昀被她戳得头微微一偏，埋怨和不满哪里还发得出来。他低头一笑，傻傻地问：“要是我有事，你会哭吗？”

“胡说八道！”向远毫不迟疑地否定他的口无遮拦，说着说着声音就沉了下来，“这事能开玩笑吗？叶昀，我见过太多意外和不幸了，我爸爸、你妈，还有阿迤，我眼睁睁地看着他们一个个都走了，不想再重复一次了。你妈还在的时候，我就答应过要好好照顾你，现在你爸也是再三对我说，没什么放心不下的了，除了你。况且，当初你爸和你哥一直反对你上警校，是我帮着你说服了他们，要是你有个三长两短，我怎么向你大哥交代？”

叶昀沉默了，过了许久，才抬起头来问了一句：“你是为了他们才担心我的是吗？我爸、我妈，当然，尤其是我哥？”

向远愣了愣，明白了他话里的潜台词，她看向一旁，然后点了点头：“叶昀，别说‘他们’，‘他们’不是别人，是你最亲，也最关心你的人。你老是不肯回家，你大哥心里多难受你知道吗？对了，还有我，我们是一家人啊，我……”

“你是我大嫂对吗？”叶昀恼了，俊秀的一张脸涨得通红。他很快意识到自己不应该对着向远发脾气，喉咙一紧，低低地说了句，一如恳求，“别管我好吗？向远，你别管我的事。”

向远伸出手，叶昀却退了一步，那脸上的冷淡让她一阵心灰。别人都说她是个能人，她自己知道其实不是，越是她关心的人和事，她越弄得一团糟。

叶昀让她别管他，这有什么难的呢？向远再次点头，然后从叶昀身边走了过去。

“你去哪儿？”她听到叶昀在她身后问，声音已有悔意。

她朝着另一个方向一直走。

“你去哪儿？”又是这一个问句，说话的人迎面轻轻揽住了她，却是叶骞泽，“怎么了？”他掩不住的关切。

向远笑道：“赶着去洗手间。”

向远在宴会厅一侧的女洗手间里洗了把脸，水珠还没擦干，异样的感觉让她立刻回头：“你是谁？”

一直如鬼魅般尾随着向远的那个人终于现了形，那是一张并不熟悉的男人面孔，三十出头，脸上每一道纹路都刻着长年生活在社会底层的人所特有的早衰和疲惫，还有几分愤世嫉俗的蛮横，衣着倒算得上整齐，但他绝对不可能是受邀出席今晚宴会的嘉宾，也丝毫不像工作人员。

向远在记起这个人之前，先记起了这双充满怨毒和恨意的眼睛，她没有忘记，自己代表叶家和江源到死去的旧员工陈有和灵前上香的那一天，灵堂上走过的短短的一段路，她始终被这样的怨恨包裹着。如果不是骤然痛失至亲的悲伤和无助暂时压过了敌视，她毫不怀疑当时陈有和的家属已生出了把所有的愤怒和不甘宣泄到她身上的冲动。

一个悲剧总得要有个恶人来承担骂名，否则悲痛的人们情何以堪？陈有和是他一家五口人的经济支柱，这么说没就没了，虽然抚恤金到手，他的家人想必依然心有不甘，他们想当然地认为陈有和死于车祸完全是因为失业后的精神恍惚，而一手将他推出江源的人就是叶家，是向远。至于跟陈有和吵架的工友，还有他的班长、他的车间主任，那些一个个推波助澜让陈有和在江源难以立足的小人物，他们胜在平凡，胜在身份低微，承载不起陈家的恨意，甚至就连陈有和的工作失误和主动递交辞呈，都因为陈有和的死而自动被忽略了。向远不做这个罪魁祸首，又该让谁来做呢？

向远试着往后退了一步，大理石的洗手台面抵住了她的腰，古朴而精致的洗手间设计得颇具匠心。惊惶之下她同样无处可逃，那个男人，陈有和的大儿子悄悄潜进来的那一瞬间，已经用背顶上了洗手间的木门。向远的手徒劳地撑在洗手台的边角处，冰冷坚硬的触感暂时止住了她心中惊恐的蔓延。

脸颊上来不及擦干的水珠缓缓沿着向远的腮边滑下，最后走投无路地坠至脖子以下。向远开始后悔自己之前的大意，她一心不想让任何事情惊扰到这夜的欢宴，以至于在明明知道有来路不明的人混了进来，并一直在暗处窥视的情况下仍不愿意张扬，只吩咐了保安悄悄地搜查。更没想到的是，这个看上去毫不起眼的男人竟能摆脱近十个保安的视线，追踪她到了这个四下无人之处。

“你想干什么？”这一个问句差一点就脱口而出，然而向远立即明白这句话毫无意义，这样一个男人煞费苦心地跟了她一晚上，好不容易等到了机会，现在他就在三步开外，表情木然，眼神怨毒，右手还紧紧握着一个污浊的白色容器，他想干什么？总不至于是请她喝茶。所以，向远喝令自己不能乱了阵脚，她尽可能地让声音听起来镇定平和。

“你想要什么？”万事万物都有个价，只要他肯开这个口，事情就有回旋的余地。

“我要你不得好过！”向远想不到这个男人的情绪如此一触即发，显然这时紧张的不止她一个，他全身都控制不住地抖，连带手中那个容器也跟着不由自主地晃荡，依稀可见里面半满的液体。向远喉咙一紧：“别，别冲动，你说你想要什么，有事好商量。我有什么事，只怕你也没什么好结果，何……何必呢？”

“跟你商量个屁！你们这些人都是吸血的，我爸为你们打了那么多年的工，没用了就一脚踹走，最后落得横死街头的下场。要不是做了亏心事，你们犯得着用钱来收拾烂摊子吗？姓向的，最毒的就是你，到最后还出尔反尔，满口空头支票，就那一点点抚恤金，就想把我们打发了吗？做梦去吧！既然我们的命贱，那我还有什么好怕的？”

就在这时，那男人背抵着的门被敲响了，伴随着敲门声的是一个年轻而迟疑的声音：“向远，你在里面吗？”

这个变故让门内的狭小空间静谧了两秒，向远只听得到心跳声，除了自己的，还有对方的，激烈而混乱。叶昀的出现可以说是时候，也可以说不是时候，他让门后的僵持变得更紧张更微妙，如同箭在弦上，他却在弓箭手的肩膀上拍了一下。

向远一直置于身后的手终于摸索到陶制的面纸盒，在那个男人身子微动的同时，毫不迟疑地抄起这方形的陶器，朝他手腕处狠狠砸去。几乎就在同时，洗手间的门在一声巨响后颤了一颤，那男人稍稍将身撤离，朝背后望了一眼。就在那瞬间的停顿里，门在第二次的撞击下被应声打开，门页挟带的力道和向远准而狠的重物一掷，让那男人身体趔趄了一下，几欲扑倒，他手里一直紧握住的容器差一点脱手，里面的液体溢洒了近半，那不祥的味道让向远心里暗叫糟糕。

果然，那男人红了眼，倾尽全力将剩余的液体朝向远身上一泼。电光石火间，向远避无可避，本能地回身，低首抬肩，护住头脸，大脑如同时针停摆，一片空白。强酸倾泻在人体上是什么后果，向远再清楚不过，肩头发际感觉到湿意的刹那间，她万念俱灰。那些斯打声、痛呼声、短暂的碰撞声都无所谓了，她等待着那焦黑腐蚀的滋味。几分钟之前，她尚能完好无缺地微笑着挣开叶骞泽的怀抱，早知如此，她当时为什么不多看他一眼？最难以忍受的是这样惨烈不堪的收场，居然要示于叶昀眼前。

奇怪的是那化学药品发挥作用的速度慢得远超过了向远的想象，她感觉到了刺痛，然而这远不是强硫酸所具有的杀伤力。

“向远，你怎么样？”

“别碰。”

她制止了叶昀扑上来的心急如焚的探视，疑惑地看了看除了微微发红外，到目前为止未见更可怖异状的肩和手，再小心翼翼地将手指置于鼻尖轻轻一嗅，脸上顿时露出匪夷所思的神情。

这夹杂着催化剂和铁锈气息的硫酸味道她再熟悉不过了，江源所属的标准件公司下辖热镀锌车间，用酸洗掉铁件成品上的锈蚀，以达到美观和抗腐蚀的效果，部分建筑用螺栓和钢构架是要求用硫酸浸泡后镀锌的。如无意外，陈有和的儿子朝她泼来的应该是从镀锌酸池里弄来的硫酸，那特别浑浊的颜色和些许的金属碎屑更加证实了她的猜想。他竟然就地取材地用江源自家的硫酸来攻击向远，那些液体，也许是一贯节省的陈有和托了镀锌车间的同事装回家刷马桶用的。

劫后余生的向远说不清心里是什么滋味，只觉得眼前的一切荒谬而可笑，像一出闹剧。这个行凶者显然对凶器都未曾下功夫钻研，要知道，镀锌用的酸洗液浓度在10%～20%之间，尚不足以毁人于顷刻之间，况且向远主管江源之后，曾跟李副总反复商量，为尽可能地降低成本，减少硫酸和锌锭的使用量，江源的热镀锌产品都是在国标之内将锌层厚度降到最低，就连酸池的硫酸浓度也稀释到极限值边缘。不知算不算得上幸运，她遇上了一个愚蠢而贪小便宜的敌人，就此逃过一劫。

“他泼……泼的是什么鬼东西？”叶昀急得舌头都打结了。

“硫酸。”向远看着蜷在角落里没了动静、不知死活的陈家大儿子，顾不上废话，立刻将一侧的头发、脖子，以及裸露在外的手臂靠近打开的水龙头冲洗。这些酸液虽不能致命，但是沾染在身上时间稍长，也不是开玩笑的事情。

向远这个人永远是生存至上论者，不管什么时候，人身安危都是第一位的。冲洗完脖子上的残留液体，她立马示意叶昀脱了他的运动外套。叶昀愣了愣，自然从命，她却在那头飞快地解着被稀硫酸打湿了一大片的薄衫上那一排细密的扣子。

皮肤上的痛和痒已经感觉越来越明显，太过繁复的扣子这时便显得无比可恶。向远暗暗咬牙之余，尚且注意到叶昀还红着脸傻傻站在她身边，不由分说地踢了他一脚，叶昀立刻如受惊的兔子般仓皇转身，全身绷得紧紧的，只扭转一只手，将自己的外套递到向远的面前。

“去看看他怎么回事。”向远边冲洗着衣服下火辣辣疼的皮肤，边对叶昀说。

“你看什么？”她好像听到身后的叶昀又用力踢了那男人一脚，嘴里恨恨的。

“向远，他到底是什么人？”叶昀忍不住又扭头问，忽然想起这不是面对面说话的时候，赶紧说了句“对不起”，再次眼观鼻鼻观心地看回那个男人的方向。

其实这个时候向远正好拉起叶昀外套的拉链，洗手间不是什么隐蔽的地方，虽然离宴会厅隔着一个拐角的走道，暂时没惊动那边的人，但随时可能有其他上洗手间的人走进来，到时这场面就难以解释了。所以向远力求速战速决，她走到叶昀身边，俯身看了那男人一眼，叶昀下手不轻，看他蜷在那里，手臂扭曲的奇怪角度，估计不是脱臼就是骨折了。

那男人捂着手，艰难地想要站起来，向远一把按住叶昀的手：“别打了，够了。”

“他差点想要你的命。”叶昀仍对刚才惊险的一幕难以释怀。

向远皱眉：“那你总不能打死他。”她对那个男人说，“我说过，你爸爸的死是个意外，我对你们一家没有半点敌视，你这是何苦。”

那个男人啐了向远一口：“嘴在你身上，你怎么说不行？吃人不吐骨头，我咒你们一家都不得好下场。”

话已至此，跟这么偏执的人说下去也没有什么结果，向远当即给保卫负责人打了个电话，片刻，几个身着保安制服的人匆匆赶了过来，看见这一幕，无比震惊。向远也无心听他们自我检讨，只说从走道另一侧的小门把人带走，不要张扬，顺便让他们为这间洗手间毁坏的门锁和一片狼藉找个合理的理由。

写有“洗手间维修，暂停使用”的示意牌很快被送了过来，向远挽着湿答答的头发，看着叶昀欲言又止，憋得并不好受的模样，笑了笑：“今晚刚夸你神勇，你看，这不是救了我一回吗？”

叶昀没说自己为什么那么巧也来到洗手间这边，只道：“那个人我在过道上看见了一次，当时就觉得不对劲。你有事就知道瞒着我，可是我连这点警惕都没有，还做警察干什么？对了，你还没说他跟你有什么过不去，怎么惹上他的，太危险了。”

向远安抚地拍拍他的手背：“我会告诉你的，不过现在你先到车上给我拿一件我的外套，我总不能这样走出去。”

“大哥他……”

“先别跟你大哥说起这件事行吗？事情都过去了，别让他担心。”

“可是……”

“叶昀，就当是我们之间的一个秘密。”

叶昀犹豫了一会儿，毕竟还是妥协了，朝她伸出了手：“车钥匙给我。”

第三十八章

夫妻弥合

钓起大鱼的不是诱饵，是鱼的欲望，它们有了期待，明知是诱饵也忍不住张嘴。

温泉度假山庄开张试营业一个月有余，经营状况良好，甚至可以说超出了向远的预期。从一开始，山庄的定位就以商务会议接待为主，散客为辅，休闲商务场所及设备一应俱全。叶家是以建筑制造业起家，对酒店经营从未涉足，包括向远和滕云在内，都谈不上有经验可言，所以在人员的配备上，向远极力否决了叶秉文提出的由自家人管理的建议，也不赞成从江源的原班人马中调用，除总经理一职责无旁贷地交给了滕云之外，副总经理以及大堂、餐饮、客房、温泉管理等各个部门的主管，都从省内外同行业中重金聘来了专业得力的人，包括工作人员以及最底层的服务员、勤杂工，都一概外聘，未从江源调用一兵一卒，只是将叶骞泽的一个堂姑姑安排在财务部门做主管，她是从技校会计科老师职位上辞职出来的。

向远心里很清楚，从山庄筹备至今，虽然她公公叶秉林和丈夫叶骞泽都基本上放手让她做主，山庄在核算和经营方面也独立于江源，但它毕竟是叶家的产业，所以，在最为敏感的财务方面，做主的不能是外人，也不能是向远的人。当然，财务主管这一职位，像滕云这样谁都知道是和向远同一阵营的人更不能插手，只能让叶家自己的人来担当。这是向远明确示于叶家人的一个姿态，或者也可以说是给自己设的一个警铃。

私底下有人说她虚伪，权力都揽在手里，表面功夫还不忘做足。向远心中有数，也不出声，只不过偶尔发狠了，才会自己对自己说：我就算坏人做到底，表面功夫也不做了，就凭现在的叶家，就凭那些公子少爷们，又能奈我何？然而，在这些念头燃起的时候，向远总能在片刻间掐灭它，连灰烬都不留，就算在最信任最倚重的滕云面前，她也绝不容许自己提起。她虽不姓叶，可她是叶家的媳妇，更是叶骞泽的妻子。

不可否认，良好的人脉和关系网，还有前期的必要“投入”的确是助益良多的，温泉度假山庄环境古雅，配套齐全，服务质量上佳，可消费也着实不低。虽然如此，来得起的还是大有人在，多以公务接待为主，开张后不久就临近年末，大小会议基本上就没有间断过。滕云在一个半月之内已经和三个单位签订了定点接待协议，其中甚至包括仍由欧阳掌权的中建和一个城区政府部门。中建和向远常来常往，关系一直不错，反正宴请和会议都是需要场所的，自视甚高的欧阳都觉得向远不算讨厌，借花献佛地送她个顺水人情也算不了什么。至于能在开业之初即承蒙政府部门的慧眼，除了山庄的设施和开出的优待条件之外，向远猜想，滕云那要害部门的公务员男伴也起了不小的作用。

作为山庄大股东之一的叶秉文在向远提出打算将山庄温泉区的桑拿房对外招商承包的计划后，倒是自动引荐了几个值得考虑的合作伙伴。本来叶秉文就是个浪荡了半辈子的老公子哥，说到玩乐，他是个中翘楚。

叶骞泽仍然对他颇不以为然，认为他引荐的人不可靠，可向远觉得，只要资历、财力和背景条件吻合，她没有理由因为是叶秉文推荐，就断然拒绝再合适不过的合作伙伴。叶骞泽这一次默认了向远的决定，最后，山庄的温泉桑拿房承包给了叶秉文的一个崔姓朋友。事实证明，这个桑拿房营业之后，山庄的客源确实有增无减。

然而，叶骞泽对向远的配合并非源自于他的认同，对于向远做事的一些方法，他始终觉得难以接受，可是他更不愿意再伤自己和向远之间的感情。

因陈有和而起的那一次争执后，向远答应了叶骞泽不再吵架，她不是个得理不饶人的女人。事后，夫妻俩人前人后依旧伉俪情深，一同前往探视父亲叶秉林时，向远也愿意牵住他的手，有时下班后两人在家里碰见，也会笑着聊上几句，就连他从未间断的莲子枸杞水，向远也从不拒绝。可是叶骞泽知道事情没有过去，那天的一席话过后，芥蒂仍在向远心中。

叶骞泽不是没有懊悔过，向远那样要强而克制的一个人，很少生气动怒，那一次他或许真的伤了她的心。接下来很长一段时间里，叶骞泽都觉得应该找一个机会把事情好好地跟向远谈一谈，可是他自己都感到茫然，他该和她谈什么呢？说自己是错的，而向远是对的？然而事实上叶骞泽始终都不认为自己在陈有和这件事上立场有错，人不能把事情做得太绝，善待别人也就是善待自己。向远的出发点是为了江源好，但她做事一贯太过狠辣，只重结果不择手段，这是他和向远之间最大的不同，大概也是分歧的根源所在。他没有办法对她说，陈有和是咎由自取，跟我们全无关系。

叶骞泽就是在这样的犹疑中，很长一段时间不知如何是好。一天一天，心中的难受在加剧，他怀念着向远晚归后悄悄躺在他身侧，倚着他的背那片刻的温柔，也怀念自己轻轻揉捏她的肩膀时，她眯着眼睛，宛如一直微笑的狐狸的模样。

向远就算对别人是冷的，可是在他身边，那温度却是如此真实。

山庄开业那天，叶骞泽就打定主意，就当他是个没有原则的人吧，他不想跟向远再僵持下去，他愿意妥协。虽然他的妥协不是因为改变初衷，而是因为原则比不上身边的这个人重要。

可是那一晚，向远整个人都透着古怪，上洗手间之后，消失了很长一段时间。叶骞泽一度担心向远出事，无奈她不在，滕云也早早离场，他应付各路宾客，实在分身乏术，只得让叶昀去看看。好容易她重回大厅，说是洗手间的龙头出了故障，差点喷了一身的水，随后她又担心自己感冒，草草应付了一阵，送走了几个重要的客人，就先离了场。

当晚，叶骞泽一改好一阵以来夫妻俩背身而卧的姿态，主动从身后环紧了向远，她僵了一僵，转过头来，手按着睡衣的领口说了句："对不起，我有点累。"

向远的累，叶骞泽无法反驳，山庄开业以后，她既要兼顾江源的主业，又不可能在开业之初完全将山庄的事情假手他人，出差是从不间断，忙得晚了偶尔会住在山庄那边。叶骞泽耳闻过关于滕云性取向的传闻，也从没有怀疑过向远对婚姻的忠诚，只是她的忙碌，让有意求和的他也无处着手。

陈有和一事最后以他赋闲在家的小儿子以合同工身份被照顾性质地招进江源而告终。叶骞泽也是听说，陈家大儿子不知因为犯了什么事被收了监，小儿子虽没有大哥当过建筑工人的经验，但出人意料的是，向远除了坚持在用工身份方面不能破例外，其余的都没有表示反对。这也算是叶骞泽和向远各自退了一步。

江源每月必开的生产办公会，到了年末那一次，照例是要找个环境好一些的地点住上几天，权当犒劳一下参会的那些中层负责人。温泉度假山庄既然开业了，肥水哪还有流到外人田的道理，这次会议毫无意外地安排在山庄内进行，时间特意选在周五，会后所有的人都被安排在山庄里过一个周末。自家的场所，自然吃喝玩乐一条龙服务，那些各个部门的管理人员也确实忙了一年，现在有机会松懈下来，又是江源自家新开张不久的副业，大家既新鲜又好奇，用不着招呼，打球的打球，打牌的打牌，当然还有唱卡拉 OK 的、泡澡的，纷纷找到乐子。

向远和李副总最后一个离开会议室，两人边走还在边聊着车间交货进度的期限。李副总先看到叶骞泽在会议室门外鱼池边上的背影，他是个识趣的人，笑了笑，随便找了个借口就朝另一个方向绕道而行。

叶骞泽听到他们说话的声音，抛完手上最后一把鱼食，回过头来，拍了拍手上的碎屑，对向远笑道："结束了？"

"嗯，怎么，喂饱了它们怎么还会上钩？对了，滕云给你备了一套钓具，放在我常住的那个房间里，等一下让服务员给你拿来。"向远说。

叶骞泽不喜欢打牌，也不喜欢热闹，这个她知道，他唯一的爱好也就是执竿垂钓罢了。

"不钓了。向远，别人都闲下来了，你也该松口气了吧。"叶骞泽说。

他们两个人看过去的方向，是滕云和几个同事在网球场上奔跑。向远随意坐在鱼池边的栏杆上，迎着冬阳，微眯着眼睛说："我很闲啊。怎么了？"

叶骞泽站在她身边，说："前段时间我忘了对你说一件事，就是山庄开张那一晚，你身体不舒服，我一个人去跟莫建国打了声招呼。他和爸爸以前也算是老朋友，是我的长辈。他对我们家倒没有从前那么敌视了，他说，莫恒最近刚从国外回来，再先进的医疗设施，也只能恢复到这个程度了，虽然比不了正常人，但至少勉强可以生活自理。再治下去也没有意义，不如把多余的精力用在让莫恒往后的路好走一点。莫建国还提到了莫恒的婚事，说他老了，就这件事放不下。"

向远专注晒太阳的神态也有了一些变化，侧脸认真听叶骞泽继续往下说。

“说完这件事之后，不知道有意还是无意，他忽然问起了叶灵，说那天好像在宴会厅里看到叶灵，小女孩长大了，之前一直听我爸爸对外说叶灵身体不好，现在看上去挺好的。还说过去的事就过去了，莫恒一点都不记得是叶灵把他从梯子上推下来的，只记得以前和叶灵玩得开心的情景，总念念不忘……”

“你怕他的意思是想让莫恒和叶灵……”

向远还没有说完，叶骞泽就有些难以忍受地接过话去：“是啊，我怎么能不担心。向远，那样怎么行？阿灵她就算对不起莫恒，但是也不可能嫁给他啊，莫恒他毕竟是个傻……我真怕莫建国会把话说白了，所以急匆匆地就把话题结束了。”

向远用足尖去逗弄浮出水面的鱼：“你怕什么？就算明着要求，他又不是玉皇大帝，说让谁结婚就结婚吗？”

“这个我知道，可是想起莫恒受伤的起因，心里还是觉得不舒服，在这件事上，是我们家理亏在先。”

“那就把叶灵嫁给他啊？”向远收回脚，足尖滴水未沾，她看着叶骞泽一脸匪夷所思的表情，耸了耸肩，“那就是了，既然你认定不可能，莫建国爱怎么想随他啊，谁还能没点念想？你这个人啊，就爱杞人忧天，是非观重，心又软。再加上一听到和你那宝贝妹妹有关，整个人都乱了。”

她说得轻描淡写，以至于叶骞泽不能确认她低头时的寂寥是不是自己的错觉。他低头说：“向远，她到底是我妹妹。”

向远抿嘴笑笑：“你啊，关心则乱。”

叶骞泽点了点头，大概也意识到自己的忧心于事无补。过了一会儿，又苦笑着说了一句：“我这个人就是这样……越是重要的人，我就越不知道该拿她怎么办好，就像这么久了，我都不知道怎么才能让你不生气。”

“我生气了吗？”向远似笑非笑地看着叶骞泽。

“你没有吗？”

两人一站一坐地在鱼池边看着水里涌动的金鲤，向远心情渐渐好了起来，重新开了一袋鱼食往水里扔。

那些鱼儿们争先恐后，挤破了头，也无非争点小小甜头。无怪乎叶骞泽常说，钓起大鱼的不是诱饵，是鱼的欲望，它们有了期待，明知是诱饵也忍不住张嘴。

没有期待才是安全的，向远想，但是，没有期待该怎么活？

下午，江源留在度假山庄这边的大小主管都没有了公务安排，主要的任务就是放松，向远也被李副总他们叫去打扑克。江源的扑克文化可谓是“源远流长”，据说是因为叶秉林在位的时候一度对“升级”相当痴迷，现在他不管事了，别说不再找人打扑克，就是棋也不下了，可这扑克文化却在江源一直保留了下来。不管是管理人员还是工人，工作之余，四人一桌就开始打得不亦乐乎，而且按照惯例，公司每年都会举办一次“升级”扑克大赛。

向远对这些棋牌类的玩意儿都不热衷，按照向遥过去的一句话来说——其实向远对任何娱乐活动都不热衷，除了工作之外，唯一能让她感到快乐的消遣就是晚上点钱。向远虽然听得出向遥话里的不以为然，但是她竟然也认为向遥说得有几分道理。在她看来，无论围棋、象棋、扑克，还是麻将，都是另一种形式上的钩心斗角的游戏，既消耗时间，又没有任何收益。这些哪里比得上她每晚清点零钞时所获得的那种宗教般的内心平静和满足？

对于江源上下的扑克风，只要不影响正常的工作，向远虽不感兴趣，也放任自流，同时也乐得拿出经费用于每年比赛的奖金支出。这是种成本低廉的集体活动，何乐而不为？不过，正如她学会围棋是为了当初和立恒的张天然拉近关系，有时为了换种形式和底下的员工交流，她对“升级”也并非一窍不通，而她的老师则是从少年时代起就耳濡目染、牌艺精通的叶骞泽。

向远学东西很快，从初学到出师用时很短，找人切磋了好几回，技艺大增。别人说这是天分，向远嗤之以鼻，其实所有的游戏和万事万物一样，都有它的规则，你认真揣摩，岂有不精之理？江源的“升级”一般四个人玩四副扑克牌，每副牌五十四张，也不过二百一十六张牌，打得不好的人多半是玩得浑浑噩噩，不肯记牌。她做事一向认真，就算娱乐时也是如此，谁出过哪一张，什么牌在什么人手里，每一张牌打出去之后达到目的的概率是多少，她心中计算得清清楚楚，要赢牌自然是事半功倍的。不过正是因为这样，叶骞泽不爱跟她搭档，总笑和向远打牌太累，不但达不到娱乐的目的，反而给心里增添负担，因为他受不了向远事隔一个月后还有条有理地跟他分析，他究竟是倒数第几张牌犯了错误，甚至还会将当时四人各自手上剩下的十多张牌一一罗列在废纸上，细细推敲。向远也认为叶骞泽的牌技虽娴熟，但出牌过于随性，这就是他怎么也打不到最高水平的原因。

叶骞泽说：“这就是我和你不同的地方，我只求尽兴，不求最好，否则失去了美感。”既然道不同，自然不相为谋，向远师成之后，他们夫妇俩很少在一起打牌。这天下午，叶骞泽是有心弥合他和向远近段时间来的冷淡和僵持，所以不过是找个机会两人坐在一起而已。李副总等看在眼里，刻意成全。

于是，叶骞泽夫妇、李副总，再加上生产部门的一个主管，四人坐在一起摸了几把牌，叶骞泽和李副总搭档，向远和那名主管搭档。都说牌品如人品，向远深以为然：叶骞泽的牌风依旧不温不火，李副总倒是打得有章法，但是又太过严谨，向远的搭档出牌颇为精明，可她看得出他每一张牌都刻意顺着自己，手上还有好牌未出，也拆着配合向远，可见也是个世故之人。

向远这一方打得顺风顺水，一路领先，眼看一个回合胜利在望，偏偏叶骞泽和李副总忽然摸上了一把难得的好牌，加上配合得也不错，不但把牌面上的分尽收囊中，还隐有长拖扣底的势头。向远心中知道不妙，无奈牌不如人，已难以控牌上手，她暗暗算了算最后几张牌可能出现的局面，已经知道输牌是定局了，还在想着怎么尽可能地减少损失，不经意看了一眼坐在她左侧的叶骞泽，忽然惊讶地问了一句："叶骞泽，你怎么少了一张牌？"

"有吗？"叶骞泽略略吃惊地看了其余三人手中的张数，轻轻笑出声来，"呀，还真是少了一张，这下'劳改'了，再好的牌也没有用，我都不知道什么时候多出了一张。"

"你啊，我就说你老是不够专心吧。"局势扭转，向远心中一轻，但继而又半认真地嗔怪。这样赢牌她始终觉得胜之不武。

那个第一次和几个领导打牌的小主管打了个圆场："不要紧，不要紧，打牌嘛，消磨时间而已，无论输赢，无论输赢。"

向远放下牌一笑："话也不能这么说，无论输赢，那坐在这半天又是何必呢？"

小主管见她笑着，也不知道她心里是怎么想的，有些担忧自己说错了话，于是偷偷看了叶骞泽一眼。叶骞泽索性放下了牌，笑道："输了输了。走，向远，不是说下午江源的人和山庄这边的工作人员有一场篮球赛吗？时间也差不多了，我们去看看。"

第三十九章

谁欠了谁的心事

她始终觉得，当叶昀有了爱着的女孩，自己才算放下了一个包袱。

几个人一路朝山庄的室内球馆走去，到的时候比赛已经开始了。向远没马上坐下，半眯着眼睛朝比赛场上定定看了一会儿，然后忍俊不禁地对叶骞泽说："我还说是谁这么眼熟呢。"

"谁？"叶骞泽闻言，朝她说的方向看了一眼，也笑了，"这孩子，什么时候跑来这儿，也不打声招呼。"

场上和山庄代表队一样穿着白色球衣正在跑动的人，不是叶昀又是谁?

"不是说好不许请外援吗？还是山庄这边自认不敌，把他给招来了？"叶骞泽笑着说。

向远坐了下来，接过服务员赶紧端过来的茶，顺手递给叶骞泽："我还是喝白水吧，这种'瓜片'倒是你喜欢的……山庄没他一份吗？他也算不上外援。"

"看，又护短了吧。"

"哪里的话。"

"别不承认。"叶骞泽笑道，继而又说，"对了，阿昀前几天到公安局城南分局报到，你知道了吧？这孩子长大了，但还是和小时候一样拗，就像以前他打定了主意不肯跟爸爸回城，谁劝都没用，就听你的话。”

向远摇头：“得了吧，他要听我的，还会往刑警支队去？算了，你这宝贝弟弟都说了让我别管他的事，我也乐得省心。”

“你嘴上不说，心里真能不为他们想？”

“他们？”向远不禁有几分奇怪。

叶骞泽说：“我说的他们，除了阿昀，还有向遥。你就真能不闻不问她的事？前几天向遥到我办公室来了一趟。”

向远的腰慢慢直了起来，嘴上却一言不发，等着叶骞泽往下说。

叶骞泽犹豫了一会儿，从衣服的口袋里掏出一张银行卡，递到向远的手边：“她也没说什么，就让我把这个还给你，还说她现在过得挺好，用不着给她钱。”

向远无声地笑了起来，不用猜，她也知道叶骞泽转述的话是经过了加工和美化的。向遥一旦发觉了钱是她给的，说的肯定是：“我不要你的臭钱。”

向远接过那张卡，小心地在身上放好。向遥清高，扔回来也就算了，可她自己不能跟钱过不去，因为这卡里面的钱没有一分是天上掉下来的。向远想，要是向遥知道她和滕俊现在的工作都是自己托了人，才能这么顺利安逸，还会不会继续留在那个岗位上？是不是还会刚烈到底，宁可喝西北风，也不要自己的接济？

“姐妹俩，何苦弄得那么僵？向遥也是小孩子脾气，太任性了。”叶骞泽有些忧色。

“她无非是为了滕俊的事恨我，总觉得我算计了她们。我这个姐姐做得太失败，竟然留给她的是这样的印象。骞泽，也许当初我该听你的，什么都不管，把滕俊留下。”

向远行事一向不回头，叶骞泽很少见她这样质疑自己的决定。她叫的那声“骞泽”，流露出只有在面对最亲密的人时才有的倦意，让叶骞泽心中一动，正待说话，便听到负责场地管理的小姑娘一声惊呼。

原来江源和山庄虽同属叶家产业，但是在经营和人员方面毫不相干，加上叶昀这几年去公司的时间少之又少，所以江源这边的队员没有一个认识他是老板的小儿子，只当是场上对手里的棘手人物，处处处心积虑地盯防，打得着急上火了，不时也使出一些较真手段，身体上的对抗变得更加激烈。

叶昀自小练球，技术相当不错，既占了身高优势，又因为长年锻炼，身手远比那些略为发福的江源中层管理人员灵活，所以在山庄这边整体技术略逊一筹的情况下，也轻轻松松将比分始终保持在领先十分左右。他原本就是个长得好看的孩子，尤其在球场上，更显得动作矫健，英姿焕发，吸引得看场的女孩和几个服务员都死心塌地地为他欢呼加油。方才一个投篮命中之后，就连江源这边的几个女主管都倒戈替他叫好。

一直被他压着打的江源队原本就憋着口气，看到此情此景更为不满，拼抢之中刻意地冲撞。叶昀跃起投篮刚刚落地，还没来得及站稳，两个比他壮一倍的江源队员就一前一后地朝他冲了过来。他没有想到这一着，狠狠撞上，肉体相撞时那特殊的一声砰，向远听在耳朵里都觉得疼。果然，叶昀也咧了咧嘴，眉头皱了起来。

叶骞泽站了起来，走到场边，对业余的裁判低语了几句。裁判刚做手势，叶昀就看见了，连忙摆手示意没事，还朝哥哥的方向露出个笑脸，活动了一下肩膀，就又跑动了起来。刚才的那一幕似乎对他没有什么影响，只是他跑动更为积极，相比于先前的游刃有余，这时才像倾尽全力，可又不似生气发狠的模样。

比赛很快在裁判的哨声中结束，山庄这边获胜，叶昀和队友一一击掌欢呼，也跟对手笑着打了个招呼，小跑着朝叶骞泽和向远这边来。

“哥，向……向远。”

叶昀一身是汗地跟兄嫂打了声招呼。

“打得不错啊，阿昀，刚才没事吧，这帮人拼抢真是没有分寸。”

叶昀接过场馆小姑娘红着脸递过来的湿巾，腼腆一笑，表示谢意，然后一边擦汗一边对大哥说：“不关他们的事，球场上碰碰撞撞是难免的。”

湿巾半覆在脸上时，叶昀没有什么底气地偷看了向远一眼，她恰好在接一个电话。叶昀在向远面前心虚，也不是没有道理的，之前向远跟市公安局的谢局长打了招呼，叶昀一毕业，就被顺利地分到了市局的控告申诉处，虽说只是个小干警，但同一批毕业的同学谁不知道，没有过硬的后台，能留在市内都算不易，而能到市局机关，那简直就是不知道哪里去找的好事。控告申诉处无非是管理市内公安机关的信访工作，既轻松体面，又远离职业危险。谁知道叶昀报到的第一天，就向主管部门打了报告，要求到基层去。最后上级也批了，就把他放到了市城南分局。

叶昀丝毫不觉得下基层有什么不好，他做警察，不是为了在办公室里拆信。对于调到城区分局的这个结果他非常满意，上班一段时间以来，他和同事相处得也很融洽，学到了很多大学里老师没讲到的经验知识，每天工作也相当开心。只是他一想到向远似笑非笑的表情，就觉得心里一阵不踏实，没有听向远的话，还把她的好意辜负了。

叶昀不怕危险，他喜欢这份工作的挑战，但是却怕向远失望。

向远接完了一个客户的电话，抬头看了看叶昀：“怎么忽然跑过来了？”

“哦，今天我轮休。滕云说他打算上场的，但身体有点不舒服，又找不到更好的人顶替他，就问我能不能过来，结果我就来了。”

叶昀的小小心虚向远其实看在眼里，她想起接到市公安局的谢局长打来的电话时，自己真是气不打一处来。不过正如她后来对谢局长说的，算了，既然叶昀一心一意要“除暴安良”，那就让他去过过瘾吧，等他腻了，到时再考虑工作调动的问题。她希望谢局长在电话里说的是真的，有很多警员，到了退休的那一天，都未必见过歹徒拿在手里的枪。

“你怎么越锻炼还越单薄啊？刚才那俩人，差一点就把你给撞飞了。”说实在的，叶昀看上去实在比实际上要文弱一些，他并不是那种肌肉纠结型的运动高手，而是匀称且偏瘦一些，再加上那张骗人的脸，很容易让人误以为是个手无缚鸡之力的公子哥。

叶昀讪讪地笑着，拍拍自己的胸口：“我的肉都长在骨头里，属于高密度型的。”他见向远虽然嘴上损他，可是却没有他最害怕的疏远笑容，顿时如释重负，心情好了，也知道在她面前贫上几句。

方才在球场上，江源那边大多数人都以为叶昀不过是山庄的一个普通工作人员，比赛结束了，才发现他跑到了叶骞泽和向远的身边。三个人对话的神态和笑容无比亲近，这才有几个反应快的人想起了叶家还有一个不怎么出现的小儿子，算起来也是这个年纪，再加上叶昀和叶骞泽有七分相似的五官和神态，还有什么不明白的呢？

之前上场的几个队员纷纷交头接耳，懊恼自己后知后觉，在比赛过程中没轻没重，冲撞了小东家也不知道。叶家的小儿子虽然从来不管家里的生意，但是江源里不少人听说，不但叶秉林对小儿子是有求必应，叶骞泽更是对弟弟爱护有加。

赛后，出了一身汗的队员们都在球馆配备的冲凉房里做简单的冲洗，叶昀也在。江源那几个人见到他，尴尬地打了个招呼，正想着该不该道个歉，没想到叶昀竟然灿烂无比地给了他们一个笑容，还连说他们打得不错，下次再有比赛可以叫上自己。

这些江源的中层人员对叶昀知之甚少，他们熟悉的几个叶家人里，叶秉林的威严自不必说，叶秉文的阴鸷人所皆知，叶骞泽虽然为人和气，但过于含蓄，向远这个叶家媳妇更是出了名的精明透顶，在她面前谁敢有半点含糊。这么比较下来，叶家这个小儿子的单纯明朗不能不让他们意外。

叶昀的笑容再澄澈不过，没有丝毫矫饰，完全不是面上一套嘴上一套的模样，很容易让人心生好感。于是乎，从冲凉房出来之后，几个江源的老油条俨然已经跟他称兄道弟，无比熟稔，相互约着改日球场上再切磋。

球赛结束，已到晚餐时间，向远步入餐厅时，看到叶昀和不久前还在场上杀红了眼的对手勾肩搭背，聊得不亦乐乎，不由得微微挑了挑眉。

那些个中层人员在向远面前还是很讲规矩的，见她走到叶昀身边，纷纷停下笑闹站起来叫了声“向总”，然后转移到别桌入座。

“聊什么这么高兴，肩膀不疼了？”向远问叶昀。

叶昀笑道：“我又不是女孩子，哪能那么弱不禁风。我们在聊下次一起打球的事情。”

“你倒很容易跟人混熟嘛。”向远仍然记得小时候那个内向的爱哭的小男生模样。

叶昀主动认为向远是赞扬他：“对啊，我刚分到我们城南分局不久，局里的同事和领导我也很快都混熟了，他们都挺喜欢我的。”

“其中女同事比较多吧。”向远禁不住逗他。

“哪里的话，我们局的女同事都是阿姨。”叶昀的脸还是不争气地红了。

“前些日子带到你爸病房里来的那个小女朋友呢？”

叶昀差点没把手边的热茶打翻，磕磕巴巴地说：“什么小女朋友啊，就是同学，她分到别的分局了，真的！”他说得认真无比，直到看到向远眼里强忍的笑意，才知道自己又傻乎乎地被她逗着开心了，不由得怏怏地说：“不和你说这个了，我对那些事情没有兴趣的。”他长得好，性格也好，从小身边围绕的女孩子就没有间断过。不过他对那些女孩都非常友好，自动地和别人做起了朋友，不管漂亮的还是丑的，都一视同仁，特别要好的倒是当真一个也没有。

“什么没有兴趣，都大学毕业了，有情投意合的找一个有什么关系，也省了你爸爸、哥哥老是记挂着。”

向远记得有一次叶骞泽去看叶秉林回来，对她说起叶昀的事，私下还不无担心地提了一句：“虽然感情的事是要缘分的，但是以阿昀的条件，从小到大，一个上心的女孩子都没有，而且看他的样子，好像真的对女孩子没有兴趣，这不太符合他这个年纪的男孩子应该有的表现吧，你说，他该不会是喜欢男……”

“别胡思乱想。”向远当时就断然否定了叶骞泽这一担忧，虽然叶昀不像与他同龄的男孩那样血气方刚地流露出对异性的关注，她也不太好说叶昀究竟为什么没有女朋友，但是有一点她能够确定：叶昀绝对不是同性恋。嫁给叶骞泽之前，还在她租住的小屋里的那晚，叶昀失控的纠缠和拥抱，虽然她刻意忽略了，不提也不想，甚至也不深究，但是当时他的心跳、他的温度、他的迷乱，还有他身体的每一个反应向远都记得，那绝对不可能是一个对异性浑无知觉的人。

叶骞泽说过：“向远，有机会你和他聊聊，也只有你的话他才听得进去。”

说实话，向远也是希望叶昀找到所爱的人，不止是为了叶骞泽的爱弟心切，也许更多是出于私心，她始终觉得，当叶昀有了爱着的女孩，自己才算放下了一个包袱。是对叶昀特有的疼惜，还是歉疚？如果真是歉疚，她又欠了叶昀什么？有些心事，叶昀从来没有从嘴里说出来过，她更不可能问，但其实还是有所知觉的。

果然，叶昀的好心情在向远有意无意地提起这件事后消失殆尽，他半是赌气地说：“你和他们说，不用他们操心，还有，你……你更别管。”

“知道，不关你的事是吧，这话你说过了，我记得。你现在自己有主意了，我也管不着。”向远淡淡地说。

叶昀其实想说的是，我不是不愿意被你管，只不过不愿意被作为嫂嫂的你管。

当然，这样的话他是不敢诉之于口的。他见向远的口气冷了下来，又想起自己自作主张地从市局调到分局的事，不由得有几分心虚，忙转移了话题：“你们公司的人都挺好相处的，打球的时候看起来很凶悍，其实人都不错。”

向远知他说的是那几个和他打球的人，心里暗笑他天真，那些人当时不知道他的身份，知道后刻意奉承，岂有不友好之理？不然山庄代表队队员又不止叶昀一个，怎么不见他们找别人套近乎去。不过她不想对叶昀说这些，只说：“你看谁不觉得人家好相处，除了我之外。”

见叶昀不好意思地笑了起来，她才正色道：“还有，什么‘你们’公司，怎么和你大哥说的一样？江源难道没你一份？你不爱管没人勉强你，现在好了，连话都说得见外了。”

叶昀忙说：“我确实对公司的事一窍不通，也不感兴趣，要是以后爸爸真算我一份，那我就把它给你好了。”

向远见他说得如此轻松，愣了愣才道：“说什么傻话。”

叶骞泽正好在滕云的指引下走了过来：“聊什么呢，什么一份两份？”

“没什么。”向远看着叶骞泽。这一天的相处，还有叶骞泽在鱼池边的一番话，让两人因陈有和事件而结下的薄冰消融得差不多了，但叶昀孩子气的话语，还是不提为好。

叶昀一直担心向远和大哥之前有什么不开心的事，这时怕气氛僵住，便随口说：“哦，是我说，要是等一下喝酒算我一份。”

叶骞泽闻言，看着叶昀失笑：“是吗，这倒想不到，看来真长大了。”

滕云见李副总也走了进来，便将他们几人往餐厅一侧的雅间里请：“里面更清静一些。”

第四十章

一颗心飞走了

向远忽然觉得自己就像时钟上的分针，而叶骞泽是时针，她走得快，他走得慢……其实说到底，长针不过是永远在追随短针的脚步罢了。

雅间里是一张十人的圆桌，向远把主位留给了叶骞泽，自己坐在他的右侧。原本该是叶昀坐在叶骞泽的左侧，可他却和李副总谦让了一会儿，李副总拗不过，便恭敬不如从命了，叶骞泽含笑对向远低语："阿昀什么时候礼数这么周到了。"向远却只笑不答，果然，叶昀犹豫一阵之后，拉开了向远身边的凳子。

一桌人逐渐入座，除了叶骞泽夫妇、叶昀、李副总和滕云外，陪同的还有江源和山庄的其余几个职位较高的人物。其余的人员都在外间，闹哄哄的，显然没有领导在，更自在一些，已经开始喝了起来。

叶骞泽是主张喝酒节制的，不过难得大家高兴，他也不做限制。这桌的几人在宴席开始后频频向领导敬酒，向远虽然平时应酬不断，但酒量从不见长，大家都知道她对内是滴酒不沾的，所以在座的敬酒她都只回以茶。当然，以她今日在江源和山庄的身份，喝什么都是无所谓的。叶骞泽倒是显得心情尚好，来人敬酒，都笑着干了。脸上有浅浅的酒意之后，他悄悄在桌下握紧了向远的手。

这时，雅间的门被人推开，只见一个理着平头、中等身材的男子笑着走了进来，身后还跟着几个漂亮的年轻女子。

“不打扰各位吧？”男子风度极好地欠身跟在座人士打了声招呼。

滕云于是站起来介绍：“叶总，各位，这是承包山庄桑拿房的崔老板。”

崔老板走到滕云身边，谦逊地笑：“滕总，说了叫我小崔就好。我特意过来敬几位的酒，顺便带来了我们那里的几个工作人员，大家认识一下，也助助兴。”

向远和崔老板是认识的，他口中的“工作人员”，也就是那几个漂亮女子，明眼人都知道是他桑拿中心的小姐，他带来陪酒的。向远笑着说了句：“崔老板何必那么客气。”

“难得叶总和向总伉俪前来，还有江源的各位主管都在，不过来打声招呼才是我失礼了。”崔老板说完便带头向叶骞泽敬酒。

叶骞泽心知他算是山庄的合作伙伴，虽对这崔姓老板的行当和那几个略带风尘之色的女孩并不赞许，但天性的温和，还有良好的教养让他还是礼貌地回应了。喝完跟崔老板的那一杯，另外那三个女孩来敬，他只是笑笑举杯，也不苛求她们饮尽。向远这边，她既不喝酒，又身为女人，崔老板不敢为难她，几个女孩当然也不纠缠。可是敬罢了这两人，轮到其余几位，就没有那么好打发了。崔老板的巧舌如簧，还有年轻女孩的笑靥娇缠，就连李副总都招架不住连喝了三杯，一直比较安静的雅间顿时也热闹起来。

到目前为止，山庄和崔老板的合作一向愉快。向远哪能不知崔老板前来是有心拉近关系，她当然不会拂了对方的面子，乐得看热闹。

在座的除了向远都是青壮年男子，虽然平日里衣冠楚楚，但面对崔老板的那几个娇客的敬酒，其实也是甘之如饴的。尤其是另外几个主管，见向远和叶骞泽默许，也大胆起来，和那几个女孩喝着，调笑声不断。

那些跟随崔老板混的女孩，虽然都是大好年华，但都是在风尘里打滚儿多时，这种场面见多了，人情世故娴熟，眼色更准，喝着喝着，就自动分散开，各自找到目标。既然来了，陪好客人才是正理，而在酒场上，陪好的同义词往往就是喝好。胡乱地喝是喝不出什么名堂的，伤其十指不如断其一指，找到恰当的人，喝尽兴了，她们才算是完成任务。

叶骞泽夫妇她们当然是不敢纠缠的，李副总成了被灌酒的主要目标，有一个女子索性搬了张凳子坐到了他身边，让他在这“温柔一刀”里边喝边苦笑。崔老板一直在和滕云寒暄，另一个女孩子则找到了江源的一个生产总调度，那中年调度原本好色，自是如鱼得水。

剩下的最后一个女子走到了叶昀身边。这也不难理解，除了已经在喝的，其余的不是不能惹，就是滴酒不沾，单从叶昀坐的位置来看，身份应该不低于其他几个部门主管，他又年轻俊秀，成为目标也在情理之中。

叶昀一看到那女子端着酒杯走到自己身边，顿时慌了神，连忙用求助的眼神看着大哥和向远。叶骞泽不看他，忍着笑闲适地吃菜，向远更是表情促狭。

“帅哥，我敬你一杯。”

眼看求助无门，叶昀不禁急得跺脚，他朋友圈子单纯，偶尔几次喝酒，也是和熟悉的同事、同学一起，那些老干警所谓的下班后的“减压活动”，他是从来不去的，何尝见过眼前这些。

他对着那女子的酒杯连连摆手：“对不起对不起，我不怎么会喝。”

那女子倒也有性格，并不撒娇装嗔地纠缠，说完了一句话，就静静地端杯等待着，没有进一步的举动，却也没有走开的意思。向远的兴味更浓了，索性停筷，专注地看着这边。

叶昀身边的女子，眉目淡淡的，相当娟秀动人。

“不……不好意思，我真的不太会喝，大哥，是吧。”叶昀再次无辜地求助叶骞泽。

要是往日，叶骞泽必定替他解围，不过想到叶昀平时对异性的无动于衷，叶骞泽想，只要不太出格，让他多和女孩子接触一下也无妨。

于是叶骞泽笑道：“阿昀，你不是才说喝酒要算你一份吗？”

叶昀表情痛苦，可他面前的人看来是和他耗上了，他不回应，对方也始终保持举杯的姿势一动不动。

叶昀虽然对女孩子很少上心，但是却一向尊重，他是实在不想喝的，然而让一个女人这么耗着，也不是男人的作为。骑虎难下之际，只得站了起来，匆匆地把杯里的酒一饮而尽，然后说了句：“谢谢。”然后就坐下来低着头不停地喝汤。

他想顺利过关却没有那么轻松，那女子笑了一声，说：“何必这么害怕呢？连杯都不敢碰，这酒又不脏。”

“不是的。”叶昀听对方话外之意，竟像是有几分苦涩。他其实没有看不起她的意思，怕她误会，只得无奈地自己再次倒酒，轻轻和她一碰，“好吧，我喝。”

喝完之后，叶昀看了身侧的向远一眼，向远低头拿着手机，居然在发短信，仿佛全然未理会身边的事。叶昀心中气闷，暗暗咬牙。

果然，一杯刚过，下一杯又来了，那女子主动帮叶昀倒了酒：“都说酒过三巡才是待客之道，我再敬一杯。”

“真的不能再喝了，不……不……”叶昀还在摆手，一杯酒却被那女子送到他唇边，不由分说地要让他喝下去。叶昀见一桌人大多在看着自己，窘得满脸通红，只想快快结束这折磨，手忙脚乱地要去接杯，那女子不放，整杯酒就这么灌进了他嘴里，呛得他咳了几声。

“没事吧，没事吧。”叶骞泽站了起来，大家都笑了。一般出来陪酒的女子未必都如叶昀眼前这个那么大胆，她不过看准了叶昀稚嫩，脾气又好，才敢如此放肆。

眼看还有第四杯，叶昀在桌底踢了踢向远。向远刚放下手机，顺手给他递了张纸巾，却仍不开口。叶昀当真恼了，用脚往后踢开凳子：“我去洗手间。”绕过那女子就要离席。

他开门那一刻，正好江源的八九个中层人员鱼贯而入，手中均有酒杯。向远看见他们，便笑道：“先别急着敬我们，先敬漂亮的姑娘。对了，酒过三巡才是待客之道。”

酒桌上一片混战中，向远对叶骞泽低语了几句，起身离席。她走出雅间，见叶昀果然没有去洗手间，而是站在走廊一侧擦着衣服上的酒渍，看见向远出来，表情更是恨恨的。

“连你也看好戏，好玩是吧？”

“怎么急成这样？不过是女孩子敬你几杯酒，男子汉大丈夫，喝了就是了，恼什么？”

“喝酒就喝酒，我不跟她计较，可你明知道我不喜欢这样，你也不吭声。算了，笑吧，我先回去了。”

叶昀也不知道为什么狼狈之余，最恼恨的竟然是向远。

向远拉住他，细细看他的表情，再次忍俊不禁：“我这是要告诉你，拒绝就要干净利落，答应就更不要拖泥带水。酒桌上也是这样，要不就铁了心滴酒不沾，要么有了第一杯就有第二杯。这不，我也没想到崔老板带来的那个女的这么有性格。行了行了，这里离市里也不近，今晚就在这里住下吧……用不用我陪你三杯，向你道歉？”

叶昀这才笑了起来：“大哥也不帮我，我先罚大哥。”

回桌之后，局势早已扭转，就连崔老板都被江源的几个酒桌高手围得分身乏术，更别提那三个漂亮女孩。叶昀终于得以好好吃了点东西。眼看这热闹的气氛一时半会过不了，向远几人又坐了一会儿，就先离场了。

滕云跟了出来，对叶昀说：“跟我来，我给你安排房间。”

叶昀跟着滕云走了几步，又回头问叶骞泽和向远：“对了，你们住哪儿？”

“我在这儿有常住的地方。”向远示意他跟滕云去，“你早点休息吧。”

叶昀走后，向远看了看因酒意脸色微红的叶骞泽：“怎么喝那么多，你还回去吗？”

叶骞泽一向不喜欢酒店，这个她是知道的。

“也没喝多少，你又不是不知道，我一沾酒就这个样子。”叶骞泽走近她一步，低下头，“我等你邀请我去你常住的地方。”

滕云长期为向远保留着的小套间在一个庭院的一楼。推开阳台的门，是一片用木栅栏围起来的小小花园，里面植物种类不少，看不出什么章法，就这么肆意地长着。

向远不得不承认滕云是个细心的人，她也是很久以前偶尔跟他提起过，自己不喜欢城市的高楼。有些人觉得住得越高，视野就越广阔，当然也看得更远。其实城市的远方是什么？是另一个城市。站在高楼上，只能看到更远的高楼，有何意义？还不如小小的一个院子，抬起头，看到一片切割得很平整的天空。

向远工作的重心主要还是放在江源的主业那边，山庄交给滕云，她很放心，不过是偶尔过问一下，大概一个月会过来两三次。有时在这边工作的时间长了，或者在山庄宴请客户结束的时间太晚，她就会住在这个小套间里，所以钥匙是常带在身边的。

她开了灯，也不怎么招呼一道进来的叶骞泽，自己一个人走到阳台的躺椅上坐下。周围还算安静，江源那一帮中层人员被滕云安排在山庄另一头的客房里，不过这个时候，大概还没有多少人结束周末的寻欢买醉。由于远离闹市，绿化环境又不错，这里的空气比市区要好一些，如果闭上眼睛，慢慢地呼吸，还可以感觉到泥土的微腥和露水的涩味。

向远似乎不知道叶骞泽是什么时候走到她身后的，他的双手搭在躺椅的靠背上，继而抚上她的两肩。她有默契地放松自己绷了一整天的肌肉和神经，一言不发地在他有魔力的双手下寻求短暂的休憩。

“上次跟你一起待在这么安静的地方，好像已经是很久以前了。”叶骞泽说。

向远笑了，其实，若是平心静气，山庄另一头的喧哗声还是会不时地随风而来。也许往日的忙碌，不安静的更多是他们的心罢了。就算他们现在置身在婺源的荒山里，还能像从前那样，在黑暗中双手紧握，相视而笑，只记得身边的那个人和眼前的快乐，没有过去也不理会将来吗？

然而，想到了过去，向远的一颗心毕竟柔软下来。她微微侧头：“一身的酒味。”

叶骞泽的笑声就在她的耳畔：“举世皆浊唯你独清又有什么意思？我都喝醉了，你一个人醒着？”

“那怎么办呢？”向远低低地笑问。

“你不肯喝，不如我把酒意分你一点。”

这个季节，夜间的户外凉意颇浓，叶骞泽的手滚烫，向远也跟着一点点地热了起来。两人相互摸索间，一张小纸片从叶骞泽上衣的口袋里掉落出来，向远眼尖，微微喘息着用手拾起，不由得吃了一惊。她原本抵在叶骞泽胸前的手略一施力，将身躯稍稍抽离，半是迷蒙半是清醒地将那张纸片在叶骞泽眼前晃了晃。

“拜托你，能不能给我个解释，这是什么？”

那张正反面都是花纹的纸片，赫然是一张黑桃 K 的扑克牌，背面的标志和午间几人在棋牌室玩的那几副扑克牌毫无分别。

向远一贯记牌，她转着那张扑克牌，喃喃自语一般："我说嘛，那张黑桃 K 怎么忽然就不见了，你手上好得不得了的一副牌，怎么就忽然少了一张。"

叶骞泽知道瞒不过她，也不辩解，只是抱着她轻笑，胸口在笑声中轻震。敢情是他心知那手牌无论怎么打，向远一方必输无疑，所以悄悄将一张牌藏在了自己身上，牌都少了，他自然怎么都不会赢了。

"叶骞泽啊叶骞泽，想不到到头来你还让了我一把。"向远的表情看不出是喜是嗔。

叶骞泽知她要强，柔声道："我只是想让你高兴点。"

向远仍在端详那张再普通不过的黑桃 K，仿佛那里面藏着她从来没有探究过的秘密。过了一会儿，她才抬头看着他："骞泽，不要让我每次觉得自己赢了你一把，底牌掀开，才发现不过是你让了我一着，那我宁愿一开始就是输。"

向远是个处处不甘人后的女人，而叶骞泽又太过温和无争，无论在谁看来，她永远都走在这个男人的前面。而这一刻，向远忽然觉得自己就像时钟上的分针，而叶骞泽是时针，她走得快，他走得慢，她绕了一圈又一圈，他只缓缓向前一步，其实说到底，长针不过是永远在追随短针的脚步罢了。

"输赢那么重要吗？"叶骞泽不解。

他不知道，向远在意的不是输牌，她害怕的是这一生机关算尽，到头来如这一手牌，万般所有不过是他毫不挂心的拱手相让，那她就真的是个彻头彻尾的可怜虫。

叶骞泽见向远不语，索性拿过她手中的那张牌，叠了几下，再交回向远的手中。

"这是什么？"向远看了看，才搞明白纸牌被他叠成了一颗心的形状，不禁好笑，“跟谁学的，还玩这个，俗不俗？”

他没有说是和谁学的，只是笑着握住她抓住那颗“心”的手，把它贴在她的胸口：“如果你介意输赢，那么牌是我赢了，输了这颗心给你，不好吗？”

向远大笑肉麻，然后在叶骞泽细碎的轻吻中，最后一个清醒的念头是——也罢，两个人之间，怎么计算输赢？她平日里占尽上风，然而每逢一个关键的转折，还不是在他的温柔浅笑中败下阵来。

他们好一段时间未曾这般激烈交缠，渴望让两个克制的人都变得放肆。间或叶骞泽含糊地问了她一句：“你说，隔壁的一间房里有没有人？”

这个小庭院里，一楼相邻几间房的绿色阳台只是用木头的篱笆隔开。向远知道滕云是个有分寸的人，四周的灯都是暗的，他不会随意将客人往这里安排，可是嘴上还是笑道：“有没有人，谁知道呢？”

叶骞泽轻蹙眉头，继而一笑：“那也无所谓了。”

夜风拂过，向远激情中的手轻颤，原本紧握着的那颗纸牌“心”脱手而出，随风而去，轻飘飘地没有重量，飘落到很远之外。

“唉……”

“怎么了？”他困惑于她的不安分。

“骞泽，你的那颗心飞走了。”

“可是我人不是还在吗？别管它，过后再去找回来吧。”

第四十一章

长寿平安

是她多心还是世界上相似的戒指太多？并不值钱的金戒指，拥有它的两个人地位天差地别，却同样珍视万分。

第一缕晨光从窗帘的缝隙里透进来的时候，向远就醒了。早起是她一直以来的习惯，饶是很多个晚上，她都没有昨夜睡得那么沉，可生物钟还是让她拥被坐了起来。她俯身看了看身旁安详入眠的男人，叶家的男人都有相似的挺直鼻梁，不过叶骞泽比叶昀更像他父亲一些，浓眉深目，不笑的时候容易让人觉得心事重重，然而当他笑起来，向远最留恋的嘴唇的线条就有着再柔和不过的弧度。

她用很轻的声音说了声“早”，然后披了件衣服，撩开阳台的窗帘走了出去，低头四处张望。

“找什么？”叶骞泽还是醒了，端着杯水走了出来，笑着看她。

“找昨天晚上那张黑桃K，趁清洁工还没来打扫。”向远说。

“昨晚是东南风，应该往这个方向。”叶骞泽牵着她的手一路缓缓搜寻，直到走至篱笆边缘，也没有那张心形纸牌的踪迹。

叶骞泽不无遗憾地说：“大概被风吹远了，算了，你喜欢，我再给你叠一个。”

“可是昨晚的风并不大啊。”向远觉得奇怪，不肯罢休，又细细在草丛中找了一遍，还是无功而返。

正失望间，两人都听见了庭院外间的争执和吵闹，动静之大，惊动了一墙之隔的人。

其中的一个声音似乎是崔老板的，他连声地劝：“您先别生气，到底怎么回事？有话慢慢说，如果是我们的人不对，我自然会处理。”

“我还想问你是怎么回事？你这儿的小姐脾气都够大的，昨天晚上我不过是开个玩笑，她反手就给我一个耳光。你说她要是个贞节烈女也就算了，可陪过夜都肯了，动一动她那个破戒指就不行，算是个什么东西。”

向远和叶骞泽对视了一眼，他们都听出来了，另一个说话的人是江源热镀锌公司的一个车间主任，姓李，说起来算是李副总的远亲。这人工作能力不错，平时喜欢在欢场上混，脾气也是出了名的暴躁。

“袁绣，这位老板说的是真的吗？”崔老板平静无澜的声音传来。

没有人回答。

清脆的一声响起，不用费心猜也可以听得出，那是人的手重重扇在肉体上的声响。然而这还没有休止，紧接着，钝钝的两声击打声响起，伴随它的，还有女人低沉的闷哼。

“对不起啊，她不懂规矩，我向您道歉。昨晚的消费，就当是我们桑拿中心请客，大家做个朋友，这点小事您别放在心上，我们自然会代您出这口气。顾客就是上帝，这个道理我们还是懂的。”崔老板面对那个李主任的声音依旧恭谨谦逊。

李主任似乎被刚才的一幕吓了一跳，气也消了不少，说话磕磕巴巴了起来：“我……我，算了，女孩子，性格那么强，何必呢？不就是个破金戒指，这年头算什么，谁稀罕啊，用得着宝贝成那样，动也动不得？”

“你可以不稀罕，那是你的事。可戒指是我的，我不喜欢别人动它。”

这语调向远也还有印象，不正是昨晚把叶昀灌得落荒而逃的年轻女人吗？原来她叫袁绣。不过这个时候她还在口头上争这一时的意气，向远也不知道该说她勇气可嘉，还是自讨苦吃。

果然，又是一阵脆响，崔老板说话斯文，可下手却不轻，而且这次似乎要杀鸡儆猴，一时间竟没有收手的架势。

叶骞泽再也听不下去了，蹙眉道：“真是太过分了……这帮人还有完没完，对待一个弱女子，至于吗？又不是犯了什么滔天大罪，就算有错，也不该动手啊。”

他往前走了几步，被向远一把拉住。

“你又要劝我别管闲事，别滥施好心是吗？”叶骞泽在向远的平静和漠然中感到一丝心凉。

向远说：“如果我说，你管不了这事，你会不会听我的话？”

“我不知道也就算了，可总不能在眼皮底下任他们这样欺负一个女孩子吧？管不了是一回事，见死不救又是一回事。”

向远压低了声音：“就算你出去，他们会收手，但是过后呢，说不定那个女人要吃更多的苦头。你管得了一时，管不了一世。她做这行就是这样的，什么事该做，什么事不该做，有什么后果，她比你清楚。”

“不管她做哪一行，终究是个人，是人就不应该被这样对待。她朝老李动手是她不对，可好端端的人，没有难处，谁愿意做‘那个’。”

叶骞泽听着仍在继续的踢打声，面露不忍。

向远死死拽住他：“她可怜，但你不是救世主。出来卖的人谁的经历写不成一部悲情小说？你救得了几个？骞泽，姓崔的来路不简单，别惹祸上身好吗？她苦头已经吃了，人是死不了的，你就算这时出去，也顶不了什么事。”

叶骞泽眼里的困惑益深："之前我听别人说起山庄桑拿房的风言风语，还总不肯相信，向远，你就和这样的人做生意伙伴？"

向远叹了口气："你怎么还是那么天真，做这一行，哪能非黑即白？对于山庄而言，桑拿房的存在是有必要的，我不蹚浑水，但总要有人来做。姓崔的是什么人我比你清楚，我只知道他比这个行业里很多人都强。还有，骞泽，还有最重要的一点，他是市公安局谢局长的亲外甥。人不犯我我不犯人，那个袁绣是他的人，他内部的事情，我们别管好吗？"

"如果外面被人欺负的那个是你的亲人，你还会这么说吗？"

叶骞泽的失望之色溢于言表。

向远冷冷地说："可是她不是。人的力量是有限的，我们不能普度众生，只能管好自己，对自己爱的人负责。全世界受苦的人有多少你知道吗？比她惨的人不计其数，你每天从早救到晚，只怕也救不了万分之一。"

叶骞泽终于挣开了向远，心痛不已："向远，你让我感觉你彻头彻尾的冷血，毫无悲悯之心。说实话，我开始觉得你可怕了。"他甩开向远之后，跨过低矮的篱笆，独自朝庭院外走去。

外面的声音已经停了，叶骞泽走出去时，看到一脸慌张的李主任，还有微笑着的崔老板和跌坐在地上低着头的袁绣。他不作声，三步并作两步走上前去，把袁绣扶了起来："怎么样，没事吧？"

崔老板有些诧异，不过跟叶骞泽打招呼的时候还是非常友好："早啊，叶总，昨晚休息得还好吧。"

叶骞泽不冷不热地说："多谢关心，如果今天早上再安静一些的话，我会睡得更好。崔老板，得饶人处且饶人，教训自己的员工，用不着下这么重的手吧。"

崔老板挑眉："叶总说得是不错，但这是我们中心内部的事情，也可以说是我的家务事，不劳叶总费心，代我给向总问好。”

“家务事？就算是夫妻打架，太过分了也会招来警察。我管不了，自然会有人管。”叶骞泽看了看头发蓬乱的袁绣，她整张脸都高高地肿了起来，哪里还像昨晚那个一张清水脸的娟秀女子。

崔老板闻言笑了起来，仿佛被叶骞泽的幽默打动，他和气地问了一声袁绣：“你自己说，我打你了吗？”

袁绣低头一言不发。

“你别怕，我倒不信有人可以一手遮天。”叶骞泽被崔老板的肆无忌惮激怒了。

很久之后，袁绣才摇了摇头：“谢谢你，叶先生，我自己摔的。”她说完之后，竟然还笑了一下，只是肿胀着一张脸微笑的样子让人惨不忍睹。

叶骞泽松开了搀着她的手，顿时无语。

“好了，空气这么好，叶总何不到处走走散散步呢。”崔老板礼貌依旧，眼睛里却有淡淡的得意之色。

“崔老板说对了，我们正有这个打算。”叶骞泽回头，说话的却是向远，她已经换好了衣服，虽然头发看得出是匆匆挽起的，但神色却闲适。她走过来挽起叶骞泽的手，笑道：“走吧，骞泽，你不是说要我带你去看那边的荷池吗？不打扰了，崔老板。”

崔老板显然对向远更为忌惮，眼里的精光都收敛了不少：“向总真是好兴致，夫妻情深，让人羡慕啊。”

向远也跟着随意笑了笑，挽着叶骞泽的手略一施力，不动声色地与他同行而去。走了几步，她又笑盈盈地回头：“对了，我多嘴说一句，崔老板是个明白人，早上山庄里这么安静，一点点小事，何苦闹那么大动静呢？别让不知道的人看了，还以为我们山庄是藏污纳垢的地方。”说完，她又看向一边走也不是，留也不是的李主任，微笑着说了句：“李主任也是精力充沛啊。”

那李主任早已一头虚汗，直懊恼不该将小事弄大，这时自己脸上更不好看，不知如何收场。

向远和叶骞泽一直结伴走回昨晚的小庭院里。进了拱门，向远才松开叶骞泽的手，什么也不说，一个人走回房间。

在房间门口，她却正好看到相邻一间房的房门打开，叶昀从里面走了出来。

“怎么，你昨晚住在这里？”向远不禁有几分错愕，心中暗骂滕云搞的是什么鬼。

叶昀想来也没料到正好和她遇上，脸上布满可疑的红，说话也吞吞吐吐：“哦，我原……原本不住这里，可是滕云给我安排的房间门锁坏了，换别的地方又太吵，我睡不着，所以才让他在这儿给我一个房……房间。”

“怎么昨天一整晚都没见你开灯啊？”向远有些伤脑筋，为什么他偏偏挑中她隔壁的一间，昨天晚上……

“我喝得有些头晕，随便洗了洗，倒在床上就睡着了。向远，你住我隔壁吗？那么巧？”

向远勉强笑了一下，她现在没有心思去深想他说的是真是假，既然他都说倒头就睡，她还苦苦追问干什么。

“今天不是说要回市里吗，我让司机老陈送你回去。”

“好吧，向远，我哥呢，还没起床吗？”

“他自己在外面随便走走，我先回房了，叶昀。”

向远合上门，坐在床沿，被子还是如起床时那般凌乱，可上面的温度凉得出乎意料地快。

袁绣。

向远默念着这两个字，其实这个名字她并不熟悉，但那张脸，那个眼神，总让向远觉得有些似曾相识，这种感觉让她莫名地不安。对了，还有袁绣手上的那个金戒指，再普通不过的赤金指环，上面纹刻着很简单的“平安”二字。可这样的戒指，她在另一个人的手上见过非常相似的一只，只不过，那一个戒指上的字样是“长寿”。是她多心还是世界上相似的戒指太多？并不值钱的金戒指，拥有它的两个人地位天差地别，却同样珍视万分。

向远想起刚从法国归来不久、生活渐入佳境的章粤。心想，宁愿是自己多心，生活还是多一事不如少一事啊。

第四十二章

究竟谁变了

也许叶骞泽要的只是在某种形式上战胜向远的感觉，她现在就宛如为了与他对立而存在的一个反面。

李副总敲开向远的办公室门时，她正在接一个电话，看见来客，打了个手势，示意他坐下稍等片刻。李副总坐了近五分钟，向远才把听筒放下。

向远不是个会在上班时间闲话家常的人，但刚才那通电话里，她听得多，说得少，偶尔几句，说的也是一些琐碎事，语气虽热络，脸上却全无笑意。李副总为人处世再谨慎不过，与己无关的事情从不多问一句，可向远却随口地说了句："不好意思，久等了。莫建国打来的。"

"鼎盛的莫总？"都是业内人士，李副总对这个名字自然是听说过的，何况近几年来，鼎盛益发兴旺，在G市的房地产开发商里，除了章家的永凯，接下来就要数鼎盛风头最劲，而作为鼎盛负责人的莫建国也是名声在外。不过，鼎盛和江源在生意上往来很少，基本上没有直接的合作，所以，对于向远和莫建国的联系，李副总颇为意外。

"莫非鼎盛有意和我们合作？"李副总试探着问。

向远答道："合作是不难，看我们愿意拿出什么筹码。"

“商场上的合作筹码无非利益。”李副总一向主管生产，但这个道理还是懂的。

“可利益也是分很多种的。”

其实莫建国不是第一次打电话过来了，虽然电话里常是些家常闲聊，无非问问叶秉林的身体怎么样，还有叶家几个孩子的近况，当然，最主要的是叶灵。他知道向远听得出自己的话外之意，然而每当他为儿子莫恒的将来感叹，或明里暗里示意两家可以“重修旧好”的时候，向远更多的是装聋卖哑或四两拨千斤地转移话题。

莫建国吃准了向远是个务实的人，这也就是他的电话没有直接打给叶骞泽，而打到了向远办公室的原因。当然，以他数十年商海浮沉的精明，也看得很明白，向远才是叶家拿主意的人。叶灵只不过是向远的小姑子，姑嫂感情并不见深，所以，向远做出决定要比叶家任何一个人更容易，继而她以妻子的身份说服叶骞泽也是情理之中。外界传闻向远做事只问实效，以鼎盛现在的财力，江源若能与之联姻，有百利而无一害，所以向远的再三回避着实让莫建国颇为意外。不过事情没有预期中的顺利，也在莫建国意料之中，毕竟，他再爱儿子，也知道莫恒在别人眼里是不健全的。

莫建国有的是耐心，他相信自己有足够的时间等待叶家点头。

向远其实是动心的，抛开叶家和莫家的恩怨不提，江源目前正处在发展阶段，是最需要资金支援的时候，假如能够得到鼎盛的支持，那简直就是如虎添翼。可是她心里还有另一本账，别人或许不知道叶灵之于叶骞泽而言意味着什么，她心里清清楚楚：叶骞泽是不可能同意的，她也不愿意为了一桩不可能的事情再去伤他们夫妻的和气，这对于她来说一点也不划算。她和叶骞泽之间薄瓷一般的关系已经受不住这样的撞击了。如果说在江源和叶骞泽之间要做个选择，也许很多人都不相信她会选择叶骞泽，这个“很多人”里甚至也包括了叶骞泽本人，可自己心中孰轻孰重，向远知道。她心中的“左岸”只有方寸之地，然而大部分已经给了这个男人，更可悲的是，不管“右岸”的理性多么广袤，在做出决定时，她的天平总向最柔软的那个角落倾斜。这是向远的无奈，或者可以说是身为女人的无奈。

向远当着李副总的面，给外间的助理打了个内线电话：“下次鼎盛莫总打电话过来，就说我开会去了，让他有事留言。”说完，她想起了什么，又再交代了一句，“务必客气再客气。”

做完了这些，向远才问起李副总的来意：“怎么了，找我什么事？”

李副总把安全帽放在一旁的茶几上：“也没什么大事，刚从车间回来，和你聊聊生产上的事。对了，你有没有听说，最近一段时间安监局那边抓得挺紧的，三天两头突击检查。”

向远说：“能不知道吗，以前来之前还打个招呼什么的，现在恨不得杀个措手不及，连发现车间有工人安全帽没扣紧都开整改通知单。不过也不怪他们，今年不是举办了一个什么‘建筑安全365日活动’吗？上头压得紧，安监部门也有压力，上周他们副局长亲自来检查，吃饭的时候不也连说日子不好过吗。”

李副总苦笑道：“他们日子不好过，那下面企业的日子就更难过了。这一次的风吹得太紧，据说一旦抓到典型是要重罚的，不知道哪一家倒霉，在这个时候栽跟头。好在年末了，他们的‘365日’也奇怪，算的是旧历年，不过那也没剩多少天了，要不然，天天绷着这根弦也怪难受的。”

李副总管生产的同时也负责整个公司的安全施工，所以他有压力在所难免。

助理进来倒茶，向远笑着叫住了那个小姑娘：“李副总又不是第一次来，他不喝绿茶，把上次张天然送来的那盒‘生普’泡一壶上来，不用太酽。”

李副总虽素知向远是个处处留心的人，不过自己一点小小喜好，她犹能记得如此清楚，看似不起眼的细处也能一一照料到，不禁令在江源一向中立，从不过分倾向于任何一个领导的他也有几分动容。大事果敢，小事周全，又善于把握机会，这样的人若无成就，才是奇闻逸事。

他看着向远的助理应声而去的背影，说："都是自己人，何必那么客气。"

向远眼里有笑意："应该的，江源的很多事情，全靠有你照应着，真正的一家人都未必有你那么可靠，一壶茶算得了什么。人人都看到江源现在就像一栋大楼越建越高，却不知道越往高处，就越有风险。原本根基就打得不牢，稍微风急雨大，一不留神就可能崩塌，所以啊，越是这种时候，就越不能出事。"

李副总闻言点头，继而皱眉："不过，安全这根弦要时时绷紧，这没错，可现在一周几次地突击检查，搞得人心惶惶，绷得太紧了，只怕会断。听说外面好几个大的建筑公司、施工队和有安全风险的建材企业都提前放假了，一年到头辛辛苦苦，不能栽在最后几天上，否则前三百五十多天就是白费工夫，宁可停工不做，也要避过风头。安全安全，还有什么比按兵不动更安全？虽然这多少显得有些因噎废食了，但也不失为一个无奈之举。你说，我们是不是也该停一停？虽说我们的风险没有施工队那么大，可是一有问题也是很糟糕的。"

向远托着下颌想了想："现在做的几个工程交货期都还可以再往后延一延，你说得对，这个时候稳妥才是首位的。就按你说的，把可以停下来的都停了，过了这活动的最后几天再说……可是，中建在贵州的那个公路桥工程要货很急，春节前是必须发货过去的，而且，欧阳老板要求售后服务人员随同那批钢构架一同过去，这个绝对不能延误。"

"你说，中建树大招风，别人都停工了，他们就不停，难道真的什么都不怕？”李副总有几分困惑。

向远笑了：“说不怕是假的，要不小小的一个工程，又是大过年的，欧阳怎么把自己的女婿给派到贵州亲自坐镇呢？他也是没有办法，民生工程，上面有期限，哪能说怕出问题就停工，硬着头皮也要上罢了。建筑安全这东西，压根儿就没有万无一失，就算安全措施做了十成十，也只能说把风险降到最低。该做的都做了，其余的还是要靠点运气。要不上头怎么会给‘人身伤亡指标’呢？有些东西是人力无法控制的，就只能限制在指标内了。中建今年不错啊，据说全公司上下只有两个重伤，他们那么大的摊子，上万人，近几百个工程，做到这样不容易了。事故也不是说有就有的，还剩这几天，要是他们再出事，那只能说是命了。”

说到给中建派出的售后人员，李副总又才想起：“对了，这次往贵州派的十几个人，由谁负责你心里有人选了吗？中建要求我们的人不但要现场处理产品问题，搭建构架的时候也让我们的人上，所以，得找技术全面的、更可靠的人带队。”

向远沉吟片刻：“你说……周军怎么样？”

“组装车间那个周军，刚从立恒过来的那个？”李副总会意，“他是不错，人老成，干活也踏实，技术很全面，不过他来我们公司才八个月，我是怕……”

“要说有资历的，那帮固定工，你任意挑一个让他们在工地上过年，他们非把你骂得狗血淋头你信不信？技术好的人不可靠，老实的又未必会干活。周军算是张天然力荐的得力干将，要不是他们立恒现在取消了组装车间，他也舍不得把这么个人给我。不过这是我的建议，事情在你的职权范围内，你看着办吧。”

次日的会议上，讨论到由谁带队前往贵州时，李副总嘴里吐出的名字正是“周军”。周军到江源的时间不算长，原来是江源对手立恒的组装班长，但是，之前在公司年度评优评先活动里，向远力排众议地破格给予在江源未满一年的他授予“先进员工”的荣誉，所以现在，会议室在座的人对这个名字都不陌生。大家都知道向远对这个人颇为看重，而他又确实是干活的一把好手，沉默其实已经表明大多数人认可了这个决定。

没有想到，唯一反对的声音竟然来自在公司出了名的“好好先生”叶骞泽，他的理由是周军虽不错，但到公司时间太短，由他率领一干人等前往外省工地，只怕不能服众，到时出了问题也不好处理。他在反对的同时也提出了新的人选——车间姓覃的一个老班长。如果说这个提议还在向远可以接受的范围内的话，那么，当叶骞泽说出副领队建议由陈健担任时，她猛然抬头看了叶骞泽一眼，差一点以为自己会捏破手中的水杯。

这个陈健不是别人，正是死去的陈有和的小儿子。父亲死后，他被照顾性地安排进公司，一来就得到了好岗位，在最能学到东西的组装班干活，表现还算不错。

向远仿佛又感到脖子以下的肌肤被烧灼似的疼痛，那稀硫酸泼在身上，遍布的红痕让她连续好一段时间不敢将身体示于叶骞泽，她不愿意叶骞泽知道，他一心帮助的人是怎样的怨毒，不愿意让他失望。然而现在，向远觉得叶骞泽在用看不见的强酸往她脸上泼。

泼硫酸的人是陈健的大哥，已经被向远换了个理由弄进了监狱，像他那样时常喝酒闹事的人，找到他的把柄并不难。而陈健本人在江源这一段时间也还算安分守己，向远知道，叶骞泽把他在这个时候派往贵州，是给他个立功的机会，回来之后也有利于提拔。叶骞泽始终放不下陈有和的事情，向远忍了，可他现在当着那么多人的面，给了她一个下不去的台阶。

向远觉得自己的背离开了靠椅，绷得笔直，然后，又渐渐地，渐渐地在很多人无声探究的眼神里松弛了下去。

“还有人有意见吗？”她环视会议室一周。

鸦雀无声。

“好的，那就这么决定了，散会。”

向远干净利索地收拾好自己面前的东西，离座走出会议室，中途没有片刻停顿。

售后服务队出发那天，李副总对向远说：“对不起，我在提出周军的时候应该更注意策略。”

向远笑着制止了他往下说：“你怎么也糊涂了，你换着法子说就有用了？这事跟你没有关系，他那是冲着我来的。”

叶骞泽不会不知道向远对周军的看重，向远觉得他甚至不是反对周军，也不是反对这件事的本身，他是在反对她，反对这个跟他同床共枕却道不同难与之谋的女人。这样的事情在袁绣那件事以后已经不是第一回了，叶骞泽后来要求向远和崔老板协商，将袁绣调至山庄的其他部门，向远拒绝了。从那次开始，向远决定的事，他总会本能地抗拒。

也许叶骞泽要的只是在某种形式上战胜向远的感觉，她现在就宛如为了与他对立而存在的一个反面。

向远是知道的，所以她放弃了在会议上争辩。事后她也开始反省自己，她想，自己是不是也错了，也许她该在叶骞泽面前学会让步和妥协。那些对和错，她坚持的原则会比她的丈夫更重要吗？她不能再让自己和叶骞泽这么下去，不能眼睁睁看着她苦苦追寻的人越走越远。

所以，陈健随同售后服务人员前往贵州的那个晚上，向远在床上转过身，艰难地对身边的人解释：“骞泽，我想对你说的是，我对陈有和一家没有偏见，也不是反对你对他们的照顾，我只是……只是觉得凡事应该有个度。当然，我的这个‘度’也许在你看来过于苛刻。我所有的出发点都是为了公司好，我……我不是说我有多……怎么说呢，不是说我……我只是希望你能理解我。”

叶骞泽是醒着的，他没有转身，只淡淡地说了句：“向远，我没有办法理解你的冷酷法则。就算你是对的，你所谓的正确也太无情了，让人心寒。”

“可我对你无情吗？骞泽，一事归一事，因为这些影响到我们之间的感情，我很……很难过。”

“你只会为自己的事难过，是吗？”

向远强行把他的身体扳过来，面对着自己：“袁绣的事我没有办法，就算我答应你，向崔老板挖了这个人，你以为袁绣自己会肯吗？她会做什么？她愿意在山庄里做一个端茶送水的服务员，领那点可怜的薪水？别傻好吗？没有什么逼良为娼，她在给崔老板做事之前，就是干这一行的。难道崔老板肯放人，我们就供着她？要不你该拿她怎么办呢？人活在世上，各有各的路要走，我们没有办法把每个人都拉到自己认为正确的路上来。还有，崔林不可能放人的。骞泽，你也答应我，不要惹这个人，他的来路很复杂，我们不要惹祸上身。”

她做事一向不喜欢向人解释，现在才知道解释也不是件容易的事。

“如果说我已经惹了呢？”

“你……”

“那天，我让人把袁绣送到医院去了，崔林下手太狠……你放心，医生刚处理完，她就自己走了。”

向远闭上眼睛，再轻轻睁开：“好吧，那就让这件事情到此为止好吗，骞泽，我们还像以前那样。”

叶骞泽喃喃地低语：“以前……以前？向远，我越来越看不清以前了，那时的我们，好像是另外两个人。究竟是你变了，还是我变了？”

向远环紧他：“总有一点东西是不变的。”

过了很久，她几乎以为叶骞泽已经陷入沉睡，才感觉到他的手抬了起来，用力回应她的拥抱。

第四十三章

高处坠落

她已经束手无策了，偏偏那些把希望寄托在她身上的人没有一个相信，向远也并非万能。

年末的另一件大事就是春节将至，四处一片喜庆。向远嫁入叶家后，过年的事就一直是她在操持。这一年，大家都忙，但除夕之夜的团圆饭是不能少的，叶昀当然不能不回家，就连叶灵也从疗养院被接了回来，只有叶秉林，他说他要在六榕寺吃斋，顺便陪叶灵母亲叶太太的灵位过年，就不回来了，给儿女、媳妇的红包倒是早早备好了。叶骞泽夫妇苦劝无效，也只得作罢，老人家这个年纪了，没有什么比顺着他更重要。

叶灵看上去好了很多，言行举止完全与正常人无异，就连脾气也似乎比以前更平和了，餐桌上还和叶昀开起了玩笑。杨阿姨没有回老家，也就跟着他们几个一块坐下来吃饭。人虽不多，但难得高兴，倒也热闹，就连向远也经不起叶昀的再三撺掇，和他喝了几杯酒。

叶昀还不放过，缠着向远说：“你说刚才那杯是为了我工作以来平安顺利，那下一杯该不该敬‘警队之星’？看电视了没有，我们的宣传片上面那个人不就是我吗？”

向远大笑。叶灵也说要敬叶昀，被叶骞泽拦住了，他笑道：“够了啊，都不是能喝的人，胡闹什么。难得人这么齐，好好吃饭。”他看着向远，又道，“只是可惜向遥没来。”

向远的笑容僵了僵：“算了，她不肯来也不勉强，她不小了，由她去吧。”

叶昀站了起来，不满地对叶骞泽说：“大哥你就是老学究，人难得聚齐才应该尽兴。向远，刚才那杯可不能赖啊，我那么厉害，你肯定连电视都没看对不对？”

他的酒已经端到向远面前，就要朝她唇边送，向远边避边笑骂：“这一招你倒学得快。”

笑闹间，她放在一边的手机振动了起来，杨阿姨拿起来，向远接过，看见上面显示打电话的人是李副总，不禁示意叶昀噤声。

“喂，李副总，什么事？”按下接听键的时候向远的笑容已经不知不觉卸下，她心里有数的，这样的日子，不是特别要紧的事，李副总断然不会打电话过来。

不到一分钟，向远放下手机，身边几个人都在看着她。

叶昀问：“出什么事了吗，向远？”

向远松手，手机哐啷一声掉落在餐桌上。她的声音平静到诡异：“贵州那边刚传来消息，今天中午桥梁的钢构架倒塌，两死一伤，送进医院急救的那个估计也不行了。死的人里面除了陈健，还有中建的人。你们继续吃，我要赶今晚的班机到贵州去。”

向远从贵州回来已是一周之后，叶昀因为担心，又恰逢春节期间，便一直住在家里。他明知道向远已经返回了 G 市，但是却难得跟她打照面，问了大哥叶骞泽才知道，这次突发的安全事故把向远忙得焦头烂额，为了工作联系更加方便，她有些时候索性直接住在公司的休息室里。

初六，叶昀所在的城南分局刑警支队轮到他值班，一天无事。下班之后，叶昀给家里打了个电话，杨阿姨接的，她说家里除了叶灵，谁都不在，问叶昀用不用回来吃晚饭。叶昀告诉杨阿姨，队里临时有任务，挂了电话之后，他走出办公大楼，打了个车就往江源赶。

江源和城南分局，一个在北，一个在南，一路上需要跨越大半个城市，又恰逢节假日，每个红绿灯路口都堵得厉害，等到出租车好不容易到了江源大门口，天已经暗了下来。

公司大门口的保卫是新来的，并不认识叶昀，见他穿了套警服，拎着个外卖饭盒匆匆而来，警惕地拦住了他，问他找谁，有什么事。

叶昀平时并不是个脾气暴躁的人，这一天眼看就要见到向远了，却在自家公司门口遇见拦路虎，不由得有几分不耐烦。

“我找向远，要不我给你登记吧。”

保安多少也听说了公司不久前出的大事，自然分外小心：“向总最近很忙，请问你和她事先有预约吗？”

“我见她不用预约，我是她……”叶昀说到一半又住了嘴，他是向远的谁？保安还在目光炯炯地等待他的下半句话，他却怎么也说不出口。

眼看着和他年纪相仿的保安流露出了一个“看，你没话可说了吧”的表情，叶昀跺了跺脚：“我姓叶，叶秉林的叶，叶骞泽的叶，听懂了吗？”

他说完，沮丧地看着保安狐疑地打了个内线电话，似乎接通了向远那边，就知道自己给她的小小惊喜的心思已经落了空。

寥寥几句之后，保安给叶昀放了行，叶昀瞪了那人一眼，快步上楼。走道上倒是灯火通明，向远的办公室则是暗的，门却虚掩着。叶昀推门进去，顺手按亮了灯，顿时四周恢复光明，坐在办公桌后面的向远伸手虚挡住对她而言有些刺眼的光线。

“你还嫌事情不够多，跑来给我添乱是吗？”从保安的描述里向远已经猜到了来人是谁。

叶昀走过去，把外卖推到了她前面，拉张凳子坐了下来：“我怕几天不见，你会长出满头的白头发，所以来看看你。”

向远还笑得出来，叶昀安慰自己，也许事情没有他想象中的那么糟。他也跟着笑了几声，这才有些犹豫地正色问：“我听说，贵州的事，一共死了三个人，是真的吗？”

向远边拆叶昀带来的外卖包装袋边问：“给我带的？”

叶昀点头：“我猜你没吃，不过有些凉了。”他以为自己之前的问题问得不是时候，让她心里更烦，赶紧岔开话题，“就是在我们分局食堂里买的，这几天很多餐馆都休业了，不好订外卖。我记得你好像没有什么东西特别不喜欢吃，但也没有什么是特别喜欢吃的，就随便点了个菜。”

“随便就挺好。”向远吃了一口，又放下筷子，“嗯，死了三个。一个我们公司的，两个中建的……这下好了，不但江源名声在外，就连中建的伤亡指标也被突破了。”

“好端端的怎么会出这样的事啊？”叶昀不解。

“陈健组装的时候有两根斜材漏装了螺栓，正好是除夕，质检员和安监员都喝了酒，正好中建的两个工人登高作业，正好其中的一个安全绳没系好，又正好踩到松动的斜材，正好滑落，坠落的斜材偏偏正好砸中了在下面一点的陈健和另外一个工人……就是这么多正好的原因，差了哪一个都成不了今天这个局面。我们都赶上了，这不是正好倒霉是什么？”

“那怎么办？我听大哥说，现在安全方面抓得很严，一下子死了三个人，向远，不会有事吧？”

向远吃着凉透了的盒饭，似乎笑了一声：“能从贵州回来，就是万幸了。能怎么办？该做的都做了，该求的人也都求了，现在就只有等了。”

“等什么？”

“我也不知道。”

叶昀以为向远是开玩笑的，然而向远并不是。她已经束手无策了，偏偏那些把希望寄托在她身上的人没有一个相信，向远也并非万能。

“是死者的家属那边有问题吗？”叶昀猜到了一些。

向远摇头：“相比之下，家属方面都是小问题，无非是赔偿，区别只在于金额多少罢了，总有个数额是可以让他们满意的。现在麻烦的是我们在风口浪尖上捅了那么大的一个娄子，别说安监部门不肯放过，就是中建也不肯放过我们啊。”

“如果事故的责任在我们公司，我们赔偿他们的人身损失还不行吗？”

“傻瓜，凡事像你想的那么简单就好了。现在就算我们愿意大包大揽都没有用，别忘了，这次的工程是中建的，虽说搭建钢构架的操作方面主要是我们，但他们绝对脱不了干系。更重要的是事后一追查，他们登高作业的人防护措施也做得不周全，巡检负责人一样喝了酒。本来嘛，要是不出事，这也不算什么大问题，但是现在有人死了，就通通成了事故原因，他们也受了重罚，而且中建是国企，某些方面比我们更吃亏，用钱都未必摆得平。你可能不知道，中建的前任总经理就是在一次重大事故后落马的，欧阳启明这一次也危险啊。”

“那不还是他们中建的事吗？”叶昀迷惑地问。

向远好像听到一个绝佳的笑话，几欲喷饭：“中建是什么？是我们最大的衣食父母，欧阳暂时还没倒台，已经对外宣布从此终止与江源的合作，以前的工程款项，估计就算能追回，也是遥遥无期了。事故处理通知里面还写得明明白白，明年一年之内取消江源参与公开招投标的资格，我们揽不到工程，就是断了炊。所以，你知道现在最大的问题是什么了吧，是我们的资金链被斩断了。现在，除了中建之外，那些大大小小的合作商都打着事故的旗号，故意拖延我们的工程款。公司的大笔资金都投入到钢材购买和工程保证金里去了，这边收不回一分钱，山庄兴建时的银行贷款有一部分已经快到期，厂区都是已经抵押了出去的。要想公司正常运转，还得把原来签的几个工程做完，可现在原材料紧俏得很，没有现金谁和我们交易？好了，没有钢材，就不能开工，开不了工，就不能按合同规定时间交货，交不了货，还有违约金在等着我们，哦，差点忘了说，事故的罚款金额可不少……钱，都是钱，流动资金就是一个企业的命脉……是我的错，这几年我太操之过急，以为一切都在计划之中，算得准人祸却算不准天灾，没想到，一根稻草就压死了骆驼。”

叶昀对向远说的一知半解，但他本能地觉得错不应该都在向远一个人身上：“那山庄那边呢，不是一直在盈利吗？”

“山庄才经营多久？就算是日进斗金也要先还完银行贷款啊。何况，生意看着是红火，但签单的、打白条的多的是，至少目前是指望不上的。叶昀，你回去吧，让我静一静，好好想一想。”

“没有别的办法了吗？我们可以再找银行贷款，或者找爸爸的一些老朋友，还有你，向远，你认识那么多人，我不信一点忙都帮不上。”

“要不是以前的关系还起了点作用，别说你爸爸现在不能再安安稳稳地留在疗养院里，就是公司都有可能要暂时停业整顿，那才是回天无力了。银行那边你又不是不知道，兴旺的时候，他们当然乐意锦上添花，赶都赶不走，现在？哈，要不是等着我们还款，避都来不及。至于那些朋友，商场上哪有真正的朋友？就算有，这么大的一笔数目，我们凭什么让别人出手？”

向远并没有对叶昀说起张天然的事，早上的时候，张天然倒是主动来找了向远一回，他是知道江源现在的困境的，也表示出了能帮就帮一把的想法。

张天然刚脱离建材生产业，改投房地产开发，正是需要资金的时候，他提出要帮忙，向远不是没有一丝意外和感动，但当她知道张天然帮她的钱是卖了立恒原有的厂房后，便没有答应。别说江源跟张天然非亲非故，受不起这个人情，即使她肯接受，这笔钱也缓解不了公司现在的困境。

所以，当时向远感谢张天然之余，感叹了一句：“我心领了，不过你的厂房现在卖不是时机，何必呢？”

张天然却笑道：“想当年我也是个热血青年，你不相信我也会为朋友两肋插刀？”

向远回答他：“不怕当着你的面明说，插伤了你，流出的血也未必够用，你现在也不容易。”

张天然也没再劝，两人说好，只要向远有需要，即使是杯水车薪，他也会尽己所能。

话说到这个份儿上，向远也觉得没有必要把路断然堵死，因为她想到了沈居安给她开的一剂药方。

沈居安说，假如江源无法参加招投标，他倒是不介意中标之后外包给江源加工。他是个彻头彻尾的生意人，所有的企图都是如此赤裸裸，就算他明着是拉了江源一马，实际上他开出的外包单价低廉至匪夷所思。江源如果同意合作，的确会很快有一笔资金回笼，但是沈居安要求的合同时限之长，条款之苛刻，直接意味着江源在喝下这碗救命药水的同时，吃了一个长期的大亏。

向远没有办法指责沈居安落井下石，他本来就是一个利益至上的人，换了她自己，又会高尚到哪里去？况且，沈居安也说得对，吃得一时的亏，这也不失为走投无路后的一个选择。她在心里有过打算，如果真的别无办法，那她就只有对张天然开口，利用那笔资金拿下沈居安的外包工程，先度过最艰难的时期。至于以后有怎样的暗伤，那也是幸存之后才能考虑的事情了。之所以没有向叶昀提到这一码事，是因为不到最后关口，向远始终不愿意走到这一步。

“和我一起回去吧，向远，只要明天的太阳还会出来，就没有什么坎是过不去的。”叶昀知道自己的话在困境面前苍白至极，然而也唯有这样劝她。

向远终于吃完了饭盒里的东西：“对了，你大哥呢？”

“大哥这几天都在陪爸爸，出了这样的事，爸爸身边没有个人是不行的。”叶昀说着，又补充了一句，“大哥他也很担心你。你要安静，不一定非在这鬼影也没一个的办公室。回家我绝对不会打扰你，只不过太久没有在老房子里住了，你们都不在，我觉得怪难受的。”

向远载着叶昀回到叶家，在路口正好与莫建国的车狭路相逢，两车擦过之时，莫建国还摇下了车窗，笑眯眯地打了个招呼。

走进家门，叶骞泽果然已经早他们一步到家。他坐在沙发上，神情疲惫至极，面前的两杯热茶余温袅袅，显然方才已经和莫建国打过照面。

“回来了？”他看到向远，强扯出一个笑颜。

向远坐到他的身边：“莫建国来过了？”叶骞泽点头之后，向远继续说：“只怕是无事不登三宝殿吧。”

“是啊，莫恒出事后，他就再没到过我们家了。这次说是有些担心，来看看爸爸，其实他怎么会不知道，爸爸这几年都很少在家里住。”

向远叫了一声杨阿姨，然后问：“叶灵呢？”

“吃过药一早就睡了。”杨阿姨回答。

向远这才再度问叶骞泽：“莫建国还说了什么？”

叶骞泽迟疑了一会儿：“没说什么。”

有一度，叶昀察觉到了向远脸上的淡淡失望。

“骞泽，你不打算告诉我莫建国开出的条件吗？”

“先别说这个，阿昀，你们两个吃过了没有？杨阿姨煮了一些东西，我让她去热一下。”叶骞泽别过脸去。

“我吃过了，先上楼去，你们也早点休息。”叶昀慢慢走上楼去。

向远却当作什么也没听见，单刀直入地问了下去：“是我猜错了？莫建国没有对你说过，鼎盛愿意把最近他们打算对外招标的一批建材内部交给江源承办，而且还提前预付 50％的款项，还有，他愿意给我们……”

“向远，我们不能答应他，就算再走投无路也不行！”叶骞泽蓦然打断了她，置于沙发上的手捏握成拳，指节苍白。

向远无声无息地笑了起来：“看来他并不是只对我提出过这个‘雪中送炭’的方案。可是为什么你连告诉我一声都不肯呢？就这么肯定我会卖了她？你看，现在我都还没说我打算怎么样，你已经反应这么激烈，其实也不是完全没有想过这个方案的可行性吧？”

叶骞泽狼狈地抹了一把脸：“是，公司发生这样的事情有我的责任，我是个没有什么用的人，但我们不能把这些让叶灵来背，莫恒是个傻子！叶灵在这件事上一点错都没有。”

“当然，谁都是无辜的，但事情偏偏发生了。”

第四十四章

收拾残局

叶骞泽低声说："我不怪谁，我是被自己恶心着了。"

半夜里，叶昀心里有事，就益发难以入眠，他睁大眼睛看着年岁久远而显得有些暗陈的天花板，忽然就想起了小时候在乡下，那经常漏雨的屋顶。那时，叶昀听了向远的话离家，只因为向远再三地告诉他，他叫了十几年"爸爸"的邹瘸子不是他的家人，邹家没有义务再继续养他，他不肯走，只会成为别人的包袱。现在，他换回了"叶"姓，在亲生父亲身边长大了，爸爸、哥哥、死去的阿姨，甚至家里的老保姆都待他不薄，他们事事顺着他，可成长的过程中，每一天晚上，叶昀都在这座老房子里感到不安和惶恐。他不知道自己为什么找不到家的归宿感，一如妈妈死后，当时的"爸爸"邹瘸子娶回了那个寡妇，他觉得那破烂的瓦房也不是他的家了。

从小到大，叶昀总想让自己乖乖的，让自己看起来懂事，这样才不会给别人添麻烦，可是，他觉得自己无论在哪个屋子里，都是"别人"。他孝顺亲生父亲叶秉林，尊重在世时的叶太太，真心爱戴他唯一的哥哥叶骞泽，甚至也善待疯疯癫癫时的叶灵，可他觉得自己和他们都隔了一层膜，看不见，却真实存在。就连叶家的富贵他都觉得和自己全无关联，他从来没有在意过那些家产有没有自己的一份。

现在，眼看大难临头，说不定一不小心，叶家苦心经营的大厦将会倒塌，令人称羡的财富也有可能付之东流，可叶昀发现自己居然感觉不到难过和害怕，仅有的烦恼，也只是为向远的奔忙而心疼。他暗暗咒骂自己是个没有良心的白眼狼，可是，在这间空落落的屋子里，在这个人满为患的世界上，只有向远是他的亲人，也是……也是他不能去爱的爱人。

她睡了吗？她在干什么？她会不会躺在大哥的怀里，两人紧紧相拥？又或者，还在为公司的事情难以入眠？叶昀绝望地发现自己是如此龌龊不堪地在脑海里猜度、臆想着关于向远的一切。她的一举一动，一颦一笑，甚至无法控制地竖起耳朵聆听另一个房间里传来的动静，继而更加辗转难眠，满身发烫。他早知道自己应该远离这栋房子，不该再回来，更不应该放纵自己的无耻和卑鄙。

他把眼睛紧闭得发疼，越想睡着，静夜里的任何一点声响反倒越清晰了起来。

啪，这是物体重重落在老旧的橡木地板上的声音。叶昀立刻掀开被子坐了起来。或许，这只是睡前的向远不小心将梳妆台上的东西扫落在地，又或者是大哥的硬装书本从床头掉了下来，无论哪一种都与他无关。他静静地坐了一会儿，可还是没有忍住，踮起脚尖，轻手轻脚地扭开门锁走了出去。

走廊尽头的主卧，门缝里还透出灯光，叶昀还在犹豫着是不是该走近，脚步已经先于思维向前迈去。

门当然是关着的，叶昀刚站在门外，还没调匀呼吸，硬物击打在门页上的声音骤然传来，门颇为厚重，响声不算太大，却把门外的叶昀惊出了一头冷汗。他忽然觉得不安，一时间也管不了是不是妥当，扭了扭古铜的锁，门并没有从里面锁紧，叶昀轻易地推开了它，看到的是站在床边双眼发红的叶骞泽，还有坐在梳妆台边一脸木然的向远。

“大哥，向远，你们在干什么？”

叶昀往前一步，脚便碰到了地板上的东西，他低头一看，竟然是向远的手机，依然是他好几年前送给她的那一款，已经略微掉漆，可她一直在用。

“没事，阿昀你回去睡觉。”叶骞泽对门口迷惑不解的叶昀说。

向远面无表情地说：“你怕什么，怕多一个人知道莫建国对你抛出的诱惑？你以为你摔坏了手机，就只有你一个人知情？不就是为了莫建国说的，只要叶灵嫁给莫恒，鼎盛愿意把最近他们打算对外招投标的一批建材内部交给江源承办，而且还提前预付50%的款项那件事吗？没错，他一早就给我打过电话了，我不说，是因为你也根本没有要跟我商量的意思。”

叶昀捡起了地上的手机。老机子，耐用且耐摔，这么冲击之下，居然分毫未损，屏幕的通话记录上显示：9:35莫建国来电，11:02莫建国来电，16:47莫建国来电……

叶昀看了大哥一眼，又看了看向远，大致已经知道是为了什么事。

叶骞泽涩涩一笑：“商量？向远，我跟你有的商量吗？我知道你的判断，而我们的选择从来就是不一样的。”

向远对叶昀伸手，拿回了自己的手机，低头摆弄着，漠然地说：“是啊，你真了解我，你就这么确定我会急不可待地卖了她？不怕告诉你，我是觉得莫建国的提议值得考虑，也是眼前的一个良机，但是，正如你提醒过我的，江源姓叶而不是姓向，我犯不着强出这个头，这个恶人轮不到我来当。骞泽，就算公司现在是个烂摊子，也是你的烂摊子，而不是我的。同理，该急得像热锅上的蚂蚁的那个人是你，而不是我。所以，你大可放心，就算莫建国给我打了一百个电话，也起不了什么作用。”

叶骞泽颓然坐在床沿，把脸深埋在手心：“不管怎么样，我们不能答应莫建国，莫恒他是个傻子，而阿灵在这件事上没有一点错，不，绝对不行……”

“是啊，谁都没有一点错，谁都是无辜的，大家都坐在这里等吧，等着银行上门，等着钢材厂家来催款，等着合同甲方来告你违约，等着看你爸爸半辈子的家业毁于一旦。反正你爸爸现在也不在乎了，你们也都是不食人间烟火的人，再落魄也要保得情义双全。”

向远的口气平静中不无嘲讽，叶骞泽当然不会听不出来，他呼吸急促，语速却放慢了：“你怎么能做到这样无动于衷地观望？叶灵他是我妹妹啊，就像向遥对于你而言一样。你能眼睁睁看着她嫁给一个傻子吗……就算你能，但不是每个人都能像你，什么都当作交易，什么都明码标价。除了钱，还有什么是你看重的？”

“大哥，你怎么能这么说？”叶昀听得急了起来。

“不关你的事，叶昀。”向远站了起来，冷笑着看着叶骞泽道，“你说得好，可这难道不是你娶我的原因吗？”

她说完，紧握着手机的手抖得厉害，心知肚明是一回事，亲口说出来又是另一回事。向远只觉得喉咙疼得厉害，好像有败絮堵在其间，她咽不下上一口气，可下一口气又提不上来。

房间里静默无声，就连叶昀也像发呆一样怔在那里。

“不是的。你怎么会这么想？”过了好一阵，叶骞泽抬起了头，吐出的每一个字都是艰难。

“可我觉得是。你总想两全其美，什么都要兼顾，可是你没有那个能耐，也没有那个担当！你以为你是叶灵的守护神吗？她最伤心的是什么？是你明明不是对她没有感觉，可就连让她去验DNA你也不敢，因为你知道，就算她和你没有血缘关系，你也不敢娶她！说什么害怕辜负，其实你才自私，你害怕包袱，又不想完全丢开包袱。现在好了，公司出事了，如果你一心一意要护住叶灵，何必这么为难，就豁出去做个有情有义的人不就好了吗？问题是你豁不出去，你担心家业在自己手上断送。世上哪里有双全法？叶骞泽，你在指责我没有血性的时候，能不能顺便告诉我，怎么收拾这个残局？”

叶骞泽没有再反驳，面色灰败，双肩也渐渐垮了下去，向远心中一恸，转开视线不敢再看。

“就当什么都是我的错。我只求你一件事，向远，别把这件事告诉叶灵好吗？她刚好了一些，不能再受这样的刺激了。”

“不能告诉我什么？”

三人的视线均向声音来处汇集，一身半旧睡袍的叶灵站在门口，脸上是小女孩一般天真的笑意，好像刚刚赶上了小伙伴的热闹游戏。

“是说我和莫恒的事吗？我好久好久都没有见过他了，不知道他现在变成了什么样。我真的能让他爸爸开出那么好的条件来换？”叶灵微侧着头，认真地询问。

“谁和你说起这些事情的？”叶骞泽震惊之后是疑惑。他自认为一直瞒得很好，叶灵虽然或多或少知道公司发生的事，但并不知道后来的发展与她有关。可看她的样子，却又不像是从刚才的谈话中得知的。

向远对叶骞泽投过来的目光视若无睹。沉默了许久的叶昀出人意料地低声说了句：“大哥，不关向远的事，是我说的。”

“你……怎么可能？”叶骞泽不敢置信地笑了笑，叶灵却没有反驳，她是个不会说谎的人。

“阿昀，你这样做是……是为什么啊？”

叶灵抢着代叶昀回答：“是我问他，他就说了。”

可叶骞泽依旧看着从不多事的弟弟。

“其实莫建国也联系过我……我也觉得叶灵应该知道。”

“你疯了吗？”叶骞泽温文的一张脸涨得通红。叶昀从来没有见过一向对自己和颜悦色、爱护有加的兄长如此严厉，可他一脸的倔强，毫无悔意。

向远把叶昀拉到自己身后：“你朝他吼什么？你一心一意把叶灵藏在密封罐里，并不代表所有的人都像你一样。”

“你……”

“你们太吵了，就没有人想听我说话吗？”叶灵皱了皱眉，她说，“我想嫁。”

说出那三个字的时候，她一如说“我想买那件新衣服”般轻松。

果然没有人再争吵。

“阿灵，这事情你不懂，别胡闹好吗？”叶骞泽觉得自己彻底地乱了。

“其实我什么都懂，你信不信？”叶灵娇笑。

“你懂就不会拿自己的一辈子来开玩笑，莫恒是个不健全的人，否则莫建国何必用这么优厚的条件，只为了要一个媳妇？”叶骞泽把手放在叶灵的肩上，轻轻摇晃着她，似乎这样可以把她晃得更清醒一些。

“莫叔叔现在那么有钱，就算莫恒是个傻子，也不愁没有人嫁给他啊。我记得，莫恒小时候总是一边捉弄我，一边怕我不跟他玩，我不该推他的梯子，他是喜欢我的。”叶灵说完停顿了很久，像是记起了小时候的事情。

叶骞泽深深吸了口气：“不行，我不同意。”

叶灵的笑靥再次对他绽放，叶骞泽竟然不敢在这样的笑容里与她对视。她的声音轻得像梦一样：“你不同意？你不是也结婚了吗，难道我该一辈子独自待着？叶骞泽，我迟早要嫁人的，嫁给一个至少喜欢我的人，不是更好吗？他傻，我难道就是完美无缺的？”

叶骞泽忽然觉得自己不管再说什么都是那样无力，他转过身背对叶灵，也背对向远和叶昀，不想让他们看见自己的眼泪掉下来。向远说得对，他不想伤害任何人，结果却把每一个他爱的人都伤害了。

叶昀回了房间，没过多久，听到了敲门声。

“门没锁。”他埋头在被子里瓮声说。

隔着一层薄被，他似乎听到向远叹了口气：“叶昀，你为什么要这么做？”

叶昀的一只手慢慢抓皱了被单：“我不想看你这么累。”

她没有说话，脚步声渐远。

叶昀忽然坐了起来：“向远，我有一个问题。关于那个宝瓶的故事，捡瓶子的人一天不实现他的三个愿望，瓶子里的怪物就一天出不来，它难道不会伤透了心吗？”

“伤心又怎么样？它不能选择捡瓶子的人。所以它开始害怕了，因为不知道一旦挣脱了瓶子，它会变成什么样子。”

“我想知道故事的结局。”

“谁也不知道结局。”

给莫家回复的电话是叶灵亲自打去的，莫建国欣喜若狂。没过几天，他就亲自安排叶灵和莫恒见了面。

叶灵回来的时候哼着歌，在饭桌上，眉飞色舞地对家里另外几个人说：“你们知道吗？莫恒变得比以前可爱多了。”

除了她，每个人都在安静无比地吃饭，没有谁应答。因为他们都已经见过了莫恒，当年瘦而机灵的一个男孩子，因为大脑残障和药物的作用，痴肥得没了原形。可是，就是这样一个傻子，忘记其他发生过的事情，记忆永恒地停顿在十多岁那年，他从梯子上摔下来之前心里偷偷喜欢过的小女孩身上。

叶灵和莫恒的相处平静而愉快，她几乎每一天都会去陪伴莫恒一段时间。事情在双方家庭一方极度欢喜，而另一方极度沉默的怪异对比之下进展得异乎寻常的顺利，婚事也在积极地筹备之中。莫建国打通了一切关节，甚至也挑好了最近的好日子，只等着叶灵进门。

为了表示自己守诺，鼎盛近期最大规模的一次建材采购取消了对外招投标，花落江源。江源面对这样的机遇如同久旱逢甘霖，险些中断的资金链勉力维系，虽然还是举步维艰，但是向远知道，江源差的就是关键时候的一口气，这口气缓过来了，之后一切都会慢慢地好起来的。两年不能公开对外招投标的确是对公司沉重的打击，然而有了准备，就可以应对。

向远表示出对沈居安“好意”的拒绝之后，沈居安也相当有风度地对江源的起死回生表示祝贺，他说：“向远，你是从我这里出师的，但是论为达目标无所不用，你已经是青出于蓝。我想不出还有什么可以阻住你的路。希望你忘记我之前的提议，我们应该有更好的合作方式。”

向远看着他说话间不时把玩在手中的戒指，笑着道：“我先谢过沈总看得起。不过有些事情，如人饮水冷暖自知罢了。还有，听我的副手滕云说起，沈总最近不时光临我们温泉度假山庄，真是荣幸之至。今后如再赏脸，我会让滕云多加照应，沈总不要拒绝，就是给我面子了。”

江源在鼎盛中标，让原本看死了江源走不出这个死局的不少业内旁观者态度有了转变，一如向远所说，生意场上没有朋友，也没有敌人，有的只是利益，永恒的利益。中标的消息刚传开不久，已经有钢材厂家主动和向远联系，一直铁血无情、狂追不舍的银行，也暂时让人松了口气。中建那边，虽然欧阳启明已经发了话，不再和江源有任何的业务往来，以欧阳的身份和性格，自然是一言既出，驷马难追，可问题是他现在地位堪忧，自顾不暇，继续担任中建一把手的可能已经不大。正所谓一朝天子一朝臣，向远心想，不再是欧阳老板把持的中建就仿佛又成了一块没有开垦过的荒地，以前的心力财力浇溉虽然落了空，但新的领导班子也未必把欧阳说过的话当回事，所以，假以时日，等风头过了，江源和中建的关系也不是完全不能挽回的。

没过多久，莫建国给叶家打了电话，邀请他们全家一起吃饭，意在庆贺江源暂时走出低谷，这算是莫家和叶家两个家庭时隔多年后的再一次聚首，潜台词也意味着这是联姻前的一次正式会面。

叶骞泽原本并不打算去。向远私下对他说："你是必须去的，我们都应该去。"

"江源靠这个渡过一劫，又有什么值得庆贺的？向远，你知道吗，这顿饭让我有一种叶家卖女儿的感觉。"叶骞泽说这句话的时候，有说不出的苦涩。

"有句话不知道你听过没有：婊子都做了，还羞于收嫖金吗？"向远说完，就叹了口气："话是难听，你还别恶心。事情到了这一步，谁也没拿刀子逼过谁，这个你是知道的，要拒绝莫建国，不该等到现在。骞泽，要不就别走出那一步，一脚踏出，就不要后悔。若要真的谈婚论嫁，这顿饭是免不了的，你爸爸现在一心念佛，万事不关心，你作为长兄，也不出席，这代表什么你想过没有？"

叶骞泽低声说："我不怪谁，我是被自己恶心着了。"

向远闻言，放下了几日以来夫妻间无声的冷淡，走到坐在床沿的叶骞泽身边，蹲在他的身前，把双手轻轻放在他的膝上："骞泽，其实叶灵说得没错，她总不能一辈子孤单下去。她心里的人是谁，你是知道的，你给不了她，就放她去吧。是，莫恒不是良伴，我知道委屈了她，可这么一天天虚耗下去，她就能找到心甘情愿要嫁的人？我看未必吧。你多留她在身边一天，你心里不好受，她更不好受。莫恒虽傻，但至少对叶灵一心一意。她已经决定要嫁入莫家，你为什么不把情面上的事给她打点好，让她以后的日子更加好过一点呢？"

叶骞泽没有说话，向远一度怀疑自己的话他是不是听进去了。过了一会儿，他才缓缓抓起向远的手，头也垂了下来，脸颊贴着她的手背，都是凉的。

第四十五章

奇特的考验

他看着叶灵……用他的方式在弥补——抓起吐到自己面前的饭菜，重新塞回嘴里。

就这样，叶家和莫家的成员在早春微寒的一个晚上坐到了一起，叶骞泽夫妇、叶灵、叶昀均到场，莫建国也携妻子、儿子出席。明明曾是莫逆之交，买宅购地都恨不能越近越好的两家人，十几年前不是没有在笑谈间戏称今后要做一对儿女亲家，如今果然成真，但是各自都别有一番感叹，五味杂陈，说也说不分明。

莫妻姓王，是个瘦而沉默的女人，叶骞泽和叶灵过去其实是与她熟悉的。尤其是叶骞泽，他记得很清楚，王阿姨有一双巧手，能织很暖很漂亮的毛衣，上小学的时候，他和叶灵身上的毛衣裤不少是出自阿姨的手。可是他不知道，那双灵巧的手是什么时候枯槁得如柴一般，想必儿子出事之后，养尊处优的日子也没能减少她心中的煎熬。叶骞泽跟她短暂地打过招呼，就转开视线，不敢继续看那双手。叶灵坐在莫恒身边，面对莫恒对她长久不变的傻笑，也不时笑着跟他低声叽咕几句，至于到底说什么，莫恒听不听得明白，除了他们自己，估计没有人知道。向远和叶昀进入叶家都比较晚，那时的莫建国早已和叶家决裂，所以两人和莫妻并不熟悉。叶昀一直认真地吃饭，向远则挑起了跟莫家人寒暄的担子，既然坐到了一起，气氛总不好过于冷场。还好莫建国对他们礼遇有加，过去的种种恩怨，仿佛都因为成全了莫恒对叶灵的执着而成为过眼云烟。他只是一直惋惜叶太太的早逝，感叹没能和叶秉林老友重聚。

不得不说，莫建国是一个办事极其讲究效率的人，思维也相当清晰。他在谈话中将接下来的计划和安排娓娓道来，包括了婚礼的设计、男方的礼金、各项应尽的礼节，千丝万缕，有条不紊。向远也不得不暗自佩服，一个人能够取得成就，果然不是偶然的。

商量到礼金和嫁妆的时候，莫建国委婉地提出了叶家这边嫁妆一切从简便好。向远看了看仿若神游的叶骞泽，笑着打断了莫建国："莫总说得对，礼金和嫁妆这东西，心意到了就好，要的也不过是个锦上添花的形式，可是来而不往非礼也，您厚爱叶灵，我们也就这么一个妹妹，叶家虽说大不如前了，但也绝对不会亏待了阿灵。"

莫建国笑了笑，还没说话，忽然就听到儿子莫恒咽喉里传出剧烈的被呛到的声音。全桌人的注意力都被吸引了过去，原来莫恒不知什么时候含了满满的一口饭菜，估计是吞咽得太急，整张脸都成了紫红色，叶灵正用手在他背上轻轻地拍。

莫妻爱子心切，想也不想地把叶灵的手扫到一旁，一边快速拍打莫恒肥厚的后背，一边用另一只手掰开了他的嘴巴，强迫他把塞得满嘴都是的饭菜往外吐，动作之熟稔，看得出这样的事发生已不是第一回了。

谁知莫恒不张嘴则已，一吐之下，便喷得满桌都是。由于他身子往前倾，周围的人还幸免于难，只苦了正好坐他斜对面的叶昀，冷不防地手背袖子上都沾上了他吐出的饭粒。

叶昀好像也惊住了，一时间竟不知道作何反应，表情却难以言喻的古怪。向远知他虽然身为男孩子，但一向极爱干净，立刻抓起饭店提供的擦手的湿毛巾，飞快地为他擦拭，同时给他使了个眼色，就怕他年轻，不懂人情世故，把心里的喜恶全都写在脸上。

好在叶昀看了向远一眼，只是接过她手中的湿毛巾说："我自己来吧。"然后就低头专心地清理自己受污染的一只手，再也没有说话。莫建国频频致歉，过了一会儿，叶昀总算露出了个灿烂的笑脸，"没事的，莫叔叔，不要紧。"

向远心中一松，眼里流露出些许欣慰，这孩子，也算懂事了。

酒店的服务员立刻进来收拾，莫建国让她们赶紧将一桌菜撤掉，整理桌子重新上菜。服务员还在快手快脚地收拾，叶灵的一声低呼再次传来："啊，这个不要吃，不要吃了！"

原来莫恒虽傻，却也不是不知道自己闯了个不大不小的祸。也许他急于在心爱的女孩子面前表现自己最好的一面，都是肉的一张脸有着一览无遗的惭愧。他看着叶灵，嘴里含混不清地说着："我错了，对不起，对不起……"一边用他的方式在弥补——抓起吐到自己面前的饭菜，重新塞回嘴里。

"别吃了，别……"叶灵劝着，强压着欲呕的感觉，白瓷一般的脸上血红一片。

莫建国夫妇也扑了过来，满嘴"心肝宝贝"地叫唤，只想制止儿子这种惊人的行为。莫恒却完全不理会他们，眼睛定定地看着叶灵，反复念叨着一句话，向远也是听了很久才明白，他说的是："我吃下去了，你别生气好吗？"

叶灵的眼睛瞬间潮湿了，整个人都在发抖："我不生气，真的，不生气。"

莫恒终于笑了起来，更为惊人的是，他的手抓起了另一坨吐出来的饭菜，颤颤巍巍地举到了叶灵嘴边："给你，给你……"看样子竟是要满心欢喜地和叶灵分享。

向远第一个反应过来，起身就要制止，可她这时也留意到了莫建国身子动了动，很快就被莫妻不动声色地拦住了，夫妻俩神色复杂地看着莫恒和叶灵的方向，不发一声。

向远也慢慢坐了回来，及时地在桌下按住叶骞泽的大腿，不让他愤而起身。叶骞泽的全身在抖，他看着莫恒高举着残渣剩菜那呆傻的笑容，还有叶灵异样的沉默，悲愤几乎让他窒息。然而向远的力气也不小，她死死按住他的手，不停地传递着一个再简单不过的信息：千万不要轻举妄动，不要！

叶骞泽无意识地抓住了向远压在他大腿上的手，犹如苦海中抓到仅有的一根芦苇，他自己也不知道他的指尖已经即将嵌进了向远的肉里。向远面无表情，似乎也毫无知觉。叶昀一会儿看着向远，一会儿看着呆坐不动的莫氏夫妇，又看看莫恒和叶灵，不知如何是好。

终于，叶灵在莫恒期待而热切的目光下，轻轻张开了口。

“别吃，阿灵。”叶骞泽再也无法忍受，低喊出声。

叶灵朝他嫣然一笑，用嘴接过了莫恒手里的东西，在面前那傻子手舞足蹈的欢快中慢慢地咀嚼，像是品尝着再鲜美不过的佳肴。

“哎呀，儿子，你这是干什么啊？”莫妻好像这才如梦初醒，忙不迭地对叶灵说，“孩子，别吃了，快吐出来。服务员，服务员，上清茶……快漱漱口，你这孩子，怎么就那么实心眼呢。”

说话间，叶灵已经微笑着将东西尽数下咽。

叶骞泽忽然呕了一声，脸色煞白地紧掩着唇，难受地略弯下腰。是的，比起眼前这一切，他更恶心自己，恶心那些不得不微笑地吞咽的、看不见的污秽。

“怎么了？”向远看他这个样子，虽然还是强作镇定，但眼神已经显出了慌张。

“对不起，各位，我有点不舒服，先走一步，失陪了。”

叶骞泽仓皇起身，几乎撞翻了自己面前的餐具。

“骞泽……”向远低声叫住他，语气里已有哀求。

“实在抱歉！”

叶骞泽离开的脚步虽然虚浮，却没有犹疑。他知道的，再在这里多待一刻，疯得最厉害的那个人不会是别人，一定是他自己！

向远看着他舍下满桌的人而去，愣了几秒，随后对着莫氏夫妇强笑了一声：“对不起，他的胃一向不好。”

没有镜子，可是向远知道自己的笑容必然很不好看。幸而莫建国自觉忽略了这个，笑了笑，说：“年轻人更应该规律饮食，注重保养，否则到了我这个年纪，就更吃不消了。”

晚上，开车和叶灵一起返回叶家的只有叶昀，叶骞泽一直坐在客厅的沙发上想着心事，发觉不见向远，才问了一句：“阿昀，你大嫂呢？”

“哦，向远说她还有点事情，要回公司去处理，就先让我们回来了。”叶昀说。

叶骞泽点了点头，脑海里浮现的却是离开饭桌的前一秒，向远由哀求转为失望的眼睛。他知道，他又让向远失望了，也许他注定成不了向远那样克制而隐忍的人，他甚至开始强烈地怀疑，向远爱上了一无是处的他是因为哪一点？他自己都承认自己做不了大事，成不了气候，除了一颗柔软得过分的心，他什么都没有。

客厅一角，年代久远的西洋座钟就连指针也是在老态龙钟地挪动，时间已经不早了。叶灵刚回来不久，叶骞泽本想就之前的事跟她聊几句，可她显然无心在这件事上深谈，很快就说累了，回了房间。只有叶昀还坐在沙发的另一头，和他的兄长一样沉默。叶骞泽心想，叶昀常年不喜归家也许是正确的，这个屋子太旧了，阴暗冰冷，他都快窒息了，叶昀在这里久了，说不定也会变得和他一样，总有一天跟这泛着霉味的家私一起腐烂在这里。

就像他曾经自私地渴望向远拉自己一把，结果，却仿佛把向远也一点点地拽入了那看不见的黑暗里。

“阿昀，不早了，你去睡吧。明天不是还要上班吗，家里也没什么事了，如果觉得外面住的地方上班更近，从明天开始，就搬回去住吧。”叶骞泽疲惫地揉着太阳穴说，怕叶昀误会，又补充了一句，“当然，这里永远是你的家，你什么时候想回来都是可以的。我只是觉得，你应该有更轻松一点的生活。”

叶昀却好像不关心这个，他问：“哥，向远又住在公司了？”

这句话提醒了叶骞泽，他拨了向远的手机，显示是关机状态。不放心之下，他又给公司保卫处的值班人员打了个电话，保卫人员的回答却是：“向总晚上回来了一趟，但是已经离开很久了。”

“难道还在路上，手机没电了？”叶骞泽自言自语。兄弟俩又对坐了将近半个小时，老挂钟的钟摆晃动声令人心烦意乱。向远从来就不是个需要人操心的对象，可是这一晚，叶骞泽觉得莫名的心神不宁，也许是这一天发生了太多事情，他需要向远永远的处变不惊来抚慰自己，也许是向远最后的失望刺痛了他，让他发现，他其实很在意她是怎么看待自己的。

“不行，再怎么样也该到家了啊，我出去看看。”叶昀首先没按捺住，抓起车钥匙就冲出了门。叶骞泽来不及阻止，也来不及问，城市那么大，他该到哪里去找。

时间一点点过去，向远还是没有回家，就连叶昀也没了消息。已经是深夜了，叶骞泽有早睡的习惯，可他发现自己犹如患上了最严重的强迫症，每隔几秒，都要看上一眼挂钟的指针，门外的每一点动静，他都以为是向远的脚步声。

——她不会出什么事吧？

——不会的，谁能比向远更聪明机敏，她怎么会出事？

——她再怎么聪明，毕竟也是个人，也是个女人，这么晚了，连电话也不接，这实在不是她的作风。

——难道是她终于对自己无法忍受？

——她会不会再也不回来了？

想到这个几乎是荒谬的可能性，一种巨大的恐惧感擒住了叶骞泽，让他整颗心都揪了起来。他一个人陷在沙发里，感受到前所未有的孤独。

向远是个不可爱的女人，可是，现在的他已经没有办法想象，没有这个不可爱的女人，他的人生会是什么样子。他为什么害怕？难道他终于意识到一个人的忍耐也会有极限，而他预感到自己有可能失去那个一直在忍耐的人？

有一度，叶骞泽觉得在这场婚姻中，自己也是在忍耐的，忍耐她的世故，忍耐她的狠辣，忍耐她的冷酷和凉薄……可没了她的强硬支撑，他觉得自己就要在无望中一脚踏空。

叶骞泽开始无意识地在客厅徘徊，他控制不了自己在落地窗前撩开窗帘，长久地向外张望，这夜里的空气像冻结了一般的沉闷。终于，十二点过去后不久，他听到了车声，继而是向远的低语声，随之进入他视线的，还有她和另外一个男人的身影。

那个男人叶骞泽是认识的，立恒的张天然，江源曾经的竞争对手，也是向远的朋友。叶骞泽将身子退到了厚重的窗幔之后，从缝隙里静静地看着窗外，向远和张天然说完了最后一句话，然后长久地凝望……流苏的窗帘穗子在叶骞泽手里慢慢地缠，入肉入骨地缠，啪的一声，终于绷得过了头，断在了他的手里，长而韧的一根，触手冰凉柔滑，如蛇一般，这嫉妒的毒蛇！可悲的是他过去从不知情。

张天然的车离开了，向远用钥匙开门走了进来，看到亮着灯的客厅，还有坐回沙发上的叶骞泽，也并不惊讶，只淡淡地问了声："不是不舒服嘛，还不去睡？”

她嘴里说着，脚步却不停地往楼上走。

“向远。”

叶骞泽叫了她一声，他知道向远听见了，可她的身影还是沉默地消失在楼梯的尽头。

向远从浴室里走出来，倚在门外等待的叶骞泽让她有些意外，她擦着自己的头发，问道：“怎么，你有话想对我说吗？”

叶骞泽也是个不会说谎的人，迟疑了一会儿，说：“我看到张天然送你回来。”

向远笑了：“你在质问我吗？”

“我……我很担心你。”叶骞泽是期待她有一句解释的，可话到了嘴边又变成了这样一句。

“是吗？”向远不置可否，话题就此打住。

过了好一会儿，叶骞泽才艰难地开口：“对不起，向远。我并不是存心要把事情弄糟，阿灵她……我看到她这样，心里很难过。对于她，我总盼望能有一个更好的归宿，找到一个她真心想嫁的人，过得幸福一点，这样我才能放心地过我的生活。”

向远终于转过了头：“你相信吗？就算嫁给了一心想嫁的人，也未必幸福。幸福是什么，像我们这样？我们都希望过得幸福，希望得太用力了，反而不知道最后得到的是什么。”

“其实我……”

“骞泽，不如我们算了吧。”

再平静不过的一句话，就如同当年她决定嫁给他，人明明已经走开很远，终究回头，才徐徐地说了句：“好的。”

可叶骞泽用了很久很久才消化了她的决定。

悲哀是一种看不见、说不出，甚至不好形容的东西，可它有重量，而且很沉。叶骞泽说不出话来，嘴唇哆嗦着抱紧向远，不能放开，一放开他便失了救赎。

“骞泽，骞泽你听我说，叶骞泽，别这样好吗？”向远缓缓地推着他，很快便在他前所未有的狂热攻势下说不出话来。他哭了，她知道，这不是她想要的结果，她只是忽然有些明白，她曾经认为幸福是事在人为的，这个假设都错误了，所以后面的推论和结果怎么做也不对。

叶骞泽从没有这样对待过她，以往最亲密的时候，他也温柔如水，向远觉得自己被弄痛了，可她总是对他无能为力。正如告别前，她对陪她下了六盘臭棋的张天然说：“我不是个有智慧的人，因为智慧可以让一个人知道什么该做什么不该做，可我总是管不住自己。”

她可悲地发现自己在他的唇舌间、他的双手下、他的身躯旁软化，一如所有愚蠢的女人，守不住自己的坚持。

“哥，向远的车还停在公司……啊啊……对……对不起……”心急如焚的叶昀莽撞地出现在门口，又差点咬了自己舌头一样，落荒而逃。他导致的一声巨大的关门声并没有给里面的两个人带来多大的震动。叶骞泽覆盖在向远身上，与她最深切地交融，仿佛借此可以消除他的彷徨失措，将她一直留在身边。他们如同疯狂一般激烈地纠缠，前所未有的激情很快冲昏了头脑，没有对错，没有明天，只有这一秒真空的快乐。这是婚后向远第一次在忘我的激情中攀到顶峰，那快感比高处更高，比永远更远，她禁不住地低吟，听到叶骞泽在她耳边不断地重复：“向远，我们今后好好过吧，我们好好过吧……”

她如同接受最深层次的催眠，除了点头，再没有别的回应。

是啊，从今往后，那就好好过吧。一辈子也就是几十年，一万次的寻寻觅觅、翘首以望，等的无非就是这一刻身边紧紧相拥的一个人。

第四十六章

死亡战胜一切

她以为她的幸福有可能重新开始，其实，那不过是终结前的狂欢。

向远在身心的疲惫中昏然入睡，睡前，叶骞泽仍没有松开环住她的一双手。恍惚之间，向远也不知道自己为什么坐了起来，叶骞泽带着点不安的睡颜就在身旁，可奇怪的是，向远听不到他的呼吸声，一切都那么安静，安静到诡异。在这一片死寂中，她又看到了那个从儿时开始就反复出现在自己梦里的女人，依旧一身白衣白裤，背对着她站在窗前。

窗竟然没有关，午夜的风卷起白色的窗帘，就像一只白色巨鸟的羽翼不断拍打在那个女人的脸上，窗外，是比夜色更深浓的夜。向远明明记得，卧室的窗帘是自己亲手挑选的玫瑰灰紫色，什么时候竟然变成了这样的一片白？然而当她四下环顾，哪里又不是白色？梳妆台不见了，落地灯不见了，床头的书不见了，就连她身边的那个人也不见了，只剩下白，白茫茫一片，还有那个看不清面容的女人。

向远知道自己必定是又陷入了这一个梦，她最害怕的一个梦，没有什么恐怖的情节，可是她就是在这空落落的白色中不知所措，怎么也醒不过来。而那个女人的背影又太过熟悉，偏偏说不出是谁。

向远感觉自己下了床，一步步朝那个女人走近，可不管她走上多少步，那个一动不动的女人依然跟她保持着不远不近的距离。当向远终于放弃地停下脚步，就听到从那个女人的方向传来的若有若无的声音，这声音同样熟悉得可怕。

二十年后，与君相会，

乱葬岗里，孤魂野鬼。

如花美眷，枯骨一堆，

你一堆，我一堆，

谁也分不出谁……

向远原是凝神去听，当下不由得毛骨悚然。那女人还在呢喃，但远处的天边隐隐传来惊雷声，一阵响过一阵，盖过了那浅浅的低语。

是梦是梦，要醒来，快醒过来……

向远默默地在心里念，用力地掐自己，可惜一点也不痛。惊雷声渐渐伴随着电光划过天际，那女人在缓缓回头。

多少次，向远都想把那女人的真面目看个究竟，她要战胜这个熟悉的梦魇。就在不久前的几分钟，她步步逼近，不就是想掀开那女人的庐山真面目吗？可那女人现在终于转身，她却发现自己其实并不是那么渴望知道答案。

眼前容不得她选择，那女人的脸终于完全面朝向远，那一刻，一道炫亮无比的闪电在窗口炸开，照亮了那张脸，还有房间里死一样的白。

向远如遭雷击一般惊醒，弹坐起来。闪电的余光仍在，夜雨将至，落地窗却是紧闭的，那里除了一盆兰花，哪里有什么女人？向远松了口气，心里庆幸着没有吵醒叶骞泽，正待睡下，却发现房间的大门半开着，那鬼魅一般的身影隐在那半边黑暗里。

“谁？”饶是向远胆大，还是禁不住一身冷汗，叫出声来。

那个影子没有出声，定定地，直勾勾地看着床的方向。

叶骞泽终于被惊醒了：“向远，什么事？”他抱着妻子，顺手按亮了身边的台灯，看向门口时，还是不由自主地倒吸了口凉气。

站在那半开的门边如幽灵一般的人不是一身白色睡衣的叶灵又能是谁？她如梦游一般神色恍惚，眼睛却睁得很大。

“阿灵，你这是干什么？”

叶骞泽的手和向远一样，俱是冷汗。

叶灵终于开口了：“没事，真不好意思，吓到你们了。我就是睡不着，忽然想起有一句话忘了问你。”

她说话的对象显然是叶骞泽。

“什么话？”叶骞泽也感到怀疑，也许叶灵的病情恢复得并没有他想象中那么好，今天发生的事情，也并不像表面那样平静无痕地过去了。

“我就想问，叶骞泽，你还有什么话要对我说吗？”

这句问话，就算是作为旁观者的向远也听到了不止一回。向远扭头看了一眼叶骞泽，他依然如以往那样选择了沉默。

出乎意料的是，叶灵没有纠缠，她似乎早已料想到这个答案，提问只不过是出于习惯。她笑了笑，什么也不再说，反手带上了门，消失在门口。

叶骞泽闭上眼睛，长舒一口气，仿佛他才是噩梦初醒的那个人。

“睡吧。”他抚了抚向远的手背。

两人重新睡去，房间里恢复了安静。他们长久地听着对方的呼吸，还有窗外急促的雨点声，虽然没有人说话，可他们知道对方都没有睡着。

不知道过了多久，也许天就快亮了，向远的翻来覆去让叶骞泽再一次按亮了灯。

“怎么了，还忘不了刚才的事？她就是这样，你别放在心上。”叶骞泽很少见到这样不安的向远，柔声安慰。

向远摇头："不，我总觉得哪里不对劲。"

她不顾叶骞泽的劝阻，翻身下床，开了门，赤足走过门外的走廊，叶灵的房间门果然是半掩着的。借着窗外的路灯，向远看到她半靠在窗前的凳子上。

"叶灵，我想和你谈谈好吗？"向远不想吓到她，先出声打了个招呼，叶灵一动不动，没有半点反应。

向远于是走近，离凳子上的人还有一步之遥，已经察觉到脚下踩着一摊黏湿的液体。她心里的不安感觉攀到了至高点，二话没说退到门边摸索着墙上的开关。

灯亮起来了，眼前的一幕让向远终生难忘，几欲窒息，血，一片血泊……她先前脚下那一摊液体的来源，正是椅子旁那只垂落的手。

"叶灵……"向远紧紧闭上眼又再睁开，终于反应了过来。她不顾脚踩着血泊，走至叶灵身边，拍了拍叶灵的脸，那张脸已经完全没有了温度，血却还沿着紧紧握拳的左手滴滴答答地往下滴。

"不行，你不能死。"向远喃喃自语。很多回，她都在心里暗暗地想，世界上为什么要有叶灵这个人的存在？更恶毒的时候，她甚至诅咒过这个阴魂不散的女孩早点从世界上消失，可是，不能是现在，不能是这种方式。

"骞泽，叶昀……"

她试图唤醒沉睡的人，又跌跌撞撞地去打电话，满手的血沾染在电话的按键上，触目惊心的红。

120的线路始终占线，向远放弃了徒劳的反复重拨，搁下电话，就看到魔怔了一般伫立在门畔的叶骞泽。

他注视着叶灵的眼神让向远打了个寒战。

她早该猜到的。

她以为她的幸福有可能重新开始，其实，那不过是终结前的狂欢。

叶灵死了。

G 市最好的医院最好的外科医生也没能挽回她的命，事实上，当120 的急救人员终于赶到叶家，在查看叶灵的伤势时，已经默默摇头。

人是在急救室被盖上白布的，向远一身是血地站在那里，听着医生说："向小姐，节哀顺变吧。说起来，我接触过很多死在手术台上的病人，可是自杀的意愿这么坚决的，这还是头一个。普通人选择割腕，手上大多刀痕凌乱，而且不止一道，因为求生的本能，不管多绝望，第一刀下去总是犹豫的。而这位不幸刚刚亡故的叶小姐，左手手腕上只有一道刀痕，伤口深达十五毫米左右，不止是软组织，就连腕部的软骨也划损了，这样决绝，实在是匪夷所思。而且，在割腕之前，她用烈酒吞服了近三百粒安眠药，三百粒……就算是糖果，都需要勇气。这么年轻的女孩子，我不知道有什么事可以让她这样义无反顾地去死，半点后路也不留。"

号称 G 市外科第一把刀的男医生看多了生死，似乎没有期望自己的问题在向远身上得到答案，叹了口气："有人为了一点小幸福很努力地活，偏偏死得不明不白，有人一心一意地去死，我也不明白是为了什么。"他说完，把一个物件递到向远手里，"这是死者临死前攥在左手手心的东西，抓得很紧，取出来还费了一番工夫，我想，你们家属或许可以留个念想。"

不需费心去鉴别，向远第一眼就认出了手里的那个东西，这曾经属于她，却误打误撞卖给了叶灵的断颈观音。想必这观音之前完全被人血浸透过，血液渗入了那劣质人造玻璃上的缝隙，让观音脖子上的裂痕变得触目惊心，红色的挂绳蘸透了血，干涸了之后整条都成了黑褐色。

原来叶灵紧紧握拳的手心里藏着的就是这个。生前就和观音形影不离，到死都放不下，她这样珍视是为了什么？难道是因为这断颈观音象征她无望的爱，生来残缺，注定不祥，在别人眼里一文不值，只有拥有的人如珠如宝？

叶灵已经死了，答案永远没有人知道。

叶昀和叶家的司机办妥了各种手续，出现在急救室的另一头。向远在他们走近之前，迅速将这不祥之物收了起来，她还有很多事情要做，应付例行公事的警察，向公公叶秉林报丧，处理接下来的丧事，当然，还有莫家那边的烂摊子。

从看到血泊中的叶灵第一眼开始，叶骞泽就一直是那个样子，不哭也不笑，一句话也不说，像个木头人一样，好像整个灵魂都被抽走，剩下的只是具臭皮囊。

向远体谅叶骞泽的惊痛和哀伤，他是再善感不过的一个人，叶灵对于他又太过特殊，他不可能马上从这个打击中恢复过来。叶骞泽需要时间，向远就给他时间。吩咐了杨阿姨好好照料叶骞泽之后，她就着手为叶灵的死善后，反正她一个人忙碌已经习惯了，也不是应付不来，而且叶昀也比以前懂事多了，还可以帮她一把。

只不过，叶骞泽让人忧心的状态直到叶灵出葬那天还没有任何改变。由于叶灵是未嫁的女孩，既是早夭，又是以如此凄厉的形式自杀，这在当地是很不祥的一件事，尽管向远已经竭力不让事情外传，但是纸包不住火，坊间还是充斥着各种小道传闻和流言。丧事办得一切从简，除了至亲，其余人一概没有通知。叶秉林按习俗是不能到场的，白发人送黑发人，就算是一心向佛的他闻讯后也禁不住老泪纵横，哭过之后，他才对向远说："去了的就是留不住的，人都要死，早晚罢了。"

莫建国倒是带着莫恒来了，叶灵死后，有一度，莫建国大为震怒，觉得叶家用这种形式欺骗并侮辱了他们，但是正如向远的解释，叶家就算再卑鄙再走投无路，也不至于用自家人的一条命来骗取鼎盛的援手。叶灵的死是谁也没有预料到的，对于这个结果，叶家比任何人都难以接受。向远开诚布公地对莫建国说，如果莫家为这件事在事业上打击江源，那也只能任凭处之。

莫建国是个明白人，他知道这一番话里，向远说的是实情，心中不平自是难免，但事已至此，用任何手段对待江源又能挽回什么呢？他毕竟是看着叶灵长大的，人都死了，前尘旧事，只有一笔勾销。好在到目前为止，莫家和叶家的联姻知道的人不多，他能做的也就是就此不提，当作什么也没发生过。

原本寂寥的下葬仪式，眼下更加寂寥。叶骞泽谁都不理会，神色木然。向远也累了，沉着脸一言不发。叶昀红着眼睛，更是不知道说什么好。到头来，唯一痛哭的只有痴肥呆傻的莫恒，他心爱的小女孩，变成了一把灰，再也看不见了。

仪式将近结束，一身黑衣的叶秉文竟也来了，他没有摘掉墨镜，径直走到叶灵的遗像前，将一束白色百合放下，低声说了句："也好，你妈妈一个人很孤单。"他轻轻抚了抚遗像上叶灵的容颜，退后几步，就到了向远身边。

"笑吧，你为什么还不笑？你想要的都会得到，你不想看到的人都会死掉，开心就表现出来，憋在心里不会难受吗？"叶秉文指着向远说，手还没有伸到向远的面前，就被站在向远身后的叶昀一把抓住。

"二叔，这种时候了，就少说一句吧。"叶昀言辞恳切。

叶昀和叶秉文从无冲突，叶秉文也没料到不怎么管事的他会在这个时候插上一手，他仗着长辈的身份道："叶昀，没你什么事。"

他以为叶昀会应声松手，可这一直乖巧的男孩子毫无退步之意。叶秉文警告地看了叶昀一眼，不客气地用力挣了挣，扣在他手腕上的那几根手指纹丝不动。明明站在眼前的男孩看上去瘦而文静，叶秉文自诩锻炼得宜，咬了咬牙，最后却还是在腕骨的一阵疼痛下败下阵来。

"都反了，你强出什么头？"叶秉文益发恼怒。忽然，他狐疑地看了叶昀一眼，又将视线转向一脸冷淡的向远，哦了一声，做出个恍然大悟的神情，讥诮地笑了起来，“我说嘛，你比你哥还心疼，也对，这不是咱们叶家一贯的家风吗？”

这句话让叶昀顿时狼狈不堪，白净的面皮几乎要滴出血来，窘得连话都不会说了。他觉得自己就像被扒光了衣服展露在人前，小小的一点心思，以为在没有人看见的地方藏得好好的，冷不防就被人赤裸裸地掀开。

叶秉文的手终于得以轻易挣脱，他活动了一下僵痛的腕部，表情既得意，又复杂：“真该让我那修身养性、自命君子的大哥来看看啊，一代更比一代精彩，不过你们记住了，谁都不会有好下场！”

叶秉文离去之后好一会儿，叶昀才控制不住，心虚地瞄了一眼大哥叶骞泽，可叶骞泽仍然沉浸在自己的世界里，恍若未觉。向远始终都没有出声，叶昀离她很近，但他连看向远一眼的勇气都没有，所以，也就无从察觉她此刻油然而生的失望。

第四十七章

在回忆中老去

……巨大的摩擦力还是让他伤痕累累，一身是血，可他还在匍匐着，徒劳地满地搜寻那个不知去向的观音。

叶灵的后事处理停当之后，向远继续回公司上班。公司刚遭遇大的冲击，百废待兴，幸而最难的时刻已经过去了，山庄那边运营情况尚算良好，前方总算还是可以看到一点亮光的，向远松了一口气。然而，她悲哀地发现，整个叶家，也只有她一个人在意这件事而已。跟她一起彻夜忙碌，焦头烂额、心急如焚的，反倒是李副总这样的一些外人。

就像这一刻，李副总已经不是第一次亲自捧着文件站在向远的办公桌前，忧心忡忡了。

“叶总就算再伤心，事情也已经过去一段时间了，可他现在根本不在公司露面，一大摊的事情难道就只能搁置在那里？”

向远给了李副总一个爱莫能助的表情。叶骞泽主管市场经营以外的行政工作，这还不是不可取代的，问题在于公司大额的资金动用，就算向远首肯，也必须有他的签字，这也算是对向远位高权重的一种牵制。这是公司的制度，向远可以理解，在过去，这也很少给她带来实质性的影响，叶骞泽的签字惯来只是一个例行的流程。然而现在他从公司里消失了，她才深刻意识到，不管她愿不愿意承认，叶骞泽毕竟是这里的主人。

“宝钢的那批钢材款已经来函催了几次，如果再不把这笔钱结了，我看他们是不肯再把货发过来的。我们的库存也有限，而且一些特殊型号的角钢已经找不到代用料了，难道停着机器等一个人？叶总为什么连电话都不肯接？”李副总皱着眉说。

向远无意识地拨了拨桌上的笔：“你也不是不知道，他现在根本没有这个心思。我试过去劝，说了半天，他好像什么也没听见。”

“你说，这样下去……”

“这样吧。”向远打断了李副总的猜测，“我再把这些文件带回去，不管怎么样，他签字就好。”

向远回到叶家，叶灵房间里的灯是关着的，她知道，叶骞泽肯定不在。叶灵死后，他大多数时间都坐在这里，坐在叶灵割腕的那张凳子上，亮一盏台灯，想着他自己才懂的心事，谁也不理会。好几次，就连杨阿姨进去打扫，都被他赶了出去。

向远在这个房间门口站了一会儿，正好杨阿姨蹑手蹑脚地走过。

“你这是干什么？”向远不解地问。

杨阿姨干笑了两声，才压低了声音，神秘兮兮地对向远说：“你不知道，这几天，我越来越觉得这房间阴森，人死在里面，实在是不吉利，走过的时候，后背都凉飕飕的。我是搞不懂，他怎么还能在里面坐上一天一夜。”

杨阿姨嘴里的“他”自然是叶骞泽，向远啧了一声，薄责道：“怎么越老越糊涂了，胡说八道什么，以后别再说这些神神鬼鬼的东西，小心自己吓坏了自己……对了，骞泽去哪里了？”

杨阿姨吃了排头，有些怏怏的：“一早就出去了，还能去哪里，在六榕寺陪阿灵小姐的骨灰吧，这倒好，父子俩都以寺庙为家了……”

这老保姆年纪大了，又天生嘴碎，向远知道说她也起不到多大作用，这次索性当作没有听见，转身就下了楼。

“那个……晚饭还做不做？”杨阿姨跟在后面问，她私心里希望不用做，那就不会耽误了晚上的电视剧。

向远走了几步，停了一会儿，忍耐着说了句：“我们都出去了，万一叶昀下班回来，总不能饿肚子吧。”

她开车出去，六榕寺她是熟悉的，以往去，总是去探望叶秉林，现在好了，还多了一个叶骞泽。叶家的男人在这一点上倒是很像，都是情种。

果然，在暂时放置着叶灵骨灰坛的偏厅，向远找到了低眉敛目坐在一侧的叶骞泽。他眼前摆放着一本再残破不过的旧时线装书，看那架势，好像很久都没有翻动过了。

向远没有出声惊扰他，轻轻走了过去，拿起了那本书，第一眼就看到了那句话：“执执念而死，执执念而生，是为众生……”

她合上了书，叹了口气：“你坐在这里那么久，参透了吗？”

叶骞泽缓缓摇头。

向远苦笑：“是啊，如果能够参透，你怎么还会像现在这个样子？”

他不说话，原本温文柔和的一张脸，双颊都凹陷了进去，显得颧骨高高地突了起来，整个人更觉憔悴。向远没有办法不心疼，她俯下身，轻声道：“骞泽，我们回去好吗？”

叶骞泽还是摇头，仿佛除了摇头，世间再没有别的事可做。

“我记得你是相信人死了有灵魂存在的，所以才想在这里陪陪叶灵是吗？但是，头七都过了，如果真的有灵魂，那为什么不让她好好地去呢？”

“她希望我在这里陪她。”

这是叶灵死后，叶骞泽说的第一句话，声音粗嘎沙哑，向远闻言，百感交集。

“她不在了，你活着，你不可能一直陪着她。骞泽，如果她心里念着你，她不想看到你这个样子的。”

叶骞泽仿佛又回到了老僧入定的状态，口不言，耳不听，万事与己无关。

向远心里的火苗开始往上冒，他这个样子，让她又难受又心酸。她拽起叶骞泽的手臂，不由分说拖起他：“走，跟我走。”

他仍不肯动。向远的声音微微地颤抖：“叶骞泽，你还记得，你让我嫁给你的那一天，是怎样拖着我走的吗？如果你脑子里除了这个骨灰坛，还记得一些别的事情，现在就跟我走！”

叶骞泽终于松动了，不再抗拒，任凭向远拽着他，磕磕绊绊地出了寺门，上了她的车。

“我们回家……你别这样好吗？”向远一边发动车子离开，一边看着身旁副驾驶座上行尸走肉般的这个人，茫然不知所措。窗外的景致在夜色中瞬间擦过，那些城市的霓虹成了黑夜中浑浊的一条光线。

向远看着前方：“你不是说，从今往后，我们要好好过的吗？你说过的，骞泽，你忘记了？”

他的视线却在窗外不知名的远方：“我有什么资格好好过？”

“那我呢？我是你妻子，我该怎么办？骞泽，叶灵死了，你难过我知道，可全世界为她陪葬你才甘心吗？你为什么不想想我，就算我求求你了，你哭一场，哭过之后就好好过日子行吗？”向远忘了她的文件，忘了她的目的，她不是无所不能的女强人，只是一个哀伤的妻子，坐在心越飞越远的丈夫身边，唯愿可以将他低声唤回。

向远看到叶骞泽用力地侧过脸去流泪。她从方向盘上腾出一只手，覆上他的手背，他却一点点地抽离：“对不起，向远，对不起……”

向远的手张开，又在虚空中握紧。她笑了笑，在后视镜中看到自己，都觉得有些凄惶："对不起，对不起有什么用？叶骞泽，你说过你不想伤害任何人，难道我就不是人？"

"对不起……"他还是这样一句话，声音却渐渐小了下去，疲惫无限延伸。

"我讨厌你这句话，我讨厌你现在这人不人鬼不鬼的样子。你别逼我说你不想听的，你现在觉得她比全世界都重要，可她活着的时候你干什么去了？你为什么不带着她远走高飞，为什么要娶我？"向远稍稍仰了仰头，车已经驶入了闹市区，这城市的夜晚太亮，太亮了，亮得人的悲伤无处容身。

"她都烧成灰了，你要有血性，就随她去死，要不，你就好好地活！否则我看不起你，你是个最无耻的懦夫！"

她问自己，向远，你该怎么办呢？这一路山山水水地经过，你以为什么都难不住你，可是，该求的已经求过了，再难听的话也说出了口，在这个男人面前，你还能怎么办？难道你要跟他一起掉眼泪吗？眼泪是最虚伪无用的东西，你看不起它，可你现在不也是一样软弱？

不会的，一定会有办法渡过这一关。向远不敢动弹，眼泪落地，就等于承认了她在悲伤面前的束手无策。

"别让我觉得嫁给你是这辈子最愚蠢的决定。"

叶骞泽把一张泪痕满面的脸转向她，这张脸是那么陌生："对不起，向远，我没有办法了，是我的错，我下辈子还给你。"

向远终于听到了自己的一声哽咽，所有的话语都支离破碎："不，不，不……这辈子就够了，就算真有下辈子，我也不想遇到你了。骞泽，要还就趁这辈子，趁我还在你身边，你抓着我的手好吗……抓着我的手，你看，它才是有温度的啊。"

他抬起了手，最后却慢慢地捂住了自己的脸，良久良久。

向远说错了，她自己都感觉不到自己手上的温度，她缩了一下，绝望的力量太过霸道，心轻易就寒彻了。她哆嗦着从身上掏出那个染过血的断颈观音，紧紧地将绳子抓在手心，烙痛了自己。

“执执念而死，执执念而生……她已经死在自己的执念之下，你就步她后尘？”

叶骞泽看见了那个耀眼的碧绿观音，眼里终于有了活意：“原来它在你这里，给我，求求你给我……”

向远笑了一声：“好。”然后一咬牙，就将手上的东西从打开的车窗往外狠狠一掷。

叶骞泽静静看了她一眼，没有半点迟疑，没有半句言语，松开安全带，反手打开车门，就从行驶中的车子里扑了出去。

向远连叫喊都来不及，犹如噩梦惊魂，她急踩刹车，尖利的刹车声和后面一连串的碰撞声入耳惊心。她打开车门的手反而稳了下来，稳得如同她的脚步……她就这么一步一步地走近扑倒在马路上的那个人，他是幸运的，后面紧跟着的车辆，没有一辆与他相撞。饶是如此，巨大的摩擦力还是让他伤痕累累，一身是血，可他还在匍匐着，徒劳地满地搜寻那个不知去向的观音。

热闹的中山大道，这个城市最繁华的中心，车水马龙，灯火如昼……向远却觉得很安静，安静得过了火，就连从后面车辆里下来的车主，还有渐渐围上来的旁观者一张一合的嘴里说的是什么，她也听不见了。向远在这片安静中，在许多双陌生的眼睛之下痛哭失声。这就是她爱着的男人，这就是她寻寻觅觅的幸福，这就是在十三年前的月光下说“我们永远不会分开”的叶骞泽？不，不是的，她爱的是记忆里那个和月光一样温柔皎洁的男孩，绝对不是眼前的他。

向远从身上再次翻出了那个观音，不过是一个小小的障眼法，可一直看不清的人究竟是谁？她把那个观音轻轻地放到叶骞泽带血的手掌心，然后将他的手合拢。此时此刻，她忽然想起叶灵追问了无数次，临死前也没有得到答案的一句问话——“叶骞泽，你还有什么话要对我说吗？”

向远在心里默默回答：“他不敢说，我代他说……他毕竟还是爱你的。”

是啊，叶骞泽毕竟还是爱着叶灵的，虽然在日复一日的相处中，他心中的天平曾经惯性地朝向远倾斜，但是死亡终于将所有的筹码都换到了叶灵的那一边。向远要的幸福，就像多年前山涧中的那只耳环，百转千回地找寻，却在手边失落，空余无尽怅然。

“向远，就让我这样吧。”

叶骞泽抓着那个断颈观音，艰难地从地上慢慢站了起来。

向远伸手，细细地为他拂去肩膀上的灰尘：“好，我要你答应我件事，伤好了之后，就把授权委托书签了吧，公司的事情你再也不必过问，你可以在你的回忆中慢慢老死。”她说完，又点了点头，仿佛最后一次说服自己，“是啊，我们就这样吧。”

江源在向远的力撑之下，以相当快的速度一天天回到正轨。向远和叶骞泽的生活却犹如平行轨道上的火车，依旧并驱而行，各自装载着心事，没有碰撞，不会相交，看似朝着同样的一个尽头而去，实际上谁也不知道等待在终点的会是什么。

叶骞泽签字的授权书没有任何波折地到了向远手里。失去了对公司事务的掌控权，对于叶骞泽来说并不是灾难，或者，在他看来，这根本算不上失去，他原本就毫不在乎的东西，交付给需要的人，既是适得其所，对他来说又是解脱。

没有琐事缠身之后，叶骞泽有一度几乎吃住都在寺里。那段时间，连叶昀都很担心他忽然有一天削了头发，从此做和尚。好在他并没有那样极端，青灯古佛、和骨灰相伴的日子并没有维持太久，寺里有个由信徒自发组织的慈善基金会，时常会有一些公益性的救助活动，后来，叶骞泽的所有时间和精力都投入到了这个慈善基金会里。基金会里多是一些家境小康的佛教徒，妇孺老弱占大多数，叶骞泽虽不再管事，但谁都知道他出身富贵人家，加上他为人善良随和，又受过好的教育，会里很多事情都仰仗他，也许他在那些救贫助学扶老之类的小善举中也找到了意义。

在家里的时候，叶骞泽大多数时间都会待在书房里。叶灵的房间他让杨阿姨原封不动地锁了起来，从此成了禁区，谁都不能入内。杨阿姨原本就恨不能离那房间远一点，自然求之不得，叶昀也不会忤逆大哥，至于向远，更是不闻不问。对于叶骞泽提出的希望公司出面的钱物捐赠，她从不拒绝，如果这样他会快乐，为什么不呢？有那么一次，向远在基金会扶持的一间外来劳工子弟小学里，看到客串老师的叶骞泽站在讲台上，她忽然觉得，每个人的人生轨道早就是划定的，当然，不是谁都会沿着这个轨道走下去，但正是因为有了偏移才会痛苦。他一直想做个普通的老师，为人师表，授业育人，现在才是归位。她答应过叶骞泽，让他去，让他过他想要的生活。现在的叶骞泽渴望静静地待在自己的世界里，而她要功名利禄，他们都得到了自己想要的东西，这场婚姻天衣无缝，那为什么还要相互打扰？

他们再不会吵架，白天两人在屋子里见面，客气有加，相互尊重备至。需要双方出席的场合，也自然是一对恩爱伉俪。至于夜晚，他守着书房里的一盏灯爱坐多久那是他的事，向远睡前独自一个人一张一张慢慢清点或新或旧的纸钞，再小心翼翼地抚平上面每一处细小的褶皱，这些，也不会再有人知道。

那一年，江源跟一些中小型的房地产开发公司直接合作越来越频繁，路是难走一点，但效益还是有的。其间，有一个温州的地产商投资失败，欠了江源一大笔货款，走投无路之下，他提出把自己多年前拍下的一块土地用以抵债。那片土地大概一百多亩，位于 G 市边缘的一个角落，一面靠山，三面环水，与主城区一江相隔。原本地理位置不错，当初这个温州地产商也是看中了这里方位极佳，大有可为，谁知道后来才听说，这块土地紧邻的一片水域，正是G市主河道拐弯之处，地势又偏低，历年来在上游溺水的尸体打捞不及，都会被冲到该处才浮起来，所以人称“浮尸地”。更有甚者，背靠的那一片荒山与G市未实行火葬之前的公墓遥遥相望，相当晦气，用作民用商品住宅，必定经营惨淡。该片土地还处在一个交通的死角，开发商业用途更不现实，那个温州商人就是在这笔投资上栽了跟头，从此一蹶不振。

出人意料的是，在很多人的摇头之中，向远同意了这个抵债方式。这么多年来，经历了公司的起起落落，向远在江源的一些小股东和员工心目中，地位不容置疑，她做出的决定，就是正确的代名词。可是这一次，还是议论纷起，就连滕云也私下问过她，会不会风险太大？难道是有什么内部的消息？

向远摇头，但并不是回答，而是她也不知道。对于这件事，她给滕云的答复是：“我也没有化腐朽为神奇的本事，只不过让他把债务一直拖下去也不是个办法，还不如抓住一些实在的东西。至于那里的晦气，日子天天在变，说不定有一天，记得的人都淡忘了，没忘记的也不在乎了，这也不是没有可能的。”

滕云很少看到向远用不确定的态度去赌一件事情，但转念一想，她过去是那么精明笃定的一个人，也不是事事都能如愿，世事能被凡人掌握在手里的又能有多少呢？想到这里，他也就不再说什么。

对于向远和叶骞泽的事，滕云多少也知道一点。向远虽然嘴上不说什么，从她的言行中，也很难找到这件事对她的影响，多年的感情仿佛干冰一般，一阵烟后，化了就是化了，可是她对叶骞泽到底还是在乎的，滕云是个再细心不过的人，他看得出来。

叶骞泽近年来跟他父亲叶秉林在喜好上越来越相似，茶里独爱普洱，山庄的茶庄里便总有上好的普洱候着，有时别人送的佳品，向远也会有意无意地交给滕云，可滕云只喝咖啡，她再清楚不过。

除了茶以外，叶骞泽平生唯一的爱好就是钓鱼，恰好滕云也是其中的高手，在这一点上，两人一拍即合，滕云几次出海钓鱼，叶骞泽都欣然前往。原本在公司的时候，叶骞泽和滕云关系并不算亲近，一方面是因为他听闻过关于滕云性取向的传言，叶骞泽是个传统的人，虽然他不会因此而厌恶一个人，但是敬而远之是难免的；另一方面，滕云可以说是向远的心腹，向远做事的狠辣叶骞泽一直颇有微词，过去碍于夫妻的情面，他也不好说得太多，但是心里难免会迁怒滕云，觉得他必定也是个重利轻义之辈。哪知道近距离接触之后才发现，除了爱人不是女人这一点之外，滕云和普通人没有什么不同，甚至还是个相当有意思的普通人，两人在喜好和生活情趣方面都颇有相似之处，加上滕云办事妥帖，自己需要的东西他总能提前一步预备在那里。就这样，叶骞泽和向远渐行渐远之后，和滕云反而走得近了一些，只是，他不会也不愿去深究，以滕云的忙碌，尚能每周都抽出一两天陪同他这个富贵闲人钓鱼喝茶，究竟是为了什么。

向远很少会在滕云面前提起叶骞泽，奇怪的是，滕云却会频繁地在她面前说起叶骞泽的事情，叶骞泽说过什么，叶骞泽做过什么，事无巨细。向远最不喜人啰唆，可滕云说的时候，她会不作声地听，也很少评价。原来夫妻做到这一步，她有的时候竟然需要通过旁人的口，才得知他的行踪。

第四十八章

阳光下将心凉透

她低头匆匆地喝了一口水，却呛了一下，怎么也咽不下去，太苦了，明明还是先前的一杯清水，不知什么时候完全变了味道。

南国的四月，已是夏日伊始，向远将车开进山庄的林荫道，在遍布的树荫下，心情也觉得凉快了许多。山庄的环境还是颇为不错的，而且胜在幽静，这也是滕云打电话给向远，说有事情要跟她谈，向远没让滕云到市区去，而是找了个时间自己过来的原因。

这条林荫道是山庄的主干道，西边是客房区、办公区以及服务总台所在的位置，东边是温泉和活动场所。因为是下午一点多，四处都没什么人走动，偶尔几个，也是穿着制服的工作人员，满树的蝉声，叫得人昏昏欲睡。车行至中心停车场附近东边岔路上，忽然有人跌跌撞撞地疾步而来，差一点撞上向远正欲拐弯的车子，好在她刹车及时，那个人也吓得连连退了几步。

山庄里的人，不是员工就是客人，虽然是那人莽撞，向远也并没有打算计较。谁知那人看到她的车之后，大惊失色，掉头欲走，没走几步，却又折了回来，竟有几分慌不择路的意味。

向远原本还没有过多地注意那个走路冒失的年轻人，这下却不免多看了两眼，她自问虽然算不上亲切，但至少也不会将一个好端端的人吓成这个样子。

不看还不知道，那人原来是叶家的司机小陈。小陈是叶秉林的司机老陈的儿子，老陈快到退休的年龄了，跟了叶家许多年，现在已经很少出车，只是负责叶秉林的一些日常接送，也算是对他辛辛苦苦几十年的照顾。叶秉林还曾经特意关照让老陈待业的儿子接父亲的班。现在的叶家原本就没剩几口人，叶昀是不喜欢这一套的，向远进进出出又都是自己开车，所以叶骞泽就让这个小陈做了他的司机。

小陈算是近半年来才跟随叶骞泽的，和向远交道打得少。向远只听说这个小伙子人还算机灵，做事也勤快，话倒是没说过几句。今天看他的样子，却像是先认出了她的车，避之唯恐不及。

通常情况下，小陈除了帮叶骞泽开车，没有别的差事。向远看了一眼停车场，叶骞泽的车子果然也在那里，她想到小陈之前的匆忙和认出她之后的惊慌，不由得狐疑，停下车走了出来。

“向……向总。”小陈知道避不过，只得硬着头皮打招呼，脸却怪异地扭向一边，似乎尽可能地避免与向远打照面。

其实两人离得如此之近，向远从下车那一刻起，就已经看到了他身上的累累伤痕，鼻青脸肿不说，浅色 T 恤上尽是凌乱的脚印，显然不久之前曾经被人狠狠踢打过一番，样子狼狈之至。

向远再次环顾四周，空无一人，只有小陈还在掩耳盗铃地遮掩。向远按捺住惊讶问道：“你慌什么，大白天见鬼了？叶先生呢？”

“叶先生，他……他不在，让我开他的车来拿点东西。”小陈似乎相当害怕向远，一张脸怎么也不敢直面她。

向远也不和他捉迷藏：“你拿什么东西弄成这个样子？”

“我摔了一跤，真的，不小心摔了一跤。”

“是吗？”向远莫名地笑了一下。

小陈自知在她面前很难糊弄过关，头几乎要垂到胸口，紧紧抓着车钥匙的手都在不自觉地抖。小陈和向远没有打过几次交道，但是向远的厉害他是早听说过的，眼前，她的话越少，他就越不知道该怎么办才好。

“我，我……我没打架，不，我是说……”小陈脑子都乱了，自己也不知道自己在说什么。

向远却打断了他：“行了，你摔到地上也好，摔到别人脚底也好，这一身像什么样子！山庄里有医务室，不过你要是急着离开的话，也赶紧去市里的医院处理一下，这可不是闹着玩的，去吧，还站在这儿干什么？”

小陈愣了一下，似乎不敢相信在向远这么轻描淡写几句话之下就得以脱身，反应过来之后，低着头，逃也似的开了叶骞泽的车就往山庄大门走。

向远看着那辆熟悉的车离开，心中的疑云却丝毫未散。山庄可以说是叶家的产业，谁能在这块地盘上将叶骞泽的司机打成这个样子？小陈见到她时莫名的恐慌，难道仅仅是因为闯了点祸害怕被责备吗？她隐隐察觉到事情绝对没有那么简单。刚才她轻易地放走这个小伙子，是因为她知道，小陈有事情刻意瞒着她，这个时候，问也是问不出个所以然的，只会逼着他编造一个又一个拙劣的谎言。更重要的是，司机在某种程度上就是雇主最贴身的人，向远不愿意追根究底，伤了叶骞泽的颜面。是她越来越不了解叶骞泽了吗？她和叶骞泽毕竟是夫妻，然而，她竟然完全猜想不到究竟发生了什么事，有秘密的人究竟是小陈还是叶骞泽？想到这里，一种莫名的烦躁渐渐笼罩在向远心头，就连这烈日下的天空，都觉得分外让人晕眩。

山庄服务总台就在停车场的对面，向远定了定神，走了过去。总台的服务员眼尖，早早就看见了她，刚在一旁的沙发落座，一杯冰水就送了上来。向远喝了两口，凉透了的水沿着咽喉一路到胃部，让心中的燥热在一个激灵后消了不少，她才想起给滕云打了个电话，滕云说，立刻就从客房区赶过来。

放下了电话，有人把冰镇过的毛巾送到向远的手边，她接过，转身朝殷勤而周到的服务员笑了笑，这才发现端着毛巾托盘站在她左后方的人居然是桑拿中心的崔老板。

“呀，真是不好意思，差点把崔老板当成了服务员小妹，见笑了。”向远站起来跟崔老板握手，不知道为什么，对于突然出现在这里的这个人，她并没有感觉到很意外。

崔老板朗声大笑：“向总贵人事忙，能为您服务，也是荣幸之至。”

两人相互谦让着相对而坐。崔老板对向远一贯都非常尊重，礼遇有加。对于向远而言，崔老板的生意虽说是寄于山庄之下，但是她心里清楚，这个姓崔的男人虽然看上去礼貌而谦逊，但是实际上能在他那个行当混得开的，都不是什么善与之辈，他又尤其是个狠角色。据说早年从黑道发家，什么勾当都做过，是个天不怕地不怕的主儿。后台背景也不小，前几年犯过一些事，可也没人敢在太岁头上动土，这几年开始正儿八经地做“生意”，已经算是收敛圆融了不少。让向远敢于跟他合作的原因是，崔老板这个人虽然心狠手辣，但却是出了名的恩怨分明，人不犯我我不犯人，表面功夫又做得相当漂亮，甚少斗勇耍狠，算是他那一行少有的聪明人。所以，山庄成立之后，也一直跟他合作无间，他和负责山庄经营管理的滕云关系也颇为不错，向远待他也始终十分客气。

崔老板的生意并不限于山庄一处，他也不是一个会闲来无事找人坐下来喝茶的人，向远知他必是有事。两人寒暄了几句，向远便决定不再绕弯子，开门见山地说：“对了，崔老板，我最近来得少，有件事想跟您打听一下。不久前我看到我们家的小司机鼻青脸肿地走出去，说是摔了一跤，不知道您或者您的人有没有看到他摔在哪儿了，那么大一个跟头。”

崔老板双手交叠，置于桌前，笑容彬彬有礼：“向总是个爽快人，我也就明人面前不说暗话。说实在的，我听底下的人说，向总正好有空过来，我就是为了这事专程来给您道歉的。”

向远轻轻挑眉：“是不是我们小陈不懂事，给崔老板惹了什么麻烦？”

“哪儿的话？”崔老板连连摆手，“说起来实在是不好意思，其实是因为我那边养了几条狗，年轻人嘛，好奇心重，就逗着其中的一条玩了一会儿，我们那看狗的人也是胡闹，一时冲动，就起了冲突……”

向远没有说话，定定地听着崔老板往下说。崔老板玩着自己修剪得相当干净平整的手指甲，似笑非笑地说：“本来是没有什么大不了的，可是，您也知道，谁没个特别喜欢的东西，被人摸了碰了，心里总有个疙瘩。我们那看狗的年轻人也是这样，他最喜欢的偏偏是你们家小陈看中的那一条，这才出手重了一点。后来我也教训了他几句，可他还顶嘴了，说那逗狗的人摸两下、玩两下也就算了，可怎么能动了要偷狗的心思呢？这不是不要脸地挖别人的心头肉吗？所以他就再也没能忍住……我说，简直是胡闹，再忍不住你也得看看人家小陈是谁，打狗也要看主人，否则让人误会了，还以为我们看着主人来打狗……向总，说到底，下面的人素质低，我代他赔罪。事情已经过去，该赔的医药费我们一点也不含糊，你我一直合作愉快，今后也会合作得更好，希望不要为了一条狗伤了和气才好，您说呢？”

向远过了很久，才将视线从崔老板那双保养得宜的手上挪开，那双手的指关节处，尽是新伤的红肿。这样的伤向远是熟悉的，她曾经在叶昀的手上看到过，那时，叶昀发狠地把那些说他漂亮得像女人的同学揍了一顿，拳头落在别人的身体上，自己的手关节也肿了好几天。

向远觉得耳边一阵嗡嗡地响，落地的玻璃窗外太阳毒辣得直指人心。也许是为了掩饰自己片刻的失控，她低头匆匆地喝了一口水，却呛了一下，怎么也咽不下去，太苦了，明明还是先前的一杯清水，不知什么时候完全变了味道。

见她轻咳了几声，崔老板连忙起身照看，服务员也紧张地走了过来。向远抓过杯子，递到了服务员面前："帮我换一杯，不……就这一杯吧，帮我放糖，一整勺糖。"

服务员迷惑不解地领命而去。

"向总……您没事吧？"崔老板的声音透着关切，隔着玻璃，向远已经看到滕云快步走了过来。

她深深呼吸了几下，面对眼前的人已经足够镇定："崔老板，如果我没有猜错，那条惹事的狗应该还是母的吧？"

崔老板慢慢将背靠在椅背上："您是个聪明的人，我喜欢和聪明人说话。"

就在这时，滕云已经走到桌边，崔老板站了起来，拍了拍滕云的肩膀："不打扰你们谈正事了，我先走一步。对了，我那条船现在也是闲着，什么时候再出海，也就是一句话的事。"他说完，不忘跟向远欠身打了个招呼，"向总，我们再会。"

"再会。"向远笑脸相送。这个笑容维持了很久，直到换了滕云坐在她的对面，她的笑意依旧未褪。

"你有事瞒着我，滕云。"

"向远……你知道有些事我无力控制。"滕云也不知道该说些什么，最后无奈地摊开了双手。

他是了解向远脾气的人，此刻放弃解释的姿态无异于默认了她的猜测。

向远良久地看着窗外，树叶很绿，天空很远，午休结束之后，道路上的人渐渐多了起来，一切井然有序。过了很久，她才自言自语般地说了句："你说，为什么女人总是最后一个知道的？"

晚上，向远回到叶家，叶骞泽不在，她试着去想，究竟是从什么时候开始，他也变得忙碌？可是却怎么也想不起来。向远试着推开了书房的门，逐一地拉开书桌上的抽屉，没有任何一个上锁，也许叶骞泽认定她不是一个多疑的女人，他不知道，所有的女人在面对这一刻，其实都是一样的。

每一个抽屉都整理得干净整齐，这是他们兄弟俩相同的好习惯。抽屉里面都是些再平常不过的东西，向远合上最后一个抽屉，失望之余，竟然长长地松了口气。

叶骞泽是个念旧的人，很多用过的物件都不舍得丢弃，尤其是旧照片，不但满墙都是，就连书桌上也摆了不少，有他生母的，也有叶秉林和叶太太的，当然，少不了这家里的每一个人，尤其是叶灵。向远注意到其中一张，竟然还是多年前，叶灵第一次到婺源，他追赶了去，然后他们和叶昀三兄妹在大槐树下合影，按快门的那个人正是向远。发黄的照片里，三张容颜都只是记忆中的模样，旧物犹在，人事却已全非。

向远拿起了那个相框正待细看，一个金黄色的小东西却随着相框的挪动从书架上掉落下来，赤金的戒指，平淡无奇的款式，上面镂刻着两个小字：平安。

难道，自欺欺人也需要一点点的运气？

向远把那个金戒指放在掌心，翻来覆去地细看，仿佛是什么稀罕的物件。最后，她紧紧地合拢了手，紧紧地，好像那个金属的小环烙进了她的血肉，变成一个最丑陋恶臭的脓疮。

如果这一刻，叶骞泽站在面前，向远毫不怀疑自己会像所有察觉到自己婚姻里出现了第三人的妻子那样，质问他，责骂他，期待他的解释，又或者她会把这个太过熟悉的金戒指狠狠朝他脸上扔，可是，现在她并不知道叶骞泽在哪里。

向远披了件外套，就这样坐在书房里一直等，书桌上的旧式闹钟指针从 8 指向了 11，整整三个小时，他都没有回来。然而，就是这三个小时，已经足以让向远的愤怒沉淀，就像火焰消失，沉淀下来的是灰烬。

叶昀上楼的脚步声传来，轻而快，向远认得他们每一个人走路的声音。他经过书房门口的时候，探了个头进来："咦，向远，你怎么坐在这里？我还以为是大哥。"

"哦，我闲下来没事，找本书看看。"向远扯了扯披在肩上的衣服，站了起来。

叶昀顿时来了兴致："你也会闲下来？可大哥能有什么好看的书啊？不是哲学就是宗教，闷得很。我房里倒是有很多的杂志，你要不要来挑几本？"

"不用了，我随便翻翻，正好可以睡觉。"她说完才发现叶昀有些失望，笑了笑，"下次无聊就去找你借，我也准备睡了。"

叶昀的身影从书房门口消失，向远松开了紧握着那个戒指的手。都说情比金坚，其实金子相当地软，不费力地一捏就变了形状，还好这一个只是在她的手心留下了环形的红痕。她若无其事地将戒指放回相框后的位置，走回自己的房间，关门的一刻，终于听到了叶骞泽开门走进屋内的声音。

他总算回来了，可向远现在已经觉得没有什么可以说的。这是她选择的男人，她选择的婚姻，即使走错了路，别人或许会选择回头，可她向远不会。她不能让之前那一路上耗费的心力和光阴白白浪费，所以不管前面是什么，她也会继续往前走，一直走下去，不信就闯不出另外一片天。就好像现在，她失去了爱，可至少得到了钱，很多很多的钱。

次日，中午临近下班的时候，向远竟然接到章粤这个夜猫子打来的电话，说是好久不见，问她什么时候有空来"左岸"喝一杯。

自从章粤被沈居安从法国追回来之后，向远确实有一阵和她疏于联系。当然，很大一部分原因是向远知道章粤还沉浸在她的"幸福"里，不愿意打扰。

向远认识很多很多人，有穷的，当然更多的是非富即贵，那些人或许是她的合作伙伴，或许是她的衣食父母，也有的是养兵千日，以备一时之用。这样的交游广阔一直以来都让向远的事业受益匪浅，可是她的朋友却很少，在女性里，章粤恰恰是唯一的一个。

章粤这个人，你不一定要和她做“闺密”，分享女人的私密心事，但是她有一种魔力，让人很难不对她心生好感，就算她不是永凯的千金，“左岸”的老板娘，跟她对酌一杯，也是快事一件。

但是，向远在这个时候接到电话却犹豫了一下。她对章粤说，去是一定要去的，只是最近可能都会比较忙。

章粤在电话那头毫不介意，笑着答道：“不管你哪天晚上来，只要我还在地球上，一般都在那里。”

向远是个不太相信巧合的人，在她看来，所有的巧合都有迹可循，更何况，摆在她面前的巧合不止一个。“平安”和“长寿”，两个相似的戒指，沈居安对“左岸”的频频光顾，叶骞泽的异样，崔老板的话里有话，还有那个叫袁绣的女人，甚至也包括章粤的这通电话……这一切之间都像有一根透明的线连接着，环环相扣，一张巨大而无形的蛛网，把人笼罩在里面，而静静潜伏在网中央伺机而动的究竟是谁？是人还是命运？向远习惯了做织网的那一个，如今才体会到飞虫的恐惧。一个叶骞泽已经足够让她看不清方向，埋头撞进网里，在没有想好该如何脱身之前，她不敢妄动。

一直到了晚上，向远结束了应酬，挥别了客人，坐在车上，却不知道该往哪里去，她忽然想起了章粤白天看似轻描淡写的邀约。如果“平安”和“长寿”这两个戒指当真是一对，那章粤自然也逃不开那张网。章粤是个聪明的女人，事情发展到这一步，她必然会有所察觉。向远想了想，掉转车头就去了“左岸”。

第四十九章

贺人生无奈

两人相反的脚步落在老旧的阶梯上，每一步，都仿佛在将隐藏的心事踩碎，山月里的前尘旧梦被践踏得面目全非。

隔着许多迷离忘情的男女，向远已经看到章粤在吧台边朝她挥手。夜店里从来不乏漂亮的女人，可是章粤在那里，她就是唯一一朵盛放的玫瑰。两人见面，相视而笑，章粤照例把向远请到了后面的隔间，关上门，挥手叫来服务生，顺便抬了抬下巴，问道：“还是冰水吧？”

向远对服务生说：“大概 500 毫升的冰水给我加一勺糖。”

“什么时候开始换的口味？”章粤眨着眼睛问。

向远说：“最近忽然觉得喝什么都有点苦。”

章粤开酒的手势娴熟得惊人：“也许你可以试试来杯烈酒，一口下去，辣得什么味道都忘了。”

“你不是戒了吗？”向远看着章粤略一仰头，小半杯伏特加就见了底，不需要劝酒，不需要酒伴，更不需要理由，这种喝法她只在章粤身上看到过。

章粤笑着给自己续杯：“戒个鬼，今天醉了，明天再说。”她自饮自酌地干完第三杯，向远加了糖的冰水才刚刚送了上来。

“来，向远，我们干杯。”章粤笑盈盈地举杯，难得她喝了那么多，眼神依旧一片清明，别的不说，光这酒量一项，已足够让向远自叹不如。

向远笑道：“干了这杯，总要有个缘由吧。”

“让我想想啊。”章粤托腮，眼波流转，“要不，贺人生无奈？”她说完，毫不介怀向远杯里是水而自己的是酒，一饮而尽。

向远摆手，客气地把给她添水的服务生打发了出去，自己一边把杯子加满，一边说：“还好我有些口渴，要不以水代酒都喝不过你。”

话音刚落下，章粤的第二杯又来了：“这一杯，就祝你们家的度假山庄生意财源广进，顺便多谢对我夫君的盛情款待。”

向远握住不动的玻璃杯与章粤的酒杯轻轻碰撞，她想，章粤果然是知道的，这才算慢慢说到了点子上。而章粤的脸终于在喝完这一杯后泛起了淡淡的红，她笑着对向远摇摇空了的酒杯，像个孩子似的监督着向远把水喝完。

“这第三杯就更有意思了，向远，以前我也搞不清楚，为什么老觉得跟你投缘，你看世事果然奇妙，我们看男人的眼光不一样，我们的男人看女人的眼光倒是相同。我猜你也头疼过，不知道怎么把沈居安的事跟我说……哈，我也一样……最后才知道一桩破事大家都有份，这也算是缘分了。来，第三杯，为了尴尬的原配！”章粤说完，仿佛自己也觉得妙不可言，伏桌大笑不止。

向远也试着勾了勾嘴角，最后还是放弃了，她承认自己的幽默感欠佳，甚至在章粤打算喝干这第三杯之前，她按住了那只举杯的手。

“够了，别喝了章粤。”

章粤耸耸肩，脸上的红晕却更盛了。

“我看这一杯还是算了吧。”向远顺手将那杯酒泼在了地板上，用力地往后靠，理了理耳边的发丝，头发却并没有一丝的乱，似乎这时她才意识到自己的举动有了些心烦意乱的味道，又颓然地住了手。

“向远，连你都乱了，看来这事情可真够糟糕的。”章粤自我解嘲地笑了一下，“想听故事吗？放心，我说的故事一向很短。”看到向远不吭声，章粤就自说自话地往下讲。

“爱情故事的开端都是这样的，十七八岁的少年男女相互倾慕，没有什么新意，但是你要相信它对于当事人来说是独一无二的。这两个孩子的家境都不太好，男的考上了大学，女的没有。男孩离开家，女孩就把家里几代传下来做嫁妆的一对金戒指给了他一个，当作一个小小的纪念物，然后两人就此挥别，男孩去上学，女孩就去做了小姐……别惊讶，我也是才知道的，他们那个地方太穷，女孩子出去打工，干那一行已经成了惯例，几乎每家都有这样的女孩子。她们挣了钱，把钱寄回家盖房子。有的女孩能养活一大家子人，比种地强多了，小范围内，没有人觉得羞耻。男孩知道女孩的事情，自然是伤心欲绝，但他当时无能为力，女孩为了他着想，也彻底跟他断了联系。所以，男孩从此在心中发誓，一定要成功，一定要闯出一片天地，这样才能改变命运。他的确很出色，也很有出息，毕业之后如愿以偿地进了大公司，前途一片光明，就在这时，他得到了那个女孩的消息……故事到了这里还是有点闷，脱不了《故事会》和《知音》的套路，可是别忘了，好的故事妙就妙在它结尾的点睛之笔。男孩辗转找到了女孩，两人相见都非常感伤，最后，男孩给了女孩一笔钱，然后挥一挥手，回到这个城市，和有钱人家的女二号——也就是我结了婚，从此之后，将他仅剩的那个戒指视若至宝。”

和章粤平时的舌绽莲花相比，这个平淡无奇的故事并无惊喜，就连那个让人心尖一凉的结局，也是看似在意料之外，其实在情理之中。

向远想起那个叫袁绣的女人，在那个陈旧的故事里，被自己所爱的人爱着，也被所爱的人舍弃。那张白净的清水脸，薄瓷一般清透而易碎的眼神，莫名地就在向远心里活了过来。在此之前让向远千爪挠心又百思不得其解的困惑，她开始慢慢找到了答案。

故事说完了，作为听众，总该说点什么的。

“那个戒指果然是一对的。”向远过了很久之后，才说出这么一句，自己都觉得太过干巴。于是又苦笑了一声，“两个戒指，她给了两个男人，难道，花落谁家还值得一赌？”

章粤低头玩着手指：“向远，这你就错了。我们都了解自己的丈夫，沈居安知道袁绣也在G市，他会控制不了去找她，去看她，但是他绝对不会为她做任何傻事，尤其在知道袁绣现在是崔敏行的女人之后，他会知难而退的，不是因为永凯怕了姓崔的，而是为了一个妓女惹祸上身不值得。永远做正确划算的事情，这就是沈居安。至于叶少会怎么样，还有人比你更清楚吗？”

向远是怎么离开“左岸”的，她有些记不清了，明明喝多了的人是章粤，全身火烧一样烫的人却是她。回到家里，向远头昏脑涨地扶着栏杆上到楼梯的中央，却与下行的叶骞泽狭路相逢。

“回来了？怎么了，脸色不太好，不舒服吗？”叶骞泽停住脚步看着向远，眼神依旧温厚，那关切也不像是虚情假意。

向远的指甲在微朽的木质扶手上划出了一道浅痕，嘴上却淡淡的：“没什么事，有点累而已。打算出去吗？”

他身上是外出时的打扮，过去他很少在这个时候深夜出门。

“哦，小陈昨天摔了一跤，伤得挺厉害，我去看看他。”

向远站在几级阶梯之外，半仰着头看着这个说谎的男人。很显然，对于这一套他运用得并不娴熟，以至于那局促是如此的明显，不出几句话，额角已经有了薄汗，连眼神都在闪躲。向远替他难受，这样是多么为难啊。

她忽然笑了起来：“是该去看看，小伙子也挺不容易，平白无故地代人受过。”

叶骞泽微微启唇，愣了几秒钟，似乎明白了什么，整张脸顿时通红，太过强烈的羞耻让谦谦君子狼狈得无以复加。向远有理由相信，这一幕是他的噩梦。

然而，她又何尝不在这场梦中。

向远多么轻易就击溃了这个男人的防备，叶骞泽张口结舌、惊慌失措的反应让向远有了一丝恶毒的快感。他从来都不是她的对手，赢他太过容易，可向远在这样的胜利中百感交集，欲哭无泪。

这时向远才察觉了自己心中的恨，这恨意如疯狗一般撕咬着她，让她忽然生出立刻就毁了这个男人，毁了眼前这一切，什么都不要，就这么同归于尽的念头。她可以硬生生说服自己，让他沉浸在自己的世界里，让他去怀念一个死去了的人，她原谅了叶骞泽对叶灵扭曲而绝望的爱，但却不能原谅他泛滥自己的感情，跟一个婊子厮混在一起！

“你知道了？”他终于找回了说话的能力。

扶手上细碎的木刺扎中了向远的指尖，十指连心，她的手一抖，一字一句地说：“叶骞泽，你不能欺人太甚。”

“向远。”他伸出手，触到了她的肩头，又缩了回去，面上的感伤无以复加。向远看到，他上衣的领口，那个染过血的断颈观音若隐若现。

“阿绣……她是个可怜人。”

他不说爱袁绣，他只说她可怜。向远已经说不清，善良和冷血的界限究竟在哪里。

“我知道，你会说她需要你，她没有你不能活。全世界都是可怜人，可是，叶骞泽，为什么不可怜可怜我呢？”

向远说话的声音很轻，落在叶骞泽的心中，却压得他面色一痛。他总是在向远面前无地自容，可说出来的话依旧句句清晰：“不是她的问题，是我的错。你说我无耻也罢，下贱也罢，她让我感到慰藉和……

快乐。向远，你的世界不在我这里，没有我你可以走得更远。你不是一个普通的女人，而我却再平凡不过，这就像江源对我来说是个包袱，但对于你来说，它是个任你施展的舞台……只要你愿意，你永远都是叶家的女主人，当然，如果你有别的选择……”

“住嘴。”

向远木然地说出这两个字，忽然后悔自己不该将那层相安无事的表象撕破，现在再这样多看他一眼，多说一句，她都不知道该如何收拾这残局。

“去吧，别让‘小陈’等久了。”

他总算没有再往下说，低头道了句：“对不起。”就从她身边擦身而过。向远也没有停留，两人相反的脚步落在老旧的阶梯上，每一步，都仿佛在将隐藏的心事踩碎，山月里的前尘旧梦被践踏得面目全非。

向远走到了楼梯的尽头停了下来，对着已经打开大门的叶骞泽说：“最后劝你一句，风尘中打滚儿的人大多不简单，你也惹不起姓崔的，女人还有很多，离她远一点。”

从向远的角度已经看不见叶骞泽的身影，所以无从知道他的反应。他没有回答，片刻之后，关门声传来，也许就在门一开一合的间隙，一缕夜风袭来，站在楼梯顶端的向远轻轻一颤。

向远见过很多豪门怨侣，有苦情的，有貌合神离的，有水火不容的，也有同床异梦各玩各的，当然更多的是男人们在外周游猎艳，不知木兰舟系谁人家，女人银牙咬碎，最后还是和着血往肚子里吞。这些都司空见惯了，真正恩爱无敌的，反倒成了奇闻逸事。

有人说，男人的忠贞如同真爱，可遇不可求，无论有钱与否，都是本性，区别只在于诱惑的大和小。既然如此，锦衣玉食的“碧海青天夜夜心”，总好过嫁给贩夫走卒，黄着一张脸在油烟中咒骂那个没有心肝的男人。

大概也正是因为如此，有钱人家的婚姻纵使大多千疮百孔，却总比寻常男女难以舍弃。

道理向远都明白，可是在此之前，她竟然从来也没有想过叶骞泽的背叛。她知道他心中曾经摇摆不定，知道他对旧事念念不忘，可是她不知道他怎么在一个妓女身上找到“慰藉和快乐”？她在叶骞泽的眼睛里找不到快乐的影子，这快乐从何而来？

然而，这毕竟都是他的事了，事情走到这一步，她有一万个理由可以离开，只不过她也无法抑制心中的那点贪念，她贪恋千辛万苦得到的一切，贪恋心中最后一点虚妄的温暖。执念之所以存在，不就是一个“贪”字，所以才会放不开。

既然放不开也离不开，那就闭上眼睛陪他演这出戏。作为一个妻子，向远有权利痛斥他、羞辱他、折磨他，然而这一切是否能让她好过？她要做的事情太多，每一分钟都有事情占据，连哀伤都没有空隙。

日子就这样一天一天地过去，天下没有不透风的墙，尤其是墙内隐约透露出不堪的风光，谁都会忍不住打听张望。向远不再过问叶骞泽和袁绣之间的任何事情，外面关于叶骞泽和“那个妓女”的流言也如牛毛细雨，沸沸扬扬，从来就没有断过。

——听说，他为她买回了自由身，将她从陪客卖笑的生涯中解脱出来。

——听说，他把她安置在城西的房子里，那是叶秉林当年送给他和叶昀一人一套的家业。

——听说，那个女人深居简出，从不与他在公共场所露面，可他会带着她一起星夜出海钓鱼。

……

这些传闻四起的时候，叶骞泽其实还是经常回家吃饭，他和向远坐在长桌的两端，各自吞咽着心事。向远的面孔总是平静如水，叶骞泽不时会关切地询问她的近况，他和向远一样，太多对方的事情居然只能靠听说：听说她开始着手把江源的重心从建材生产逐步转向物业投资，听说她投资控股的境外生物制药公司收益可观，听说她把山庄对外融资，滕云已在着手将它和市内一间濒临破产的老牌四星级饭店合并，听说现在的江源已是今非昔比，早不是叶秉林手中那个生产加工企业……只要他流露出兴趣，向远就会细细地对他解释，没有骄傲，也不带感情，只是客观至极地描述，就好像他是一个普通的大股东。叶骞泽总是静静倾听，然后微笑地看着对面这个注定比他走得更高更远的女人。

不管这表面的和平是多么荒唐，在向远面前绝口不提另一个女人，这是叶骞泽对她最后的尊重和两人仅有的一点默契。向远有时也会咬着牙在心里忍不住想：那个女人影子一样安分地守在背光的角落，什么也不争，难道自己看错了她，还是她的城府比自己想象中的还要深？

第五十章

看不见的黑手

她连续几个晚上难以闭上眼睛，就像她给滕云的那句话：凡事留条后路。她在心中期盼叶骞泽给她也留一条路。

似乎为了验证向远隐隐不安的预感，没过多久，向远出入叶家和江源，时常会感到身后有陌生的车子跟随。有时她察觉有异，便故意在繁华地带绕行，那车子知道形迹已露，便消失在城市的车流里。半夜的时候，叶家的电话好几次无缘无故地响起，杨阿姨骂骂咧咧地起来接，那边却悄无声息。还有一次，向远深夜归家，车行到叶家附近的偏巷，发现一辆小型的厢式货车停在回家的必经之路上，她当即掉头，那辆车竟然尾随而上，幸遇执勤结束被同事用警车送回家的叶昀，那车子才仓皇而去。

事后据叶昀所说，那可疑的车上至少有三个以上的彪形大汉，他想着都捏了一把冷汗。从那天起，只要时间对得上，叶昀下班后都会到向远的办公室等她一起回去。向远自己忙自己的，叶昀就抱着笔记本电脑在一旁乖乖地玩游戏，有时她应酬得晚，就算有公司的司机负责接送，叶昀也不放心，非得亲自守在她身边，为安全起见，向远也尽量减少了深夜的独自行动。

向远觉得有一双手在暗处无声地逼近，但是那双手的目标似乎并不是她，否则，就算她有了防备，就算叶昀贴身护着她，百密必有一疏，她断没有那么轻易摆脱。那双手像是在掂量，在试探，所以她感觉得到不祥的阴影，却始终没有受到实质的伤害。

也就是那段时间，在家里益发难找到叶骞泽的影子。向远没有对叶骞泽说起过自己遭遇的事情，可她再恼恨叶骞泽，到底也不希望他有意外，所以再三交代叶昀务必提醒他大哥，凡事小心一点。

叶昀这个时候对叶骞泽的事情也有所风闻，起初是不信，后来间接得到了证实，心中难免愤慨，所以他嘴上应着向远，实际上跟哥哥说的话越来越少。

正如向远担忧的那样，叶骞泽的麻烦接踵而来。他为人已是难得的低调谨慎，脾气又温和，甚少与人有冲突，可是接连好几天，好端端地开车，却不断遇到小的碰撞事故。这样的偶然出现得太多，就连他自己也没有办法说服自己这只是意外。

那一天，向远在家撞见他额头都擦破了皮。他起初怕向远担心，只说是自己开车不小心，后来禁不住向远的一再质疑，才承认是回来的路上被一辆不要命的帕拉丁顶着车尾撞到了隔离墩上，没等交警出现，肇事的车就跑得无影无踪。还好只是蹭了一下，没什么大伤，要是那辆帕拉丁存心置他于死地，只怕已经凶多吉少。

向远当场就拧着眉头问他：“小陈哪里去了？你为什么一个人开车回来？让他跟着你，不就是图个平时有个年轻力壮的小伙子在身边有个照应吗？”

叶骞泽闻言不出声，向远只得说了狠话：“我看是白养着他了，一点用处都没有，让他趁早走人。从明天开始，我会从公司抽调两个机灵一点的保安，都跟着你，有什么事，过了这段时间再说，至少别让我看见你缺胳膊少腿的。”

“不关小陈的事，他本来是要跟着我的……”

“结果呢？”

“她……她有点不舒服，我让小陈帮她跑跑腿。”

向远明白了，长长地哦了一声，冷笑着丢下一句：“原来是这样，果然是牡丹花下死，做鬼也风流。”言罢甩手而去。

虽然心中恨意难平，第二天，向远亲自挑的两个保安还是出现在了叶骞泽身边。可是，两个退役武警的贴身护卫并没能让事情终结，没过多久，叶骞泽的座驾在他的金屋楼下被砸得稀巴烂。

报警已经于事无补，向远给崔敏行打过电话，有意邀他喝茶，崔敏行却惋惜无比地说自己身在泰国，等到赶回来之后，必定亲自携好茶拜会。挂电话之前，还不忘礼貌地问候叶骞泽安好。

向远开始觉得事情远比她想象中的要严重，再三思量之后，找到了滕云。滕云和崔敏行一直关系不错，所以向远见到滕云的第一句话就是：“我有一件事要拜托你，帮我问问姓崔的，要怎么样才能罢休？”

滕云用长匙为向远搅着冷水里的白糖，问：“向远，你为什么一口咬定这件事跟崔老板有关？”

向远斜着眼睛看他：“你也开始跟我绕弯子？把我当傻子吗？那天候在我家门口的货车，我记下了车牌号码，后来让叶昀去查了一下，车主是陈杰。你不要告诉我你不知道陈杰从牢里出来后，现在在崔敏行手下做事。陈杰是谁？他一直认定他爸爸陈有和是叶家和我害死的，他坐牢也是由我而起，就连他弟弟陈健在贵州从钢构架上掉下来摔死了，也成了叶骞泽故意害他家人的证据。他有多恨我和叶骞泽你心里有数，崔敏行在这个时候收留他，你敢说是巧合？”

滕云推了推眼镜，慢条斯理地说：“没错，这些我是知道，但是崔敏行这个人做事，向来有他的主张。向远，你难道还不相信我吗？崔敏行当着我的面亲口答应过，他不会动你一根汗毛，也不会让陈杰把矛头指向你，你不会有事的。以我跟他的交情也只能做到这一步。你怎么看我，我不敢说，但是我把你当朋友，当知己，能做的我都会为你做，可崔敏行也是我的朋友，我对这件事知情，并不是罪，希望你体谅这一点。”

他说完，把水推到向远面前：“你喝喝看，不行的话我再给你冲一杯。”

向远听出了他话外的意思：“你是说，我不会有事，他们的矛头是指向叶骞泽的是吗？我体谅你，可是有一点你别忘了，叶骞泽他现在还是我的丈夫，崔敏行伤害他，我能毫毛不损？你几时变得这样天真？”

“丈夫？”滕云端正的一张脸上浮现出一丝笑意，“你在自己骗自己吧。崔敏行为什么对叶少恨之入骨？实话对你说吧，袁绣就算是条狗，也是崔敏行最喜欢、投入最多的一条，当年她欠了地下钱庄一屁股债，是崔敏行收拾的烂摊子，她跟了崔敏行后，家里老父亲从生病到出葬，崔敏行二话不说就出了钱。在桑拿中心，没人逼过她接客，她是自己作践自己，说要还了这个人情，可是她陪男人睡到死的那一天也还不起这笔钱。你大概是看过崔敏行对袁绣下狠手，据说你们家叶少还英雄救美了，你别忘了，既然出来混，就是行有行规，你几时见过一个小姐打客人一个大嘴巴子的？崔敏行出手是重了一点，可他别的并没有亏待袁绣。结果倒好，她睡到了叶少这样的金主，招呼也不打，扔下钱就要走人，是谁都会想要给她点教训，更何况是崔敏行？向远，恕我直言，你一世聪明，可你的丈夫这件事做得实在不那么漂亮。”

向远强忍住心中的不适感，对滕云说：“现在多说无益，还是那句话，算我欠你一个人情，让崔敏行开个口，他要怎样才肯罢休，难道要闹得永无宁日？”

滕云一再摇头："你还不明白吗？向远，何苦还要为叶骞泽出头？他为你做过什么？我都替你不值，我见过你做的所有蠢事，都是因他而起。"

"这是我的事。"

"你既然来了，就是还信得过我，有一句话，我不知道当不当说。"

向远稍带嘲意地笑笑："你既然开了这个头，当然已经想好了要说，如果觉得不当说，根本提都不要提。"

滕云微微一笑，凑近了一些，低语道："向远，是时候了。"

向远一惊，抿唇不语。

"你还等什么，难道要永远为他们叶家当牛做马？叶家人的江源，只是个大型作坊，走到今天，他们做过什么？向远，你完全可以让他一无所有，让他为自己的所作所为付出代价，拿回你应得的！"滕云说完，归位坐定，喝了口咖啡，等待向远的回答。

"这些我自有打算。"向远漠然地撇开脸去。

"你是对他、对叶家下不了狠心吧？妇人之仁，这不是你向远的作风啊。现在正是时机，公司大的资产重组，以他们那帮二世祖的能耐，不费多少力气就能让他们都变成穷光蛋。好，就算你念着旧情，他们可以继续过着优越的生活，但江源不该再名不副实地姓叶……如果你还是下不了决心，我可以帮你一把，你知道叶骞泽最近有把他名下的固定资产折现的打算吗？还有，他甚至动了要将他在江源的股份变卖的心思，至于为什么，我不好说，可是你竟然全不知情！这些不该是由我来告诉你的，不是我比你敏锐，是他瞒着你，而你满脑子心思都放在为他解忧上了。"

滕云说话一向不温不火，却句句直逼人心，向远的手心全是汗，可她毕竟不是个糊涂的人："滕云，你老实说，你要什么？"

滕云一直对叶家不太感冒，对向远却深怀知遇之恩，他并不是第一次流露出希望向远自立门户的心思，但是如此赤裸裸的说服，却是前所未有。他说的那些事情，向远确实毫不知情，可她心中有数，就算最近自己有所分心，就算滕云说的不假，但那些事情，不是有心人刻意追查，是不可能知情的。

“我要钱。”滕云直视向远，目光坦然，“我是有私心，但是，我敢对天发誓，对你从无恶意，否则不得好死。向远，你要知道，不管什么时候，我都站在你这边，我也相信你不会亏待我。”

“是不是因为他的事？”向远和市检察院的人还算有点交情，所以也听到了一点风声，最近市建设局有一批官员涉嫌职务犯罪，而滕云的“爱人”正是建设局里的一员。

滕云没有回答，他叹了一声：“向远，该说的我都说了，至于真伪，你不会查不出来。”

向远知他不想说，也无意追问，她现在很乱，满脑子都是滕云刚才说的那些话，这怎么可能……可是，滕云不像是骗她。她的手指凌乱地在桌子上轻轻敲打，最后还是站了起来：“我有事先走了，滕云，凡事留条后路，别把人逼急了，更别把自己逼急了。这句话你也帮我带给崔敏行。”

离开滕云之后，向远也不敢含糊，立刻着手对滕云所说的那些事情进行查实。在等待的那个过程中，她连续几个晚上难以闭上眼睛，就像她给滕云的那句话：凡事留条后路。她在心中期盼叶骞泽给她也留一条路。

然而事实上，滕云说的没有半句假话。

叶骞泽的固定资产大多是房产，虽说是婚后购进，但是这些年他们夫妇俩在自家产业之外的投资都是各管各的，向远可以装作不知道。然而，他竟然有心抛售他在江源的股份，而且竟然没有给向远任何知会，更荒唐的是，他属意的其中一个买家还是叶秉文。向远不知该哭还是该笑，她还没有动叶骞泽，叶骞泽反而摆了她一道，而且用的是这么不高明的方式。

她在心中一遍一遍地问：叶骞泽，你究竟想干什么？

事实上，向远没有当面质问出这句话，她在没有惊动叶骞泽的情况下，先找到了叶秉文，果然不出她所料，叶秉文有那个心，可他没那个胆。

向远跟叶秉文的交易异乎寻常的顺利，他很满意向远给的协议条件，由他代向远出面收购叶骞泽的股份并不难，坐收一笔客观的渔利比冒着风险在向远眼皮底下打算盘要划算得多。向远这个女人虽然让他恨得牙痒痒的，但是跟她做生意，实在远比跟叶骞泽那小子牢靠。其余的，那就是叶骞泽夫妇俩的事情，与他无关。

向远没有想到，她一直想着要去做，却一直没有做的事情竟然是在这样的情况之下促成的。之前的焦虑、不解和惊怒到了极致，现在她反而冷静了下来，于是便等待着叶骞泽的一个解释。谁都不要逼谁，否则到了退无可退时该会如何，只有天知道。

当向远在做这些的时候，很多次，叶昀就在她身边心无旁骛地玩着游戏。她已经说过，自己没事了，不用时时跟着，可叶昀始终不能放心，反而像是终于找到了一个正大光明黏着她的理由。就连直接在她手下干活的人都在偷笑议论，这简直是天下对嫂嫂跟得最紧的小叔子了。

向远也知道有些不妥，叶昀的那点心思不但没有随着年龄的增长和两人身份的变化而自然消退，相反是有增无减。不知是他有意还是无意，加班的时候，两人在办公室里，他关上了电脑，就挪了一张椅子紧挨着坐在向远身边，看她做事，赶也赶不开。有时向远从专心致志中缓过神来，会发觉他的呼吸都触手可及，又或者她稍不留神转身，就会蹭上他的身体。这让向远觉得有些许尴尬，每到这种时候，她就只有轻咳几声，不动声色地将身体撤开一些，或者找个借口把他支使开。她一直想找机会和叶昀说清楚，这样是不对的，不管有没有人看见，可每次话到了嘴边，看着叶昀眼睛里小心翼翼的期待，她又咽了回去，他只是想陪在她身边，近一点，再近一点，仅此而已，再没有别的非分之想。他甚至不敢真的贴紧，只期待她一个不小心，衣袖扫过他，发梢拂过他，他就像偷到糖果的孩子一样开心。

实在无奈的时候，向远就对叶昀说："你不是小孩了。"

叶昀却理直气壮地点头："你知道就好。"

向远哭笑不得，加上心里有事，也没有心思跟他纠缠，索性当他是个活动的摆设，眼不见为净——当然，还有一点她必须忍受的是，当叶昀在时，她的办公室门被敲响的频率比过去要高出一倍，进来的是捧着文件夹或端着水的，清一色的年轻女职员。

结果，她的沉默使叶昀越来越得寸进尺，竟然在正常上班的日子，午休时间大老远地跨越两个城区过来请她吃午饭。

向远在公司附近的餐厅里，给叶昀和自己各点了一份简餐，叶昀赶时间，吃得又快又急。

"你这又是何苦？"向远苦笑，"年轻也不能这么折腾啊。"

"不会啊，这里的饭菜很对我的胃口。"叶昀咽完了嘴里的食物，一边忙着喝水一边对向远说，"对了，你最近都在忙什么，眼圈都黑了？女人不保养是会变老的啊。"

向远笑了一声："懂得还挺多。"她的胃口没有叶昀那么好，拨了一下餐盘里的东西，忽然问："叶昀，你有没有想过有一天公司属于别人会怎么样？"

叶昀想也不想："怎么可能？不是还有你在吗？"

"我……不也是别人吗？"

"你怎么是别人啊？你要是别人，那就给别人吧……青椒你不吃啊，给我好不好，你要我的红萝卜吗？”他询问的时候已经把筷子伸了过来。

向远有些无语，难怪滕云会说他们叶家的儿子都是二世祖，敢情在眼前这个祖宗看来，他的家业还不如青椒和红萝卜有吸引力，也难怪他的小小干警做得如此惬意。

“哎呀，我得走了，迟到非被队长臭骂不可。”叶昀擦了擦嘴唇，抢着掏出钱包，在向远面前晃了晃，“前天发的工资，说好这一顿是我请。”

向远做了个请便的手势，他就笑着朝服务员招手，却意外地叫了一声：“哎……向遥。”

向遥依旧一身入时的打扮，俏生生地站在小餐厅的门外。由于叶昀眼尖，她不得不朝他们走了过来。

“我不会打扰了你们吧？”她嘴里说着，却没有半点离开的意思。

“说什么呢。”叶昀笑道，“好久都不见你了，我要走了，你们聊。”

向远不自觉地收起了先前脸上的笑意，看了向遥一眼，问：“吃过了吗？没有的话坐下一起吧。”

“我没有那么可怕吧，一来你就走，刚才说的是悄悄话？”向遥似笑非笑地对叶昀说。

叶昀愣了一下，转而红了脸，说话却还是镇定的：“没有的事。赶着上班，下次一起吃饭。向遥你再拿我寻开心，以后得让你请客。还有，向远老念着你，你们姐妹俩该多聚聚。”

向远心想，这个叶昀平时在自己身边老是长不大的样子，其实当着别人的面说话还挺有板有眼的。

向遥看着向远的嘴角勾起，有些惊讶地说：“向远，你心情还不错嘛。”

“你觉得我该怎么样？”向远耸肩。

向遥迟疑了一会儿："你不会不知道吧，叶哥哥，不，应该说是姐夫，我听说……听说他在外面……"

"向遥，你胡说什么！"已经站了起来的叶昀听到这里，当即打断了向遥的话，之前的友好善意全换成了戒备。他没有想到，向遥会这么莽撞，一上来就哪壶不开提哪壶，向远虽没有表示过什么，但他绝对相信她是伤心的。

叶昀毫不留情的变脸显然伤到了向遥，他还是只会护着向远，眼里除了向远再没有别人。她脸色一黯，心中的怨气就冲了上来，于是说话益发肆无忌惮："你慌什么？又不是什么秘密，全世界都知道了。"

"她是你姐姐，你为什么要……"

"吵什么。"向远低声的一句话让他们都静了下来。

"向遥，你来找我，就为了告诉我这个吗？好了，我现在知道了。"

向远继续吃着鸡肋一般的饭菜。

"你知道了？"向遥半张着樱唇，"你就这样？他在外面有女人，你知道了也任他去？向远，就这样装聋卖傻地伪装幸福，和他相安无事？自己的丈夫变了心都无所谓吗？你这已经不是冷血，是没心肝！"

"你有心肝，所以特意来提醒我，我要感谢你。"

向远的冷淡让向遥更加气急败坏："你以为我想管你的事？你不在乎是吗，那么我告诉你，叶骞泽和那个女人好得很，昨天晚上他们还一起坐船出海钓鱼，恩爱得如胶似漆，他们根本就没有把你放在眼里！"

她这番话成功地让向远脸色一变："谁告诉你这些的？"

"不用谁告诉我，阿俊现在在邮轮上做事。他堂哥昨天晚上有事把他叫下了船，他离开的时候正好看到你丈夫和那个女人拿着钓具走到船上……本来这事和我一点关系都没有，要不是我下班经过遇到你们，我根本懒得管。"

“你住在城西，新换的一份工作在苏州路，怎么，你平时上下班都是这样绕一个大圈的吗？”从向遥嘴里透露的他的行踪让向远头痛欲裂。

向遥不自在地扯着自己的手指：“我怎么上下班，不要你管。”

“那好，我也不想管。该说的都说了，如果你不打算坐下来吃饭，那就走吧。”

向远说完，发现向遥还梗着脖子一脸倔意地站在原地：“凭什么你让我走我就走。”

“你不走，我走。”向远当啷一声放下手中的铁质餐具，二话没说，从向遥和叶昀之间走了出去。

向遥红着眼睛，呆呆地看着向远空了的座位，不发一语。

叶昀却叹了一声：“她的脾气你一点都不知道，她这样你就好过了吗？我知道，你来这里，其实是关心她，可是……”

“我为什么要关心她，她死活跟我有什么关系？”向遥嘴硬，眼泪却软，话没有说完，就泪流满面。

第五十一章

噩梦无涯

绝望和恐惧像是那个细口的瓶子，瓶外惊涛骇浪，向远却在瓶底。四周很安静，只是仰起头的时候，发现看不到一丝天光。

当天晚上，向远在叶家接到了一个电话，明显经过处理的声音在另一端说：“叶少现在在我们这里做客，正好哥几个手头有点紧。如果想要保住你丈夫的命，准备两千万，现金，不要连号，不要报警。你可以考虑，不过纪念品稍后会到，也许看着它，你会考虑得更清楚。当然，考虑得越久，纪念品就会越丰厚。”

向远一惊，不由自主地将电话换了只手：“你说什么？能不能再重复一遍？”空出来的右手却飞快地从一侧抓起手机。她已经很久没有主动拨过叶骞泽的电话，十一位的数字，幸而手指还记得，急急地按下去，片刻没有停顿。

电话那端传来了接通的嘟嘟声，数秒之后，变成了忙音。向远在心里连声祈祷：接电话，接电话……然而重拨之后，叶骞泽的电话已提示关机。

“我喜欢和你说话，但是和传说中的叶太太通电话，我有些激动，一激动就容易丧失耐心。我建议你最好不要再打叶少的手机，他现在想静一静，手机铃声会打扰到他，有什么事，不妨由我传达。”

对方的话音即使处理得怪异无比，向远还是隐约听出了他的讥诮和得意。她用手机拨打叶骞泽电话的时候非常小心，基本上可以排除对方在电话里听到她联系叶骞泽时拨打手机号码的动静，那唯一的可能就是叶骞泽的手机响起时，这个人确实在附近。

和叶骞泽婚后几年，很少有人叫向远“叶太太”，过去是因为上一辈的叶秉林太太还在世，而到了后来，对于大多数人而言，江源的副总经理向远已经远比叶骞泽的妻子向远更具意义，所以向远乍然听到这有些陌生的称呼，才惊觉这不是一场恶作剧的玩笑，对方无非是在提醒她，叶骞泽——叶太太的丈夫真的被人绑架了，而勒索的对象不是作为妻子的她，又能是谁呢？

“这个时候尚且如此谨慎，叶太太的精明名不虚传。同是夫妻一场，叶少可远比你待人坦诚。如果你仍然不信，我倒是很乐意提供进一步的证明。”

“不！不用……”向远把口气放软到极致，“我相信你们，有什么话慢慢说，不要伤害他。”

“我说话不喜欢绕弯子，条件已经开出来了，很简单，两千万，后天之前一手交钱，一手交人。”

“两千万？”向远喃喃地重复了一遍这个数字，“你们不要狮子大开口，别说叶家现在没有两千万，就算有，一天的时间里，怎么可能筹集得到这么大一笔现金？”

“那就是你们的事了，如果你觉得叶少不值两千万，那么在我们看来，他就更不值钱了。”绑匪意味深长地笑了一声。

“你们不要乱来。”向远觉得自己快要沉不住气了，可是她明明知道，这个时候，她越紧张，对方嘴就会张得越大，“我的的确确没有那么大一笔流动资金，两千万，一时间让我上哪里找？你们喊了个天价，对谁都没有好处，这是把人往死路里逼！”

对方那头短暂地静默，半点声音也没有，过了一会儿，才说：“废话少说，我也不和你讨价还价，一千二百万，一分都不能少。如果你还是说没有，那就等着做寡妇吧。”

绑匪已经流露出明显的不耐烦，向远愣了一下，赶紧拖住他：“你别挂，别挂……一千二百万是吗？好，好，我会去筹钱，有多少筹多少，但是我需要时间，你们不要动他，我要确认我丈夫的安全。给钱之前，我必须要听到他的声音，就算不能通话，也要听到他在录音里念当天的《南都日报》首版新闻，否则我不会给钱的。听到了吗？别伤害他，钱我会想办法……”

那边传来了笑声：“都说和叶太太做生意不容易，我看毕竟还是夫妻情深。说好交钱放人，只要你信守承诺，我保证叶少安然无恙。记住，别跟我耍花招，出了事，你付出的代价会远比我们大。好了，叶少在我们这里会得到好的照顾，这个你放心。我的话说完了，希望你还能做个好梦。”

“我怎么联系你？钱该怎么交易？把话说清楚。”向远心急如焚了。

“你不用联系我，我们自然会找到你。”

电话已经断线了，向远拿着听筒，很久很久一直保持着那个聆听的姿势，仿佛在那单调的忙音中，可以把自己乱成一团的心思理出个头绪，又或者在期待有神迹出现，事情会出现转机。

向远站在那里，四肢、躯干和面庞都带着一种带着麻木的僵硬。这时，她忽然感觉到有一只手落在她的肩膀上，突如其来的恐惧让她剧烈地抖了一下，听筒几欲脱手。

“谁？”

她的反应似乎把身后的人也吓了一跳，一连退了几步。

“向远，你在干什么？和谁打电话，那么入神？”叶昀抱着刚摘下来的大盖帽，面露惊讶。

“你走过来为什么不出声？”向远厉声问道。她觉得自己的神经就像一根绷到极限的橡皮绳，再经不起任何风吹草动，轻易就会断掉。她受够了这两头拉扯的生活，受够了叶家和这仿佛永远不会停息的波澜。

叶昀有些不知所措，委屈地说：“我开门进来你都没听见吗？你拿着个电话一动不动，我都叫了你好几声。”

向远木着一张脸将电话归位，连着好几次，才将它放正在适当的位置，接着颓然地跌坐在沙发上，再没有说话。

“你怎么了？”叶昀也不避嫌，挨着她一屁股坐了下来。老式的酸枝木沙发稳固得仿佛千年不朽，可是向远还是在那微微的一震中感觉越发心烦意乱。

“你……”她刚想对叶昀开口，在院子里浇花的杨阿姨就走了进来，一边翻来覆去地看着手上的牛皮纸信封，一边嘀咕，“真是什么人都有，送东西来，都不说是给谁。”

“谁送来的？你拿过来。”向远几步抢了上去，“人呢？我问你送东西来的人呢？”

“已经走了，难不成我还请他进来？”杨阿姨理所当然地说。

向远也不和她多费唇舌，冲到院子外，人影都没有。

“送东西来的人说了什么？他长什么样子？有几个人？”她连声追问杨阿姨。

杨阿姨说：“外面黑得很，我当时在浇花，没留意，顺手就接过来了。”

“你没留意？是男是女，几个人你都不知道吗？还有他说了什么？你就糊涂到这种地步？”向远一阵心凉，哪里还敢指望从她那里得知车子的型号甚至车牌号码。

杨阿姨虽然从来没有觉得向远好相处，但是向远一向喜怒不形于色，很少在她面前动气，这样的浮躁是她从来没有见识过的。这老保姆受惊之后，脑子更不听使唤，话都说得不清不楚的了："男的吧，应该是男的，一个人来的，不不，好像是两个……难道我记不得了？到底多少个人……哎哟，我老了，眼睛不中用了，我就知道老了招人嫌，老了……"

杨阿姨还在不停地说，向远已经彻底放弃从她那里得到任何信息，低头奋力撕扯着包裹在信封外的胶带，可那胶带好像长在了那信封上面，怎么也弄不掉。

叶昀笑着把老保姆推进偏厅："没事了，杨阿姨，你一点也不老，记性再差，电视剧要开始了总记得吧，去吧去吧……"

"我带大了一个又一个，现在老了……"还想留下来看看信封里装着什么的杨阿姨总算被打发走了。叶昀看了向远一眼，不由分说地把信封从她手里拿了过来，嘶的一声，胶带应声而开，他把信封重新塞回向远手里："你不太对劲，怎么了？"

向远从信封里掏出了一个小盒子，打开来，里面赫然是那个熟悉得刺眼的断颈观音，挂绳依旧是褐色。叶骞泽从没有打算洗去叶灵的血，这个观音，他是贴身佩戴，片刻不离的。

没有什么言语可以形容向远对这个观音的厌恶，然而，这正是绑匪说的第一个纪念品，但凡有选择，以叶骞泽的脾气，他是不可能让这个观音离身的。她里里外外翻来覆去地检查那个信封，除了观音，空无一物，没有寄件人、收件人的信息，没有任何只字片语，只有这个断颈观音在血淋淋地提醒她，眼前发生的一切不是噩梦，是再残酷不过的事实。一千二百万，真能买得叶骞泽平安归来？

"说啊，你连我都要瞒？这不是大哥的东西吗？到底出了什么事？"叶昀抓着她的手臂追问。

“叶昀，你大哥被人绑架了。”向远方寸大乱地对眼前这个唯一可以信任的人说出实情。她为什么要一个人扛下去，她扛不了了。

“你说什么？”叶昀的震惊不亚于她，消化掉这个事实之后，他不由分说地朝电话机走去。

向远扑上去压住叶昀正在按号码的手：“你报警？不，叶昀，不能报警，他们会杀了你大哥的。”

叶昀没有抽手，扭过头不敢置信地看着近在咫尺的向远：“你疯了？不报警能怎么样，你打算跟他们交易？他们要多少？”

“一千二百万，叶昀，我不能冒这个险。”向远面露哀求。

叶昀反手握住她全是冷汗的手，认真地说：“向远，你教过我的，别和无耻的人做交易，那是个无底洞，你怎么忘了？我看过很多绑架案的宗卷，现在绑匪就算拿到了赎金，撕票的可能性也在七成以上，因为杀掉一个人远比处理一个活人容易。敢做这一票生意的人大多是一身命案的惯犯，多背一条命对于他们来说没有任何区别，唯一能救大哥的途径就是报警！”

“没有用的，我不想你报警，除了担心对你大哥不利，我还害怕幕后的人可能在你们系统内有背景。何况他们是冲着钱来的，不过是要给叶家一个教训，只要付钱，他们不会伤害你大哥的，我有这个预感。”

“你是不是猜到了是谁干的？告诉我。”

“我只是怀疑，没有任何证据，崔敏行，你们谢局长的亲外甥，你先别急……”向远制止了叶昀立即就要去调查这个人的举动，“叶昀，你先听我说，这件事没有这么简单，你想想之前的不对劲，还有你大哥和那个女人的瓜葛。另外，他们开口要两千万，我一压价，就变成了一千二百万，再不肯少，看来这一千二百万才是他们心里的价钱。上个星期，公司刚有六百八十万的工程款到账，我正打算用来支付下半年中标工程的保证金，江源投资控股的 ECO 药业那边有二百一十万红利，再加上整个公司实际可以立即动用的流动资金三百万多一点，林林总总，恰好是一千二百万。他们好像知道我手头上可以动用的钱就这么多，而且那些人对你大哥的行踪、我的行踪和叶家的情况非常了解，这件事绝对不是偶然的。”

“熟人干的？可是那也不能证明他们拿到钱不会撕票啊。向远，你想一想，我们势单力薄，一时间怎么和那伙人斗？只有报警，才能动用最有利的资源去调查，就算谢局长的亲戚涉案，叶家的事也不是小事，他不可能一手遮天。你相信警方，相信我……以前你总说关心则乱，现在不就是这样吗？我不会害大哥的。”

叶昀说的并不是没有道理，那些发生过的绑架案在向远脑子里一一跳了出来，人财两空？她没有办法往下想。她现在已经不够清醒了，也许该相信叶昀，不能让那些人拿了钱再撕票的事情发生。

向远按住电话的手慢慢松开，但心却放不下：“叶昀，就算警方介入，千万千万不要走漏风声，更不要让媒体知情，否则就完了。你记住，如果必要，我们不是不愿意给钱，叶家的底线不是保住那一千二百万，而是保住你大哥的命，这才是我们报警的目的。”她说完这些，吃力地绞着一双手，强迫自己冷静，再仔细想想，任何事情的出现总有它的蛛丝马迹，她必须假设自己是那张黑色蛛网之外的人，而不是其中无望振翅的飞虫，才能把那些千头万绪看得更清楚。

“对了，船！叶昀，向遥的话你还记得吗？你大哥是前天晚上上的船，后来就再没有了消息，他出事的地方很有可能在海上。那条船是滕云的朋友名下的，滕云的朋友也有可能就是崔敏行的朋友，你们或许应该从那条船开始找。还有那个女人，袁绣，她和你大哥的关系不用我再解释了吧，绑匪自始至终都没有提到她的名字，我猜她现在不一定跟你大哥在一起。叶昀，你要找到她，我不信她和这件事完全没有关系。”

叶昀一再点头："放心，向远，我记住了，大哥会没事的，连我们都不信了，他怎么能平安回来？"

向远听着他报警，然后看他记下电话号码，并把刚才那个牛皮纸信封和观音小心封存。她坐在那里，如果说之前的茫然是源于不祥的预感终于得到证实，那么随着时间的流逝，她越来越真切地感觉到不安。自从袁绣出现之后，向远并不是那么期待在家里与叶骞泽狭路相逢，他们在故乡的山月下发誓永远不分开，最终却在这满目繁华的世俗路上越走越远，渐成怨偶。然而要是他真的回不来了呢？如果世界上再没有了叶骞泽，只剩下向远，究竟会是什么样子？

绝望和恐惧像是那个细口的瓶子，瓶外惊涛骇浪，向远却在瓶底。四周很安静，只是仰起头的时候，发现看不到一丝天光。

向远一晚上没睡，她怕自己再做梦，梦里美妙，醒来会失望，梦里凄凉，也是徒增感伤。叶昀走得很早，离开的时候，站在向远的门外说："我去局里一趟，你说的那些，我都会着手去查，你最好哪儿都不要去，劫匪有可能再和你联系。向远……一切会好起来的。"

叶昀说了这些，隔着一道门，里面悄无声息，他知道这个时候所有安慰的话都太单薄，而叶骞泽是他大哥，他再强作镇定，心中也暗自惊惶。

第五十二章

真凶露脸

现在她终于知道了，瓶子里的妖灵已在等待中耗尽了所有的期待，它打碎宝瓶之后的第一件事，就是杀了捡瓶子的人。

整整一个早上，叶家的电话没有响过，直到将近中午，叶昀才来电，他说："向远，不用找袁绣了，她今天亲自到局里报案，大哥和她确实是在那条船上出事的。正如你猜的，绑匪扣住了大哥，把她放了。船已经在附近码头找到了，上面什么都没有。据袁绣说，她被蒙着眼睛换了很多个地方，被扔下车的时候根本不知道自己是在哪里。还有那个崔敏行，他人真的在国外，目前也找不到他和这件事有关联的直接证据。"

"袁绣还说了什么？"向远问道。

叶昀有片刻的犹豫，然后说："你别急，她说，她什么都不知道，而且请求警方保护。"

向远笑了几声："她当然什么都不知道。叶昀，让我见见她。"

"这个……"叶昀有些为难，可最后还是下定决心一般，"好，我来安排，只不过她暂时不能离开局里。"

向远立即赶往市局，叶昀已经等在大门口，两人见面，她二话不说：“袁绣在哪里？”

“你跟我来。”叶昀一路领着她走，拐到了副楼的一个小房间前。他先跟守在外面的女警打了声招呼，向远站在不远处，听他低声说了句：“张姐姐，我们会很快的，不会给你添麻烦。”

那女警忍不住朝向远打量，然后对叶昀笑了笑：“记得要请吃饭的，当着你嫂嫂的面不许骗人。”

向远取下遮住她一张憔悴面容的大墨镜，简单地谢过了帮忙的女警。开门的时候，她把打算尾随而入的叶昀挡在了门外：“我想单独和她说几句话。”

她在叶昀短暂的沉默中看出了他疑虑的原因，微微一笑：“我要是为难她，不会等到现在。”

叶昀的脸消失在门的另一面，向远的视线没有任何阻隔地与袁绣相对。她隔着一张桌子，居高临下地看着对面的女人。她们原本就在完全不同的世界，结果却以这个世界最庸俗的形式共享了一个男人，这是一个最恶毒的笑话。

袁绣不说话，仰着的一张脸苍白如故，甚至有几分浮肿，只有一双眼睛，黑白分明，那里面的空洞，不知道是出于不解世事的无辜，还是看透一切后的木然。她不说话，仿佛早有准备地等待着向远的愤怒和责难如期而至。

“告诉我，他在哪儿？”向远坐下来之后的第一句话远比她想象中的要平静。

袁绣回答：“我已经和你弟弟，还有这里的警察说过了，我不知道，否则也活不到现在。如果你不信，可以去翻看他们的口供，你可以找到我，也可以找到你想看的任何东西。”

“你没有对他们说实话。”

“我知道你恨我，可是在这件事里，我也是受害者。”

向远笑了："我恨你？你配让我恨？就算你曾经是崔敏行的女人，我要捏死你不比捏死一只蚂蚁困难，你知道我为什么从来没有动过你吗？因为我恨我的男人不争气，和你没有关系。你是个出来卖的，谁付钱你跟谁，我不会和你较真。可是，今天我可以告诉你，要是叶骞泽有个三长两短，我绝对要你偿命！"

袁绣眨了眨眼睛，职业性的妩媚笑容挂在了脸上，和那双没有感情的眼睛对应，有种说不出的诡异："叶骞泽怕你，可是我不怕。"她认真地把坐着的凳子朝向远挪了挪，"就像你说的，我是个出来卖的，成百上千个男人在我身上压过。有过了那些，死我也不怕，那还怕什么？"

"你怕穷。"向远讥诮地说，"你不怕死，可是你怕活着的艰难。"

"活着的艰难？"袁绣愣了愣，喃喃地重复。

"叶骞泽他是个什么样的人，你不会不知道，他必定没有亏待过你，你要钱可以，为什么还要为难他？"

"我没有！"袁绣如梦初醒一般，"我不缺钱，崔敏行可以养着我，如果要找有钱人，我还可以找沈居安。"

"笑话，在崔敏行眼里你就是一条狗。沈居安倒是对你念念不忘，但他比你精，他那样的聪明人，你跟着他连骨头都不剩，这不就是你跟了叶骞泽的原因吗？谁又比谁蠢呢，除了叶骞泽。你阅人无数，也没有撞见过叶骞泽这样的大蠢材吧。他给你钱，给你安定，给你将来，给你慈悲，你还要什么？要名分？不，你不是那么傻的人，这件破衣服不是你要的东西。你不过是要一份安定，看在他想过要给，你放过他吧。"

向远的一番话让袁绣眼里终于露出了波澜："是的，他是个好人，我从来没有想过会遇上的好人，我没想过害他。"

"如果叶家拿不出钱，他就会死！"

“他不会，你们叶家并不是拿不出这笔钱。”

“好啊，就连你都知道我正好有多少钱，袁绣，你还敢说这件事和你完全没有关系？你们设好了套，就等着他那个大傻瓜乖乖往里跳！”料想的事情得到了证实，并没有让向远好受一点。

袁绣自知失言，索性也不再辩驳，那张被风尘沾染的脸上只余哀恳：“向远，救他……我没有办法了。”

“你以为叶家是金库，取之不尽用之不竭？他没你想象中的有钱。你倒好，一脚把他踢上贼船，让我来救他？”

“这不是我想要看到的，在他们原来的计划里，目标是我。他们答应过，只要我配合，叶骞泽给钱，从此大家井水不犯河水。可是，在船上，叶骞泽说他筹集现金需要时间，那些人不相信，就对我……他竟然提出愿意代替我做肉票，只要他们放了我和……我没有想到他会这么做，他们也没有想到，但是还是答应了。该求的我都求过了，没有用，一点用都没有……”

袁绣说这些的时候，并没有留意到向远的震惊。

“当然没有用，这样对大家来说不是更好吗？叶骞泽说没有钱，我才是最后的冤大头。原来是这样……他竟然这么伟大。”向远仿佛在刹那间苍老。可以彻底摧毁一个女人的，不是困境，是嫉妒，疯狂的嫉妒。

他怎么可以这样对她？叶骞泽，他放过了所有人，对全世界慈悲，甚至以身饲虎地顶替一个他垂怜的妓女，偏偏忘记了她，忘记了给身为他妻子的那个女人施舍一点点怜悯。

向远想，上辈子不知道，但是这辈子我并没有欠过你啊，叶骞泽。

她开始后悔来见袁绣了，当她听到袁绣嘴里吐出那样的“真相”，竟比惊闻叶骞泽被绑票时更加肝胆俱裂。他那么笃定，自己会不顾一切地相救，从头到尾，最蠢的那个人不是别人，而是自命聪明的向远。

向远说出的每一句话都不像出自自己的嘴："你们要钱，完全不必这样大费周章啊，只要你开口，他什么不会给你？原来你也不知道，叶骞泽已经在抛售他名下的固定资产和股权，我想，他不会是打算留给我吧。他说他可以付钱，需要时间筹集资金，并不是骗你们，大概一早他已经想到不会那么轻易带着你脱身，所以早有安排。别人不信，可你为什么也不信呢？"

袁绣听到向远这番话，猛地一震，毫无预兆地垂泪。如果可以重来一次，她会不会相信，叶骞泽许过"江海垂钓，以此终老"的未来不是虚幻？她已经经历过太多，最初的爱人再现实不过的背弃，所谓恩人的占有欲，还有无数欢场上的逢场作戏……结果，这样一个傻子，捧着一个将来站在她前面，她不敢伸手去接，却答应助别人一臂之力去夺。荒谬啊荒谬，人生这出肥皂剧最精彩的一部分不就是因为全世界都明白剧情，只有那些个可悲的角色蒙在鼓里，还一板一眼地朝着既定的剧情演下去。

"我再问你一次，他在哪里？"向远无视袁绣的眼泪，眼泪她自己也有，可她不流。

袁绣也不去擦那些斑驳的泪痕，情绪却沉淀了下来："我再回答你一次，我不知道。他们也防着我，下船的时候，我确实蒙着眼睛。你也不要指望我会去指控任何人，我可以把话挑明了说，我不会的，就算我不怕死，可是现在还不能死，而且你很清楚，你和我都没有证据。"

向远没有再逼她："我只有最后一个问题，你只需要点头或者摇头。这件事的参与者里，有没有江源的内鬼？"

叶昀陪着门外相熟的女警说笑了几句，后来才发现自己现在确实没有那个心情，他太过于关注那扇门后发生的一切，以至于门开的时候，他觉得久得就像隔了三生。

"向远，怎么样，她说了什么？"叶昀贴身跟了上去。

向远恍若未闻地走，他急了，冲到她的前面拦住她："她说什么了，你不能瞒着我，大哥的事情，我也有权知道的。"

向远给了他一个古怪至极的笑容："她夸你大哥是个好人。"

叶家的下午是阴凉的，有人说是房子的朝向问题，有人说是因为院子里过多的植物，不管是因为什么，就连那钟声，也冷清如秋日的风。

滕云是个守时的人，午后的阳光在落地窗左上角将逝未逝的时候，身着浅蓝色细格子衬衫的他就微笑着出现在开门的杨阿姨面前。他和向远交情不错，可是造访叶家确实是头一回，杨阿姨并不认识他，只知道是向远的客人，他的眉目又实在端正顺眼，于是便被客气地引了进来。

刚看到端坐在沙发一头不知摆弄着什么的向远，滕云就深深吸了口气，熟悉的曼特宁咖啡的味道让他的心感到了些许的安定。他稳稳地走了过去，笑道："这咖啡闻起来不错。"

向远看了他一眼，低下头去的时候，滕云觉得她好像笑了一下，那手上把玩的，像是一个玉质的坠子。

"坐。"向远淡淡地说。

"找我来，难道就是喝一杯咖啡？什么时候那么好的闲情逸致。"滕云坐了下来。双手捧起了杯子，略抿了一口，"还好没有那么甜，知根知底的朋友，咖啡才是恰到好处的味道。好了，有话要对我说吗？你气色不怎么好。"

向远笑盈盈地："你现在也不闲，大老远地找来，自然是有话要说的。"

"愿闻其详。"滕云说完，刚放下咖啡，啪的一声，身子猛烈地偏向一侧，玳瑁的眼镜掉了下来，脸颊上迅速浮起了一个清晰的手指印。

"这就是我最想对你说的。"向远的手其实也是通红，她这一巴掌着实不轻，滕云的齿间已经尝到了微甜的血腥味。他什么也没说，默默地扶正了眼镜，肿着一张脸，又喝了一口溅出了一半的咖啡。

“我知道你会说这句话。”说话间，他显然是牵到了痛处，不由自主地抽了口气。

向远一张脸冷若寒霜：“你自己说，这几年我待你不薄吧。你就这样投桃报李？”

“我说过，我需要钱。”滕云神色泰然，仿佛无耻到极点的一句话，由他嘴里再自然不过地吐出来，却天经地义一般。

“你要钱，我难道会袖手旁观？为什么要这样逼我？”向远的手都在抖，这些都是什么人？她身边竟然都是豺狼。

“我知道你会帮我，谢谢你，向远。可是我要的不是一笔小数目。检察院把他那里查了个底朝天，他只是不上不下的一个公务员，现在所有的黑锅都要他背，我不能看他坐一辈子牢，我们必须拿到一大笔钱，才能在这个关口脱身。”

“你们要一起走，请问他会带上他的未婚妻吗？”向远恶意地狠戳滕云不愿示于人前的痛处。他说，知根知底的朋友泡出来的咖啡才好喝，其实，知根知底的朋友投过来的冷枪才伤人。

滕云缓缓点头：“他需要女人，需要婚姻，但是这个时候他只有我，向远，他并不是非我不可，可我是。何况那个女人的存在只是他正常生活下去的一种需要。现在他答应跟我走，只有我们两个人，一辈子不再回来。”

向远拍拍还在微疼的手：“感人啊，这年头就是不缺情圣。可是，你们双宿双飞，为什么要踩着我的头顶出发！”

“我说过我不会伤害你，我就算一无是处，但对朋友从来不说假话。我的目标是叶骞泽，来不及了，我必须要尽快把那笔钱拿到手，事成之后，我只要一半，就可以离开这里。他不是早打算在那个婊子身上花大钱了吗？那就让他倾囊而出。只是没想到，叶大少不但多金，更多情。当他说，把他自己留下，放那婊子走的时候，向远，我都替你难受。”

向远冷笑一声，手指纠缠着一根发黑的红线：“你们都是好人。”

“这样也不差啊，你应该已经出手了吧？叶骞泽的股权，不是你在后面，我不信叶秉文敢拿下。叶骞泽愿意做肉票，那就做，你这个仁至义尽的发妻又有谁敢质疑？赎金你付了，但是转手不过还是他的钱，略施小计而已，你不会做不到。到那时，全世界的人都站在你这一边，他跟那个婊子大可以有情饮水饱，没有人会说你做得不对。”滕云抚了抚肿胀发热的面颊，“这一巴掌你难道就从来没有想过敬赠给叶少，还是你连付给他钱都心疼？不妨告诉你，那笔钱没有你的份儿，因为……叶少就要身为人父了，可惜准备当娘的不是你！”

“你说什么？”向远站起来的时候，几乎撞翻面前的茶几，“你再说一遍！”

“袁绣怀孕都三个月了，怎么，你看不出来？你说孩子是谁的种？要不叶少怎么能顶着风险，也要保她们母子平安呢？我说过的，江源要趁早让它彻底易主，不能有妇人之仁，当断即断，否则后患无穷。向远，你就是在这一点上优柔寡断，总不肯听我的。就算现在叶家在你把持之下又怎么样？你自己算算，你真正名下的干股到底有多少？孩子出生后，等着你的好事还在后头呢，那可是叶家现在的独苗，叶秉林的孙子，他们就算不待见孩子的娘，还会亏待了自家的骨肉？到头来最吃亏的是你。你不把他们放在眼里，一个个踢开，我信你有这个本事，可是难保不伤筋动骨，江源现在经得起这个折腾？是谁对我说的，别让恩义变成束缚你自己的一根绳子。现在你就是这样，你对叶骞泽有情有义，他呢？他顾惜你吗？这就是我最讨厌这个男人的地方，谁敢保证他代替袁绣做人质没有打着自己的如意算盘？你的钱打了水漂，他们一家三口才是人财两得。”

向远手里的观音脖子应声而断，原本清脆的一声，陷在了肉里，便没了多少声息。她转过头去，在落地的玻璃窗反光里看到一张因怨毒而扭曲的面容。这才是真实的向远吗？那恨意的种子其实一直都在，日积月累，蠢蠢欲动，压得她好辛苦！偏偏叶骞泽还手把手地浇灌，到了这一刻，它伴随着与生俱来的野心和欲望破土而出，那朵带毒的花眼看就要迎风招展。

滕云这时才施施然地从口袋里掏出一支小巧精致的录音笔：“不是说要听到他的声音吗？我知道你找我来是为了什么。”

向远不动，他为她按了一下开关。

几道沙沙声中，叶骞泽的声音传来，向远的眼睛一红。他念的是今天早上的《南都日报》首版新闻，语气平静似水，嗓音温润如玉，没有半点的惊恐和慌张。

这声音她永世难忘，缠绵时的低语，清晨枕旁的细述。仿佛还是昨天，他说：“我们永远不会分开。”

向远手边就是一份早上送来的报纸，他念得分毫不差，那么，至少可以证明，直到今天早上，他还是安然无恙的。报纸念到最后一句，叶骞泽停顿了片刻，忽然叫了一声：“向远。”

向远没有办法呼吸，弯下腰低喘，而她明明知道这不过是一段录音。

“向远，我好像又给你添麻烦了。希望这是最后的一次……还记得我们的约定吗？你说要给我三个愿望，遇到你，我这辈子很幸运。而我的第三个请求，假如你还在意，那么希望你不要伤害袁绣，她没有错，错的人是我。我留下来，就做好了回不去的准备，如果我死了，请你把阿灵的骨灰撒在我最后葬身的地方。”

录音到这里戛然而止了，滕云看着一个骄傲无比的女人俯身掩面呜咽，却一滴泪也流不出来。

叶骞泽的最后一个愿望，有袁绣，有叶灵，有他自己，唯独没有向远。当然，向远只不过是为他实现愿望的人。

“还需要再听一次吗？明天交易之前，如果你愿意，可以再听到他继续念明天的头版头条。”滕云说完，收好手中的录音笔，“向远，我要走了，剩下的事情你自己想想吧。你怪我可以报警抓我，我不会反抗，但是叶骞泽就必须要死。我们会把一个银行账号发到你的手机里，假如你相信我之前说的是真的，只要钱一到账，这个男人就会平安回来，到时是爱是恨，都由你去。”

他把余下的咖啡一饮而尽：“再见，向远，虽然我不知道能不能再见。”

“等等。”说这话的时候，向远已经重新笔直地挺起了腰。

滕云等待着她最后的决定。

“钱我会给你，你跟你那个‘他’马上走，走得越远越好。”

“谢谢。”滕云的眼睛在镜片后有水光盈动，他说这一句是真心的，“我保证叶骞泽毫发无损。”

“你错了，拿了钱，我要你们撕票。”

向远的这句话低得如同耳语，但滕云听得明明白白。他定定地站着，似乎在重新审视眼前的人，向远的眼里，风波已过，摧枯拉朽之后，只余满世界荒凉。

良久，滕云笑了一笑，同样压低声音：“好，我知道你谁都信不过，这件事我会亲手为你去做，你放心。只求你一件事……”

“假如你有事，至少我保‘他’平安离开。”

向远知道滕云求的是什么，即使最后的托付，他依旧恋恋不肯割舍。她应允的时候也许还带着羡慕吧，毕竟大难来临之际，谁会不离不弃地抓着她的手？

她却总算可以割舍了。捡瓶子的人愿已许尽，瓶口那感情的符咒也腐化如尘。叶昀曾经问她，当三个愿望用尽，故事的结局是什么，现在她终于知道了，瓶子里的妖灵已在等待中耗尽了所有的期待，它打碎宝瓶之后的第一件事，就是杀了捡瓶子的人。

滕云做事从不会让向远失望，而今的向远也不怕失望。她付给滕云钱，无非是要叶骞泽死，如果她一分钱不肯拿出来，叶骞泽也是死，那一千多万，只不过是送滕云一程。她再冷心冷性，毕竟这些年来，滕云是她最信任的人，而今她仍然信他，胜于信她爱过的人。就算滕云出人意料地反咬一口，向远也不在乎，事到如今，在这场游戏里，对方的筹码已变得毫无价值，她才是占尽先机。大不了拼个鱼死网破，她还有什么输不起？可滕云不一样，他还有放不下的东西，谁在乎谁就被人捏在手里，过去向远也是，可今后她再也不会了。

第五十三章

沉入海底的秘密

如果她一直睡下去，是不是就不会知道曾经掉过泪？

夜晚比向远想象中的要来得更快一些。天气转凉了，外面的世界，树欲静而风不止。叶子沙沙地呻吟，再不舍枝头，也只得被风打得四处飘零，有那么一片甚至从半开的房间窗户飘了进来，向远捡起来看了看，可惜了，还是绿油油的，可是到了该走的时候，由不得它自己。

叶昀打电话回来说，他今晚会留在警局，跟同事一起彻夜追查大哥的线索，末了还安慰向远："好好睡一觉，别怕，一切都会好起来的。"

叶昀不知道，向远现在什么都不害怕了。她无路可走的时候才会害怕，现在到了绝境，打碎一切，她反而知道该怎么走下去。曾经的她只想好好走自己的路，是叶骞泽揪着她的一颗心一步一步逼，她一步一步地退，终于到了今天。

少年不知离别滋味的时候，他说，我们永远不会分开。向远说，好。

江源和叶家内忧外患，他说，我太累了，你拉我一把。向远说，好。

这城市里似是而非的月光下，他说，你嫁给我吧。向远说，好。

一次次的争吵再弥合，他说，从今往后，我们好好过行吗。向远说，好。

叶灵死了，他握着那个断颈观音说，就让我这样吧。向远说，好。

到了后来，他说，对不起，我在阿绣身上找到了慰藉和快乐。向远还是说，好。

她什么都答应他，什么都自己咽下去了，全世界都觉得这是因为她放不下名利。她是爱钱，可是只要她愿意，在哪里找不到钱？钱能让她一而再，再而三地忍耐？向远自己都不信自己会那么傻，自己都不信自己居然会那么爱这个男人。

叶骞泽抽走了他的心，向远安慰自己，我还有他的人。后来连他的人也渐行渐远，向远对自己说，至少我还有钱。如果连这最后仅有的东西他也不肯放过，她说过的，她会杀了他，说话算数！并不是没有更理性明智的选择，可是她现在就是要他死！爱又如何，如今，她的恨比爱深。

滕云带来了叶骞泽的第三个愿望，向远当然会满足他，这是她最后一次对叶骞泽说：好。他要死，她就成全他，袁绣她不动，可是那肚子里的孽种，愿望里并没有提及。

这一夜，向远入睡得出乎意料地顺利，她做了很多很多的梦，梦里，叶骞泽各种各样的死法一遍一遍地演示，每一种都鲜血淋漓。向远在沉默的观望中得到了莫大的满足和快慰，然而，当她醒过来，枕边却湿了一片，如果她一直睡下去，是不是就不会知道曾经掉过泪？

她拿起了让她惊醒的罪魁祸首——手机，里面有一条刚发过来的短信，陌生的号码，发过来一个陌生的农行账号。

向远屈膝坐在巨大的紫檀雕花床上，没有开灯，在手机的荧光中，她的一张脸半明半昧。手机号码的尾数是“7714”，岭南人迷信，最忌“4”这个数字，而“7”在当地方言中通“痴”，也不被人所喜，这样的号码，必是最廉价的一种，一看即知是临时选用，而农行恰恰是申请账号和网上查账最便利的银行，她知道这代表了什么。只是，滕云下手了吗？叶骞泽会怎么死？像他生母那样从高处坠落，身首异处？像向远的弟弟阿迤那样溺水而亡，浑身肿胀？像叶灵一样血流遍地，一点点地把生命耗尽……除了数字之外别无他物的手机屏幕在向远眼里渐渐模糊，模糊成他多年前月光一样皎洁的侧脸，嘴角含笑，眉梢眼角似是有情。

向远忽然疯了一般按下了回拨键，那手机里的嘟嘟声传来，遥远得好像海上吹来的风。滕云的手机已经关机，这一个她能打通吗？

“喂？”警惕而慌张的一个声音。

“让滕云接电话，立刻让滕云接电话！”

向远当时以为自己等待了很久，后来才知道其实不过是一瞬。

“向远，你后悔了吗？”滕云的声音平静中透着通晓的怜悯。

后悔吗？叶骞泽还活着吗？

她也只是站在悬崖的边缘，一步天堂，一步地狱，现在还来得及，向远，回头是岸。

她只说：“拜托你……别让他那么痛苦。”

不知道为什么，手机那一头的背景声纷乱而嘈杂。

“起风了，向远。”滕云好像笑了一声，“记住你的承诺，叶少……你有话对他说吗？假如你愿意……”

向远没有作声，诡异的呼啸声和若隐若现的哭喊让她恍然觉得自己的电话打向了炼狱，她不知道发生了什么。这些她都不在乎，她只是想，她是否还有话要说，如果她说不，有生之年，是否还能再听到那个人的声音。

是滕云为她做的决定。当叶骞泽的声音传来，向远咬住了自己的指节，不让他听见哭泣，而海风远远盖过了她的哽咽。

“是你吗？向远。”

她想问这个男人为什么要这样对她？

她想对这个男人说，我恨死你，我要你死！

然而最后的一刻，她只记得叶灵不断追问过的一句话：“叶骞泽，你是不是有话要对我说。”

“靠岸，靠岸……风太大了……”

“不可能了……”

“转舵，往这边……”

那一头混乱如鬼域。而这些绝望的声音都不属于叶骞泽。

当他终于开口，断断续续的声音被风吹得支离破碎。

可是，向远还是听得清楚，那句话，她到死都不会忘记。

叶骞泽说：“对不起，谢谢你。”

向远坐在床上，捧着手机放肆地哭泣，所有的爱和恨在风暴的旋涡中被搅得面目全非。

“我……”

“你说什么……你要说什么？说话啊叶骞泽，你回答我……叶骞泽……”

风声淹没了他剩下的话语。

向远拼命摇头，不，这不是她想要的结局，这不是她想要的答案，他欠她的，这一生不能就这么轻易地算了。她追问，她流泪，可是只有风声回答她，那狂暴得仿佛要摧毁一切的风声。

终于，电话中断，一切归于平静。

向远和叶骞泽，尘归尘，土归土，也终归于平静。

第二天早上，叶昀才略带倦意地回家换衣服。他昨晚只趴在桌子上合了一个小时的眼睛，其余时间都在不停地开会、讨论、收集线索，再开会，再讨论。

叶家报案后，G 市公安局对叶骞泽的绑架案相当重视，除了叶家这几年声名鹊起的原因外，这个案子勒索金额之大也是本市近几年之最。按照亲属回避原则，叶昀本不应该参与调查，但是他一再要求，且考虑到他对自家的情况更为了解，局里才破例让他加入到专案小组中来。事关自己的血肉至亲，叶昀比任何人都紧张案子的进度，累也是情理之中，好在他年轻，也并非经受不起。

杨阿姨在院子里有一下没一下地扫地，叶昀走近之后才知道，昨夜的一场暴风雨，不仅让整个院子一地都是残枝败叶，就连外厅的窗户玻璃都碎了一块，可见那场雨着实猛烈，让人措手不及。

看到叶昀回来了，杨阿姨朝楼上瞄了两眼，拉着他的衣袖偷偷说："要不你去楼上看看，往常这时候早起来了。我今早去敲门，问她要不要做早餐，里面大半天一点动静都没有，也不知道是怎么了。"

"那你还不进去看看？"叶昀一听就急了。

"哎哟，我的小祖宗，你饶了我吧，她是谁啊，我冒冒失失地进去，这张老脸还要不要了。"

"你……唉，算了，我去。"叶昀皱眉，噔噔噔地就往楼上跑。

站在向远的房间门口，他也不敢造次，轻轻地敲了几下，怕她不知道，还清了清嗓子："向远，是我。"

里面正如杨阿姨所说，一点动静都没有，叶昀心里更是焦虑："向远，你怎么了？要是再不出声，我可要进去了。"他用力去扭那门锁，其实并没有锁紧，房门打开后，首先蹿入叶昀耳朵的是电视的声音。还是昨天那一身衣服的向远靠在床上，目不转睛地看着电视，仿佛对他的出现视若无睹。

"吓死我了你知道吗？"叶昀松了口气，走到她身边，发现她看的原来是本市的早间新闻。昨夜突如其来的一场台风让台海海域和珠江海域一带受灾颇为严重，不少躲避不及的渔船都险些遭难，沿海的村庄一片狼藉，台风引起的暴雨让市内都受到了波及。

"原来在看这个。"叶昀见她聚精会神地听着新闻里受灾渔船的抢救情况，便自说自话，"本来打算按照你说的线索，从今天开始海面搜寻，看这个架势，看来也困难了。向远，你说大哥会被转移到某一条船上吗？或者绑匪有可能已经把他带上了岸？”

听到这里，向远才算有了反应，看了叶昀一眼，说：“我不知道。”

叶昀坐在床沿，轻声问：“今天是绑匪要求交易的时间，他们昨天有没有和你联系？”

向远缓缓地摇了摇头。

“你放心，接下来一整天我都会陪着你。我有几个同事也会过来，对家里的电话和附近的情况进行监控，一有情况好立即做出反应。”

叶昀说完这句话，才发现她的脸色很难看，异样的惨白，几根发丝被干透了的泪水黏在脸上。

“你哭了？”他有些慌张地伸出手，想要看清楚她转过一边的脸，却又不敢把手靠得太近。

“你那边有什么消息？关于你大哥的。”向远精神虽差，眼睛里却写着急切。

叶昀有些沮丧地摇了摇头：“暂时还没有头绪，只有等绑匪主动联系再说了。”

“我该怎么办？叶昀。”向远闭上眼睛的凄凉让叶昀莫名地觉得心疼，只有这个时候的向远才是软弱的，他第一次觉得自己可以是她的依靠，虽然他不知道向远现在想要什么，自己又可以给她什么。

他只能说：“我会在这里一直陪着你。”

杨阿姨在叶昀的催促下，把一杯新鲜的牛奶端了上来，叶昀对向远说：“喝点东西吧，要不你这样下去会垮的。”

向远的眼睛依旧没有离开电视屏幕，她机械地从杨阿姨手里接过牛奶，送到唇边，还没来得及喝，牛奶的腥气入鼻，她控制不了地干呕起来。

她剧烈的反应吓坏了叶昀，拍也不是，扶也不是，眼睁睁地看着她弯下了腰，呕得眼角都渗出了泪，最后跌跌撞撞地冲到卫生间，锁上了门。

“向远，你好一点了吗？”叶昀紧张地贴着卫生间的门，听到里面呕声渐小，一阵水声后，向远出来，擦拭过的脸上惨白得益发厉害。

“到底是怎么了？”他跟在她身后问道，“吃坏了东西吗？”

“她昨天都没吃什么，这杯牛奶可是好好的。”杨阿姨赶紧澄清。

向远摆摆手，示意叶昀不要担心，然后让杨阿姨倒了杯清水，谁知也是喝了一小口，又再度撕心裂肺地呕，仿佛心肝都要吐出来了。

“你看，水都喝不了……哎呀，对了，你好像这两个月都没有来那个东西了，该不会是，我的老天……”

杨阿姨的话，让难受无比的向远竟然慢慢地抬起了头，她看着多年的老保姆，眼光变得不可思议而狂烈，杨阿姨以为自己说了不该说的话，慌了一下：“我没有别的意思啊，就是帮你收拾东西的时候好久都没发现……”

“你们在说什么？”叶昀到底是个年轻男孩，一时反应不过来，满脸茫然地看着两个表情同样诧异的女人。

向远从震惊到怀疑，然后自己也不知道是什么感觉，竟像是痴了。她一忙的时候，生活不规律，经期就容易乱，也没个准信，虽然一直在调理，但是总也没有根治。这几个月事情更是多，她心里有事，以至于连续两个月该来的东西一直不来，她也没怎么放在心上。她从来没有往那方面想，现在更不敢，杨阿姨的口无遮拦竟让她如同患绝症的病人看到了希望。

没错，希望。她还可以有希望吗？这真的有可能吗？向远努力地去想，思维却被这突如其来的变故全部打乱了。结婚几年，她没有认真打算要孩子，虽然叶骞泽眼里隐隐流露过失望，但她始终觉得还不是时候，而且，她也并不觉得自己是一个很有母性的女人。然而，如果这个时候，一个小生命在她腹内扎根，延续着他的血脉，这不是惊喜，是神迹！足以让她俯首跪拜的神迹！假如她能拥有这个孩子，一切都犹如有了重生的力量，就算失去了一切，今后的余生她别无所求。她的恨意、她的遗憾、她的罪孽，全部都将得到清偿。

向远在这突如其来的转折中几欲再次掉泪。一个孩子，眉眼像他，微笑起来像他，说话的时候像他……那什么像她自己呢？最好什么都不要像，不要聪明也不要太倔强，她会把一切都给“他”，也许是“她”……

“说啊，到底怎么了？”叶昀扯着老保姆的衣袖，他讨厌这种感觉，只有他一个人蒙在鼓里。

“傻孩子，这个都不懂，还是太嫩了。”杨阿姨取笑道，然后又换了一脸的神秘，“还不明白吗？要是真的，以后就有人叫你叔叔了……唉，只可惜你大哥出了这样的事，还没个下落……”

“你是说……”叶昀不是傻瓜，他懂了，怔怔地看着向远。

这是好事，大哥的好事，向远的好事，整个叶家的好事，但却不是他的，是他们的。叶昀垂下了头，酸楚便涌了上来，他害怕有一个会叫他叔叔的她的孩子，可他怎么能自私至此？

三人各怀心事，竟然就这样魂不守舍地过了一天。叶昀的同事来了又离开了，叶家的电话始终没有响过。接下来的三天，还是一点消息都没有。叶骞泽的绑架案陷入了漫漫的谜团和僵局，不但人没有找到，就连绑匪也像是凭空消失了。

第四天，叶昀竟然在报纸上看到一则新闻：《江源少东疑似遭人绑架，勒索金额竟超千万》。他惊愕无比，大哥遭遇绑票，叶家上下守口如瓶，警方的调查也始终在秘密进行中，那些媒体究竟从哪里得到了爆料？他马上拿着报纸找到了向远。

“大哥的事情有媒体报道了，怎么办？”叶昀把那一版报纸塞到了向远手里。向远这几天干呕的现象一直没有好转，什么都吃不下去，经期也杳无音信。杨阿姨说，她自己生过两个儿子，一眼就可以看出，向远这样必是有孕无疑。向远却迟迟不敢求证，她怕希望太高，失望太深。

向远接过报纸，草草看了一遍，顺手放到了一边：“既然已经刊登出来了，还能怎么办？”她说话依旧寥落，可脸色异样的红润。

“叶昀，你陪我去一趟医院好吗？”她下定决心一般看着叶昀。

叶昀咬了咬下唇，当然知道向远为的是什么事，她明明知道，他永远不懂怎么拒绝她。

两人于是去了医院。一早就约好了市里最好的医院，最好的妇产科医生，只等着他们过来。叶昀没来过这种地方，陪伴在向远身边，看着很多个大肚子的女人牵着另一半的手在等候。他忽然想牵住身边这个人的手，即使不敢，他心里也有些许快慰，因为这个时候，唯一陪着向远的人是他，不是别人。

等待结果的时候，妇产科副主任亲自为他们去取化验结果。这个相貌和气的中年女人摘下口罩坐到他们对面时，叶昀竟然感觉到向远的手用力在桌下握紧了他。

“周医生……我……”

医生一脸的遗憾：“叶太太，真是抱歉，化验结果显示为阴性，您并没有怀孕。”

叶昀的手变得很疼很疼，可他知道这个结果从医生嘴里说出来，有一个人更疼。

“没有？”向远细长的眼睛眨了眨，仿佛没有完全听懂这句话。

“是的，您是出现了恶心、呕吐、行动乏力甚至月经停止这样的典型妊娠反应，这在医学上通常叫作假性妊娠，一般出现在压力过大或者求子心态强烈的女性身上。我建议您进行适当的调养和治疗，不过，你们夫妇两人都年轻，并不急于一时啊。”

医生并没有见过叶骞泽，所以理所当然地把陪同前来的叶昀当成了真命天子。叶昀的脸飞红了，他没有急于辩驳，而是看了向远一眼，向远脸上的红润荡然无存，可是平静得惊人地接受了医生宣告的事实。

“是吗……那是我弄错了，对不起啊，麻烦您了周医生。”

向远起身告辞，走得很快，叶昀都要大步才能跟上。

“向远，别这样，你和大哥以后还会有很多机会，一定会有的。”他只能这么安慰她。

然而，向远忽然停了下来，叶昀险些撞上了她的背。她退了一步，扶着墙专注地看着孕检中心的方向。叶昀循着她的视线看去，慢慢地，惊讶地微张开嘴——孕检的女人中，竟然有袁绣，而她身边的熟面孔，则是叶昀认识的一个便衣女警。

这是叶昀第一次得知袁绣有身孕，他知道这对于向远而言意味着什么，于是连带着忽然恨起了那个和他并无关联的女人。可向远站得很稳，只是在远处看着袁绣，很久之后，她回头对叶昀惨然一笑：“没有机会了。”

一路沉默地回到叶家，向远再没有说一句话，也没有多余的一个表情。进门之后，她没有搭理跟上来问长问短的杨阿姨，直接上了楼，叶昀跟了上去，向远把他推出房间：“去吧，做你该做的事，我想休息一下。”

“你有脾气可以对我发的，我不会生气，真的，向远，你别憋在心里。”叶昀用力抵住门，不让它合拢。

“我没事，安静一下不行吗？”她的力道与叶昀僵持着。

“别……”叶昀刚张口，捧着一大盒叶酸的杨阿姨出现在他身后。

“我是过来人，你听我说，孕妇吃这个好。”她不明就里，还一心把叶酸的盒子往向远的手里塞。

向远忽然夺过，用尽全力地将整盒东西朝外一扔：“滚，都给我滚！”

杨阿姨赶紧躲过，吓得不轻，呆了一下，忙不迭地离开。

“滚！”向远仍旧对着她的背影喊道。

“别这样。”叶昀上前一步抱住了她。

“你也一样，滚，让我静一静，就一会儿，行吗？”她的手从门上撤了下来，奋力地推搡着叶昀。

叶昀紧紧将她搂住，任凭她歇斯底里地挣扎。向远的力气不小，他也怕伤了她，于是不闪躲也不还手，只是抱住，再也不松开。

向远到底拗不过叶昀，骂不走，打不退，也挣不开，这样的绝望让她顷刻间决堤一般泪流满面。她疯了，她怎么会认为她会有孩子？她都忘记了自己多久没有和叶骞泽睡在一张床上，竟然还编了个梦送给自己，也送了自己一场空欢喜。今生今世，她再不可能拥有任何属于叶骞泽的东西，除了自己的回忆。

叶昀抚摩着向远的头发，一遍又一遍。向远靠在他的胸口，流着泪只说了梦呓般的一句话：“原谅我。”

原谅我。

谁原谅谁？叶昀不知道这句话从何说起，但他知道自己剜心一样的难受是为了谁。他竟也着了魔似的，在向远的喃喃自语中，用唇去吸吮她脸上的泪滴，从脸颊到眼角，然后是前额，一路战栗，一路蜿蜒，她竟全无抗拒。那时他才知道她的前额是那样烫，烫得像是着了火……

向远的一场大病竟持续了半月，高烧频发，退了又热，热了又退，整个人昏昏沉沉，连床都起不了，什么事她都不再关心。公司那边已经知道叶家出了事，滕云忽然没了消息，李副总等几个高层时常守在叶家，一筹莫展。而叶骞泽的行踪，更是石沉大海，仿佛活生生的一个人凭空从世上消失了。

叶昀警局家里都要兼顾，叶秉林来看过几次向远，大儿子的失踪，让他看起来比实际年龄老了十岁，就连李副总他们都不忍心再把各类文件往这一家人身上推。

晚上，叶昀常常守在向远的床前，看着昏睡中的她时而微笑，时而拧眉，时而流泪。他甚至想过，如果她一辈子都醒不来，那也没有什么，他就这样陪她一辈子，到老，到死。

可是这个愿望也许永远不会实现。半月后，叶昀趴在向远的床沿醒来时，床上已经空空如也，他慌慌张张地去找，杨阿姨却告诉他："一早起来，说是上班去了。"

向远的一场病如春梦了无痕，病好了，梦也没了。她依旧忙碌，精明的手腕益发无懈可击，一边打理公司的大小事务，一边寻找叶骞泽的下落。

其间，滕俊来找过向远一次，追问他堂哥滕云的下落，向远说："如果你见到了他，麻烦告诉他我也在找他。"

没过多久，叶昀听说袁绣有一次在医院做完例行检查之后，孩子莫名其妙地没了，据说那个女人疯了一般地哭喊，口口声声都是向远的名字，而向远似是对这件事毫不在意。袁绣是叶骞泽绑架案唯一的直接关联人，到现在都没法摆脱干系，至今仍在警方的掌控之中。

事实上，从叶昀得知袁绣怀了孩子的事情之后，心里就有一种说不出的感觉，他觉得自己应该是知道那个答案的，但是他不愿意去想，也不愿意探个究竟，太过明白从来就不是一件好事，他宁愿天真。

那一天，说好回家吃饭的向远很晚才出现，她说，她去送一个"朋友的爱人"，这个"朋友的爱人"去了遥远的异国，也许这辈子也不会再踏上这片国土。回来的路上，她顺便给自己挑了一款新的手机。

叶昀犹豫着问她："大哥已经一个多月下落不明了，附近海域的搜索还用不用进行下去？你知道的，这对人力、物力都是一个相当大的占用。"

向远端坐着，朝他笑了笑："叶昀，活要见人，死要见尸。"

这句话她说了四年。

第五十四章

梦醒簟凉

她还是做梦了，一场悠长无比的梦，梦中的一切如同电光幻影般消散。一觉醒来，谁都不在身边，除了她自己。

七月的早晨，天亮得很早，向远醒来的时候，发现自己蜷在床沿的角落。还是叶家这张大床，两米有余的宽度，每次她独自躺在上面，总觉得这张床空旷得无边无际，而这样的空又是如此熟悉，好像她的一生一世便该是如此。

昨晚她还是做梦了，一场悠长无比的梦，梦中的一切如同电光幻影般消散。一觉醒来，谁都不在身边，除了她自己。

助理给她打电话，委婉地询问早上的会议她是否还参加。向远知道自己起得晚了，以往这个时候，她已经坐在办公桌的后边。

向远对助理小吴说："今早我会晚一点到，你只需要把会议记录放在我桌上。"

小吴从向远甫入江源就开始跟随在她身边，当年生涩懵懂的小姑娘，可以为了一次投标的失误号啕大哭，如今已经结婚生子，老成持重，细致周到，更成了向远身边得力的人。小吴没有问向远缺席会议的原因，向远做事，从来都有她的理由，但小吴并不知道，这一天，向远的理由仅仅是因为一场做过了头的梦。

然而，恰是这一通电话提醒了向远，谁说她一无所有，她还有做不完的工作，还有江源那越来越大的家业。四年了，时间会带走很多东西，也会留下很多，这个“很多”对于向远来说就是财富，她这一生也用不尽的财富。

江源如今已经彻底脱离了赖以起家的建材生产行当，江源地产的标识对于这个城市的人而言已经不再陌生。三年前，向远从以地抵债的温州商人手里拿下的那块风水恶地，随着城市的变迁，摇身一变，成了依山傍水的黄金福地，这一切的改变其实不过是因为一座把那个死角和城市繁华地带连接起来的大桥。江源就是靠着这片定位为“繁华净土，都市新贵”的楼盘“半岛雅居”打响了招牌，至于赚了多少，众说纷纭，只有向远心里最清楚。

接下来几个成功的尝试，让江源的重心全面转移到地产业。就在半年前，位于 G 市中心地带破土动工的“江源时代广场”，让向远执掌的叶家终于成功跻身为本市最具影响力的地产商之一，曾经有一段时间恨不能置江源于死地的沈居安也变成了向远的合作伙伴，他们同时出现在 G 市楼市信息期刊的年度版里，执手言欢，一个说对方是自己最欣赏的同行，另一个则赞美有加地称身边的人是难得的良师益友。只有细心的人才会发现，他们两个不管合作多么紧密，四年来，从来没有坐下来在同一张桌上吃饭。

至于别的，鼎盛的莫建国见到当年自己嘴里的“小向”，也会客气地喊一声“向总”，曾经扬言要禁止江源参加投标的中建现在成了“乙方”。向远自己投资的境外药业公司和她控股的几个娱乐中心都有巨额回报，她当选为人大代表、市政协委员、优秀青年企业家、三八红旗手，她甚至还买下了叶骞泽求婚时的那片荒山，没有了许她一生幸福的那个人，假以时日，那个地方也许会记载下江源更高的辉煌……

世事无常，是谁说的，今日的果，是昨日种下的因。她揉碎了自己最好的年华，终于握紧了现有的一切。这些年她苦苦耕耘的那片无爱的土地，其实再肥沃不过，虽然现在它除了丰收的财富，其余什么都不生长。

向远，向远，从小，妈妈就说，她一定要走得比别人更远。叶骞泽也说，你的世界不在这里。她已经走得很远，但仍然不知道，更远是多远，她的世界究竟在哪里？

如今的向远再不是无名之辈，她的成就，她一介女流的身份，她丈夫的绑架案和扑朔迷离的失踪，都在坊间和小报一角被添油加醋地传播。真相已经不再重要，人们要的只不过是话题。很多人喜欢把有钱人分成两种，Old money 和 New money。Old money 是世袭的、优雅的、高贵的、含蓄的，New money 是新兴的、暴发的、市侩的、世俗的，而向远毫无疑问是人们眼里的后者，尤其在那些叶家的老朋友和商场的旧伙伴看来更是如此。他们大多和叶秉林是旧识，如今早已不能和叶家比肩，那么可以做的也只是在背后嘲弄向远这个乡下丫头一步步变成今天的叶家女主人。

有人笑话向远是个彻头彻尾的商人，空有财富，毫无品位。除了钱和土地，她对其余的收藏毫无兴趣，不爱华府、不爱珠宝、不爱名画、不爱古董，除了工作，没有别的消遣。她每天忙得像个陀螺，一周上足七天的班，像农民工一样起早贪黑，赚的钱反倒没有一丁点的时间来花。

还有人说，叶家直到叶骞泽为止，都还是有情致的翩翩公子。叶家父子爱茶懂茶，堪称是个中高手，可到了向远就完全变了个味道，好茶她不是没有，但那只会端给能给她带来利益的贵客，至于她自己，长年累月喝的是加糖的白开水，吝啬至此。又传她生性孤寒，别说从无密友，自己的至亲都不堪忍受，无一在旁：年迈的公公宁愿久居佛堂。丈夫生死未明，但失踪前的一段风流韵事人尽皆知，谁知道是不是不堪忍受她而出走？小姑子自杀身亡，唯一的小叔子被她赶出了叶家。她自己的亲妹妹生活窘迫她从不过问，还有她丈夫的亲叔叔不止一次在人前暗示，她在公司里排除异己，自己这些年被她逼得几乎没了话语权。叶秉林的几个堂姐妹现在住的房子，虽说是向远赠予的，但是产权她还捏在手里。亲戚们需要用钱，她虽不至于拒绝，但是要一万，她绝对不会多给一分，而且借条收据一清二楚。就连在叶家服务了几十年的老保姆，工资多年来也没有涨过，老人家的孩子没有工作，希望向远代为谋个职业，也被她一句话挡了回去……

如此种种，向远都听说过不少，但甚少往心里去，只不过有时她在下棋的时候会笑着对张天然说，Old money 和 New money，有什么所谓，总好过 No money。

张天然是向远心里感激的人，待朋友一片赤诚，在最危难的时候曾经对向远伸出过援手，至于最后有没有派上用场，那都是另一回事，至少他是有心的。叶骞泽失踪这几年，在法律上，向远不是不可以恢复自由之身。张天然也明里暗里表示过，如果向远愿意，他们可以携手一起走过下半生，但向远只有一句话："老张，你值得有一个更好的女人。"这是女人表示拒绝时最常用的一句话，向远却说得无比认真，完全发自肺腑。老张豁达依旧，一笑了之，从此朋友照做，这件事就此绝口不提。

"谁是贵族，中国如今哪儿来的贵族？往上几代，谁家不是刨地出身？我最烦当着面拍马奉承，背后说事的人，你也别往心里去。"老张这样对向远说，为那些非议而颇替向远抱不平。向远看上去却比他更想得通，她说，那些人议论的也并不是完全没有道理，至少从结果上来看确实如此。

她从不否认自己爱钱如命，吝啬成性，也没有叶骞泽的那些公子哥的闲情逸致。而叶秉林多年没有回家住，叶骞泽失踪，叶灵自杀，叶秉文在公司失势……这些都是事实。

叶骞泽的几个堂姑姑提出，多年任教，太过贫寒，一家几口挤在一百平米不到的教工宿舍里。向远没有问，在叶家落难的时候她们在哪里，哪怕一分钱、一句话的问候也好。她只是从江源地产最好的碧景花园里给她们每人挑了一套房，最好的视野、最好的朝向、最好的地段和格局，她们可以在那里安逸地住到老死。她们的孩子升学、谋职、做生意，该给的每一笔钱向远都没有拒绝，至于房子的产权，向远真的觉得没有必要给她们，自己给出那套房子的初衷，并不是让她们将房子转手卖钱。

向遥的事情向远很少对别人谈起，这个世界上唯一的血亲是她一块好不了的心病。叶骞泽出事后，向遥时常会出现在向远身边，大概姐妹俩相处的模式十几年来已经根深蒂固，向遥那时嘴里依旧没有什么好话。向远也知道，这个妹妹也许没有坏心，这只是她表达关心的一种方式，可是向远那个时候心情很坏，没有精力去应付这种另类的关心，而且，她怕了笼罩在自己身边的不祥的阴云，觉得向遥离她太近没有好处，所以让向遥离开了。

以向遥的臭脾气自然是走了之后再不回来。这几年，她和滕俊分分合合，但是始终都还是走在一起，也许缘分这东西，不承认也不行。滕俊这个小伙子向远并不讨厌，而且一度还认为他为人老实，并非不能托付。可是，滕云失踪后，滕俊固执地认为向远是导致他堂哥失踪的原因，对向远的恨意有增无减，连带着向遥也和姐姐越来越生分，凡是向远给的，他们通通不要，而且赌气似的要完全摆脱她，要干一番事业给她看看。小两口心太高，手又太低，越拼生活就越艰难。这也就罢了，最让向远难受的是不久前才得知，向遥怀了滕俊的孩子，都七个多月了，肚子高高隆起，还要在她打工的便利店上班。向远托人送去的母婴用品、营养品他们都扔了出去，就连向远暗地里关照向遥去看的医生都犹如做贼一般偷偷摸摸。向远为人甚少服输，可对于向遥，她承认自己错了，从一开始就错得一塌糊涂，以至于现在，都不知道如何收场。

所以，那些传言里说她天性孤寒，向远觉得有道理，大概她生来注定冷情，一世清冷，只有叶昀——她低下头默念这个名字，叶昀，叶昀……只有想到他时，她的嘴角是带着微笑的。他是流连在向远心里的最后一抹晨光，她的至亲，她的家人，她唯一的安慰。最难受的日子，她在高烧中永远不想醒过来的时候，是叶昀自始至终守在床边，累到趴着床沿睡着了，呼吸轻浅。可向远却醒了，叶昀的呼吸让她觉得自己还是活着的，必须要活下去。她痛哭的时候，只有这一个肩膀，不离不弃，让她的泪洇湿。她对也好，错也罢，回首一步之遥，那就是他……可是这样的叶昀，却被她赶离了身边。

没错，是她亲口赶走了叶昀。

向远大病初愈那天，叶昀如释重负地在叶家的餐桌上与她相对而坐。他因为大哥的失踪而终日不展的愁容上绽放出了笑容，为了庆祝向远重获健康，他甚至主动给自己倒了一杯酒。

可是向远放下筷子对他说："叶昀，从明天开始，你搬出去住吧。"

叶昀惊呆了，他不知道自己做错了什么。

"你别误会，这房子是叶家的，永远都有你的一份，你想回来，随时都可以。只不过你大哥现在音讯全无，我也不知道他什么时候可以回来。你也不小了，这屋子里现在只剩下两个女人，古人云，'兄嫂不通问'，话虽迂腐，但也不是完全没有道理。我们打小亲近，和别人不一样，可是在外人眼里只有一个事实，我是你大哥的妻子，你的嫂子，不管他在还是不在，你要记得这一点。"

向远语气平缓，可叶昀忽然明白了她话里的意思，顿时羞惭到无地自容。

向远得知自己并没有怀孕的那一天，绝望地在叶昀的怀抱里流泪。叶昀心动之下情难自制，一滴一滴地吻干了她脸上的泪水。那时他才知道，她发着高烧。等待医生到来的过程中，他始终紧紧把她拥在怀里。事后，向远再没有提起这一幕，叶昀也后悔自己的孟浪，侥幸地认为她意识混沌之下也许什么都不记得了。他想自己骗自己，可向远并不愿意。

“我不搬，你一个人住在这里根本就不安全，况且我不在乎别人说什么！”叶昀在言辞间挣扎。

“可是我在乎。”

叶昀痛恨向远此刻脸上刻板的理性，没有感情，也没有商量的余地。

“你怕什么，你不敢看到我，除非是心中有鬼！”

他是多么希望向远心里藏着和他心里一样的鬼，隐秘的，见不得光的，徘徊不去的畸恋的鬼魂。如果有，那么至少他的爱不是孤独游荡的幽灵。

可向远在听到这句话后脸色陡然一变，她心里的鬼是那场风暴前暗起的杀机，是把她爱过的人置于死地的孤绝，是恨意激发的恶念。她没有办法告诉叶昀，除了两人间不该有的暧昧，她更害怕叶昀的那张脸，七成相似的俊秀轮廓，只要看着他，就时时刻刻提醒着向远最绝望的爱和最得不到救赎的恨。她唯有纵容自己的自私，将他从自己的身边驱逐开，远离了他，她才能屏蔽噩梦。

她对叶昀说：“如果你不愿意搬，那就是我搬。”

叶昀是拗不过她的，他最终会点头，向远再清楚不过。如果可能，她愿意自己是离开这栋屋子的人。她不爱这个阴暗的老宅，她珍视的记忆和这里无关，可是她记得一句话，叶骞泽说过：“这所房子的灯光亮着，回家的人才找得到方向。”那游荡了许久的魂魄是否也是一样？

就为着这个，她不能离开。

四年多了，向远没有一天放弃过寻找叶骞泽的行踪，叶家对叶骞泽下落的重金悬赏一直有效。尽管她早就知道，四年的时间对于一个失踪的人来说，回来的机会已经微乎其微，无论是在法律上还是情理上，她都可以对外宣称她丈夫已经死亡，可是她没有。就像她反复对叶昀说的，活要见人，死要见尸。她已经不知道自己固执地找寻、失望、再找寻，是因为期待着那个半生纠缠，临别前只有一句“对不起，谢谢你”的男人，还是心虚地对自己种下的孽因求一个结果，又或者，这种寻找只不过是她的一种寄托，是她再一次为自己编织的一个梦，只要这个梦不死，她就可以继续撑下去。

这么久以来，警方的努力没有得到任何有突破性的进展，只查到叶骞泽出事当天上的那条渔船是陈杰所有。因为和叶家一直以来的恩怨，以及事发后的下落不明，陈杰被警方锁定为第一嫌疑人。而自始至终，一直远在泰国的崔敏行则把这件事撇得干干净净，没有任何证据可以证明他与叶骞泽的绑架案直接相关。而滕云的失踪和陈杰一样成了一个解不开的谜。所有的嫌疑人都石沉大海，没有人解得开这个谜。唯一剩下来的替罪羔羊就是袁绣，她是存在于人们视线里最后一个见到叶骞泽的人，叶家的司机和转移前那艘船上的水手都出面指证，是她把叶骞泽带上了船，而她所说的叶骞泽为了代替她甘作肉票，则没有任何人可以证明。直到肚子里的孩子流产前，袁绣一直在警方的监控之中，没了孩子后，她发疯似的咬伤了监管她的女警，最终警察以精神分裂为由把她送进了精神病院。在向远的关照之下，她在院里始终都会得到“特殊”的优待。

回忆和做梦一样，都是一件容易耗费心力的事，所以向远每天都告诉自己，不要做梦，当然，也不要回忆。她徐徐走下已经摘掉所有旧照片的楼梯。杨阿姨用了半个上午的时间终于给她煎好了一个蛋，倒了一杯牛奶。

向远吃了一口，煎蛋诡异地甜。杨阿姨佝偻着背站在一旁，发现她停住了嘴，表情略显古怪，便诚惶诚恐地搓着手看着她：“我又怎么了？”

没怎么，只不过是分不清糖和盐，可向远没有说出口。她打发走这个逢人就说叶家多年没有给她涨工钱的老保姆，慢慢地把煎蛋推到了一边。这些年，向远已经不止一次劝杨阿姨不要再那么辛苦，自己会给她一笔钱，让她回去跟着儿子安享天年。可是杨阿姨不愿意走，家里孩子都长大了，媳妇嫌她，在自家的屋子里住着反倒不习惯，而在叶家她只用偶尔给向远做一顿饭，洗洗衣裳。向远并不是需要伺候的人，支使杨阿姨的次数少之又少，而且很多事宁可亲自做，也不愿意假手于人。虽然向远并不和蔼可亲，至少杨阿姨可以戴着老花眼镜一整天尽情地看电视。

前两年，杨阿姨的小儿子下岗，当妈的便寻思着让他在叶家的公司里谋个工作，向远答应了，把他安排到了施工项目部做一个最普通的工作人员。杨阿姨想，自己伺候叶家的人那么多年，没有功劳也有苦劳，再怎么也不能让儿子下基层，于是赌气让儿子说不干了，谁知向远也不拦着，任凭他离开。儿子事后埋怨杨阿姨，可杨阿姨再也拉不下老脸，就这样，向远在外面的六亲不认的名声又一次得到了证实。

杨阿姨的背影消失在厨房门口，向远这才细细地回想昨天那个勾起旧事的神秘电话。其实这几年宣称有叶骞泽下落的人不止一个，这些冲着叶家悬赏而来的人，向远见多了，但是，这一次也一样吗？那个人怎么可能知道叶骞泽最后和她有过通话？这件事向远守口如瓶，就连叶昀她都没有告诉，警方也全不知情。如果那个人当时和叶骞泽在一条船上，船出了事，他为什么没死？而这个人还活着的话，是否叶骞泽也有可能还生存在这个世界上？向远等待着对方的进一步行动，她知道如果那个人有所求，就一定会按捺不住。她一定要沉住气，不能因为寥寥的几句话乱了方寸。

草草吃过东西，向远想了很久，没有什么头绪，毕竟放不下公司的事，下午收拾了一下便出了门，走到大门口，正好和急匆匆走进来的叶昀正面相遇。

“咦……”向远还来不及表示意外，叶昀的欲言又止顿时变成了紧张。

“危险！”叶昀喊出这一句，猛力一拉向远。向远撞在他身上，肩膀疼得厉害，正想发作，就听到面朝院子的落地大窗方向一声巨响，回过头，只见窗子破了一个大窟窿，碎玻璃飞了一地。

“没伤着吧……你先别出去，等我。”叶昀松开了向远，迅速朝院子外追了出去。

“叶昀，小心！”向远对这突如其来的变故也有几分惊魂未定。

杨阿姨颠颠地从里间闻声跑了出来，看到这一幕，忍不住念叨：“阿弥陀佛，这家人究竟是造了什么孽，就没有半刻消停？”

向远没有理会她，独自走回了屋子。果然，她在窗子被砸出的窟窿后面，找到了一块拳头大的鹅卵石，石头平凡无奇，随处可见，但是那上面却用透明胶纸黏着一个小小的东西。

“向远。”她刚解开石头上的东西，就听到叶昀在院子里叫她。

向远不动声色地将石头上的附加物塞到了包里，抓着那块石头走了出去。

“没追上，迟了一步。”叶昀拭着脸上的汗，隐隐有些不甘。

向远把那块石头给他看：“真巧，这事又被你赶上了。”

叶昀翻来覆去地看那块石头：“算不上巧，我特意过来的。正打算告诉你一件事，没想到真的出事了。”

“哦？”向远心中一紧。

“你还记得陈杰吗？大哥绑架案的最大嫌疑人。这几年警方一直在通缉他，可是一点消息也没有。上个星期，我们分局抄了一个办假证的惯犯的家底，发现陈杰这几年做的假证件记录多得像小山一样高。也是我的同事有心，竟然在里面找到了陈杰四年多前办的一张假身份证，办证的时间恰好是大哥失踪的前夕，这两件事必定有关联！向远，我有预感，这是老天有眼，这个发现说不定就是大哥案子的一道突破口，顺藤摸瓜地查下去，我不信没有半点线索。”

叶昀有些激动，滔滔不绝地说。向远一言不发，表情凝重。叶昀自动地把向远的反应视作长期等待后的不敢轻信，于是继续说：“更有意思的是，那个假证佬精得像老鼠似的，知道自己这时犯了事，又见我的同事对陈杰的假身份特别感兴趣，就主动爆料，说是不久前，这个陈杰又找了他，重新要求做一张假身份证，因为是老客户，所以他有印象……陈杰他出现了，只要他在G市，这一次，我们绝对不会再放过他。我一知道这件事就赶过来了，杨阿姨说你在家，我本来是打算告诉你，那家伙这次回来不知道安的是什么心，你要小心。没想到，刚赶到就出事了。”

向远不知道在想什么，出了好一阵的神，然后才抓住叶昀的手，略显急促地问：“你还查到了什么？”

刚刚晋升为分局刑侦队第二中队长的叶昀在向远面前依旧生涩，这个久违的接触让他几乎忘记了要说的话，好端端的，就吞吞吐吐起来：“查什么……啊……哦，你是说那个假身份证……我……我们还查到，陈杰当年用那个假身份证办了一张农行储蓄卡和一个临时的手机号码，只可惜因为移动公司的信息升级，那些旧的通话记录不知道能不能调出来……要是能，我们就会多了很多线索……你的手好凉，别怕，大哥不一定有事，四年都等过来了，再等等好吗？我说过的，一定会竭尽全力把大哥的事情查个水落石出，你相信我。”

向远收回了手，悄然地抓紧了自己手上的包："我信你……对了，公司有点事，我要出去了。叶昀，你不急着上班，就让杨阿姨给你弄点吃的。"

"我也要赶回局里，不过这一次我会搬回来住，你一定得答应，今天的事你也看到了，陈杰很有可能是冲着你来的，我绝对不会让你一个人待在这里。"

叶昀已经做好了耐心说服向远的打算，令他意外的是，向远只草草地说了句："随便你吧，我走了。"就朝停车的方向走去。

叶昀心里大喜过望，背对着向远忍不住跳了起来，看着她的背影，追问了一句："向远，刚才砸玻璃的那个人除了石头，还有没有留下别的东西？"

向远的背影顿了顿："没有，什么都没有。"

第五十五章

底牌掀开

每次都是这样，她以为她赢了，结果底牌揭开，却是叶骞泽自以为是地让了她一局，他是成心要她在这样的胜利中一辈子如鲠在喉。

哭声。

向远听到了哭声，不是一个人，而是数不尽的人发出的悲鸣，压抑的，不敢诉之于口的哀泣，从最遥远的地方而来，渐渐清晰，这声音钻入她的耳朵，穿过心肺，然后再呼啸而去，一阵阵，仿佛永无停息。

有那么一瞬，向远几乎想要立刻关闭办公室电脑里播放的这段音频。她开始怀疑，这个用透明胶纸黏在石头上的U盘里存储的没有任何解说的音频，不过是一个恶作剧。将近三分钟的时间里，除了此起彼伏，不断重复的诡异呜咽声，什么都没有。这低啸呜咽声意味着什么，莫非是风?

向远苦笑了一声，但是往椅背靠去的脊背忽然僵住了。对，这是风，海上的风声！她明明听过的，就在四年前，她和叶骞泽的最后一次通话里，那背景不就是这样的风声？只不过，耳边这段音频里的风声虽然可怖，尚不如那天电话里一般摧枯拉朽。

她有些明白了，一定是滕云在用录音笔捕捉风的声音。那一幕仿佛可以在脑海里勾勒出来，如同一幅素描：穿着浅色细格子衬衣的男人，戴着有框的玳瑁眼镜，五官端正，目光平静。他倚在甲板的栏杆上，面对海的方向，身后的人或许已经因为突如其来的风暴乱成了一团，而他还在那里，像以往听郊外松涛的声音，看一朵花的样子那般录着风的声音。

向远记起了滕云，心里也是说不出的滋味。对于这个男人，她有迁怒，有责怪，然而这四年来，难道就从来没有想念？滕云总说，他把向远当作生平最看重的朋友、知己，虽然向远从来没有正面回应过，可失去了滕云，她有如失去了一条臂膀。

向远好像能听到滕云说："你听啊，向远，每一种声音都是不一样的。"她闭上眼睛，和滕云一起聆听，那良久的风声不再枯燥乏味，跟风一起送来的，还有久违的故人的气息。

风的呜咽声愈演愈烈，渐渐放肆开来，如同神哭鬼嚎。甲板上凌乱的脚步声、呼喊声、惊叫声也开始传来，恐惧透过声音直指人心。向远想象着当时船上的混乱和绝望，也不由得心生寒意。

"靠岸，立刻给我靠岸，再不靠岸，通通都得去喂鱼！"这正是陈杰的声音，气急败坏地传来，"滕云，你发什么呆，你想死吗？"

"靠岸？往哪里靠？我猜所有的港口都有搜捕我们的人。就算你愿意自投罗网，可我们的位置已经来不及找避风港了。"滕云说。

"放屁，难道坐着等死？你答应过一千二百万大家平分，老子才冒险陪你干这一票，要是没了小命，我要钱有什么用？有什么用？"陈杰的嘶吼已经沙哑。

"你既然上了这条船，就怨不得任何人。假如不愿意等死，你可以祈祷……"

"疯子，都是见鬼的疯子！那上帝可以让这台风停下来？"

滕云的声音依旧平静无澜："他可以让你下辈子有更好的选择。"

"你想死就死，别扯上我……"陈杰的话被一阵电话铃声打断，他暴躁地用最恶毒的脏话咒骂了一句，"该死的现在居然还有电话，鬼打来的？喂？”

向远猜到了打这通电话的人，不是别人，正是当时失去了理智的自己。

录音里听不到她在电话另一端的声音，只听到陈杰含糊地说了句：“……是向远那个女人。”

“把电话给我，给我！向远，你后悔了吗……起风了，向远……记住你的承诺，叶少……你有话对他说吗？假如你愿意……”

再一次重温当天的对话，向远仿佛从那一天悲痛欲绝的当事人化作了在大海风暴中颠簸的小船上沉默的旁观者。所有的悲剧在她眼前一幕幕上演，犹如编好的剧本，她无能为力。

“她要和叶骞泽说话，你去把叶骞泽找来……”滕云压低了声音，说话的对象应该是陈杰。

“老子才没有那个心思管他，等一下我就让他到海里喂鱼，还有什么好说的。”

“你要做什么都可以，但让他接完这通电话！”这个时候的滕云显然比已经六神无主的陈杰说话更有震慑力。

陈杰骂骂咧咧的声音渐远，终于，向远又听到了那个声音：“是你吗，向远？”

录音里短暂的停顿，那是她在追问叶骞泽最后的一句话。她宁愿他什么也不说，也不要听他接下来的那一句话。那样，她的余生至少可以给自己一个骗自己的理由。

“对不起，谢谢你。”

“对不起”是因为这半生他的辜负，那“谢谢你”为的是什么？是感谢向远的痛下杀机，终于给了懦弱的他一个解脱的机会？他那么急不可待地赶赴另一个世界，去赴叶灵之约？那跟袁绣那个妓女的纠缠又是为了什么？

“我……我这一辈子只欠了两个女人，一个是阿灵，一个是你……”

叶骞泽的声音越来越小，“……卖给了……剩下的，我都留给你，这是你应得的……袁绣的孩子……我……照顾……”

“……船进水了，进水了……”

后面的声音被一声绝望的号叫打断，终于什么都听不见了。

向远木然地摘下耳机，仰起了头，看着天花板。眼睛是干涸的，宛如一口枯井，然后，她慢慢地用双手捂住了整张脸孔。

许久之后，她飞快地将U盘退出电脑，收好它和包裹它的纸条，一阵风似的出了办公室。

袁绣所在的公立精神病院条件算不上好。向远没有心思喝院长亲自沏的茶，她厌恶这个地方，只要求见袁绣一面。

“这当然可以，按照您的吩咐，我们对她一直严格监管，除了最初入院那一段时间，她的情绪还算稳定……”精神病院的院长看了向远一眼，她好像并没有听见他说些什么，而是一路急急地走到袁绣所在的病房，隔着镶有铁条的门，对着里面那个眼睛顿时睁大的人，没有任何多余的对白，只有一句问话脱口而出：“孩子不是他的，是不是！”

短短几个字说完，急促的呼吸使得向远的胸口急剧地起伏，一双眼睛都是通红的。

袁绣胖了，胖得快要分辨不出那张清秀的面容，只有眼神没变，薄瓷一般脆而利。她听见了向远的问话，神经质地歪着头，侧过身子打量门外那个曾经不共戴天的女人，忽然咯咯地笑了起来：“他们都说你聪明……哈哈……你真蠢……这么简单的一个问题，你猜了四年……哈哈……孩子是谁的……你猜是谁的……”

向远心中悲怆无尽，是啊，这么简单的一个问题，她猜了四年，甚至一度以为自己得到了答案。其实真相一点也不隐讳，是嫉妒，是绝望，是仇恨遮住了她的眼睛。她嫁的人，自以为可以普度众生。乞丐伸手，他给钱，一个怀孕的、投缘的妓女伸手，他给她“江海垂钓，以此终老”

的一生，反正他的“一生”已经无所谓了，他早想过离开这一切。既然遇到了袁绣，就不如带她一起，给她和孩子一个安定的生活，也强过在日渐成仇的妻子身边厮守。只是没有想到，他的滥好心，最终把他推上了绝路——这样也好，不是吗？也许他要的就是这样的收梢。

叶骞泽啊叶骞泽，你怎么可以这样？向远短暂地闭上了眼睛。每次都是这样，她以为她赢了，结果底牌揭开，却是叶骞泽自以为是地让了她一局，他是成心要她在这样的胜利中一辈子如鲠在喉。

“哈哈，求我啊，求我告诉你孩子是谁的。”袁绣从一直坐着的床上站了起来，依旧笑个不停。

孩子是谁的？那个无辜的孩子的父亲是谁？如果不是叶骞泽，那么是谁又有什么区别？就算是沈居安的，他那么恨向远，这些年来还不是合作愉快？假如是崔敏行的，那就更是一个野种。会有报应吗？无所谓了。

“求我啊……”袁绣自说自话，忽然变得面目无比狰狞，她虚肥的身体措手不及地冲到铁门边上，双手从铁条的缝隙里猛地探了出来，恶狠狠地抓向向远。

向远避之不及，幸而侧了侧身子，眼睛幸免于难，但脸上平添了一道尖利的指甲划出的血痕。她急急地退了几步，脊背重重地撞在走廊的墙上，脸才开始火辣辣地疼，伸手一拭，有血的印记。

陪同的人惊呼一片，有扶住她的，也有几个强壮的护工立即打开了铁门，将恢复了满脸笑意的袁绣用力地按在了地板上。

“放开她……”痛意让向远一个激灵，她按住脸上的伤口，制止住要对袁绣施展暴力的护工，“算了，我说放开她……”

那两个人松手，袁绣却依旧匍匐在地板上咯咯地笑，扭曲的笑容和眼里的寒霜让她显得无比可怖。

院长不断地向眼前的金主道歉。向远松开了覆在脸上的手，血并没有她想象中的那么多，于是低声对院长说：“从今往后……我要你们好好照顾她。”

脸上的伤口在精神病院简单地做了处理。向远没有停留太久，回到车上，取出一副太阳镜勉强地遮掩住伤痕，接着再一次展开了那张包裹住U盘的纸条，上面简单地写着：“假如对我的证据还算满意，下午三点，吉祥阁二楼。”落款是“生意人”。

吉祥阁是G市一个普普通通的茶餐厅，消费低廉，很多人喜欢在里面点上一杯饮料，然后坐上一天。向远在二楼靠窗的位置，从下午两点半一直等到晚上九点，“生意人”陈杰并没有出现。

她并不是个没有耐心的人，等待的过程也不算难熬，只需坐在那里——简陋的、油腻的餐桌边，一杯白开水，时间便如漏斗里的沙急速流逝。假如一辈子可以这么快，那该多么好。

陈杰不会来了。夜色渐深，向远的这种预感也越深。奇怪的是，当她意识到这一点，心中竟然没有失望。陈杰要和她做的生意会有什么内容？无非是勒索。他或许有叶骞泽的下落，或许自恃手中那段录音可以威胁向远，终归是要钱。向远不怕给钱，也许陈杰来了，她真的会给，但是他没有出现，她想，那就算了。

没有意外，也没有伤心，就是两个字：算了。

事已至此，叶骞泽在哪里还重要吗？假如他活着，在世界上另一个没有向远的角落生活了四年，四年啊，她何苦再去打扰？假如他死了……人总要死的，这样也好，不正是她想要的吗？这几年，她不舍不弃地焦灼地寻找，需要的只是这个寻找的过程，至于结果，已经不重要了。

就让他失踪吧，生也好，死也罢，都算了。对于这个男人，她爱也爱了，恨也恨了，现在就放了，到老到死都不要再遇见，这是存在于向远和叶骞泽两人之间最后的慈悲。

那张纸条上，陈杰自诩为生意人。录音就是他的筹码，即使他把这个筹码掀了开来，向远说过，她早已经不怕报应。

向远离开茶餐厅，走出很远，店员追了上来，说她没有埋单，她自己都笑出声来，牵动脸上的伤口，撕裂般地疼。

之后，她去了“左岸”，章粤的地盘。那个自欺欺人的幸福女人依旧在夜色中妩媚动人，她对向远说：“像我这样喝一杯，举手，仰头，张嘴，下咽……一分钟，谁都没有你幸福。”

向远说：“描述得像吸毒似的。”

可是她照做了。她极不爱喝酒，但生意场上打拼，很少离得开这个，前几年是能免则免，这几年，随着江源的日渐壮大，需要她端杯敬酒的机会已经不多，别人举杯过来，她笑笑，抿一口水也是一样的。

可这晚，她规规矩矩地按照章粤的步骤——举手，仰头，张嘴，下咽……幸福是否会如期而至？

不知第几次重复那个动作，章粤怪声怪气的笑声不断传来，向远托着腮，看她肆无忌惮地用眼睛占着一旁那个年轻男子的便宜：“……劲瘦匀称，臀翘腿长，天使面孔，魔鬼身材。长大了，差点认不出来，很正点，我很喜欢……不如和姐姐喝一杯？”

在这样的光线中，向远知道那个年轻人红了脸。他拿过了向远的杯子，犹豫着和章粤的酒杯碰了一下。

章粤这女人不依不饶，斜着媚眼说：“不行，除非你和我交杯。”

向远抿着嘴，边看好戏边笑，那个年轻人却看了她一眼，拿起旁边喝得只剩三分之一的伏特加，嘴对着瓶口，一口气喝干了里面的酒。

“姐姐，可以了吗？”

他对章粤说话，手却来拖向远。向远也不挣扎，让他拽着自己的手离开，反正她等了很久，章粤说的幸福也没有出现。

“哎，从我这里把人带走可没有那么容易。”章粤一只丹蔻嫣红的手挽住了那个年轻人的胳膊，向远也没看清他怎么闪身，瞬间就摆脱了章粤。章粤在身后笑着喊：“向远，你赔我指甲，一只要用一栋楼来换……”

第五十六章

枕畔月光

这是他唯一一次心生贪念，为了他唯一的挂怀，礼义廉耻全都不要，只要她。

向远和叶昀回到了叶家，杨阿姨来开门，看到他们那个样子，脸色怪异得像吞下了一只鹦鹉。向远其实并不需要谁的搀扶，多谢这些年应酬中的锻炼，这一点量她还是有的。

当她站在那张辽阔无边的床前时，有片刻的犹豫——这张全世界最孤单的床。过了一会儿，她认命地伏了下去，面朝下地趴在枕上，只要醒过来，明天又是新的一天，但是，新的一天和旧的一天又有什么分别？

半梦半醒间，一双熟悉的手落在她的双肩，分开她散落的长发，轻柔地按压着她的肩膀和脖子，那恰到好处的力道，如同为她心中的渴望而生。向远低低地喘了口气，闭上了眼睛，眼角竟然是久违的潮湿，那潮湿是她心中日渐荒芜的左岸久旱后的露水。

他也知道她累了。

向远抬手覆在那双手的手背上。像从前那样，那双手的轻按会变作最温柔的摩挲，这曾经是她心中最甜蜜的默契。可是这时，那双手的动作停了下来，僵在那里，迟疑不前。向远微微翻转过身子，含糊地问了句："你怎么了，骞泽？"

那双手抖了一下，迅速地缩了回去，向远的神志如被当头的一道闪电照得透亮，她大惊失色地翻身坐了起来："叶昀？"

叶昀坐在床沿，背着双手，眼神倔强却有些许受伤。

"谢谢你，我现在没事了，你出去吧。"向远低头咳了一声，尴尬无声无息地袭来。

叶昀一直是个听话的孩子，可这天晚上他没有。

"大哥有的我没有吗？他能给你的我难道不能给得更多？"他换了一个方向，半跪在向远的脚边，撑着双手说，"我一直不明白，你嫁给他是为了什么。他心里的人不是你，他背叛你，一而再再而三地让你等，现在他失踪了，不会回来了，你还要等多久？你要拿一辈子给他陪葬吗？"

"这是我应该的。"向远垂下了眼帘，低声说。

"你胡说！他给了你什么……"叶昀紧紧咬着下唇，接着说，"他给过你关心吗？给过你感情吗？如果你要的是钱，向远，我也姓叶，爸爸给了他的，我同样也有。叶家所有的一切我都可以给你，股份、产业、钱，我什么都不要，什么都可以给你，只要你……"

话还没有说完，向远就反手给了他一记耳光："你也喝多了？说的是人话吗？"

她下手并不重，可酒精让她头痛欲裂，章粤这个骗子！

这个耳光打碎了叶昀先前的强硬，他太容易在向远面前败下阵来，捂着脸颊，红着眼睛，像一个心碎了的孩子。

"走！"向远别过脸去不看他。

他却哽咽着，强忍着眼泪，慢慢地、慢慢地伏下身去，用被向远打得微红的脸颊贴住她屈起的裸着的小腿："不是人就不是人，我是小狗，但是我就是爱你，没有人比我更爱你。”

向远的脸也不禁一热，挪了挪腿，对着空气苦笑着叹了口气，她不是傻瓜，怎么会不知道叶昀的感情。然而这些年来，他把这句话说出口，却是仅有的一次。他真的就像一只快要被抛弃的小狗一样，紧紧地贴着她，干净俊秀的一张脸无辜而委屈，映衬着她的残忍。

向远心乱如麻，她不想这样了，她应付不了那么多了。

“别拉着！”向远用力抽出腿，朝叶昀心窝不轻不重地就是一脚，想要把他踹开，却被他打蛇随棍上地抓住脚踝，再也挣不开。她差点忘了，他看似无害，却远比她有力道。她吃力地挣扎，想要从他手里挣脱那条腿，纠缠间，反倒如同小儿女的嬉闹，平添了几分暧昧的情愫。叶昀澄澈的一双眼睛渐渐笼上了一层迷蒙的雾，手却抓得益发紧了。

向远急了，厉声道：“你快点给我滚，别逼我把杨阿姨吵醒，你不要脸我还要。”她抄起手边一个枕头，就劈头盖脸地朝他身上砸。叶昀却俯身去吻她的小腿，一边喃喃地说：“为什么不行？”

叶昀惊人的举动让向远反倒安静了下来，腿部的战栗一路蔓延着直抵心扉，他在问：为什么不行？

是啊，为什么不行？向远已经分不清究竟是世界颠倒了，还是颠倒的只是她自己。她心底某个地方死了，可身体还活着，人还活着。四年多了，她都快忘了自己是一个女人，她独自拥有的一张大床无边无际，别人都说，古老的家具有灵气，它吸人精血。她就在这叶家世代相传的床上，一个人衰竭，一点声音也没有，直到老死。

她已经不再年轻，面容虽没有多大改变，皮肤依旧紧致，可是微笑的时候，眼角已经有细细的纹路。也许她某一天从这张床上醒来，会发现自己已经白发苍苍……她为什么不能这样，像现在这样？

叶昀的唇沿着她的小腿蜿蜒而上，战战兢兢地越过她身上的曲线。也许下一秒向远就会将他驱逐，所以每过一秒，他都无比庆幸……他终于吻上她的脸，在她脸颊上的伤口处流连，血迹已经干涸，那里像多了一条红色的线。

“是谁干的？”

“一个疯子。”

叶昀与她贴得很近，急促的呼吸就在她耳边。情不自禁的时候，他轻轻在她的伤口上舔了舔，向远闭着眼睛，嗞了一声。他忽然疯了一样地去吻她微微张开的唇，那是他渴望了二十几年的温度，以至于终于得到的那一刻，他颤抖到无法自制。向远打过他一记耳光的手轻轻抚上了他的脸，叶昀，这可怜的孩子，他僵住了身子，如果让他这一刻去死，他也是快乐的。

他的吻毫无章法，狂喜地探索着身下这熟悉而陌生的躯体。向远的衣服渐渐被推高，叶昀如同初生的婴儿一般匍匐在她胸前，向远身上也热得厉害，她低低地呻吟，不知道是欢愉还是痛楚，心中的枯井激流如涌泉，然而当她尝试着用手去回应叶昀，才刚刚触到他，他便剧烈地颤抖了一下，重重地伏在向远身上，手上的动作渐渐缓了下来。

向远蒙上了欲望的一双眼睛先是疑惑，可她毕竟不像叶昀一般完全生涩，很快就明白了过来，身上的火如被一盆冷水浇湿，一时间分辨不出是失望还是解脱。就这么沉默了一会儿，她轻轻推了推还在她身上的叶昀，他迅速地坐了起来，扯过床上的薄毯手忙脚乱地遮挡着自己，年轻的一张脸上既有羞赧又满是恼恨。

“对不起，我，我太……”叶昀连看她的勇气都没有，恨不得把一张脸埋到胸口上。

向远知道他的难堪，小男生激动过度总是太过敏感，可是她心里空落落的，不知道该怎么安慰他，自己也是说不出的难堪，于是匆匆揉了揉他的头发，就起身进了浴室，殊不知叶昀的脸色变得更加窘迫和难看。

向远把水温调得很低，站在花洒底下，让水柱长久地冲刷着自己。怎样才能解释刚才的一切，真是一场荒唐的梦。她太不可理喻了，就算饥渴到饥不择食，挑选的对象也不应该是叶昀，就算不论伦常，她也会害了他一辈子。

她不知道叶昀在外面会做什么，有没有离开，只是独自站在水流中，自己也不知道究竟有多久。叶昀是个认死理的孩子，她开始痛恨酒精，到现在也没想出一个解决的办法，也不知道怎么走出去与他面对面。

浴室的门被推开了，叶昀站在门口，神色古怪。向远把湿漉漉的头发拨开，愣愣地看着他走近，措手不及地被他用力一推，赤裸着的身体重重地撞在冰凉的墙砖上，骨头差点都散了，还来不及发作，叶昀就整个人覆了上来，几乎是立即撞进了她的身体。向远在他的蛮力之下紧蹙眉头，他就像一只初生的牛犊，全无技巧，只有力度，像是急切地证明着什么，恶狠狠地，仿佛要将她击碎、吞噬。向远在花洒的水流中重重喘息，叶昀的全身也湿透了，水滴悬在他长长的睫毛上，滑过他光滑而匀称的肌理，那水珠仿佛也带着朝气而干净的光泽。

他多么年轻无瑕，就像早上的第一抹晨光，清新美好得让人不忍伸手去碰触，害怕转瞬即逝，害怕一碰就碎了。堪与他相伴的是最鲜嫩的叶尖上的第一滴露水，而她是什么？她是深夜里遮住了月光的阴霾。他刺破了她的黑暗，但黑暗一样会吞没他。

“向远，向远……”

他的嘴里只有这一句，仅有的一句，这是他唯一一次心生贪念，为了他唯一的挂怀，礼义廉耻全都不要，只要她。

第二天的清晨是个下雨天，向远从床上爬起来又去洗了个澡。她起身的动静让叶昀也醒了过来，他抱着枕头出了一会儿神，然后用力地掐了掐自己的脸，疼得差点叫出声来，这种疼痛让他心中被无与伦比的幸福和喜悦所充盈，将枕头归位的时候，他摸到了向远的旧手机。

还是他很久以前送的那款，四年前她便不再用了，没有想到她会放在床头。他有些不敢置信地摆弄着手机，居然还有电，里面的短信、电话簿都是空空如也，唯有通话记录中保存着一个陌生的电话，“7714”的尾数，日期是四年前，大哥失踪的第二天。

叶昀晚上并没有好好地睡，脑子一片混沌，听到向远洗澡的水声停了下来，赶紧手忙脚乱地将旧手机塞回原来的地方。

向远出来的时候就看到叶昀头发乱乱的，盘着腿坐在床上看她，满脸通红，带着一点点羞涩，一点点喜悦，还有一点点无辜。她很难把这个孩子和昨天折腾了她大半个晚上，把她整个人叠来折去的家伙画上等号。叶昀张了张嘴，像是要说话，没说出口，却低下头笑了。向远也没有话要说，于是只有擦着头发微笑。

这时，他的手机响了起来，在地上的牛仔裤口袋里。他裹着毯子去捡，笨手笨脚地按下接听键。

电话大概讲了几分钟，向远的头发已经吹到半干。

“那个……大队长让我赶紧回局里……”他苦恼地说。

“去吧，等一下我也要去公司。你那边没出什么事吧。”向远装作专心对付头发，一直背对着叶昀。

“没事，说是一起谋杀案，全队人都要回去开会。”

“哦。”向远转过身，正在穿衣服的叶昀不好意思，赶紧也背朝着她。他赶着出门，要回到自己房间换衣服、洗漱，走到门口，他想想又不对，匆匆折了回来，站在向远的身后，红着脸飞快地说：“我，我回来再找你，我有话对你说。”

“走吧，到时再说，我不一定回来吃晚饭。”向远说。

“我走了啊。”他说完了，人还不动。

向远无奈地侧过身：“再见。”

他没头没脑地在她脸上迅速亲了一口：“再见，晚上见。”

叶昀走出叶家的巷口才看到同事来接他的警车，其实本不需要走那么远的路，只是他并不愿意太多的人知道自己是赫赫有名的江源叶家的小儿子。要不是前几年叶骞泽的绑架案闹得沸沸扬扬，现在同事里也没几个人知道他就是江源叶家的小儿子。自从叶骞泽出事后，向远行事更为低调谨慎，叶昀的不张扬，她也是认可的。

天上飘着蒙蒙细雨，叶昀没有撑伞，朝警车一路小跑。他以往并不喜欢下雨天，这时却觉得雨丝凉凉地覆在脸上也是件好事，发昏发热的脑子这才稍稍冷却了一些。直到他在自己的房间里换衣服的时候，心里缠绕的还全是昨夜的一场绮梦，没有人的时候，耳朵都是热的，扣子也扣错好几次。他想，再不正常一点，自己迟早要死于一场高烧。这时就算淋着小雨，他心中却是柔风和煦，仿佛还有几只白色的鸽子在轻快地飞，那满满的喜悦，仿佛一不小心就会流淌出来。

车上的同事远远地已经为他拉开了车门，他钻进车里，正了正衣帽，前排的女警小李转头给他递了几张抽纸。

“干吗不打伞啊？身上半干半湿的最容易感冒了，快擦擦吧。”小李是和叶昀同一批进警局的，最近才调到一个大队，她对叶昀的好感大家都看在眼里。

叶昀在单位人缘非常好，是个特别招人喜欢的小伙子，长得好是众所皆知的，连续几年市局拍警队宣传片，他都是当仁不让的人选之一，穿上一身警服英姿飒爽，精神得很，那种赏心悦目不是咄咄逼人、拒人于千里之外的，而是健康又干净，好像就是邻家一个让人特别舒服的哥哥，没有侵略性，但又值得信赖。平时相处起来，他除了有些腼腆，性格也是无可挑剔，看上去像是公子哥出身，但是娇骄二气全无，绝对是一个五讲四美的好青年，工作中也能吃苦，身手过硬，办案脑子灵活。只不过叶昀身上没有办案人员特有的戾气，这可以说是优点，但也可以说是缺点。他不争勇斗狠，非到万不得已绝对不使用暴力手段，加入警队几年，除了在靶场，一枪都没有开过，领导也说，必要的时候可以再狠一点，可他始终还是那个样子。

尽管如此，同事们无论男女老少都挺喜欢他，尤其是女同事，年长的恨不能有这样一个乖儿子，年少单身的自然芳心萌动。可是不知道为什么，叶昀对这方面好像十分不开窍，女孩子约他一起玩，他也开开心心地去，和谁他都相处得挺愉快的，却总没有进一步的举动。二十好几的男孩子，也从没听说他有特别亲密的女性伙伴，一个都没有。听说优质的男人都去搞同性恋了，叶昀的性取向也被一些人在私底下质疑着，女警小李是不相信的那一类人，她始终觉得有些男孩子只不过在这方面比较晚熟，虽然和叶昀的关系始终不温不火，但也从来没有死心。

叶昀接过她递来的纸巾，笑着说了声“谢谢”，一旁的男同事故意打趣他们：“小李啊，哥哥我刚才淋成落汤鸡，整个人拖把似的，怎么不见你心疼？”

小李呸了一声，红了脸。叶昀却边擦脸上的水珠边漫不经心地答了句：“别胡说八道。”然后就一直专心地用手机发短信。

不断回头的小李看见这一幕，半开玩笑地问了句：“给谁发短信呢？以前给你发，你不是说很少发短信，有事还不如直接打电话吗？”

刚才那个贫嘴的男同事又插了句话：“当然是不好意思用嘴说的时候才用手按啊按的，我说叶昀啊，该不会是给女朋友短信传情吧？”

叶昀本来是想否认的，那个“不”字到了嘴边，又若有所思地笑起来，把那句话咽了回去，红着脸一言不发。这样可疑的神态无异于默认，这对于和他朝夕相处的同事来说可是个大新闻，车上几个男同事都起哄，吵着要他把“犯罪过程”详细招供，尤其要突出“犯罪细节”。叶昀心情大好，被他们推推搡搡地闹着，只是笑。

小李微微变了脸色，沉着脸，再没有说一句话。几个同事闹够了，见“犯罪分子”嘴太牢，也最终放弃，叶昀总算耳根清净。他的信息已经发了过去，之后手机一点动静都没有。一路上，他都反复地掏出手机查看有无回复，每一次心中都略感失望。他知道她一直都很忙，会不会根本没有时间回复他？这也不要紧，叶昀只是想和她说说话，但一时又不好意思打电话。

当思绪静下来之后，他忽然想起早上无意在向远床头的旧手机里看到的通话记录，那眼熟的感觉让他没来由地心慌。陈杰四年前用假身份证办的那个电话号码究竟是什么？134……中间的几位数是什么，他居然怎么都想不起来了。他越努力地想要在记忆里将它翻找出来，就越觉得自己的记忆不可靠。一定是自己多心了，向远当时亲口对他说过，绑匪除了第一天打来电话之外，再没有和她联系过，她没有理由骗他，完全不可能！

就这么一路想着心事，分局很快就到了。队里的人都在往会议室走，叶昀走着走着，忽然停了下来，叫住了在他前边几步之遥的女孩：“小李，等等。”

小李疑惑地停住了脚步，转过头来，有些冷冰冰地问：“什么事？”

“过来一下好吗？我有件事想问问你。”叶昀说话的时候明显地迟疑了一下。

会议室里已经有人在催促，小李虽然一脸的不情愿，但还是留了下来。

“有话就说吧。”说这句话的时候，小李的语气缓和了不少，叶昀脸上的困惑让她看到了一丝希望。

“我不太记得前一阵查到的陈杰在四年前用假身份证办的那个临时手机号码了，你还记得吗？”叶昀等不及去查卷宗，小李是负责资料这一块的，是直接经手这件事情的人。

小李竭力收敛自己的失望，不让它过于明显地流露出来，心情却再度跌到了谷底。

“134××××7714。”小李刻板地说出这几个数字时，语调和她脸上的神情同样冰冷，“还有什么事吗？我要去开会了。”

叶昀没有说话，好像也没有注意到小李的愤然离去。原来并不是他的记忆出了问题，其实他是记得的，只不过宁愿是记错了。向远有事情瞒着他，至少在大哥失踪那件事上是如此。她为什么要那么做？叶昀不敢想下去，只觉得遍体生寒。不，有些事情她没有说出来，一定是有不得已的原因和苦衷，向远做所有的事情都是为叶家好，为大哥好……也为他好。

“叶昀，你还磨蹭什么？”

拿着一叠材料经过叶昀身边的领导疑惑地问了一句。

叶昀如梦初醒：“哦，来了。”

第五十七章

皆是执念

她说完就笑了起来，笑着笑着，自己也觉得有几分凄凉。钱是什么？钱是王八蛋！可人人都爱王八蛋，到死都放不下它！

大家坐定之后，照例是案情分析。又是一场凶杀案，死者是一名中年男子，由于面部损毁情况严重，而且身上没有任何证明身份的物件，所以暂时没有办法确定身份。根据尸体的情况，可以大致推断出死亡时间在昨天中午十二点至两点之间。死者生前遭受严重的钝物击打，致命伤是后脑勺的那一下，有一小片后颅骨都凹了进去。面部的击伤虽然严重，直接导致了死者面部都难以确认，但那都是继后脑勺的重重一击之后发生的。从伤口的形状可以看出，凶器应该不是榔头或铁棍之类常规的作案工具，而是一个不规则形状的有棱角的坚硬物体。

尸体是在市内一个城乡结合部的出租屋里发现的，说起来还全靠房东老太太嗅觉灵敏，她今天一大早晨练的时候，经过自家的这间单间配套的房子，闻到了很重的血腥味，疑惑之下就敲了租户的门，这个时候房客通常都是还在睡梦中的。谁知她敲了好一阵，又叫了几声，都没有听见里面有反应。

老太太害怕出事，就用自己手上的钥匙打开门走了进去。这不进去还不要紧，拉开灯一看，差点没把快七十的老人家吓得当场昏厥，房间里凌乱一片，地上一大摊的血，一个面部被砸得稀烂的人躺在血泊中央。老太太吊着一口气，哭天喊地地冲出去叫来了街坊，大家赶紧报了警。没到七点，警察赶过来勘察了现场，初步可以断定这间出租屋就是案发的第一现场。

叶昀的同事从房东老太太那里得知，房子是租给了一对年轻小夫妻。小两口平时虽然经常争吵，但是从没有什么出格的事。那女的现在还挺着一个大肚子，男的听说是跟人跑船的，最近一阵倒是很久不见他出远门，大概是妻子即将临盆，要留下来照顾。

有胆大的邻居去辨认了一下尸体，纷纷断言死的人绝对不是这对小夫妻中的男的，因为那小伙子长得精神，高高瘦瘦的，而那具尸体虽然五官都看不清了，但从体形看比那小伙子矮上一截。果然，经警方详细检查之后，也发现死者的大致年龄跟这房子的男租客并不吻合。

房子里东西虽然散乱，但并不像是遭遇入室抢劫。租客的所有身份证明都已不见，掉落在地上的大多是衣服，那小两口也不见踪影。按说以女的即将临产的情况来看，没有重大的变故，通常不会匆匆离开，而且据说他们经济并不宽裕，刚向房东交纳了一个月的房租，没理由走的时候也不打声招呼。

根据这些情况，目前基本上可以判断这起凶杀案必定跟租房子的小夫妻有关。死者是谁？为什么倒在这间屋子里？凶器到目前为止也没有找到，但是可以确定的是凶手并非有经验的惯犯，出了事之后相当慌张，这从他匆匆逃离现场，没有做出任何掩盖罪行的努力，连尸体都来不及处理等这些细节上都可以看出来。

至于谋杀的动机，那尸体身上穿着的均是一些廉价的衣物，为财的可能性很小。最重要的一点是，犯罪嫌疑人在死者后脑勺上砸的第一下已经足以让死者失去行动能力，而他仍不罢休，继续在死者面部以相当凶残的手段狠砸了许多下。这更像是为泄愤杀人，而且事前并没有任何准备，纯属临时起意，事发之后才会仓皇出逃。

大队长在台上滔滔不绝地讲，叶昀人在聚精会神地听，但是心却不在会议室里。他当初一心一意要做警察，除了因为还是个孩子的时候就觉得警察有力量，可以保护自己所爱的人之外，很大一部分原因也是出于正义感。他曾经希望所有的坏人都得到法律的制裁，然而在刑侦队这几年，他接触了太多的案子，善和恶的界限却越来越难以判定。他见过走投无路之下杀了第三者的原配，见过不堪忍受有精神病的妹妹多年以来对家人的毒打、折磨而毒杀亲妹的姐姐，见过妻子被人强奸含恨自杀，四处奔走告不倒有权有势的强奸犯，最后激愤之下举起屠刀的绝望的男人。对与错，好与坏，情与理的标准是什么？世界上所有的事情都能如棋子一般非黑即白吗？这对即将共同迎接一个小生命出生的夫妻为什么要用如此拙劣的手段杀死一个男人？没有说不出的苦衷谁愿意亡命天涯？叶昀想，他也许注定做不了一个铁血无私的执法者，比起做一个正义的化身，他更想好好保护他所爱的人，保护他所珍视的一切。

眼前光线的晃动，让叶昀不得不把注意力集中在台上，原来是大队长打开了投影仪。背景墙的屏幕上出现了一男一女的证件扫描图，大队长解说道："目前我们已经将出租屋里的两位房客认定为第一嫌疑人，这两人应该是从昨天下午事发后逃离现场的，至今下落不明。这是我们从房东那里拿到的身份证复印件，男的叫滕俊，女的叫……"

一直置身事外聆听案情的叶昀脑子轰的一声巨响，他在坐满了人的会议室里忽然站了起来。

"……这两人一直以夫妻名义同居，女的在 ×× 路的 ×× 便利店做收银员，男的……叶昀，你有什么事吗？"大队长发觉了叶昀的异样，停下嘴里的解说。

所有的同事都把目光集中在叶昀的身上，叶昀也知道自己失态了，可是他心中的震撼太过强烈，不亚于一座山的崩塌。向遥和滕俊杀了人？这太可怕了。为什么噩梦一场接着一场地降临？究竟到什么时候才能醒过来？究竟要到什么时候！

“叶昀，你有什么需要提问的？”大队长皱着眉，看着这个大惊失色的年轻人。

叶昀用力地喘了口气：“我……我认识他们。”

……

散会后，叶昀去了一趟洗手间，洗了把脸。四下除了他之外，一个人都没有，他拿出手机，拨通了那个熟悉无比的电话，连续很多次，对方一直显示在通话中。他知道，向远很快就会从其他人那里得知向遥的事情，唯一的妹妹出了这样的事，她该有多难过——叶昀知道向远对待向遥并没有她自己期待的那么冷血。

叶昀离开后没有多久，向远就发现了一直放在床头的旧手机被移动过。她太清楚它摆放的位置，以至于闭着眼睛也能在第一时间摸到它。向远的房间一向不需要杨阿姨打扫，这就是说，叶昀动过了这个手机，他很有可能已经看到了上面的通话记录。

向远靠在床头，长久地看着手里最后的那个电话号码。叶昀发现她骗了他会怎么做？他是做警察的，只要有心，顺藤摸瓜地追查下去，或许会发现更多的疑点。假如有一天，当他终于知道了事情的真相，会不会大义灭亲，英雄杀嫂？向远想到这里，竟然觉得有几分荒唐可笑。她应该害怕的，可是她没有。这个电话早在四年前就应该删掉，任何事情不做则已，要做就要干净利落，干得漂亮。可是，直到叶骞泽失踪后，向远才发现，两人几年的夫妻，除了叶家的产业，他并没有留下来什么。他们没有一张双人合影的生活照，没有互赠过礼物，就连那杯冒着热气的莲子枸杞茶都永远成了过去。她想要留住一些东西，至少证明她和那个男人的曾经不是幻梦，她需要一些东西来承载她仅有的一点怀念，所以才删了所有的记录，唯独留下这通电话，尽管她比谁都清楚，这是多么的不明智。

放下手机的时候，向远心里竟有种莫名的轻松，她想，如果报应迟早要来，那么，叶昀亲手给她的，毕竟要比别的方式好得多。

准备出门之前，向远收到了叶昀的短信，一共有两条：

——“我是做梦吗？”

——“如果是梦，我很快乐。不要叫醒我。”

这还是他在她面前一贯的傻气天真。向远看过之后，没有回复。如果是梦，不如就让这场梦安静一些，不要吵，也不要动。是谁说的，由来好梦最易醒。

眼看就要到公司，叶秉林所在的医院打来电话，说他一大早又有中风的迹象。叶秉林这几年一直常住在六榕寺，寺里的僧人得了香火钱，一直对他颇为照顾，他在那里生活得很好。向远每周都会去看看他，叶昀反倒去得少一些，但每十来天都会去一回。这半年来，叶秉林的身体急转直下，人老了，就像一台磨损了的旧机器，修好了这里，那里又坏了，实在没有办法，向远又把他送进了医院。

这一天，向远有两个会议、一个活动。一件接着一件的事情已经耽误了她太多的时间，可是叶秉林的事情她也不能不管，于是只得掉转车头，赶去医院。

走到叶秉林的加护病房前，主治医师和护士已经等在那里。向远问：“我公公怎么样？”

医生小心地斟酌着语句：“您也知道的，以叶老先生的身体状况，能够维持到今天已经相当不容易。他脑部的血管非常脆弱，就像一个不知道什么时候引爆的定时炸弹。叶老先生好像也清楚这一点，不过他现在心态相当平和，这对重病患者来说是件好事……当然，我们一定会竭尽全力……”

“我知道了。”向远接过了医生的话，她怎么会听不出那话里的言外之意？早在叶太太身故的时候，叶秉林对生死就已经看得很淡了，比起老爷子，她才像是放不下的那一个，她已经不欠叶家什么了，可是，叶家的人却一个一个地离开。

她独自推门进去，坐到病床边的凳子上。叶秉林在她进来的时候就微微睁开了眼睛，看到是她，微微地笑了一下，嘴角扬起的动作仿佛都耗费了他许多的精力。

向远把从叶秉林手中跌落的书捡了起来，那是一本《大方广佛华严经》。她翻了翻，书页已经很残旧了，也不知道老爷子看了多少回，病成这个样子了还手不释卷。

“要多休息啊。”向远对病床上的公公说。

叶秉林语声微弱：“向远，药医不死病，佛度有缘人……”

“真的有佛存在吗？”向远不知道和一个病入膏肓的老人讨论这个有无意义，但是她忽然很想知道。

“你信就有。”

“可是我不信。”她想，这是不是就是她从来得不到庇佑的原因？

叶秉林说话喘得厉害，他问：“公司的事，一切还好吧？”

“好！好得不能再好。”向远扭头把书放到床头柜上，江源是老爷子一生的心血，他放不下是当然的。

“你一个人……也不要太辛苦。”叶秉林说完几个字，就必须休息片刻，才能艰难地往下说。叶骞泽失踪的事情还是没有瞒住他很久，有太多的流言传闻，防不胜防，这也是老人身体越来越差的原因之一。

“向远……”吐出这两个字，叶秉林已经非常艰难。

“医生说您需要静养，有什么话，好了之后再说吧。”向远帮老人拉了拉被子，劝道。

叶秉林却极慢地摇了摇头，嘴一张一合，仿佛有什么话必须要讲，可是他的声音太弱，向远只看到他双唇启动，却什么也没听到。见他如此执着，她于是便俯下身去，把耳朵靠近老人。

他重复第二遍的时候，向远终于听懂了。她用极其复杂的眼光看了一眼自己的公公，慢慢地直起了自己的腰一言不发，许久，才冷笑了一声。

叶秉林说的是——“既然骞泽……阿昀他一直放不下你……”

向远对自己说，他都是一个将死的人了，何苦和他计较呢？听着就罢了。可是今时今刻，她偏偏咽不下这一口气，多少怨忿都在这一刹那堆上心头。叶昀怎么样是一回事，但是从叶秉林嘴里说出来又是一回事。向远不信叶秉林直到现在才看出叶昀的小心思，否则当年他们父子的一场争吵为的又是什么？叶秉林是一手把向远拉进江源的人，没有他，也许向远会是沈居安手下的一个打工皇帝，但是叶秉林用“恩情”两个字留下了她，之后又极力地促成大儿子叶骞泽和她的婚事。

很多事情向远不愿意说，可是不代表她不知道。叶骞泽一向优柔寡断，当时心里又摇摆不定，如果没有老父在后面推一把，他未必会在那个关键的时候义无反顾地求婚。这也就罢了，是向远心甘情愿将身嫁与，她摆脱不了那晚月光的诱惑，与旁人无关。也正是如此，这些年来，她竭力扮演好叶骞泽的妻子、叶家的儿媳妇这些角色，如叶家人所愿，一次次把公司从危难中引向正轨。她用一个女人最好的时光换来江源无比风光的今天，自己却一个人形影相吊。叶骞泽不是她的丈夫，江源才是！这些年维持着公司，维持着这个家的人不姓叶，姓向。

现在好了，大儿子也许回不来了，老爷子说，这样吧，小儿子对你也一直有心……谁说他老糊涂了，他一点也不糊涂，他要用同样的方式把她一辈子拴在叶家，为他们卖命，没有异心，永不超生。这真是一把再精明不过的如意算盘。

向远没有哪一刻比此时更恨叶家这两个字，见鬼的叶家！她诅咒它，在叶家看来，她是什么？不是一个人，而是一个工具，一个被感情奴役的工具。

向远不知道自己的恨意有没有赤裸裸地写在脸上，但她不在乎，她再度俯下身，无比讥诮地问：“您就这么纵容自己的媳妇和她小叔子乱伦？为了公司，您老人家也真不容易啊。可是，您怎么能肯定我跟叶昀也有了一腿，就再不会对叶家有二心？假如我要把江源收入囊中，您就算有十个儿子排着队献身，也一点用都没有。”

“……你……你不会的……”叶秉林气若游丝。

“我会！”向远咬牙，贴近老人的耳朵低语道，“您这么信任我，我很感动。但是，假如我告诉您，是我让人撕了您那宝贝大儿子的票，您还会不会继续相信我？”

她说完就笑了起来，笑着笑着，自己也觉得有几分凄凉。钱是什么？钱是王八蛋！可人人都爱王八蛋，到死都放不下它！

叶秉林的眼睛骤然睁大，死死地看着向远，喘气如同风箱，却再也说不出话来，只有一滴浑浊的泪水悄然从眼角滴落。那目光中有惊愕，有仇恨，有恍悟，渐渐地竟然变得柔和，仿佛带着悲悯。

向远仿佛在自说自话：“到了现在，我觉得够了，什么都够了。如果您还有力气，就留着，说不定还能等到看我的报应。”

叶秉林徒劳地张嘴，最终放弃了发声，颤动着一直还插着点滴管的手，从枕下摸索出纸笔——他发病过几次，严重的时候嘴歪眼斜，只能用手指夹着笔僵硬地写下自己想说的话。

向远冷眼旁观，看他艰难地在纸上涂画，每写一笔，都如同爬一座山。

他停下手的时候，向远仔细端详了几眼，她以为叶秉林会诅咒她这个杀子仇人，但是那纸上歪歪斜斜地只有几个大字：“我想你幸福。”

向远愣了一下，酸楚不期而至，她说：“我怎么还会幸福？”

叶秉林一再摇头，继续费力地移动着拿笔的手。写完之后，他的呼吸如同长叹，但还是缓慢而坚决地把那张纸塞到向远的手里。

一念放下，万般自在。

这就是老人要给她的话。

向远喃喃地重复着这句话，老爷子居然没有恨她，他是真的参透了，也放下了，可是生命也走到了最后一程。像她这样，如何能想放就放？除了那些执念，她一无所有，一旦放下，情何以堪？

整个上午，叶秉林的那句话都在向远心中徘徊不去。她很难相信叶秉林在知道真相后，对自己竟然没有仇恨，只有怜悯。他说出关于叶昀的那番话，真的只是为了成全她的孤单和小儿子叶昀的一颗心，再没有别的企图？放下……放下……她还有资格“万般自在”吗？

第五十八章

报应到了

“叶昀，我说这个世界上有报应，你信吗？”

“如果有报应，就全都报在我身上。”

回到办公室不久，手机响了一声，还来不及接，铃声就戛然而止。向远起初以为是叶昀，他最喜欢来这套了，一拨通就按掉，骗她打过去。她打过去问他有什么事，他就说自己没打电话，按错了键而已，但是往往说很久都不肯挂断。

但这次不是叶昀，而是一个陌生的固定电话，大概又是六合彩之类的东西，向远没有在意。谁知过了几十秒，手机再次响了起来，还是相同的号码。

这一次向远接了起来。

“喂，我是向远，您哪位？”

另一端没有声音，向远皱眉，正待放弃，几近低不可闻的哭泣声传来，向远愕然，但很快反应过来：“向遥，你是不是向遥？哭什么？说话啊！”

对方没有回答，只是哭。

向远已经可以从声音断定是向遥。向遥很久很久都没有给她打电话了，这几年来，向远想要知道这个妹妹的近况，不得不靠人专门在暗地里打听，每个月一次，知道她平安，向远才能放心。虽然向远一直反对向遥在生活极度不稳定的情况下要孩子，但是在所托之人送来的照片里看着向遥的肚子一天天隆了起来，向远心中并不是没有感触，自己这辈子大概是和自己的孩子没有缘分了，但向遥可以。她甚至想过，等到向遥做了妈妈，性格也许会变得更成熟，更平和，那么，姐妹俩的关系也许还有改善的一天。但是在这一天到来之前，向远想不出向遥会为了什么打电话给她，而且还哭得这样伤心。

“先别顾着哭，给我说话！”向远担心她出事，差点就沉不住气。

谢天谢地，对方总算有了回应，那哭声却没有停止：“……向远，怎么办？出事了，怎么办……”

向远按捺住自己的焦虑：“出什么事了？你慢慢说，把话说清楚。”

“我们……我们杀了人，他死了……我很害怕……”向遥的声音听起来好像还没有从噩梦中回过神来，带着惊魂未定的战栗。

向远大吃一惊：“你说什么？你们是谁，你和滕俊？他又是谁……向遥，你先别哭，慢慢说啊。”

“他是阿俊的一个朋友，以前阿俊和他在一条船上做过事，不知道前几年犯了什么事，逃去泰国躲了几年，前一阵子回来了，阿俊收留了他，让他暂时在我们住的地方躲一躲……阿俊一向对朋友很好，我也没有办法，可是，那个人他是禽兽……昨天中午，阿俊出去买东西，他……他竟然对我动手动脚，连一个孕妇都不放过，简直不是人……”向遥说到这里泣不成声。

向远也呆住了，滕俊的朋友，过去在一条船上做事，几年前犯事出逃，最近刚出现，昨天中午出了事……她握紧了手机，觉得自己的一颗心都要跳出来了：“向遥，你告诉我，那个他是不是姓陈，叫陈杰？”

“我不知道，应该是……阿俊叫他杰哥……我一个人在家，他那个样子，我很害怕……我跟他说了不要，不要，我肚子里还有孩子，可他不管……我叫了，他压在我的身上，死死地捂住我的嘴巴。我以为我会死，我真的以为我会死……”向遥说起这可怕的一幕，连声音都失控了，尖锐得刺耳，“后来阿俊回来了……阿俊气疯了，抓起茶几上的玻璃烟灰缸，用力地朝那个人后脑勺砸了一下……那个人流了好多血，跌倒在地上爬不起来了，可阿俊还继续砸，继续砸，砸到他的整张脸血肉模糊的。我说，阿俊住手啊，你会打死他的……可是阿俊不听，他什么都听不进去，一直砸一直砸，最后……那个禽兽真的死了，他死了……向远，阿俊都是为了我，那个人死有余辜，可是警察不会放过我们的，我们一定要走，你帮帮我，帮帮我们……”

向遥说得断断续续，语无伦次，可是向远算是听明白了。原来是滕俊杀了陈杰，正好可以解释陈杰的失约。这不是冤孽是什么？报应来得如此之快，可是为什么要挑上向遥？向远想说的是，她和向遥并不是什么好姐妹，早就桥归桥路归路，要惩罚也不应该轮到向遥啊。

可是现在大难临头，不是自艾自怜的时候，向远收敛心神，强自镇定地对电话那头的向遥说：“你别傻，你能跑到哪儿？记住，杀人的是滕俊不是你，你大着肚子走得了多远？滕俊呢，他在不在？你跟他说，回来自首吧，我会给他找最好的律师为他辩护，争取在量刑上减到最低。他动手是事出有因，法院会考虑这个的……你相信我……”

向遥抽咽着：“不行的，阿俊不会答应的，他不让我和你联系……我也不知道为了什么……杀人偿命，这个我知道，就算不死，他也要坐一辈子牢。我的孩子就要出生了，不能没有爸爸，我要和他一起逃，至少这样我们还可以在一起。”

向远顾不上说服她，向遥是个小事聪明大事糊涂的孩子，她还有更重要的事情需要弄清楚：“滕俊为什么不让你和我联系？你确定那个人已经死了？你们现在在哪里……你先别说话，电话在哪里打的，安不安全……四周有没有人……滕俊去哪里了……你不告诉我，我怎么帮你？”

“公用电话亭，我在公用电话亭。我背着阿俊出来的，我知道，你比我们都有办法，可是他说他不会相信你……阿俊……”

“你打给谁？打给向远？你疯了吗！”电话那头传来滕俊的声音和抢夺声。

“喂，喂，滕俊，你听说我，向遥她现在不能……喂，喂……”

电话骤然被挂断，所有的呼喊都成为徒然。向远的心跳声仿佛被那断线的忙音左右，一声一声，规则，急促，空洞。

陈杰死了。向远不知道自己算不算舒了口气，可是杀死陈杰的人是滕俊，她妹妹的男人，未出世的外甥的父亲。事情把向遥扯了进来，糟糕到无以复加。现在向远只担心向遥，抢过电话的滕俊会不会伤害她？她的身体状况怎么经得起这样的折腾？

助理小吴敲门走了进来：“向总，有两位客人在外面……”

向远抬起头来：“我不是说了吗，没有预约的一概说我不在。”

小吴被向远的神情吓了一跳，战战兢兢地说：“可是……可是他们是警察，说是要向您了解一些情况。”

来得很快啊。向远在心里苦笑了一声，好事一不小心错过了，就有可能再也不出现，可坏事不管你怎么躲避，该来的还是一样会来，这算不算一点卑微的生活智慧？

“请他们进来。”向远深吸了一口气，坐正了身子，面容恢复如常。两个身着制服的男人走进来时，她气定神闲地笑了笑，“小吴，招呼两位警官坐下，倒茶。”

向远回到家已经很晚，没想到叶昀比她更晚，房门被推动的时候，她知道不会是别人。向远将坐在梳妆台前一遍又一遍地点着一叠纸币的动作停住，转过身，叶昀连帽子都没摘，而以往他最讨厌头上多一个束缚。

叶昀站在她的身边说：“我的同事……他们是不是去找你了？”

向远坐着，看不见叶昀的脸，只看见他一身的警服，和今天那两个警察一模一样的打扮。她点了点头：“是的，我知道了。该问的他们都已经问过了，可是我也不知道向遥在哪里。我不该放任她一个人在外面，是我的错。”

叶昀低下了头，台灯下披散着头发的向远面庞消瘦，神色凄凉，她不是无所不能的向远，而是一个不知所措的女人。

“我给你打过电话，想让你有个心理准备，我也惊呆了。可是你的电话一直占线，我当时没办法拨通，后来身边一直有人。你知道的，这毕竟是起谋杀案，而且上面刚下了严打的文件，要重点抓这类恶性案件，所以……”

叶昀打电话的时候，她应该正和向遥在通话中。向远何尝不知道叶昀担心她，叹了口气：“叶昀，向遥的性格你是知道的，她虽然任性，但其实心比谁都软，她是不可能下那个狠手的，而且还有一个月她就到预产期了……你答应我，一旦有了她的消息，你一定要告诉我，还有就是，尽量别伤害她好吗？”

“只要我能做到，我有什么不答应你的？”叶昀说。

向远牵动嘴角笑了笑，叶昀看着地板，他的影子和她的重合在了一起。他试着用手轻轻触了触她的发梢。叶昀记得小时候，他见过刚在河边洗了头，披散着长发的向远，那时他就很想摸摸她的头发，可是从来都不敢。长大后，向远出现在他面前的时候，不是扎着马尾，就是盘着头发，她将头发放下来的样子只有在另一个男人——他的亲哥哥的面前才会展示，他以为自己永远只能远观，永远都触不到它。

向远没有抗拒，只是淡淡地说了句：“我都有白头发了。”

叶昀站着将她搂入怀里：“在哪里？通通拔下来给我。”

向远的脸触到了叶昀身上的金属扣子，冰冷坚硬，可他的身躯却是热的。她举高了一只手，摩挲着他的脸：“我只有你了，你一定要好好的，一定！”

叶昀半蹲下来吻她的唇，一切都是假的，都是残酷的，唯有身体是真的，如此美好。向远闭上眼睛，感受他年轻的躯体和熔岩般迸发的激情，她所记得的只有那一句：“叶昀，你要好好的。”

……

再不知疲倦，激情也会退潮。向远半靠在床头，叶昀躺在她身边，仿佛已在疲倦中入睡。他的脸紧紧偎着她赤裸的手臂，稍稍一动，他就醒了。

“向远，我想问你一个问题可以吗？”叶昀抱住她的手说。

“好啊，只要是我可以回答你的。”向远用另一只手顺了顺微微汗湿的头发。

“你跟我……的时候，从头到尾都是闭着眼睛，是不是因为你不愿意看到我的脸，你把我当成了他？”他说这句话的时候，也紧紧地闭上了眼睛。

向远的动作停顿了下来。他说的是真的吗？她的身体如此清晰地感觉到叶昀，难道让她闭上双眼的是她的心？她甚至已经不明白自己对于叶昀是怎样的一种感受，也许是罪孽的、不堪的，可是感受到叶昀快乐的那一秒，她何尝没有欣慰？至少有一个人是全然的幸福，她愿意给他，她的小叶昀。

向远的沉默让叶昀有些失望，但是他很快又自圆其说：“没有关系，你就把我当成他，我不介意的。如果他不回来了，那我就是他。”他翻身起来，在自己的警服口袋里一阵摸索，然后半趴在向远的身上，把一个小小的东西举到她的面前，“这是大哥叠的一颗心，它飞走了，现在它是我的，我把它送给你。”

那是一颗用纸牌叠成的心，依稀还看得出是个黑桃K，当日在度假山庄的那个牌局，叶骞泽本该赢了向远，可他收起这张牌，叠成了一颗心送给了她。他的地盘就是一颗心，她拿到了，却飞走了。向远把那颗心拿在手里，百感交集，骞泽啊骞泽，你说我们两个到了今天，究竟是谁赢了谁，还是满盘皆输？

向远明明记得，这颗心被那晚的夜风吹走，而叶昀恰好就住在隔壁。她想象着叶昀等到深夜，在他们终于熄灯之后独自在草丛中寻找，夜晚的露水打湿了他的衣服，向远干燥而坚硬的一颗心，终于也有了微微的潮湿。

“傻瓜，你是你，他是他。”向远对叶昀说。

“可是你心里有事，会不会瞒着大哥？”叶昀问，眼睛一直没有离开她的脸庞。

向远也看了他一眼：“人的心既然都放在各自的胸膛里，那自然是有别人看不到的地方，不管多亲密都是一样。但知道得少一点，未必不是一种福分。”

叶昀合上了双眼，没有再说话，向远以为他睡着了，他忽然低声说了句：“向远，我相信你。”

向远的笑闷在胸腔里。

“叶昀，我说这个世界上有报应，你信吗？”

叶昀却误解了她的话，用力地用手环住她：“如果有报应，就全都报在我身上。”

“胡说什么，童言无忌！”向远斥道，后悔自己起了个这样不祥的话头。叶昀却笑了：“你怕我出事，怕我会死？我不会的，向远，你放心，我会一直在你身边，假如我死了，也是你身边的孤魂，一直不走，一直不走，你会害怕吗？”

向远推了他一把：“再说这些就给我滚回房去。”

叶昀依旧咬着嘴唇笑，手却又不规矩起来。

“啧，别动……叫你别动……停，我手机响了，叶昀，你听见没有？”向远费了九牛二虎之力才从他不依不饶的纠缠中摆脱出来，依旧是陌生的电话，却不是白天的那一个，她心中一动，赶紧接起。

果然是向遥，她不再哭了，声音却很微弱：“向远……我很害怕，阿俊他现在变得让我都不认识了，我和孩子会不会死？可是我不想死……”

向远却笑了起来：“何太太啊，原来是您，今天怎么那么有空……怎么，何先生不在家，以往这个时候他不是总陪着您，现在去了哪里……”

向遥总算还没有糊涂到底，向远身边有人，可是这么晚了，谁会在她身边？

“我也不知道他去了哪里，他说要去外面探探风声……我一个人，这里很黑……”

向远下了床，赤脚走到床边，她可以声音轻快，却唯恐眼里的焦灼骗不了叶昀。

“喝茶？当然没有问题，您现在在哪儿？我马上赶过去。”

“你不要来。向远，你自己要小心……”

“那好的，何太太，您等等我，我等一下就到，好茶我自然是不会错过，那等一下见。”

向远说完的时候，对方其实已经收了线，她开始飞快地穿衣服。

“这么晚了要去哪里呀？”叶昀愕然，也流露出小小的不情愿。

“发改委何主任的夫人有约，我当然是要去的啊。”向远背对着叶昀系着扣子。她不想说谎，但叶昀毕竟是个警察，她必须保护向遥，但是也不能让叶昀为难。

“一定要去吗？”叶昀也坐了起来。

“傻瓜，有些人当然是必须要应酬的。我说不准什么时候回来，你先睡，或者……回你自己的房间？”

向远没有和叶昀再多说，开门之前，叶昀在后面急着说：“等等，我送你。太晚了你自己去怎么行？”

向远回头一笑：“不是还有小陈吗？一个电话他就到了。”

今天下班的时候，向远特意让小吴想办法去查向遥打来的电话号码所在地的大概位置。她相信，以向遥现在的身体状况，就算出门打电话，也必定走不了多远，这么看来，向遥和滕俊还在本地。

向远婚前曾经在本市的一个地方租住过一套小公寓，刚结婚那时，曾经把钥匙给过向遥，后来姐妹俩闹翻了，向遥一气之下就搬了出去，但是房子向远一直都没有退。正如她有一次在电话里对向遥说的：“你再讨厌我也好，那把钥匙你拿着。假如有一天，你和滕俊有了什么矛盾，吵架也好，打架也罢，至少有个安身的地方。你可以永远用不着它，但是需要的时候，它是你的后路。”

如果没有猜错的话，滕俊和向遥的通缉令已经下了，机场、火车站、汽车站对于他们来说都是危险的地方。一时走不了，两人身上又没有多少钱，向遥不可能露宿街头，走投无路之下，她会想起这条后路的。

第五十九章

逃亡终结

“走！”她的神情几近癫狂，却带着最后的乞求，只想让他离开。

向远在楼下等到小陈开车过来。离开叶家一段路程之后，她下了车，吩咐小陈把车开回公司车库就可以回家睡觉，自己却招手拦了一辆出租车，绕了一个圈，才往小公寓的方向去。

站在楼下的时候，向远往二楼的窗口望去，黑压压的一片。她在这里住过几年，小公寓就像她在G市的第一个家，还住在这里时的向远虽然远比现在贫穷，但一颗心却是自在的。后来她也曾经打算过把它买下来，无奈屋主执意不肯出售，向远也不愿意强人所难，于是只好作罢。没想到深夜再回到这里，心里竟是这般沉重。

向远上楼梯的时候把脚步放得很轻，几年来这里的变化并不大，就连楼道的灯光都还是一样的忽明忽暗。她熟门熟路，也不受黑暗所限，一路悄然无声地走到熟悉的那扇门前，先是用手轻轻蹭了蹭门把手，然后把手指举到眼前，上面一点灰尘都没有，这更加证实了她的猜想。没有人住的时候，房东受她所托，每隔一段时间会来打扫一次，但这个所谓的一段时间，可以是十天，可以是半个月，总之不会太勤。这房子的位置闹中取静，灰尘相当之大，如果不是有人近期出入过，门的把手不会这么一尘不染。

她掏出钥匙插进锁孔，手腕旋转，轻轻的咔嚓一声，门应声开了。房间里比走道光线更暗，窗帘紧闭，只有矮凳上点了一根极细的蜡烛，火光如豆。向遥已经十分臃肿的身子一半在微弱的光线中，一半隐在黑暗里。她一手拿着一块像是三明治的东西，另一只手对着烛光在墙上变换着手影。

向远不知道向遥一直比画的是什么，只知道在门开的那一瞬间，向遥惊慌失措地朝这边看了一眼，手里的东西无声地掉落在地上。

“谁！”向遥低声惊叫，想躲，才知道小小的空间根本无处可躲。

“我，别吵。”向远飞快地闪身进来，小心地关好门。

“向远，你怎么会来？”向遥的表情依旧惊魂未定，在跳动的烛火映照下，她头发散乱，肚子高高隆起，浮肿的脚边掉落了半块面包，不远处还有几盒吃过了的方便面。

看到她把自己弄得如此狼狈，向远心里也是一酸：“我怎么会来？我怕你死在外面都没有人知道。”

“我以为你再也不管我的死活了。”向遥蹒跚地站了起来，略肿但依旧清丽的脸上有一行清泪，在火光下亮晶晶的。

向远不得不去扶她：“我不想管你，但是谁叫我答应过我们死去的爸妈要照顾你？”

屋子里只有向遥一个人，看来滕俊并没有回来。

向遥想了一下，紧张地揪住向远的衣袖：“我没有告诉你我在哪里，你怎么可能找到这儿来？”

“你以为你藏得很隐秘吗？”向远短促地苦笑了一声，“我找得到，别人也找得到。别说那么多，你马上跟我走。”

“去哪儿？”

“离开这里。他杀了人，一样也逃不掉的，难道你要拖着肚里的孩子跟他一起死？你在我身边，后面的事我来解决。”

向遥迟疑地点了点头，但是又马上不断地摇头：“我跟你走了，阿俊怎么办？向远，你不能不管他，他也是被逼的。”

向远也急了：“废话，我管得了他，他肯让我管吗？你的阿俊把我看成不共戴天的仇人难道你不知道？我让他自首他肯吗？向遥，你要搞清楚，你可以脱身，但他确实杀了人，事情没有那么简单。他不肯听我的，我就更保不了他。”

听到这里，向遥哭着想要挣脱向远的手：“不行，我不能抛下阿俊一个人走，我不能离开他。”

向远死死地拉住她，被她出其不意地用头一顶，不由得倒退了一步，气不打一处来：“他就那么重要，比你的命还重要？你不要告诉我你今天才发现你原来是那么爱他！”

向远的话不无嘲讽，但也事出有因，尽管向遥跟滕俊这么多年分分合合地在一起，但是向遥从来没有承认过自己对滕俊的感情，她总是玩世不恭地说：“就这么混着呗。”就连肚里的孩子都已经三个月了才糊里糊涂地发现，最后舍不得打掉，这才留了下来。

向遥的脸上涕泪交加：“是，我不爱他。我以前跟你赌气，你不让我跟他在一起，我偏要这样。但是向远，人是有感情的，这口气我赌了那么多年都习惯了，现在我是真的不能离开他。”

不知是不是因为被向遥没轻没重地用头顶了一下，向远觉得胸闷气短，虽然恨铁不成钢，但也毫无办法，向遥这个状态，是什么都听不进去了。向远也不再劝，点着头说：“你有情有义，好，向遥，我再问你一次，你跟不跟我走？如果你不愿意，我这就离开，从此以后再也不会管你的事。你跟着滕俊就这么逃吧，看你们躲得了多久，就算躲过了一时，也像阴沟里的老鼠见不了光。你一辈子这样也就算了，你的孩子呢？你让孩子也跟你一起逃亡？”

向遥捂着脸痛苦地坐回了椅子上："能不能别说了向远，求求你别说了。"她只要肯往深处多想一步，就会知道自己的坚持是一条死路，向远没有说错，她一辈子可以这样，但是孩子是她的死穴。

"你从来就不肯听话，这一次就听我的吧。"向远说完，俯下身来，为不能再弯腰的向遥穿鞋子。向遥一只手撑在床上，泪流不止，但是却没有再挣扎。她的脚水肿得太严重，一双软底的布鞋怎么也扣不上鞋扣。向远知道这里不能久留，也不由得有几分急了。可就在这时，门把手被旋动了，向远刚回头，关好的门已被人推开。

"你想干什么？"门口的黑影朝向远猛扑了过来，蹲在向遥脚边的向远被一阵强劲的力道往后一掼，当即摔倒，后脑重重地磕在墙角的斗柜上，一时间天旋地转。

那个黑影还不肯放过，直逼了过来，一只手扼在了她的脖子上，颤抖地说："你还不肯放过我们……你要怎么样才肯放过我们？"

向远吃力地用双手去扳卡在她脖子上的手，听见向遥在那个人身后尖声哭叫："阿俊，你放开她，快放开她，你疯了吗？"

滕俊听到声音后手劲略松，但是没有放开，只是回过头看着已经穿好了一只鞋子的向遥，低声问道："遥遥，你要跟她走？你怎么能跟她走呢？"

向远竭力地呼吸，断断续续地说："滕俊，你还是个男人吗？一人做事一人当，你杀了人，现在警察到处在找你，你想让向遥跟你一起担惊受怕？你要是真的爱她，就让她跟我走，有什么事，都让她把孩子生下来再说……"

"你住口！我不会相信你的，你就是一个恶毒的女人。"

向远已经快四年没有和滕俊打照面，此时近距离地对望，才发现当年那个憨厚帅气的小伙子像是变了个人，黑和瘦都不说，两边脸颊都凹陷了下去，颧骨高高地突起。如果不是她知道他的底细，怎么也不能相信这是个和叶昀同龄的年轻人，生活的艰难太容易消磨一个人了，更何况他心中充满着不平和怨愤，曾经乐天知命的一双眼睛变得多疑而暴戾。

向远的喉咙又是一紧，呼吸都成了奢侈。她知道滕俊恨她，从她决定把他开除出公司那一刻起就恨。之后滕云的失踪，更是滕俊加到她头上的一笔恶账。

滕俊一边收紧自己的手，一边说："遥遥，她找到这里，不可能会那么好心，肯定有见不得人的企图，肯定有！"

谁知道向遥也扑上来使尽吃奶的力气扳着滕俊的手，情急之下，扳不动就用牙使劲地往他虎口处咬。这一下咬得不轻，滕俊吃痛，伤心至极地对自己心爱的女孩说："你还是一心向着她？你不是口口声声说讨厌她吗？"

向遥见他还不松手，就一下一下地推着他的肩膀，拍打着他："我讨厌她是我的事，但她从来没有害过我，她是为了我好，你懂吗？"

滕俊红了眼睛："我不懂，你说她不会害你？为什么你就不肯相信我说的话？她的心比谁都狠，为了钱，她连自己的丈夫都肯撕票，何况是你？"

向远忘记了眼前的危险，屏住了呼吸，滕俊怎么会知道？莫非……对了，陈杰死了，他用来要挟她的录音一定落到了滕俊手里，这是她注定逃不过的劫？

"你胡说！她怎么可能杀了叶哥哥，叶哥哥是被坏人绑架的……"

"你也相信她的这出戏？"滕俊冷笑了一声，"她利用我堂哥去为她卖命，结果让堂哥和一整条船的人都做了替死鬼给叶骞泽陪葬。整条船的人都死了，只有陈杰那个王八蛋抓住一块舷板，漂了一天一夜，遇到外籍的渔船才捡回了一条命。更可恶的是，你的好姐姐把所有的罪名都推到替死鬼身上。陈杰知道有人在追捕他，所以躲在泰国四年都不敢回来，直到现在……陈杰不是个东西，我看错了他，差点让你受了委屈，遥遥，可是他说的都是真的，他手里有能够证明这一切的录音带。现在他死了，录音带在我手里，你还看不清你这个姐姐的真面目吗？她比你精一百倍。”

向遥茫然地听滕俊说完，又看看向远。

向远的无言震惊让滕俊相当满意：“你怕了吧？没有话说了吧。向远我告诉你，你想要我手中的录音带，就想办法让我们一家三口平安离开。你有的是钱，一定会有办法的。否则，我保证会让你的丑事曝光！光脚的不怕穿鞋的，谁比谁更惨，大家走着瞧。”

向远还是没有出声，慢慢闭上了眼睛。

整船的人都死了，除了陈杰……

滕云死了，他……也死了。

这是向远第一次真切地听闻叶骞泽的死讯，虽然在此之前，她早已经意识到，叶骞泽不会回来了，但是这些都是推断，是猜想，是怀疑，现在才得到证实。他是真的死了，四年前就葬身海底了，就连魂魄也没有入梦来向她道别。向远心存的最后一丝侥幸也烟消云散，顿时心如死灰，当世上再没有叶骞泽这个人存在，她该恨谁去呢？谁来承载她苦苦压抑着的心事？那些前尘旧梦顿时成了无根的浮萍，悠悠荡荡，不知道该往哪里去。脖子上的钝痛和眼前的光一样在渐渐消失，她只想知道，如果这一刻她死了，所有的事情是否就可以有个了结。

砰，这是一个人被打翻在地的声音，空气带着辛辣的味灌进向远的气管，她倚在斗柜上，剧烈地咳嗽。

“别打了……叶昀，你别打了……向远，你对他说，叫他住手啊……阿俊他现在已经伤害不了你了。”向遥劝不住那边男人的厮打，扑到向远身边声声哀求。

向远眼前的一阵黑淡去后，才发现滕俊已经被打倒在地，满嘴是血，已无还手之力。叶昀仍不解恨，手脚还在往缩成一团的滕俊身上招呼。

“够了，叶昀。”向远找回了自己的声音，每说一个字，喉咙都如同被烧红的铁烙过一般，“你打死他有什么好处？”

叶昀见滕俊一时间再也站不起来，才赶过来扶向远：“他差点就要了你的命！”这显然就是他如此痛恨滕俊的缘由。他低头查看向远脖子上的伤，向远捂着伤处，不自在地别开了脸去，身体也不动声色地从他怀里撤了出来。

“你……跟着我？”她沙哑着声音问。

叶昀垂着头：“我没有别的意思，只是担心你那么晚出门不安全，本来打算远远跟着你，等你见到了何太太我就回去。可是，后来我猜何太太不会住在这种地方。”

“你跟在我后面到的，现在才上来？”说话间，向远看了叶昀一眼，她总把他看成孩子，还是太大意了，也许很多事情，叶昀心里都一直是明白的，至少他已经猜到了什么，只是从来不说。

“我应该早点上来，可是我怕你不高兴。”

向遥似乎还没能从一连串的变故中回过神来，痴痴地看着在向远面前赤诚一片的叶昀，他们那种亲昵总带了点说不出的暧昧。

只有蜷在地上的滕俊注意到向遥的失神，笑了一声，星星点点的血沫子就从嘴里喷了出来。

“遥遥，你高兴吗，他不是你最想见到的人吗？可惜，他不是来找你的……哈哈……我早看出来了，他们一家子都肮脏得让人恶心。”

“你高兴怎么说就怎么说，可是有些话可以留到审讯室里，那里需要你说话的机会还有很多。”叶昀从身上抽出了一副手铐，向远耳尖，她似乎听到了由远及近的警笛声。

她愕然地抓住叶昀的手：“你报警了？”

向遥想必也听到了那声音，脸上的绝望是如此明显。

“向远，你应该知道他逃不了的。他已经变得很偏激了，也很危险，没落在我手上也就无话可说，可是现在这个样子……我是个警察，于情于理都不应该放过他。”叶昀走到向遥和滕俊的身边。

向遥凄然一笑：“叶昀，你要抓我吗？”

叶昀对向遥毫无恶意，轻声说：“杀死陈杰的人不是你对吗？他脸上的砸伤需要非常大的手劲，你没有那个力气，也不会那么残忍。其实我一直相信你是个心地善良的女孩，你故意跟自己过不去，但却不会伤害任何人。向遥，你相信我，还有你姐姐，只要你不是凶手，你不会有事的，我们都会陪着你。”

“那他呢，他怎么办？他是我孩子的父亲，阿俊杀了那个畜生全是为了我啊，叶昀，算我求你了，让我们走吧，走得了多远，下场怎么样都是我们的事。从此以后，我们和你们都解脱了。”向遥脚步虚浮地挡在叶昀和滕俊的中间。

叶昀没有费力就绕过了她：“对不起向遥，他做错了事，就要受到法律的惩罚。”

滕俊也不挣扎，任凭叶昀把手铐铐在了他的一只手腕上：“遥遥，你跟他走吧，你没有动手，那王八蛋的死和你没关系。”他继而转向叶昀，糊满了血的脸几乎看不出原来的样子，“栽了就栽了，我无话可说，不过你记住，姓叶的，我挨枪子，你亲爱的嫂子也别想逃脱干系，我一定会告发她的，她也要杀人偿命！怎么，你还蒙在鼓里？是她杀了你大哥，是她让人撕票的，证据在我手上，她也无话可说。你还要护着那个杀死你亲兄弟的人？还是你根本就是她的奸夫，所以你大哥死了你求之不得？”

叶昀抓住另一边手铐的手骤然僵在那里，好像听不懂滕俊的话，不知所措地回头看了向远一眼。向远捂着脖子，眼睛看着别处，神色木然。叶昀知道，滕俊的话至少有一半没有说错，他就是奸夫，但是杀大哥的人真的是向远吗？他想起了那通解释不了的电话。是的，向远早就说过，逼到了绝路，她什么事都做得出来，大哥把她逼上了绝路，她又何尝不是把自己逼上了绝路？

叶昀在等待她的一句否认，向远何尝不知道。但她怎么否认？说一切是因为那场海难？可是如果不是她心中的恨，叶骞泽那时也许已经离开了那条死亡之船，她今天骗了他，他迟早还是会知道。

就在这一迟疑间，孱弱无比的向遥用全身的力气撞向叶昀。叶昀手中的手铐脱手而出，他想扑回滕俊身边，却被撞在他身上的向遥死死地抱住。向遥大着肚子，又是一副不要命的姿态，叶昀投鼠忌器，不敢用太大力气挣扎。

“向遥你放开，不要伤到你自己。”叶昀的额头上已有细密的汗水。

向遥却对着地上的滕俊大喊道：“走啊！你快走！警察就要来了，你要我们母子俩看着你死吗？快滚，还犹豫什么？你这傻瓜！”

滕俊看着吊在自己手上的手铐，又看了看竭尽全力拖住叶昀的向遥，脸上的血污被泪水冲刷出一道清流。滕俊不想走，他不愿意抛下向遥，但是如果他落到警察手里，那么也许今生今世，他再也不能照顾他的孩子和他所爱的女人了。向遥是对的，走，立刻就走，这是他唯一的出路和选择。

滕俊咬牙挣扎着站了起来，奋力朝门外夺路狂奔，回望的最后一眼，他看到向遥豁出去地缠住叶昀。“走！”她的神情几近癫狂，却带着最后的乞求，只想让他离开。这是他一直爱着的女人，他的女人。

滕俊的背影消失在门外的黑暗中，这栋楼已经有了些许动静，许多熟睡的人已被惊醒。叶昀终于摆脱了向遥，二话不说就往门外追。

“叶昀，看在我爱过你的分儿上……”

叶昀听到了向遥这句微弱的哀求，她唯一的心愿不外乎是放过滕俊，可是他放过了滕俊，谁来放过向远？

第六十章

姐妹永别

“阿俊，这只鸟我学得像不像……我觉得很像，你看，鸟要飞走了……”

向远一步步走近向遥，向遥的腿上有一条红色小蛇在蜿蜒，是血，从她身下不断地渗出来。向遥用手拭了一把，温热而黏稠，她徒劳地看着沾满了自己鲜血的手掌，连叫都叫不出来，全身颤抖得如同深秋的最后一片叶子。

“向远，我……我好像又闯祸了。”她无力地举着那只手，对把她半个身子抱在怀里的向远说。

向远抓住向遥的手，她身上也不可避免地沾上了鲜血——和她源自同一个根源的鲜血。躺在她怀里的人，是她在世界上的最后一个血亲，她的一生都在眼睁睁地看着自己的亲人流血，消亡。

她咬牙：“你知道闯祸了，就给我争气点！向遥，你要挺住啊，我们马上去医院……听见了吗？你给我挺住了！”

求救的电话已经打了出去，警笛声一阵一阵的，似近还远，已经分不出究竟是警车，还是火速赶来的救护车。

向遥的血还在流，血是暖的，身体却比向远凉。她一张五官精致的脸扭曲着，豆大的汗滴从发梢滚落。

“我很痛，向远，我很痛……”

“很快就好了，一定会没事的。”向远自己都不知道自己的声音已经带着哭腔，她对着手里的电话吼，“我的救护车呢……路上？我不想听任何的解释，只要救护车出现，马上出现！”

向遥的呻吟就在耳边，她的神志也逐渐模糊，半昏半醒间，她看着向远，忽然笑了一下，那笑容却比哭更令人难受，她说：“向远，我们好像已经很久没有像现在这样单独待在一起超过十分钟却没有吵架了，你会不会不习惯？”

“我宁愿你跟我吵架，让我心烦。”

“和我说说话吧，我想和你说说话，像你对阿迤那样，像你对叶昀那样……”

向远哽咽了一声：“你比他们要笨多了。还记不记得小的时候，你从来没有坐过火车，直到我出去上大学，大一那一年，你刚念初中，暑假我没有回家，你就非说要来找我，想看看大城市是什么样的。我让李二叔托人给你买了从县城上车的火车票，然后算准时间在这边的火车站接你，可是那趟车的人一个个全走了，就是没有看到你。我急了，就给李二叔打电话，他拍着胸脯说已经亲自把你送到火车站门口，因为家里小孩病了，急着赶回去才没有把你送上车。那时我们都没有手机，我在火车站等了三个小时，差点以为你被拐卖了，已经准备好了要报警，这个时候你才给叶家打了个电话，叶昀跑到火车站来找我，说你在火车站门口等到不耐烦，都没有看到一辆火车经过……”向远很努力地笑，“我当时就想，你会不会是妈妈抱错的，我的妹妹怎么会那么笨？”

“是啊，我记得这件事。”向遥在向远的述说中渐渐平静下来，嫣然一笑，脸上交织着汗和泪，“可是你也够损的，后来我再打叶昀手机的时候，你对我说：‘快回去吧，火车爆胎了，不会来了。’我当时还相信了。”

她们自己都记不清姐妹俩究竟多少年没有像这般相视而笑了。向遥的笑容在这个时候显得无比怅然：“向远，我一直都在心里怪你，我怪你对我永远不像对阿迤那么好。你对着他笑，却不肯看我一眼。阿迤死了，你很难过，但是我也一样难过，你知道吗？我恨不得死的那个人是我，假如是我的尸体泡在水里，你会像对阿迤那样伤心吗？”

“人死了，就什么都没有了，别人伤不伤心又有什么用。”向远想起了阿迤，这个早夭的弟弟，也是姐妹俩半生的心结。

向遥依旧如同呓语：“阿迤活着的时候我一直在心里咒他，我和他一母同胞，妈妈爱他，你的眼里也只有他。你什么都好，我这辈子都赶不上你，这我认了，也服了，但是我没有什么比不上向迤的，除了没有他那么会讨你开心，没有他那么黏，天天做你的跟屁虫……我也想像他那样跟着你的啊。他死了，我以为我会松一口气，再也没有人跟我抢了，但是每天晚上我都梦见他的脸……你一定也忘不了那一幕。后来我才知道，正是因为他死了，我才永远不可能争过他。你因此讨厌我，心里再也没有把我当成你的妹妹……”

重提这一段伤心事，就像揭开了两人心里的那个疤，她们这时才发现同样的伤痕其实已经长在了一起，以往谁都不敢碰，碰到了，两人一样地疼。向远承认自己当时是偏心的，可人心都是偏的，对乖巧聪明的阿迤好得胜过了倔强别扭的向遥，这不是故意，是一种下意识的本能。她只是不知道向遥对这些那么在意。

“家里只剩下两个人了，你要养家，每天都很忙很累，我也想帮你，可是在你面前，我什么事都做不好。你供我上学，供我吃饭，却不喜欢我，照顾我是因为义务和责任，而不是感情。你根本不想知道我心里在想什么，如果我不惹祸，不让你生气，你连看都不会看我一眼。成绩好、家务做得好有什么用？我的好在你面前微不足道，还不如做错了事，至少你肯骂我。”

向远没有听向遥说过这些，从小到大她们两个人的沟通确实少得可怜，走到今天，难道自己就没有错？她自以为可以把所有的事情都处理得很好，在对待这个妹妹上，却失败透顶。她想起越长大就越叛逆乖张的向遥，自己的确忽略了这个妹妹的那点心事。

“你知道我小时候为什么讨厌叶昀吗？他就是个和向遆一样的马屁精，可你对他比对我还好。阿遆的死他也有责任，你轻易地原谅了他，却始终对我耿耿于怀。向远，这不公平。那时候，我嫉妒你们的亲密。我想，假如叶昀喜欢上我，他就会对你疏远，你们就再不能像以前那样，没想到，他没喜欢上我，我却越来越注意他……我没有办法安安静静地看着你们，我爱的两个人眼里都没有我……”

向遥的声音越来越小，向远毫无办法地看着她的血潺潺地流淌。都说同胞如手足，伤其一指，都足以痛彻心扉。“不要想那么多，你是我唯一的妹妹，世界上没有人比我们更亲，如果我眼里没有你，那现在就不会在这里。”

她已经听到救护人员走近的声音，从来没有一种脚步声让她如此欣喜若狂：“向遥，救护车来了，没事了。”

向遥勉强抬起身子，靠近了向远：“我……有件事要告诉你，阿俊从陈杰身上找到的那个 U 盘，我偷偷地换了一个……他现在拿着的那个里面只有我喜欢的几首歌。那两个 U 盘都是白色，大小也差不多，他根本来不及仔细看，也没想到我会这么做……真的那个，我已经把它冲进了下水道……我没有听里面的内容，也不管阿俊说的是不是真的，只是不想他要挟你，我不愿意看到你们相互为敌……阿俊他什么都不知道，否则，他也许会恨我的……”

与警察同时进入这间小房子的还有穿着白大褂的医护人员。向遥停住了嘴里的话，被人抬了起来，被抬到了担架上。她的身体离开向远的刹那，向远听到她动了动嘴唇，轻轻地叫了声——“姐。”

向迤死后，向遥再没有叫过向远“姐姐”，不是不想，而是不敢。向远也愣了一下，几乎以为自己听错了。现在她唯一能做的，就是握住向遥的手，缓缓地拍了拍向遥的手背。这个时候说什么不是多余？千言万语，尽在不言中。

从警察嘴里得知，抓捕滕俊的网已经在附近全面铺开，至于向遥，眼前没有什么比让她得到救治更重要了。

向远陪同向遥一起上了救护车，随同她们的，还有一个年轻的女警。

“医院就快到了……我会一直守在你身边的。”

向遥用沾血的手轻轻放在了肚子上：“我的孩子……你一定会没事的。”不知道是不是因为终于在姐姐面前敞开了心扉，向遥的神态安详了不少，她说：“阿俊，我会等他，不管他坐多久的牢，只要他不死，我都会一直等他。我们，还有我们的孩子，一定会有团圆的那一天……向远，如果有那一天，我会说服他忘掉过去那些事情，你能不能答应我，不要记恨他？”

向远点头微笑：“不管滕俊有什么事，我都会照顾你和孩子。”她忍不住想到以后，一切真的能重新开始吗？忘记仇恨，忘记阴霾……

就在这个时候，向远坐在刚刚起步的救护车上，握着向遥的手，隐约听到了一声枪响，像一把带血的利刃划破寂静的夜空，也划开了她心中刚刚织就的、脆弱的期望。她打了个寒战，回头一望，迅速退后的背景，除了隐约的灯火，就是死一般的黑。那深浓无比的黑，让她几乎以为永远不会天亮。

向遥闭上了眼睛，陷入了半昏迷状态，显然没有听到刚才的声响。向远心存一丝侥幸，正如叶昀说的，等到太阳出来，什么都会好的，恐惧、绝望都在晨光来临前消散，他和滕俊都会回来。

向遥被送进产房时，距离预产期其实还有将近一个月。无法预料的变故和剧烈运动让她的羊水提前破裂，孩子迫不及待地就要降临在这个世界上了。已是凌晨三点多，向远一身是血，她拒绝了医院让她休息的建议，静静地坐在产房前。她没有做过母亲，对于孩子，也早没有了期待，她只关心里面的向遥，之前那些血让她胆战心惊。等待的时间总是过得太慢，这个黑夜太长了。

四点三十分刚过，向遥还没有顺利把孩子生下来，穿着白大褂、戴着口罩进出产房的人却越来越多。一种不祥的预感已经慢慢在向远心里生了根，她在等待院方的解释，却又害怕那个解释。

四点四十分，妇产科主任亲自对向远说明：在抢救过程中，他们发现由于子宫颈的裂伤，导致部分羊水进入向遥的血液，从而造成栓塞现象，大量消耗凝血因子，导致凝血功能障碍。而胎儿到目前为止还在腹中，顺产基本上是行不通了。

四点四十七分，向遥从休克中短暂地清醒，要求保住腹中孩子的意愿非常强烈，医生不得不打消和向远共同达成的“宁舍胎儿，力保大人”的方案，为向遥进行了剖宫产。

五点五十分，向遥因为羊水栓塞导致严重的凝血功能障碍，体内的大出血和剖宫产的刀口血流不止，先后出现了休克、血压骤降，甚至一度心肺功能衰竭。

六点到来的时候，向远已经拒绝再听到任何“危险”“困难”之类的说辞，她只有一句话：“我不管你的什么概率，只要我的妹妹活着，无论你用任何手段，不惜任何代价，用最好的医生，用最好的药，我要我的妹妹活下来！”

六点零五分，一个男婴从向遥腹中诞生，那一声微弱的啼哭让九死一生的向遥仿佛绽放出了一丝微笑，也让枯等在门外的向远几乎喜极而泣。

六点半，天空已现曙光，向遥因为凝血功能无法恢复以及产后大血崩，已经全赖医院源源不断地提供新鲜血液维持生命。向远当着院长的面撕碎了病危通知书。

六点四十分，叶昀来电，他没事。在电话里听到他的声音时，向远咬着自己的手，克制住痛哭的欲望感谢上苍，但是她只听到叶昀说了一句："向远，我开枪打死了滕俊。"向远慢慢放下电话，双手环肩，清晨的医院，充满了新生希望的妇产科，整个走道上早起的人们都听到了那一声压得很低的哀号。

七点整，城南分局刑侦队的负责人找到向远了解昨天晚上的事发经过，也就是从他那里向远才得知，滕俊在逃离过程中被击毙，开枪的叶昀因为涉嫌违反《中华人民共和国人民警察使用警械和武器条例》，目前已受到隔离审查，事情发生的过程和他开枪的原因目前还在调查中。

向远的憔悴和过度的缄默，让刑侦队负责人与她的谈话过程相当不顺利。就在这时，护士匆匆前来告知，向遥在产后第一次清醒了过来，向远当即赶了过去。推开门之前她已经有了心理准备，然而当她看到血海中的向遥时，依然几近昏厥。向遥的身体就好像一个人形的漏斗，血灌了进去，很快又流了出来。

看到向远出现，那个一直守着向遥的女警沉默地走了出去。向远发现自己在这一刻前所未有的胆怯，她害怕走过去，害怕看到向遥的脸。

向遥的手已经抬不起来，手指却微微地动着，交替屈动着指节。

"你在做什么？"向远知道自己的笑容必定非常虚假，但是这已经是她竭尽全力所能做到的极限。

被子底下的向遥就像一张风干到发脆的纸片，让人担心那张薄薄的被子有可能会压垮她的身体。她说话却相当清醒："你觉得我比画的是什么？阿俊教我的，我一直学得不像。"

向远低下了头许久，深吸了口气，才能平静地面对向遥：“我看不出来。”

“难怪阿俊也说我笨。”向遥笑了起来，“我得让他再教教我……”她笑着看了向远很长时间，才缓缓地叹了一口气，“他已经死了对不对？”

“谁死了？”向远面露愕然，“你是说滕俊吗？别胡思乱想了，我怕你难过才一直没说，滕俊已经被警方抓获了，一时间没有办法来看你。我会给他找律师的，等你身体好一点了，我陪你去看他。”

“向远，这是你说得最拙劣的一个谎言。我知道他已经死了，还没完全醒过来的时候，那个女警察接电话时说的我都听见了，她说‘死者的女朋友’还在昏迷中，那个‘女朋友’是我，‘死者’就是阿俊吧？为什么骗我呢？我早就应该猜到了，昨晚阿俊来找我了，他说照料好孩子，我就可以去见他……向远，你为什么那么难过？不是你的错，是阿俊自己种下了苦果，可是开枪的为什么会是叶昀呢……那个女警很担心叶昀，她在电话里不停地问叶昀这一次会不会有事。我只是不明白，叶昀他怎么就不能给阿俊留一口气？一口气就好了啊，哪怕把他打成了一个废人，我至少还可以伺候他，我还可以摸到他，就算非死不可，也让他撑到看过孩子一眼……叶昀的心也太狠了……不过，好在我也快了，不用等多久，只是我的孩子……”

“你等着，我马上让人去把孩子抱来。”向远扭身欲走，怕再多停留一秒，会先于向遥崩溃。

向遥的手指无力地勾住了她：“不用了，向远，不用看了，让我想象他的样子吧，男孩子，笑起来要像他爸爸……听说婴儿也是有记忆的，不要让他见到我这个样子。向远，我没有办法了，只能把他交给你，希望他争气一点，不要像他的爸妈，最好长大后能像你一样。”

“像我一样？”向远已经分不清是哭是笑，“像我一样不是作孽是什么？你自己的孩子自己养，别把什么事情都推给我。你啊，小时候不听话，做妈妈了就得有责任心，孩子是你的，我不管，你自己好起来照顾他……”

“再让我无赖一次吧，你就当最后忍我一回。孩子他会比我听话的，你看着他，就想起我……不，不要再想起我了……”

向远潸然泪下：“向遥，你不能这样，如果还当我是你姐姐，就当可怜可怜我吧，挺下去，别泄这一口气啊。算命的江湖骗子说我注定六亲零落，孑然一人，我不信这些邪！我不想眼睁睁地看着你们一个一个离开。”她记得叶秉林说过，在病危的人面前流泪是残忍的，可是人生至此，还有什么美好的东西没有被撕开？

向遥好像听不见她的哀求，竟然奇迹般地举起了一只手，对着白晃晃的墙壁比画了一个手影的姿势：“阿俊，这只鸟我学得像不像……我觉得很像，你看，鸟要飞走了……”

上午八点三十九分，向遥逝于G市医大附属医院。向远送走了她存于世上的最后一个血亲，当她在育婴房抱起那个男孩时，她知道，这是向遥身上血脉的延续，也是她自己最后一点亲情的延续。

向远给那个孩子取名为“余生”——向余生。

第六十一章

命运的玩笑

向远从叶昀的沉默中找到了答案，她以为步步为营，原来自己只不过是命运手里一颗微不足道的棋子，不管怎么走都是死局。

安顿好向遥的后事，那天晚上，向远做了一个梦。她的半生都在披荆斩棘地往前走，义无反顾地往高处爬，但是在这个梦里，却一直在坠落，从寒冷彻骨的高处往看不见的深渊坠落。少年时的艰辛，异乡求学的坚持，初入社会的奋力打拼，婚后的孤零和风光……还有月光下叶骞泽温存的笑颜，那一天海上凄厉的风声，爸妈、向迤日渐模糊的容颜，向遥与滕俊牵着手走远的背影，这一切都如同镂在悬崖上的印记。她下坠的速度如流星一般，来不及将那些浮光掠影的片段再看一眼，便已经一再地错过。

悬崖上的风与她擦身而过，纵身一跃的恐惧在无止境的坠落后变作了绝望的释然，还有对尘埃落定、粉身碎骨那一个结局的向往……终于，崖底在望，只要再等片刻，沉沉的一声闷响过后，迎接她的就是无止境的自在，她这半生从未体会过的自在。然而，向远闭上眼睛的那一刹那，重重跌落在无法预料的柔软中，那感觉就像挟风雷之势打出的致命一拳，陷入了一整团棉絮里，只余无尽的怅然。

向远睁开双眼，看到叶昀澄净无瑕的笑脸。他在崖底，用血肉之躯承接了她的坠落。他的眼睛在看着她微笑，但是接住她的那双手却惨不忍睹，模糊的血肉中白骨森然。

“不——”

向远惊叫着从梦中醒来，低垂的窗帷在黑暗中无风自摆，夜凉如水，锦衾寒薄。她怎么能相信叶昀这样纯良的孩子下得了狠手？据说他在十米开外击中了滕俊的头部，一枪爆头。几年的警队生涯他一枪都没有开过，仁慈是他们兄弟俩最大的相似之处，就连看到一只断腿的鸟，叶昀都会心疼上很久，究竟是什么让他无视向遥最后的哀求，完全断了滕俊的活路？

天亮之后，向远和叶家的律师一起辗转见到了仍在禁闭中的叶昀。出事的那天晚上，滕俊身上被证明并无致命武器，也就是说叶昀和另一个同事的追捕并没有遇到暴力抗拒和暴力袭击，可是他在同事的眼皮底下毫无预兆地开了那一枪。没有人知道是为了什么，就连一向器重他、力保他的上司苦苦追问，也没有得到一个合理的解释。叶昀的回答只有一个：自己当时太过紧张冲动，完全失去理智，甘愿接受任何处罚。此时已经是他被隔离审查的第四天，上头已经责令他交出佩枪，暂停职务，至于会不会受到行政处分还要等待进一步的核实和调查，如果事情朝更坏的方向走，他很有可能被追究刑事责任。

不过是四天没见，隔着长条的桌子，两人面对面坐下，恍若隔世。叶昀眼睛里满是血丝，看得出来这些天他根本就没有好好睡过觉，但身上依旧收拾得很整洁。这样的见面已是破例，向远心底如排山倒海，可脸上却是淡淡的，问了一句：“还好吧？”

叶昀缓缓点头，咬了一会儿嘴唇，才说：“向遥没事吧，她知道滕俊的事情了吗……她一定很恨我。”

想来他这几天与世隔绝，没有一个同事顾得上把向遥的事告诉他，可是他迟早也会知道。

“恨不恨都不重要了。叶昀，向遥死了。生产的过程中出了意外，她留下了一个孩子，昨天我刚把她的骨灰带回家。”向远的叙述平静如水，泪已经流过了，无须再重复一遍。

“死了？”

叶昀怔怔地重复，有那么一小会儿，期望向远的下一句会说：“我骗你的。”怎么可能死呢？小时候跟他一前一后走过上学的田埂路的向遥，四天前的那个夜晚，哭着说“看在我爱过你的分儿上”，恳求他放过滕俊的女孩，怎么就死了？可是向远不会开这么残忍的玩笑。

叶昀的嘴角动了动，平放于桌上的双手慢慢握紧。他没有哭，肩膀却不可抑制地发抖。在他看来很明显的一个事实就是，假如滕俊还活着，向遥未必有事，他的那一枪杀了两个活生生的人。

“叶昀。”向远朝他伸出了一只手，桌子太长，怎么都够不到他。叶昀却慢慢地把自己的手收到了桌下。他不敢碰她，因为他的手上有擦不干的血，是他把向远唯一的亲人送上了不归路。

向远何尝不知道叶昀的惊痛，她的心里也有一小片在剧痛下慢慢地溃烂。她的一只手举起刀生生斩下了另一只手，可她能怎么办？死的都死了，活着的那一个她必须要保住，因为已经不能再失去，这是她仅有的、毋庸置疑的选择。

坐在一旁的律师得到了向远的一个眼神，会意地起身，先是打了个电话，然后走到门边，对监守着的警察低语了几句。那警察朝叶昀的方向看了一眼，沉默地走了出去。

“叶昀，抬起头来，把你的手给我……把手给我。”向远知道她的时间有限，已顾不上温言宽慰。她的强硬和坚决让仍没法从向遥的死讯中抽身的叶昀如在梦中一般，缓缓将手伸出来，覆在她的掌心上。那只手冷得像冰，向远反手紧紧握住。

“你不会有事的。”

叶昀对自己即将面临的审判却有一种听之任之的漠然：“我自己做的事，后果自己负责，有事也怨不得任何人。”

“但我不会让你有事。”向远看着他的眼睛，口气不容置疑，“你记住，那一枪是逼不得已。那天晚上，你和另一个同事追捕杀人嫌疑犯滕俊到了那条死胡同，滕俊走投无路，反扑上来和你们拼命。他狂性大发地打倒了你的同事，还朝你冲过来，天太黑了，你没有看清他手上是不是持有凶器。你给了他严厉的警告，可是他根本不听，所以你开了枪，或许是防卫过当，但是你当时没有选择。你记住了吗？是他先朝你们扑过来的，你没有选择。”

“不是这样的。”叶昀困惑地摇头。

“一定是！”向远斩钉截铁，“因为你的同事已经亲口证明了这一点。你之前所交代的那些，是因为你受惊过度一时没记清楚。你当时所做的一切都是为了保护你和你同事的安全，刘律师会代表你处理接下来的事情，但是你要相信我刚才说的才是事实。”

“向远，你……”

“我说过要让你好好的，就绝对不会让你出事。”

叶昀难以接受：“可是你说的那些都不是真的，我自己做了什么自己最清楚。不管有什么后果那都是我应得的，我不能按你说的那样做。”

向远面露凄然之色：“这不是为了你自己，叶昀，就当是为了我。”

两日之后，叶昀结束了隔离审查，在刘律师的陪同下离开警局。虽然枪杀滕俊一事还没有最终了结，叶昀的公职也没有得到恢复，但是他知道向远已经做了足够的努力，打通了各方关节。更何况，滕俊是一个证据确凿的杀人在逃犯，没有任何的背景，叶昀以往表现又一贯良好，上面乐于做这个顺水人情保住自己人，所以他才得以回到家中，暂时恢复了自由。

叶昀返家那一天，向远什么都没有说。晚上，在那张巨大的床上，他们宛若世界即将毁灭般激烈地纠缠，疯狂地汲取对方身上的温暖，仿佛短暂的抽离便会枯竭而亡。

此后的很长一段时间，叶昀不用再到局里上班。他哪里也不去，总是一个人抱着篮球在院子里投篮，一次一次，从早上到晚上，不会厌倦，也不会疲惫。向远回来后，他便兴冲冲地和她一起吃饭，两人绝口不提那些曾经的人和事。入夜，他们在最隐秘的激情后相拥而眠，平静地厮守在自己搭建的一个虚幻的天堂里。幸福就像天上的星星，夏夜里躺在天幕下，觉得它离自己很近，好像唾手可得。

可惜，向远的睡眠浅，几乎每一个晚上，她醒过来，总会看到躺在她身边的叶昀双眼紧闭，紧咬牙关，一身冷汗地被噩梦追赶。从他的神情里，向远可以想象他在梦中遭遇的恐惧和折磨，他想摆脱，却无力摆脱。可是等到太阳升起，叶昀又会微笑着在她枕边醒来，好像完全不记得夜里死死缠住他的梦魇。

终于在一个深夜，叶昀大叫着惊醒过来，一身如水洗过似的大汗淋漓。

向远坐起来，从背后抱着他，感受到他几欲挣脱胸膛的心跳。

“告诉我，你害怕什么？”她曾经以为，自己不问，他也不提，一切就会在时间的沙漠里慢慢蒸发，但是她错了，那场梦魇不肯放过他，他不肯放过自己。

“血，我梦到了滕俊身上的血，很多很多，像潮水一样越来越多，连我的头顶都没过了，我呼吸到的全部都是血腥味。我张嘴想叫，血就从我嘴里灌了进来。”叶昀大口大口地喘息，从没有想过自己会开枪杀死一个手无寸铁的逃亡的人，滕俊纵然有罪，但是那个晚上，他也不应该送命。

向远把叶昀的脸轻轻扳了过来，让他面对着自己："叶昀，你杀他是不是因为我？"

叶昀仿佛又一次回到了那个深而黑的胡同，水泥的地面上，他们的脚步声急促而凌乱。从向远过去住的小公寓追下来之后，叶昀就一直在滕俊身后穷追不舍，他只有一个念头，不能让滕俊逃了，他手上拿着足以毁掉向远和他整个世界的东西，假如今晚让他脱身，那后果更不堪设想。

小公寓所在的位置虽然并不偏僻，但是四周多是一些旧式的住宅小区，各式的弯道窄巷非常多。滕俊对这里并不熟悉，可是叶昀不一样，向远还住在这里的时候，他曾是这一带的常客。

滕俊终于被他逼到了一个死胡同，警笛声也呼啸着越来越近。滕俊试着翻过胡同尽头的那堵墙，却徒劳地跌落了下来。身后叶昀已经一步步逼近，他知道自己不是叶昀的对手。

"你别过来，我坐了牢对你有什么好处？我会把向远的丑事全都抖出来，到时谁都不得好过……叶昀，你放我一条路走，我不想坐牢！向遥和孩子还在等着我。"滕俊徒劳地贴着墙往后缩。

叶昀却伸出了手："把你说的那段录音交出来。"

"交出来？然后你们再把我送到刑场上吃枪子？你别做梦了，要么放我走，要么你就等着看向远的下场！你想怎么样，有本事就杀了我，你敢吗？不敢就给我一条路走，逼急了我大不了鱼死网破，到时只要我有一口气在，就绝对不会放过你们。"

"我再说一次，把东西交出来。"叶昀的手已经按在了枪上，可是皮套却被他手心的汗水濡湿。

"我也再说一次，你休想。警察的大队人马要来了是不是，叶昀，你到底放不放我走！"

身后传来快速靠近的脚步声，每一声都像敲在两个同样紧张的人心头。叶昀忍不住回头，他的同事老王正朝这边追过来。

“叶昀，别让他跑了。”

从老王出现那一刻起，滕俊脸上就浮现出彻底的绝望，他知道自己再也走不了了。他所有的不甘和怨恨统统倾泻在与他面对面的叶昀身上，是叶昀追得他无路可走，是向远把他逼到了这里，他要两个人都付出代价，就算是下地狱，他也要拉他们一把。

“你不要后悔！”滕俊诅咒这一切，对着赶来的警察老王大喊了一声，“我有向……”

他只来得及说到这里，后面的半句话戛然而止。子弹从他的前额穿透，在他身后满是青苔的砖墙上炸开一朵红白相间的血花。叶昀在那千分之一秒里，没有犹豫，没有思考，拔枪、瞄准、射击……弹道精确，一枪毙命，就像他无数次在射击场上取得好成绩一样。滕俊再没有可能说出下面半句话，他在老王愕然的眼神里倒了下去。

叶昀心中潜伏的魔鬼终于扼死了天使，他早就知道自己心中生长着罪恶的非分之想和贪婪的欲望，痴恋本不该属于他的东西，所以这一刻他屈从于人类天性的自私。就算滕俊说的是千真万确，就算向远真的痛下杀手，叶昀可以不要正义，却不能允许任何人伤害他爱的人，不能让任何人葬送他刚刚尝到的幸福滋味。他因此犯下了一身的罪，从此夜夜在噩梦中记起滕俊最后大睁的眼睛和不敢置信的表情，然而即使他再逃不开内心的自我谴责，重来一次，他还是毫不怀疑自己依然会做出那一个决定。

向远从叶昀的沉默中找到了答案，她以为步步为营，原来自己只不过是命运手里一颗微不足道的棋子，不管怎么走都是死局。

“果然是这样，你开枪不是紧张和冲动，也没有昏了头。你是怕他说出不该说的事，所以才杀他灭口。”向远不知道应该可怜谁，叶昀、滕俊、向遥，还是她自己。“可惜你不知道，滕俊身上的U盘里已经根本没有可以威胁任何人的东西，向遥私下把它给换了，就连我也没有想到你会杀了他。叶昀，是谁和我们开了这一场玩笑？”

“换了？”叶昀扭过身来，有那么几秒，房间里安静到令人窒息。叶昀随后弓下身子，把脸深埋在向远的胸前，像个惊慌失措的孩子那样蜷成了一团。

“别这样，叶昀，难受的话你就哭吧。”向远用指节理着他乌黑浓密的短发。

叶昀摇头：“我答应过你再也不掉眼泪。”

“忘掉我说的那些话。很多时候，错得最离谱的那个人是我自己，我太固执，其实哭也好，笑也好，爱也好，恨也罢，哪一样强求得来？我最后悔的是不应该把你牵扯进来。”

“向远，我杀了人。有罪的人会不会下地狱？”叶昀喃喃地问。

向远抬起头来笑了一声：“那样也好，至少我们在那里还可以相依为命。”

叶昀的泪水终于决堤，他在向远的怀抱里痛哭失声，如果昨天是罪孽的，那眼泪是否可以将它冲刷干净？

第六十二章

一起看日出

那个江湖骗子满口谎言，但唯有一句话没有说错，她这一生，富贵如云，但是爱过的人，却注定一个一个地离开。

叶昀的事情处理结果迟迟未下，行政处分或许是免不了的，但是不管怎么样，他不用去面对牢狱之灾。经历了那件事，叶昀好像一夜之间成熟了不少，也安静了很多，整个人都沉静了下来，再也不是那个曾经懵懂的纯白少年。有一次，向远对他说：“如果不想再回到队里也不要紧，就到公司来帮我吧。公司有你的一份，这也算是你的分内事。”叶昀当时随口应了一句：“好啊。”

他太过安静了，也太过听话。只要向远说的，他什么都愿意，什么都点头。向远一时间不知道这样的改变究竟是好还是坏，也试过把心理医生请到家里来，尝试着跟叶昀沟通，希望叶昀能够摆脱那一段噩梦，可是他夜里再没有被梦魇惊醒过。礼貌地送走了心理医生，他笑着对向远说：“别担心，我没事。”

后来，向远和叶昀一起把孩子从医院接回了家。这个叫余生的男孩从刚降临到世界起就多灾多难，还没睁开眼睛，便永远地失去了亲生父母。他出生的时候没有足月，先天不足，孱弱多病。医生说，这孩子也算是幸运的，假如他生在普通人家，只怕逃不过早夭的命运。

幸运？向远抱着孩子，禁不住苦笑。孩子总是无辜的，他们降临到这个并不美丽的世界没有选择。有时看着那张皱巴巴的笑脸，还有他睡着了之后紧握的小手，向远总是会想，假如有一天，这孩子长大了，心中会不会有恨？然而他就这么措手不及地来到了她身边，这是向遥给她的最后的纪念，如果可以，向远愿意给孩子整个世界。

向远依旧要把很多的时间投入到工作中去，陪着孩子更多的那个人是叶昀。虽然家里请了专业的育婴人士，还有自称带大了很多个孩子的杨阿姨，但是叶昀在这个孩子身上倾注的心血比谁都多。他无微不至地守在这个孩子的身边，恨不得什么事都亲力亲为。小小的婴儿好像也知道谁对他好，所以仿佛跟叶昀特别亲。叶昀笨拙而生涩地把他抱在怀里时，他一双乌溜溜的眼睛显得特别安详，有时还会伸出稚嫩的小手，朝着叶昀咯咯地笑。只有当叶昀微笑地看着孩子的时候，向远才觉得他的心是安放着的，他在这个新的生命面前一点点地找到了救赎。

闲下来的时候，向远甚至会陪着叶昀在黄昏的时候，抱着孩子一起在附近散步。他们一家深居简出，平时车进车出，所以两人走在旧式的林荫道上，认得他们的人并不多。

孩子满月之后比原来好看了一些，本来嘛，向遥和滕俊都是漂亮的年轻人，这样一对男女的后代又能难看到哪里去？向远抱着他，偶尔也会有不认识的妇女和老人走上来逗逗孩子，当别人夸赞这孩子可爱又漂亮时，向远和叶昀心底都是油然而生的喜悦。有一次，一个中年大姐摸着那张粉红的小脸，连声说："你们夫妇俩真有福气，孩子长大以后一定像爸爸那样标致。"

言者无心，听者心中却难免有意，向远和叶昀对视了一眼，彼此目光中都难免有些尴尬，他们都以为对方会开口辩解，但是谁都没有出声。那位大姐走后，叶昀把孩子从向远的手里接了过来，单手抱在怀里，另一只手则悄悄地把向远的手抓在手心。向远没有说话，却看着叶昀笑了。

是啊，何必解释呢？余生就是他们共同的孩子。

从那刻开始，叶昀的兴致就明显地高了起来。他故意地走到向远的面前，把脸和孩子贴近，煞有其事地问："向远，你说我和孩子哪一个更好看？"

向远说："我记得你最恨别人说你好看，我可不想惹麻烦。"

叶昀有些不好意思："别人不能说，但我想听你说。"

这是滕俊那件事之后，叶昀第一次真正地开心了起来。向远的心也被夕阳的艳红映得暖暖的，她扑哧一笑："谁都没有你好看。"

两个月后，就是叶骞泽失踪的五周年，也是一个涨潮的日子，向远和叶昀一道驱车到了海边，怀里抱着的，是从六榕寺取出的叶灵的骨灰。

向远站在湿漉漉的礁石上，看着比海更灰的天。白色的浪一道一道地扑过来，她觉得自己活着就像站在这浪里，总想爬到浪尖，可是就算好风凭借力，打到岩石上，还不是碎成无数的水沫。想起来，倒不如石沉大海那般安静。

她抓起一把叶灵的骨灰，撒向大海。假如这海水永不枯竭，日月永在，那么潮涨潮落，叶灵和叶骞泽总会有相遇的那一天。她和叶骞泽的这一辈子就这样吧，尘归尘，土归土，爱和恨都随今天的潮水走，山月的清辉永远在记忆里，是再也回不去了。

向远对着无尽的虚空，在心里默默地说，叶灵，你说对了，没到死的那一天，谁都不敢说得到。现在你得到了，他活着的时候不敢回答你的那句话，可这一生除了自己，他最爱的还是你。

叶昀站在不远处，把白色的花扯碎了，也抛进海水。他在祭奠逝去的那些人，也祭奠自己死去的昨天，当水渐渐漫到了足下，他小心翼翼地跳到向远的身边。

“他们都走了，我们回去吧。”

返回的路上，叶昀在副驾驶座不停地玩着自己的手机。向远无意中看到他的屏保，是余生的一张照片，他是真的爱这个孩子。

叶昀发现了她的注视，笑着说：“你有没有觉得这孩子笑起来像我？”

“是吗？”向远忍俊不禁，一丁点大的孩子，谁看得出像不像。

叶昀似乎对她这两个字的敷衍相当不满意，认真地说：“今天早上杨阿姨抱着孩子在院子里看我打球，有一个女人从门口经过，还问这是不是我的小孩。你看，别人都这么说，证明真的有点像。”

“那你怎么回答她？”向远拐进回家的路口，漫不经心地问。

叶昀抿着嘴一笑：“我当然说是。”他停顿了一会儿，忽然把头扭向车窗的方向，“向远，假如……我是说假如啊，我们也有孩子，长得会像你还是像我？”

向远看了他一眼，他却怎么也不愿意转过脸来。

“这个啊，我没有想过。”

“哦。”叶昀应了一声，好像有些失望。

其实向远很想告诉他，她没有别的意思，只不过他们有了余生，就已经足够了。

叶昀很快就把话题转开了：“不知道孩子睡醒了没有。看孩子的大姐今天有事，家里就只有杨阿姨，她糊涂起来，该不会忘记喂孩子吃东西吧。”

向远笑他：“谁你都不放心，等一下你自己去看。”

叶昀不再说话，摆弄手机的手指却没有停过。

向远放在中控台上的手机忽然振动了起来，她腾出一只手去拿，叶昀却一把按住了她的手：“别看。”

“怎么了？”向远有些莫名地挑眉，接着有几分明白过来，“你发的吗？又搞什么？”

叶昀别扭地不出声，半晌才说：“算了，你帮我删了它。”

“这怎么行，发给我就是我的了，要删也得我来删。”她笑着撇开叶昀的手，把手机抓在掌心，叶昀词穷，只得低声哀求了一句：“现在别看……嗯，等到晚上好吗？”

“理由？”向远觉得好奇又好笑。

“反正等我睡着了之后你再看。”

“神神秘秘，不知道你想干什么。”

说话间，车子离叶家的老宅只有几十米了，隔着一个弯道，叶昀在座椅上忽然直起了背：“向远，你看，那是什么？”

向远眯了眯眼睛，朝叶昀所指的方向看去，她看到了碧绿的树梢，树梢的上头浓烟滚滚，直冲天空。而那棵树她多么熟悉，每天早晨当她拉开窗帘，几乎可以闻到那树叶的气息。

“火？”

向远下意识地踩了踩油门。然而过了那个弯道，车子便再也没办法前行了，围观的和四处慌张跑动的人把车道堵得水泄不通。

叶昀和向远从车上冲了下来，人们围观的焦点不是叶家是什么？浓烟从二楼的窗口滚滚涌出，伴随着隐约可见的火舌。

“起火了……叶家的大房子起火了……”

叶昀奋力拨开人群，挤到最前端。围观的人意识到屋主来了，也纷纷侧身让出一条窄道。有热心的人在一旁说，他们也是刚刚发现这里出了事，火起得非常突然，没几分钟火势就变得非常猛烈，已经有人拨打了火警电话，但是消防车仍没有出现。

叶昀和向远还来不及说话，叶家一楼的大门被人打开了，一个人影跌跌撞撞地跑了出来。叶昀捂着鼻子冲到院子里扶住了那个两条腿发软的人，那人花白的头发散乱，被烟呛得一脸的泪水，不是杨阿姨还能是谁。

“孩子呢？你出来了，怎么不见孩子？”向远也跑了过去，一把揪住杨阿姨急声追问。

杨阿姨咳个不停。

“说啊，孩子在哪里？”

“火……哎哟……我的妈呀……孩子在楼上……我就在一楼的沙发上睡了一会儿……咳咳……差点没了老命……”杨阿姨吓得舌头都打了结。

向远一听，心神俱裂，疯了一样地推开拍着自己胸口的杨阿姨：“你，你怎么能只顾自己逃命，把孩子扔在楼上？”

叶昀一言不发地回头望了一眼，越过许多人的头顶，消防车并没有如他所愿地在路口出现。也怪不得消防队误事，叶家是老房子，又恰逢干燥季节，一旦遇见火情便是一发不可收拾，而且这火是从二楼起来的，短时间内如此凶猛，其中必有诡异。

“你干什么？”向远发觉了叶昀的不对劲，及时扯住了他的衣袖，厉声喊道，“你要进去？疯了吗？上面烧成什么样子了你难道不知道！”

“我知道，所以我不能让孩子留在上面，他等不到消防车出现的。”

“不行，叶昀，不行，你不能去。”向远哭出声来。孩子还困在楼上，这已经令她绝望，如果叶昀再闯了进去，这就是把她往死路推。她不顾一切地拖住叶昀：“你这是去送死你知道吗？”

叶昀这个时候反而远比向远冷静：“我不能眼睁睁地看着孩子出事，我会带着他出来的，你等着我。”

“叶昀！”

向远的力气终究不如他。他用力地甩手，向远趔趄着退了几步，叶昀的身影便消失在杨阿姨逃出来时洞开的大门内。

一阵阵热浪扑面而来，向远分不清脸上的究竟是汗水还是泪水。叶昀听不到她的声音，她甚至也不记得自己当时究竟有没有发出声音，只记得二楼的窗口上，喧嚣的浓烟里，一张惨白的女人的脸一闪而过，那张脸上甚至还带着奇异的笑容。

这是定格在向远那一天记忆里的最后一个画面。

她认得出那张脸——袁绣！

尽管消防人员赶来后极力抢救，那一天，叶家的老宅还是在一场烈火中几乎化成废墟。这场火来势汹汹，公安人员在一片狼藉里找到了据说是汽油罐燃烧残留物的证据，而与这栋老宅同归于尽的，还有一具女人炭黑的尸体。

向远没有爱过这栋老房子，这老房子和她生活在这里的记忆一样冷清，但是当它终于在她面前以最决绝的方式毁于一旦时，她的心却空了，里面好像除了劫后的灰烬，再也没有留下什么……

她坐在烧伤科隔离病房的帘子内，看着全身被纱布包裹着的叶昀。叶昀没有食言，最终还是在消防人员的协助下，和孩子一起回到了向远的身边，可是他同时带回来的，还有全身超过65%面积的二度以上烧伤。医生说，与他身体表面的烧伤相比，更令人担忧的是呼吸道、肺部的灼伤和吸入过量一氧化碳的中毒症状，稍有不慎，就会因为窒息和感染而身亡。从他被送入医院起，烧伤科全体医护人员就免假地调动了起来，医院组织了最好的专家进行会诊，整整二十三个小时的手术抢救，才把他的一条命从死神那里拉了回来，但是他一直都没有醒过来，也没有度过危险期和感染期，随时有可能死于一场微小的并发症。

向远怪过叶昀，他明知冲进去是不智的，还是把她一个人扔在了外面，可他究竟为了什么连命都不要，向远也心知肚明。叶昀始终觉得自己欠了向遥一条人命，如果他眼睁睁地看着孩子被烧成焦炭，后半生的他或许不会比躺在床上奄奄一息更好受。

报应是什么？向远没有害怕过，但是她没有想到这报应会应验在叶昀身上，这才是所谓报应最狠毒之处。是她毁了袁绣的孩子，从精神病院跑出来的袁绣还给了她一场熊熊燃烧的烈火。袁绣一定是误以为那孩子是向远的骨肉，因此才舍了命地疯狂报复。以眼还眼，因果循环，可是所有的孽都是她种下的，为什么不能自己还？

夜深了，病房里的仪器嘀嗒嘀嗒的运作声机械而冷酷。风打落了玻璃窗外的树叶，巴掌大的叶子，枯黄的颜色，拍打在玻璃上，啪的一声轻响，瞬间又不知被卷向了哪里。

叶昀以前说过，落叶是可怜的，时间到了，它再留恋枝头，也不得不走。

可是向远当时说，最可怜的不是落叶，是被迫留下来的树干。叶子走了，它自有它的归宿，而那棵树干看着曾经属于自己的那部分一点一点地离开，最后什么都不剩，可是它还得矗立在那里，一直在那里。

消防员发现叶昀的时候，他已经昏迷，但是仍然把孩子紧紧抱在怀里。向远宁愿他永远都不知道，早在救护人员到来之前，脆弱无比的孩子就已窒息身亡。孩子，可怜的孩子，他的余生就这么葬送了。

向远无意中看到自己的衣袖，为了能够靠近叶昀，她身上穿着防止细菌感染的隔离服。衣服是白色的，墙壁是白色的，天花板是白色的，病床上的叶昀是白色的……她开始觉得这一幕惊人地眼熟，这多么像她反反复复经常做的那个梦啊。梦中面目模糊的女人一身白衣，坐在四周都是白茫茫的所在，除了白，什么都没有。每次从这个梦中醒来，向远的心里都怅然无比，然而她竟一直没有想到，这个女人，原来就是她自己。

那个江湖骗子满口谎言，但唯有一句话没有说错，她这一生，富贵如云，但是爱过的人，却注定一个一个地离开。

向远这个时候才记起自己的手机，上面还有一条叶昀发过来的没有来得及查看的短信。

叶昀说，你知不知道，大哥向你求婚的那个晚上，我一个人去看日出。天亮了，下了一场雨，太阳没有出来，我坐在车上大哭了一场。向远，我想知道你究竟有没有爱过我。

向远合上手机，慢慢地双膝跪在冰凉的地板上，跪在她从不相信的满天神魔面前，紧握着从叶昀外套口袋里找到的那半个断颈观音，平生第一次如信徒般虔诚乞求上苍的悲悯。

她不知道自己究竟保持这个姿势过了多久，直到叶昀床边的监护仪器上出现了异样的波动。值班的医生那边得到了讯号，匆忙的脚步声由远及近。

在他们到来之前，向远跪坐在床边，用最轻快的声音对床上的人说：“看啊，天要亮了，我们一起去看日出。”

番外一

我很幸福

琴声疏疏　注不盈　清冷的下午

雨中我是垂死的泳者

曳着长发向你游泳

……

只为采一朵莲，一朵白莲

泅一整个夏天

——《回旋曲》

章粤认识许许多多的人，这些人在她的“左岸”来了又去，去了又来，有意思的人不在少数。也许“左岸”本身就是一个感性至极的所在，再冷硬的人坐在它摇曳的灯光下，心里总有那么几分柔软。章粤总喜欢问他们一个问题：假如你等不到你所要的幸福，你会怎么办？当然，不同的人有不同的答案，有时候他们紧闭着嘴不肯回答，可是章粤什么都知道。

有的人死心眼，看似走得最坚决，其实不过是在原地绕圈子，走了一圈又一圈，结果还是站在最初的地方。

有的人漫无目的地寻找，在寻找的过程中，走着走着，忘记了寻找的初衷，挽住了另一个人的臂膀。

有的人选择远走高飞，看似最勇敢，其实只不过是害怕得不到想要的东西，所以说服了自己，假装什么都不爱。

有的人明知不可为而为之，撞破了头，还笑着说至少血花绚烂。

有的人毁了得不到的人，有的人为了得不到的人毁了自己……

章粤常常想，自己属于哪一种，而沈居安又属于哪一种？

她一直认为自己是聪明的，可是这个问题，她从来都没有想明白。

有一种花开得最早最绚烂，却凋谢得很晚，章粤和它很像。她成熟得很早，而且从绽放那一刻开始，就享受着最美的花期。作为永凯的千金，章晋萌唯一的女儿，章粤从来不缺少爱，何况她总是枝头上最夺目的那一朵。十一岁那年，她就有了第一个小男朋友。那男孩聪明而漂亮，他们手牵着手度过了天真烂漫的几年，然而时间到了，免不了各奔天涯。很多年后，章粤在墨尔本的街头意外地与那个男孩重逢，他已经是三个孩子的爸爸，身材微微发福了，留起了小胡子，可是他们还是一眼就认出了对方，相视大笑，一起在路边的小酒馆喝到酣畅淋漓。

其实初恋之后，章粤身边的男朋友从来就没有间断过。她在国外长大，喜欢过的那些男人，或温柔，或热情，或聪明，或幽默，都是不约而同的可爱。每一段感情，她都全身心地投入，热情如火地爱着，然后平静友好地挥别。分手之后，大多数前男友都成了她的朋友，见了面，还可以小酌一杯。她与他们分享了最美好的季节，人人都爱最美丽的那朵玫瑰，但是没有谁可以摘下她。过后，他们或凋谢，或果实累累，她却常开不败——直到她遇到了那双流连却轻忽的手。

章粤初遇沈居安，那一年，她二十二岁，回国探望忙碌无比的父亲章晋萌。那时她的男朋友是尤利尔，一个褐色头发，长着漂亮灰眼睛的法国男孩。他们正是如胶似漆的时候，尤利尔黏得很紧，非要跟着章粤一起回国。两人都是年轻爱玩的个性，半个月里，几乎跑遍了这个城市每一个值得去的角落。原本快乐的日子还可以延长，可是尤利尔的家里打来了电话，他母亲出了一个不大不小的车祸，住进了医院。

尤利尔出生在里昂的一个律师世家，却离经叛道地浪迹在巴黎学绘画，因此才结识了章粤。他顿觉情投意合，相见恨晚，原本不相信天长地久的人却指天盟誓，要和他的东方玫瑰浪漫一生。母亲出了事故，他不得不赶回家去，可是章粤刚回国没有几天，还没有好好和自己的父亲说上几句话，所以这对小情人不得不依依惜别。

那天刚下过一场大雨，章粤从永凯大厦取车送尤利尔去机场。两人刚从地下停车场出来，想到要暂别近一个月，尤利尔禁不住在章粤耳边喃喃细述不舍之情，继而热情冲昏头脑，也不顾她手里正握着方向盘，就开始耳鬓厮磨。章粤虽一再嗔声警告，也不禁有些动情，车子越开越慢，一不小心，险些撞上一个莽撞地过马路的小孩。幸而她反应及时，堪堪避过，车轮却猛地轧过地面的低洼处，积水高高溅起，正好打在人行道边缘的一个人身上。

章粤本可以一踩油门离开，连骂声都听不见，可她当时虽然年少不羁，但并不是个骄横的人，心中有愧，赶忙下车查看。那人穿一件白色衬衫，一条米色西裤的大半边裤腿已被污水溅得星星点点。他倒也没有如章粤所料的那般破口大骂，只是低了头，微微俯身，徒劳地用手掸着裤子上的污渍。

章粤极是过意不去，匆忙找出纸巾，一边忙不迭地往那人手里递，一边连声表达歉意：“对不起啊，真对不起。先生，要不我赔你裤子的钱，或者……”

她递过去的纸巾和手被轻而坚决的力道推开。

“算了，没有这个必要。”那个人说这句话的时候，已经放弃了无用的清理，直起腰来。

章粤自认为是个半吊子艺术家，可是她一直都没有找到恰当的词汇描述那一刹那的感觉。她只记得当时眼前的那双眼睛，没有愤怒，也没有过分的激动，而是礼貌的，甚至依旧是温和的，但在这些克制的背后，疏离一览无遗，或许还有一丝带着鄙夷的抗拒。

章粤想，假如车轮底下那一汪积水没有被惊碎，或许可以映出自己当时的狼狈：双唇微启，鲜艳的唇膏在热吻过后有些糊了，手里不知所措地捏着那一张雪白的纸巾。

无论什么场合，章粤都很少怯场，好看的男人她见过很多，早就习以为常，然而，这样一个清淡的夏日午后，一场大雨过后将晴未晴的天空下，在一个陌生的，满裤腿污水的男孩子面前，她莫名地涨红了脸。

他推开了章粤的手，平静地站在那里。恍惚间，章粤竟然想起了许多年前在江南写生时看到的莲，淡淡地立在漾漾的清波上，倒影翩翩，不染纤尘，而她哪里是什么玫瑰，不过是水里轻薄的浮萍。她忽然为自己先前的荒唐羞愤不已。

尤利尔似乎察觉到了异样，也推开车门走了出来，关切地在章粤耳边问怎么了，章粤转身摇头，再看过去的时候，那个人已经走到了几步开外。

直到把尤利尔送上了飞机，返回的路上，章粤的手里仿佛还留着那个人拒绝时指尖的微凉。正值下午上班时间，她不管不顾地就往父亲章晋萌的办公室里赶，她需要有个人陪陪她，听她说说话。

那时，叶家的时代广场还没有兴建，永凯大厦是这个城市繁华地带的标志性高层建筑之一。章粤赶到父亲的办公室，章晋萌的秘书认得她，抱歉地说章董有一个相当重要的会议，问她可否稍等片刻。章粤在父亲的转椅上坐了十五分钟，等待让她的冲动沉淀，她忽然觉得自己也不知道该向父亲诉什么苦，于是不顾秘书的挽留，独自步入了下楼的电梯。

章晋萌的办公室位于大厦的顶楼，电梯载着章粤一人缓缓降下，透过三面环绕的透明玻璃，大半个城市尽收眼底，芸芸众生不过是浮世绘上的小小黑点。章粤不是商人，理解不了那种俯视的快感，只觉得太高了，没来由地心里就觉得冷，比起这种高处不胜寒的感觉，她更爱俗世的热闹和温暖。

电梯行至十六楼，有人走了进来。那人双手扶在钢制的栏杆上，背对章粤，看着玻璃外的世界，似乎已经认不出身边这个不久前刚闯了祸的女孩。章粤却看到了他已经干了大半的裤腿和上面若隐若现的污痕。她悄无声息地换了个角度，屏住呼吸打量他侧向她的容颜。

这些年情海漂浮，比起东方人的含蓄，章粤更偏爱异国男子的坦率天真和热情如火。然而遇上了他才知道，一个人喜恶的颠覆，不过是在呼吸的一瞬间。

他的白衬衣是廉价的，也并非崭新，裤腿更是惨不忍睹，但这些都无碍于他给人一种洁净到极致的感觉。他身长玉立，风仪静好，以至于不起眼的着装在他身上无比妥帖。这个男人，不，应该说是这个男孩子是出色的，但是他那种沉静而克制的气质却是章粤所不熟悉的。他专注地看着脚下的景致，握住栏杆的一双手上，指甲修剪得短而干净，指节修长，却并不细致，不知是否过于用力，青筋浅浅地浮现，脸上却是淡淡的，看不出什么表情。大概是章粤先前对他的印象过于深刻，此时又过于专注，以至于她可以微妙地感觉到电梯里不期而遇的他和马路上狭路相逢的他相比，有了一种难以言喻的改变，眉梢眼角依旧隐忍，但多了点不甘和失望，就连背影也显得落寞。章粤不知道自己的视线是否太过赤裸，只觉得身处的并非是平稳下降的电梯，而是在坐最惊心动魄的“过山车”，叮咚一声，电梯门打开，她的心还没有跟随身体的速度降落到地面。他转身走过她的身边，她竟然在电光石火间抓住了他的手。

“我叫章粤。”

我叫章粤……章粤！他是否在那一刻就记住了这个名字？没有任何多余的身份，没有任何符号，她就是她，她就是章粤。然而他只是愣了一愣，用最委婉的力道抽出了自己的手，点了点头，淡淡一笑，匆匆擦过她的肩膀便走了出去。

章粤却从这一天起记住了沈居安这个名字。十六楼是永凯人力资源部所在的楼层，那一天是公司年度对外招聘人员面试的日子。拿到他的资料不费吹灰之力，他不过是无数个挤破了头想要进入永凯的人之一。从人力资源部的备案材料来看，沈居安的条件无可挑剔，面试成绩也相当优秀，然而他并没有被录用，顶楼的一句话就足以把他拒之门外。

“爸爸，为什么不要他？给我一个理由。”章粤当天就拿着沈居安的材料找到了父亲章晋萌。

章晋萌说：“他是很优秀，表现得非常完美，就连填写的人力资源部的心理测试试卷都无懈可击，但这种完美有些可怕，我不喜欢这样的人。”

章粤闻言，像只撒娇的猫咪一样上前勾住父亲的脖子，这是她对付看起来严肃的父亲的必杀绝技。章晋萌拼命皱眉，一脸受不了的嫌恶表情，可隐约上扬的嘴角泄露了他无可奈何的笑意。他最宝贝的女儿说：“你不喜欢，但是我喜欢。”

一个月后，永凯的录用通知正式发送到临近毕业的沈居安手中。章粤回法国的日子也将至，离开的前两天，恰逢五一长假开始，她的表弟程铮大老远地从北京飞过来，到 G 大“看望同学”。章粤闲着也是闲着，于是充当免费的车夫负责接送。她按图索骥地找到了沈居安自荐材料上的宿舍地址。午餐时间的滚滚人潮里，不少男孩子忍不住朝她张望，她却看到白衣黑裤的那个人，牵着一个女孩的手，轻笑低语地走过她的身边。那个女孩并不算十分美丽，衣着打扮甚为简朴，但是身材窈窕，眉目清秀，举手投足之间的沉静与他极为相似。

章粤从自己联想到所有电视剧里身为富家千金的女二号，要怎么纠缠，才可以让剧情看起来更精彩一点？以往故事里的女配角就算使尽了浑身解数，到了结局，男主角还是会回到女主角的身边。

她一句话不说地任他走远，直到一百米开外，沈居安还是回头看了一眼。章粤远远地给了他一个笑容，不知道他是否看得见。

那天晚上，碰了钉子的程铮吵着要章粤陪他喝上一杯。那小子酒量不好，酒品更差，几杯下肚，话多得没完没了，章粤为了耳根清净，只得彻底把他灌醉。趴倒之前，程铮还絮絮叨叨地向她展示那张史上绝无仅有的人工合成照片。章粤对着照片上那个被迫和程铮紧挨着头的可怜女孩端详了很久很久。次日，到了黄河心也不死的程铮决定再战江湖，章粤则告别了父亲，独自飞回了法国。

一年后，尤利尔求婚，章粤没有接受，正式回到国内定居。章晋萌为赋闲的女儿在自己眼皮底下安排了一个工作，虽说只是美术总监助理，但公司上下谁不知道她是章家的千金。璀璨夺目的一朵玫瑰，没有人不渴望拥有，但是都抬着头犹豫着，不敢贸然地伸出手，直到传来了策划部基层的一位小职员追求章家大小姐的传闻。

这是沈居安这个名字第一次在整个永凯如雷贯耳。

不少人都在笑这个甫出校门、全无背景的年轻男人自不量力。虽说他的魅力可以让不少前台的小美女暗自倾倒，可是在众星捧月的章粤面前是多么不值一提。人们纷纷猜测他屈膝在章粤面前将是怎样的卑微，没有人知道，他只是淡淡地微笑着伸出了手，章粤却回应了他一个大大的拥抱。

早在一年前的那个午后，章粤已经沉溺在莲叶下的深水里，他在风中轻轻舒展，她便不由自主地在藻间朝他的方向游动。

穷小子与有钱人家小姐的结合早已在传说中滥俗，沈居安和章粤的日渐亲密依然让人跌破了眼镜，可是他们含笑对望的时候，谁又能说他们不是郎才女貌，天生一对，如风景般动人？

这对情侣之间最大的阻碍来自一向宽厚开明的章晋萌，他并非轻视那个年轻人出身寒门，都说王侯将相宁有种乎，章家并不需要出卖女儿的幸福来换取更大的利益。沈居安这个人，章晋萌不动声色地观察过许久，他年轻、聪明、沉稳、决断，难得的是无半分浮躁，假以时日和机遇，未必不是大将之才。可是那种温润如玉后面的冰凉刺骨，才是章晋萌拒绝将女儿托付给他的原因。

尽管持不赞同的态度，但是章晋萌的教养、气度和他对女儿的爱，使得他没有办法用粗暴的手段去干涉这一段感情，他唯一能做的就是将沈居安派往异地的分公司任职。女儿的脾性章晋萌清楚，她的热情总是来势汹涌，消散得也快，也许经过冷处理之后，以她的聪明，自然会发现一个野心勃勃的谦谦君子并非良偶。

然而，某个周日的清晨，特意抽出时间亲自上门约女儿喝早茶的章晋萌敲开章粤的大门，却看到了衣衫不整来应门的章粤和从卧室的方向走出来的沈居安。一向宠溺女儿的章晋萌前所未有地发了一场大火，侧身指着大门的方向对沈居安说：“走，马上给我走！”

沈居安没有辩解什么，回房简单收拾了一下便告辞了。离开的时候，他当着章晋萌的面轻轻吻了一下章粤的脸颊，经过章晋萌身边时，甚至还不卑不亢地欠身说了句：“董事长再见。”

章晋萌苦口婆心地劝章粤：“他喜欢的是章家的女儿，是章粤这个名字所代表的东西，而不是你的人。”

这样的话，程铮也说过，只不过表达的方式更为直接，他指着沈居安的鼻子，说他看上的不过是钱，甚至还把整整十一万的现金砸了沈居安一头一脸。不过，那已经是章粤义无反顾地嫁给沈居安之后的事了。当年那个总是抿着唇、沉默寡言的女孩成了程铮命中注定的冤家。

他们都这么说，他们都这么劝。章粤不是傻子，有些事，她比谁都明白。这个世界，一个人和另一个人厮守自有其道理，有人爱上了容貌，有人爱上了才华，自然也有人爱上了钱。她也不敢说自己爱上了沈居安的什么，难道真的是灵魂？可是灵魂虚无缥缈，她也不知道究竟是什么东西。没错，沈居安爱的是章家的女儿，他爱的是永凯的钱，可她章粤就是章家唯一的女儿，她拥有永凯的钱，那么，他爱的不就是她？

沈居安是一个好丈夫，待章粤无微不至，甚至比章粤对他更关怀备至，他的唇吻着她时，就是最极致的缠绵。他总是把每一件事情都做得尽善尽美，一如扮演好一个爱人的角色，一如他在日益高升的岗位上游刃有余。虽然，他的心里藏着那个“长寿”字样的金戒指，可章粤对自己说，我不在乎。谁又真的触得到另一个人的灵魂？那个戒指的主人就可以吗？沈居安给那个女人的，除了怀念，还能有什么？怀念是虚空的，但肉体的厮守多么温暖。

从那时起，章粤从公司里乏味的朝九晚五中脱身，开了一座娱乐城，名字叫作“左岸”。或许每个人心中都有一条塞纳河，它把我们的一颗心分作两边，左岸柔软，右岸冷硬；左岸感性，右岸理性。左岸住着我们的欲望、祈盼、挣扎和所有的爱恨嗔怒，右岸住着这个世界的规则在我们心里打下的烙印——左岸是梦境，右岸是生活。这些话，章粤对很多人说过。她如此爱她的左岸，所以她总是在那里。

这一切都是她的选择，有多少个女人一生一世和自己所爱的人厮守？是的，一生一世，沈居安都不会离开她，即使他找到了那个戒指的主人，即使他的心也在荡漾，但是他不会离开。

“为什么？”戒指的主人找到了章粤，那个苍白而娟秀的女人这样问。

章粤一边玩着手指上的结婚戒指，一边回答她："因为他不知道自己为什么要离开。"

章粤在这场没有悬念的战役中不战而屈人之兵，甚至不需要在这个可怜的女人面前用语言来陈述她的胜利和优势。她远比那个女人美丽，远比她有钱，远比她聪明，她的爱又比谁少呢？而且凭着那一句为什么，章粤还知道，那个女人甚至没有她了解沈居安。好的女人有千千万万，但是章粤只有一个。或许会有人说，真爱不需要任何理由，有的人可以不计代价不问因由，带着心里的那个人浪迹天涯。章粤想说，这样的人也许是真的存在的，但是沈居安不是他们。

后来，那个女人将剩下的戒指赠给了另一个男人，章粤还来不及头疼，就有人先下手为强地毁掉了那个不该出生的孩子。章粤记得有一个凌晨，沈居安的手机在枕畔振动了一夜，她喝得微醺，但是犹可以察觉到身边那个人的辗转难眠。最后，她坐起身来，轻轻地把手机塞到沈居安的手里："接吧，也许真的有事。"可是沈居安迟疑了几秒，取下了手机电池，无声地拥紧了章粤。两天以后，本地媒体铺天盖地的都是同一则新闻——江源少东家叶骞泽与女伴疑是前日遭人绑架，双双失踪。

章粤时常凝望着那张睡着后如寒玉一般的面容，人人都知道莲花高逸出尘，清而不妖，可是谁记得它的根还扎在最浊的淤泥里，它赖以生存的，是最冰凉的水。她在左岸，而他开在离岸的水中央，她不顾一切地朝他游去，然后溺毙。

不知道从什么时候开始，她的酒越喝越多，戒了又喝，喝了又戒。向远说，如果《东邪西毒》里那壶叫作醉生梦死的酒真的存在，就应该呈上来给章粤。可是张国荣扮演的欧阳锋不是也说吗，醉生梦死，原本就是一个玩笑。

酒是个好东西，也是个要命的东西，喝多了，想醉也不容易。大多数时候她可以自己开车回家，有时不得不需要沈居安亲自把她接回去。他皱着眉，小心为她擦拭着面颊的时候，章粤总是笑着闭上眼睛，她只要记得他这一刻微微的心疼，却不要他眼里一闪而过的歉疚。

为什么要歉疚？沈居安以为自己娶的是一个美丽多金的皮囊，甚至希望章粤去找自己的欢乐，一如初见时留在他印象里那个放浪形骸的轻浮形象，那样的话，他就可以冷冷地，微笑地看着她，然后若无其事地去履行他的人生，问心无愧地如愿以偿。可是她给了他措手不及的美好和芬芳。

后来，一场大火把叶家的老宅烧成了灰烬，沈居安的回忆也成了枯骨。章粤托人出面，悄无声息地安葬了那个女人。那天夜里，她没有喝酒，醉的反倒是一向清醒的沈居安，他倚在章粤的肩上，章粤轻轻抚着他的脸，他安心地沉醉。

入睡之前，沈居安深深地叹了口气，说："章粤，你为什么要那么好……"

章粤用一根手指抵住他的唇："别往下说了。我很幸福。"

章粤忽然想起了向远。大火过后，向远连公司都很少去了，几乎把所有的时间都用来陪伴叶昀复健。章粤有一次去医院探望，私底下问向远："你究竟把他当作什么？弟弟，小叔子，情人，还是一个寄托？"

向远沉吟片刻，回答道："不，我把他当作我的所有。"

向远从来没有说过她爱着叶昀，可是爱是什么东西？当叶昀站起来的时候，谁敢说那不是向远有生以来最大的幸福？

其实，她们都一样。

幸福就是求仁得仁，那是最私密的东西，只属于自己，不需要谁的打扰。

番外二

叶昀

“叶昀，叶昀……”

他听到她在呼唤，一声又一声，好像近在耳边，又好像离得很远。对了，她一定是在山脚下叫他回家。游客们源源不断地涌进他们的小村落，农家乐的饭桌上正等着他摘回的野菜。肩上背的小竹篓已经装得满满的，他还站在山顶的悬崖边上，探出半个身子去折那枝开在峭壁上的花。

下山的路又窄又陡，他走起来却像一阵风，手中野花的香气似有还无，他已经用小刀削去了上面的尖刺。她站在村口，脸上带着担忧和嗔怪，他心一急，脚下不由得打滑，骨碌碌地翻了个跟头，被她好气又好笑地拉起来。

他顾不上自己的伤口，急不可耐地将双手朝她递去。

“向远姐，你看这花……”

她接过那“花”，扑哧一笑。因为他摔跤的缘故，光秃秃的枝条上只剩下残破不堪的花蕊。

“你真傻。”她说。

你真傻，叶昀，你真傻……

不对，他忽然想了起来，那时的他还不姓叶，偏僻的山村里只有一个叫作邹昀的男孩。

原来这又是一场梦，跟他以往无数次的梦并无分别。她的脸渐渐模糊，花枝上最后一片花瓣悄无声息地落下。

接着，他像坠入最深最酷寒的水底，肺里的空气慢慢变少，就快要喘不过气来。那是山脚下的野鸭潭，前一秒他们还在欢快地嬉戏。向遥贴在他耳边笑嘻嘻地说："我们把向遖骗到水里。"她脑袋后的小辫湿漉漉地贴在脖子上。

向遖的老黄狗在岸上"汪汪"直叫，向遥装作溺水的模样扑腾着，她的双胞胎弟弟急得直跺脚，终于跳下水朝她游来。向遖的水性不佳，同样是向远手把手教会的游泳，他游得远不如邹昀和向遥，然而，这丝毫不影响他是向远心中最听话、最贴心的小弟弟。

邹昀很想提醒自己最好的朋友：别上当，那只是向遥的恶作剧！

可他始终没有叫出口，眼睁睁看着向遖笨拙却努力地朝向遥靠近。只要再等一会儿，就一小会儿，等他呛了口水，我就去把他拉上岸。到时候，向远也会知道是他救了向遖，她会摸着他的头，说他才是最棒的。

谁也没有想到，向遖消失在水面是那么快且突然。邹昀一惊，猛地扎进水里，四处摸索，却怎么也够不着伙伴的身体，他往更深处潜去，向遥不顾一切地把他的头拉到了水面上。

"不能再往更深的地方去了，那里有漩涡。"她的调皮促狭荡然无存，全身发着抖，嘴唇乌青，满脸的水珠中不知道是否夹杂着眼泪。邹昀用力推开向遥，再度潜进水里。潭底冷得像坟墓，向遖的影子似乎在昏暗中一闪而过，邹昀一口气已到了尽头，不管他如何拼命蹬腿，却依然靠近不了那个影子。水面上的世界离他越来越远，好像有一双看不见的手在拖着他的脚往下沉，他看到了自己面孔上方的一串气泡，找不到向遖，就让他也死在水底吧。

这卑微的愿望仍以失望终结，他活着看到了天空和向远煞白的脸，感受到自己肺部火烧一样的痛楚，听到了向遥哭泣着说出的“对不起”。

他也想哀求向远的原谅，却一点声音也发不出来，好像一半的灵魂还游荡在浑浊冰冷的水潭里，这是他永远不会醒来的一个梦境。他依然追逐着向迤的影子，或许属于他的某一部分已在水底和那个影子融为一体。那个影子本该是向远最亲的人和最大的安慰，从此他将偿还她双倍。

那个呼唤他的声音依然还在。

莫非是他妈妈？不不不，他一点也不想回到属于邹昀的那个家。他的妈妈在人前从不抱怨半句苦，然而夜深的时候，当她的瘸子丈夫睡去，当她日日膜拜的那些神也睡去，她总是哭。他知道她的悲恸从何而来，哪怕那时的他还是个孩子，可他一直都知道。每当李二叔送来城里的来信，注定又是一个不眠之夜。

村里的人都说邹昀和他哥哥长得很像，只有他自己清楚，哪怕有着相似的面孔和血脉，他和哥哥也永远不会一样。大哥自小离开他们共同的母亲，他生活在别处，每年只寄来零星的信件和汇款单，他记得更深的是身为叶家长子的责任，而叶昀记得的却是妈妈的眼泪。

可大哥毕竟是有家的，邹昀却没有，哪怕忽然之间他成了叶昀，依然是个没有家的人。妈妈死后，继父的家不属于他，城里那个叶家同样不属于他，虽然尔后的十几年他和他们朝夕相处，看着他们欢笑、哭泣，相爱、相离……

其实他们都是好人。

邹瘸子待他不薄，至少没有让他受冻挨饿，虽然当他得知阿昀不是自己的亲生儿子之后，欢天喜地地将他还给了城里的家人，换来一笔丰厚的抚养费。

他的亲生父亲也不似想象中无情。相反，叶秉林对小儿子百依百顺，恨不得摘下天上的月亮来补偿自己在儿子童年时期的缺位，他会狠狠地斥责叶骞泽，却从来不会强求叶昀，虽然他们都知道最平凡且真实的父子之爱绝非歉疚和偿还，但他已经尽力了。

大哥更是对叶昀关心备至，想方设法让他融入新的家庭生活。叶昀也对大哥敬爱有加，然而他们兄弟之间永远不可能心无芥蒂，原因只有一个，不可能替代，也不可能释怀，他们彼此都心中有数，但却很有默契地绝口不提。

就连叶灵和叶太太也和他相处得不错，他们同在一个屋檐下，各自守着各自的秘密相安无事。

叶昀心中从来就没有怨恨，他也努力地对他们每一个人表达自己的善意。可他眷恋的温暖只有一个人可以给，那个人懂他、包容他、心疼他，也会责备他、要求他。她比所有的骨肉至亲都离他更近，比他只会哭泣的母亲更有力量。

叶昀，叶昀……这的确是她的声音，他的半生都在朝她跋涉，可如今在一片荒芜中他四顾茫然，找不到她，只觉得疼，像被地狱的烈焰反复灼烧。

对于疼痛，叶昀并不陌生。

那个早晨，下了场大雨。他坐在借来的车里，对着电话说："没关系，真的没关系。"

他答应过向远再也不掉眼泪的，男子汉大丈夫流血不流泪。他什么都听她的，可这一回他背弃了自己的承诺，像懦夫一样痛哭失声。他习惯一次次地等待，从希望到失望，反复轮回，她不会来了，日出之约本来就是一场梦，今天的雨停后，明天的早上或许就有霞光万丈，然而当她成了他名正言顺的家人，他的嫂嫂，这等待何以为继？

父亲办公室里的一张转椅在他暴怒的一脚之下几乎散了架。

"你说过你对不起我和我妈，只要我想要的你都会给我对吧？那好，你现在就可以补偿。”这样要挟多么无耻，尤其面对他垂暮之年的亲生父亲，可是叶昀顾不上这些，这是他仅存的稻草。

“如果我死了，我会把一半的叶家资产都留给你，你哥哥也答应了，除了家里的老房子，其余不动产他都让给你，阿昀，你是我儿子……”

“我一分钱都不要你的！”

“那向远依然会嫁给你哥哥，那是她自己的选择！”父亲的脸上满是疲惫。

原来不需要他开口，他们都知道。连地上那张破椅子都在笑话他。

这是她的选择！哪怕这个选择是错误的。

他好像又站在了只有他和大哥的客厅里，老旧的座钟不停地嘀嗒嘀嗒。

“她不该嫁给你，在你眼里她只是保住叶家的工具。”

大哥站在窗边，透过轻轻撩起一角的窗帘看着外面。这又是相隔许久之后的梦了吧，叶家的老宅已经烙上新女主人的痕迹。那时父亲已安家佛堂，他也许久没有踏进老宅一步，远离“哥哥嫂嫂”的恩爱缠绵，他或许会好受些，但想不到的是看到他们夫妻俩争吵冷战，他一样难过不已。

“你根本就不爱她！”叶昀冷冷地对大哥说。

这在他看来毫无疑问是个事实，然而一直背对他，沉默接受他指控的叶骞泽却在这时缓缓转过头来。

“不。阿昀，你还不懂。”

那个时候大哥完全没有必要骗他，可叶昀宁愿不懂。他不得不接受向远作为他嫂嫂身份的存在，然而爱一个人，难道不是豁出全部换她幸福？

叶昀从未问过向远是否幸福，他甚至没有在她面前对自己的感情吐露过半个字，仿佛只要不说出来，那份感情就是安全的，隐秘的。

温泉山庄的夜凉如水，一墙之隔的短暂甜蜜终于化为静寂。他们熄了灯，谁也没有看到那个在黑暗中摸索一颗心的人。他朝着风的方向追出去很长一段距离，直到把那张轻飘飘的黑桃 K 抓在手里。没有人会问他为什么那么做，他也不需要向任何人解释，他把从他们手中飘走的心悄悄藏在自己身上，为自己保留做傻事的权利。

那颗扑克牌做的心转瞬又在向遥的掌心。

叶昀，叶昀，她也这样反复地叫着他的名字，用那和她姐姐相似的嗓音。

她喝醉了，倒在叶昀的宿舍门外，他不得不将她扶进屋里，而她的手臂比清醒时更有力量，紧紧地缠住他，在他身上摸索着，带着一团火。叶昀面红耳赤地抵挡，却被她不安分的手从口袋里翻出了那张已经变得残旧的扑克牌。

“向远给你的？”

“不。”他试图夺回，向遥的身体灵活得像一条蛇。

“那就把它给我。我爱的从来就不是滕俊，和他在一起都是为了气你们，为了……为了气你。”她呢喃着，带着浓浓的酒气。“我爱的一直是你。”

叶昀没有经历过这些，有短暂的瞬间，他感觉到美好。这是他等待了许多年的一句话。

我爱的一直是你。

真的吗？

当他抱紧向遥的那刻，她哭了。

“我知道你爱她。带我走，你可以一辈子把我当作她。”

叶昀几乎就在这一瞬间醒来，他为自己的混乱而感到羞愧，情急中用力将怀里的人推开。

“你和她一点都不像。”

他不知道这句话到底伤了向遥多深，她掴了他一巴掌，慢慢退出他的房间，从此再也没有和他联系过，直到许久以后的那个深夜，她匍匐着，用带血的手抓住叶昀的裤脚。

“叶昀，看在我爱过你的分儿上……”

那是向遥对他说过的最后一句话。她想要他放过滕俊，她孩子的爸爸。可叶昀杀了他。

叶昀，叶昀……

这是滕俊的声音，充满了惊恐，他不想死，然而当他高举着一只手扬言要将向远的罪证公之于众时，便已为自己掘开了坟墓。

叶昀的子弹狠而准，执勤多年，他没有朝活人开过一枪，然而扣动扳机的时候，他没有犹豫过。因为他知道滕俊说的是真的，向远杀了他大哥，她做得出，他也知道她为什么会那么做。

许多时候，我们明知做出的决定是错的，可是那道题只有一个选择。

滕俊的血迸射在叶昀的身上，和向遥的血融为一体。叶昀看着他缓缓倒在脏污的砖墙上，抽搐着，一颗扑克牌叠成的心从他衣服口袋里掉了出来。当他咽下最后一口气，叶昀拾起了他手里的U盘，还有那颗不知道属于谁的心。

后来的一切都很模糊。据说同事赶来时，他的枪口正抵着自己的头，然后他就失去了枪。也许早在朝滕俊开枪的瞬间，叶昀便已经死去，余生也救赎不了他的罪过。他更大的罪孽来自于执迷不悟——他忏悔，却并未后悔。如果唯有这样才能保全他誓言一生守护的人，那么重来一次他依然会那么做。

叶昀，叶昀……老屋的火炙烤着他。向远的呼声在门外，余生在他怀里。

若余生长大成人，会叫他“叔叔”，还是会恨他？这些都已不再重要。

妈妈、爸爸、大哥、叶灵、向遥和滕俊在浓烟中朝他走来。他想再看烟雾外的人一眼，可是到了该走的时候，疼痛中永生的释怀拥有无限的诱惑。他用一条命替她偿清，从此便可安静地去往一个安静的世界。

虽然那个世界没有了她。

叶昀，叶昀……她还没有放弃。

眷恋停留的每一秒都是无尽的折磨，还有一小步，他便脱离炼狱，然而前方漫天的神佛都长着一张和向远一模一样的脸，或流泪，或低喃。

叶昀，叶昀……她要他留下来。

他们还有一场日出来不及去看。

他恍然想起自己名字的来由，这是上学前他妈妈让向远给取的。

那时她说：昀，即是日出。

日出之美便在于它脱胎于最深的黑暗。